KB075997

맑스주의와 형식

맑스주의와 형식

20세기의 변증법적 문학이론

프레드릭 제임슨 지음

여홍상·김영희 옮김

창비

정신적 탐구에는 통틀어 두 가지 길만이 열려 있으니, 곧 미학 그리고 정치경제학이다.   — 말라르메

우매한 유물론보다는 총명한 관념론이 총명한 유물론에 더 가깝다.   — 레닌

맑스주의 문학비평이라 하면 아직도 미국 독자는 아마 1930년대의 분위기를 떠올릴 것이다. 당시의 뜨거운 쟁점들, 즉 반(反)나치주의, 인민전선, 문학과 노동운동의 관계, 스딸린과 뜨로쯔끼의, 그리고 맑스주의와 무정부주의의 분쟁 등이 자아낸 논쟁들은 우리의 향수어린 회고거리는 될 수 있을지 몰라도 오늘날의 세계상황과는 부합하지 않는다. 당시 수행된 비평은 비교적 비이론적이고 근본적으로 교훈적인 성격을 띠었으며, 이렇게 말해도 된다면 대학원 세미나보다는 야학에 더 어울리는 것이었다. 그리하여 이제 그것은 지적·역사적 골동품의 위치로 격하되었고, 이제는 어쩌다 쁠레하노프(Georgi Plekhanov)[1] 평론의 중판본이 나온다든가 혹은 크리스토퍼 코드웰(Christopher Caudwell)[2]을 지

---

1 쁠레하노프(Georgi Plekhanov, 1857~1918)는 러시아의 혁명가이자 맑스주의 이론가이다——옮긴이.
2 크리스토퍼 코드웰(Christopher Caudwell, 1907~37)은 『환상과 현실』(*Illusion and Reality*) 등을 쓴 영국의 맑스주의 비평가이다——옮긴이.

나가면서 언급하는 정도에 머물러 있다.

그러나 최근 들어 영어권에서도 다른 종류의 맑스주의 비평의 존재가 느껴지기 시작했다. 이것은 소련의 전통과 대립되는, 상대적으로 헤겔적 맑스주의라 부를 만한 것으로서, 독일어권 국가들의 경우 그 시원은 맑스의 『1844년 경제학·철학 수고』(*Ökonomisch-philosophische Manuskripte aus dem Jahre 1844*)의 재발견 및 1923년 루카치(G. Lukács)의 『역사와 계급의식』(*Geschichte und Klassenbewußtsein*)이 일으킨 이론적 자극에서 찾을 수 있다. 한편 프랑스에서는 1930년대 후반에 그곳에서 일어난 헤겔 부흥에서 시작되었다고 보는 편이 가장 편리할 것이다.

이 책이 저 맑스주의와 그것의 몇몇 주된 이론가에 대한 전반적 입문서로 유용하게 여겨진다면 나로서는 큰 기쁨이겠다. 나는 특히 몇권의 핵심적인 저서를 길게 다루고자 했는데, 그것은 루카치의 『역사와 계급의식』과 『소설의 이론』(*Die Theorie des Romans*), 블로흐(E. Bloch)의 『희망의 원리』(*Das Prinzip Hoffnung*), 벤야민(W. Benjamin)의 『독일비극의 기원』(*Ursprung des deutschen Trauerspiels*), 아도르노(T. Adorno)의 『신음악의 철학』(*Philosophie der neuen Musik*)과 『부정변증법』(*Negative Dialektik*), 싸르트르(J.-P. Sartre)의 『변증법적 이성 비판』(*Critique de la raison dialectique*)으로, 영어권 독자로서는 최악의 경우 접할 기회부터가 없고, 또 접할 수 있다 해도 거의 논의된 바가 없는 책들이다.

그러나 이처럼 비교적 절제되고 간단한 과제도 그 자체로 하나의 본격적인 사업이 된다. 한가지 이유는, 해설자들의 반공산주의적 편향이나 단순히 진정한 맑스주의적 소양이 학계에 부재하다는 점 때문에, 싸르트르나 루카치처럼 비교적 잘 알려진 필자들마저도 영어권에서는 뚜렷한 조명을 받지 못한다는 데 있다.

이보다는 덜 두드러지겠지만 독일과 프랑스의 변증법적 문학을 소개하려면 누구나, 묵시적으로든 명시적으로든, 제3의 국민적 전통, 즉 우리 자신의 영미적 전통을 어느정도 감안해야 한다는 점도 문제가 된다. 그 전통이란 우리가 영미철학으로 알고 있는 바 정치적 자유주의와 경험주의 및 논리실증주의의 혼합물로서, 이것은 이 책에서 개관할 사고유형에는 모든 면에서 적대적이다. 이런 전통 속에서 형성된 독자를 상대로 글을 쓰려면, 심지어 자기 자신의 역사적 형성과정을 제대로 파악하려는 단순한 기획의 경우에도 마찬가지인데, 이 막강한 영향력을 지니는 개념상의 적대세력을 감안하지 않을 수 없다. 그리고 이 책의 논쟁적인 부분을 이루며, 이 책에 이를테면 정치적·철학적 칼날을 부여하는 것도 굳이 말하자면 바로 이것이다. 정치적 차원뿐 아니라 철학적 차원에서도 자유주의 전통은 파산상태임이 분명하기 때문이다. 그렇다고 그것의 권위나 이데올로기적인 힘이 없어졌다는 말은 아니다. 오히려 그와는 반대로, 개별 사실이나 사항은 강조하면서 그 사항이 뿌리를 두고 있는 관계망은 간과하는 이 전통의 반사변적 편향은 그 추종자들로 하여금 연관지어 사고하지 못하게 만들고, 특히 그렇지 않았다면 불가피했을 정치적 차원의 결론들을 내리지 못하게 만들어, 지금도 여전히 현상(現狀)에 굴종하도록 부추기고 있는 것이다. 그러므로 이제 영미 전통의 세력권 속에 있는 우리도 변증법적으로 사고하는 법을 배우고 변증법적 문화의 기초원리와 그 문화가 제공하는 필수적인 비판적 무기들을 습득해야 할 때가 되었다. 이 책이 이런 발전에 조금이나마 기여하기를 바란다.

그러나 이 책의 내용은 철학이 아니라 문학비평이다. 혹은 적어도 문학비평을 위한 준비작업이다. 맑스가 개개 예술작품을 강조하고 또 (그 이전의 헤겔이나 이후의 레닌처럼) 소중히 여겼던 것은 결코 개인적 성격의 문제가 아니다. 과연 어떤 면에서 그런지 더 엄밀히 규정짓는 것이 맑스주의 이론의 과제겠지만, 어떤 면에서 문학은 변증법적 과정에서 중심적인 역할을 한다. 또 하나 덧붙여 이야기하고 싶은 것은 형식과 내용, 상부구조와 하부구조의 관계 등 특유의 문제들을 지닌 문학 고유의 닫힌 영역, 즉 문학이 구성하는 실험적 내지 실험실적 상황은 변증법적 사고의 작동을 관찰할 탁월한 소우주를 제공한다는 점이다.

그러나 이 책이 기술적인 철학적 탐구의 엄밀성은 전혀 보여주지 못한다 해도, 그것이 언어로서 갖는 위상은 여전히 양가적이다. 이 책은 단순화해서 개관하는 소개글이나, 한 저자의 여러 입장과 핵심사상을 저널리즘투로 조감하고 저자가 처한 상황이나 당대 문제와의 관계 등을 일화 중심으로 서술하는 글과도 거리가 멀기 때문이다. 이런 글들에도 나름의 흥미와 유용성이 없지는 않겠지만, 내가 보기에는 순전한 견해의 차원에, 다시 말해 밖에서부터 포착된 지적 태도의 차원에 머물 뿐이다. 내 생각에, 변증법적 방법이란 세부에 구체적으로 파고들어감으로써만, 그리고 한 체계가 그 내적 필연성에 따라 점차 구성되어가는 것을 내적으로 공감하고 경험함으로써만 습득할 수 있는 것이다. 또한 나는 이 여러 구축물들을 설명할 때는 굳이 서로 '화해'시키려고 하지 않았다. 그보다는 마지막 장에서 변증법적 사고과정 전반과 특히 문학을 다룰 때 그것이 취하는 방식을 기술하고자 했다.

독일을 다룬 장과 프랑스를 다룬 장의 강조점이 서로 다른 데 관해서 몇마디 해두어야겠다. 비변증법적인 영미 전통에서 보면 이 두 나라의 사유양식은 자극적이고 해방적이라는 점에서 똑같지만, 그 구체적인 방식에서는 서로 다르다. 독일의 경우에는 변증법적 사고가 언제나, 유일한 것까지는 아니라도 하나의 공인된 철학전통이었다. 바로 최근에만 해도 아도르노가 하이데거(M. Heidegger)류의 실존철학에 승리를 거둠으로써 히틀러 시대의 오랜 암흑기를 거친 후 이 전통에 속한 학파들

8

이 다시 등장하고 있음을 알려주었다.

내 생각에 내가 이 장들을 다름 아닌 '담론'(discourse)이라는 기호를 중심으로 배열한 것도 이런 이유에서이니, 독일에서는 변증법이 자기 이름으로 행세를 할 수 있는 것이다.[3] 이미 헤겔의 경우에도 그랬듯이 이 책에서 다루는 저서들에서 변증법적 사고란 바로 변증법적 문장의 완성과 다름없음을 알 수 있다. 이처럼 로고스로서 실재(reality)의 운동을 감지하는 그런 느낌을 다소나마 전달하기 위해서, 나는 사고의 작동을 하나의 과정이나 형상(figure, 비유)으로 간주하는 비유법(trope)과 수사법의, 다름 아닌 언어적 비유의 용어들이나, 경험에 육박하고 경험을 해독해내는 텍스트의 해석학적 주석이라 할 만한 것들의 용어들에 의지하기도 했다.

여기서 문체(style)에 관해 몇마디 지적해두는 것이 좋을 듯하다. 문체론을 그 자체 하나의 방법으로 볼 수 있을지는 다소 미심쩍지만, 문학적 혹은 철학적 현상을 구체적으로 기술하려면(그리고 그 일을 정말 제대로 해내려면), 결국은 개개 문장의 모양새를 파악하고 그 원천과 형성을 설명해내야 한다는 생각만큼은 굳건하다. 그러나 이 책에서 거기까지 항상 밀고 나간 것은 아니다.

그렇지만 변증법 계통의 책들은 문체가 불명료하고 부담스러워 쉽게 소화해내기 힘들며 추상적이라는, 간편한 한마디 구호로 요약하자면 **독일어투**라는, 널리 퍼져 있는 생각만큼 변증법에 대한 영미 전통의 적의를 분명히 드러내는 것도 없다. 이 책들의 문체가 학교에서 가르치는 명석하고 유려한 저널리즘 문장의 규범에 들어맞지 않는 것은 물론이

---

3 '변증'(dialectic)은 원래 생각이 다른 사람들이 설득을 위해 펼치는 대화라는 뜻을 지닌다—옮긴이.

다. 그러나 만일 현재 우리 상황에서 명석과 간명이라는 그 이상들이 원래 데까르뜨가 의도했던 것과는 전혀 다른 종류의 이데올로기적 목적에 종사하게 되어버렸다면? 인쇄물이 과잉생산되고 속독법이 만연하는 이 시대에 이 이상들은 독자로 하여금 문장을 빠르게 읽어가면서 스쳐지나가는 기성품 사상을 수월하게 받아들이도록 만들고, 따라서 진정한 사고를 하려면 언어의 물질성 속으로 들어가서 문장 형태를 취한 시간 자체에 동참할 필요가 있음을 간과하게 만들고 있다면? 아마도 이들 중 가장 세련된 변증법적 지성이며 가장 세련된 문장가라고 할 수 있을 아도르노의 언어에서는, 밀도 자체가 비타협성의 산물이다. 빽빽한 추상관념과 전후 참조들도 바로 그것을 둘러싼 값싼 용이함에 맞서는 것으로, 이런 상황 속에서 읽도록, 즉 진정한 사고를 하려면 댓가를 치러야 한다는 점을 독자에게 알리는 경고로 읽히도록 의도된 것이다. 문체의 단호한 추상성은 개별적이며 경험적인 현상을 넘어서서 그 현상의 의미에까지 나아가라는 명령인 셈이다. 추상적인 용어는 대상에 결부됨으로써 그 대상이 그 자체로는 불완전하므로 전체성의 맥락 속에 재정립되어야 한다는 것을 나타내는 기호 구실을 한다. 현실의 변증법적 성격을 조금이라도 감지하고 있는 사람이라면 그런 문장들의 순전히 형식적인 즐거움에 무감할 리가 없을 것이니, 세계가 문득 기어를 전환하고 일견 무관하고 거리가 먼 것 같던 범주나 대상들이 뜻밖에 조우하는 모습이 이 문장들 속에서 불현듯 극적으로 정식화되는 것이다. 강조해두고 싶은 것은 변증법적 사고의 타당성이 견해 문제가 아니듯, 이런 문체의 효과도 취향의 문제가 아니라는 점이다. 그러나 이 문제를 그런 식으로 보고자 하는 사람한테는 어떤 반론도 소용이 없다는 것 또한 사실이다.

이제 프랑스의 전통으로 관심을 돌려보면, 이 전통은 훨씬 더 구체적인 특성을 지닌다는 사실이 대번에 분명해진다. 프랑스는 실제로 맑스주의의 응용뿐 아니라 현상학의, 그리고 라깡(J. Lacan)과 더불어 프로이트학파의 철학적 본거지가 되었다. 프랑스에서는 정신분석학처럼 변증법적 사고도 공인된 철학이 된 적이 한번도 없으며, 따라서 그것은 다른 철학이나 다른 분야에 대한 은밀한 영향을 통해서, 즉 비공식적 맑스주의 문화의 형태 혹은 이미 언급한 바 있는 헤겔 부흥을 통해서 표출될 수밖에 없는 실정이었다. 그리하여 레비-스트로스(C. Lévi-Strauss)가 스스로 맑스주의자라고 공언하는가 하면, 싸르트르 실존주의의 막대한 영향력이 과연 얼마만큼이나 키에르케고르(S. Kierkegaard)나 하이데거에게서 차용한 요소들보다 헤겔에게서 얻어낸 요소들 덕분인지 가늠하는 일이 불가능해진다.

그러나 싸르트르의 『변증법적 이성 비판』은 본래 정치학 서적이고, 따라서 문학비평을 다루는 이 책에서 이 저서를 상세히 논하는 게 역설적으로 여겨질 수도 있겠다. 물론 변증법적 사고에서는 정치적인 것과 이데올로기적인 혹은 문화적인 것이 무한정 분리되지는 않는다. 더구나 싸르트르의 저서는 내가 독일 쪽을 다룬 장들에서 당연한 것으로 전제하고 논의를 진행한 계급과 경제적 토대 및 역사 등의 현실을 직접 다룰 수 있게 해주는 이점도 있다. 그렇지만 변증법적 문학비평에서 싸르트르의 저서가 지니는 근본적 가치는 어떤 맑스주의 이론에서나 핵심이 되는 매개(mediation)의 문제를 제기하는 방식에 있다. 바꿔 말해 우리는 어떻게 사회생활의 한 차원에서 다른 차원으로, 즉 심리적 차원에서 사회적 차원으로, 나아가 사회적 차원에서 경제적 차원으로 옮아가는가? 또한 예술작품 자체는 물론이고 이데올로기만 하더라도, 갈등하는 집단들의 좀더 근본적인 사회적·역사적 현실과 어떤 관계를 갖는가, 그리고 우리가 여러 문화산물들을 위장된 동시에 투명한 사회적 행위로 보려면 이 사회적·역사적 현실을 어떻게 이해해야 하는가? 따라서 싸르트르의 이 방대한 저서는 진정한 맑스주의적 해석학의 기법들을 제공해주는 것으로, 우리는 마지막 장에서 변증법적 문학비평의 기본 모델을 (데리다J. Derrida의 표현을 빌리면) '해체구축'(deconstruct)하고 그 다양한 기능을 실증하는 가운데 이 기법들의 체계화를 시도할 것이다.

맑스주의 입장의 몇가지 방법론적 함의를 좀더 엄밀하게 규명하려는 시도는 여러가지 반론에 부딪치게 된다. 만일 리히트하임(George Lichtheim)[4]의 생각대로 맑스주의가 독일적이고 역사적인 것이라면, 즉 발전해가는 살아 있는 철학으로는 이미 시효가 끝난 것이라면, 우리가 여기서 하고 있는 일도 달라져야 마땅하다. 그러나 다양한 맑스주의라는 관점에서 보면 이 책에서 다루는 저자들은 신헤겔주의적 관념론, 소박한 수정주의, 실존주의로부터 극좌파적 분파주의와 볼셰비즘 과격파(맑스주의에 경도된 후기싸르트르에 대한 메를로-뽕띠M. Merleau-Ponty의 표현)까지 다양한 편차를 보인다. 내가 이해하는 수정주의란 어떤 이론에서 실천이나 변화를 요청하는 것, 즉 중산층 독자들이 순전히 관조적이고 지적으로 소비하기에 고통스러울 만한 것을 모두 제거해 편안하고 입에 맞는 이론으로 만들어버리는 행위다. 가령 프로이트 수정주의는 성격장애가 명백하게 성적 원인에서 비롯된다는, 프로이트의 물적 기초라 할 만한 주장을 슬그머니 억압해버린다. 베른슈타인(E. Bernstein)[5] 이래로 맑스주의의 수정주의 역시 이와 비슷하게 계급투쟁

---

4 리히트하임(George Lichtheim, 1912~73)은 독일 태생의 지식인으로 사회주의·맑스주의의 역사와 이론을 다룬 일련의 저작을 발표했다——옮긴이.

5 베른슈타인(E. Bernstein, 1850~1932)은 정통 맑스주의에서 이탈해 자본주의의 필연적 붕괴론을 반박하고 혁명보다는 즉각적인 사회개혁과 점진적 운동을 강조한 독일

개념 자체를 없애는 일을 해왔다. 이 책에도 그런 경향이 있는지는 독자들 스스로의 판단에 맡겨야 할 것이다.

그러나 내가 왜 헤겔 철학이라는 그 멀고도 복잡하며 범접하기 힘든 전문적인 체계를 그렇게 상세히 알 것을 독자들에게 요구하는지, 그 이유에 대해서는 독자로서 좀더 온전한 해명을 들을 권리가 있을 것이다. 이 책에서 나는 맑스가 사실상 헤겔을 **포함한다**는 입장을 취했지만, 이런 정교한 개념적 장비가 문학비평의 일상적 작업이나 개개 텍스트에는 과하다고 여겨질 수 있다는 점 또한 잘 알고 있다. 그렇지만 이는 정치교육 과정에서 문학비평이 그 자체로 차지하는 역할을 잘못 판단한 탓이다.

역사적 진화 및 봉건적·부족적 사회의 구성양식으로부터 자본제의 출현을 강조하는 구식 맑스주의 비평의 수사학은 **발생론적**(genetic)이라 불러도 무방하겠다. 고든 차일드(Gordon Childe)[6]의 저서들은 영국의 역사서술에서 그러한 접근방식을 보여주는 독특하면서도 낯익은 예이며, 한편 문학비평의 영역에서는 크리스토퍼 코드웰이나 에른스트 피셔(Ernst Fischer)[7]의 저작들, 루카치의 『미학』(Ästhetik) 등을 들 수 있는데, 이들은 동일한 기본전략을 각자 나름의 방식으로 구사한 예라 할 수 있다. 여기서 기본전략이란 예술 자체의 원초적 분화에 독자의 관심을 집중시키는 것으로, 예술은 제의(祭儀)와 종교에서 갈라져나와 우선은 전문화된 기법의 독자적인 총체로서, 마지막으로 근대에 이르러서

사회민주주의 선전가이자 정치이론가이다 ─ 옮긴이.

6 고든 차일드(Gordon Childe, 1892~1957)는 인간역사를 하나의 발전 패턴에 따른 일련의 혁명으로 구성된 계단 모델로 설명하여 20세기 중반을 풍미한 오스트레일리아 태생의 영국 역사가이다 ─ 옮긴이.

7 에른스트 피셔(Ernst Fischer, 1899~1972)는 오스트리아 태생 비평가로 *The Necessity of Art, Art Against Ideology* 등을 발표했다 ─ 옮긴이.

는 하나의 사업(business) 내지 반(反)사업으로서 점차 독자적인 입지를 다져가는 분화과정을 겪는다. 이런 접근방식은 축자적인 차원에서는 인류학적 사실을 다루지만 이 사실을 넘어서는 이데올로기적 효과를 가지니, 즉 역사적 현재에 대한 우리의 인식을 재편성하고 현대사회에 대한 우리의 상(像)을 재구성함으로써 현재의 문학과 예술의 개인주의 뒤에 가려진 더 오래된 집단적 예술실천의 모습을 식별해낼 수 있게 해주는 것이다. 이처럼 역사적 진화라는 개념은 본질적으로 우리의 사고를 새로이 정치화하는 하나의 형식 내지는 구실로서, 사회적으로 순기능적인 역할을 수행했던 좀더 건강한 과거의 예술을 일별하게 해줌으로써 우리로 하여금 미래에 어떤 종류의 사회변혁과 재생이 가능할지 이해할 수 있게 해준다.

그러나 오늘날의 서구문화는 더이상 이런 논쟁적 재구축으로 감당할 수 없게 되었다. 첫째로, 우리의 예술이나 우리의 사회 자체에 (적어도 오늘날 미국이 도달한 극단적인 단계에서는) 이런 식으로 건져낼 가치가 있는 것이 많다고 느낄 사람은 얼마 있을 것 같지 않다. 둘째로, 그러한 논증은 현재와 역사적·선사적 과거의 연속성에 근거하는데, 탈산업 자본주의의 새로운 생산·조직양식으로 말미암아 이 연속성이 결정적으로 해체되어버린 듯하다. 1930년대에 맑스주의 비평이 감당해야 했던 현실은 이제 더이상 존재하지 않는 더 단순한 유럽과 미국의 현실이었다. 그 세계는 우리의 생활형태보다는 오히려 과거 몇세기 동안의 생활형태와 더 많은 공통점을 지니고 있었다. 물론 더 단순했다뿐이지 더 쉬웠다는 이야기는 결코 아니다. 오히려 그 반대다! 그것은 사회갈등이 첨예해져서 한결 분명히 가시화된 세계로서, 개별 민족국가 안에서나 국제무대에서 여러 계급 간 상호적대의 구체적인 모델을 보여주었는데, 인민전선이라든가 스페인 내전처럼 적나라한 모델의 경우 사람들

14

은 어느 편에 설지 결단하고 죽음을 감수해야만 했으니, 뭐니뭐니 해도 언제나 가장 어려운 일은 이런 것들이 아닌가.

이제 더이상 찾아볼 수 없는 것은 바로 가정과 거리의 일상적 경험에서부터 총력동원에 이르기까지 일관되게 작동하던 계급 모델의 이같은 가시성과 연속성이다. 물론 이 소멸은 상대적이고 나라마다 다르다. 가령 이른바 **경제기적**의 나라 독일에서는 오래전에 사라진 계급성이 프랑스에는 여전히 존재하며, 이 책에서 논의된 저작들의 저마다 다른 강조점에도 이 점이 분명히 반영되어 있다. 그러나 대부분의 경우, 특히 미국에서, 탈산업 독점자본주의의 발전은 언론매체나 특히 냉전의 개시 이후 어마어마하게 확대되어온 광고·선전이 구사하는 은폐기술을 통해 계급구조를 점점 더 심하게 은폐해왔다. 실존주의식으로 말하자면 이는 곧 우리의 경험이 이제 전체성을 상실했다는 이야기다. 이제 우리는 풍요사회의 벽과 한계 안에서 나름의 논리에 따라 영위되는 개인적 삶의 관심사와, 신식민주의·억압·반혁명전쟁 등의 형태로 바깥세계에 투사된 이 체제의 구조적 결과물들 사이의 연관을 피부로 느끼지 못하게 된 것이다. 심리학적으로 말하자면 서비스경제로서 우리 사회는 이제 세계에서 행해지는 생산과 노동의 현실에서 너무나 멀어졌고, 그 결과 인공적인 자극과 TV로 전송되는 경험들로 이루어진 꿈속 세상을 살고 있는 것이다. 중대한 형이상학적 관심사들, 즉 존재라든가 삶의 의미 같은 근본적 문제들이 이처럼 전혀 상관없는 무의미한 이야기처럼 여겨진 경우는 과거의 그 어떤 문명에서도 없었던 일이다.

이런 상황에서, 바로 미국 안에서는 어떤 전략적·정치적 질문이든 무엇보다도 우선 이론적인 질문이 될 수밖에 없으며, 온갖 차원에서 이데올로기적 은폐를 자행하는 거짓되고 비현실적인 문화의 끈끈한 거미줄에 어떤 실천방식이든 꼼짝없이 얽혀들 수밖에 없다. 시가전의 전사나 도시게릴라가 현대국가의 무기나 테크놀로지와 싸워 이길 수 있느냐 없느냐가 아니라, 오히려 초국가(superstate)에서 거리(street)가 어디에 존재하는지, 경영과 자동생산의 물샐틈없는 망으로 이루어진 새로운 국가에 구식 거리라는 게 과연 아직도 존재하는지, 오늘날 맑스주의의 이론적 문제는 바로 이런 것들이다. 적어도 과잉개발국이라 명명해도 좋을 나라들의 경우에는 말이다.

지금 이 세계에 서로 다른 여러가지 맑스주의가 존재하고 각기 그 나름의 사회경제체제의 특정한 요구와 문제 들에 대응하고 있다는 것은 맑스주의의 정신에, 즉 사상은 그 구체적인 사회상을 반영한다는 원리에 완전히 부합하는 현상이다. 가령 어떤 유형의 맑스주의는 사회주의권의 혁명 후 산업사회에 상응하고, 일종의 농민적 맑스주의라 할 유형은 중국과 꾸바 및 제3세계 국가들에 상응하는가 하면, 서구의 독점자본주의에서 생겨난 독특한 문제를 이론적으로 다루려는 또다른 유형도 있다. 헤겔 철학의 거대한 주제들, 곧 부분과 전체의 관계, 구체성과 추상성의 대립, 전체성이라는 개념, 현상과 본질의 변증법, 주체와 객체의 상호작용 등이 다시금 시대를 풍미하게 된 것은 나로서는 탈산업사회의 맑스주의라 부르고 싶어지는 바로 이 맨 마지막 유형과 관련해서다. 기술적(記述的)인 동시에 진단적(diagnostic)이 되기를 지향하는 문학비평이라면 이 주제들을 무시한들 결국 모두 다시 만들어내야 하는 댓가를 치를 뿐이다.

1971년 3월
라 호야에서

차

례

일러두기

1. 본문의 이해를 돕기 위해 옮긴이가 덧붙인 부분은 방주 〔 〕로 표시했다. 각주의
   옮긴이 주는 '―옮긴이'로 표시했다. 별도 표시가 없는 것은 모두 원서의 주이다.
2. 원서의 강조표시 중에 이탤릭은 고딕체로, " "는 ' '로 표시했다.
3. 인용된 저서는 원어 제목을 밝혔다.

T. W. 아도르노,
혹은
역사적 비유들

T. W. 아도르노, 혹은 역사적 비유들

 공중(公衆)의 소멸을 주요 주제로 다루는 저자를 도대체 누구에게 소개할 수 있을까? 현대의 예술과 사상은 어려워야 한다고, 참여자들의 집중력을 엄격히 요구함으로써 그리고 전혀 낯선 진짜 세계를 날것 그대로 볼 수 있도록 마비된 사고와 둔화된 인식을 다시 일깨움으로써, 그 진실과 신선함을 지켜나가야 한다고 가차없이 주장하는 저작들을 요약하고 단순화하고 좀더 널리 읽힐 수 있도록 만들려는 노력이 과연 어떻게 제대로 정당화될 수 있겠는가?

 T. W. 아도르노의 평생의 저작은 모든 점에서 마치 그것이 고발하는 사회경제현상인 노동분업, 즉 일견 서로 무관한 듯한 많은 전문분야들로 지적 에너지가 단편화되는 현상을 오히려 촉발하고 악화시키려는 것처럼 보인다. 그러므로 우리에게 주어진 가장 철저하고 비판적인 현대문화 비판 중 하나라 할 수 있는 아도르노의 비판은 약속시간 사이에 한 시간쯤 틈을 내어 간편하게 훑어볼 수 있는 성질의 것이 아니다. 사실 그의 현대문화 비판은, 그 이유에 대해서는 뒤에 가서야 제대로 밝

힐 수 있겠지만, 일반론적 성격의 어떤 독립명제로 존재하지 않는다. 그것은 자신의 다양한 관심분야의 기술적 세부까지 상세히 파고드는 아도르노의 작업과 하나이기 때문이다. 그는 전문철학자로서 현상학과 실존주의에 대한 헤겔주의적 비판자이자, 토마스 만(Thomas Mann)이 『파우스투스 박사』(Doktor Faustus)를 집필할 때 '음악고문' 역을 해준 작곡가 겸 음악이론가였으며, 또한 간헐적이나마 평생에 걸쳐 문학비평가로 활동했고, 마지막으로 반유대주의에 대한 선구적 조사연구인 기념비적 저서 『권위주의형 성격』(Der autoritäre Charakter)에서부터 '문화산업'(이 용어부터 그가 만들어낸 것이다)과 소위 팝음악의 해부에 이르기까지 다양한 폭을 지닌 사회학자이기도 했던 것이다.

그러나 비록 이 다양하고 독립적인 탐구분야들이 각기 고유의 구조와 법칙, 고유의 독립적 전통, 고유의 엄밀한 기술적(技術的) 용어를 갖고 있으며 우리가 이데올로기라는 단어에서 연상하는 단순한 부수현상, 즉 허위의식으로 치부해버릴 수만도 없는 것들이지만, 그럼에도 불구하고 문화 영역을 떠도는 대상으로서 불안한 생존과 불확실한 위치를 차지하고 있다는 점에서는 모두 마찬가지다.

아도르노는 철학체계뿐 아니라 음악의 스타일도, 19세기 소설과 함께 유행가 목록까지 포괄하는 이런 문화현상들을 다룰 때 이것들을 맑스주의에서 **상부구조**라 부르는 것의 맥락에서 이해해야 한다는 점을 분명히 한다. 이런 점에서 이런 사고는 대상이 독립적 실체로서 갖는 독자성을 존중하면서도 전문적 분석의 한계를 넘어설 필요를 인정한다. 이 사고구조 자체에 이미 내적인 것에서 외적인 것으로, 개별적 사실이나 작품으로부터 그 뒤에 자리한 더 넓은 어떤 사회경제적 현실로 나아가는 움직임이 전제되어 있다. 달리 표현하면 상부구조라는 용어부터가 이미 그 대립개념을 함축된 비교대상으로 포함하고 있는 셈이며, 또 이

용어가 구축되는 순간부터 스스로 하나의 사유로 완결되는 전제조건으로서 사회경제적 토대 내지 **하부구조**와의 관계라는 문제를 제기하게 된다는 이야기다.

따라서 나는 문화사회학이 무엇보다도 먼저 하나의 **형식**이라고 말하고 싶다. 문화사회학을 정당화하기 위해 어떤 철학적 전제를 끌어들이든, 실천이자 개념 작업으로서 문화사회학은 항상 두 극 사이에 방전이 일어남을, 즉 두 불균등한 항목이나 서로 무관한 것 같은 두 존재양식이 서로 마주치게 됨을 뜻한다. 가령 문학비평 영역에서 사회학적 접근은 필연적으로 개별 예술작품을 더 넓은 형식의 사회현실과 병치하게 된다. 그리고 이때 사회현실은 이런저런 면에서 작품의 원천 내지 존재론적 기반, 말하자면 그 게슈탈트 장(Gestalt field)으로 간주되며, 이 문제적인 핵심적 관계를 파악하는 수많은 방식 중 몇가지만 열거하자면, 작품은 사회현실의 **반영**이나 **징후**, 특징적 **표출**이나 단순한 **부산물**, 그 의식화나 상상적 내지 상징적인 **해결** 등으로 간주된다.

그렇다면 분명 문학사회학은 역사학 자체의 발명과 더불어 낭만주의 시기에 발생했는데, 왜냐하면 문학사회학이란 통일된 문화의 장을 구축하는 모종의 이론화가 선행되었을 때 가능한 것이기 때문이다. 이 장을 구체적으로 어떻게 이해하든, 즉 정치체제(예컨대 전제사회나 공화정사회와 대립하는 군주제사회의 특성), 역사시대(고대, 중세, 근대·낭만시대), 혹은 국민적 특성(영국적·프랑스적·독일적 기질)을 지닌 유기적 언어의 견지에서 이해하든, 혹은 좀더 최근에 그렇듯 문화적 성격이나 사회경제적 상황(탈산업, 개발도상, 저개발)의 언어로 이해하든 간에 그렇다. 예술에 대해 이런 식으로 사고하는 것, 즉 취향(taste)의 영역에서 역사성에 생각이 미치기 시작한 것은 처음에는 물론 좌파 우파의 구별이 없었으니, 이런 사고가 생겨난 근원이 바로 혁명기의 격동에 있었기 때문이다. 그러므로 샤또브리앙(F. de Chateaubriand)[1] 같은 왕당파도 제반 문화의 상대성과 인간경험의 역사성에 대해서 스딸 부인(Madame de Staël)[2] 못지않게 깊은 인식을 지니고 있었는데, 스딸 부인의 「사회제도와의 관계에서 본 문학」(De la littérature considérée dans ses rapports avec les institutions sociales, 1800)은 비꼬(G. Vico)[3]와 몽떼스끼외(C. de Montesquieu)[4] 이후 이 주제를 본격적으로 다룬 최초의 논문이라 할 만하다. 사실 나중에 이 책에서도 낭만주의자들을 원조로 모시는 사회학적이며 '가치중립적'인 문학 접근방식과 여기서 내가 제시하는, 특히 맑스주의적 문학분석 형태를 구별하는 문제를 다룰 것이다.

그러나 어쨌든 이런 모종의 문화적 통일성의 관념이 확립되면, 사회학적 작업의 두 근본요소인 작품과 배경이 변증법적이며 거의 화학적인 방식으로 상호작용하기 시작한다. 그리고 이 순전한 상호관련성이란 사실은 그것을 설명하기 위해 뒤이어 만들어진 인과관계·반영·유비(analogy) 등의 개념적 범주들보다 앞서는 것이다. 따라서 이런 범주들은 원래 모델의 다양한 논리적 순열 내지 조합으로, 혹은 그 모델이 구축해내는 게슈탈트의 여러 시각적 가능성들로 볼 수 있다. 다시 말해 그런 상이한 두 항목을 하나의 단일한 사유의 틀 속으로 포용하는 정신의

---

1 샤또브리앙(F. de Chateaubriand, 1768~1848)은 프랑스의 초기 낭만주의 작가이자 정치가이다——옮긴이.
2 스딸 부인(Madame de Staël, 1766~1817)은 빠리 등지에서 활동한 스위스 문인으로 문필활동과 쌀롱을 통해 당대 유럽문화의 구심점을 제공했다——옮긴이.
3 비꼬(G. Vico, 1668~1744)는 이딸리아의 법학자·문학가·철학자로 근대 사회학 및 역사철학의 시조이자 '신인문과학'의 제창자이다——옮긴이.
4 몽떼스끼외(C. de Montesquieu, 1669~1755)는 프랑스의 문학가·철학자로 정부의 분류에서 역사적 접근을 했으며, 종교는 사회적 현상으로 진실성과 무관하게 유용성을 논할 수 있다는 주장을 폈다——옮긴이.

능력을 사후에 정신 스스로 설명하려는 노력들로 볼 수 있는 것이다.

이런 맥락에서 생각하면 사회적 존재에 의한 혹은 '종족·시대·환경'에 의한 결정론이라는 곤혹스러운 문제를 괄호 속에 넣어버릴 수 있게 되며, 또한 맑스주의와 베버학파의 대립을 낳는 것으로 보이던 논제들이 실상은 환각에 불과함이 밝혀진다. 이런 관점에서는 청교주의(Puritanism) 같은 현상에 대한 맑스주의의 분석(청교주의가 초기 자본주의 이데올로기 중 하나라고, 다시 말해 사회적 맥락에 의해 결정되고 그를 반영한다고 보는 입장)과 막스 베버(Max Weber)의 분석(청교주의는 서구의 자본주의 발달에 기여한 요소 내지 원인 중 하나라고 보는 입장)은 본질적으로 같은 모델에서 나온 변형들이기 때문이다. 또한 종교개혁자들의 신학이나 16세기 상업구조의 변화 등 대상이 되는 요소들 각각을 개별적으로 다룬, 말하자면 평면적인 연구들과 비교할 때 이 두 관점은 하나의 의식형태를 집단적이며 제도적인 조직의 패턴 위에 중첩시키는 일종의 **표의문자**로서, 오히려 훨씬 더 많은 공통점을 지닌다.

따라서 이런 사고의 특징은 엄청나게 다른 두 실재, 독립적인 두 부호 내지 기호체계, 이종적이고 비대칭적인 두 항목(정신과 물질, 개인적 경험의 자료와 제도적 사회의 좀더 방대한 형식들, 실존의 언어와 역사의 언어 등)들을 하나의 형상(figure) 속에 연결하려는 의지에 있다. 그러므로 아도르노의 『신음악의 철학』에 나오는 다음 구절은 함축적인 철학적 명제이거나 문제되는 역사적 현상들에 대한 참신한 재해석이기보다는 은유적인 작문, 일종의 문체상의 혹은 수사(修辭)상의 비유법이라고 보아야 하며, 그를 통해 새로운 역사적 혹은 변증법적 의식이 종전의 분석적이거나 정태적인 생각의 구문론적 인습에서 벗어나 사건의 언어 속에서 스스로의 진실에 도달하게 되는 것이다.

논리실증주의와 음악의 수학적 기법들이 빈(Wien)에서 생겨난 것은 우연이라 하기 어렵다. 숫자놀이를 좋아하는 것은 다방에서 서양장기를 두는 것만큼이나 빈 정신의 독특한 특징이다. 여기에는 사회적 이유가 있다. 오스트리아의 지적 생산력이 고도자본주의의 기술 수준까지 높아지는 내내 물질적 힘은 뒤져 있었다. 그 결과 발휘되지 못한 숫자능력은 빈 지식인들의 상징적 성취물이 되었다. 그들은 실질적인 물적 생산과정에 참여하고 싶으면 독일제국에서 자리를 알아보아야 했다. 고국에 남아 있는 한, 의사나 법률가가 되거나 재무능력의 신기루인 숫자놀이에 골몰했다. 이런 방식을 통해 빈 지식인은 스스로에게, 그리고 다른 모든 사람들에게 (고맙게도!) 뭔가 입증하려 하는 것이다.[5]

오스트리아인의 성격에 대한 정신분석? 현실에서는 극복할 수 없는 모순을 **상상계** 영역에서 사회가 어찌 해결하는지를 보여주는 표본교육? 아니면 음악과 기호논리학 및 재무계산표를 문체상으로 병치한 것? 물론 위의 텍스트는 이 모든 것이지만, 그래도 무엇보다도 우선 하나의 완결된 물건, 나로서는 하나의 시적 대상이라고 부르고 싶어지는 그런 것이다. 그 가장 특징적인 연결사('……는 우연이 아니다')는 무슨 삼단논법 구사의 표지라기보다는 '마치 ……하듯 이 역시'(just as … so)라는 영웅서사시풍 직유[6]에 해당하는 것이기 때문이다.

또한 여기에 내포된 갑작스런 에너지 교환이 병치된 요소 중 어느 하나에 대해서라도 진정 새로운 지식을 가져다주는 것은 아니다. 사실 우

---

5 T. W. Adorno, *Philosophie der neuen Musik* (Frankfurt: Europäisme Verlagsanstalt 1958) 62~63면.

6 영웅적 행위와 일상적 행위를 빗대며 길게 이어지는 직유. 호메로스의 『일리아드』와 『오디세이아』에서 쓰여 호머풍 직유라고도 불린다—옮긴이.

리가 이 요소들 간의 뜻밖의 연결을 제대로 음미할 수 있으려면 요소 하나하나가 그 자체로 무엇인지 이미 알고 있어야 하는 것이다. 그보다 실제로 일어나는 일은 우리가 문득 짧은 한순간 통합된 세계를 일별하게 된다는 것이다. 다시 말해 처음에는 더없이 거리가 멀어 보이던 불연속적 실재들이 그럼에도 불구하고 어쩐 일인지 서로 연루되고 얽혀들며, 시선이 닿는 곳마다 우연의 지배가 잠시 상호교차하는 관계망으로 재구성되고 우발성이 일시적으로 필연성으로 변환되는 우주를 일별하는 것이다.

이런 역사적 형식을 통해 물질영역과 정신영역 사이에 순간적으로 일종의 화해가 이루어진다고 해도 지나친 말은 아니다. 이 형식의 틀 속에서 이데올로기적 현상의 본질적 추상성은 문득 대지와 접하게 되어, 사물과 물질적 생산으로 이루어진 현실세계의 행위가 지니는 밀도와 의의를 얼마간 부여받기 때문이다. 한편 물질적 차원에도 일종의 변형이 섬광처럼 스치고 지나가게 되니, 방금 전만 해도 물질의 타성과 저항처럼, 즉 전혀 무의미한 역사적 우연처럼 보였던 것(오스트리아 발전의 결정적 요소들의 경우를 예로 들면 지리나 외국의 영향 같은 우연적 작인(作因)들)이 그것과 연관지어진 대상들이 지닌 관념성에 의해 이제 돌연히 정신화되고, 이 역사적 우연의 최종산물인 그 수학적 체계들의 자장 아래서 일련의 뜻밖의 통일체들로, 이름을 붙일 수 있는 하나의 사회경제적 양식으로 재편성되는 것이다. 이처럼 정신은 실재를 알기 위해 스스로 육화되며, 또 그 결과 정신 자체도 한층 더 이해 가능한 자리에 놓이게 된다.

그렇지만 변증법적 방법의 가장 기본적인 교훈 중 하나는 바로, 주어진 한 사유양식의 잠재적 발전가능성은 최초 항(項)들의 구조 자체 속에 이미 결정되어 있어서 이를테면 그 운명이 예정되어 있다고 할 수 있으며, 따라서 그 출발점의 특징을 반영한다는 것이다. 그러므로 여기서 기술한 사회학적 형상이 어느 규모까지 확대되어 투사될 수 있느냐 하는 한계는 종합되는 대상들의 성격 속에 함축되어 있다. 재치(wit)와 마찬가지로, 아도르노 비유법의 힘 역시 개재된 지각(知覺)의 순간성에서 나오는 것이었다.[7] 그런데 하나의 문화적 사항을 원자론적으로 따로 떼어 이해한 연후에 역사적 배경과 병치하는 것은, 그 사항이 개별 작품이건 새로운 기법이나 이론이건 심지어는 독립적 실체로 파악된 새로운 운동이나 역사적 연속성에서 분리된 시대양식처럼 방대한 것이건 간에, 결국 정태적일 수밖에 없는 모델 구축으로 이어진다는 것은 너무도 명백하다.

따라서 상부구조들을 본격적으로 탐구하고 서정시적 규모가 아니

---

7 그렇다고 이것을 곧 아도르노 자신의 저서에 제대로 융합되지 못한 채 번갈아가며 나타나는 두가지 변증법적 사유양식이 존재한다는 증거로 여겨서는 곤란하다. 오히려 그 저서에서는 거의 물리적이라고 할 만한 원인이 문제의 인용 텍스트의 독특한 구조를 설명해준다고 할 수 있는데, 이 인용문은 실제로 하나의 완결된 **각주인** 것이다. 또한 『신음악의 철학』에 나오는 각주가 양도 많고 높은 문체적·철학적 수준을 보여준다는 것은 '우연이 아니라' 징후적 가치를 지니는 사실이다. 이런 맥락에서 볼 때 실제로 각주란 나름의 내적 법칙과 관습을 지니고 있으며, 그것을 지배하는 더 넓은 형식과 나름의 규정된 관계를 맺고 있는, 작지만 자율적인 하나의 **형식**으로 간주할 수 있다. 그런데 이 형식은 19세기 소설에서 번창했던 여러 유형의 여담(餘談)이나 교훈적 우화와 같은 종류의 것이다. 지금 살펴보는 사례에서 각주는 하나의 서정적 형식으로서, 아도르노로 하여금 본문에서 다루는 자료의 냉혹한 논리에서 일순간 벗어나 다른 차원들로, 즉 더 넓은 역사적 성찰의 지평 및 하부구조로 옮아갈 수 있게 해준다. (짧아야 하며 완결된 것이어야 한다는) 각주의 한계 자체가 바로 지적 에너지의 해방을 가능케 하는 것이다. 그렇지 않으면 분방해지기 쉬운 사변적 경향에, 즉 이후 우리가 '역사이론'들의 범람이라 묘사할 경향에 견제 역할을 하는 것이 바로 이 한계들이기 때문이다. 따라서 각주 자체는 체계적 철학화와 구체적 현상에 대한 경험적 연구 둘 다 그 자체로는 거짓이 되는 순간, 그 둘의 틈을 비집고 나온 살아 있는 사유가 페이지 맨 아래 작은 활자 속에서 단속적 생존을 도모하는 그런 순간을 나타낸다.

라 서사시적 규모의 확장된 역사적 비유를 구축하기 위해서는, 우선 문화 항목의 원자론적 성격을 넘어설 필요가 있다. 본질적으로 이는 개개의 소설을 그 사회경제적 배경과 병치하는 작업과 그러한 배경에 비추어 파악된 소설의 역사 간의 차이이다. 실제로 바로 이 지점에서 형식과 배경 혹은 점(點)과 장(場)의 관계였던 것이 두 장, 두 계열, 두 연속체의 포개짐(superposition)으로 바뀌는 것이며, 인과관계의 언어가 유비(analogy) 내지 상동(homology)의 언어, 평행(parallelism)의 언어로 대치되는 것이다. 이제 소우주의 구축, 문화적 연속체의 구축은, 그것이 의상(衣裳)의 역사든 종교운동의 역사든 문체상의 관습들의 운명이든 철학적 논제로서의 인식론의 성쇠든, 소우주의 구조 자체 속에 비교 대상으로 포함되어 있는 사회경제적 대우주 내지 하부구조와의 유비를 포함하게 될 것이다. 그리하여 이제 우리는 후자(대우주)의 용어를 전자(소우주)에, 흔히 매우 계시적인 방식으로 이전할 수 있게 된다. 가령 정신적인 차원에서 사고팔 수 있는 하나의 상품으로서 19세기 소설은 나름의 '자본의 원시적 축적' 단계를 거쳤다고 말할 수 있다. 이제 스콧(Walter Scott)이나 발자끄(Honoré de Balzac)의 이름은 공정을 거쳐 궁극적으로 사고팔 수 있는, 즉 서사화될 수 있는 형태와 형식으로 변형하기 위해서 사회적·일화적(逸話的) 원료를 집적하는 이 원초적 단계와 관련지을 수 있다.

동시에, 문화적인 것은 경제적인 것보다 복잡성이 훨씬 덜한 만큼, 문화는 축소되고 단순화된 규모에서 실재에 접근하는 유용한 입문 구실을 할 수 있다. 그렇기 때문에 엥겔스(F. Engels)는 "(이를테면 혁명 후 부동산과 동산의 재배치 같은) 세세한 경제현상에 관해서조차 이 시기를 연구하는 공인된 역사가·경제학자·통계학자들을 모두 합쳐놓은 것보다도 더 많은 배움을" 발자끄의 "완벽한 프랑스 사회사에서 배웠다"[8]고 말했던 것이다. 사실 전통적으로 맑스주의 문학비평은 변증법적 방법의 정교함과 맑스주의 사회경제이론의 복합성을 제대로 이해하는 데 편리한 입문 구실을 해왔다. 그러나 현대의 맑스주의 문학비평은 엥겔스가 내용에서 배웠던 그것이 바로 형식 자체 속에서 작용하고 있음을 증명해내야 한다. 처음에는 모델이 현실의 투사(投射)로 출발했지만, 이제는 다름 아닌 모델이 현실의 거대하고 당혹스러운 실체를 읽어내는 데 도움을 주게 된 것이다.

1

물론 이런 역사적 모델들을 온전히 예증하는 이상적인 자료는 일상생활과 가장 거리가 먼 영역에서 구할 수 있을 것이다. 이를테면 비(非)유클리드 기하학이라든가 우리의 세계를 실험적 차원으로 재복사해놓은 공상과학소설의 다양한 논리적 세계 등에서. 따라서 우리의 목적에는 문학이나 철학 등 좀더 표상적인 양식들보다는 시각예술의 역사나 수학의 발달에서 이끌어낸 사례들이 더 적합하다. 전자를 변증법적으로 다룰 때에는 은연중 형식에서 내용으로 넘어가기가 쉽고, 그 과정에서 분명히 해야 할 방법론적 요지들이 흐려지게 마련이기 때문이다.

가령 우리가 앞에서 발자끄의 '원료의 원시적 축적'이라 규정한 것은 형식적 차원에 해당하는 언급으로, 두 형식적 과정의 평행관계를 강조하기 위해서였다. 그러나 이런 유비는 발자끄의 원료, 곧 내용이 우리가 형식과 비교한 바로 그 자본의 원시적 축적이라는 사실로 말미암아 복

---

8 Marx und Engels, *Über Kunst und Literatur* (Berlin: Aufbau Verlag 1953) 122면.

잡해진다. 최초의 기업과 최초의 재산의 기원이야말로 그가 서술하는 원형적 이야기들의 중요한 일부이기 때문이다. 따라서 문학은 모델로 서는 더 추상적인 예술보다 쓸모가 적다. 그러므로 앞으로 소설의 발달 과정에 평행하는 사항들은 그 자체 독자적인 역사적 투사물로서보다는 우리가 제시할 중심 모델에 대한 유비로 강조될 것이다.

그런데 전문화된 것들도 간혹 당연한 것으로 간주될 때가 있고, 고도 로 세련된 기법들도 전반적인 일상생활의 불분명함 속에서 자연스럽게 여겨지기도 한다. 따라서 아도르노의 역사적 통찰의 독창성을 온전히 평가하기 위해서는, 우리는 습관적으로 당연시해오던 일부 사회현상에 새로운 낯섦을 부여하는 노력을 해야 한다. 이를테면 정장을 한 사람들 이 각자 자기 자리에 꼼짝도 하지 않고 줄지어 앉아서는 서로 옆사람과 접촉도 없는 것 같고, 또한 일체의 직접적인 시각적 광경에서 묘하게 절 연된 상태로 가끔씩 뭔가에 골똘히 몰두하는 듯 눈을 감기도 하고, 또 때로는 느른한 방심상태로 홀 건너편 벽장식을 살펴보기도 하는 모습 을, 한 이방인의 눈으로 지켜본다든가 할 필요가 있다. 이 묘한 행태와 (휘장 뒤에서 연주하는 아라비아 악사들처럼 이 행태에 일종의 배경 같 은 것을 제공해주는 듯 보이는) 악기들의 곤혹스런 소음의 뒤범벅 사이 에 도대체 의미있는 관계가 성립하는 것인지를 이 구경꾼으로서는 즉 각 분명하게 알아낼 수가 없다. 우리로서는 당연히 받아들이는 다음과 같은 사실도 그런 국외자에게는 명백한 것이 아니다. 음악당 자체가 성 립하게끔 만드는 사건이란 바로 귀에 들어오는 소리 패턴의 흐름에 주 목하는 행위, 즉 마치 순수하게 악기로만 이루어진 일종의 연설이라도 듣듯 비언어적 기호체계의 조직화되고 의미있는 연쇄에 주목하는 행위 로 이루어진다는 사실 말이다.

서구의 다성음악(多聲音樂)은 다른 어떤 문화에도 그에 상응하는 제도가 없는, 그런 만큼 '부자연스러운' 것이다. 비록 서양음악이 제의(祭儀)에서 기원했으며, 그 초기 형식들은 춤과 영창(咏唱) 및 다른 문화들의 순수 단성부곡(單聲部曲)과 본질상 구별되지 않지만, 그 가장 독특한 형식에서 서양음악은 그러한 원시적 음악활동과의 관계를 끊어버렸다. 후자의 경우에서는 음악적 실체가 아직 구체적 삶과 사회현실에 연루되어 있으며, 따라서 아직은 표상적인 것으로 남아 있고 일종의 내용 같은 것을 보존해왔다고 말할 수 있다. 이전의 기능적 음악과 서양음악의 차이는 이제 단순히 정도의 차이가 아니라 종류상의 절대적 차이이다. 서양음악은 나름의 자율성을 발전시켜 독자적 사건의 위치를 획득했으며, 참여자로 하여금 다른 활동을 유보한 채 전에는 한번도 쓰인 바 없는 모종의 긴장되고도 비언어적인 정신능력을 행사하도록 요구한다. 또한 거기에는 실질적으로 부동자세를 취하고 있는 15분 내지 20분 동안에 뭔가 진정한 것이 일어난다는 확신이 뒷받침되어 있다. (수학적 언어가 일상회화와 다른 것만큼 이런 청취의 특징인 능동적이며 해석적인 집중은 일상적인 듣는 행위와 다르기 때문에) 마치 새로운 감각이 창조된 것 같으며, 마치 새로운 기관이 발달하고 새로운 유형의 지각(知覺)이 형성되기나 한 것처럼 말이다. 특히 주목할 만한 점은 이런 새로운 지각을 형성한 재료가 매우 빈약한 것이라는 점이다. 귀란 감각 중에서 가장 구태의연한 것인데, 악기의 소리는 말이나 시각적 상징보다 훨씬 더 추상적이고 비표현적인 것이기 때문이다. 그러나 변증법적 과정은 역설적인 역전들로 특징지어지며, 바로 이 원시적이며 **퇴행적인** 출발점이 가장 복잡한 예술의 발달을 결정짓는 것도 그 한 사례라 할 수 있다.

마지막으로, 우리는 서양음악이 자연적인 것이 아니라 역사적인 것인 만큼, 그리고 그것의 발달 또한 바로 서양문화의 역사와 발달에 철저히 매여 있는 만큼 서양음악은 또한 유한한 것임을 명심해야 한다. 즉 서양음악은 진정한 활동으로서는 당연히 죽게 될 것임을, 다시 말해 어떠한 사회적 필요를 충족해준다는 목적을 완수해서 그 사회적 필요가 사라졌을 때에는 소멸할 것임을 명심해야 한다. 이른바 고전 음반이라는 것의 생산이 현재 대기업화되어 있다는 사실에 현혹되어 서양음악의 황금기가 과거 중부 유럽의 일정한 상황과 특별한 관계가 있음을 망각해서는 안 된다. 과거 중부 유럽에서는 전국민의 상당수가 음악을 연주했고 지금의 수동적인 소비자들과는 질적으로 달라서 음악을 안에서부터 알고 있었다. 이와 거의 마찬가지로, 서간체소설 같은 장르는 편지 쓰기가 더이상 중요한 일상활동도 아니요 제도화된 의사전달 형식도 아닌 시대에는 그 존재이유 자체를 잃고, 사회적·언어적 기반을 잃게 된다. 또한 달변과 비유적 표현이라는 한쌍의 확장형식을 사용하는 능력이 완전히 결핍되어 대화와 언어표현이 무미건조하고 생명력 없는 것이 된 문화에서는 서정시의 특정 유형들이 사라지게 된다.

따라서 서양음악은 그 출발부터 스스로를 문화 전체로부터 뚜렷이 분리하고, 그 시대의 일상적인 사회생활과 동떨어진, 그러면서 말하자면 그와 평행선으로 발전해가는 자족적이며 자율적인 영역으로 스스로를 재구성한다. 그럼으로써 음악은 나름의 내적인 역사를 획득할 뿐 아니라 사회적·경제적 대우주 자체의 모든 구조와 차원을 작은 규모로 그대로 복사해내기 시작한다. 그리하여 자기 고유의 내적인 변증법, 자기 고유의 생산자와 소비자, 자기 고유의 하부구조를 드러낸다.

예를 들어, 서양음악에서 우리는 기업이나 산업의 한층 넓은 세계에서와 마찬가지로 발명과 기계의 축소된 역사를 발견하게 된다. 이를 음악사의 공학적 차원이라 부를 수 있겠는데, 이는 바로 악기의 역사로서, 일반 역사의 세계(산업혁명)에서 기술적으로 악기에 해당하는 물건(증기기관)과 꼭 마찬가지로 악기도 작품과 형식의 발달에 대해 원인이면서 또한 결과가 되는 양의적인 관계를 갖는다. 악기들의 등장은 상당히 적절한 상징적 성격을 띤다. "데까르뜨 시대의 위대한 기술혁신 중 하나로 바이올린의 새롭게 영적인 음색을 꼽을 수 있다는 것은 공연한 일이 아니다."[9] 사실상 바이올린은 주도권을 장악한 오랜 세월에 걸쳐 철학적 사유의 무대에 개인적 주관성이 출현한 사태와 이처럼 긴밀히 동일시되어왔다. 바이올린은 예나 지금이나 서정적 주체의 정서와 요구를 표현하는 데 탁월한 매체인데, 바이올린 협주곡은 교양소설(Bildungsroman)과 매우 흡사하게 개인의 서정적 영웅행위를 전달하는 구실을 하며, 다른 형식에서는 관습상 오케스트라의 현악기들이 객관세계의 필연성에 대한 항의와 주관적 감정의 복받침을 표현한다. 같은 이야기지만 작곡가가 바이올린의 노래하는 듯한 음색을 억누르고 현악기 없이 오케스트라를 편성하거나 (쇤베르크의 '불쾌한' 피치카토나 스트러밍strumming, '섬뜩한' 가성假聲효과 등에서 그렇듯이) 현악기를 뜯거나 거의 타악기처럼 때리는 장치로 변형할 때 바이올린에 벌어지는 사태는, 개인을 분쇄하는 힘을 표현하고 또한 개인적 고뇌를 감상적으로 드러내는 데에서 벗어나 새로운 탈개인주의적 틀을 만들어보겠다는 결의를 나타내는 조짐으로 볼 수 있다.[10]

마찬가지로 이전의 대중적인 민속예술 대신에 들어선 저 상업적 음악에서 색소폰이 위력을 떨치는 것도 상징적 중요성을 지닌다. 제자리에서 왔다갔다 진동하는 바이브레이션이 근대의 주관적 흥분을 구현하

---

9 T. W. Adorno, *Versuch über Wagner* (Frankfurt: Suhrkamp 1952) 8면.
10 쇤베르크(A. Schönberg, 1874~1951)는 12음기법 등 무조음악에 공헌한 오스트리아의 작곡가. 피치카토(pizzicato)란 현악기에서 활 대신 손가락으로 줄을 뜯는 주법을 말한다——옮긴이.

는 바이올린의 솟구쳐오르는 울림을 대치하게 되며, 온통 관(管)과 판(瓣)으로 이루어진 금속성의 소리지만 ("물질적으로는 금관에 속하지만 연주양식에서는 여전히 목관악기이므로") "금관악기와 목관악기의 중간항에 해당하는" 만큼 "성적으로 양면적인"[11] 그 소리가 바이올린의 생생한 따뜻함을 대신하게 되는데, 후자가 삶을 표현했다면 새 악기는 삶을 흉내내는 데 불과하다.

또한 (교회와 쌀롱의 음악이 점차 중간계급의 관람적 형식으로 바뀌어가듯) 음악형식이 청중에 따라 진화하는 것이라면, 그것은 연주자의 사회적 기능의 변화에서도 영향을 받는다. 그 자신 위대한 지휘자이기도 했던 바그너(Richard Wagner)는 거장 지휘자의 역할을 예견해서 악보의 구조 속에 새겨넣은 음악을 작곡하려는 최초의 시도를 한다. 의회의 선동연설에서 그렇듯 청중은 최면술에 걸린 것처럼 지휘자한테 굴종한다. 청중의 음악감상은 질적으로 저하된다. 그들은 승리에 찬 전 시대 중산계급이 예술실천에 부여한 자율적 판단과 강렬한 집중을 잃고마는 것이다. 따라서 그들은 베토벤(Ludwig van Beethoven)의 쏘나타처럼 철저히 구성된 것은 점점 더 소화하지 못하게 되며, 바그너는 시간을 통해 발전하고 해결되는 주제와 변주 대신 한결 조야하고 한결 포착하기 쉬운 것을 제공한다. 즉 선전문구나 다를 바 없고 쉽게 알아볼 수 있는 주제들을 반복하는데, 더욱이 듣는 사람을 위해 지휘자가 독재적인 몸짓을 통해 이 주제들에 '숙명적' 밑줄까지 그어주는 것이다.

동시에, 시도동기(示導動機, leitmotif)의 발달은 음악전통 자체의 자율적 변증법의 측면에서 음악의 원료에 내재한 가능성과 음악적 법칙들이 서서히 발현되는 도중의 한 단계로 이해되어야 한다. 이런 관점에

11 T. W. Adorno, *Moments musicaux* (Frankfurt: Suhrkamp 1964) 123면.

서 보면 발전이 없고 경직된 바그너의 주제는 기능상 그것의 맥락에서 분리해낼 수 없는 베토벤의 주제들보다 오히려 퇴보한 것이라 할 수 있다. 음악에도 '바꿔쓰기의 이단'(heresy of paraphrase) 같은 것이 있다면 선율이나 주제를 그것에 유일하게 존재이유를 부여하는 결로부터 무자비하게 떼어놓는 것이 그러한 '이단'에 해당할 텐데, 애당초 그런 행위를 부추긴 것은 감상자 개개인의 변덕이라든가 형식에 대한 무지보다는 바로 작품의 구조 자체에 담긴 형식과 내용의 심층적 등가성(等價性) 혹은 괴리라는 사실을 덧붙여 지적해두어야겠다.

베토벤에게 쏘나타란 음악적 정체성(자기동일성)과 음악적 변화라는 문제에 대한 하나의 복잡한 해결책을 나타냈다. 그 형식의 특징들, 즉 가장 뜻밖이고 먼 음들에까지 주제를 확산하는 것(그러나 결국은 그 주제가 일종의 궁극성을 띤 채 다시금 그 근원점으로 돌아오도록 하는 것), 변주가 거듭됨에 따라 주제를 철저히 변신시키는 것(주제의 정체성을 좀더 확실하게 실증하기 위한 것)은 바로 조성(調性)체계의 확립과 같은 것이다. 이런 특징들이란 그 형식을 통해 재확인된 하나의 자명한 법칙인 조성을 감상자 앞에 구체적으로 재현해 보이는 것에 해당하기 때문이다.

그러나 바그너에게 문제는 종전의 의미에서는 변주가 불가능한 시도동기들 사이에 하나의 관계를 설정하는 일이다. 이제 영구성을 띤 요소는 악곡의 기본조(調, key)가 아니라 시도동기다. "필연성을 오히려 덕목으로 바꾼다"라는 말은 바로 변증법적 과정의 정수를 포착한 표현인 동시에 바그너의 자유를 역사적 상황과 관련지어 규정하는 표현이기도 하다. 바그너는 정태적 반복이라는 낡고 거추장스런 현상을 다룰 수 있는 하나의 구성적 원리를 고안하기 위해 미래의 음악기법 중 가장 선진적이며 진보적인 것의 씨앗을 품고 있는 어떤 것을 창안해내야 한다. 물

36

론 바그너식 오케스트라의 순전히 수직적인 울림이 반음정 위아래로 움직이며 여러 시도동기들을 서로 분리하는 방식은 쏘나타 형식 및 그 기초가 되는 조성의 파괴를 궁극적으로 완결짓게 될 것이다. 그러나 동시에 이 새로운 **반음계주의**(chromaticism)는 무조성(atonality)까지 넘어서서 미래의 12음계의 재체계화로 향하며, 따라서 한 특정 상황과 시기의 모순들에서 역사상 새로운 것이 생성되는 방식을 보여주는 좋은 표본교육이 될 수 있다. 또한 이것은 변증법적 분석에서 **진보적**이니 **퇴보적**이니 하는 용어들의 기능을 보여주는 예가 되기도 하는데, 이 용어들은 주어진 하나의 복합체의 요소들을 구분하되, 이런 구분이란 다만 이 요소들을 그 상호불가분성 속에서 좀더 확연히 재인지하고 또한 하나의 주어진 계기가 역사적 연속체에서 차지하는 위치를 감별하고 지각할 수 있도록 하기 위한 것일 뿐이다.

그러므로 자율적 체계 내에서의 발달의 한 예인 바그너의 반음계주의 창안은 다름 아닌 사회경제사라는 대우주 속에서 발견되리라 예상되는 변화들의 소규모 모델을 제시한다. 이런 예를 들어보면, 1848년 혁명으로 설립된 의회정부를 발전시키려는 노력들은 19세기 독일의 경제적 후진성 때문에 실패로 그치게 되었고, 이로 말미암아 좀더 진보적인 서구식 민주주의에 대한 독일민족주의와 중산계급의 열망 또한 그 악명 높고 치명적인 분리를 겪게 되었다. 이리하여 사회경제적 후진성은 정치적 권위주의로 귀결되었다. 그러나 후자가 다른 곳의 의회체제들보다 훨씬 더 효율적으로 산업발달을 자극할 수 있었던 까닭에 애초의 뒤처짐은 궁극적으로 변증법적 도약으로 귀결되었고, 이로 인해 독일은 19세기 말경에는 생산에서 최대 경쟁국과 어깨를 나란히 하게 되었으며 유럽에서 가장 최신의 산업설비를 소유하게 되었던 것이다.

또한 하부구조에서 작동하는 이런 모델은 다른 예술들의 발전에도 유비를 제공한다. 나는 어느정도 무작위로 소설의 역사에서 프루스뜨 (Marcel Proust)의 예를 선택하겠는데, 프루스뜨의 경우 에세이라는 담론형식에 대한 원래의 취향과 현재의 실존적 경험인 긴 정태적 장면에 대한 원래의 취향이 결합하면서 뜻밖의 혁신적 구성을 창출한다. 프루스뜨는 그의 장면형식을 확대하여, 오후의 긴 손님접대 중에 주제나 대화상대가 바뀔 때 생겨나는 단절을 최소화하면서 에세이투의 여담과 탐구가 계속 삽입될 수 있게까지 만드는 것이다. 또한 에세이가 그 제재를 미리 선택하는 것과 거의 같은 정태적 방식으로, 엄청난 규모의 장면들이라 할지라도 장면들부터가 이제 제재에 의해 다시 연결된다. 가령 하루의 시각에 의해서라거나 타고 가던 기차가 정거하는 데 따라서, 혹은 궁극적으로는 스완(Swann)네 쪽으로 가는 길과 게르망뜨 (Guermantes)가 쪽으로 가는 길이 지리적으로 동일하다는 점에 의해서 연결되는 것이다.[12] 그러나 원래는 프루스뜨의 상상력에 이야기꾼의 능력이 결핍된 데서 비롯한 이 다분히 정태적인 구성의 결과, 관습적인 선적(線的) 서술에서는 아직껏 볼 수 없었을 만큼 복합적으로 시간의 경과를 다룰 수 있게 된 것이다.

이처럼 아도르노에게 예술가의 이름들이란 형식의 역사상 이러저러한 계기들을, 즉 상황과 창안, 모순과 그 특정한 해결(거기서 다시 새로운 모순들이 튀어나오는 해결)의 이러저러한 체험된 통일성들을 나타내는 것이다. 우리가 베토벤에서 쇤베르크와 스뜨라빈스끼(Igor F. Stravinsky)까지 음악의 진보를 지켜보는 렌즈 속에는 근대사의 움직임에 대한 전체적 전망이 함축적으로 새겨져 들어와 있다. 특히 쇤베르크

---

12 프루스뜨의 『잃어버린 시간을 찾아서』(À la recherche du temps perdu)에 대한 언급이다—옮긴이.

와 스뜨라빈스끼는 아도르노가 표본적이며 원형적인 대립이라 여기는 것을 예증하는데, 이들은 20세기적 창조의 한쌍의 상징적 가능성들로서, 실로 예술 자체를 넘어서 이후 도래할 전체주의 세계의 사유와 행위에 대해 남아 있는 대안들의 두 원형이 된다. 따라서 이제 우리는 이 두 인물에 대한 아도르노의 연구로서, 막대한 영향력을 행사했고 지속적인 자극으로 가득한 『신음악의 철학』이라는 제목의 저서를 살펴보기로 한다.

2

낭만주의 및 중산계급의 권력장악 이래로 예술의 변화가 가속화됨에 따라 '새로운 것'이 예술과정에서 갖는 기능적 가치에 수정이 가해졌다는 점은 자주 지적되어왔다.[13] 새로움은 이제 비교적 부차적이면서 자연스러운 부산물이기보다는 그 자체로서 추구해볼 만한 목적으로 여겨지게 되었다. 그리고 과거의 혁신에 대한 지식은 개별 작품을 구성하는 데 새로운 자극을 제공하며, 따라서 이제부터 쇤베르크의 혁명과 같은 기술적 혁명은 두가지 차원에서 해석되어야 한다. 즉 음악사 전체의 성격을 규정해온 자료의 점진적이며 자율적인 진화라는 또 하나의 계기로서뿐만 아니라, 무엇보다도 순수형식적 창안을 통해 바로 역사의 미래 자체로까지 사유해 들어가려는 시도라는 현대 특유의 현상의 구체적 사례로서도 아울러 이해되어야 하는 것이다.

---

13 그 한 예로 Renato Poggioli, *Theory of the Avant-Garde* (Cambridge, Mass.: Harvard University Press 1968) 참조.

그러므로 음악적 소리의 진화는 우선 음악효과들 일반의 노화라는 배경과 관련하여 이해해야 하는데, 음악효과는 이를테면 나름의 내재적 생명을 지니고 있어 성숙기를 거쳐 쇠약해지고 결국은 일종의 자연사를 맞게 된다. 예를 들면 평범한 삼화음(triad)도 그것을 맨 처음 들은 사람의 귀에는 다시는 갖지 못할 강렬한 인상을 주었다. 그리고 원래는 다선율체계의 맥락에서 그것에 대한 화성(和聲)의 승리로 들렸던 이 음들은, 화성의 이념이 승리한 지 이미 오래며 그것이 원래 가졌던 대담성이 오래 전에 진부해져버린 세계에서 이제 우리에겐 맥없는 협화음(協和音)에 불과해진 것이다.

거의 같은 방식으로 우리는 문학작품의 역사에서도 진보 같은 것을 논할 수 있다. 그러나 이 경우에 진보란 개개 문체상의 혁신의 문제가 아니라 독서대중의 습관의 문제로서, 이는 순전히 주어진 하나의 역사적 환경이 지닌 단어의 양의 최대치가 얼마나 되는가에 따라 측정될 일이다. 예를 들어 몇개의 아무 수식 없는 이름들이나 평범한 명사들, 최소한의 묘사가 지난 세기들의 독자에게는 큰 암시적 가치를 가진 반면, 현대의 특징인 언어에 대한 과잉노출 상태에서는 더이상 그렇지 못함이 분명한 것이다. 이처럼 문체란 '붉은 여왕'(Red Queen)[14]을 닮아 똑같은 이야기를 하는 힘을 유지하기 위해 항상 더 복잡한 장치를 개발해내는 것이다. 그리고 후기자본주의의 상업적인 세계에서 진지한 작가는 언어적 충격들을 조정함으로써, 즉 지나치게 낯익은 것을 재구성하거나 이름없는 단속적인 강렬함 같은 것을 유일하게 유지하고 있는 생리적인 것의 심층부에 호소함으로써 구체적인 것에 대한 독자의 마비된

---

14 루이스 캐럴(Lewis Carroll) 작 『이상한 나라의 앨리스』(*Alice's Adventures in Wonderland*)의 속편 『거울 나라의 앨리스』(*Through the Looking-Glass*)에 등장하는 인물 ― 옮긴이.

감각을 다시 일깨워주지 않을 수 없게 된다.

물론 음악의 영역에서는, 특정한 역사적 순간에서 효과의 강렬성 문제는 소극적으로도 적극적으로도 기술될 수 있다. 어떤 주어진 협화음 체계의 지속적인 가치는 역시 그 속에서 통용되는 불협화음의 효과와 똑같은 것이기 때문이다. 그러나 아도르노가 보여주듯 이 효과들은, 불협화음 자체가 "중산계급적 이성(ratio)의 역사 전체를 통틀어 무의식이라는 개념이 해온 역할"에 비견할 만한 상징적인 사회적 가치를 띰에 따라, 대체로 음악적 테두리를 넘어선다. 그러므로 협화음을 깨뜨리는 것은 "애당초 질서의 금기에 희생되어야 했던 모든 것의 위장된 표상으로서" 기능한다. "그것은 검열로 삭제된 본능적 욕구의 대체물이며 또한 강요된 자기억제를 애도함으로써 리비도의 계기를 긴장의 형태로 포함하기도 한다."[15] 따라서 바그너의 감(減)7도[16]도 애초에는 해소되지 않은 고통과 성적 갈망을, 그리고 부드러운 질서 속에 재흡수되는 데 대한 거부와 함께 궁극적 해방에 대한 갈구를 표현하였다. 그러나 그것도 시간이 지남에 따라 낯익고 견딜 만한 것이 되어버려, 이제는 단지 감정 내지 감격의 한 시대적 표현에 불과하며 부정의 구체적 경험이기보다는 틀에 박힌 한 양식일 뿐이다.

물론 이처럼 억압된 자료를 흡수하고 조절하는 일은 언제나 예술의 사회적 기능 중 하나였다. 그러나 이것은 바그너의 시대에 이르러 수정을 겪게 되는데, 이는 앞서 서술한 바 있는 혁신의 역할에 일어난 변화와 무관하지 않다. 즉 불협화음은 과거에는 그것의 기반이 되는 긍정적인 조성질서를 더 강하게 확인하고 비준하기 위해서만 존재한 반면, 이

---

15 *Philosophie der neuen Musik* 147면.
16 C#에서 B♭처럼 단7도에서 반음 낮춘 반음계 음정—옮긴이.

제는 불협화음이 지니는 "자기찬미적 주관성"과 "사회적 사실 및 그 규범적 법칙들에 대한" 저항으로서의 성격이 그 자체 하나의 목적이 되어버리는 경향이 있다. "이제 모든 에너지는 불협화음 속에 투입되는데, 이에 비해 불협화음의 개별적 해소는 점점 더 미약해져서 단지 임의적인 장식이나 새로운 불협화음으로 나아가기 위한 일시적 주장에 불과해진다. 부정의 부정, 즉 개개 불협화음의 빚을 완전히 탕감하는 일이 마치 어떤 거대한 신용제도에서처럼 무한정 연기된다는 점에서, 긴장은 근본적 조직원리가 된다."[17] 이런 현상이 현사회에서 벌어지고 있는 좀더 광범위한 부정의 억압에 비추어 이해되어야 한다는 점은 나중에 다른 장에서 살펴보겠지만, 그 선구적 이론가는 아도르노의 동료인 마르쿠제(Herbert Marcuse)다. 이런 현상은 문학 영역에서는 가장 위대한 작품들의 점증하는 반사회적 성격으로, 그리고 이와 더불어 이 작품들이 해방한 충동들을 재흡수하고 중화하려는 사회의 노력으로 드러난다. 그렇기 때문에 미국의 비평가 라이오널 트릴링(Lionel Trilling)도 『문화를 넘어서』(*Beyond Culture*)에서 미국 대학들에 의해 이런 현대의 '고전'들이 제도화되는 과정과, 애당초 바로 이런 제도화를 거부하고 부정하는 데서 나온 작품들 자체가 지닌 지극히 전복적인 정신 사이에 모순이 있음을 강조한 것이다.

이런 상황의 영향이 쇤베르크 작품에 깊이 새겨져 있다는 것은 거기서 긍정적인 것과 부정적인 것이 둘 다 불균형한 위치를 지닌다는 점으로 알 수 있다. 즉 그의 이른바 표현주의 시기 내지 무조(無調) 시기에 보이는 화성의 속박을 넘어선 절대적 자유 및 폭력적 해방이 부정의 측면이라면, 12음계의 갱신된 질서와 거기서 스스로 부과한 엄격성이 긍

---

17 *Versuch über Wagner* 67면.

정의 측면인데, 이런 새 질서는 쇤베르크가 처음에는 폐지하고 뒤이어 다른 것으로 대치한 원래의 조성적 질서에서는 꿈도 꿔보지 못했던 심한 강제를 포함하는 것이었다.[18] 그러나 이 두 계기는 궁극적으로는 구체적인 역사적 상황의 맥락에서만, 즉 현대세계 전반에 일어난 듣는 능력의 퇴보에 비추어서만 이해될 수 있다. 현대세계에서 우리는 문명세계의 이 끝에서 저 끝까지 레코드 음악과 저질 음의 요소에 물들어 있어서 우리의 지각도 그 대상의 수준에 맞춰지고 결과적으로 작곡가의 작업기반인 듣는 능력의 질이 떨어지게 된다.

그리하여 이제 우리는 음 자체가 아니라 그 분위기를 들을 뿐이며, 또 분위기는 그 자체가 우리에게 상징적인 것으로 되었다. 즉 음악의 달래주는 듯하거나 통렬한 느낌, 우울함 혹은 달콤함은 적당히 관습화된 반응들을 일으키는 하나의 신호로 감지된다. 악곡은, 고객을 청각적으로 진정해주는 비행장이나 슈퍼마켓의 음악이 그렇듯 단지 심리적 자극이나 길들이기에 불과해졌다. 더욱이 음악 반주는 우리 마음속에서 상품광고와 밀접히 결합되었으며, '팝'음악이나 '고전'음악 모두, 광고가 끝난 후에도 계속 한참 동안 광고로 기능한다. 이때 음들은 작곡가나 연주자를 **광고**하며 또한 그 상품에서 얻어질 쾌락의 **기호** 구실을 하므로, 결국 예술작품은 일반 소비상품의 차원으로 전락한다. 이런 점에서 음악이 영화에서 하는 잠재의식적 역할, 즉 우리가 플롯을 '소비'하도록 이끌어주는 수단으로서의 역할과, 오페라라는 예술형식에서 악보가 이야기와 갖는 관계를 비교해볼 필요가 있다. 그런 다음에 현금의 상업적 악곡 일반의 높은 기술성을 생각해보면, 이런 배경음악이 전통적인 연주

---

18 쇤베르크의 작업은 보통 후기낭만파풍의 1기와 조성을 버린 시대인 2기(1908~14), 그리고 1913~22년의 공백기 이후 12음기법을 중심으로 한 3기로 나뉜다—옮긴이.

곡목에 얼마나 파괴적인 영향을 미치는지 알 수 있다. 우리가 전에는 사정이 달랐다는 사실을 깨닫지도 못하는 사이에 이 연주곡목들은 대부분 그 내재적 생명력이 부식되고 사라져버린다.

그러므로 이런 상황에서는 예전 같은 의미의 새로움으로는 충분치 않다. 예술은 이제 이어지는 세대교체에서 비롯한 취향의 변화에만 관련되는 것이 아니라, 현대문화의 모든 국면에서 예술기법들에 대한 새로운 상업적 착취가 행해짐으로써 곱절로 강화되고 상승된 취향의 변화와도 관련된다. 새로운 음악은 예전 음악처럼 우리의 '듣는 행위'만 다루면 되는 것이 아니라 우리의 '안 듣는 행위' 또한 다뤄내야 한다. 바로 여기서 구체음악(concrete music)[19]이 나오게 된 것인데, 이것은 우리의 일상적 지각생활의 무의식적 내용들, 즉 귀에 들어오지 않는 산업도시의 청각적 긴장을 의식적 지각대상으로 변화시키려고 한다. 또한 여기서 현대음악 일반의 의도적인 '추함'도 나오는 것인데, 마치 병적 우둔함과 무감각함이 만연하는 이런 상태에서는 지각에 박차를 가할 수 있는 것이라곤 오직 고통스러운 것밖에 없는 듯하다.

앞의 이야기가 언어에도 쉽게 적용된다는 것은 너무나 명백하다. 그리고 현대시가 언어의 질료성과 밀도를, 그리고 투명성으로서보다 사물 자체로 느껴지는 단어들을 완강히 고집하는 좀더 깊은 사회적 이유들을 이해하기 위해서는 속독의 성행이라든가 의식적이건 무의식적이건 신문과 광고문구를 대충 훑어보는 식의 현대인의 습관을 환기해보기만 하면 된다. 철학의 영역에서도 마찬가지로 일견 혼자만의 언어인 듯한 괴팍한 전문용어들은 광고 교본에서 '좋은 문장'의 정수로 '명료함'을 추천하는 풍토에 비추어 평가해야 한다. 후자는 독자로 하여금 받

---

19 자동차소리 등 실생활의 소음을 작품 속에 끌어들이는 현대음악——옮긴이.

아들인 사상을 그대로 급히 지나쳐버리게 하려 드는 반면, 전자에 새겨져 있는 난해함이란 진정한 사고를 하기 위해 기울여야 할 노력의 징표(기호)인 것이다.

우리의 듣는 행위뿐만 아니라 작품 자체도 영향을 받는다. 우리가 단속적으로밖에 주목하지 못하며 집중력이 저하되고 방심과 전반적인 주의산만 상태에 빠져 있는 것과 정확히 발맞추어, 예술작품도 왜곡되고 파괴되며 물신화된다. 전체가 부분으로 대치되어, 우리는 음악을 하나의 조직된 구조로 지각하기보다는 지나가면서 언뜻언뜻 주선율과 주제가 귀에 들어오기만 한다면 뭔가 다른 일을 하면서 음악을 들어도 된다고 여긴다. 예전에는 하나의 완전하고 연속적인 담론이던 것도 똑똑히 알아볼 수 없는 흐릿한 것이 되어버렸고, 비속한 테마 노래들(언어에서 상투어처럼 대상과 기호로 굳어진 모티프들)이 그 흐릿한 속에서 무언가를 간헐적으로 비추어줄 뿐이다. 우리의 정서는 마법에 걸린 듯 이런 실체들에 매달리게 된다. 이들은 순전히 주관적인 감정을 자아내는데, 이 감정은 원래의 총체적인 작품 자체와는 아무 관련이 없고 오히려 작품이 해체되고 전체적 반응이 완전히 결여된 데서 비롯한 결과이다. 그러므로 현대음악이 그처럼 비선율적이고 그처럼 단호히 비정서적이며, 또한 개별적 주관성이라는 환상 및 그것이 강력히 드러난다고 여겨지는 '노래'를 그처럼 불신하는 것도 전혀 놀라운 일이 아니다.

확대된 형식 일반의 이런 몰락에 대한 기념비라 할 수 있는 것이 바로 쇤베르크의 표현주의 음악이다. 그것은 완결된 예술작품이라는 관념에 대한 반발이요, 단독으로 본질로서 존재하는 자족적인 걸작의 가능성 자체에 대한 거부다. 하나의 전체로서 형식이 지니는 구성상의 가치가 사라지면서 작품의 표면은 더이상 동질적이며 단절 없는 외관(Schein)을 보여주지 못하며, 또한 이를테면 세계에 대해 그 위에 떠 있는 완결된 것이 아니라 오히려 세계 속으로 떨어져 다른 대상들 중 하나가 되고 만다. 그리하여 음악작품은 그 가장 기본적인 전제조건을 상실한다. 즉 자율적인 시간 속에서 주제들은 마치 그 본령에 있는 것처럼 살아나가며, 미학에서 유희(Spiel)라고 일컫는, 자체의 내재적 법칙에 따른 서로 간의 철저한 상호작용 및 모든 형식적 귀결의 여유만만한 도출을 통해 발전할 수 있는데, 바로 이런 자율적인 시간을 상실하는 것이다. 조성틀이 분쇄되면서 개개 음들은 종전에 그것들에 의미를 부여해주던 모든 것에서 해방된다. 말에서 음소(音素)처럼 음이란 본질적으로 중성적이고 아무런 의미함도 없는 요소이며, 하나의 의도로서 그 기능적 가치는, 협화음으로든 불협화음으로든 주어진 조(調) 안에서의 연속이든 새로운 조로의 전조(轉調)이든, 전체 체계 자체에서 나오는 것이었기 때문이다. 따라서 조성 측에서는 정신이 일종의 음악적 과거와 미래를 결합한 반면, 새로운 무조(無調)세계에서 음은 현재의 음악적 진술의 직접적인 한 부분인 한에만 존재한다. 새로운 형식은 매순간마다 그 모든 구성요소와 거의 물리적인 연결을 지녀야 한다. 무조성이란 말하자면 음악의 유명론(唯名論) 같은 것이다.[20]

그러므로 이제 부분이 전체가 되며 주제들이 음악 자체가 되어, 주제들이 끝나면 음악도 끝난다. 그 결과 작품들은 놀랄 만큼 쪼그라들어 '작품번호 23'을 구성하는 혁명적인 피아노곡들은 한 곡당 고작 몇초 동안 지속되며, 또 빈약한 한 페이지의 악보에 한 곡이 들어간다.[21] (그

---

20 유명론은 서양 중세의 보편논쟁에서 보편적 개념이란 관념적 실재가 아니라 단지 공통된 명칭일 뿐이라고 주장한 입장으로, 존재의 보증을 개개의 감각에서 구한다는 경험주의가 결론으로 도출된다——옮긴이.
21 12음기법을 확립한 제3기의 첫 작품 「5개의 피아노곡」에 관한 언급으로, 이 곡들은 제5곡을 제외하고는 35마디 정도씩으로 되어 있다——옮긴이.

리고 이런 문맥에서 그다음 단계는 한개의 음들이고, 또 그다음은 침묵이 될 법하다. 이런 점에서 베베른(Anton Webern)[22]은 초기 쇤베르크에 들어 있는 이런 경향의 논리적 완성이라 볼 수도 있다.) 표현주의라는 용어도 그래서 나온 것으로, 포함된 모티프들이 더이상 작품 자체의 더 넓은 관계체계 속에서 형식적 정당화를 찾지 못하게 되는 경우 모티프들은 어쨌든 스스로 **자기정당화**를 해야 하기 때문이다. 즉 이것은 하나의 외침처럼 자율적이며 명료한 순수표현, 한가지 생각을 견지하는 데 있어 정신이 갖는 능력의 한계에 의해 제한된 한순간이다. 이런 상황은 감상자와 작곡가 양자 모두에게 새로운 부담을 안겨준다. 이런 작품들은, 마치 그 문장 하나하나가 그것을 지배하는 새로운 문법을 동시에 재창조해내야 하는 하나의 발언처럼, 각기 음악의 모든 것을 자체 내에서 재창안해야 하기 때문이다.

그런데 형식에서 보이는 이런 현상은 또한 **내용**의 차원에서도 드러난다. 쇤베르크 초기 음악의 가장 두드러진 특징 중 하나는 말할 것도 없이 저 세기말적인 신경증적 스타일인데, 이는 당대의 다른 오스트리아 예술가들한테서도 찾아볼 수 있는 것으로, 이로 인해 그의 세계는 프로이트의 세계와 아주 깊은 유사성을 갖는 것처럼 보인다. 『정화된 밤』(*Verklärte Nacht*)이나 『구레의 노래』(*Gurre-Lieder*)의 매우 엷게 위장된 성적 갈망, 여성 히스테리의 일인극(一人劇)(『기대』*Erwartung*) 등은 점차 무의식적 자료라는 새로운 흐름으로 나아간다.[23] "이것은 이제 열정

---

22 베베른(Anton Webern, 1883~1945)은 쇤베르크에게 사사한 작곡가로, "음악이 단 한개의 음향 속에 해소되는" 듯한 극미(極微)구조(미니아뛰르miniature) 양식을 추구하기도 했다——옮긴이.

23 이 세 곡은 모두 쇤베르크 제1기의 후기낭만파적 작품이다. 현악6중주곡 『정화된 밤』은 다른 사람의 아이를 잉태한 여인과 남자의 대화로 구성되며, 성악곡 『구레의 노래』는 바르데말 왕과 결혼한 구레 성의 토베의 죽음, 그리고 바르데말의 절망을

의 모방이 아니라 무의식에서 나온 신체적 충동들을 음악적 매체를 통해 위장되지 않은 상태로 기록하는 것이며, 형식의 금기란 그러한 충동들을 검열하고 합리화해 이미지로 전환하려는 것이므로, 이런 형식의 금기에 공격을 가하는 충격 및 정신적 외상(外傷, trauma)들을 위장 없이 기록하는 것이다. 이처럼 쇤베르크의 형식적 혁신들은 표현된 사물의 변화와 밀접한 관계를 지니며 후자의 새로운 리얼리티가 의식으로 뚫고 나오도록 도와주었다. 최초의 무조작품들은 정신분석학의 꿈의 기록(transcript)이라는 의미에서의 기록이다. (…) 그러나 이런 표현상 혁명의 상처들은 그림과 음악 모두에서 원본능(id)의 밀사로서 예술가의 의식적 의지에 저항하는 얼룩과 반점이며, 이들은 표면을 훼손하고 옛날이야기의 핏자국처럼 추후 의식적인 수정으로 씻어낼 수는 없는 것이다. 참된 수난(受難)은 그것이 더이상 예술작품의 자율성을 인정하지 않는다는 표시로 이것들을 작품 속에 남겨놓았다."[24]

따라서 표현주의 시기에 예술작품은 차트와 그래프와 엑스레이 사진의 지위로, 증언과 징후의 지위로 떨어진 것처럼 보일 수도 있겠다. 그러나 프로이트의 원료들(이제는 이론 내지 과학적 가설의 요소보다 그 자체 독자적인 독특한 유형의 내용으로 간주되는 것들, 즉 꿈, 실언, 고착, 정신적 외상, 오이디푸스적 상황, 죽음에 대한 갈망) 자체가 좀더 광범위한 역사적 변혁의 표시나 징후에 불과하다면? 이런 문맥에서는 프로이트의 정신기능 유형론을 새로운 형태의 우화적 시각으로의 복귀이자 서구 중산계급 사회의 자율적 주관, 즉 코기토(cogito) 내지 자주적 의식의 해체로 볼 수 있다. 이제 이런 정신분석 특유의 현상들은 인간

담아낸다.『기대』는 한사람의 여성 가수를 통해 극도로 압축된 시간 속에 심리적 써스펜스를 사실주의적으로 담아낸 작품이다──옮긴이.

24 *Philosophie der neuen Musik* 42~43면.

역사를 통해 내내 프로이트가 발견하고 제시해주기를 기다려온 영구적 정신기능들이 아니라, 프로이트와 동시대에 일어났으며 프로이트가 이론화할 새로운 사건들로 파악된다. 실로 이 현상들은 여러 사회적 관계들이 점차 소외되어가며 자율적이고 자체규제적인 메커니즘들로 변형되어가는 것을 가리킨다. 이런 메커니즘을 통해 개인적 혹은 독립적 인성(personality)은 점차 단지 하나의 성분으로 환원되니, 이를테면 긴장과 금기 들의 거점으로, 체제 자체의 모든 수준에서 나오는 금지의 명령을 수용하는 한 장치로 환원되는 것이다. 종전의 주체는 이제 더이상 사유하지 않고 '사유된다'. 그리고 중산계급 철학에서 이성의 개념에 해당하던 프로이트의 의식적 경험은 이제 외부 영역에서 나오는 신호들을 기록하는 일에 불과하게 되었다. 이 신호들은 온갖 욕구와 신체적·심리적 자동현상들의 경우처럼 내부와 '심층'으로부터 올 수도 있고, 온갖 종류의 얽혀 있는 사회제도에 해당하는 외부로부터 올 수도 있다. 동시에 이제 자아의 살아남은 부분은 자신이 계속 중심위치를 차지한다는 환상에 빠져버린다. 즉 더이상 '즉자적'으로 존재하지 못하는 것이 계속 '대자적'으로는 존재해나가므로, 주체는 개인적 경험의 지평을 넘어선 메커니즘들을 통해 주체를 결정짓고 조작하는 그 순전히 외적인 (경제적·역사적·사회적) 상황들의 망(網)과 자신의 내적인 단자적 경험 사이에 모종의 조응관계가 성립한다는 그릇된 추정을 계속해나간다.

(개인적 차원과 사회적 차원의 의미있는 동일화인 소설이 하나의 형식으로서 솔기가 뜯겨나가기 시작하는 것은 물론 바로 이 지점에서다. 개인적 경험이 사회적 현실에 부합하지 않게 되었기 때문에, 소설은 한 쌍의 우발적 사고의 위협을 받게 된다. 즉 만일 소설은 순전히 실존적인 것들, 주관성의 진실에 집착한다면 단순한 개인 병력病歷의 타당성을 지닐 뿐 일반화될 수는 없는 심리적 관찰로 탈바꿈할 위험이 있는가

하면, 다른 한편 사회적 영역의 객관적 구조에 통달하려 들 때에는 점점 더 구체적 경험보다는 추상적 지식의 범주에 지배되며, 그 결과 소설은 명제 더하기 예증, 가설 더하기 실례實例의 차원으로 떨어지는 경향이 있다.)

　무조성은 현대사회에서 합리적 통제가 사라졌음을 강력히 증언하는 것이긴 하지만, 또한 그 속에는 새로운 종류의 통제의 요소들이, 즉 역사적 계기에서 아직은 잠재적 상태에 있을 뿐인 새로운 질서의 조건들이 담겨 있다. 무조음악의 작곡가는 전면적 자유를 향한 의지가 어떻든 간에, 또한 진부한 조성의 세계 속에서 작업하고 있으며 따라서 과거를 경계해야만 하기 때문이다. 이를테면 그는 기존의 청취습관을 다시 상기해 그 음악을 소음이나 틀린 음들로 재구성하게 될 법한 종류의 협화음이나 조성적 화음을 피해야 하는 것이다. 그렇지만 바로 이 위험이야말로 무조성 속에 새로운 법칙 내지 질서의 제1원리를 불러온다. 우연하게라도 조성적 화음이 포함되어서는 안 된다는 금기에는 또 하나의 보족적 금기, 즉 작곡가가 한 음의 지나친 반복을 절대 피해야 한다는 금기가 수반되기 때문인데, 그 까닭은 그렇게 하나의 음을 고집하다보면 결국은 새로운 조음의 중심이 우리 귀에 들릴 우려가 있기 때문이다. 이런 반복을 피한다는 문제를 좀더 형식을 갖춰 제기하는 순간, 12음계의 전모가 지평 위로 모습을 드러낸다. 결국 유일한 논리적 해결책은 어떤 음도 음보상의 나머지 11개 음이 다 나올 때까지는 절대로 다시 쓰지 않는 것인데, 이로써 12음의 '음렬'(row)이 탄생하여 조성을 대신하게 되는 것이다. 이럴 때 개개 작품은 어떤 조(調)로 작곡되는 게 아니라 하나의 특정하고 독특한 음렬, 즉 그 작품만을 위해 창안된 음보의 12음 모두의 배열 '속에서' 작곡된다. 따라서 어떤 의미로 12음 음악의 작품은 개별 음렬이 주제가 되는 하나의 거대한 주제와 변주, 즉 똑같은 일

50

련의 12음의 거듭된 반복에 '불과한' 셈인데, 그러나 이 반복은 수평적으로 이루어질 수도 있고 수직적으로 이루어질 수도 있다.

이 새로운 체계는 음악의 가장 기본적이며 오래된 모순 중 하나, 즉 화성과 대위법, 수직적인 것과 수평적인 것, 관현악적인 묵직한 울림의 전통과 푸가나 카논을 수반하는 다분히 고풍의 다성성에 다시금 의존하는 전통 등등 사이의 모순을 폐기하는 장점을 갖고 있다. 이제까지는 마치 상호배타적인 수직적, 수평적 지각유형이 따로 있어서 그것들이 번갈아가며 서로 일종의 게슈탈트적 간섭을 행사해 듣는 사람으로 하여금 특정 음들의 중첩을 두가지 청취방식, 즉 그것을 운동 중인 소리들의 순간적 교차로 듣든가 아니면 화음구조 속 배음(倍音) 레벨들(harmonic levels)의 거대한 뒤얽힘으로 듣는 두가지 방식 중 하나를 선택하게 만드는 꼴이었다. 이제 쇤베르크의 성숙기 작품들의 들끓는 듯한 결 속에서 이 대립은 폐기되며 음렬은 처음에는 착잡하며 길면서도 분명히 분절된 주제 내지 선율처럼 여겨질 수도 있지만, 동시에 어떤 정교하고 복잡한 미립자(微粒子)처럼 악보의 수직적 차원을 위한 건축블록 구실을 하기도 하는 것이다.

이처럼 12음계는 음악에서 일종의 통일장(統一場)이론 같은 역할을 하여 화성자료와 대위법자료가 이제 서로 상대방의 위치로 자유롭게 교환될 수 있게 되었다. 이와 함께 다른 해묵은 딜레마들 또한 풀리게 된다. 즉 이후로는 사상(事象)의 전체적 체계 속에서 나름의 자리를 차지하지 못할 만큼 작은 요소란 있을 수 없으며, 나름의 신임장을 발행해 어떤 의미를 체현할 수 없을 만큼 무의미한 세부사항도 있을 수 없다. 기악편성법처럼 비교적 전통적인 문제들도 이제 이를테면 방정식화되며, 그 결과 '음색선율'(Klangfarbenmelodie)이라는 개념이 형성되는데, 즉 어떤 악기의 '음색'의 연속(이를테면 바이올린·트럼펫·피아노 순의 연속)은 한 선율에서 음들의 연속과 동일한 기능적 가치를 띠게 되는 것이다. 이리하여 음악 분야에서 현대예술 전반에 나타나는 기본적 경향이 완성되니, 이 경향이란 모든 요소에 대한 일종의 절대적인 중층결정(overdetermination)[25]을 지향하며, 우연을 전폐하고 원료 속의 순수한 우발성의 마지막 잔재까지 철저히 흡수하여 그 잔재들을 작품의 구조 자체 속으로 어떻게든 통합하려는 경향을 의미한다.

(소설 형식에서는 이런 발전이 엄밀하고 전형적인 내적 논리에 따라 이루어진다. 가장 초기의 사실주의 소설들은 묘사나 역사적 배경, 비누 제조업자나 의사의 삶 같은 특정 주제의 선택 등의 다양한 우발적 요소들을 정당화할 때, 그런 현상들이 주변 세계에 이미 존재하며 따라서 정당화할 필요부터가 전혀 없다는, 순전히 경험적인 근거를 내세운다. 그러나 졸라E. Zola에 오면 이 경험적이며 순수하게 기술적記述的인 동기부여에 제2의, 즉 마치 억압된 충동의 증후 형성처럼 뜻밖에도 이 첫번째 것 뒷전에서 생겨나는 또 하나의 동기부여가 결합된다. 이것은 자기 정당화할 수 있는 어떤 내재적 의미도 그 자체로는 가지지 못한 듯한 앞서와 같은 사실들을 상징이나 '의미를 대충 구체화한 상(像)'으로 바꾸는 경향이다. 마치 정신이 이 경험적 현실의 순수한 우발성을 견뎌내지 못하고, 의식수준에서는 거부한 그 무의식적·신화적·상징적 차원을 본능적으로 그런 현상 속에 끌어들이는 것처럼 말이다. 당대에는 몹시 자연주의적이며 결정적인 인생의 단편으로 여겨졌던 작품이지만 조이스

---

25 알뛰세르(Louis P. Althusser)가 프로이트에게서 빌려온 개념으로, 정신분석학에서는 어떤 증상이 한개 이상의 원인을 갖는 현상을 가리킨다. 알뛰세르는 개개 사항이 상대적 자율성을 띤 더 큰 부분 속에서 일차적으로 결정되는 동시에 그런 부분들로 구성되는 복합적 전체 속에서 그 부분이 규정되는 양상이 그 사항에 반영되는 상태를 '중층결정'되었다고 부른다——옮긴이.

J. Joyce의 『율리시스』*Ulysses*에 이르면 이런 충동은 의식적 의도가 되며, 문학적 소재는 경험적 존재의 차원과 12음계나 다름없는 전체적 관계 체계의 차원이라는 별개의 두 차원에서 이중의 삶을 영위한다. 그리하여 후자에서 개개의 경험적 사실은 전체에 통합되고, 각 장章은 모종의 기본적인 상징적 복합체에 지배되며, 작품의 각 모티프는 복잡한 도식과 전후참조 들로 상호연결되는 등의 상황이 펼쳐진다.)

이처럼 주관적인 것과 객관적인 것이 분리되기 시작한 상황에서 쇤베르크가 지니는 독창성이란, 주관적이고 표현주의적인 것을 그 극한까지, 달리 말해 그것의 신경도(神經圖)와 정신적 외상들이 자체의 내적 논리의 압력 아래 서서히 12음계의 새로운 객관성, 곧 더욱 전체적인 질서로 전환되는 지경까지 몰고 간 점이었다. 이런 해결의 특성을 더 잘 가늠하기 위해서는 정반대되는 스뜨라빈스끼의 해결과 견주어보면 된다. 스뜨라빈스끼는 현대의 딜레마의 반대편 극(極)인 객관적인 것에서 출발했다고 볼 수 있다.

그 까닭은 스뜨라빈스끼가 즐겨 사용하는 발레라는 형식부터가 일종의 응용음악이라 할 수 있기 때문인데, 응용음악은 동시대의 산물인 '표제음악'보다도 더욱 결정적으로, 원래는 비표상적인 매체 속에 형식과 내용 사이의 거리 같은 것을 재창출해놓는다. 이렇게 함으로써 쇤베르크가 전술한 바와 같은 방식으로 해결했던, 순수음악이 봉착한 자기정당화와 자기규정의 문제들을 피할 수 있다. 그 음악적 실천〔연주〕은 이를테면 시각적 장면에 의해 이미 정당화되며, 사후적으로도 무용수들의 육체적 운동에 의해 정당화되는 것이다. 즉 무용수들의 육체적 운동은 음악연주를 비준하며, 연주는 육체적 운동의 **반주**처럼 보이게 된다.

그리고 이 작품들의 형식에 일어나는 일이 바로 내용 차원에서도 재생되는데, 특히 러시아 발레의 경우에 그러하다. 『뻬뜨루슈까』

(*Petrushka*)와 『봄의 제전』(*Vesna svyashchennaya*)은 개인적 주관성이 비인격적 집단성에 희생되는 것을 극화(劇化)하는데, 이 작품들의 의도적 원시주의(『뻬뜨루슈까』나 『병사의 이야기』*L'Histoire du Soldat*에서는 민속문화에 호소하며, 『봄의 제전』에서는 원초적이며 고풍스럽고 거의 선사적先史的인 리듬을 사용하는 등)는 세련된 청중·관객을 그저 감동에 겨워하는 대중적 반응으로 몰고가면서 일종의 지성의 희생으로 퇴행하도록 유도한다. 이런 극도로 세련된 원시주의 내지 음악적 선동행위는(아도르노는 이 현상을 파시즘에 빗대기까지 할 텐데) 작품들 자체의 기법에 새겨져 있다. 이 기법은 쇤베르크의 전체적인 조직적 원리들과는 반대로 일종의 묵직하고 불연속적인 수직성을 애용한다. 그 제의적인 박자와 반복은 느닷없는 소강상태와 침묵으로 깨어지곤 하며, 후자는 청자의 신체적 반응의 역충격파와 어우러져 씽코페이션〔엇박자 효과〕을 자아낸다. 쇤베르크와 달리 스뜨라빈스끼는 음악구조에 대해서는 외재적 범주들, 즉 악기 자체가 개별적으로 가지고 있는 음색이나 음질 혹은 그런 음색의 대립(크거나 부드럽고, 예리하거나 둔중한)에서 나오는 심리적 효과 등에 따라 관련 요소들을 조직한다.

물론 스뜨라빈스끼, 특히 초기 발레음악의 스뜨라빈스끼는 쇤베르크 못지않은 영향력과 근원적 의미를 지닌 음악적 현상이다. 그러나 두 작곡가의 혁신이 나오게 된 각각의 역사적 상황들, 특히 "그렇게도 자주 비난조로 강조되어온 스뜨라빈스끼의 '러시아적' 특징들"을 비교해보는 것은 시사적이다. "자주 지적된 사실이지만 무소르그스끼(Modest P. Mussorgsky)의 가곡들이 독일의 리트(Lied)와 다른 점은 어떤 시적 주체 내지 구성적 시점(視點)이 없으며, 시〔가사〕 한편 한편이 마치 오페라 작곡가가 아리아에 대해 그렇듯 직접적인 주관적 표현이 아니라 모든 관련 정서의 객관화와 거리두기로 취급된다는 점이다. 예술가가 서정적 주체와 일치되지 못하는 것이다. 중산계급 출현 이전의 러시아에서 주체 범주는 결코 서구 나라들만큼 견고하게 확립되지 못했다. 이를테면 도스또옙스끼 소설의 낯섦도 여기서 나오는데, 이 낯섦은 자아에 자기동일성이 결여된 데서 비롯하는 것이다. 까라마조프가의 형제 중 누구도 서구문학과 같은 의미의 '개성적 인물'(character)은 아니다. 그런데 이런 '미개별성'(preindividuality)이 자본주의 말기의 스뜨라빈스끼가 개별적 주체의 붕괴를 정당화하는 데 커다란 도움을 준다."[26] 따라서 그의 현대성이란 일종의 환각과 역사적 역설의 결과인데, 역사적 역설이란 개인주의 이전과 이후가 결합되는 듯하며, 표면 아래서 작동하는 더 심층적인 동기들에 의해서만 양자의 구분이 가능하다는 점이다. 이처럼 쇤베르크의 표현주의가 무의식적인 자료에 대한 완충제로, 그리고 궁극적으로는 그것을 정복하여 형식에 동화시키는 수단으로 고안된 반면, 스뜨라빈스끼의 목적은 청중의 말초신경을 공격해 그러한 효과들을 심적 사건으로 직접 재생산하는 데 있다.

궁극적으로 스뜨라빈스끼의 예술적 실천의 가치와 방향은 러시아적 시기 다음에 오는 긴 신고전주의적 혼성곡(pastiche)[27] 연작에 의해 판정된다. 여기서는 작곡가가 자기 목소리를 버리게 되며, 이런 전환에서 음악적 객관성을 향한 지향이 작동하는 모습을 공공연히 볼 수 있기 때문이다. 즉 작곡의 내적 모순에서 아직은 비교적 자유로웠던 과거로부터 유령 같은 형식들을 부활시키는 식으로 스타일상 일종의 재기발랄한 가장행렬을 만들어냄으로써, 현대에 문제성을 띠게 된 그 개인적 스타일을 폐기하고 죽은 작곡가들의 화석화된 주관성을 통해 이야기하

---

26 *Philosophie der neuen Musik* 134~35면.
27 기성작품의 이런저런 부분들을 모아 만든 작품——옮긴이.

는 것이다. 이처럼 스뜨라빈스끼의 '방식'은 메마른 모방으로, 음악에 관한 음악을 쓰는 것으로 귀결된다(즉 어떤 이가 말했듯이 틀린 음정을 사용한 빨레스뜨리나Giovanni Palestrina[28] 곡이다). 그리고 원적법(圓積法)[29]처럼 불가능한 일이 궁극적으로 실현된 듯, 우리는 사실상 그가 바로 12음기법에 따라 작곡하고 있으며 형이상학적 적수인 쇤베르크를 자신의 최종적 권화(權化, avatar)로 삼고 있음을 발견한다.[30] (문학의 경우, 이런 혼성수법과 패러디 사용의 이론적 정당화는 토마스 만이 해냈는데, 죽어 있는 문체를 사용해서 반어적으로 이야기하는 행위를 통해 그는 달리는 불가능했을 상황에서 이야기라는 행위를 할 수 있게 되는 것이다. 여기서도 조이스가 모범적으로 발전한 모습을 보여준다. 즉 조이스는 월터 페이터Walter Pater와 시대적 친연성을 보여주는 초기작의 모방적인 개인적 스타일로부터 『율리시스』의 여러 겹의 혼성기법을 거쳐,[31] 스타일도 혼성기법도 일거에 넘어서며 음악 분야의 12음계처럼 탈개인주의적 성격을 띤 미래의 어떠한 언어조직체를 멀리서나마 표상해준다고 할 그 무엇을 향해 나아간다.)

그러나 아도르노가 쇤베르크의 궁극적 해결이 스뜨라빈스끼의 해결보다 결국 본질적으로 모순이 덜하다고 보는 것은 결코 아니다. 쇤베르크 음악의 내적 긴장과 참됨 자체가 바로 그것이 기념비가 되어주는 역사적 순간을 반영하는 동시에 거부하는 데서 비롯한 것이니 어찌 모순

---

28 빨레스뜨리나(Giovanni Palestrina, 1525~94)는 로마학파에 속하는 교회음악 작곡가이다—옮긴이.

29 원과 동일한 면적의 사각형을 만드는 불가능한 작업—옮긴이.

30 스뜨라빈스끼의 음악적 생애는 크게 3기, 즉 『불새』 『봄의 제전』 등을 작곡한 러시아적 1기와 신고전주의로 전향한 1923~39년의 2기, 그리고 미국으로 건너가 쇤베르크·베베른의 사도가 되어 12음기법을 채택한 3기로 나뉜다—옮긴이.

31 마지막 작품 Finnegans Wake에 오면—옮긴이.

이 덜할 수 있겠는가? 이쯤에서 예술작품과 그 직접적인 역사적 상황의 관계에 대한 아도르노의 생각을 간단히 언급해두는 게 좋을 듯하다. 실제로 이 문제에서 그는 이율배반적 대안들 내지는 기본 모델의 상호배타적 변형들을 동시에 수용함으로써 한꺼번에 모든 편에 가담하는 듯이 보인다. 아도르노에 따르면 예술작품은 사회적인 것을 거부하는 정도만큼 사회를 '반영'하며 역사적이다. 또한 예술작품은 개인적 주관성이 그것을 분쇄하려 드는 역사적 힘들을 피하는 마지막 피난처를 나타낸다. 아도르노의 가장 빛나는 평론의 하나인 「서정시와 사회에 관한 강연」(Rede über Lyrik und Gesellschaft)이 취하는 입장도 바로 이것이다. 이처럼 사회경제적인 것이 작품 속에 새겨져 있되, 그것은 볼록면에 대한 오목면, 양화에 대한 음화로서 새겨지는 것이다. 불안 없는 삶(Ohne Angst leben),[32] 이것이야말로 아도르노가 보기에 음악의 가장 깊고도 가장 기본적인 약속이며, 음악은 가장 퇴행적인 경우에도 그 핵심에는 이런 약속이 담겨 있다.

반면 쇤베르크의 체계를 '전체적'(total) 체계로 되풀이 규정짓는 것은 그 작품과 그것이 배태된 전체주의적(totalitarian) 세계의 관계를 강조하려는 의도를 담고 있다. 12음체계에서 작동하는 작품의 전체적 조직화를 향한 이런 충동이란 현대세계 자체로 사회경제구조의 한 객관적 경향의 징후인 것 또한 분명하기 때문이다. 사실, 청력 전반의 저하에 대한 반발에 그 존재이유가 있는 이 음악이 마치 거울에 비친 상처럼 일종의 일대일 대응으로 그 적의 모든 강점과 약점을 개진한다는 것은 별로 놀라운 일이 못된다. 그리고 그런 현상 자체가 심히 사회적인 것이며 현대세계의 상업화와 동일한 것이므로, 현대음악은 순수음악적인

---

32 *Versuch über Wagner* 195면 참조——옮긴이.

기법의 내적 논리를 벗어나지 않으면서도 곧장 사회적 투쟁에 깊이 말려들며, 소외된 사회의 구조를 음악 분야의 내재적 언어 속에 축약하여 재생산하는 것이다.[33]

따라서 쇤베르크 체계의 전체적 조직화원리는 세계 자체의 새로운 체계화를 반영하며, 이른바 전체주의적인 정치체제부터가 이 새로운 체계화의 징후에 불과하다. 독점적 내지 탈산업적 자본주의의 후기 단계에는 소기업체들의 다양성뿐만 아니라 분배까지도, 그리고 결국은 이전의 상업적·문화적 세계의 자유롭게 부동(浮動)하는 마지막 요소들마저도, 이제 모든 것을 빨아들이는 단일한 메커니즘에 동화되어버리기 때문이다. 정부·군부·사법부에도 투영되어 있는 전체 기업체계의 존재 자체가 생산물의 자동적 판매에 의존하고 생산물들은 이제 어떤 생물학적이거나 진실로 사회적인 욕구에 부응하지도 않으며 더욱이 대부분 서로 동일한 것들이 되어버린 오늘날의 세계에서는, 마케팅 심리학이 기업체계로 하여금 그 체계 운용의 주축이 되는 인공적 욕구들을 일깨우기 위해 개개인의 삶에 남은 마지막 사적 영역까지 침투해들어가 그 체계에 의한 세계정복을 완수하도록 만든다. 따라서 경제의 전체적 조직화는 결국 거기에 살고 있는 인간들의 언어와 사고 자체를 소외시키고 이전의 자율적 주체나 자아(ego)의 마지막 잔재까지 몰아내고 만다. 선전광고니 시장조사니 심리검사니 그밖에 수많은 세련된 현혹기법들이 이제 공중(公衆)의 철저한 **계획화**를 완수해 본래 의미의 주관성이나 사적 생활의 소멸을 은폐하는 한편, 생활양식이라는 환상을 부추긴다. 또 주관적인 것 중 그나마 남아 있는 것도 자율성에 대한 환

---

33 이런 과정에 관한 가장 포괄적인 서술로는 Paul Baran과 Paul Sweezy 공저, *Monopoly Capital* (New York: Monthly Review Press 1966), 특히 5, 10, 11장 참조.

상을 지니고 있으나 충족감은 궁핍해지며 행복의 이미지도 계속 줄어드는 형편에서, 이제는 외적 부추김과 내적 욕망을 구분하지 못하고 사적인 것과 제도화된 것 사이에 선을 긋지도 못하게 되어 결국 그 자체가 객관적 조작에 철저히 내맡겨진다.

사물·사람·식민지들을 단일시장체계로 조직하는 이런 새로운 전체주의적 조직화는 이제 조이스나 쇤베르크의 경우 예술작품의 계획화에서 되풀이된다. 현대 예술가들이 자유롭게 부동하는 우연성의 마지막 잔재에까지 행사하려는 절대적인 의식적 통제는 제도들의 이런 증대해가는 자율성, 즉 예술가들이 자신을 에워싼 역사적 계기에서 작동하고 있다고 느끼는, 자연과 사회 모두에 대한 이 증대하는 '정복'을 반영한다. 그렇다면 예술과 사회의 관계에 대한 아도르노의 서술이 양의적인 것도 전혀 뜻밖이 아니다. 이런 양의성은 이미 토마스 만의 『파우스투스 박사』에서 강조된바 이 작품의 이론적인 부분들은 아도르노에게서 시사를 얻은 것으로, 이 작품에서 12음 음악의 작곡가인 레퍼퀸(Leverkühn)의 생애는 바이마르 독일의 해체 및 파시즘으로의 이행과 날카로운 우의적 평행관계를 이룬다. 이로써 토마스 만은 윈덤 루이스(Wyndham Lewis)[34] 같은 작가가 했던 식으로 현대성의 '악'을 강조하기보다는 현대의 비극이 갖는 성격을 강조하고자 했다. 즉 인간이 역사적 결정론에 사로잡히고, 역사 자체가 삶과 예술적 창조에 대해 견뎌내기 어려운 엄청난 힘을 지니며, 따라서 예술적 창조는 그에 반발하면서도 반영하지 않을 도리가 없어지는 비극 말이다.

이런 방식으로 시대의 모순들은 예술작품의 소우주에 다시 들어와서

---

34 윈덤 루이스(Wyndham Lewis, 1882~1957)는 미국 태생의 영국 소설가·화가·비평가이다──옮긴이.

그것 또한 궁극적으로 실패하게 만든다. 그러므로 비인간적으로 체계화된 사회의 산물인 쇤베르크의 체계는 그 자체가 일종의 구속복(拘束服) 같은 것이 되며, 해방적 규약은커녕 오히려 하나의 속박이 된다. 결국 음렬은 조성을 대체하지 못하고 모방하려 들 뿐이다. 그리고 신음악은 새로운 형식을 발전시키는 대신 12음으로 된 쏘나타를 작곡하는 형국으로 회귀한다. 그러나 이전의 형식들은 그 원료에 들어 있는 일종의 완강한 논리의 소산으로 사물의 저항에 대한 승리를 의미한 반면, 이 새로운 형식들은 바로 탈산업적 세계만큼이나 자연에서 떨어져 있고, 그 제재는 플라스틱만큼이나 기성품으로 아무런 진정한 내적 논리도 갖고 있지 못하다. 수직과 수평의 일치 또한 의도에 그칠 뿐 실제로 실현되지는 못한다. 이같은 일치의 상징이라면 모든 요소의 일종의 죽음 같은 종합이나 텅 빈 무분별로 알반 베르크(Alban Berg)[35]의 『룰루』(Lulu) 마지막을 장식하는, 12음 전부가 한꺼번에 울리는 그 묵직한 화음이라 하겠다.

마지막으로, 듣는 자의 청취능력을 온전히 회생해내는 일은 불가능하며, 전체와 부분의 동시성을 구체적으로 경험하는 일도 현대에는 불가능하다. 쇤베르크의 작품을 가장 성공적으로 듣는 경우, 산출되는 것은 충일감이 아니라 일종의 그림자효과(shadow work)이다. 즉 하나의 환각을 낳으니, 전체는 어느 순간에도 어떤 구체적 부분과 진실로 일치하지 못하고 구체적 부분들 위로 떠도는 듯하며, 부분 자체도 청취의 경험에서 벗어나 피안으로 확장되고 그것들을 표현하는 물리적 음들에서 분리되어 그 음들 너머로 일종의 흐릿한 모습 내지는 중첩된 이미지가

---

35 베르크(Alban Berg, 1885~1935)는 쇤베르크에게 사사한 오스트리아 태생의 작곡가로 『룰루』는 그의 음악세계의 귀결점을 보여주는 오페라이다 — 옮긴이.

떠오르는 것이다. 이것은 온전성(wholeness)을 경험한 바 없는 시대에 온전성을 상상해보려는 시도가 이런 시도를 출발부터 실패할 수밖에 없게 만드는 상황 아래서 빚어내는 왜곡된 결과다.

3

우리는 이렇게 하여 점차적으로 1) 주체와 객체의 여러 가능한 관계에 따라 다양한 계기들이 절합되는 역사적 변화에 대한 (앞서 살펴본 바와 같은) 변증법적 파악과 2) 다른 역사적 단계들을 판단하고 평가하는 준거로 어떤 충일한 혹은 완전한 역사적 시기를 상정하는 모종의 가설 사이의 관련성에 관한 성찰에 다다르게 된다. 물론 그러한 시기란 무엇보다도 우선 **논리적** 가능성일 뿐이다. 즉 아도르노가 명명한 주체와 객관성 사이, 실존과 세계 사이, 개인의식과 개인의식이 처음 출현하면서 진입하는 사물·제도의 외적 조직망 사이에서 일어나는 화해(Versöhnung)의 개념이다. 이런 논리적 가능성을 역사적 연대기의 영역에 고지식하게 투사한다면 형이상학적 향수(타락 이전의 황금시대, 원시인의 복된 상태)나 유토피아주의를 낳을 뿐이다. 그렇지만, 한결 미묘한 형태를 띠긴 하지만 이른바 '역사이론'들은 모두 바로 이런 충일한 시대를 은밀히 가정하며 이 가설을 중심으로 구성되는 경향이 있다. 제퍼슨 시대의 미국이라든가 형이상학파 시인의 '통합된 감수성', 혹은 중세 경제정책의 인정스러움이나, 국왕 시해나 정치적 민족자결주의의 오만에 오염되지 않은 구체제(ancien régime)의 유기적 연속성 등은 그 좋은 보기이며, 고대 그리스를 이데올로기적으로 이용하는 무수한 사례들은 더 말할 나위도 없다.

그러나 주관과 객관 사이에 설정된 본질적 대립이 형식과 내용의 항목으로 전이되는 문화 영역에서는 이런 가설들은 아마도 더 큰 타당성을 지닐 것이며, 적어도 검증가능성이 좀더 높아진다. 우리가 어떤 한 과거 시기의 삶의 구체성을 판단할 위치는 못 된다 해도 적어도 그 시기의 문화적 기념물들에서 형식이 내용에 적절한가는 평가할 수 있고, 의도와 매체의 화해 여부라든가 모든 가시적인 제재가 형식이 되고 모든 의미 내지 표현이 구체적 구현이 되는 정도는 측정할 수 있기 때문이다.

　　그리하여 아도르노에게 베토벤의 작품은 음악사의 앞뒤 시기를 판단할 준거인 일종의 고정점이 된다. 물론 이때 중요한 것은 천재성의 정도가 아니라 역사발전 자체의 내적 논리의 문제이며, 말하자면 베토벤이 그 수혜자인 형식적 가능성들의 축적의 문제이다. 이 축적은 모든 미완성의 흐름들을 문득 그 귀결까지 밀고 갈 수 있게 하며 여태까지 빈 공간이었던 것을 모두 채우고 음악의 원료 자체에 깃든 잠재적 가능성을 실현할 수 있게 만드는 것이다.

　　음악적으로 볼 때, 베토벤의 역사적 행운이었던 그 독특한 화해는 선율과 전개 사이의, 즉 주관적 감정의 한결 풍부하며 새로운 테마(주제)적 표현과, 형식 자체를 통한 주관적 감정의 객관적 공정 사이의 아슬아슬한 균형의 형태를 취하는데, 이는 18세기 음악에서 볼 수 있는 비교적 기계적이고 선험적이며 응용적인 제작과는 이제 거리가 멀다. 위대한 18세기 작곡가들의 생산이 양적으로 단연 뛰어났던 부분적인 원인은 비교적 단순한 제작 도식과 정식들을 수중에 지니고 있었던 데에 있다. 관현악 편성 또한 그때까지는 그렇게 복잡하고 개인주의적인 사안이 아니다. 봉건영주들의 궁정 관현악단에는 이후 중산계급적 무대 관현악단이 지닌 다방면의 기술적 능력은 물론이거니와 악기의 다양성도 아직 없었다. 이런 모든 점을 볼 때 18세기 작곡가의 테마들은 주관적 존재의 진정한 충일함을 회득했다고 할 수 없다. 모차르트(W. A. Mozart)의 선율도 아직 자기충족적인 것이 아니라 기능적으로 구상된 것으로, 그것을 불가분한 구성요소로 삼는 그 형식의 흔적이 남아 있다.

다른 한편, 베토벤의 선율은 차이꼽스끼(P. I. Tchaikovsky)가 그 원형이라 할 수 있는 19세기 후기의 초주관적 작곡가들이 고안해내는 극도로 자율적이고 농익은 선율에까지 나아가는 법도 결코 없다. 후대의 작곡가들은 대위법적인 작업을 극소화하고 주제의 표출을 기계적이며 훈계적인 반복으로 환원하며, 이들의 작품에서 음악적 창조의 무게중심은 순전히 악기의 표현성과 관현악적 윤색으로 옮아가게 된다. 이런 두 극단의 중간에 위치하는 베토벤의 선율은 기능적인 것과 표현적인 것의 단명(短命)한 종합을 나타낸다. 길고도 선명한 그의 선율은 그것이 앞으로 겪게 될 변주 또는 대위법의 다양한 전개를 감안하여 면밀히 배치되고 미리 형태가 규정되어 있으면서도, 자율적인 존재라는 느낌을 동시에 주는 것이다. 마찬가지로 전개상의 여러 하위성부(下位聲部)들도 아직은 비교적 독립적이고 내재적인 의미를 지니고 있는데, 이는 후기낭만파의 경우에는 해당하지 않는 이야기다. 그리고 그것들은 개인적이며 사적인 면을 지니고 있다는 점에서 이전 음악의 어느정도 도식적이며 기계적인 성부들과도 구별된다. 이처럼 주관성과 개인적인 것이 악보의 가장 작은 요소까지 배어들지만, 이는 객관적인 것을 표출하며 그것에 스며들어 생기를 불어넣음으로써 그렇게 하는 것이지, 이후 음악에서처럼 화성과 음색에 압도적으로 편향되어 객관적인 것을 말살하고 질식시킴으로써 그렇게 하는 것은 아니다. 그리고 앞에서 본 대로 부분에 관한 이런 이야기는 형식 전체에도 그대로 적용되니, 의미있는 조직화의 단명한 가능성을 대규모로 펼쳐보이는 쏘나타 형식에 그대로 적용되는 것으로, 여기서 정신은 잠깐 동안이나마 구체적 총체성이 그것이 전개되는 매순간마다 완전히 현전(現前)하는 모습을 일별할 수 있다.

비록 베토벤과 그가 서구음악사에서 뜻하는 바에 정확히 일치하는 문학적 대응물은 없지만, 문학적 판단 역시 궁극적으로는 형식과 내용에 관한 앞에서 기술한 바와 같은 전제들에 의존한다. 가령 똘스또이 (L. N. Tolstoi) 같은 작가가 소설사에서 갖는 탁월한 위치도 좀더 꼼꼼히 살펴보면 이와 유사한 기반을 지닌 것을 알 수 있다. 러시아에서 중산계급 문학의 발달이 비교적 늦어지면서 19세기 러시아의 소설가는 굉장히 자유로운 처지에 놓인다. 러시아적 제재의 영역에서는 모든 것이 앞으로 할 과제일 뿐, 발자끄나 디킨스(C. Dickens)의 후예들처럼 이전 세대의 많은 소설가들과 선반마다 즐비한 소설들로 해서 중압감을 느끼는 억압적 상황은 없었다. 그런데 러시아 소설가들은 바로 그 후진성 덕택에 소설기법상 모든 가장 세련된 것들과, 즉 모빠상(Guy de Maupassant) 및 자연주의자들과 동시대에 자리하게 된 결과, 러시아의 리얼리즘 소설 일반과 특히 똘스또이의 문학이 처음부터 성숙한 모습으로 탄생할 수 있었다. 다른 곳에서는 힘들여 얻어낸 기법이 이곳에선 자연스럽게 흘러나오는 것처럼 보일 수 있었다. 그 결과 보통 우리가 똘스또이의 이름을 들 때 떠올리게 되는, 주관적 의도와 소설의 객관적인 사회적 소재 사이의 그 독특하고 특징적인 조화가 나타나는데, 여기서는 사회적 경험과 개인적 경험이 다같이 작가 스스로 창조해낸 것인 양 소설가의 손에서 나오는 것이다.

부정적 판단의 경우 그 변증법적 구조는 더욱 뚜렷하다. 우리가 발자끄에게서 거슬려하는 그 경멸과 희화화를 생각해보라. 그것은 바로 객관적인 사회적 자료(등장인물·가구·제도)를 너무 성급하게 자신의 목적을 위해 변형하고 왜곡하여 자신의 개인적 열의에 동화시키려는 시도가 아니겠는가? 반면 플로베르(G. Flaubert)의 금속성의 성마름을 생각해보라. 그것은 작품의 주관적 차원을 외과수술 하듯 너무 엄격히 억압한 결과로, 결국『감성교육』(*L'Education sentimentale*)에서처럼 주인공이 한갓 기록하는 눈처럼 텅 빈 존재가 되거나『쌀랑보』(*Salammbô*)에서처럼 작품이 영화적 환영(幻影)으로 떨어지고 만다. 그리고 헨리 제임스(Henry James)[36]의 '지나치게 양식화된' 면모를 생각해보라. 그는 의미심장한 반쪽짜리 문장들 사이에 긴 휴지부를 둔다든가 주관적 의도를 불어넣기 위해 객관성의 작은 부분들을 클로즈업하는 수법을 쓰는데, 그 결과 임의적인 낱말이 '함축적' 침묵으로 에워싸여 무언가 만만치 않은 의미를 띠게 되는 식이다. 또한 조이스가 이룩한 종합의 아슬아슬함을 생각해보라. 여기서는 물질이 정신과 일순 다시금 화해하고 도시의 모든 사물과 파편들이 마치 주관성에 물든 양 빛을 발하는 듯 느껴지지만, 그러나 그 이음새가 드러나는 게 문제다. 또 각 장 사이의 관계에도 뭔가 작위적이고 자의적인 면이 있으니, 이 새로운 화해는 음악에서 쇤베르크의 화해만큼 큰 댓가를 치른 셈이다. 소설이란 항상 작가나 독자의 의식과 객관세계 일반을 화해시키려는 시도다. 따라서 우리가 위대한 소설가들에 대해 내리는 판단은 그들을 겨냥한 것이 아니라 그들이 반영하며 소설구조를 통해 판정을 내리는 그 역사적 시기를 겨냥하게 된다.

따라서 베토벤의 작품에서 이룩된 탁월한 종합이 당대 사회구조가 지닌 모종의 독특한 자유에 대응하는 것임은 의심할 여지가 없다. 사실 객관적 조건들과 함께 확대되고 수축되는 역사적 자유는 그런 과도기

---

36 헨리 제임스(Henry James, 1843~1916)는『어느 숙녀의 초상』(*The Portrait of a Lady*) 등을 발표한 미국 출신의 소설가·비평가이다——옮긴이.

적 시기에 가장 커 보이는 법인데, 이런 시기에는 생활양식이 아직 엄격한 시대양식으로 굳어지지 않은 상태이며, 과거의 것에서 갑자기 풀려났지만 그를 대신할 것에 대해서도 아직 그만한 책무를 지지 않은 상태이다. 나뽈레옹이라는 지배적 인물부터가 유럽의 봉건적 질서의 붕괴와, 승리한 중산계급의 온갖 새로운 윤리적·정치적·경제적 제도의 확립 사이에 놓인 이 시기의 기본적 양면성을 상징한다. 그는 봉건제 및 신성한 왕권의 스러져가는 가치 중 일부와, 이후 중산계급 사회의 카리스마적 정치지도자들의 대놓고 세속적이며 선전가적인 호소를 결합한다. 그러나 또한 그는 16,17세기의 가발을 쓴 절대군주와도, 20세기의 선동정치가와도 동일시될 수 없다. 심지어 나뽈레옹 시대의 신고전주의조차도 의미심장하며 두 방향을 가리킨다. 한편으로 그것은 잇따라 유럽을 휩쓸고 기념비들을 침전물로 남기고 지나간 위대한 범대륙적 양식들(고딕·르네상스·바로끄·로꼬꼬 등등) 가운데 최후의 것처럼 보인다. 그러나 다른 한편으로는 모더니즘의 최초 형태이기도 하니, 은밀한 혼성모방(pastiche), 즉 예술에 대한 예술이며, 중산계급적 세계의 모순을 자신의 내적 모순 속에 기록해내며, 이런 기록방식은 향후 모든 예술운동의 특징이 되기 때문이다.

그리하여 베토벤이 이룩한 주관성과 객관성의 화해는 혁명적 과도기 자체의 확장된 지평을 충실히 기록한다. 이 시기는 권력을 장악하기 위해 투쟁 중인 중산계급의 실증적이고 보편주의적인 사고가 아직은 돈과 사업 그리고 현실정치(Realpolitik)의 엄숙주의(esprit de sérieux)에 밀려나기 전, (그 낙관주의와 영웅성이 베토벤의 오페라『피델리오』 Fidelio에서 불멸의 삶을 얻은 바 있는) 인간의 자유라는 추상적 이념이 계급적 특권에 대한 이데올로기적 옹호로 바뀌기 전의 시기이다. 그런데 음악에 대한 이런 이야기는 사상에도 적용된다. 신학의 오랜 속박에

66

서 벗어난 철학은 아직 과학적 경험주의로의 실증주의적 환원을 겪지 않았으며, 20세기의 논리실증주의식으로 자신의 타당성을 의심해보기 시작하지 않은 것은 물론이거니와, 사회학이나 심리학 등 새롭게 창출된 학문분야에 권리를 양도하지도 않았다. 역사의 이 시점에 사상은 여전히 가장 포괄적인 것들을 추구했으니, 헤겔 철학은 바로 이 가능성의 시대이자 두 세계 사이에 걸쳐 있는 시대에 대한 가장 야심적이며 지극히 특징적인 기념비다.

이 책 마지막 장에서 우리는 헤겔주의가 맑스주의의 틀 안에서 수행해야 하는 역할을 재규정할 것이다. 이것은 옛 중산계급 혁명의 가치들과 현재의 혁명적 의식 및 요구의 관계나 다름없는 문제다. 그런데 또한 명백한 것은 우리가 앞서 서술한 바와 같은 변증법적 분석에서 작동하는 원리, 즉 주관과 객관의 어우러짐, '아(我)'와 '비아(非我)', 정신과 물질, 자아와 세계의 화해가능성 등의 원리 자체가 바로 헤겔 체계의 전제요, 사실상 헤겔의 지적 창조물이라 할 수도 있다는 사실이다.

헤겔은 객관적 외부세계가 정신세계와 동일하다는 과거 철학자들의 추상적이고 공허한 수준에 머문 주장들을 구체화하여 그러한 동일성이 실현되는 다양한 방식들을 설명·입증하는 데 착수했다. 객관의 관점에서 보면 『정신현상학』(*Phenomenologie des Geistes*)은 바로 이 동일성의 증명으로, 외견상 아무리 외적이거나 물질적인 현상들(예컨대 인간의 감각적 지각 및 과학적 탐구의 대상들)이라 해도 정신의 입김이 들어가 있으며, 모두 관념성에 깊이 연루되고 침투되어 있음을 보여준다. 그러나 주관의 관점에서 보면 『정신현상학』이란 의식이 스스로를 풍부하고 견고하게 만들어나감으로써 가장 개별적이며 주관에 국한된 계기로부터 외적·객관적 세계의 모든 풍요함과 다양성이 궁극적으로 자신 속에 들어 있음을 깨닫는 '절대정신'의 상태에까지 점차 도달해가는 일련의 단계를 기술한, 상승과 발전의 이야기다. 헤겔은 주객분리가 일어나기 이전의 계기에서 출발점을 찾음으로써 그 분리를 극복해낼 수 있었으니, 이 경험 자체의 계기에서는 여전히 그 대상과 일치한 상태인 주관이 자의식을 획득하거나, 스스로를 추상적으로 독립적인 별개의 실체로 구별짓는 법을 배우거나, 뒤로 물러나 역시 추상적인 별개의 물자체(物自體)라는 실체를 허공 너머로 응시하는 능력을 갖추기 이전 상태이다.

변증법적 방법이란 바로 이와 같이 분리된 추상적 부분들보다 구체적 총체성을 선호하는 방법이다. 그러나 이것은 다양한 과학 분야에서 이루어지는 것처럼 순전히 외적인 종류의 총체성을 객관적으로 파악하는 일보다 더 복잡하다. 과학 분야에서는 사고하는 정신 자체가 냉정하고 초연하며 노련하면서도 자의식이 없는 상태로, 자기 자신이나 자신의 사고과정을 잊어버린 채 앞에 제기된 문제들과 내용에 완전히 빠져든다. 그러나 변증법적 사유란 두제곱된 사고, 즉 사유 자체에 대한 사고로서, 정신은 대상이 되는 자료뿐만 아니라 자신의 사고과정도 다뤄야 하며, 관련된 특정 내용과 그에 부합하는 사유양식 모두가 동시에 정신 속에 포함되어야 하는 것이다. 예를 들어 어떤 수학문제를 변증법적으로 사유한다 함은 문제를 그 자체의 견지에서 인식함과 더불어, 정신이 수학적 처리를 행하면서 느끼는 방식과 그와 전혀 다른 과학적·비과학적 조작을 할 때 갖는 느낌을 암암리에 비교하는 작업도 동시에 수반하는 것이다. 따라서 변증법적 사고는 그 구조 자체에서, 심지어 개별적이고 고립적인 종류의 대상을 사유할 때에도, 근본적으로 비교하는 작업이다. 그리고 『정신현상학』의 이어지는 장들은 애초부터 그 속에 담긴 일련의 비교의 객관적 개진일 뿐이다. 그런데 비교란 차이를 포함하며, 한 장에서 다음 장으로, 한 의식형태에서 다음 의식형태로 옮겨감은 일련의 비약, 즉 한 종류의 원료로부터 외견상 그것과 무관한 다른 종류의 것으로 계속 옮겨가는 움직임이다.

사실 현대 독자가 보기에 『정신현상학』의 가장 놀라운 점은, 소설 용어를 사용해서 말하자면 시점의 통일을 전혀 보여주지 않는다는 것이다. 각 장 사이의 이행은 한 개인의 생애에서 성장과 변화의 계기에 반드시 해당하지는 않는다. 각 장의 내용은 매우 이질적이어서 집단적이거나 역사적인 경험에서 나온 것도 있고, 개별적이거나 윤리적인 경험에서 나온 것도 있으며, 행동과 관련된 것도, 순수지식과 관련된 것도 있다. 이런 두가지 구조적 불규칙성에 상응해 헤겔 체계에 대한 공격도 서로 다른 두 경향으로 나뉜다. 한편으로, 헤겔에 대한 실존적 반론은 항상 두 계기 사이의 이행을 아는 것과 체험하는 것에는 근본적인 차이가 있다는 점이었다. 즉 노예의 구원이 인류에게 완전히 새로운 내적 삶을 가져다줄 철학적 달관에 있을지는 모르지만, 수세대의 개개 노예들은 그러한 질적으로 새로운 계기가 획득되기 전에 죽을 수밖에 없다는 것이다. 또 한편으로 객관적 관점에서 검토해도 『정신현상학』은 역시 궁극적으로 만족스럽지 못하다. 즉 『정신현상학』은 일련의 임의적인 관찰과 분석, 역사적 주석, 심리학적·철학적·과학적·예술적 자료로 해체되는 듯 보이는데, 이것들의 타당성은 관련된 각 학문에 의해 각기 분석된 후에야 상정될 수 있을 것이다.

그러나 이런 비판들은 우리가 서 있는 역사적 자리에 입각한 것이다. 즉 제반 과학이 그 다양한 분야와 방법의 규정에서 점점 더 지적으로 분화되며, 개인적 삶의 구조와 가치에 대한 심리학적 인식이 늘어남을 전제로 한다. 그러므로 이는 헤겔에 대한 내재적이며 논리적인 비판이라기보다는 헤겔이 놓인 시간대와 우리의 시간대 사이의 거의 물리적인 괴리를 보여주며, 아도르노의 헤겔 독해의 중심에 놓여 있는 것도 바로 이 역설이다. 우리가 헤겔의 총체성의 전망을 실감할 수 없다고 해서 곧

이 전망이 우리가 쉽게 상상할 수 있는 어떤 것보다도 더 충만하고 풍요하며 구체적이지 않다는 이야기는 아니다. 또한 우리에게 헤겔 체계가 불가능하다고 해서 그것이 곧 헤겔 체계의 지적 한계라든가 그 번거로운 방법과 신학적 상부구조의 증거가 되는 것은 아니다. 오히려 그것은 우리에 대한 심판이며, 사물의 총체성에 대한 그런 전망이 불가능해진, 우리가 살고 있는 역사시기에 대한 심판이다.

베토벤의 쏘나타가 전체와 부분의 아슬아슬한 종합을 나타내듯이 헤겔 철학은 '절대정신'이 그 과정의 최종산물이 되는 전체적인 변증법의 조직과, 그 과정 중의 다양한 경험유형에 대한 구체적 분석인 개개 계기들, 즉 변증법의 개개 단계들 사이에서 빚어지는 하나의 기나긴 긴장이다. 이 두 요소는 상호의존하므로, 따로 떼어 파악하면 안 된다. 헤겔 사상의 어떤 부분도 제대로 읽으려면 베토벤 쏘나타가 요구하는 듣기와 구조적으로 비슷한 노력을 들여야 한다. 후자의 경우 부분, 즉 음이나 소절은 그 자체로 포착되는 동시에 변주·조바꿈·반복 등 그것이 전체에서 차지하는 위치의 면에서 포착되어야 한다. 그러므로 헤겔 체계에서 개별적 통찰을 선별해낸다가 타당한 것과 이제는 부적합한 것을 분리해낼 수는 없다. 각 장의 용어와 지적 장비는 경험을 일반화하는 태도를 전제로 하며, 이 태도를 이해하기 위해서는 사고의 확대가 요구된다. 자의식과 인정(認定), 일반적인 것과 구체적인 것, 개념과 관념 등 중심 개념들은 그것만 따로 분석될 수 없다. 이 개념들 모두가 '절대정신'이라는 더 커다란 이상에 의존하며 이 이상의 일부이기 때문이다. 즉 바깥세계를 동화해 자신의 힘을 발전시켜나감으로써 드디어 자신 속에서 객관세계의 모든 것의 씨앗을 보며, 객관세계가 자신과 동일한 실체임을 인식하는 지점에 다다름을 지고의 가치로 삼는 그런 의식 말이다.

그러나 이제 우리는 그 전체적인 조직을 파악할 수 없게 되어버렸다.

이 조직틀, '절대정신'이라는 관념, 고립된 주관성이 완전한 자기충족적 세계를 이루며 실제세계 자체와 동등해지는 가능성 등은 현대사회에서는 받아들일 수도, 심지어 생각할 수도 없어졌다. 현대사회에서는 개인적 주관성의 값어치가 너무나 명백히 극도로 한정되어 있으며, 사람들은 분리될 수 없이 서로 연관되어 있으면서도 전체를 그 속에서 자신의 위치라는 왜곡된 창을 통해 바라볼 수밖에 없는 것이다. 그러므로 설령 우리가 헤겔을 다시 읽을 수는 있다 해도, 우리는 이 저작 전체를 일별하게 해줄 그 마지막 장의 고지(高地)에는 결코 도달할 수 없다. 종합은 한갓 통일에의 당위, 죽은 문자에 지나지 않는 불완전한 상태로 남는다. 그런데 이런 초점의 불완전함은 우리가 개개 문장을 읽고 이해하는 데도 따라다닌다. 헤겔이 이 저서의 출판에 무관심했다는 점이나, 헤겔 체계가 초고 상태의 불확실한 판본들을 통해 전해졌고 그리하여 "확실하고 결정적인 형태로 영속화되기를 거부하면서도 그처럼 가없는 주장들을 해대는 사상"이라는 역설을 보여준다는 점 등은 헤겔 스스로도 이런 딜레마를 자각하고 있었음을 시사한다. 아도르노는 "오늘날 우리가 반물질(反物質, antimatter)이라고 부르는 것과 같은 의미에서 헤겔의 텍스트는 반텍스트(antitext)다"[37]라고 말한다. 이런 구조는 전체에 비추어야 이해되지만, 실제로는 단편들로밖에 읽을 수 없는 한 철학자가 제기하는 독특한 어려움을 설명해준다.

　이런 사태의 전모는 헤겔이 살던 시대의 과도기적 불확정성이 그에게 다행스러운 신기루, 즉 '절대정신'이라는 환각을 가능케 해주었다는 데 있다. 그리고 이 관념적이고 추상적이며 실로 상상적인 개념은 세계 자체에 대한 지극히 사실주의적인 일련의 분석에 구성틀이 되어준

---

37 T. W. Adorno, *Drei Studien zu Hegel* (Frankfurt: Suhrkamp 1957) 136면.

제1장 T. W. 아도르노, 혹은 역사적 비유들　71

것이다. 여기서 이룩된 작업은 철학자 개인의 정신적 생김새보다는 그가 사용할 수 있었던 구성원리에 내재하는 발전가능성에 달려 있기 때문이다. 한 예로 맑스가 자신이 '거꾸로 선 변증법'이라 부른 헤겔 변증법을 바로 세워놓을 때 하나의 역전이 일어나니, 맑스 자신의 자료가 더 인간주의적인 동시에 덜 인간적인 것이 되면서 그는 경제학이라는 고도로 기술적인 주제에 한정되는 것이다. 맑스는 헤겔을 현실에 정초(定礎)하지만, 동시에 그 자신은 이 선행자가 열어놓은 더 넓은 가능성으로 다시 나오기 어려운 전문화에 빠져들고 만다.

그러므로 헤겔이 자신의 사고로 조직해낸 체계, 헤겔이 사물 자체의 한 속성이라고 보았던 그 체계는 사물들 속에 잠재할 뿐 아직 실제 역사의 세계에서는 실현되지 않은 상태였다. 완전히 구현된 철학체계, 즉 '아'와 '비아', 주체와 세계의 구체적인 지적 화해란 개인이 사실상 주위 사물 및 인간의 조직과 이미 화해하고 있는 사회에서만 가능할 것이다. 구체적 화해가 그에 대한 추상적 정식화에 선행해야 하는 것이었다. 따라서 헤겔 체계가 실패하고 마는 것도 놀라운 일이 아니니, 헤겔 체계의 20세기 등가물이라 할 수 있는 방대한 예술적 종합들이 그들의 복잡한 보편성 주장의 무게에 짓눌려 모두 무너져내리는 게 놀랍지 않은 것과 마찬가지다. 그러나 20세기의 예술적 종합들은 이미 언어의 더 낮은 차원에서, 즉 더이상 오성의 차원이 아니라 좀더 초보적이며 직접적인 육체적·정서적 지각의 차원에서 일어난다. 따라서 정말 놀라운 점은 헤겔 체계가 실패한다는 사실이 아니라 오히려 그것이 여전히 지니고 있는 그런 정도의 구체성으로까지 구상되고 실현될 수 있었다는 사실이다.

4

어쩌면 단편화된 세계에서 헤겔적인 체계화 정신에 충실할 유일한 길은 단호히 비체계적인 자세를 취하는 것인지도 모른다. 이런 의미에서 아도르노의 사고는 지극히 헤겔적이다. 그는 진정 헤겔적인 정신으로 모티프들을 사고해나감으로써 다음과 같은 중심적인 형식적 문제에 부딪치게 된다. 즉 어떠한 전체도 성립할 가능성이 전혀 없어진 상황에서『정신현상학』같은 저서의 각 장들을 어떻게 쓸 것인가? 전체가 눈에 안 보일 뿐 아니라 생각조차 할 수 없게 된 지금 어떻게 부분을 부분으로서 분석할 것인가? 주관과 객관이라는 대립 개념들이 의미를 가지려면 어떤 가능한 종합이 전제되어야 하는데, 구체적 경험 그 어디에도 종합이란 존재하기는커녕 상상할 수도 없게 된 상황에서 이 개념들을 대립물로 어떻게 계속 사용할 것인가? 어떤 언어를 사용해서 소외된 언어를 기술할 것이며, 모든 준거체계가 지배체계 자체에 통합되어버린 상황에서 어떤 준거체계에 의지할 것인가? 역사에 의미를 주었던 운동과 방향이 모래 속에 삼켜진 것처럼 보이는 상황에서 어떻게 제반 현상들을 역사에 비추어 바라볼 것인가? 이것이 그의 중심문제였다.

이제 에세이라는 형식의 이론가로 등장한 아도르노 자신은 독일에서 에세이가 발달하지 못한 이유를 다음에서 찾았다. 즉 독일 문필가들은 에세이의 전제가 되는 거의 변덕스럽고 비논리적이기까지 한 자유를 감수하거나, 덧없고 단편적인 것들의 와중에서 지적 생활의 힘든 수련을 쌓거나, 걸작(Hauptwerk)이나 기념비적 저작이 주는 존재론적 위안에 저항하면서 바로 역사 자체의 강물 속에 서서 자신의 잠정적 구성물들을 사상이 시간 속에서 겪게 마련인 끊임없는 변신에 내맡기기를 꺼린다는 것이다.

변증법적 문필가의 근본적인 형식적 문제는 바로 연속성의 문제이기 때문이다. 역사 자체의 거대한 연속성을 절감하는 사람은 마치 언어로 표현할 수 없을 만큼 너무나 육체적인 지각에 압도당할 때처럼, 바로 그 인식에 의해 마비되고 만다. 역사의 모든 차원이 공시적 형태로 응집될 때, 과거 역사가들처럼 단순명료한 순차적 이야기를 하기란 불가능해진다. 이제 다름 아닌 통시성과 연속성이 문제성을 띠며 단순한 작업가설이 되어버린다. 아도르노의 전반적 형식은 따라서 서사물(narrative)이기보다 구성물(construct)이 될 것이다. 앞서 잠깐 언급한 바 있는 쇤베르크에 대한 저서에서 형식적 연속성은 쇤베르크의 연대기적 발전의 연속성이 아니라 (연대기의 느슨한 느낌은 유지되지만) 일련의 추상적 계기들의 연속성, 즉 총체적 체계로 파악된 쇤베르크 작품의 기본 요소 내지 부분 들이 서로를 빚어내는 내적 상호생성의 연속성이다. 따라서 개개의 예술작품은 내부기관 상호 간의 균형으로, 우리가 나중에 다른 장에서 스타일〔문체〕의 성격에 대한 규정적 범주들이라 부를 것들의 상호교차로 이해된다. 이 범주들은 서로 분리된 별개이면서도 깊이 상호 의존하고 있어서 하나(예컨대 악기 음색의 강도)가 수정되면 즉각적으로 다른 것들(예컨대 작품의 시간적 차원, 대위법적 전개 등등)의 비중에도 변화가 일어나게 된다. 예술가의 발전에서 변화는 작품 자체의 근본범주들 사이에서 작동하는 관계들이 이처럼 변형된 결과로 일어난다. 그러나 변증법적 **비평가**는 자신의 그래프 위에 이 변화를 각기 나름의 내적 모순으로부터 서로를 생성해내는 일련의 계기로 표시할 것이다.[38]

이제 좀더 짧은 글들, 특히 아도르노의 걸작이라 할 만한 『문학단상』

---

38 헤겔과 맑스 변증법의 상대적 타당성 문제도 함축하는 이 논제에 대해서는 마지막 장에서 다시 언급할 것이다.

(*Noten zu Literatur*) 연작을 살펴볼 때 우리는 정신적 공정으로서 이 글들이 바로, 서로 얽혀 더 큰 변증법적 형식을 구성하는 그 범주나 성분들을 인지하고 분리해내는, 아니 사실상 최초로 창안해내고 이름 붙이는 작업으로 이루어짐을 알 수 있다. 이 글들 중 일부의 주제, 즉 제목과 작품의 관계, 감수성과 구두점 사용의 관계, 외국어 낱말이나 구절의 혼용, 책이 주는 물리적 인상을 통해 작업방법 자체를 설명해보자. 이들 주제는 변증법적 자의식을 담고 있다. 즉 갑작스레 거리를 둠으로써 독서경험의 가장 친숙한 요소들마저도 마치 처음 보는 것처럼 다시 낯설어 보이게 만들며, 작품이 뜻밖에도 뚜렷한 범주들 내지 부분들로 분절화되는 것을 드러나게 만드는 '거리두기'를 담고 있다. 이때도 전제는 역시 내적 관계들이 더없이 철저하게 조직망으로 짜여 있다는 것이다. 따라서 이를테면 장마다 제사(題辭)를 붙이는 한 소설가의 성향처럼 외견상 전혀 무관하고 외적인 것의 이해가, 바로 표층을 구성하는 기반인 더 심층적인 형식적 범주들 쪽으로 인도하는 발견적 원리 구실을 한다. 그러므로 이 에세이들은 우리가 앞에서 **각주**라는 기호로 지칭했던, 아도르노 스스로 창안한 형식적 범주의 구체적인 표출이다. 이런 지적은 그것이 아도르노의 방법의 혼성모방에 해당하는 한, 그의 방법에 바치는 헌사라 할 수 있겠다.

따라서 이런 에세이들은 결코 실현되지 않는 총체성의 단편 내지 그에 대한 각주이다. 그리고 나로선 이들을 통합하는 것은 그 주제적 내용이기보다 한편으로는 그 문체(스타일), 즉 변증법적 사유과정의 시간 속 영속적 현전이라 할 그 문체이며, 또 한편으로는 이들이 공유하는 기본적인 지적 좌표들이라고 말하고 싶다. 소재가 분산되어 있음에도 불구하고 단편으로서 이들이 공유하는 것은 바로 공통된 역사적 상황, 즉 자신이 산출하고 포함하는 모든 문화현상들을 이런저런 방식으로 특징짓고 변형하며 또 이 현상들을 이해하는 틀이 되는 그 역사적 순간인 것이다. 언어는 바로 이 구체적 상황을 모니터처럼 숙명적으로 암시하게 된다. 즉 '관리된 세계' '제도화된 사회' '문화산업' '손상된 주체' 등이 그것으로, 바로 이것이 우리의 역사적 현재의 이미지인데, 이는 아도르노의 주된 사회학적 기여라 할 수 있으나 우리가 앞에서 지적한 것처럼 아직 하나의 **명제** 형태로 직접 표현된 적은 없다. 그보다 그것은 어떤 사태, 어떤 현실에 대해 우리가 너무나 익히 잘 알고 있다는 전제 위에서 그 사태, 그 현실에 대한 일련의 참조로서 개입한다. 여기서 쓰이는 양식은 니체가 독일어에 기여했다고 할 수 있는 독일풍 빈정거림인데, 이는 끊임없이 냉소적이고 구어적인 표현을 사용함으로써 치욕스러운 현실세계와 멀찌감치 거리를 두는 한편, 추상어와 숨겨진 개념적 운(韻)을 통해 이 현실세계를 불가능한 이상과 비교하는 양식이다.

이와 동시에 내가 보기에 이런 우회적 방법의 이면에는 근본적으로 문체적인 동기가 개재하는 것 같다. 앞서도 이야기한 바 있지만 아도르노에게(사실 이는 헤겔이라든가, 진실로 변증법적인 한 변증법적 사상가들 모두에게도 마찬가지인데) 변증법적으로 사유한다는 것은 곧 변증법적인 문장을 쓰는 것과 다름없다. 이것은 예술작품 자체를 지배하는 것과 유사한 일종의 문체적 복종 같은 것인데, 예술작품에서 소재의 선택을 결정짓는 것은 모든 의식적 성찰을 넘어서는, 문장 자체의 생김새다. 따라서 이 경우에도 사상의 질은 그것을 표현하는 문장의 유형에 의해 판단된다. 변증법적 사유란 사고에 대한 사고, 두제곱된 사고, 즉 대상에 대한 구체적 사고인 동시에 사유행위 자체 속에서 자신의 지적 작동을 의식하는 사고인 만큼, 이런 자의식이 문장 자체 속에 새겨질 수밖에 없기 때문이다. 또한 변증법적 사유의 특징이 대립항이나 적어도 개념상 다른 현상들의 결합을 포함하는 데 있는 만큼, 초현실주의자들

76

이 이미지를 두고 말한 바 이미지의 힘은 연결된 실재들 사이의 거리 및 차이에 정비례한다는 이야기를 변증법적인 문장에도 그대로 할 수 있을 것이다.

따라서 전제된 명제로 보이는 관리된 세계에 관한 대담한 진술을 아도르노의 저작 어디에서도 찾아볼 수 없다면, 또한 분석대상인 모든 현상에 대해 숨은 설명이나 필수적 참조항 구실을 하는 그 '제도화된 사회'의 구조에 대한 이론을 명시적인 사회학적 용어로 표현하는 수고를 그가 어디서도 하지 않는다면, 그런 자료가 이데올로기 자료의 연구보다는 하부구조 연구에 속하며 또 고전적인 맑스주의 경제학에 이미 함축되어 있기 때문이기도 하지만, 또한 무엇보다도 그런 직접적 진술, 즉 순전한 내용의 직접적 제시란 문체상 그릇되며, 이런 문체적 과오는 바로 사고과정에서의 어떤 본질적 과오의 징표이자 반영이라는 느낌 때문이라고 볼 수 있겠다. 순수 사회학적 표상에서 사유하는 주체는 자신을 지우고 사회현상이 객관적으로, 즉 하나의 사실, 하나의 사물 자체로 드러나도록 만드는 듯 보인다. 그러나 아무리 그래도 관찰자는 관찰대상에 대해 어떤 입장을 가질 수밖에 없으며, 관찰자가 의식적 작업을 자각하지 않게 된다고 해도 그의 사고는 여전히 의식적 작업인 것이다. 그러므로 사회학 저술에서건 철학 저술에서건, 내용을 그 자체로 명시적으로 제시하는 것은 변증법적 사유로 극복하려던 그 실증주의적이며 경험적인 환상으로 다시 전락하는 문제를 안게 된다.

그러나 싸르트르라면 아도르노 체계의 '총체화할 수 없는 총체성'이라 불렀을 그 부재하는 중심이란 독자적인 실증주의적 '사회이론'이라고 개념화할 수 없는 것이라고 해도, 또한 자기의식에 대한 이 체계의 충실성 덕분에 이른바 객관적 사고의 무입지성(placelessness)이 애당초 배제된다고 해도, 이런 부재하는 총체성을 환기할 또다른 길 역시 존재

한다. 마지막 두 권의 저서, 가장 체계적이며 철학서 성격이 가장 강한
『부정변증법』(Negative Dialektik)과 『미학이론』(Ästhetische Theorie)에서
아도르노가 시도한 것도 바로 이 원적법처럼 불가능해 보이는 궁극적
인 작업이었다. 사실 첫째 저서의 제목에서 암시되듯 이 두 저서는 이론
화할 수 없는 것의 이론을 제시하고 변증법적 사유가 왜 필수적이면서
도 불가능한지를 보여주며, 모든 우연적인 이미 구현된 체계들의 타당
성이나 존재마저 일축하면서도 체계의 이념 자체는 살려두고자 한다.

　내가 보기에 『부정변증법』의 핵심적 주장이자 아도르노의 궁극적인
철학적 입장은 이전의 미학 에세이와 평론 들에서 실질적이고 구체적
으로 작동한 바 있는 그 방법론의 이론적 명료화이다. 이 글들에서 우리
는 예술작품의 내용이 궁극적으로 그 형식에 의해 판단된다는 것과, 예
술작품을 낳은 특정한 사회적 계기의 핵심적 가능성들을 이해하는 데
가장 확실한 열쇠는 바로 작품의 구현된 형식이라는 것을 알게 되었다.
바로 이 방법론적 발견이 이제 철학적 사고의 영역에서도 타당한 것으
로 드러난다. 그리고 부정변증법의 실천은 어떤 관념의 공식적 내용, 예
컨대 사물 자체로서 자유 및 사회의 '진정한' 성격 등에서 물러나서 그
관념이 취해온 다양한 규정적이고 모순적인 형식들 쪽으로 나아가는
지속적인 운동을 수반한다. 이 형식들의 개념적 한계와 부적합성이야
말로 구체적인 사회상황 자체의 한계에 대해 직접적인 비유 내지 징후
구실을 하는 것이다.

　애당초 변증법이라는 관념부터가 마찬가지이니, 헤겔에게 변증법이
란 "그 기반과 결과로서 주관의 우선성을, 혹은 『논리학』(Logik) 서문의
유명한 표현에 따르면 동일성과 비동일성의 동일성"[39]을 가지는 것이었

---

39 T. W. Adorno, *Negative Dialektik* (Frankfurt: Suhrkamp 1966) 17면.

다. 그러나 세계에 대한 현대 경험의 특징은 바로 이런 동일성이 불가능하다는 데, 그리고 주관의 우선성은 환상일 뿐 현재의 역사적 상황에서 주관과 바깥세계는 결코 그러한 궁극적 동일성 내지 보상을 찾을 수 없다는 데 있다. 그렇지만 변증법적 사고가 지향하는 궁극적 종합이 도달 불가능한 것으로 판명된다고 해서, 그 종합의 어느 한 항목, 즉 주관과 객관의 대립 개념 중 어느 한쪽이 그 자체로 더 만족스럽다고 생각해서는 곤란하다. 그 자체로 파악된 대상이라든가 직접 접근 가능한 내용으로 간주되는 세계 등은 소박한 경험적 실증주의의 환상이나 자신의 개념적 범주들을 바로 현실세계의 실제 부분 내지 조각으로 착각하는 강단적 사고를 낳는다. 마찬가지로 주관으로만 도피하는 것도 아도르노가 하이데거류 실존주의의 주관적 관념론이라고 본 일종의 비역사적 역사성, 즉 아무런 참된 내용이 없는 불안과 죽음과 개인적 운명의 신비화에 귀착된다. 따라서 부정변증법은 궁극적 종합 앞에 제시되는 모든 구체적 사례에서 그 종합의 가능성과 현실성을 부정하면서도, 또 한편 종합이라는 관념과 가치는 긍정할 도리밖에 없다.

그러므로 이런 사고는 세계 자체를 사유하는 과정을 힘겹게 지속하면서 구체적인 것과의 접촉을 유지해가고자 하는 동시에 자신의 불가피한 오류들을 매순간 시정하며, 따라서 마치 앞서 간신히 성취해낸 것을 전부 무산시키는 듯 보인다. 그러나 완전히 무산되는 것은 아니다. 획득된 진정한 내용은 헤겔의 소위 '지양'된 형태로나마 어쨌든 남아 있기 때문이다. 따라서 부정변증법은 텅 빈 형식주의로 귀착되는 것이 아니라 형식에 대한 철저한 비판으로, 사유 자체의 다양한 계기의 모든 가능한 실체화를 거의 영원히 파괴해버리는 노력으로 귀착된다. 세계에 대한 모든 이론은 형성되는 순간부터 불가불 정신의 대상이 되고, 하나의 실재물이 지닌 모든 특권과 영속성을 부여받으며, 결국 변증법적 과정에서 생겨난 것이면서도 바로 이 변증법적 과정을 지워버리기 때문이다. 부정변증법이 제거하고자 하는 것은 바로 이 사고 자체의 실체성이라는 환각이다.

그러므로 한 예로 아도르노는 사회에 관한 한, 고전적 에세이에서 우리가 사회에 대해 갖는 모든 가능한 생각이 얼마나 부분적이고 불완전하며 부적절하고 모순적일 수밖에 없는가 하는 점뿐만 아니라, 바로 이런 형식적 모순들 자체가 현시기 사회적 삶의 구체적 현실에 대해 우리가 서 있는 위치를 밝혀주는 가장 귀중한 지표라는 사실 또한 보여준다. 사회란 우리가 직접 경험을 통해 만나고 탐구할 수 있는 경험적 대상이 아니기 때문이다. 이런 의미에서 사회라는 관념을 용납할 수 없는 추상적 구성물이나 어떤 다른 종류의 현실적 존재도 지니지 않는 단순한 방법론적 가설로 간주하는 신실증주의적 비판은 근거가 있다. 그러나 동시에 바로 이런 불가능한 초개인적 추상의 형태로서 사회는 깨어 있는 우리 삶의 매순간에 궁극적 제약의 형태로 현존한다. 사회는 부재하며 눈에 보이지도 손에 잡히지도 않으면서도 우리가 직면해야 하는 모든 현실 중 가장 구체적인 것이며, "사회라는 관념은 어떤 개별적 사실들로부터 추론해내거나 하나의 개별적 사실 자체로 파악할 수도 없지만, 그럼에도 불구하고 사회 전체에 의해 결정되지 않는 사회적 사실은 하나도 없다."[40] 따라서 순수사고의 모순은 그 대상의 모순 또한 반영하는데, 그것도 그 최초의 개념적 모순들이 그에 상응한다고 추정되는 실제 대상에 우리가 도무지 접근하지 못하게 막는 듯 보이는 바로 그 순간에 말이다. 사후 출판된 『미학이론』 역시 예술적 실천세계의 역사적 사실들과 이 실천을 반영하는 것이자 인지하는 매개물인 추상적인 개념적

---

40 T. W. Adorno, "Society," *Salmagundi* 10-11호(1969년 가을-1970년 겨울) 145면.

범주들 사이를 끊임없이 옮겨다니면서 미학의 전통적 기반들을 비판하는 동시에 새로이 정당화한다.

그러므로 '부정변증법'이란 철학 자체를, 혹은 철학함의 이념 자체를 시간적 물신화, 즉 항상성과 영구성의 환각으로부터 구해내려는 시도를 뜻한다고 할 수 있다. 갖가지 심각한 내적 모순을 지닌 이런 반(反)체계적 체계화에서 나는 무엇보다도 현대 예술과 문학의 역시 모순에 찬 기념비적 작품들을 연상하게 되는데, 이 작품들은 모든 것을 말하려다 결국 그 한가지만을 말하고 말며, 거의 중세적인 방식으로 전세계를 담은 책이 되려고 무진 애를 쓰다가, 너무 이질적이어서 하나의 생각으로는 포괄할 수 없는 세계 속에서 결국 여러 권의 책 중 하나에 불과한 것으로 끝나고 마는 것이다. 따라서 바르뜨(R. Barthes)[41]가 "전작품이 '문학'(Literature) 자체에 대한 접근이자 동시에 지연(遲延)인" 프루스뜨에 대해 다음과 같이 지적한 것은 아도르노의 철학적 입장에도 적용된다. "그로써 이 작가는 다시금 시간의 힘에 말려든다. 시간적 연속체 속에서 부정한다 함은 동시에 나중에 다시 파괴될 긍정적 예술을 구축해낼 수밖에 없기 때문이다. 따라서 현대의 가장 위대한 작품들은 일종의 기적적 유예상태로 바로 '문학' 자체의 문턱에 가능한 한 오래 머문다. 즉 삶의 농밀함이 주어지고 연장되되, 기호질서의 창조에 의해 파괴됨이 없는 그런 대합실적 상황 속에서 말이다."[42]

그러므로 『부정변증법』이 종국적으로는 방대한 실패작이라고, 혹은 달리 말해 이 책은 아도르노의 저서들이 하나의 전체로 구현하는 그 진정한 총체적 사고에 대한 일종의 의식과잉적 추상이라고 말하는 것은

---

41 바르뜨(R. Barthes, 1915~80)는 프랑스의 비평가·기호학자이다——옮긴이.
42 Roland Barthes, *Le Degré zéro de l'écriture* (Paris: Seuil 1953) 58~59면.

이 책을 깎아내리는 이야기가 아니다. 물론 부정변증법의 실천보다 방법과 이론을 강조하는 것은 모든 현대적 사고에 개재하는 실패의 계기에 왜곡된 지나친 중요성을 부여할 위험이 있다. 그리고 말년에 급진적인 학생들의 비판을 받았듯 아도르노가 정치참여를 하지 않은 것은 무엇보다도 바로 이 지나치게 편향된 강조에서 비롯한 결과라고 본다. 그러나 그의 구체적 연구들은 역시 변증법적 과정의 빼어난 모범이며, 특별한 계기에 씌어진 것이면서도 체계적인 에세이들로서, 특정 계기와 의식이 결합해 역사의 이해가능성에 대한 순간적이나마 가장 빛나는 형상 내지 비유를 형성하는 글들이다. "앎은 그 대상과 마찬가지로 규정적 모순에 속박된다."[43]

---

43 *Philosophie der neuen Musik* 33면.

제2장

맑스주의 해석학의
몇가지 형태

맑스주의 해석학의 몇가지 형태

모든 감정은 각기 하나의 선험적 대상에 결합되며,
따라서 후자의 표상은 전자의 현상학이다.
—『독일비극의 기원』(*Der Ursprung des deutschen Trauerspiel*)

1. 발터 벤야민, 혹은 향수

그리하여 벤야민(Walter Benjamin) 에세이의 페이지마다 풍겨나오
는 우울(melancholy), 즉 사사로운 의기소침, 직업적 실망, 국외자의 실
의, 정치적·역사적 악몽 앞에서 느끼는 비감 등은 과거를 더듬으며 적
합한 대상을, 종교적 명상에서 그러하듯 정신이 자신을 끝까지 응시할
수 있고 그 속에서 심미적인 것에 불과할지라도 순간적인 위안을 발견
할 수 있는 어떤 표상이나 이미지를 찾는다. 그리고 발견한다. 30년전쟁
의 독일에서, '19세기의 수도' 빠리에서. 바로끄 시대나 근대나 둘 다 본
질상 우의적(寓意的)이어서 우의의 이론가의 사고과정에 걸맞기 때문
이니, 자신을 형상화할 외부 대상을 찾는 비구상화된 의도인 이 사고과
정 자체가 이미 애당초 우의적 성격을 띠고 있다.

사실 내가 보기에 발터 벤야민의 사고는 그것을 우의적인 것으로, 일
련의 평행하며 불연속적인 차원의 명상들로 볼 때 가장 잘 파악할 수

있다. 이는 단떼(A. Dante)가 깐그란데 델라 스깔라(Cangrande della Scala)[1]에게 보낸 편지에서 자기 시의 네 차원을 말하면서 거론한 그 우의적 글쓰기의 근본 모델과 닮은 바가 없지 않다. 이 네 차원이란 축어적(주인공이 저세상에서 겪는 모험), 도덕적(그의 영혼의 궁극적 운명), 우의적(그가 겪는 것들이 그리스도 생애의 이런저런 측면을 재현함), 영적(anagogical, 그의 드라마가 최후의 심판을 향해 나아가는 인류 자체의 행진을 전조함) 차원들을 말한다.[2] 20세기 현실에 걸맞게 이 도식을 변용하는 것은 어렵지 않을 것이다. '축어적'은 '심리적'으로 읽고, 두번째의 도덕적 차원은 그대로 놔두고, 성육(成肉, incarnation)은 언어 속에 의미가 육화되는 것으로 보아 그리스도의 생애라는 지배적인 원형적 패턴을 예술의 종교라는 가장 넓은 의미의 종교로 대치하고, 마지막으로 신학을 정치학으로 교체해, 단떼의 종말론을 인류가 영원에서가 아니라 역사 자체 속에서 구원을 얻는 현세적 종말론으로 만들면 된다.

벤야민 저작의 특징은 번번이 역사적 상황에 의해 무너질 위험에 처하는, 경험의 심적 온전성 내지 통일성을 추구하는 고투(苦鬪)에 있는 것 같다. 잔해와 파편으로 이루어진 세계의 모습, 금방이라도 의식을 압도할 듯한 태고의 혼돈, 이것이 벤야민 자신이나 그의 글을 읽는 우리의 마음속에 거듭 등장하는 이미지들이다. 온전성 내지 통일성이라는

---

1 깐그란데 델라 스깔라(Cangrande della Scala, 1291~1329)는 단떼의 후원자인 이딸리아 귀족이다──옮긴이.

2 이 모델은 적어도 벤야민 자신이 막스 리히너(Max Rychner)에게 보낸 편지에서 제시한 것보다는 덜 낯설고 덜 위압적이다. "내게 가능한 탐구와 사유란 이를테면 신학적 의미의 그것, 다시 말해 『토라』의 구절 하나하나마다 49개 차원의 의미가 있다는 『탈무드』의 교시에 따르는 것뿐이었습니다." "Walter Benjamin," *Times Literary Supplement* 1968년 8월 22일자에서 재인용.

관념은 물론 그가 창안한 것이 아니다. 근대사회에서 우리가 영위하는 '손상된 삶', 노동분업과 전문화로 야기된 심리적 상처, 근대 삶의 모든 국면에 나타나는 전반적인 소외와 비인간화 등에 대해 얼마나 많은 근대의 철학자들이 한마디씩 했던가? 그러나 대개의 경우 이런 분석은 추상적인 것에 그친다. 다시 말해 온전성의 꿈이 남아 있는 경우에도 그 꿈을 누군가 다른 사람의 미래로 돌려버리며 자신의 훼손된 현재를 체념하고 감수하는 전문지식인의 목소리가 들린다. 이런 사상가들과 달리 벤야민은 자신의 삶 또한 구하고자 한다는 면에서 독특하다. 바로 여기에서 그의 글의 독특한 매력이 나오니, 그것은 변증법적 예지나 표현된 시적 감수성에서뿐만 아니라 아마도 무엇보다도 그 정신의 자서전적 부분이 객관 형태로 추상적으로 표현되는 관념의 형상에서 상징적 만족을 얻는다는 점에서, 타의 추종을 불허한다.

심리적 차원에서 통일성을 향한 충동은 과거와 기억에 대한 강박증적 집착의 형태로 나타난다. 진정한 기억은 "개인이 자화상을 가질 수 있을지, 자기 경험의 주인이 될 수 있을지"[3]를 결정한다. "무릇 모든 정열이 혼돈에 가깝지만, 특히 수집가의 정열은 기억의 혼돈에 가깝다."[4] (벤야민이 자신의 정체성 가운데 가장 편하게 여긴 것 중 하나가 수집가 이미지였다.) "기억은 세대에서 세대로 사건들을 계승해 넘겨주는 전통의 고리를 주조해낸다."[5] 묘한 성찰들이 아닌가. 맑스주의자가 성찰하기엔 실로 묘한 주제들이다. (싸르트르가 당대의 정통 맑스주의자들을 두고 말한 "유물론이란 자신의 주관성을 부끄럽게 여기는 자

---

3 Walter Benjamin, T. W. Adorno und Gretel Adorno 엮음, *Schriften* 2권 (Frankfurt: Suhrkamp 1955) 제1권 405면.

4 *Schriften* 제2권 108면.

5 *Schriften* 제2권 245면.

들의 주관성이다"라는 신랄한 지적을 떠올리게 된다.) 그러나 벤야민은 공산주의를 발견하고 나서도 오랫동안 자기가 번역한 바 있는 프루스뜨에 충실했다. 프루스뜨처럼 그도 그가 좋아한 시인인 보들레르(C. Baudelaire)에게서 회상과 무의식적 기억에 대한 유사한 강박증을 보았다. 또한 그 역시 어린 시절에 대한 단편적 회상인 『1900년 무렵 베를린의 유년시절』(Berliner Kindheit um 1900)에서 짤막한 에세이투 소묘, 꿈의 기록, 산발적 인상과 경험의 기록 들을 통해 자신의 삶을 복원하는 작업에 착수했다. 그러나 벤야민은 이를 그보다 위대한 작가(프루스뜨)가 이룩한 서사적 통일성으로까지 밀고 나가지는 못했다.

아마도 그는 그런 온전해진 삶이 취할 형태보다는 우리로 하여금 자기 삶의 경험을 소화(assimilate)할 수 없게 가로막는 장애물을 더 의식했던 것 같다. 예컨대 그는 무의식적 기억과 의식적 회상행위에 대한 프로이트의 구분에 매료되었는데, 프로이트에게 회상이란 원래 무의식적 기억이 보존하도록 되어 있는 것을 파괴하거나 없애버리는 방법이었다. "의식은 지각체계에서 기억의 흔적들 대신 나타난다. (⋯) 기억의 흔적을 남기는 것과 의식은 이 지각체계 속에서는 양립 불가능하다."[6] 프로이트는 의식의 기능이란 외부환경의 충격에 대해 유기체를 방어하는 것이라 본다. 이런 의미에서 정신적 외상, 신경증적 반복, 꿈 등은 완전히 소화되지 않은 충격이 의식으로 뚫고 나와 결국 진정되는 방식이다. 이런 발상은 벤야민의 손에서 역사기술의 도구가 되며, 현대사회에서는 (이는 아마 유기체에 가해지는 온갖 충격의 수가 증가하고 있기 때문일 텐데) 이런 방어기제들이 더이상 개인적인 것이 아니라는 사실

---

6 *Schrfiten* 제1권 432면에서 재인용. S. Freud, James Strachey 옮김, *Beyond the Pleasure Principle* (New York: Bantam Books 1959) 49~50면 참조.

을 보여주는 방법이 된다. 즉 방어기제의 갖가지 기계적 대체물들이 의식과 그 대상 사이에 끼어드는데, 이것은 우리를 보호해주기도 하겠지만 동시에 우리가 우리에게 일어난 것에 동화되거나 우리의 감각을 진정한 개인적 경험으로 탈바꿈할 수 있는 모든 방법을 앗아간다. 하나의 예만 들자면, 신문은 이렇게 신기함의 충격에 대한 완충장치로 작용하니, 우리가 본래는 압도당했을 법한 사건들에 무덤덤해지도록 만들지만, 또 한편 그 사건들을 우리의 사적 생존과는 아무런 공통분모도 지니지 않는다고 정의되는 것으로 탈바꿈시켜 중립적이고 비인격적인 것으로 만들어버린다.

더욱이 경험은 문화적 기원을 지니는 사건들이 지닌 반복과 유사성의 리듬에 의존한다는 점에서 사회적으로 조건지어진다. 그러므로 비교적 파편화된 사회에서 산 프루스뜨와 보들레르의 경우조차 제의적이며 종종 무의식적인 장치들이 형식 구축에 기초 요소가 된다. 우리는 보들레르의 '전생'(vie antérieure)과 만물의 조응(correspondences)에서,[7] 그리고 프루스뜨의 쌀롱 생활의 의례에서 이 제의적 장치들을 볼 수 있다. 또한 현대 작가가 가령 카프카(F. Kafka)처럼 영원한 현재를 창조하려 하는 경우, 사건들에 내재하는 신비란 사건들의 새로움보다는 오히려 그것들이 단지 잊혀졌을 뿐 어떤 면에서는 '낯익은' 것들, 보들레르가 부여한 혼령처럼 출몰한다는(haunting) 의미에서 '낯익은' 것들이라는 느낌에서 나오는 것 같다. 그러나 사회가 나날이 쇠퇴해감에 따라 이런 경험의 리듬은 점점 얻기 힘들어진다.

그런데 바로 여기서 은연중 심리적 기술이 **도덕적** 판단으로, 즉 어느 정도 윤리적이기도 한 과거와 현재의 화해라는 비전으로 넘어가는 것

---

7 『악의 꽃』(Fleur du Mal)에 수록된 시 제목들이다——옮긴이.

같다. 그러나 서구 독자로서는 벤야민 저술의 윤리적 차원 전반에 곤혹감을 느끼기 십상이니, 이 윤리적 차원은 괴테에 의해 성문화되어 독일에서 전통이 되고 독일어에 깊이 뿌리내린 일종의 윤리적 심리학을 통합해들인 것인데, 우리 서구인에게는 에릭 에릭슨(Erik Erikson)[8]의 저서 같은 문화적 이식물 말고는 이에 상당하는 것이 전혀 없기 때문이다. 실로 이 삶의 지혜(Lebensweisheit)는 기질·정념·죄·성격유형 등의 심리학을 수반하며 고정된 인간성을 상정하는 고전적 발상과, 상황이나 환경의 결정적 영향을 상정하는 순수한 역사성이라는 근대적 발상 사이에 자리한 일종의 중간 여인숙 같은 것이라 할 수 있다. 개인적 인성(성격) 영역의 타협인 이것은 역사 영역에서 헤겔의 타협과 닮은 바가 없지 않다. 헤겔은 일반적 의미가 역사의 특정한 계기 속에 내재한다고 본 반면, 괴테는 어떤 의미에서는 인성과 인성발달의 전목표가 특정 정서 속에 새겨져 있거나 개인적 성장의 특정 단계 속에 잠재한다고 본다. 괴테의 체계는 인성의 온전한 발달이라는 전망에 입각하기 때문이다. (괴테한테서 깊은 영향을 받은 지드André Gide 같은 작가는 그 역사적 승리의 시기에 중산계급의 개인주의를 표현했던 이 윤리를 창백하고 자기도취적으로밖에 반영하지 못한다.) 즉 괴테의 체계는 기독교처럼 순전한 외적 기준의 교의(敎義)에 따라 인성을 길들이려 하지도 않고, 대개의 현대윤리학이 그렇듯 인성을 경험적 심리학의 무의미한 우연적 사건들에 내맡겨두려 하지도 않으며, 개인적인 심리적 경험을 자기발전의 씨앗을 자기 속에 지니고 있는 그런 것, 윤리적 성장이 일종의 내면화된 신의 섭리처럼 내재된 그런 것으로 파악한다. 그래서 이를

---

8 에릭 에릭슨(Erik Erikson, 1902~94)은 『아동기와 사회』(Childhood and Society)를 쓴 독일 태생의 미국 정신분석학자이다—옮긴이.

테면 괴테의 『잠언』(*Urworte orphisch*)[9]이 존재하며, 『빌헬름 마이스터』(*Wilhelm Meister*)의 다음과 같은 마지막 구절이 가능해진 것이다. "당신을 보면 기스의 아들 사울이 떠오르지요. 아버지의 나귀들을 찾아나섰다가 대신 왕국을 발견한 사울 말입니다!"[10]

그러나 벤야민은 이런 괴테적 윤리를 가장 완벽하게 표현한 『친화력』(*Die Wahlverwandtschaften*)에 관한 긴 평론에서 인성의 궁극적인 발달상보다는 인성을 위협하는 위험 쪽을 더 강조하니, 바로 이것이 벤야민의 특징이다. 괴테풍의 인생심리학 언어를 구사하는 이 평론은 동시에 그 심리학을 자기 것으로 끌어들인 독일 사회의 반동세력에 대한 비판이기 때문이다. 즉 이 글은 신화 개념을 동원하는 동시에 신화의 관념을 집결구호로 삼는 몽매주의 이데올로기들을 공격한다. 이런 점에서 우리 가운데 신화 개념이 보통 이데올로기적으로 사용된다고 해서 그것을 비변증법적으로 통째로 거부하려 드는 사람이 있다면 벤야민의 논쟁적 자세가 그들에게 교훈이 될 수 있겠다. 이런 사람들은 이 신화 개념이 마법이나 카리스마 같은 관련 개념들과 마찬가지로 비합리적인 것을 합리적으로 분석하기는커녕 오히려 비합리적인 것을 언어를 통해 신성화하려는 개념이라고 몰아친다.

그러나 벤야민에게는 『친화력』이 신화적 작품으로 간주될 수 있다. 단 이때 신화란 작품이 극복하고 해방되고자 애쓰는 그 요소로, 즉 미성숙하고 자연적이며 미개별화된 본능적 힘들의 옛 혼돈상태로, 또한 참된 개별성을 파괴하는 것이자 의식이 참된 자율성을 획득하고 인간 고유의 존재 차원에 접근하려면 극복해야 하는 것으로 이해해야 한다. 신

---

9 「정령」「우연」「사랑」「필연」「희망」 등 5편의 시로 이루어진 작품이다——옮긴이.
10 이스라엘의 첫 왕 사울의 이야기에 대한 인유로 구약성서 사무엘서 상 9~10장 참고——옮긴이.

화적 힘과 개인적 영혼의 이런 대립이란 곧 과거와 현재에 대한 벤야민의 생각의 위장된 표현이며, 기억하는 의식이 자기 과거의 주인이 되어 유기체의 선사(先史) 속에 파묻혀버렸을 것들을 빛 속으로 끌어내 조명하는 방식을 보여주는 이미지라고 본다면 견강부회일까? 또한 우리는 『친화력』을 다룬 이 평론부터가 과거를 복원하는 방식이며, 이 경우 과거란 문화적 과거임을, 파시즘의 원형격인 한 전통의 어두운 신화적 힘에 장악된 과거임을 잊지 말아야겠다.

벤야민의 변증법적 노련함은 이 신화 개념을 괴테 소설의 형식에 주목하는 가운데 표출하는 데서 볼 수 있다. 이 소설은 18세기식 제의성에다 묘하게 인위적이고 우의적인 성격의 상징들을 결합한 점에서 분명 서구문학 가운데서도 가장 특이한 작품 중 하나로서, 이같은 상징들을 꼽아보자면 비시각적 서술문체의 공허함 속에서 마치 허공에 홀로 뚝 떨어져 있는 듯 혹은 일종의 기하학적 의미를 숙명적으로 지닌 듯 나타나는 대상이라든가, 무의미하다기에는 너무 대칭적인 신중하게 선택된 풍경의 세목이라든가, 또 제목으로 사용된 화학적 유비처럼 상징적이 아니라기에는 너무 확장된 유비 같은 것들을 들 수 있다. 물론 독자는 현대소설 곳곳에서 나타나는 상징법에 익숙하다. 그러나 일반적으로 상징체계는 조각맞추기 퍼즐상자에 조각들과 함께 들어 있는 지시문처럼 작품 속에 아로새겨져 있다. 이 경우 죄책감에 짓눌리는 것은 우리 독자 편이니, 즉 그 문화의 구성원만 접근할 수 있고 문화적으로 계승되어온 사유양식에 가까운 듯한 것들을 우리가 결여하고 있는 셈이기 때문이다. 그리고 괴테의 체계도 보편성을 주장하는 점에서는 분명 이와 비슷한 모습을 보여준다.

상징에 대한 자의적 해석과 상징의 의미를 전혀 못 보는 것 사이의 불모의 대립을 넘어선 데 벤야민의 독창성이 있다. 『친화력』은 상징적인 작가가 쓴 소설이 아니라 상징법에 관한 소설로 읽히는 것이다. 이 작품에서 상징적 성격의 대상들이 크게 부각된다면, 그런 대상을 선택함으로써 간통의 주제를 수식하고 강조하기 위해서가 아니라 인간으로서의 자율성을 상실한 사람들이 상징의 힘에 굴복하는 사태가 바로 이 작품의 진정한 근본주제이기 때문이다. "사람이 이런 차원으로 떨어질 때에는 생명이 없는 듯 보이는 사물들의 생명까지도 강해진다. 군돌프(Friedrich Gundolf)[11]가 이 이야기에서 대상들이 핵심적 역할을 한다는 점을 강조한 것은 매우 옳다. 그러나 사물적인 것들이 인간생활에 침투해 들어옴은 바로 신화적 세계의 한 징표이다."[12] 우리는 이 상징적인 대상들을 두제곱으로 읽어내야, 다시 말해서 이 대상들에서 직접 일대일의 의미를 풀어내기보다는 상징법이라는 사실 자체가 징후로서 가리키고 있는 그것을 감지해내야 하는 것이다.

대상이 이렇다면 등장인물도 마찬가지다. 예를 들어, 자주 지적된 바이지만, 극적 사건의 중심이 되는 성녀 같은 젊은 여인 오틸리에(Ottilie)라는 인물은 더 경험적으로 묘사되고 심리적으로 사실적인 다른 인물들과는 다르게 처리된다. 그러나 벤야민에게 이것은 결점이나 비일관성이라기보다 오히려 하나의 단서다. 즉 오틸리에는 실재가 아니라 현상이며, 다분히 외면적이며 시각적인 인물묘사 양식도 바로 이런 사실을 나타낸다. "괴테의 이런 등장인물들은 외부 모델에서 따온 인물도 아니요, 순전한 상상을 통해 창조해낸 인물도 아닌, 주문에 걸려 불려나온 듯한 인물로 우리 앞에 나타난다. 여기서 이들을 둘러싼 일종의 모호함이 나오는데, 이런 모호함은 순수시각적 이미지에서는 볼 수

---

11 군돌프(Friedrich Gundolf, 1880~1931)는 당시 독일의 가장 영향력있는 비평가였다──옮긴이.
12 *Shriften* 제1권 71면.

없는 것으로, 이들의 본질을 순수 현상으로 파악하는 독자만이 이해할 수 있다. 이 작품에서 현상은 하나의 주제로 제시되기보다는 표현의 성격과 양식 속에 함축되어 있기 때문이다."[13]

벤야민 저작의 이 도덕적 차원은 괴테 작품의 도덕적 차원과 마찬가지로 분명 심리적 차원과 미적 혹은 역사적 차원 사이의 불안한 균형 및 과도기적 순간을 나타낸다. 정신은 이 책의 사건들을 운명적이고 신화적인 힘들의 승리로 보는 이런 순전히 윤리적인 기술(記述)에 오래 만족하지 못한다. 정신은 역사적이며 사회적인 설명을 찾으려 애쓴다. 결국 벤야민 자신도 다음과 같은 결론을 표명하게 된다. "작가는 수의와도 같은 침묵에 둘러싸인다. 즉, 열정이 부유한 중산계급적 안정과 협상하려 들 때 열정은 진정한 인간적 도덕성의 법칙에 따라 모든 권리를 상실하게 된다."[14] 그러나 벤야민 저작에서는 도덕성이 역사와 정치로 옮아가는 모든 현대사상의 특징인 이 불가피한 이행이 미학에 의해 매개되며, 예술작품의 성격에 주목하는 가운데 드러난다. 상징적이라는 말보다는 우의적이라는 말로 표현하는 편이 훨씬 적절할 『친화력』의 측면들을 분석함으로써 이런 결론을 명료화할 수 있었던 것처럼 말이다.

어떤 의미에서 벤야민의 평생의 저작은 온갖 우의적 대상들을 모아놓은 일종의 거대한 박물관이나 정열적 소장품으로 볼 수 있다. 그리고 그의 가장 방대한 저작은 우의적 장식의 거대한 작업장인 바로끄 시대를 중점적으로 다루고 있다.

독일비극의, 정확히 말하면 비극(Tragödie)이 아니라 비애극(Trauerspiel)의 『기원』인데, 영어에는 없는 이런 구별이 벤야민의 해석

---

13 *Shriften* 제1권 124~25면.
14 *Shriften* 제1권 121~22면.

에서 핵심적인 역할을 한다. 그는 '비극'을 고대 그리스에 국한된 현상으로 보는데, 이는 주인공을 죗값으로 신에게 바치는 제물봉헌극이다. 반면 비애극은 일반적으로 바로끄 시대를 포함하되, 17세기 독일의 극작가들뿐만 아니라 영국 엘리자베스 시대 극작가들과 깔데론(Calderón de la Barca)[15]도 포함하는 것으로서, 우선은 야외극(pageant)으로 규정짓는 것이 최선이니, 'Trauerspiel'이라는 말은 장송(葬送)야외극이라 부르는 게 가장 정확하겠다.

하나의 형식으로 볼 때 비애극은 바로끄적 역사관을 반영하는데, 여기서 역사는 연대기로, 운명의 수레바퀴의 무자비한 회전으로, 왕·교황·휘황찬란한 의상을 걸친 여왕·궁정인·가면무도회 참석자·독살범 등등 이승의 세력가들이 끊임없이 연이어 무대를 지나가는 것으로, 간단히 말해 르네상스 야외극의 온갖 화사한 것들로 만들어진 죽음의 무도(舞蹈)로 여겨진다. 연대기란 아직 근대적 의미의 역사성이 못 되기 때문이다. "바로끄적 의도가 아무리 깊이 역사의 세부를 들여다본다 해도, 그 현미경적 분석은 실체를 순수한 음모로 보고 그 속에서 애써 정치적 계산을 찾는 일을 결코 그만두지 않는다. 바로끄 연극은 역사적 사건들을 모사꾼의 사악한 활동으로만 파악한다. 바로끄 군주 앞에 나타나는 수많은 반역자 중 진정한 혁명적 신념을 한 오라기라도 지닌 자는 한명도 없으며, 군주 본인도 기독교 순교자의 자세로 화석화된다. 불만, 이것이 행동의 고전적 동기다."[16] 그리고 이런 식의 역사적 시간, 즉 발전 없는 단순한 연쇄는 사실상 은밀히 공간적인 것으로서, 궁정(그리고 무대)이 그 탁월한 공간적 구현물이 된다.

---

15 깔데론(Calderón de la Barca, 1600~81)은 스페인 문학의 황금시기가 낳은 대극작가이다──옮긴이.
16 *Shriften* 제1권 207면.

얼핏 보면 맑스주의를 수용하기 이전에 나온 저서인『독일비극의 기원』은 생(生)을 연대기로 보는 이런 견해를 관념론적이며 베버적인 방식으로 설명하는 것 같다. 즉 벤야민은, 루터파였던 독일의 바로끄 극작가들은 신앙이 작품으로부터 철저히 분리된 세계, 인생을 구성하는 일련의 헛된 행위들에 개입해 작은 의미나마 부여해줄 깔뱅주의의 예정설적 조화마저 없는 세계, 따라서 혼이 없는 육신이 되어버리고 분명한 기능을 깡그리 상실한 사물의 껍질이 되어버린 세계를 경험했다고 말한다. 그러나 이런 지적·형이상학적 태도가 바로끄 비극의 요체인 그 심리적 경험의 근원인지, 아니면 이런 태도 자체도 강렬하고 구체적인 감정이 스스로를 표출하는 수단인 비교적 추상적인 여러 표현 중 하나에 불과한지 하는 문제는 아직 최소한 미결로 남아 있다. 그러한 감정의 열쇠가 바로 군주라는 수수께끼 같은 중심인물, 즉 암살당해 마땅한 폭군과 수난을 감수하는 순교자의 중간에 자리한 인물에게 있기 때문이다. 우의적으로 해석할 때 이 군주는 괴로움에 찬 세계의 우울의 화신으로, 햄릿은 그 가장 완벽한 표현이다. 장송야외극이 병적 우울의 기본적 표현이라는 이런 해석에는 형식과 내용 양자를 동시에 설명할 수 있는 이점이 있다.

내용, 즉 인물의 동기라는 의미에서의 내용은 이렇다. "군주의 우유부단은 다름 아니라 바로 토성의 영향을 받은 정신적 태만(acedia)[17]이다. 토성의 영향은 사람을 '무감동하고 우유부단하며 굼뜨게' 만든다. 폭군은 감정의 둔함 때문에 몰락한다. 마찬가지로 궁정인(宮廷人)이라는 인물의 특징은 신의 없음에 있는데, 이 또한 토성의 지배 특징이다.

---

17 만사에 무감각·무관심으로 대하는 정신적 태만으로 무거운 죄의 하나로 꼽힌다─옮긴이.

이 비극들에 그려진 바에 따르면 그의 마음은 동요 그 자체이며 다름 아닌 배신이 그의 천성이다. 이 극들에서 식객들이 생각해볼 시간도 없이 주군(主君)을 배반하고 적한테 빌붙는 것은, 서둘러 작품을 쓴 탓도 아니요 성격묘사가 불충분한 탓도 아니다. 오히려 이 행동에서 명백해지는 성격의 결여(물론 일부는 의식적 마끼아벨리즘이지만)는 불길한 성좌들의 불가해한 결합, 즉 거의 사물 같은 성격을 지닌 듯한 이 거대한 성좌의 결합 앞에서 낙담과 절망감 속에 굴복해버리는 습성을 반영한다. 왕관·자줏빛 어의(御衣)·왕홀(王笏), 이 모든 것은 결국 운명비극의 소도구가 되는데, 이것들에는 숙명의 아우라가 감돌며, 마치 재앙의 조짐이라도 본 듯 이 아우라에 맨 먼저 굴복하는 것은 바로 궁정인이다. 동료들에 대한 궁정인의 신의 없는 태도는 이런 물질적 징표들에 대한 그의 좀더 깊고 좀더 관조적인 충실성에 상응한다."[18]

여기서도 또다시 벤야민의 감수성은 인간이 사물의 힘에 굴해버린 자신을 발견하는 그런 순간들 쪽으로 작동한다. 그리고 바로끄 비극의 낯익은 내용(『햄릿』에 보이는 그 우울이라든가 웹스터John Webster[19] 같은 엘리자베스 시대의 군소 작가들에게서 압도적으로 나타나는 그 우울의 악덕들, 즉 욕정·반역·가학증 등)은 서서히 **형식**의 문제로, 대상의 문제로, 말하자면 우의 자체의 문제로 바뀌어간다. 우의란 어떤 이유에서건 사물이 의미, 정신, 진정한 인간실존과 완전히 분리되어버린 그런 세계의 지배적 표현양식이기 때문이다.

그런데 이처럼 내용이 아닌 형식의 관점에서 바로끄를 새롭게 검토해볼 때, 극의 중심인 상념에 잠긴 우울한 인물 자체가 조금씩 초점이 바

---

18 *Shriften* 제1권 279~80면.

19 웹스터(John Webster, 1580~1634)는 *The White Devil, The Duchess of Malfi* 등 음모와 폭력이 지배하는 타락한 세계를 그린 작품을 쓴 영국의 극작가이다——옮긴이.

뀌어 장송야외극의 주인공에서 점차 바로끄 극작가 자신으로 변해간다. 다시 말해 탁월한 우의가로, 혹은 벤야민의 어휘로 말하자면 '안달뱅이'(Grübler)로, 즉 포우(E. A. Poe)와 보들레르의 신경증적 주인공들에서 좀더 현대적이고 섬약한 모습으로 다시 나타날 그 미신적이고 꾀까다로운 흉조 해독가로 바뀌는 것이다. "사고의 영역에서 우의는 사물의 영역에서 폐허와 같다."[20] 그런데 벤야민의 글에 가득한 이 침울하고 의식과잉적인 몽상가 중에서도 으뜸가는 존재는 바로 벤야민 자신임이 틀림없다. "'우울'의 골똘한 시선 밑에서 대상이 우의적인 것으로 바뀌고 거기서 생명이 빠져나갈 때도, 대상 자체는 여전히 남는다. 죽었으되 영원히 보존될 상태로. 잘된 일이건 아니건 간에 그것은 완전히 내맡겨진 상태로 우의가(寓意家) 앞에 놓인다. 바꿔 말해 이제부터 대상 스스로는 어떤 의미도 투영할 수 없고, 우의가가 부여하려는 의미를 띨 수 있을 뿐이다. 우의가는 대상에 자기의 의미를 불어넣으며, 스스로 내려가 그 속에 거주한다. 그런데 이는 심리학적이 아니라 존재론적인 의미로 이해되어야 한다. 우의가의 수중에서, 문제의 사물은 뭔가 다른 것이 되며 뭔가 다른 것을 말하고 그에게 어떤 숨겨진 지식의 영역에 대한 열쇠가 되어준다. 그리고 그는 그것을 이 영역의 징표로 소중히 여기는 것이다. 이것이 사본(script)으로서의 우의의 성격을 구성한다."[21]

언어보다는 사본, 말의 속뜻보다는 문자, 이것들은 바로끄 세계가 분쇄되어 생긴 파편들이고, 지나친 호기심에 사로잡힌 마음을 괴롭히는 야릇하게 읽히는 기호와 징표들이며, 불가사의한 의미를 담고 천천히 무대 위로 지나가는 행렬이다. 이런 의미에서 처음으로 나는 우의가 우

---

20 *Shriften* 제1권 301면.
21 *Shriften* 제1권 308면.

리의 시대에 다시 복원되었다는 생각을 하게 되는데, 순전히 역사적 관심거리인 고딕풍 괴물로나 C. S. 루이스[22]의 경우처럼 본질적으로 종교적인 정신의 중세적 건강을 나타내는 기호로가 아니라, 현대세계에서 우리가 익히 알고 있는 한 병리학적 현상으로 말이다. 우리 시대의 비평은 우의를 깎아내리고 상징을 치켜올리는 경향이 있다. (그러나 사실은 이런 비평이 내세우는 특별한 대상인 영국의 매너리즘과 단떼야말로 본질적으로 더 우의적 성격을 띤다. 감수성의 다른 측면에서도 그렇지만 이 점에서도 벤야민은 T. S. 엘리엇 같은 작가와 많은 공통점이 있다.) 상징법의 선호는 현존하는 시적 현상에 대한 기술이라기보다 하나의 가치 표명일 것이다. 상징과 우의의 구분은 대상과 정신의 완벽한 화해와 단순한 화해의지 사이의 구분이기 때문이다. 그러나 벤야민의 분석의 유용성은 시간적 구분 또한 행해야 한다고 강조한 데 있다. 상징은 찰나적인 것, 서정적인 것, 즉 시간적으로 말하면 단 한순간이다. 그리고 이런 시간적 한계란 현대세계에서는 진정한 화해가 오랜 시간 지속될 수 없고 서정적이며 우연적인 현재 이상이 될 수 없다는 역사적 사실을 나타내는 것일지도 모른다. 이와 반대로 우의는 현대인이 시간을 살아가는 가장 주도적인 양식으로서, 순간순간 서툴게나마 의미를 해독해내는 것이며, 이질적이며 불연속적인 순간들에 연속성을 회복하려는 힘겨운 시도다. "상징은 스러지는 가운데 구원의 빛을 띤 '자연'의 얼굴을 보이는 반면, 우의의 경우 보는 사람의 눈앞에 얼어붙은 풍경처럼 펼쳐지는 것은 역사의 사상(死相)이다. 그 얼굴, 아니 그 해골 속에서는 시의에 맞지 않고 고통스럽고 무위로 돌아간 온갖 것의 역사가 모습을 드

---

22 루이스(C. S. Lewis, 1898~1963)는 기독교에 관한 우화를 많이 쓴 영국의 소설가·수필가이다—옮긴이.

러낸다. 또한 이런 우의적 양식에는 표현의 '상징적' 자유가 전무하고, 고전적 형상의 조화나 인간적인 그 어떤 것이 전무할지 몰라도, 여기서 수수께끼의 형태로 불길하게 표현되는 것은 인생 전반의 성격뿐만 아니라 가장 자연스럽고 유기적으로 부패한 형태의 개인의 전기적 역사성이기도 하다. 이것, 즉 역사를 세계가 수난을 겪는 이야기로 보는 바로끄적이며 현세적인 설명이야말로 바로 우의적 지각(知覺)의 정수다. 역사는 고통과 쇠락의 정거장에서만 의미를 띤다. 의미의 양은 죽음의 존재와 쇠락의 힘에 정확히 정비례한다. 죽음이란 자연과 의미 사이를 오락가락하는 것이기 때문이다.[23]

그런데 바로끄 우의의 특징은 현대의 우의에도, 보들레르에도 그대로 해당하며, 후자의 경우에는 그것이 내면화될 뿐이다. "바로끄의 우의는 사체(死體)를 바깥쪽에서만 바라보았다. 보들레르는 그것을 안에서 바라본다."[24] 혹은 "추억(Andenken)이란 성해(聖骸) 숭배의 세속적 판본이다. (…) 추억은 경험의 보완물이다. 추억에서 나날이 심화되어 가는 인간의 소외가 표현되니, 사람들은 자기 과거가 마치 생명 없는 상품인 양 그 물품목록을 작성한다. 19세기에 우의는 외부세계를 버리고 떠나는데, 내면세계를 식민화하기 위해서일 뿐이다. 사체에서는 유물이 나오며, 경험이나 미화된 그 죽어버린 과거의 사건들로부터는 추억이 나오는 것이다."[25]

그러나 이 현대문학에 대한 후기 에세이들에서, 벤야민이 미학 위주의 차원에서 역사적이며 정치적인 차원으로 옮아감을 알려주는 신호격인 새로운 관심사가 등장한다. 이것은 기계와 기계적 발명품에 대한 주

---

23 *Shriften* 제1권 289~90면.
24 *Shriften* 제1권 489면.
25 *Shriften* 제1권 487면.

100

목으로, 독특하게도 처음에는 영화연구(「기술복제시대의 예술작품」 Das Kunstwerk im Zeitalter seiner technischen Reproduzierbarkeit)라는 미학 자체의 영역에서 나타났다가 나중에야 역사 일반의 연구로 확대된다(「19세기의 수도 빠리」Paris, die Hauptstadt des XIX. Jahrhunderts 라는 에세이에서처럼. 이 글에서는 당대 삶의 감각이 당대의 독특한 새 풍물과 발명품, 즉 아케이드식 상점가, 주물鑄物의 사용, 은판과 파노라마, 대박람회, 광고 등의 묘사를 통해 전달된다). 그러나 꼭 지적되어야 할 것은, 역사에 대한 이런 접근이 아무리 유물론적으로 보일지라도 역사 변화의 일차적 원인으로 발명과 기술을 강조하는 것은 맑스주의와는 가장 먼 이야기라는 점이다. 사실 내 생각으로는 그런 이론들(산업혁명의 원인을 증기기관으로 본다든가, 최근에도 마셜 매클루언 Marshall MacLuhan[26]의 저작들에서 매끈한 모더니즘 형태로 다시 펼쳐진 바 있는 그런 종류의 이론들)은 경제적 제재에 흡사한 구체적 느낌을 줌으로써 맑스주의 역사기술을 대신하는 기능을 하지만, 동시에 그런 이론들은 계급과 사회적 생산조직이라는 인간적 인자들을 전혀 고려하지 않는 것 같다.

발명품의 역사적 역할에 대한 벤야민의 매료는 심리적이거나 미학적인 견지에서 볼 때 가장 잘 이해되는 것 같다. 이를테면 보들레르에서 행인과 군중이 하는 역할에 대한 그의 성찰[27]을 따라가보면, 우리는 벤야민이 보들레르의 신체적·문체적 특징을 환기한 연후에, 또 그에 앞서 충격과 유기체의 방어에 대한 개관적 논의를 펼친 연후에, 글감의 내적

---

26 마셜 매클루언(Marshall MacLuhan, 1911~81)은 캐나다 출신의 미디어 이론가이다 ─옮긴이.

27 「보들레르의 몇가지 모티프에 관하여」(Über einige Motive bei Baudelaire)라는 평론─옮긴이.

논리에 따라 기계적 발명품 쪽으로 나아가는 것을 볼 수 있다. "안락은 고립을 낳는다. 동시에 안락은 그것을 누리려는 자를 물리적 메커니즘의 힘에 더 깊이 빠져들게 만든다. 19세기 중엽에 성냥이 발명된 이후로 갖가지 새 물품이 나오기 시작하는데, 이것들은 모두 복잡한 일련의 조작을 한번의 손동작으로 대치하는 공통점이 있다. 이런 발전은 서로 다른 많은 분야에서 동시에 진행된다. 이 점은 여러 예 중에서도 특히 전화에서 확연히 드러나는데, 구식 전화기는 손잡이를 계속 돌려야 했지만 이제는 수화기를 들기만 하면 된다. 기계장치를 밀어넣는다든가 주화를 투입한다든가 장치를 눌러 작동시킨다든가 하는 여러 동작 중에서도 사진을 '찰칵' 찍는 동작은 특히 의미심장하다. 손가락으로 한번 누르기만 하면 하나의 사태를 영구히 응결시킬 수 있다. 사진기는 그 순간에다 이를테면 사후(死後) 충격을 가하는 셈이다. 그리고 이런 종류의 촉각적 경험 말고 시각적 경험도 있는데, 신문광고란이나 대도시의 교통이 그것이다. 대도시를 지나다니는 일에는 갖가지 충격과 충돌이 뒤따른다. 위험한 교차로에서는 갖가지 충동들이 배터리 충전처럼 보행자를 가로지르고 지나간다. 보들레르는 전기 에너지 저장소와 같은 군중 속에 뛰어드는 사람을 묘사한다. 그러고는 충격의 경험을 집어내 강조하며 그 사람을 '의식을 지닌 만화경'이라 부른다."[28] 이어 벤야민은 노동자와, 노동자가 공장 기계의 작동에 심리적으로 종속됨을 기술함으로써 이 목록을 완결한다. 그러나 내가 보기에 이 인용은 기계류의 심리적 영향분석의 가치를 넘어서, 벤야민에게 제2의 의도를 지닌 것 같다. 즉 어떤 점에서는 공식적인 지적 요구보다 더 깊고 중요할 수도 있는 심리적 요청을 충족해주는 것인데, 이 요청이란 곧 보들레르의 정신

---

28 *Shriften* 제1권 447~48면.

상태의 구체적 구현이 되고자 함이다. 사실 이 평론은 상대적으로 구체화되지 않은 심리상태에서 출발한다. 다시 말해 현대의 새로운 언어상황과 저널리즘의 타락에, 또한 대도시 주민으로서 도시의 일상생활의 나날이 심해지는 충격과 지각마비 등에 맞닥뜨린 시인에서 출발한다. 이런 현상이란 벤야민에게 극히 익숙한 것인데도, 그는 어쩐지 그것을 충분히 그려내지 못한 듯한 느낌, 즉 그것을 구현할 좀더 선명하고 구체적인 물질적 이미지를 발견해내기 전에는 자신이 그것을 정신적으로 소유할 수도 적절히 표현할 수도 없다는 느낌을 가진 것 같다. 기계와 일련의 발명품이 바로 이 이미지다. 독자들도 분명히 알게 되겠지만, 우리는 앞의 인용이 겉보기에는 역사적 분석 같지만 실제로는 우의적 성찰의 연습, 즉 벤야민의 제재인 그 독특하고 불안한 현대적 심리상태를 포착할 수 있는 어떤 적절한 징표를 찾아내는 연습이라고 생각한다.

그렇기 때문에 기계와 발명품에 대한 벤야민의 집착은 역사적 인과율의 이론으로 나아가지 않는 대신 현대적 대상의 이론에서, '아우라' (aura)의 개념에서 완성되는 것이다. 벤야민의 아우라란 인류학자들이 원시사회의 '신성함'이라 부르는 것의 현대사회의 등가물이다(물론 그런 것이 아직 남아 있는 경우에 말이지만). 아우라와 사물의 세계가 갖는 관계는 '신비'가 인간사의 세계에 대해, '카리스마'가 인간들의 세계에 대해 갖는 관계와 같다. 세속화된 세계에서 아우라는 그것이 사라지는 순간에 더 감지하기가 용이할지도 모르는데, 이런 소멸의 원인은 전반적인 기술적 발명, 곧 지각의 대체물이자 그 기계적 확대인 기계에 의해 인간의 지각이 대치되는 현상이다. 가령 '복제 가능한 예술작품'인 영화의 경우 쉽게 알 수 있듯이 원래 극장에서 배우가 지금 여기 실제로 현존하는 데서 가능했던 그 아우라는 새로운 기술적 진보로 말미암아 중지된다(그리고 이어서 진정 프로이트적인 징후 형성을 통해 은막 밖의 인기배우에게 새로운 유형의 개인적 '아우라'를 부여하려는 노력으로 대치된다).

그러나 대상의 세계에서 어떤 것의 아우라를 구성하는 이 강렬한 물질적 현존을 가장 잘 표현할 수 있는 것은 아마 되돌아오는 시선의 이미지일 것이다. "아우라의 경험은 사회적 반응이 무생물이나 자연과의 관계로 옮아가는 것에 기초한다. 우리가 사람을 바라보면 누군가 자기를 보고 있다고 느낀 상대방도 우리를 돌아본다. 어떤 현상의 아우라를 경험한다 함은 그 현상에 되돌아볼 힘을 부여함을 뜻한다."[29]

다른 데서는 아우라가 이렇게 정의된다. "대상이 아무리 가까이 있어도 멀리 떨어져 있는 듯 느껴지는 일회적이며 반복 불가능한 경험. 여름날 오후 편히 쉬다가 지평선을 등진 산이나 자기 몸에 그늘을 드리운 나뭇가지의 윤곽을 좇는 것은 곧 그 산과 나뭇가지의 아우라를 호흡하는 것이다."[30] 아우라는 이처럼 어떤 면에서는, 즉 아우라 속에서 대상의 신비로운 온전성이 드러난다는 점에서는 우의적 지각과 정반대이다. 그리고 우의의 조각난 파편들이 인간의 자율성을 파묻어버리는 파괴적 힘을 지닌 사물세계를 나타내는 것이었다면, 아우라의 대상들은 아마 일종의 유토피아나 과거를 떨쳐내기보다 빨아들인 유토피아적 현재, 바꿔 말해 일순간이나마 사물세계에서 이룩되는 존재의 충만함의 배경을 이룰 것이다. 그러나 벤야민 사유의 이런 유토피아적 요소는 기계화된 현재에 밀려 쫓겨나, 사유자에게는 오로지 더 단순한 과거 문화에서만 접할 수 있는 것이다.

그러므로 아마도 그의 걸작은 비우의적 예술을 불러내는, 니꼴라이

---

29 *Shriften* 제1권 461면.
30 *Shriften* 제1권 372~73면.

레스꼬프(Nikolai Leskov)[31]에 관한 평론 「이야기꾼」(Der Erzähler)일 것이다. 연극배우들이 복제 가능한 예술작품이라는 기술적 진보에 맞부딪친 것처럼, 이야기(tale)도 현대의 의사소통체계, 특히 신문에 맞부딪치게 된다. 신문은 신기함의 충격을 흡수하고, 유기체를 충격에 둔감하게 만들어 충격의 강도를 둔화시키는 기능을 한다. 그렇지만 언제나 신기한 것을 중심으로 구성되는 이야기는 반대로 충격의 힘을 보존하도록 되어 있다. 기계적 형태의 의사소통이 끊임없이 늘어나는 새로운 자료들을 '소진'하는 반면, 구전을 통한 더 오래된 의사소통은 기억을 용이하게 하는 근본적 특징을 지닌다. 이야기의 복제가능성은 기계적인 것이 아니라 의식의 자연스러운 기능이다. 사실, 줄거리를 기억할 수 있게 만들고 또 '기억할 만한' 것으로 보이게 만드는 그것이 바로 이 줄거리를 듣는 사람의 개인적 경험에 동화시키는 수단이기도 하다.

이야기에 대한 (그리고 소설과의 함축된 구분에 대한) 벤야민의 분석을 싸르트르의 분석과 비교해보는 것도 시사적이다. 두 분석은 어떤 점에서는 굉장히 비슷하면서도 궁극적 강조점은 판이하게 다르다. 두 분석 모두 이 두 형식의 대립이 그 사회적 기원(이야기는 집단적 삶에서, 소설은 중산계급의 고독에서 비롯함)이나 그 원료(이야기는 누구에게나 공통된 경험이라 여겨지는 것을, 소설은 평범하지 않은 고도로 개인적인 경험을 사용함)에서뿐만 아니라, 무엇보다도 우선 죽음과 영원에 대한 관계에서 나타난다고 본다. 벤야민은 발레리(Paul Valéry)의 말을 인용한다. "영원이라는 관념의 소멸은 오래 걸리는 모든 일에 대한 불쾌감의 증대와 관련있는 듯하다." 진정한 이야깃거리가 사라지는 것

---

31 니꼴라이 레스꼬프(Nikolai Leskov, 1831~95)는 러시아의 소설가·단편작가이다
  ──옮긴이.

과 발맞추어 우리 사회에서는 죽음과 소멸에 대한 은폐가 심해진다. 이야깃거리의 권위는 결국 죽음의 권위에서 나오며, 모든 사건에 절대적으로 유일무이한 면모를 부여하는 것도 바로 죽음의 권위이기 때문이다. "서른다섯살에 죽은 사람은 생의 모든 순간에 서른다섯살에 죽을 사람으로 산다."[32] 이렇게 벤야민은 이야기에 나오는 인물을 우리가 그 인물 자신의 운명의 단순화된 표상이라고 보는 반(反)심리학적 방식을 묘사한다. 그러나 고풍스러운 것에 끌리는 벤야민의 감수성에 매력적으로 비치는 것이야말로 싸르트르가 진정성을 결여했다고, 즉 생생한 실제 체험에 대한 폭력이라고 비난하는 것이다. 싸르트르에 따르면 생생한 실제 체험이란 현재 자기에게 주어진 자유를 향유할 뿐 자신을 운명으로 느끼는 법이 없으며, 또 운명이나 숙명이란 밖에서 보기 때문에 사물처럼 여겨지고 완결된 것처럼 여겨지는 타인의 경험의 특징일 뿐이라고 생각한다. 이런 이유로 싸르트르는 이야기(물론 그가 염두에 둔 것은 벤야민이 관심을 기울인 그 비교적 익명적인 민중적 산물이 아니라 중산계급 독자를 겨냥한 19세기 후반의 '잘 짜인' 단편소설인데)를 소설에 대립시키는데, 소설의 과제는 운명이라는 환각보다는 바로 이런 현재의 의식, 즉 자유의 열린 경험을 그려내는 일이다.

이런 대립이 역사적 경험에 상응하는 것임은 의심의 여지가 없겠다. 옛날의 이야기는 (사실상 19세기의 고전적인 소설도 마찬가지인데) 개인에게 돌이킬 수 없는 단발(單發)의 선택과 기회가 주어지며, 모든 것을 한번의 주사위에 걸어야 하고, 따라서 자연히 개인의 삶이 운명 내지 숙명의 모습, 즉 이야기될 수 있는 이야깃거리의 모습을 띠게 된 그런 사회적 삶을 표현했다. 반면 현대세계(다시 말해 서구와 미국의 세계)

---

32 *Shriften* 제2권 248면.

에서는 이런 의미에서 절대 돌이킬 수 없는 선택이나 기회란 전무할 정도의 경제적 번영이 이루어졌다. 자유의 철학도, 싸르트르가 그 이론가인 모더니즘의 '의식(意識)의 문학'도 다 여기서 나온 것이며, 플롯의 쇠퇴 또한 여기서 비롯한 것인데, 돌이킬 수 없는 것이 사라질 때(벤야민의 의미에서 죽음이 부재할 때) 이야깃거리 역시 사라지고, 다만 아무렇게나 순서를 뒤집을 수 있는 동등한 무게를 지닌 일련의 경험들만이 남게 되기 때문이다.

숙명의 모습을 한 이야기가 우리의 현재 체험에 폭력을 가한다는 것은 벤야민 역시 싸르트르 못지않게 잘 알고 있다. 그러나 벤야민은 이야기가 우리의 과거 경험을 제대로 대접한다고 생각한다. 그것의 '비진정성'은 추억의 한 양식으로 간주될 수 있으며, 따라서 한창때 죽은 청년이 자신의 체험을 운명으로 의식했느냐 하는 것은 이제 사실상 아무런 문제가 되지 않는다. 그가 죽은 후 그를 기억하는 우리에게 늘 그는 그의 삶의 매 단계에서 이런 숙명이 될 존재일 것이며, 따라서 이야기는 우리에게 "우리가 읽고 있는 죽음에 힘입어 우리의 싸늘한 생존에 온기를 불어넣을 수 있다는 희망"[33]을 준다.

이야기란 과거와 관계를 맺고 과거를 추억하는 심리적 양식만이 아니다. 벤야민에게 이야기란 또한 사라진 사회적·역사적 삶의 형식과 접촉하는 양식이다. 바로 이처럼 이야기행위(storytelling)와 역사적으로 특정한 생산양식의 구체적 형식을 서로 연관짓는 점에서 벤야민은 가장 계시적인 맑스주의 문학비평의 모델이 될 수 있다. 이야기행위의 두 원천은 "정착생활을 하는 경작자와 바다를 떠돌아다니는 상인"에서 그 옛 구현자를 발견한다. "사실상 이 두 생활형식은 각기 고유의 독특한

---

33 *Shriften* 제2권 249면.

이야기꾼 유형을 배출해왔다. (…) 그러나 이야기행위의 가능성을 그 역사적 범위의 최대한도까지 확대하는 것은 이 두 원초적 유형의 지극히 철저한 융합 없이는 불가능한 일이다. 이 융합은 중세에 장인들의 조합과 길드에서 이루어졌다. 정착민 사장(師匠, meister)과 떠돌이 도제가 한방에서 함께 일했으며, 사실 사장 자신도 고향이나 외지 도시에 정착하기 전에는 떠돌이 도제였다. 농부와 선원이 이야기의 발명자였다면, 길드제도는 이야기가 가장 고도로 발달된 장(場)이었다. 길드제도 속에서 여행자가 가지고 돌아오는 먼 곳의 이야기와 고향에 머문 사람이 가장 잘 아는 과거의 전승이야기가 결합되었다."[34] 이야기는 따라서 장인 문화의 산물이며, 도자기나 구두장이가 만든 구두처럼 수제품이다. 그리고 이런 수제품과 마찬가지로 "도공의 손자취가 유약을 바른 표면에 남는 것처럼 이야기에는 이야기꾼의 손길이 남아 있다."[35]

문학과 정치의 관계에 대한 최종 진술에서 벤야민은 과거의 대상들을 다루는 데 성공했던 이 방법을 현재의 문제들에도 적용하려 한 것 같다. 그렇지만 이처럼 현재로 치환하는 데는 난점이 없지 않았으므로 벤야민의 결론은 문제성을 띠게 되었다. 현대 산업문명에 대한 결정을 내리지 못한 채 애매한 태도는 특히 그러했으니, 그는 이 문명에 절망과 매력을 동시에 느낀 듯하다. 예술에서 선전의 문제는 예술작품의 내용보다는 형식에 주목함으로써 해결될 수 있다고 그는 주장한다. 즉 진보적 예술작품이란 가장 선진적인 예술기법을 활용하는 작품이며, 따라서 예술가가 자기 활동을 기술자로서 살아내고 이런 기술적 작업을 통해 산업노동자와 목적의 일치를 발견하는 그런 작품이라는 것이다. "전

---

34 *Shriften* 제2권 231면.
35 *Shriften* 제1권 249면.

문가와 프롤레타리아의 유대는 (…) 매개된 것일 수밖에 없다."[36] 그가 파시즘의 "기계의 심미화"에 대립시킨 공산주의적인 "예술의 정치화"는[37] 다른 (이를테면 루카치 같은) 맑스주의 비평가들이 적대시한 모더니즘을 혁명이념에 비끌어매려는 것이었다. 또한 벤야민이 급진주의 정치에 처음으로 접한 것도 물론 전문가로서의 경험을 통해서였다. 즉 자신의 문학활동의 영역 속에서 기술발전 및 공중의 변화가, 간단히 말해 역사 자체가 예술작품에 미치는 지대한 영향에 눈뜨게 되면서였다. 그러나 문화 영역에서는, 특정 예술에서 특수한 기술의 진보와 경제 전체의 일반적 발전 사이의 평행관계를 역사가가 보여줄 수야 물론 있겠지만, 기술적으로 진보되고 난해한 한 예술작품이 정치적으로 어떻게 '매개된' 효과 이상을 지닐 수 있을지는 알기 어렵다. 물론 벤야민은 적절한 예술적 본보기를 활용할 수 있는 행운을 누렸다. 즉 그는 사실상 현대의 예술적 혁신 중 직접적이고 혁명적인 정치적 영향을 실제로 발휘해오기로는 아마도 유일한 것일 브레히트(B. Brecht)의 서사극을 들어 자신의 명제를 입증하는 것이다. 그러나 이 경우에도 상황은 애매하다. 벤야민이 브레히트를 좋아하는 것과 "그가 아동도서에 평생 매료되었던 것"(아동도서, 상형문자, 단순화된 우의적 상징과 수수께끼에 매료되었던 것) 사이에는 은밀한 관련성이 있다는 한 영민한 비평가의 지적도 있다.[38] 이처럼 역사상 현재로 접어들었구나 싶은 곳에서 우리는 사실상 다시금 심리적 강박관념이라는 머나먼 과거 속으로 빠져드는 것이다.

---

36 Walter Benjamin, Rolf Tiedemann 엮음, *Versuche über Brecht* (Frankfurt: Suhrkamp 1966) 115면.

37 *Shriften* 제1권 395~97면.

38 *Versuche über Brecht*, Rolf Tiedemann의 「후기」 149면.

그러나 비록 향수란 정치적 동기로서는 매우 자주 파시즘과 연관되지만, 자기의식을 지닌 향수, 즉 현재에 대한, 어떤 기억된 충만함에 입각한 명석하고도 가차없는 불만이 어느 것 못지않은 적절한 혁명적 자극을 제공하지 말란 법도 없다. 벤야민의 예가 이를 입증한다. 그러나 벤야민 자신은 자기 운명을 종교적 이미지로 성찰하기를 더 즐겼다. 게르숌 숄렘(Gershom Sholem)에 따르면 벤야민이 쓴 마지막 글이라는 「역사철학 테제」(Geschichtsphilosophische Thesen)의 이런 구절처럼. "'시간'의 자궁 속에 숨겨져 있는 것을 알려 했던 점술가들은 '시간'을 공허하거나 동질적인 것으로 느끼지 않았음에 틀림없다. 누구든 이를 명심하는 사람이라면 지나간 시간이 추억 속에서 어떻게 경험되는지를 잘 아니, 모두 완전히 동일한 방식으로 경험되는 것이다. 잘 알려진 바와 같이 유대인에게는 미래를 알려 하는 것이 금지되어 있었다. 유대 율법서인 토라와 기도서는 오히려 과거를 추억하는 가운데 유대인들을 교화했다. 따라서 점술가의 손님을 사로잡아 얽어매는 미래가 그들에게는 신성한 힘을 갖지 못한다. 하지만 그렇다고 해서 유대인들의 눈에 미래가 단순히 공허하고 동질적인 시간으로 비친 것은 아니다. 미래의 순간순간 속에는 메시아가 들어올 그 작은 문이 담겨 있기 때문이다."[39]

「새 천사」(Angelus novus)[40]—신 앞에서 찬미의 송가를 부르기 위해서만, 즉 목소리를 발하기 위해서만 존재하며 그리고 나서는 곧장 아직 창조되지 않은 무(無) 속으로 다시 사라지는, 벤야민이 좋아하는 천사의 이미지. 이처럼 가장 통렬한 지점에서 벤야민의 시간경험은 과거를 명상하느라 시선을 비낀 채 미래를 기리는, 미래의 문턱에 선 언어의 현재다.

---

39 Gershom Sholem, T. W. Adorno 외, *Über Walter Benjamin* (Frankfurt: Suhrkamp 1968) 162면.
40 파울 클레(Paul Klee)가 1920년 그린 그림으로 벤야민이 구입해 소장했다—옮긴이.

2. 마르쿠제와 실러

1)

> 오로지 자유라는 한마디 말만이 나를 다시금 북돋아준다.
> ─앙드레 브르똥(André Breton), 『초현실주의 제1차 선언』
> (*Premier manifeste du surréalisme*)

우리가 개념적으로 안다고 말할 수는 있지만 기억의 원래 의미에서 보자면 사실 그 뜻을 '기억'하지도 못하는 관념이 얼마나 많은가! 그런데 사유와 실제 경험이 괴리되어버린 이 상황, 현대의 문화와 언어의 모든 것에 이런저런 자국을 남긴 이 상황조차도, 그것은 진부할 만큼 익숙하여 이 상황 자체에 함축된 명제의 실례가 되기는 하지만, 우리에게 진정한 이해의 놀라움과 함께 실감나게 다가오지는 않는다. 아직 이렇게 되지 않았던 과거 역사의 한 시점, 즉 우리 시대 옆에 놓고 시각적이고 체감적(體感的)이기까지 한 비교의 가능성으로 삼을 수 있는 한 시점을 구축할 방법을 우리가 스스로한테서 찾아내지 못하는 한 그렇다. 예를 들어 자신이 만들어낸 관념을 보존할 방법이 없는 민족을 상상해보자. 이때 관념들의 이름은 바로 사물 자체의 기호이며, 처음으로 써본 철자의 서투름이라든가 기원이 갖는 신성한 공포가 거기 들씌워진다. 하지만 신(神)에 대한 경험 같은 모종의 내적 경험이 사라지는 경우, 뒤에는 텅 빈 소리조차 남지 않는다. 돌에 새긴 말이나 해독 불가능한 상형문자라도 남아서 뒷세대의 궁금증을 자아내는 법도 없다. 이런 문화에서는 죽은 언어의 층 밑에서 살아 있는 관념을 복원해내는 해석학이란 무용지물이다. 망각의 침묵과 인간 오성의 즉각적 투명성 중간에 놓인 반

(半) 몽혼상태(낱말들이 마치 낯익은 표정의 얼굴들처럼 주위를 에워싸고 있는)란 이 문화에 있을 수 없기 때문이다. 이처럼 우리는 더 원시적이며 더 자연스럽고 근원적인 과거라는 가설적 재구성물에 견주어봄으로써 우리의 문화와 역사단계의 질을 측정하는, 아니 사실상 처음으로 (이 말의 가장 강한 의미에서) 이해하게 된다. 그러므로 그러한 과거의 이미지는 역사적 기능보다는 (그런 문화가 존재한 적이 없으므로) 해석학적 기능을 한다고 말할 수 있다.

전통적으로 해석학이란 종교들이 자기한테 저항하는 문화의 텍스트와 정신활동 들을 전유하는 기술이지만, 또한 그것은 정치적 학문으로, 침체기에 혁명적 에너지의 원천과 접촉을 유지하며 억압의 지질(地質)시대에 자유 개념을 지하에 보존하는 수단을 제공한다. 사실 자유라는 개념은 사랑이나 정의, 행복이나 일 등 다른 가능한 개념에 견주어볼 때 정치적 해석학의 탁월한 도구임이 분명히 드러나며, 또한 이 개념부터가 철학적 본질이나 관념이 아니라 해석의 수단이라 보는 편이 아마 가장 옳을 것이다. 자유 개념이란 다시금 이해되는 매순간마다 언제나 현상(現狀)의 한가운데서 솟아나는 불만의 각성으로 다가오며, 그 점에서 바로 부정성(the negative)의 탄생과 하나이기 때문이다. 즉 자유란 결코 향유대상인 어떤 상태나 관조대상인 어떤 심리구조가 아니라, 오히려 구속적인 상황을 거부하는 그 순간 그 상황 자체를 처음으로 인지하도록 만드는 존재론적 불만이다. 파시즘 국가의 물리적 위협에서부터 신경증의 고통스러운 재발에 이르기까지 자유 관념은 똑같은 시간형식을 취한다. 즉 참을 수 없는 현재를 문득 지각하는 동시에 함축적이고 대단히 모호한 형태로나마 현재를 판단하는 근거가 될 뭔가 다른 상태를 일별하는 형식을 취한다. 따라서 자유 관념은 일종의 인지적 중첩을 수반한다. 그것은 현재를 읽는 방식이자 사멸한 언어의 재구성과 더 비숫해 보이는 읽기다.

　바로 이런 형식적 특성을 지니기 때문에 자유 개념은 정치적 해석학 작업에 잘 맞는다. 자유 개념은 유비를 부추기니, 즉 물리적 감옥과 정신적 감옥을 통합함으로써 삶의 이 모든 분리된 차원들을 통합하는 수단이 되며, 사실상 한 차원에 고유한 자료를 다른 차원의 항목으로 전환하는 일종의 변환방정식으로 기능한다. 자유 개념이 이처럼 현대 경험의 가장 근본적인 모순 중 하나, 즉 안과 밖, 공과 사, 일과 여가, 사회학적인 것과 심리학적인 것, 나의 대타적(對他的) 존재와 대자적(對自的) 존재, 정치적인 것과 시적인 것, 객관성과 주관성, 집단과 고립, 즉 사회와 단자(單子) 사이의 모순을 초월할 수 있게 해준다고 해도 지나친 말은 아니다. 이런 대립을 상징적으로 극화한 것이 곧 맑스와 프로이트의 대질이다. 그런데 이런 대질의 시도가 꾸준히 (마르쿠제는 물론이고, 라이히Wilhelm Reich,[41] 초현실주의자들, 싸르트르, 구조주의 좌파 등에서) 계속되는 것은 자신의 이중적 삶과 분산되고 파편화된 존재를 극복하려는 현대인의 노력이 얼마나 절박한지 잘 보여준다.

　실러(Friedrich Schiller)가 『인간의 미적 교육에 관한 서한』(*Briefe über die ästhetische Erziehung des Menschen*)을 쓰기 시작한 것은 이 외국인 관찰자의 눈에도 프랑스혁명의 특징으로 비쳤던 삶의 전반적 정치화가 '공포정치'냐 노골적 반혁명이냐 하는 궁극적 선택을 향해 급격히 치달아가던 1793~94년 그 운명의 겨울이었다. "세인들만이 아니라 철학자도 기대에 찬 시선으로 정치의 투기장을 응시하고 있으니, 여기에 바로 인류의 운명이 걸려 있다고 여겨지기 때문이다. 모두가 함께하는

---

41 라이히(Wilhelm Reich, 1897~1957)는 프로이트 밑에서 빈학파의 일원으로 작업하다가 이탈하여 신경증의 사회적 기원 등에 관심을 기울였다──옮긴이.

이 토론에 당신이 참여하지 않는다면 그것은 사회의 안녕에 대한 역겨운 무관심을 드러내는 꼴이 아니겠는가?"[42]

그럼에도 불구하고 바로 이런 역사의 순간에 그는 미학이론에 전념하고 인간의 여타 기본적 활동과의 연관에서 예술적 충동을 재평가하는 데 전념하기로 마음먹는다. 그는 이렇게 말한다. "나는 이 주제가 역사적 현시점의 취향에는 어긋날지 몰라도 그것의 요구에서는 그다지 멀지 않으며, 우리가 자유에 도달하는 것은 아름다움을 통해서인 만큼 사실상 정치적 문제의 궁극적 해결을 위해 택해야 할 길은 바로 미적 문제를 통한 길이라는 확신을 여러분에게 줄 수 있기를 바란다."[43] 정치로부터의 이탈은 표면적일 뿐이다. 실제로 실러는 정치에 지친 세계에 거주하는 시민도 예술의 원(原)정치적 성격을 볼 수 있도록 예술과정을 기술하는 것을 목표로 삼는다.

그 절차는 현대 취향에서 보자면 거추장스럽다. 실러의 입론은 18세기 후반에 특징적으로 두드러졌던 그 가설적이며 선험적인 체계화의 한 예인데, "일체의 사실을 일단 제쳐놓고 시작하자"라는 루쏘(J. J. Rousseau)의 『불평등 기원론』(Discours sur l'origine et les fondements de l'inégalité parmi les hommes) 서두에 나오는 그 유명한 발언이 이런 체계화의 제사(題辭)가 될 만하다. 이런 구성의 해악은 물론 순수논리학적 논증과 추론을 마치 사회발전도 삼단논법처럼 추론될 수 있는 듯 역사영역에까지 적용하는 데서 나온다. 그러나 낭만주의운동에 밀려나 지적 골동품의 위치로 격하된 이런 작업들에도 그 특유의 장점이 없지 않았을 것이다. 루이 알뛰세르는 사회의 기원에 대한 17,18세기의 여러 가

---

42 Schiller, *Philosophische Schriften* (Basel: Birkhäuser 1946) 79면.
43 *Philosophische Schriften* 80면.

114

설을 이렇게 평한다. "자연상태의 여러 특징들은 인간이 거기에서 벗어나 진화해온 이유를 설명하는 데에도, 미래사회의 모습과 인간관계 일반의 이상을 설명하는 데에도 사용된다. 역설적이게도 앞으로 성취해야 할 사회의 이상을 내포하면서 미리 보여주는 것은 일체의 사회관계가 결여된 바로 이 자연상태다. 역사의 종언은 바로 그 기원 속에 새겨져 있다."⁴⁴ 선험적 사회모델의 이런 특성에 대해서는 이 장 끝부분에서 다시 살펴볼 것이다.

지금으로서는 실러가 자신의 모델에서 뛰어난 이득을 취한다는 점을 지적하는 것으로 충분하겠다. 데까르뜨 논리학, 즉 내성(內省)의, 코기토(cogito)의 논리학을 사회유기체에 적용하는 것은 이미 내적인 것과 외적인 것의 동일시를 함축하기 때문이다. 그리고 헤겔에서 프로이트에 이르는 사상가들에게 자취를 남기게 되는 실러의 깊은 독창성은 동일시를 뒤집어서 노동분업, 즉 경제적 전문화 개념을 사회계급으로부터 정신의 내적 작동으로 옮겨놓은 데 있다. 거기서 개념은 한 심적 기능이 다른 기능들을 압도하며 실체화되는 양상으로, 즉 외부 사회세계의 경제적 소외의 정확한 등가물인 정신적 왜곡의 모습으로 드러난다.

그러나 이런 왜곡들은 관찰보다는 연역의 산물로, 더 완전하게 발달한 인성(人性)의 전망이라는 맨 마지막에 올 것이 실제로는 오히려 다양한 소외 형태들의 실상을 파악할 빛을 던져주는 일종의 이상적 전제 내지 이상적 조화(調和)의 구실을 한다. '자연상태' 그 자체에 다름 아닌 (그리고 원시인보다는 빙켈만J. J. Winckelmann⁴⁵의 그리스에 견주어

---

44 Louis Althusser, *Montesquieu* (Paris: Presses universitaires de France 1959) 16면. 강조는 제임슨.

45 빙켈만(J. J. Winckelmann, 1717~68)은 고대 그리스의 예술과 문화를 이상적인 미의 추구라 상찬한 독일의 고고학자·예술사가이다——옮긴이.

생각하는 편이 적절할) 이 이상적 조화는 두가지 근본 특징으로 규정된다. "우리가 다만 자연의 자녀였을 때 우리는 행복하고도 완전하였으나 자유를 얻으면서 이 둘 다 잃고 말았다. 여기서 자연에 대한 두가지 서로 판이한 갈망, 즉 자연의 환희에 대한 갈구와 완전함에 대한 갈구가 비롯된다. 감각적 인간만이 전자의 상실을 슬퍼하며, 윤리적 인간만이 후자의 상실을 애도한다."[46] 이런 이원성은 실러 체계의 폭과 함축성에 중대한 영향을 미치게 되는데, 이것은 어쩌면 이원성이라기보다 한쌍의 충동을 중첩하고 동시에 충족하는 것일 것이다. 이 두 욕구의 중첩을 통해 실러는 한가지만 가지고 작업하면서도 둘 다를 충족할 수 있으며, 전자의 약호를 후자의 약호로 번역하거나 (아직은 프로이트가 이 용어를 만들어내기 전이지만) 쾌락원칙의 현상을 정신적 기능들(의지·감각·지각·상상력 등) 및 그들 상호간의 관계라는 더 전통적인 철학적 언어로 다룰 수 있게 된다. 자연상태의 두 기본 특징 중 어느 쪽을 강조하느냐에 따라 다른 실러가 모습을 드러낼 것이다. 완전함을 강조할 때에는 의식의 통합을 이상으로 삼는 융(G. Jung)의 『심리유형』(Les types psychologiques)의 실러가 나타나며, 쾌락원칙을 강조하게 되면 마르쿠제의 『에로스와 문명』(Eros and Civilizaiton)의 프로이트적 실러가 된다. 실제 역사적 인물로서 실러의 역설은 행복에 관한 진술에 도달하기 위해서는 (그의 용어로는 행복에 대해 아무 말도 할 수 없으므로) 완전함의 언어 및 두 대립항의 상호작용을 가능케 하는 정신기능들의 언어로 입론을 펼쳐야 한다는 점이다.

다양한 물질주의적 열정과 욕구 뒤에 자리한 충동인 질료충동(Stofftrieb)과 "우리가 개인이 아니라 유적(類的) 존재가 되"[47]도록 만드

---

46 *Philosophische Schriften* 226면.

는 이성(理性)에의 이끌림인 형식충동(Formtrieb), 이 두 힘 중 어느 쪽도 특권을 누리지는 못한다. 두 힘 모두 결국은 왜곡되며, 현인이건 속물이건 혹은 추상적인 자꼬뱅적 인물이건 즉각적인 자기이익과 대상이 제공하는 만족에 탐닉하는 인물이건 할 것 없이 모두 자기가능성의 완전한 발전에는 미달한다.

이런 결론은 물론 출발점부터 이미 함축되어 있는 셈이므로, 이제 남은 것은 다만 이 두 충동을 동시에 충족하며 하나가 다른 하나를 위해 억압됨이 없이 단일한 활동의 틀 속에 어우러질 수 있는 제3의 충동을 식별해내는 일이다. 이 제3의 충동이란 다름 아니라 예술활동 일반의 근저에 자리한 유희충동(Spieltrieb)으로서, 여기서는 형식과 질료를 향한 욕구들이 한꺼번에 충족된다. 이 충동의 대상인 순수가상(假象, Schein)부터가 형식인 동시에 질료이니, 질료인가 하면 형식으로 화하고 형식인가 하면 또 질료임이 드러나면서, 인간이 통일성을 획득하고 역사적으로 조건지어진 발달상의 결함과 실패에서 벗어나기 위해 거쳐야 할 일종의 훈련의 징표가 된다.

이 지점에서 자유란 (질료와 형식을 향한) 이 두가지 강력한 충동의 상호중화나 다름없다. 프로이트의 쾌락과 마찬가지로 자유는 긴장에서 벗어남이며, 양이 질로 대치되고 힘과 무게와 질량이 우미(優美, grace)로 대치되거나 변하는 그런 세계에의 접근 내지 일별이다. 사실 베르그송(Henri Bergson)과 마찬가지로 실러에게 우미란 바로 감각영역에 현현된 자유의 모습이다. 최종 정식(定式)을 인용하자면 미란 자유가 감각적 현상계에서 취하는 형식('현상 속의 자유'Freiheit in der Erscheinung)이다. '현상계에서'라는 이런 한정만 봐도 알 수 있듯 실러

---

47 *Philosophische Schriften* 124면.

의 체계는 근본적으로 미학적 체계이기보다는 정치적 체계이며, 또한 그에게 미의 중요성은 다가올 진정한 정치적·사회적 자유에 대한 실천적 훈련을 쌓을 가능성을 미적 경험이 제공한다는 데 있다. 예술 속에서 의식은 세계 자체의 변화에 대비하며 동시에 이런 변화를 촉진하라고 현실세계에 요구하는 법을 배우게 된다. 상상적인 것의 경험은, 현실세계를 단죄하며 유토피아 이념, 즉 혁명의 청사진을 구상하는 준거가 되는, 인성과 '존재'(Being)의 총체적 실현을 (상상적 양태로) 보여주기 때문이다.

물론 실제 정치전략으로서 이런 성찰이란 현대인의 눈에는 최소한 비현실적으로 비치게 마련으로, 혁명을 일으키는 것과 예술감상 과정을 이수하는 것은 다르다고 이야기하고 싶어진다. 물론 실러는 독일의 중산계급 혁명을 생각하고 있었으며, 그의 계획 또한 앞의 성찰에서 짐작되는 것보다는 더 구체적이었다. 그 계획의 목표는 다름 아니라 우선적으로 민족극장과 민족연극을 통해 건설될 새로운 민족적 중산계급 문화를 창조하는 것이었다. 즉 극장을 통해 독일 부르주아지에게 정치적 통일과 자율을 교육한다는 것이었다.

그러나 더 변증법적이며 유용한 태도는 잠시 우리 자신을, 그리고 우리 자신의 반응을 되돌아보는 것이다. 만일 우리가 그런 심판을 내린다는 사실 자체가 우리로서는 진지하게 여길 수 없는 유토피아적 성찰에 대한 심판이기보다 오히려 우리 자신에 대한 심판이 된다면 어쩔 것인가? 우리의 심판 자체가, 우리한테는 그런 사유를 지탱할 능력이 없으며 현실원칙의 현실주의와 현상(現狀)의 중압에 짓눌려 우리가 미래원칙을 억압하고 있음을 나타내는 한 척도이자 징후라면? 오히려 현실원칙의 심리주의, 그 냉소적 환원주의야말로 결국 현실이 아니라 또 하나의 징후에 불과하다면? 이를테면 우리는 (『고백록』*Confessions* 제9권에

118

서처럼) 루쏘의 정치적 성찰의 원천이 노골적인 성애적 환상과 성적 백일몽에 있음을 발견하게 되면 당혹감에 휩싸인다. 그리고 후자가 원인이라는 이유로 전자마저 곧장 부정하려 들 뿐, 이런 식의 논리가 양날의 칼이 될 수 있으며, 루쏘에서 나타난 과정이 바로 현대세계의 파편화된 의식의 재통합을 특징짓는 바 시와 정치가, 성애적 충동과 정치적 충동이 하나의 공통된 근원으로 돌아가는 복귀일 수도 있다는 점을 깨닫지 못한다.

사실 실러의 성찰은 문화혁명의 이율배반에 대한 최초의 성찰 중 하나다. 새로운 인간, 즉 탈점유적 인간성은 혁명적 변화가 이루어진 다음에만 나타날 수 있으며, 프랑스혁명의 공포정치(그리고 현대의 스딸린 독재)는 사람들이 아직 받아들일 준비가 안 된, 다시 말해 객관적인 사회적 조건이 아직 성숙하지 못한 과정을 숙청으로 완성할 수는 없다는 경고다. 그렇다면 혁명은 사람들이 심리적으로 혁명의 요구를 받아들일 수 있을 때, 즉 혁명이 더이상 필요하지 않게 되었을 때에야 비로소 궁극적 성공을 거둘 수 있다는 말인가? 물론 완숙기의 실러는 이제 급진주의자가 아니었다. 그리고 흔히 서구에서 생각하듯 문화혁명을 사회혁명의 **대리물**로 이해한다면 문화혁명은 오늘날의 중국 같은 혁명후 사회에서와는 전혀 다른 기능을 수행하는 게 아니냐는 의심을 받을 만하다.

그렇지만 실러의 체계는 이와는 좀 다른 종류의 또 하나의 실천적 출구를 제공하며, 그의 교의의 해석학적 부분을 형성하는 것도 바로 이것이다. 예술에서 자유의 실현이라는 관념이 구체화되는 것은 오로지 실러가 『소박한 시와 감상적인 시』(*Über naive und sentimentalische Dichtung*)에서 예술작품의 세목으로 내려가 거기서 우리에게 작품의 기술적 구성 자체를 심적 통합 일반을 향한 투쟁의 **비유형상**으로 보고 또한 이미지와 언어의 질과 플롯 구성의 유형에서 바로 자유 자체의 (상상적 양태로 나타난) 비유형상을 보도록 가르쳐줄 때뿐이다.

예술작품에서 자연상태와 문명상태라는 기존의 대립은 구체적인 시, 즉 '소박한' 혹은 원시적인 시와 현대의 추상적인 시, 즉 '감상적' 예술가의 작품이라는 구분으로 재천명되는데, 여기서 '감상적'이라는 것은 '세련된' '주지주의적' '인위적' 등의 복합적인 의미를 지닌다. 어떻게 보면 '소박한' 시에 대해 우리로서는 사후적인 논의밖에 할 수 없다. 그런 작품이, 특히 그리스 문학에 존재하기는 하지만, 그러나 일종의 총체적이며 구체적인 경험을 반영하는 문학인 한, 그것에 대해 우리가 진실로 할 수 있는 말은 아무것도 없다. 우리의 모든 말과 모든 용어에는 이미 그 충만함의 균열이 전제되어 있기 때문이다. 그래서 우리는 '소박한' 시인을 거론하기조차 힘든 형편인데, 그런 시인의 특징은 바로 그가 개별적 주관성으로서의 자신을 소거해 자연상태로부터의 전락 및 현대의 징표인 그 주관과 객관 사이의 거리를 없앤 데 (혹은 애당초 알지도 못한 데) 있기 때문이다.

이처럼 '소박한' 시를 구체적 충만함의 경험이라고 하는 것 외에 달리 규정하기가 어렵다면, 현대시 혹은 '감상적' 시의 종류는 거의 연역적으로 계산해낼 수 있다. 즉 형식과 질료, 주관과 객관, 이제 세계로부터 소외되어 고립된 단자와 그 세계 등이 갖는 관계의 여러 가능한 순열을 계산해내면 된다. 버려진 주관 자체의 상황을 되씹는 문학과 그 주관을 에워싼 타락하고 무의미한 세계의 성격을 묘사하는 문학은 분명 성격상 근본적 차이가 있을 것이다. 전자를 만가(挽歌, elegy) 양식이라 할 수 있다면 후자는 풍자(satire) 양식이다. 그런데 현대의 감수성이 세계와 어떤 참된 구체적 재통합이나 하나됨도 이룩할 수는 없겠지만, 그래도 그런 충만한 상태를 향한 꿈이 자기에게 있음을 발견하고 그게 어떤 상태일지 빈약한 전망이나마 투사해보려 애쓰는 한 제3의 또다른 논리적 가능성이 존재할 여지가 있으니, 이것이 곧 목가(idyll) 양식이다. 그런데 이것의 비현실성은 그 시적 구현이 얼마나 빈약한가만 봐도 잘 알 수 있다.

이런 가능한 양식들은 결코 단순한 장르 문제로 환원되지 않는다. 사실상 실러의 모델은 문체론적 차원이든 심리학적 차원이든 역사적 차원이든 이데올로기적 차원이든, 예술작품의 어느 차원에나 쉽게 적용할 수 있다. 예술사를 주관과 객관 양극 사이의 일련의 다양한 관계로 보는 헤겔의 『미학』(Ästhetik)과 주관/객관 분류도식을 지닌 루카치의 『소설의 이론』(Die Theorie des Romans)에서 이 기본 모델은 시간적 진행으로 바뀌어 펼쳐지며 역사이론의 기초가 된다. 아마도 무의식적이겠지만 미국 신비평에서 '소박함'에서 '감상'으로 전락하는 과정에 대한 핵심적 통찰은 시적 감수성의 분리로 재표현되고, 곧 이어 주어진 텍스트의 시적 추상화의 정도와 종류를 결정짓는 엄밀한 분석도구가 된다. 또한 노스롭 프라이(Northrop Frye)[48]의 저작에서 다시금 장르의 종류는 우리가 '존재'와 갖는 관계의 좀더 구체적인 양식을 상징하는 것으로 사용된다. 그렇지만 실러의 기본 모델의 풍요성을 보여주는 이 모든 실러 수정판들은 관념론적 면모를 떨쳐내지 못하며, 그러므로 그 체계 뒤에 자리한 본래의 정치적 의도를 상기하는 것은 실러 자신에게 되돌아갈 때뿐이다. 그런 의도를 상실할 때 사변적 사유는 부질없는 일이 되며, 명료한 형태를 지닌 많은 막다른 골목 중 어느 하나에 부딪히게 된다. 즉, 그것은 결국 '역사이론'으로 끝나거나, 정치적 해석학을 종교

---

48 노스롭 프라이(Northrop Frye, 1912~91)는 『비평의 해부』(Anatomy of Criticism)로 유명한 캐나다 태생의 신화비평가이다—옮긴이.

적 해석학으로 대치하거나, 마지막으로 가장 특징적으로는 현상을 정태적 분류체계에 달아보는 유형론의 불모의 순환운동에 빠져버리고 만다. 그런데 이런 체계들은 초기 루카치에서든 프라이나 융의 『심리유형』에서든 모두 중동무이된 역사적 사유를 가리키는 징표이며, 구체적 역사로 나아가다가 도중에 겁이 나서 그런 통찰을 영원한 본질들로, 즉 인간정신이 그 사이에서 진자운동을 하는 그 속성들로 바꿔버리려 하는 사고를 가리키는 징표다.

앞에서 말한 것처럼 실러의 모델은 비평가로 하여금 예술작품의 구체적 경험과 더 포괄적인 자유의 문제들을 처음에는 성격의 통합과 쾌락원칙이라는 심리학적 차원에서, 그다음엔 그를 넘어서 정치적 차원 자체에서 동일시할 수 있도록 만드는 해석학적 장치였다. 이는 두 차원을 서로 관련짓거나 한쪽을 다른 쪽 용어로 설명하는 문제가 아니라, 안으로부터 예술작품에 접근해 내린 내재적이고 순수문학적인 진술을 심리적 혹은 정치적 진술의 전혀 다른 약호로 번역하되, 그러면서도 그 어느 체계의 정합적·자족적 구조에도 해를 끼치지 않는 일련의 변환방정식을 제시하는 문제였다.

그러나 실러의 사유는 예언적이라기보다 진단적이다. 그는 근본적으로 유토피아는 고대 그리스라는 과거에서 찾을 수 있다고 보는 신고전주의자로, 당대 독일 중산계급의 지평에 사유가 한정되어 있다. 그래서 예술문제에서조차 그의 이론의 기획으로 보이는 그 소박과 감상 및 자연과 자의식의 종합은 결국 '시대극'(costume drama)과 고대의 교훈에 대한 성찰에 불과해지고 만다. 실러의 비전이 시기적으로 뒤이은 낭만주의에 의해 완성되고 그의 처지에서는 실현 불가능했던 새로운 예술과 새로운 세계의 전망이 거기서 달성되었다고 할 수만 있다면 변증법적 대칭을 보여주는 멋진 이야기가 될 것이다. 그러나 이론적 관점에서 볼 때 낭만주의의 새로움은 전혀 의도된 바가 아니었다. 사실 낭만주의란 세계가 중산계급 자본주의의 물질주의적인 황량한 환경으로 바뀌는 그 엄청나고 총체적인 유례없는 변화에 대해, 마치 유기체가 충격을 피하듯 스스로를 지키기 위해 한 세대 전체가 택한 길이라고 볼 수 있다. 그러므로 그 모든 봉건적 자세와 정치적 백일몽, 그 모든 종교적이고 중세적인 대상들의 분위기, 갱신을 위해 더 위계적이거나 원시적인 과거 사회로 돌아가는 태도는 무엇보다도 우선 방어기제였다고 할 수 있다. 그렇기는 하지만 실러의 체계를 완성하고 그의 자유의 전망을 정신과 문자 및 시와 정치 모두에서 예언적으로 재창출하게 되는 **특정** 유형의 낭만주의가 있다고 한다면 이것도 틀린 이야기는 아니다. 이 새 낭만주의는 말한다. "프랑스 당국이 낭만주의 백주년을 기념하기 위해 괴이한 준비를 진행하고 있는 지금, 우리는 이 선언을 통해 우리가 기꺼이 그 역사의 꼬리부분으로 (그러나 얼마나 **포착력이 강한 꼬리**인가!) 자임하고자 하는 이 낭만주의란 이 1930년이라는 해에 저 권위자들과 저들의 기념행사를 전면적이고 근본적으로 부정함에 있음을 천명한다. 다시 말해 우리는 낭만주의에서 백년의 연륜은 청춘에 불과하며, 그 영웅시대라 그릇 지칭되어온 시기란 솔직히 말해 이제야 막 우리를 통해 그 욕망이 감지되기 시작한 한 존재의 아기 울음소리에 불과함을 천명하는 바이다……!"[49]

"외견상 대단히 모순되는 꿈과 현실이라는 이 두 상태가 이를테면 일종의 절대 내지 초현실 속에서 만나는 미래의 화합"[50]이라는 초현실주의가 자연적인 것 혹은 소박한 상상력을 부활시키고, 또한 실러의 체계

49 André Breton, *Manifestes du surréalisme* (Paris: Gallimard 1969) 110면.
50 *Manifestes du surréalisme* 23~24면.

에서 기획되기는 했지만 부재한 그 자연발생적인 것과 의식적인 것의 종합을 부활시킬 여지를 지니고 있다고 주장한다면 생뚱맞게 들릴 수도 있겠다. 특히 초현실주의적 이미지가 실러의 주객관계의 논리적이지만 불가능한 제4의 순열(주관축을 실질적으로 배제한, 질료의 순수한 생산)의 매우 적절한 후보처럼 보인다면 말이다. 그러나 실러의 사유는 현상들을 서로 견주어, 즉 그것들의 상황, 주변 환경, 극복해내야 할 충동들에 견주어 규정하는 그만큼 변증법적이다. 돌이켜보건대 진압하고 진정해야 할 갈등하는 두 충동, 즉 질료충동과 형식충동이 실러에서는 아직은 비교적 대칭을 이루고 있었으며, 따라서 둘의 화해가 아직은 조화로운 형태로 이루어질 수 있었다. 만일 이후 사회적·경제적 발전이 더 진척됨에 따라 이 충동들의 상호균형이 깨어져버렸다면? 한쪽이 압도적으로 우세해지거나 아니면 양쪽 모두 서로에게 훨씬 더 소름끼치는 억압적인 것으로 재편성되면서 마치 장애물이 불균등하면 근육들도 불균등하게 발달하듯 그로부터 해방을 추구하는 운동까지 그 기형성에 전염되고 만다면?

1920년대에는 이미 자연의 점진적 인간화와 시장체계의 조직화에서 실러의 이른바 형식충동이 질료충동이라는 상대방에 대해 막강한 우위를 차지하게 되었다. 이 상업시대에는 질료 자체가 점차 소멸하고 그 대신 상품이 등장하니, 상품이란 지적 형식 내지 만족의 주지적(主知的) 형식들이다. 말하자면 상품시대가 도래하면서 순전히 물질적이며 육체적인 충동('자연스러운' 것)으로서의 욕구는 인위적 자극과 인위적 갈구로 이루어진 구조에 밀려나며, 그 결과 도대체 어느 것이 진짜이고 어느 것이 가짜인지, 어느 것이 기본적 충족이고 어느 것이 사치스런 충족인지 구별조차 안 되는 지경이 되어버렸다.

초현실주의가 무엇보다도 주지적인 것에 대한 반발을 자임하고 나서는 이유도 바로 여기에 있다. 초현실주의는 철학적 합리성만이 아니라 중산계급 사업계의 상식적 '이해관계'와 궁극적으로는 현실원칙 자체까지도 포괄하는 가장 넓은 의미의 **논리**에 대한 반발을 자임한다. 그러므로 초현실주의가 구사하는 이미지는 객관세계의 상품형식들이 서로 엄청난 힘으로 맞부딪쳐 파열하도록 만들려는 격렬하고 급작스런 노력이다. "무엇보다도 재봉틀과 우산 해부대 위에서의 뜻밖의 만남처럼 아름다움!"[51] 이미지란 더없이 무관하고 거리가 먼 두 실재를 강제적이고 자의적으로 상호연결하려는 것이라는, 초현실주의자들도 받아들인 르베르디(Pierre Reverdy)[52]의 정의는 자유가 억압적 충동들을 중화하는 데서 나온다는 실러의 생각을 놀라울 만큼 충실히 따르고 있다: 다만 이제는 상품충동의 내적 모순이 자기파괴의 동인으로 화하면서 상품충동이 스스로에게 반기를 들고 있다는 점이 다를 뿐이다.

그렇지만 우리 주변의 죽은 외부세계를 소생시키려 할 때 초현실주의자들이 사용하는 방법을 가장 뚜렷하게 보여주는 것은 아마도 그들의 서사이론일 것이다. 겉으로 볼 때 그것은 서사에 대한 전적인 거부이다. 브르똥(André Breton)[53]은 소설을 싫어하며, 물리적 주변 환경의 의무적 묘사는 현실원칙에 대한 가장 비천한 굴복이니, 그런 묘사에서는 가장 피상적인 수준의 깨어 있는 의식에 대응하는 사물의 순수지각적 차원이 '존재' 자체로 오인된다고 주장한다. 즉 우리가 활동하는 물질세계에서 가장 관심을 끄는 것은 (초현실주의자들이 실제 빠리의 거리

---

51 로트레아몽(Comte de Lautréamont)의 표현이다──옮긴이.

52 르베르디(Pierre Reverdy, 1885~1960)는 입체파 기법을 구사하는 초현실주의 시를 쓴 프랑스 시인으로, 현대시의 선구자로 여겨진다──옮긴이.

53 브르똥(André Breton, 1896~1966)은 초현실주의운동을 창시한 프랑스 시인으로 초현실주의 선언을 발표했다──옮긴이.

를 얼마나 열렬히 사랑했는가는 『광기어린 사랑』*L'Amour fou*과 『빠리의 시골뜨기』*Le Paysan de Paris*[54] 등에 나오는 그 위대한 '초현실주의적 산책'을 보면 알 수 있는데) 그림처럼 아름다운 건축물보다는 도시생활의 이런저런 우연한 사건과 사물 들 내지 그것들의 기묘한 병치에 있다는 것이다. 후자는 심적 동일시를 허용할 뿐 아니라 평소에는 속박되어 있던 심적 에너지를 해방할 구실이 된다.

브르똥도 프로이트처럼 정신을 평범한 의식생활의 표층 밑에서 계속되는 끝도 단절도 없는 공상, 즉 언어 차원에서는 자동기술 기법으로 끌어낼 수 있는 일종의 끝없는 선율 내지 '그칠 줄 모르는 중얼거림'이라 본다. 초현실주의 관점에서 볼 때 소설이 무가치하게 여겨지는 이유도 바로 소설이 의식적 삶의 **불연속성**을 재생산한다는 사실에 있다. 반면 초현실주의는 다름 아닌 무의식의 근원적 연속성을 재구성하는 것을 목표로 한다.[55] 무의식은 우리가 어떤 활동을 하던 중이라도 언제든 빠져들 수 있는 끝없이 이어지는 하나의 문장이다. "바로 지금 책상 앞에 앉아 있는 이 순간, 무의식의 목소리가 내게 도랑에서 기어나오는 남자 이야기를 하고 있다. 물론 그가 누군지는 밝히지 않은 채 말이다. 내가 약간 캐묻자 목소리는 꽤 상세한 모습을 제시한다. 그렇다, 분명 나로서는 전혀 모르는 사람이다. 그렇지만 내가 여기까지 썼을 때 이미 그

---

54 루이 아라공(Louis Aragon)의 작품들이다 ── 옮긴이.

55 내가 보기에 브르똥의 산문 문체에 대한 정말 철저한 분석은 이 연속성을 향한 절대적 충동의 기치 아래 행해져야 한다. 그의 문체에서 병치·논리 접속사·도치·생략·종속절·정교한 수식 등 유연한 수사적 장비들은 일련의 문장을 서로 연결하는 구문체계로서, 독자에게 미래와 과거 양쪽에 주목하라는 이중의 요구를 할 뿐만 아니라, 무엇보다도 뭔가 더 심층의 논리, 묻혀 있지만 그렇다고 부정할 수도 없는 땅밑 사고의 연속성을 가리킨다. 즉 장치들 자체가 후자에 대한 숙명적 인유(引喩)이며 후자에 입각해서 가차없이 진행된다.

는 사라지고 없다."[56]

프로이트 이론에 따르면 꿈의 현현된 내용, 즉 표면적 이야기는 단순히 억압된 무의식적 욕망의 위장이 아니라 그러한 욕망의 무의식적이고 억압된 '공상적 충족'의 위장이다. 따라서 정신의 위상학(位相學)[57]에서는 작동하는 이야기는 하나가 아니라 둘, 즉 의식적 이야기와 억압된 이야기 모두이다. 사실 이런 생각은 프로이트에게 굉장히 중요한 것이었으므로, 그는 꽤 나중까지도 무의식적 공상이 현실에서도 실제로 일어났던 일이라고 생각했다. 신경증 환자의 아동기 유혹(childhood seduction)[58] 이론도 여기서 나온다. 사실 역사적 차원에서도 그는 자신이 문명건설의 시발점이라 보는 원초적 부(父)의 살해가 실제로 육체적으로 일어났다는 믿음을 끝까지 고수했다. 또한 개인 심리의 영역에서 유아성욕 원망이라는 가설을 포기한 후에도 그는 그것이 하나의 **장면**으로서 지니는 연극적 혹은 이야기적 가치에 대해서는 추호도 물러서지 않았다. 무의식적 혹은 퇴행적 사고의 본질적으로 비유적인 성격을 끊임없이 강조했듯이 말이다. 이를테면 프로이트는 순수한 혹은 물리적 상태로서의 본능이나 추동(Trieb) 같은 것을 인정하지 않았던 셈이다. 모든 추동은 이미지나 공상, 즉 그 대상언어에 의해, 다시 말해 프로이트의 이른바 (영어로는 적절한 역어를 찾기 어렵지만 아마도 재현적 표상representational presentation이 무방할) '표상재현'(Vorstellungsrepräsentenz) 혹은 '추동을 재현하는 표상'(den Trieb repräsentierende Vorstellung)에 의해 매개된다는 것이다.[59] 초현실주의

---

56 *Manifestes du surréalism* 116~17면.
57 의식·전의식·무의식으로 구분한 프로이트의 이론에 대한 언급이다──옮긴이.
58 프로이트의 성심리발달 5단계에서 자식이 부모와의 관계에서 형성하게 되는 오이디푸스 컴플렉스를 지칭한다──옮긴이.

자들이 표면으로 이끌어내려 한 것도 바로 이 무의식의 대상언어이다.

따라서 어떤 외부 대상과의 우연한 접촉은 우리의 의식적 의지가 영위하는 빈곤한 삶에서 일어나는 그 어떤 것보다도 오히려 우리에게 우리 자신을 더 깊이 '일깨워'줄 수 있다. 왜냐하면 주위의 대상들은 우리도 모르는 사이에 우리의 무의식적 공상 속에서 나름의 삶을 영위해나가며, 또 그 공상 속에서 대상들은 마나(mana)[60]나 금기, 혹은 상징적 매력이나 혐오의 울림을 지님으로써 욕망의 거대한 수수께끼그림(rebus)의 낱말이나 상형문자처럼 되기 때문이다.

사물(혹은 '묘사')이 이러하다면 사람들, 즉 우리가 자신에게 하는 것이 가장 참된 이야기이긴 하겠으나 대개는 매우 인습적인 가상적 상투형들의 합리적으로 검열된 죽은 표현에 그치는 이야기의 '등장인물'들도 마찬가지다. "부수적인 상황까지 부질없이 세세히 그려놓은 (구태의연한 소설가들의) 등장인물을 볼 때면 그들이 내 생각은 하나도 하지 않고 자기 혼자만 즐기고 있다는 생각이 든다. 나한테 그들은 인물에 대한 온갖 망설임을 사정없이 털어놓는다. 금발머리로 할까, 이름은 무엇으로 할까, 첫 등장시기를 여름철로 할까 등등. 그리고 이 숱한 문제들은 순전한 우연에 의해 재론의 여지도 없이 결정되어버린다."[61] 이처럼 소설가들의 첫번째 거짓된, 혹은 '비본래적'이라 해도 무방할 충동은 **결정**지으려는 충동, 즉 인물들의 모든 윤곽과 특징을 영구히 확정해놓고자 하는 충동이다. 이는 실제 삶에서 타인들이 우리에게 무의식

---

59 Paul Ricoeur, *De l'interprétation: Essai sur Freud* (Paris: Seuil 1965) 120~53면; J. Laplanche와 J. B. Pontalis 공저 "Fantasme originaire, fantasmes des origines, origine du fantasme," *Temps modernes* 215호(1963년 12월) 1833~68면 참조.
60 태평양 섬지대의 원주민어로 신성한 물건에 부여된 초자연력을 가리킨다──옮긴이.
61 *Manifestes du surréalisme* 15면.

적 상징의 구실을 하면서 우리 스스로도 점차적이고 부분적으로만 인식하는 우리의 공상 속에서 제2의 생을 영위한다는 사실을 몰각한 소치이며, 또한 이야기한다는 것이 갖는 흥미란 다름 아니라 우리가 지켜보는 사이 인물들이 자체 동력에 의해 자율적으로 서서히 변형되어가고 따라서 서술의 과정도 신문기사보다는 일종의 내적 성찰과 흡사해지는 데 있다는 사실을 몰각한 소치다. 무엇보다도 이것은 초현실주의자들에게 로트레아몽(Comte de Lautréamont)[62]이 탁월한 위치를 차지하는 이유를 설명해준다. 로트레아몽의 작품에서 독자는 멍한 백일몽으로부터 이미지·환상·인물 들이 출현하는 것을 문득 목도하게 되며, 또한 더없이 구체적인 모습으로 표현된 이 책의 주제는 바로 책 자체의 가공·비틀거림·망설임, 그리고 길게 이어진 자동기술이나 심적·서술적 연속성의 갑작스런 개진이다. 브르똥은 루이스(M. G. Lewis)의 『수도사』(*The Monk*)[63]에 나오는 마틸다(Mathilda)라는 인물을 두고 "문학의 이런 **형상적**(figurative) 양식 덕분에 가능했다고 해야 할 가장 감동적인 창조물이자 (…) 하나의 등장인물이라기보다는 끊임없는 유혹"[64]이라 평한 바 있는데, 이는 힘찬 에너지임이 분명한 로트레아몽의 상상적 산물에는 더 잘 들어맞는 말로, 프로이트의 '표상재현'에 아주 명백히 대응하며, 그 속에서 주관과 객관이라는 깨어 있는 상태의 범주들이 근본적으로 해소 혹은 조절된다.

따라서 프로이트의 어법과 우리의 해석학의 어휘 모두에 부합하는

---

62 로트레아몽(Comte de Lautréamont, 1846~70)은 1920년에 발견된 『말도로르의 노래』(*Les Chants de Maldoror*)로 초현실주의 시인들의 모범으로 추앙받은 프랑스의 시인이다—옮긴이.
63 18세기 영국 작가 루이스가 1796년 출간한 고딕소설—옮긴이.
64 *Manifestes du surréalisme* 25면.

이 브르똥의 용어를 고수하자면 초현실주의에서 진정한 플롯, 진정한 서사(narrative)란 '욕망'(Desire)[65] 그 자체의 **형상**이 될 수 있는 것이라 해도 과언이 아니다. 그리고 이는 단지 프로이트적 의미에서 볼 때 순수 생리적인 욕망이란 그 자체로는 의식될 수 없기 때문만이 아니라 사회경제적 문맥에서 볼 때도 시장체계를 형성하는 거대한 사이비 충족망 속에서 진정한 욕망이 해체되고 상실될 위험이 있기 때문이다. 그런 의미에서 욕망은 새로운 상업적 환경에서 자유가 취하는 형식인데, 이 자유를 '욕망' 일반을 잠재울 뿐만 아니라 일깨우는 것으로 이해하지 않는 한, 우리는 그것을 상실했다는 사실을 깨닫지도 못한다.

초현실주의적 실천의 해방적이며 고무적인 효과는 바로 이 형상화(figuration) 개념에 의해 설명된다. 좀 달리 표현하자면, 흔히 생각하는 것과 달리 자동기술에는 성찰의 계기, 즉 자의식의 차원이 들어 있다고 말할 수 있겠다. 그래서 브르똥은 "일반적으로 그냥 펜이 종이 위를 달리도록 내버려두는 데 만족할 뿐 그 순간에 자신 속에서 일어나고 있는 사태를 관찰하는 수고는 조금도 하지 않는" 사람들, "이런 자의식이야말로 평범한 의식적 기술(記述)의 자의식보다 더 쉽게 포착되며 더 흥미로운 관조대상인데도" 그렇게 하는 사람들을 질타한다.[66] 순전히 문학적인 관점에서 볼 때 역사적 초현실주의의 위치가 불확실한 것은 무엇보다도 비성찰적이며 전적으로 자동적인 듯 보이는 텍스트들이 사실상 지니는 성찰적 차원으로 설명할 수 있다. 이 텍스트들은 그 자체로는 국지적이고 우발적이며, 그 효과 또한 의심할 바 없이 독자 자신의 공상과 매료라는 우연에 의존한다. 이들은 초현실주의의 사례로 간주

---

65 이후 얼마간 제임슨은 구체적 대상에 국한된 개개 욕망(desire)과 욕망 그 자체 (Desire)를 구분하는데, 여기서는 후자에 따옴표를 붙여 표기한다──옮긴이.

66 *Manifestes du surréalisme* 116면.

될 때만 다시금 본래의 한결 강한 빛깔을 띠기 시작한다. 이는 곧 초현
실주의의 이념이 실제 텍스트보다 더 해방적인 경험이라는 말도 가능하
다는 이야기다. 브르똥이 이른바 '우익 분파', 즉 예술 그 자체 및 예술
적 대상의 생산이라는 궁극적 가치들에 지나치게 경도되는 유형의 초
현실주의자들을 배제할 때 염두에 둔 것도 아마 이와 다르지 않았을 것
이다. 그렇지만 우리는 한걸음 더 나아갈 수도 있다. 이 이념에 의해 창
출되는 (이 점에서나 그 원인에서 휘트먼Walt Whitman이나 하트 크레
인Hart Crane[67]의 더욱 확장된 대목들과 흡사한) 우리 존재의 준물질적
확대란 텍스트 배후의 더 포괄적인 형상적 의미나 일반화에 의해 이루
어지는 텍스트의 팽창에 정확히 대응하는 등가물이기 때문이다. 그래
서 대상을 열거하는 휘트먼의 목록에서 유한한 개개 항목들은 그것들
이 가리키는 일반적인, 정확히 말하자면 보편적인 것을 배경으로 자유
롭게 펼쳐진다. 마찬가지로 초현실주의에서도 하나의 해석학적 과정이
작동하여, 개개 연상체계의 개별적이며 한정된 욕망들 뒤에 자리한 '욕
망' 일반이 밝혀지고, 이미지와 언어의 더 한정되고 우연적인 자유들 뒤
에 자리한 '자유' 일반이 가득히 감지된다. 우리 시대는 (우리에게 통상
특정한 것이라는 뜻으로 간주되는) 구체적인 것을 물신화하는 데 익숙
해져 있다. 그러나 방금 거론한 효과들은 이와 반대로 어떤 조건에서는
특정한 것이 도리어 구속이 될 수 있음을, 그리고 그런 조건에서는 오
히려 추상화의 움직임이 해방으로 다가올 수 있음을 보여준다. 따라서
'욕망'의 형상들에 대한 명상으로 초현실주의를 거론하는 사람은 단일
한 한정된 욕망, '그것뿐'인 욕망, 따라서 다른 욕망들을 거부하는 욕망

---

67 미국 시인 휘트먼(1819~92)과 크레인(1899~1932)은 각기 『풀잎』(*Leaves of Grass*)과
　『다리』(*The Bridge*)라는 대작을 발표했다——옮긴이.

으로부터 주관성을 해방하는 기법을 기술하고 있는 셈이며, 또한 그런 해방을 통해서 모든 욕망, 즉 하나의 힘으로서의 '욕망'을 충족하는 기법을 기술하고 있는 셈이다.

이 새로운 충족은 실러가 자연상태를 돌이켜보며 지복(至福, bliss)이라 부른 것인데, 초현실주의 문맥에서는 비의(秘意, mystery)라는 낱말이 가장 적절한 표현이다. 사실 이 두 체계에서 두 용어가 차지하는 위치도 비슷하며, 또한 실러의 자연상태 묘사에서 발견된 그 겹치고 중첩되는 이원성 같은 것이 초현실주의에, 그것도 상당히 흡사한 이유로 존재한다. 즉 지복과 마찬가지로 비의감에 대해서도 아무런 이야기도 할 수 없다. 비의감이란 그 자체로는 오랜 바람이던 우리 존재의 확장이, 즉 현실원칙의 억압적인 무게로부터의 해방이 이루어졌음을 가리키는, 문득 삶이 다시 한번 질적 변화를 겪으며 어떻게든 본래의 존재이유를 되찾았음을 가리키는 기호일 뿐이다. 이 비교적 형언할 수 없는 가치에 대해 더 이야기하자면 더 정확하든가 적어도 더 명료한 용어체계로 전환할 필요가 있는데, 바로 이런 경우에 초현실주의자들은 사랑, 꿈, 웃음, 자동기술, 어린 시절 등 비의감의 분출이 매우 빈번히 일어나는 대표적 경험들을 표현하는 단어들에 의존한다. 그러나 그들이 기술하는 것은 쾌락원칙 자체의 특질보다는 그 외적 조건과 필수적 상황이다.

그렇다면 이론이자 실천으로서 초현실주의가 전성기에 지녔던 뜨거운 현실성이 지금 우리에게도 여전하다는 말인가? 답은 질문 속에 들어 있다. 실천은 그렇지 않지만 이론은 여전히 현실적이다. 그 이유들은 비단 앞서 서술한 텍스트와 이념 사이의 내적 모순에만 있는 것이 아니다. 그것들은 또한 역사적 조건 자체에 깊이 뿌리박힌 것으로, 우리가 초현실주의에서 연상하는 이미지군의 유형과 성격으로 돌아갈 때 아마도 가장 잘 파악할 수 있는 것들인데, 사실상 이미지라기보다는 대상들 자체로 불가사의한 고철조각들, 뭔가 숨은 전언(傳言)을 간직한 듯한 불가해한 인공물들, 스쳐지나가는 상점 창문에서 기적적인 일치나 살짝 위장된 흉조처럼 불쑥 튀어나오는 새겨진 글자들, 싸구려 영화관의 B급 멜로드라마, 이제는 허물어진 지 오래인 뒷골목의 가게 진열장들, 도시의 동식물 등이 그 예로서, 책 본문에 사진으로 수록됨으로써 그 징표적 가치가 더욱 강조되는데, 마치 이것들이 독자 앞에 나타날 때는 언어외적 밀도라든가 구체적으로 만져지는 현실계수를 지녀야 하고 그래야만 이것들이 꿈 객체(dream object)의 불투명성을 띠며 꿈 각본(dream protocol)의 언어적 빈약성과 빈곤성에 저항할 수 있는 것처럼 말이다.

객관적 우연의 혹은 초자연적 계시의 자리들인 이런 대상들이 아직 완전히 산업화·체계화되지 않은 경제의 산물임을 우리는 금방 알아볼 수 있다. 다시 말해 이 시기의 생산물들은 그 인간적 기원, 즉 이들을 창출한 노동과 맺는 관계가 아직 완전히 은폐되지는 않았다. 생산 차원에서 이들에는 아직 장인적 노동조직의 흔적이 남아 있으며, 분배 역시 아직은 주로 작은 소매상들의 판매망을 통해 확보된다. 광고도, 우리에게 익숙한 수준으로 보면 거의 미발달상태였다. 사실 아직은 광고만 하더라도 벽보건 『율리시스』의 쌘드위치맨이건, 유화가 갖는 은밀한 특권을 거트루드 스타인(Gertrude Stein)[68]에게 처음으로 알려준 빈 벽에 그려진 조잡한 그림이건 할 것 없이, 그 자체로 매료의 대상으로 여겨질 수 있었다. 이처럼 초현실주의는 이런 생산물들을 사용할 때 거기에 심적 에너지를 부여하는 특징을 지니는데, 이들이 이렇게 사용될 수 있었던 소지는 바로 인간 노동과 인간 몸짓의 지울 수 없는 흔적이 그것들에 어

---

68 거트루드 스타인(Gertrude Stein, 1874~1946)은 프랑스에서 활동하며 현대 예술과 문학의 발전에 촉매 역할을 한 미국 여성 작가이다——옮긴이.

렴풋이 남아 있다는 점에 있다. 이 생산물들은 아직 주관성에서 완전히 분리되지 않았으며, 따라서 인간의 육체와 마찬가지로 불가사의하고 표현적일 수 있는 잠재력을 지닌 응결된 몸짓이다.

　같은 이유로 이것들은 우리의 사회경제적 발달의 특정 단계에 영원히 연결되어 있다. 이미 완결되어 이제는 지난 역사가 되어버린 이 단계를 회고하면서 교외 거주자가 사라져가는 전통적 도시에 대해 그렇듯 향수를 느끼는 우리에게는 이것이 더 분명히 보인다. 그러나 브르똥은 초현실주의 이미지 원료의 역사적 성격은 잘 알았지만, 그 이미지의 가능성 자체도 역사적 조건에 매인다는 점은 알지 못했던 것 같다. 그는 우리에게 이렇게 말한다. "경이로움은 모든 역사시기마다 동일하지 않다. 경이로움은 은연중 일종의 일반적 계시에 참여하는데, 우리에게 전해지는 것은 그 계시의 세부사항, 즉 낭만적 폐허라든가 현대적 마네킹이라든가 기타 얼마동안 인간의 감수성을 촉발하기에 적당한 상징들뿐이다."[69] 마네킹, 한 시대 전체의 감수성의 참된 징표이자 초현실주의적 삶의 변형의 궁극적 토템. 그 속에서 인간 육체 자체가 우리에게 하나의 생산물로 다가오며, 인형 눈의 푸른 응시가 우리에게 가져다주는 전율에서처럼 뭔가 다른 존재가 감지되는 떨쳐내기 힘든 느낌, 어쩐지 금방 말을 걸어오는 듯한 생명 없는 목소리의 은밀한 예고 등은 모두 자신을 둘러싼 대상들의 속성에 대한 초현실주의의 핵심적 발견을 상징적으로 표상한다. 이런 초현실주의적 대상들이 자취도 없이 사라졌음을 깨닫기 위해서는 하나의 상징으로서의 마네킹 옆의 캠벨 수프 깡통이나 마릴린 먼로 초상화 같은 팝아트(pop art)[70]의 사진 같은 오브제, 혹

---

69 *Manifestes du surréalisme* 26면.
70 1960년대에 미국을 중심으로 일어난 전위파 예술운동으로, 대중문화 등 인위적 환경으로 나아가되 비인격적 객관성을 추구했다. 앞의 두 예는 모두 앤디 워홀(Andy

은 옵아트(op art)[71]의 진기한 시각적 오브제를 나란히 놓아보기만 하면 된다. 또 소규모 작업장과 상점 카운터의 환경이나 **고물시장**과 노점상을 미국의 초고속도로를 따라 늘어선 주유소나 잡지의 유광 사진들, 혹은 미국 드럭스토어의 쎌로판 낙원으로 바꿔놓으면 된다. 이제 이른바 탈산업자본주의에서 우리가 누리는 생산물에는 깊이가 전혀 없다. 그것들의 합성품적 내용은, 설령 우리가 그런 식의 자기표현을 시도한다고 해도 심적 에너지의 전도체 구실을 해줄 능력이 전혀 없다. 이런 대상에 리비도를 투여할 가능성은 애초부터 배제되는 셈이며, 따라서 만일 우리의 대상세계가 이제 "인간의 감수성을 촉발하기에 적당한 상징"을 전혀 창출해낼 수 없게 된 게 사실이라면, 우리가 여기서 엄청난 규모의 문화적 변혁, 뜻밖에도 절대적인 종류의 역사적 단절에 봉착한 것은 아닌지 자문해봐야 하겠다.

실러만 해도 아직 사용할 수 있었던 옛날식 그 자연의 어휘를 충분히 발전된 개념이 아니라 본질적 불가사의이자 그 자체로 탐구해야 할 하나의 문제의 기호로 떠올려보기만 해도, 우리는 이미 이룩된 변혁이 어느 정도인지 깨닫게 된다. 여기서 문제되는 것이란 바로 세계의 궁극적이고 전면적인 인간화, 즉 농업에서처럼 과거 '자연'경제의 마지막 잔존지대가 최종적으로 제거되고, 컴퓨터화된 중앙집중과 의무적 평준화를 수반하는 시장체계로 모든 생산형태가 결정적으로 종속되는 변화가 아니겠는가? 또한 이것은 순전히 인간적인 것, 즉 반자연적인 것의 대지에 대한 지배가 최종적으로 확립되었음을 가리키는 것이 아니겠는가? 이런 점에 비추어볼 때 초현실주의자들의 낭만주의적 면모가 좀

Warhol)의 작품으로, 특히 앞의 것은 기계적 재생산이 가능하다——옮긴이.
71 1960년대 미국의 예술운동으로 팝아트의 상업주의에 반대하여 모든 표상적 형태를 거부하고 사각형·원·점 등으로 화면을 구성한다——옮긴이.

더 분명히 드러나는데, 그들에게 자연이란 바로 도시 자체였으며, 낭만주의자들이 풍경의 현전 속에서 충족했던 그 깊은 갈망을 그들은 도시에 쏟아부었다. 그런데 이럴 수 있었던 것은, 대단히 아이러니컬하게도 오로지 당시 프랑스 경제 자체가 퇴행적이고 구태의연해서 그들에게는 자연적인 것의 흔적처럼 여겨졌기 때문이다. 그러나 이제부터는 바로 자연의 기억 자체가 말살의 위험에 처한 듯하다.

2)

> 입을 꼭 다문 누이! 나이는 같지만 연상인 누이!
> 입을 여는 법이 절대 없는 기억의 여신 므네모시네!
> 그녀는 귀 기울이고, 그녀는 생각한다.
> 그녀는 느낀다(그녀는 영혼의 내적 감각이므로),
> 순수하고 소박하고 범할 수 없는 존재로! 그녀는 회상한다.
> 그녀는 정신의 무게다. 그녀는 하나의 아름다운 부호로
> 적어놓은 보고(報告)다. 그녀는 형언할 수 없는 자태로
> 존재의 맥박 위에 앉아 있다.
> ──뽈 끌로델(Paul Claudel), 『다섯 편의 장엄한 송가』(Cinq grandes odes)

헤르베르트 마르쿠제의 성찰과 저작의 독창성을 가장 분명히 파악할 수 있는 것도 이런 맥락에서다. 헤겔과 맑스 및 프로이트와 실러에 대한 주석 형식으로 되어 있는 그의 저작은 제2차 세계대전이 끝날 무렵 나타나기 시작한 탈산업자본주의의 전혀 새로운 사회경제적 환경에 비추어 바로 이 앞선 체계들과 그 결론들을 다시 생각해보고자 하기 때문이다. 이 새로운 환경은 한편으로는 역사상 최초로 빈곤과 기아를 확실히 종식할 가능성과, 다른 한편으로는 사회생활 영역에서 전례 없는 통제와 전면적 조직화를 이룰 기술적 가능성을 함께 지닌다. 이런 발전은 전적으로 기술적이지만도 전적으로 정치적이지만도 않다. 바다에서 식량

을 얻는다든가 세계정부를 세운다든가 하는 순전히 과학적인 유토피아
란 공허한 울림을 줄 뿐이며, 또한 역사과정의 어떤 가시적 '행위자'도
더이상 존재하지 않고, 노동계급의 가치와 정치마저 부르주아지에 동
화되었고, 많은 경우 '권력 엘리뜨' 역시 과거 지배계급에 비하면 오히
려 자신이 쥐고 있는 거대한 힘의 지배자이자 꼭두각시처럼 보이는 이
런 상황에 기존의 계급분석을 적용하기란 이제 불가능해진 것처럼 보
이기 때문이다.

풍요와 전면적 통제──이런 역설의 맥락에서 마르쿠제는 프로이트
와 맑스를 다시 생각하고 두 사람 모두 관심을 기울였던 개인적 행복과
사회적 조직 사이의 고전적 대립을 재평가할 채비를 해나간다. 사실 문
화에 대한 그의 성찰은 프로이트가 『문명과 그 불만』(*Das Unbehagen in
der Kultur*)에서 보여준 성찰을 반어적으로 뒤집은 것이라 볼 수 있다.
프로이트는 이 책에서 사회 진화상의 진보와 개개인의 억압된 심리의
불행, 혹은 개인적 자기부정과 심적 에너지의 집단적 목표 쪽으로의 방
향전환이 불가피하고 돌이킬 수 없는 상호의존 관계에 있음을 주장하
였다. 탈산업자본주의라는 거대한 분수령의 반대편 비탈에 선 마르쿠
제에게는 사태가 달리 비치는데, 가중되는 조작과 더없이 세련된 형태
의 사고 통제, 날로 영락해가는 정신적·지적 삶, 삶의 타락과 비인간화
등에 수반되는 것은 오히려 늘어난 성적 자유, 더 큰 물질적 풍요와 소
비, 교양에 대한 더 자유로운 접근가능성, 더 나은 주거, 더 널리 확산된
교육 수혜기회, 자동차의 이동성은 물론 사회적 이동성의 증대 등이다.
결국 우리는 행복해지면 행복해질수록 사회경제체제의 힘에 더욱 확고
하게, 그것도 자신도 모르는 사이에 말려들게 된다는 것이다.

마르쿠제 사유의 이런 측면은 선(善)의 성격에 대한 해묵은 플라톤류
의 논의에 새로운 현실성을 부여한다. 즉 그의 분석은 다름 아닌 행복의

문제를 제기하며, 우리로 하여금 세뇌와 조작이 일상적 기제로 자행되는 세계에서 사람들이 뭐가 자기에게 선한 것인지 알 수 있는가, 사회적 선이 만족이라는 주관적 느낌으로 판단될 수 있는가 하는 물음을 던지도록 만든다. 그러나 동시에 그의 책들은 민중 자체에서 나오는 믿을 만한 목소리가 부재한 상황에서 사회의 선에 대해 궁극적 판단을 내릴 것으로 기대되는 철인왕(哲人王)이나 철학자 엘리뜨가 과연 신뢰할 만한가 하는 고전적 반론의 과녁이 되어왔다.

그러나 내 생각에 이 문제는 정반대 각도에서 제기하는 편이 가장 유용하며, 개념의 우선순위를 뒤집어서 행복이 아니라 **부정** 자체의 본질이 마르쿠제의 근본주제라고 볼 때 오히려 그의 저작의 예리함과 설득력 및 근본적 통일성이 더 잘 느껴지는 것 같다. 사실, 프로이트의 본능의 역학에 대한 마르쿠제의 논의가 맑스에서 비롯한 그의 사회학 이론 및 『억압적 관용』(*Repressive Tolerance*)이나 『해방론』(*An Essay on Liberation*)에서 표현된 그의 전술적 입장과 갖는 공통점이란 다만 풍요한 사회인 소비사회는 모든 형태의 부정의 경험을 잃어버렸는데, 그러나 개인적 관점에서나 문화적 관점에서나 궁극적으로 결실을 맺을 수 있는 것은 부정밖에 없으며, 진정 인간적인 삶은 오직 부정의 과정을 통해서만 얻어질 수 있다는 발상이다.

이렇게 볼 때 아도르노 내지 프랑크푸르트학파와 마르쿠제의 관계는 이론에 대한 실천의 관계와 같다. 아도르노는 부정적 혹은 비판적 사유의 (혹은 '부정변증법'의) 이론을 창안하고 문학·철학·음악 등을 다룬 평론에서 부정의 약화가 상부구조에 미치는 영향을 추적한 반면, 마르쿠제의 저작은 바로 이 거대한 역사적 변혁의 심리적·사회경제적 하부구조를 탐구한다고 볼 수 있다.

정치건 심리건 행동이건 성찰이건, 현대 삶의 모든 차원에서 본질적으로 똑같은 상황이 작동하고 있음을 볼 수 있기 때문이다. 프로이트의 모든 것을 재고할 수밖에 없게 만든 근본적 변화는 바로 가족의 붕괴, 권위적 아버지의 소멸, 즉 핵가족 단위 차원에서 억압의 소멸이다. 이 해방과 더불어 오이디푸스 콤플렉스와 초자아 자체가 대폭 약화되면서, 겉보기에 해방된 개인은 또한 예전처럼 부권에 대한 반역을 통해 진정한 심적 개별성으로 나아가는 경로를 취할 수 없어졌다. 현대인의 자아는 "원본능과 자아와 초자아 사이의 다양한 양태의 반목의 과정들이 고전적 형태로 전개될 수 없는 지경까지 위축되었다. (…) 그 본래의 역동성이 정태적으로 바뀌며, 자아·초자아·원본능의 상호작용은 자동반응으로 응고된다. 초자아의 체현은 자아의 체현을 수반하는데, 이는 적절한 계기와 시간에 나타나는 고정된 특징과 동작으로 드러난다. 갈수록 자율성의 부담을 떨쳐낸 의식은 개인이 전체에 조화되도록 조절하는 과제로 축소된다."[72] 거의 마찬가지로, 사회 차원에서는 사회적 억압이나 강요된 승화의 명시적 부담이 줄어들게 된다. '심적 자본의 원시적 축적' 시기의 특징인 과거의 속박이 '억압적 탈승화'로 바뀌면서, 성적 풍요의 사회는 체제 내에서 의식적 불행을 줄이고 체제에 대한 의식적 불만을 미리 봉쇄하는 동시에, 환경의 점진적 궁핍화를 정서적 혹은 리비도적 관점에서 보상하는 수단으로 노골적이되 특수화된 성적 활동을 고무하니, 이것이 곧 우리가 앞에서 묘사한 그 현상이다.

정치 차원에서 아버지에게 반항할 권리의 철회는 체제 일반을 부정할 모든 실질적 가능성의 소멸로 나타난다. 계급투쟁이 약화되고 노동계급이 부르주아지에 동화되는 것이 이런 보편적 중화의 객관적 조건

---

72 Herbert Marcuse, *Eros and Civilization* (New York: Random House 1955) 90, 93~94면.

이다. 또한 매체의 확산에 따라 반항의 내용과 몸짓 자체가 탕진되어버린다. 이때 탕진된다는 것은 텔레비전에 등장하는 연예인이 과다 출연으로 말미암아 소재를 '탕진'해버렸다 할 때의 그 뜻이다. 이런 의미에서 우리 사회의 관용은, 가장 위험하고 전복적인 사상의 폭탄에서 뇌관을 제거해버리는 수단을 제공한다는 점에서 진정 억압적이라 할 수 있다. 위협적 잠재력을 지닌 운동이나 혁명적 인물성격을 파괴하는 가장 효과적인 방법은 검열이 아니라 이들을 일시적 유행으로 만들어버리는 것이다.

오이디푸스 콤플렉스의 약화, 계급투쟁의 소멸, 반항이 연예적 가치에 동화되는 것, 바로 이것이 산업자본주의의 풍요사회에서 부정의 소멸이 취하는 형태이다. 이런 상황에서 철학자의 과제는 현상(現狀)에 대한 보편적 굴종에 눌려 절멸되다시피 했고 자연이나 자유 등의 개념과 함께 현실원칙에 억압당해 지하로 쫓겨들어간 부정의 관념을 부활시키는 일이다. 이 과제를 마르쿠제는 유토피아 충동의 부활이라고 표현한다. 이전 사회에서 (맑스의 고전적 분석에도 나타나듯) 유토피아적 사고란 혁명적 에너지가 나태한 소망충족과 공상적 만족으로 일탈하는 것을 의미했지만, 우리 시대에는 유토피아 개념의 성격 자체에 변증법적 반전이 이루어졌다. 이제 현실적 사고야말로 모든 곳에서 체제에 대한 투항을 의미하며, 자신의 적마저도 자신의 거울상으로 바꿔버리는 체제의 힘의 증거가 된다. 반대로 유토피아 이념은 이 세계와 질적으로 다른 세계의 가능성을 생생히 보존하며, 현재의 모든 것에 대한 완강한 부정의 형태를 취한다.

그러므로 마르쿠제가 보기에 실러와 초현실주의자들이 예술에서 구했던 기능을 흡수·대치하여 이제 자유의 해석학의 최신판을 구현해내는 것은 바로 유토피아 개념, 즉 "수행원칙을 넘어서는 문화를 이론적 구성물을 입안하려는 시도"[73]라 할 수 있다.[74] 유토피아적 사유는 철학적 충동과 예술적 충동을 결합하는 동시에 초월한다고 할 수 있기 때문이다. 그것은 구체화된 철학이자 창작과 작품이 아니라 삶 자체를 목표로 삼는 예술이다. 쾌락원칙이 억압되지 않고 순수한 상태로 남아 있는 유일한 장인 환상에의 충동은 이제 현존하는 현실세계, 즉 '현실적인' 세계를 부정하며 그 세계에 하나의 미래를 마련해준다. 아도르노가 나름의 방식으로 입증한 대로 우리 시대에는 예술작품 생산이 강력한 내적 모순들에 잠식당하며, 또한 예술적 대상이라는 결과물들도 거대한 현상(現狀)에 즉각 다시 흡수되어버리기 때문이다. 이제 마르쿠제는 새로운 감수성과 새로운 성의 정치란 예술충동을 새로운 생활양식의 창조와 유토피아 충동의 구현에 응용하는 것이라 본다.

그러나 새로운 감수성의 정치적 한계는 해석학이라는 관념 자체에 내재한다. 즉 새로운 감수성의 정치적 함의는 그것을 유토피아의 전야제로, 즉 궁극적인 구체적 사회해방의 전조로 이해할 때 비로소 분명해진다. 그러므로 새로운 생활양식의 직접적이고 우연적인 자유들은 '자유' 일반의 **형상**으로 기능해야만 한다. 그리고 이 자유 속에 앞서 말한 특수에서 일반으로의 독특한 운동이 포함되지 않는다면, 즉 개별적 경험으로부터 그 경험이 가리키는 보편적 해방으로 나아가는 운동이 포함되지 않는다면 이 자유들이란 개인적 마취상태 혹은 집단적 난파가 진행되는 와중의 개인적 구제에 지나지 않는다. 이제 우리는 실로 앞서 환기한바 행복이라는 전통적 문제를 더 잘 해결할 수 있는 위치에 놓여

---

73 *Eros and Civilization* 114면.
74 마르쿠제는 현실원칙도 제도와의 관계에 따라 변화한다고 보며, 경제적 경쟁의 수행을 원리로 삼는 현문명에 지배적인 현실원칙의 형태를 수행원칙이라 부른다—옮긴이.

있다. 개인의 행복이나 주관적 만족이 (소비자사회에 의해 궁극적 포만 상태에 이른다는 의미에서) 긍정적인 것이 아니라 오히려 **부정적인 것**일 때, 즉 그 사회에서 얻을 수 있는 모든 것에 대한 상징적 거부일 때, 그때 비로소 행복은 인간의 가능성의 척도이자 확대로 간주될 권리를 되찾을 수 있다.

그렇지만 이것으로 마르쿠제 저작의 전모가 다 이야기되는 것은 아니다. 그것은 유토피아적 사유가 시급하고 절박하게 요청됨을 설파하는 동시에, 또한 우선 그런 사유가 가능해질 기반을 다지는 작업이기 때문이다. 그것은 새로운 해석학을 개발하는 동시에 해석학적 활동 일반의 존재조건을 확립한다. 이런 이론적 정초는 인간의 생존에서 기억, 즉 상기(想起, anamnesis)가 갖는 가치에 대한 거의 플라톤적이라 할 만한 깊은 숭상의 형태로 나타난다. 사실 마르쿠제의 사유에서 기억의 여신 므네모시네(Mnemosyne)는 후기 프로이트의 초(超)심리학에서 에로스와 타나토스(Tanatos)[75]의 위치와 마찬가지로 징표적이자 신화창출적인 위치를 차지한다고 해도 과언이 아니다.

기억의 기능적 가치는 프로이트에게 기억이란 바로 의식적 사고의 원천 자체라는 사실에서 가늠해볼 수 있는데, 의식적 사고란 "다만 우회, 충족의 기억으로부터 (…) 운동신경 경험의 경로를 통해 다시금 접근해볼 수 있는 바로 그 기억의 동일한 리비도 집중(cathexis)[76] 쪽으로 우회하는 것일 뿐"이다.[77] 수많은 프로이트의 글이 진단적인 성격을 띠기 때문에 우리는 기억을 주로 고통이나 정신적 외상의 견지에서 생각

---

75 그리스 신화의 죽음의 신으로 죽음 본능을 가리킨다——옮긴이.
76 리비도가 특수한 사람, 물건, 또는 관념을 향해 집중 발현하는 일 혹은 그 대상을 말한다——옮긴이.
77 *Eros and Civilization* 29면에서 재인용.

하기 쉽지만, 사실 기억의 일차적 기능은 쾌락원칙에 봉사하는 데 있다. 마르쿠제의 말에 따르면, "모든 사유의 근원에는 충족의 기억이 자리하며, 사고과정 뒤에 놓인 추진력 또한 과거의 충족을 되찾으려는 충동이다."[78]

이제 유토피아적 사유의 기원이 분명히 드러난다. 안과 밖, 심리적인 것과 정치적인 것(이들의 분리에 대해서는 이 절 서두에서 논한 바 있는데) 사이에서 근원적 매개자 역할을 하는 것이 바로 기억이기 때문이다. 비록 개인심리 속에 남아 있는 그 선사시대의 낙원에 대한 흐릿하고 무의식적인 종류의 기억이라 할지라도 아무튼 기억이 심원한 정신요법적·인식론적 역할과 정치적 역할까지 수행할 수 있는 것은 바로 우리가 생의 출발시점에 충만한 심적 충족을 경험한 바 있기 때문이며, 아직 어떤 억압도 생겨나지 않았던 때, 즉 실러의 자연에서처럼 이후 더 세련된 의식의 정교한 분화가 일어나지 않았던 때 주관과 객관의 분리 자체에 선행하는 그런 시간을 경험한 바 있기 때문이다. 기억의 "진리값은 성숙하고 개명된 개인에 의해 부인되거나 금해지기까지 한, 그러나 한때는 그의 희미한 과거에 실현된 적이 있으며 절대 완전히 망각되지는 않는, 소망들과 잠재적 가능성들을 보존하는 기억 특유의 기능에 달려 있다."[79] 혁명활동의 근본 에너지는 이런 선사시대의 행복에 대한 기억에서 나오는 것이며, 개인이 이런 행복을 다시 얻을 수 있는 것은 오직 그것이 외화(外化)될 때, 즉 사회 전체에 다시 확립될 때뿐이다. 그러므로 자유나 욕망 같은 개념의 의미가 상실되거나 억압될 때 그것은 일종의 건망증이나 멍한 망각상태의 형태로 나타나는데, '지금 여기'를 부정하

---

78 *Eros and Civilization* 29면.
79 *Eros and Civilization* 18면.

며 아울러 유토피아의 투사물인 기억을 고무하는 해석학적 활동은 우리 자신의 가장 생생한 욕구와 소원이 본래 지녔던 명료성과 힘을 되찾아줌으로써 이런 망각상태를 떨쳐버리는 기능을 한다.

실로 기억이론은 뜻밖에도 실러의 모델들처럼 선험적인 사회 모델을 이론적으로 정당화해준다. 도저히 옹호될 수 없을 듯한 추론도 기억이 취하는 개념적 위장이라고 볼 수 있기 때문이다. 마치 18세기 철학자들이 역사적 자연상태와 최초의 인간사회 일반의 특징을 이성적으로 추론해낸다고 자임함으로써만 개인적 생존의 심리적 진실을 재창출할 수 있었던 것처럼 말이다. 이처럼 극히 추상적인 듯 보이던 것이 전혀 다른 뜻밖의 차원에서는 구체적인 것으로 화하므로, 자연대상에 대한 다음과 같은 실러의 유명한 말도 새롭고 깊은 울림을 띠게 된다. "그것들은 전에 우리가 그랬던 모습이다. 그것들은 우리가 다시금 되어야 하는 모습이다. 그것들이 지금 그러하듯 우리도 자연이었으며, 우리의 문화는 우리를 이성과 자유의 길을 통해 자연으로 다시 인도해주는 것이어야 한다. 그것들은 따라서 우리의 잃어버린 어린 시절의 표상이며, 우리에게 가장 소중한 것으로 영원히 남을 것이다. 그것들을 볼 때 어떤 서글픔에 휩싸이는 것도 이 때문이다. 그와 동시에 그것들은 이상(理想)의 영역에서 우리가 이룩하는 최고의 완성을 상징하고, 또 그렇기 때문에 우리 마음속에 가장 숭고한 희열을 불러일으킨다."[80] 그러나 실러가 인류의 가설적 기원이라 생각했던 것은 따지고 보면 개인 정신사의 선사시대에 해당하는 것을 이성이 자기식대로 읽어낸 오독(誤讀)에 불과하다.

프로이트에 대한 마르쿠제의 위치는 칸트 비판철학에 대한 실러의 위치와 놀랄 만큼 비슷한 점이 많다. 칸트는 이미 존재하는 것의 개념적

---

80 *Philosophishe Schriften* 210면.

전제조건을 탐구하고, 지각경험·미의 경험·자유의지 등의 가능성의 필요조건을 정식화하려 했다. 앞에서도 보았듯 실러는 가능성의 조건들을 계속 연역해낸다. 그러나 이것들은 이제 현존하는 상태의 전제조건이 아니라 가설적인 상태의 전제조건이다. 바꿔 말해 실러는 진정 자유롭고 조화로운 인격이 언젠가 실질적 가능성이 되기 위해서 인간의 심리가 어떻게 구성되어 있어야 하는지 결론지으려 한다. 그렇지만 이런 논거 자체에는 그런 존재가 있지도 않으며, 또 결코 있을 수도 없다는 또 하나의 논리적 가능성이 남는다.

거의 마찬가지로 프로이트의 본능이론이 실제로 존재하는 심리현상, 즉 히스테리·신경증·정신병 등의 구조를 설명하고자 하는 반면, 이 이론의 마르쿠제식 활용은 더 사변적이고 이론적인 모양새를 띤다. 즉 리비도를 충족하는 노동을 꿈꿀 수 있는, 공격성이 제거된 사회의 가능조건을 기술하고자 한다. 예컨대 "모성적 초-원본능(Super-id)"[81]과 같은 독창적 가설도, 미래의 유토피아에서는 쾌락원칙과 모종의 사회적 도덕성의 일견 상호모순적인 요구들이 본능들 자체의 위상학에 의해 정당화되고 조화될 수 있음을 보여주기 위한 것이다.

물론 그런 사회가 명백히 불가능할 가능성은 언제나 있다. 그런데 선험적 모델이 열어놓는 이 마지막 선택지야말로 마르쿠제의 현실주의의 원천이 되니, 그는 구원이란 결코 역사적 필연이 아니며, 우리의 현재는 혁명상황은 고사하고 혁명 전야도 못되며, 총체적 체제가 부정의 기억과 아울러 자유의 기억마저 지구상에서 지워버리는 데 결국 성공할지도 모른다는 점을 끊임없이 상기시킨다.

---

81 *Eros and Civilization* 209면. 마르쿠제에게 이는 아마도 사회발전에서 모권제 공산주의 단계에 대해 맑스와 엥겔스가 부여하는 가치에 상응하는 심적 등가물일 것이다.

그러나 결과야 어떻든 자유의 이념이 극히 다른 세 시대에 극히 다른 세 형태로 집요하게 부활하는 것을 지켜보는 것은 나로선 유쾌한 일이다. 이 세 모습을 다시 요약하자면, 몇년 후면 나뽈레옹 군대의 충격이 지축을 흔들게 될 곳에서 혁명이 승리했다는 소식에 고무되어 들판으로 이어진 자신의 작은 봉건적 도시국가 속에서 정치적 달변의 영웅적 몸짓을 꿈꾸던 역사가-극작가에 의한 재창조가 그 하나요, 식민제국의 그칠 줄 모르는 극심한 군사적 진압작전의 공기총 연발음이 끊임없이 들려오는 시가 장면의 환각적인 수수께끼그림 뒤편에서 객관적 우연의 전조가 네온사인에 나타나길 고대하며 자신의 마법적 유원지를 어슬렁거리는 시인에 의한 재창조가 그 둘이며, 하나의 거대한 주택개발단지와 다름없는 캘리포니아 주에 망명해 (슈퍼마켓에 진열된 상품, 고속도로의 굉음과 교통순경 헬멧의 불길한 생김새, 머리 위로 끊임없이 지나가는 군용수송기 등으로부터, 그리고 이를테면 그들 너머로부터, 즉 미래 속에서) 거의 소멸된 형태의 유토피아 이념을 기억해내고 다시 일깨우고 재창조해내는 철학자에 의한 작업이 그 셋이다.

3. 에른스트 블로흐와 미래

그러므로 우리의 캠페인 구호는 의식의 개혁, 즉 도그마를 통해서가 아니라 스스로도 아직 분명히 알지 못하는 그 신비로운 의식을 분석함으로써 의식을 개혁하자는 것이어야 합니다. 이렇게 되면 이 세계가 분명히 알기만 하면 가질 수 있는 것을 두고 갖고 싶다고 꿈꾸기만 해왔다는 점이 드러날 것입니다. 중요한 것은 과거와 미래 사이에 어떤 개념적 단절을 이룩하는 문제가 아니라 과거 사상들을 완성하는 문제라는 것 또한 명백해질 것입니다.
— 맑스(K. Marx), 「루게(Ruge)에게 보낸 편지」(1843)

우의(allegory)와 공산주의는 묘한 짝이다. 만일 내 생각대로 에른스트 블로흐(Ernst Bloch)의 저작이란 의미의 네 차원이 중세 기독교에 해준 것처럼 매우 유연하고 심오한 해석학 기법을 맑스주의에 제공하려는 시도라면, 블로흐의 이런 기획 전체를 둘러싸고 다음과 같은 의문들이 감돌게 된다. 즉 맑스주의와 종교에 앞으로 더 밝혀내야 할 뭔가 좀더 근본적인 친연성이 있는 게 아닌가 하는 생각, 혹은 블로흐는 맑스주의 철학자나 종교철학자라기보다 차라리 (블로흐 자신이 토마스 뮌처 Thomas Münzer[82]를 평한 표현처럼) '혁명의 신학자'가 아닌가 하는 생각이 그것이다.

맑스주의 자체가 일종의 종교라는 생각은 반공산주의 진영에서 사용하는 주요 논거 중 하나다. 물론 주안점은 맑스주의가 부끄러워하는 종교, 즉 자기 이름을 알고 싶어하지 않는 종교라는 데 있다. 그러나 나는 항상 이것이 양날을 지닌 묘한 비난이라는 느낌을 받는다. 특히 맑스주의를 종교에 포섭하는 것은 결국 종교를 순전히 세속적인 이데올로기의 위치로 격하하는 일이 되는 것 같다. 바꿔 말해 이 점에서 이 의미심장한 유비는 맑스주의를 종교에 견준다기보다 종교를 맑스주의에 견주는 격이 된다. 또한 좀더 일반적으로 말해, 비신자들은 신자들이 모종의 독특하고 특수하며 본질적으로 다른 유형의 심리적·정신적 경험을 갖는다고 믿는 (실로 미신적이라고 할 수 있는) 경향을 통해 오히려 자기 적의 논거를 강화해주는 것 같다. 더욱이 신앙이란 본질적으로 신앙에 대한 갈구라고 이야기할 수 있으며, 믿음의 본성은 신의 현존의 깨달

---

82 토마스 뮌처(Thomas Münzer, 1488~1525)는 독일의 신학자이자 1525년 농민전쟁의 지도자이다——옮긴이.

음보다는 오히려 신의 침묵, 신의 부재의 깨달음에 있다는, 간단히 말해 신자와 비신자 사이에는 근본적으로 어떠한 실질적 차이도 없다는 것을 신학 문헌에서 처음부터 명백히 하고 있는데 말이다.

맑스주의와 기독교의 공통점은 우선 역사적 상황에서 찾을 수 있다. 맑스주의는 로마제국 쇠퇴기와 중세 절정기에 기독교의 특징이 되었던 그 보편성 주장과 보편문화 지향성을 현재 보여주고 있다. 그러므로 그것의 지적 도구가 전혀 무관한 다른 문화적 배경을 지닌 주민들을 동화하기 위해 기독교가 사용한 (형상분석도 포함한) 기법들과 유사한 구조를 지닌다 해도 하등 놀랄 까닭이 없다. 사실 중세의 해석학은 두가지 필수적인 기능을 했다. 즉 신자 자신의 지적·철학적 요구를 충족해주기 위한 교리적 기능과, (이교도의 축제를 기독교적인 것으로 동화한 경우처럼) 아직 교회 밖에 있는 사람들의 문화적·종교적 태도를 흡수하는 것을 목표로 하는 선교적 기능이 그것이다.[83] 맑스주의와 기독교의 좀 더 피상적인 모든 유사점은 이런 공통된 역사적 사명에서 비롯한다. 일례로 맑스와 엥겔스의 저서들은 남용되는 인용과 그릇된 해석의 원천이라고 해서 경멸적인 의미로 성서라고 불리기도 하는데, 이는 그것들이 무의식적으로 성경을 패러디한 탓이라기보다 보편문화 자체의 본질적 구조 때문이요, 이 문화를 구축하는 핵심인 그 텍스트나 문자가 그 문화에서 차지하는 중심적 위치 때문이다. 이 텍스트나 문자는 공용어 내지 공동의 약호 구실을 하니, 일련의 공통된 해답이나 독단 내지 보편적으로 부여된 내용이 아니라 일련의 공통된 문제들, 즉 공통된 형식 (문화적으로 가장 이질적인 상황도 이해할 수 있도록 해주는 것)을 구

---

83 Michel Van Esbroeck, *Herméneutique, structuralisme et exégèse* (Paris: Desclée 1968) 113면 이하 참조.

148

성한다.

더 좁혀보자면 플로베르나 도스또옙스끼 같은 작가가 쓴 과거의 전통적인 보수문학이나 윈덤 루이스, 드리외(Pierre Eugène Drieu), 쎌린(Louis-Ferdinand Céline)의 경우처럼 매우 탁월한 현대의 파시스트 문학,[84] 즉 이른바 우익문학의 위치를 규정할 필요가 생길 때면 언제나 맑스주의 해석학의 문제가 제기된다. 만일 맑스주의가 늘 주장해온 대로 우익철학이란 있을 수 없으며 파시즘체계란 용어모순으로서 파시즘체계는 사상이 아니라 사상이라는 착시현상일 뿐이라면, 파시스트 혁명이 늘 자신의 상징물을 좌파에서 빌려오고 민족 '사회주의'로 위장해야 했던 까닭도 여기에 있다면, 앞의 반동적 작가들이 공식적으로 표명한 견해와 입장은 프로이트의 무의식 모델에 유비해볼 때 스스로도 자각하지 못한 어떤 좀더 근원적인 에너지 원천의 표면현상·합리화·위장이라 할 수 있겠다. 이럴 때 맑스주의 해석학은 본래 그러한 에너지에 들어 있던 정치적 방향성을 되찾아주어 우리가 다시금 그 에너지를 쓸 수 있도록 만드는 과제를 떠안게 될 것이다. "〔맑스주의 같은 사상이〕진정 독창적이고 특수하다고 해서 외부적 차용이 필요없는 이 사유가 유산을 활용해서는 안 된다는 뜻은 아니다."[85] 블로흐 철학은 이런 재전환 과정, 즉 외견상 낯설거나 적대적인 문화적 기념물들의 이런 전유가 취할 수 있는 한 형태를 보여준다. 물론 이 형태만이 유일한 가능성은 아닌데, 이 점은 내가 다른 곳에서 규명할 수 있게 되기를 바란다.

이런 해석학적 조작을 자리매김할 좌표는 많다. 이를테면 뽈 리꾀르(Paul Ricoeur)[86]가 말한 이른바 소극적 해석학과 적극적 해석학[87], 즉

---

84 세 작가 모두 파시즘을 지지했으며, 특히 뒤의 두 프랑스 작가는 친독행위 혐의를 받았다 ——옮긴이.

85 Ernst Bloch, *Das Prinzip Hoffnung* (Frankfurt: Suhrkamp 1959) 1380면.

의심하는 해석학과 잊어버린 본래의 의미를 복원하는 해석학, 다시 말해 환상 파괴와 탈신비화인 해석학과 삶의 근본적 원천에 새로운 접근을 제시하는 해석학을 구별해야 한다. 물론 리꾀르에게 삶의 이런 근본적 원천이란 신성성 말고 다른 게 있을 수 없으므로, 그가 생각할 수 있는 유일한 적극적 해석학의 형태는 본질적으로 종교적인 형태이다. 반면 소극적 해석학은 바로 현대철학 자체와 하나이며, 니체·맑스·프로이트에서 나타나는 그 이데올로기 비판 및 의식이라는 미망에 대한 비판과 하나다(블로흐에 따르면 "프로이트에게 꿈의 현현된 내용은 본질적으로 사육제의 시간이다. 꿈의 해석은 그에 이어지는 성회일聖灰日이다.")[88] 탈신비화와 접근성의 근본적 복원이라는 이 한쌍의 대립적 특징들에서 진정 성공적이며 구체적인 해석학이 갖추어야 할 필수요건이 제시된 셈이며, 또한 블로흐가 세속적인 토대 위에서 양자 모두를 충족하는 독창적 솜씨를 판별해볼 수 있겠다.

그렇지만 다양한 해석학적 시도를 평가할 좌표는 이것만이 아니다. 예를 들면 중세의 성서 해석은 의미의 네 차원을 다룬다는 점에서 근본적으로 수직적 혹은 관념론적 조작이라고도 할 수 있겠다. 즉 그것은 대상 자체가 상대적으로 고정된 가운데 점점 더 큰 개념적 풍요성을 대상에 불어넣으려는 방법이라 할 수 있다. 반면에 블로흐의 해석학에서 풍요함은 바로 대상 자체의 다양성에 있으며 오히려 해석학이 지닌 원래의 개념적 내용이 상대적으로 단순하고 불변하는 것으로 남는다. 따라서 어디를 보아도 세계의 모든 것이 서서히 어떤 원초적 형상의 변형으

---

86 *De l'interprétation, Histoire et Vérité* 등을 쓴 프랑스 철학자로 현상학과 해석학을 개진했다──옮긴이.

87 *De l'interprétation* 33~44면.

88 *Das Prinzip Hoffnung* 91면.

는 자기정당화 기제가 이 지점에서 블로흐 체계에 끼어드니, 이는 곧 개념적 검열에 관한 일종의 가설이며, 지성사의 이 특정 순간 이전까지는 문제의 철학체계를, 그것이 진리로 자임하는 한, 생각할 수도 없게 만들어온 유형의 지적 저항에 관한 설명이다. 베르그송이 말하는 공간성, 싸르트르의 자기기만(mauvaise foi), 하이데거의 존재물음의 망각, 프로이트의 검열, 맑스의 계급의식 등의 이런 기제는 블로흐의 경우 그가 말하는 'Sperre', 즉 '차단'의 형태로 나타나는데, 이는 바로 새로움(novum)의 내용에 대한, 그리고 미래에의 모든 진정한 개방성에 대한 정태적 논리의 저항이다. 그런데 이런 미래 앞에서의 불안과 새로움으로부터의 도피는 뭔가 존재의 충만함 같은 것이 실재하며 따라서 뭔가 충만하고 자족적인 현재 순간 같은 것이 존재론적으로 가능하다는 관념에서, 절대적 현전(現前)의 신화에서 그 개념적 합리화를 찾아낸다.

그렇지만 역설적으로 이같은 현재의 실체화는 결국 과거 예찬으로 귀결되고 만다. 따라서 (우리가 그 혁명적 형태를 이미 마르쿠제에서 본 바 있는) 이 절대적 현전이라는 신화의 가장 완고한 철학적 형태는 결국 플라톤의 상기설(想起說), 즉 기억은 탄생 이전의 충만함이라는 잃어버린 원천으로의 회귀라고 보는 이론이다. 블로흐는 철학에서 희망의 교리의 근본적인 적이 사실상 하나가 아니라 둘, 즉 허무주의와 상기설이라고 본다. 혹은 바꿔 말하자면 희망의 경험의 대립항은 하나가 아니라 둘이니, 곧 불안과 기억이다. 그러나 곧 살펴보겠지만 허무주의의 구조는 희망의 교리의 구조의 역(逆) 혹은 부정일 뿐이다. 반면 기억의 교리는 이를테면 그것의 환질(換質)명제, 그것의 완전한 반전으로, 사실상 미래에 속하는 모든 것이 과거의 것으로 간주되며, 시간이 개념적으로 거꾸로 뒤집힌다.

그래서 프로이트와의 대화가 이루어진다. 프로이트의 위상학은 과거를 지향하는 시간 모델의 가장 두드러진 예로서, 일견 미래로 나아가는 운동을 보여주지만 그 운동의 결정적 유인은 유아기 속에 묻혀 있다. 이런 모델에서 파악이란 근원으로 거슬러올라감이다. 따라서 프로이트의 무의식은 '이제는 부재하는 의식'(no-longer-consciousness), 다시 말해 현실원칙의 눈에는 공식적으로 사라졌다고 보이는 세계와 자아의 무의식이다. 그리고 이런 규정만 봐도 블로흐의 수정이 어떻게 진행될지 금방 알 수 있다. 이렇게 볼 때 이 '이제는 부재하는 의식'과 아울러, 전혀 다른 새로운 유형의 무의식, 즉 이번에는 과거가 아니라 미래에 의해 형성된 의식의 공백 내지 지평이 존재할 여지도 생겨나기 때문이다. 이 새로운 무의식이란 블로흐가 말하는 '아직 아닌 의식'(not-yet-consciousness)으로서, 즉 미래의 존재론적 당김이며, 지평 너머 시야 밖에 자리한 것이 우리에게 행사하는 영향력의 존재론적 당김이며, 앞으로 도래할 것에 대한 무의식이다.

이 새로운 무의식이 공허한 소리나 순전히 논리적인 구성물과는 다르며 적어도 프로이트의 무의식에 맞먹는 심적 에너지를 생성한다는 점은 그것 특유의 심적 빙의(憑依)의 형태가 존재한다는 사실로 알 수 있다. 이 빙의란 프로이트의 신경증이나 정신병의 강박에 대응하는 것이기는 하나, 이 경우에는 최고조의 생명력을 불어넣어주는 빙의이며, 미래를 지향하며 미래로부터 결정되는 빙의다. 이는 괴테가 자연 속에서 발견해냈다고 믿은 바로 그 힘으로, 괴테는 "유기체건 무기체건 혼이 있건 없건 관계없이 모든 자연에서, 오직 모순 속에서만 자태를 드러내며, 따라서 단어는 고사하고 개념으로도 정식화할 수 없는 어떤 것을 발견했다. 그것은 비이성적인 듯 보이니 신적인 것이라 할 수도 없고, 오성을 지니지 않았으니 인간적인 것도 아니었다. 은혜로운 만큼 악마적인 것도 아니고, 또한 남의 불행을 고소해하는 태도(Schadenfreude)

160

를 드러내곤 하는 만큼 천사적인 것도 아니었다. 그것은 그 엉뚱함에서는 우연 같고 그것이 드러내는 상호관계에서는 또 신의 섭리 같기도 했다. 우리로서는 접근에 한계가 있는 모든 것이 그것에게는 꿰뚫어볼 수 있는 듯 보였다. 그것은 시간을 무색하게 만들고 공간을 확장하여 우리 삶의 가장 필수적인 요소들을 고의로 재조합해놓는 듯했다. 그것은 오직 불가능 속에서만 편안하고 가능한 것은 경멸하며 밀어내는 듯했다. 이 존재, 다른 모든 것 사이에 끼어들어 갈라놓거나 결합시키는 듯한 이 존재를 나는 마성(the Demonic)이라 불렀다."[98] '마성'이란 이처럼 소명이나 운명에 의한, 혹은 실존 자체 속의 어떤 강력한 잠재성에 의한 빙의를 가리킨다. 그리고 이런 파우스트적인 소명들은 정신적 질병의 좀더 음울한 퇴행적 강박들과 마찬가지로 분명한 빙의 형태이며, 또 그것들과 마찬가지로 소명을 지닌 자들을 쫓기는 존재로 확실히 특징짓는다. 그러나 이 경우 그들은 자신 속의 마성에 의해 '아직 존재하지 않는 것'에로 앞으로 내몰리는 것이지, 유년기 고착의 끊임없는 반복으로 뒤로 밀려나는 것이 아니다. 창조와 생산이 아직 어디에도 존재하지 않는 작품에 의한 빙의의 가장 구체적인 형태를 대표하는 한, '마성'은 실로 모든 창조와 생산을 관장한다.

상기설의 전통 및 과거지향적 시간 모델에 대한 이런 철학적 수정에 대응하는 것으로 방대한 예술적 논평이 있다. 인간의 시간의 옳고 그른 모델이 있듯이, 형식에도 옳고 그른 것, 즉 본래적 형식과 비본래적 형식, 다시 말해 과거의 신비성에 기초한 형식과 미래로 향한 인간현실의 본질적 움직임을 드러내는 형식이 있다. 예컨대 블로흐의 민담과 영웅전설 구분도 여기서 나온 것으로, 이런 구분은 각각의 소재나 청중의 농

---

98 J. W. Goethe, *Dichtung und Wahrheit* (Zürich: Artemis Verlage 1950) 839~40면.

민적 혹은 귀족적 성격뿐만 아니라 무엇보다도 민담이 그 특권적 내용인 소망과 갖는 핵심적 관계, 즉 식빵과 소시지 끼운 빵 등이 상다리가 휘도록 차려진 식탁, 따뜻한 난롯불, 드디어 집에 돌아와 행복해하는 아이들 등 가슴속 깊이 갈구하는 가장 소박하고 상징적인 정경들과의 관계에 기반한다. 반면 영웅전설은 저주 아래 펼쳐진다. 운명의 힘이 등장인물들의 모든 영웅적인 몸짓 위를 파멸의 선고처럼 짓누르고 있으며, 그것은 그들의 유일한 미래인 과거의 지배에 가장 적절한 상징을 제공한다.

그렇지만 이런 형식적 대립항 구축에서 가장 두드러진 예는 블로흐의 걸작 중 하나인 위대한 대칭적 평론 「탐정소설의 철학적 고찰, 예술가소설의 철학적 고찰」(Philosophische Ansicht des Detektivromans-Philosophische Ansicht des Künstlerromans)에서 찾아볼 수 있다. 탐정소설은 사건이든 문장이든 모든 것의 궁극적 가치와 심지어 그 의미까지도 작품구도에 대해 본질적으로 외재적인 과거 사건에서 나온다는 점에서, 바로 오이디푸스적 구성의 원형이다. 이런 점에서 탐정소설은 세계 자체가 범죄나 폭력에서 시작된다는 저 과거지향적인 종교적 우주론과도 깊은 유사성을 보인다. "오이디푸스적 형이상학의 이 모든 다양한 유형에 공통되는 것은, 그것들이 그 신화론적 내용을 초월하여 딱히 가공의 원초적 범죄는 아니더라도 적어도 시원(始原) 자체의 어둠 내지 미지(未知, incognito)를 반영한다는 점이다. 모든 근본적 형태의 탐구는 그 미지성을 논리적 유형의 미지로 취급하기보다 뭔가 괴이하며 그 미지성의 담지자에게도 불명료한 어떤 것으로 취급한다는 점에서 오이디푸스 형식과 연관된다. 왜 애당초 뭔가가 존재하며 왜 세계가 존재하는가 하는 가장 기본적인 존재론적 미지이며, 스핑크스가 물을 법한 유일한 수수께끼인 물음에 대해 아직 어느 오이디푸스도 해답은 고사하고 응답도 내놓지 못했다."[99] 그러나 블로흐가 보기에 이것은 시간이 시작되는 지점에서가 아니라 시간 자체가 완성되는 바로 그때 답해질 수수께끼다. 도대체 '존재'의 의미 자체가 존재한다면, 다만 세계가 유토피아로 넘어가는 순간, 그 궁극적인 유토피아라는 목적지가 과거에 소급해 들어가 방향감각을 부여해주는 그 순간에만 그렇게 될 것이기 때문이다.

이 퇴행적 형식에 대해 예술가소설은 뜻밖의 평행을 이룬다. 예술가소설 또한 언제나 부재하는 중심을 둘러싸고 전개되지만, 이 중심은 이제 과거 사건과 관련된 비밀이 아니라 소설의 주인공에게 예술가로 불릴 권리를 부여해줄 유일한 것인 가상의 예술작품의 빈자리이다. 이 예술작품의 부재는 소설가 자신에게 일종의 미학적 명령이 되지만 필연적·구조적으로 그는 이 명령을 수행할 수 없다. 익히 알고 있듯 (아마 토마스 만의『파우스투스 박사』의 묘사는 놀라운 예외가 되겠지만) 실재하지 않는 그림이나 소설이나 음악작품 등 가상의 예술작품 묘사는 실감을 주지 못하는데, 사실 예술작품이란 (예술적으로 표상되거나 사용될 수 있는) 하나의 대상이 아니라 관계들의 체계이므로 이는 우연한 실패가 아니라 불가피한 실패다. 그러나 블로흐에게 이 작품 속 작품의 부재, 즉 한가운데에 자리한 이 빈 화폭은 바로 '아직 존재하지 않는 것'의 소재지다. 또한 예술가소설로 하여금 우리 앞에 미완으로 놓여 있는 미래의 움직임의 형식과 비유로서 존재론적 가치를 갖게 만들어주는 것도 바로 이 소설의 근본적으로 단편적이며 미학적으로 불만스러운 이런 구조다.

이런 모든 언급에서 블로흐의 체계는 이를테면 아직 **예언적** 시점이

---

99 Ernst Bloch, *Verfremdungen* 2권 (Frankfurt: Suhrkamp 1963) 제1권 58면.

아닌 **비판적** 시점에서 작동한다. 달리 말해 우리는 아직 해석학적 해석의 영역이 아닌 철학적 판단의 영역에 있는 셈이다. 해석학적 영역에 들어서게 되면 진위의 문제는 개종의 기법으로 바뀐다. 즉 아무리 퇴행적인 형식에서도 참되고 충만한 것을 복원해내는 양식으로, 또 절망이나 운명 등 즉각적 표층의 현실 밑에서 희망의 형상들을 판독해내는 것으로 바뀌는 것이다.

그리하여 프로이트 정신분석학과의 대화 및 상기설 비판은 불안의 경험이 지배하며, 과거가 아닌 현재를 강조하는 하이데거와 실존철학의 심문으로 넘어간다. 이 문맥에서 블로흐가 사용하는 개종의 기제는 유인가(誘引價, valence)의 변환, 즉 부정을 긍정으로 바꾸는 번역인데, 이는 모든 부정에는 어떤 형태든 그에 존재론적으로 선행하는 하나의 긍정이 포함되어 있으며, 따라서 사실상 모든 부정은 그 속에 은폐된 긍정에 접근하는 수단 역할을 할 수 있다는 더 깊은 근원적 원리를 시사한다.

그러므로 불만과 같은 경험을 반박할 수는 없다 해도, 적어도 그 상관물인 긍정적 예기로 바꿔놓을 수는 있다. 더욱이 이는 바로 생리적 차원에서도 가능하니, 두 정서의 몇 안 되는 신체적 부수현상(빠른 심장박동, 진땀, 피부온도의 저하, 창백한 안색)이 서로 동일하다. 사실 실존적 지평의 엄청난 확대나 영혼의 자체적인 고양은, 아무리 격심한 불안이라도 숨가쁜 갈구나 기쁜지 두려운지 분간되지 않는 미래에 대한 기대로 바꿔놓기에 충분하다.

생리적 감각의 경우가 이렇다면 하나의 세계관으로서 허무주의 자체나 권태 혹은 부조리의 전망들, 세계 속에 존재함에 대한 현대인의 느낌을 묘사하는 것이 틀림없는 저 사형수 감방의 이미지들도 마찬가지다. 절망은 개인적이든 역사적이든 역시 미래로 향하는 정서이며, 희망만큼이나 전면적으로 미래를 '지향'하는 정서이다. 다만 절망은 전부가

164

아닌 무(無)를, 지고함이 아닌 헛됨을 최종결말로 투사한다. 여기서 우리가 보는 것은 이를테면 루카치 같은 사람이 현대예술과 이른바 허무주의에 대해 내리는 그 독선적인 윤리적 기각과는 거리가 멀다. 오히려 블로흐에게는 공포와 암울한 정서들이란 또한 우리 자신과 사물 속에 잠재된 미래를 인지하는 가장 구체적 양식인 저 근원적인 존재론적 놀라움의 형식을 구성하는 만큼 지극히 소중하다. 또한 블로흐가 이런 정서들을 사용하는 태도는 역사적 혹은 개인적인 종류의 어떤 안이한 낙관론과도 동일시될 수 없다. 불만을 희망으로 대치한다거나, 고통받는 자에게 새로운 지평을 계시해준다거나, 좌절의 막판에 개종자를 만들어낸다거나 하는 문제가 아니기 때문이다. 반대로 블로흐는 부정 자체 속에 긍정의 자리를 마련하고자 하며, 부정을 통해 스스로를 드러내는 그 긍정의 확증으로서 부정을 굳게 견지하고자 한다. 그런데 이런 가르침을 신에게 나아가는 소극적 경로와 비교해보는 것도 꽤 유익할 것 같다. 후자는 종교적 신비주의의 한 고전적 형태지만, 이제 블로흐의 역전된 우선순위에 따르면 세속적 진리에 대한 일종의 왜곡된 전조로도 볼 수 있다. 따라서 죄와 죄악과 절망을 통해, 즉 신 자체의 부재를 통해 절대를 추구함은 불안을 우리의 유토피아 갈구의 가장 강력한 형식 중 하나로 읽어내는 이 기법에 대해 일종의 관념론적 형상 같은 구실을 하게 된다.

그렇지만 원한다고 해서 꼭 찾아낼 수 있는 것은 분명 아니다. 그리고 영혼의 불멸성을 감안하지 못하는 이런 종류의 철학은 어떻게든 죽음 자체를 다뤄내지 못하는 한 사문(死文)에 불과하다는 점 또한 분명하다. 이는 현실의 개인적·존재론적 차원뿐만 아니라 정치적·역사적 차원에도 해당된다. 사회주의 건설에서 가장 절박한 물음은 역시 개인의 희생, 즉 직접 보지도 못할 미래 세대를 위해 지금 세대가 많은 것을 포기해야 하는가 하는 문제이다.

오래된 종교들처럼 혁명에도 물론 순교자가 있다. 그리고 교회의 순교자들과 블로흐가 그려낸 『혁명의 신학자 토마스 뮌처』(*Thomas Münzer als Theologe der Revolution*)의 초상을 비교해보는 것은 상당히 시사적이다. 어떤 면에서 보면 고문에 처한 기독교 성자들의 실존적 고뇌가 우리에게는 실격인 것은 바로 그들의 신앙 탓이다. 그들이 천국에서 받게 될 몫이, 비록 가상의 몫이라 해도 그 사건들 자체를 황금전설의 장식물로 바꿔놓는다. 절대적인 절망 속에 죽어가는 모습을 가장 고통스럽게 보여주는 것은 영원한 죽음을 맞는 사람들, 즉 인디언과 잊혀진 토착부족, 마법사, 역사책에 기록되지도 않은 봉기 끝에 살육당한 농민, 태초부터 자행된 잠재적 말썽꾼에 대한 고문과 사형(私刑)의 몫이다. 이 경우 사람들의 마음에서 지워진다는 것은 바로 죽음의 망각에 대한 형상이 된다. 그러므로 뮌처의 처형은 농민전쟁의 종말을 고할 뿐만 아니라 그 자신에게는 물론 그를 믿었던 민중들에게도 의미있는 과정과 희망으로서의 역사 자체의 붕괴를 고하게 된다. 모든 역사의 변증법이 궁극적으로 받아들이고 대응해야 하는 것은 바로 이 죽음이라는 절대적인 사태다. 그리고 인두·고문대·채찍·화형대 등 중세적 고문장치 일습이 구비된 이 피비린내 나는 장면들에 대한 성찰은 종교적 명상에서처럼 위안을 위한 것이 아니라 궁극적 불안을 넘어설 때 혁명적 소망이 비로소 비준되는바, 바로 이 궁극적 불안을 환기하기 위한 것이다.

따라서 집단적 유대의 차원으로 나아갔으므로 이제는 사실상 잃어버릴 기존의 의미의 개인적 인생도 없는 혁명가가 죽음 앞에서 취한 대담하고 꿋꿋한 태도를 블로흐가 (대단히 정당하게) 생생히 그려내기는 하지만, 그럼에도 불구하고 이때 그는 경험적 심리학이나 이를테면 정치윤리학의 영역에 머물 뿐, 죽음의 불안 및 죽음 자체의 더 깊은 존재론적 뿌리는 아직 제대로 건드리지 못한다. 더욱이 의학적 진보에 따른 생

166

명의 연장이나 비교적 고통이 없는 형태의 소멸에 대한 전망 등 유토피아의 기술적 측면에 의존하는 태도는 이 점에서 더욱 만족스럽지 못하다. 그러나 우리는 현재 자체를 통해, 즉 순간을 통해 멀리 우회하지 않고서는 블로흐의 궁극적 해답을 이해할 수 없을 것이다. 시간이라는 관점에서 볼 때 죽음을 특징짓는 것은 바로 이제 어떠한 미래도 (그리고 어떠한 희망도) 불가능해진 그런 순간으로서 죽음의 구조이기 때문이다.

블로흐에게 현재라는 시간은 무엇보다도 어떠한 진정한 현전이나 어떠한 진정한 존재의 충일도 없는 부재상태로 특징지어진다. 그것은 공허함이요 부족함이요 일종의 어둠으로, 이와 똑같은 천년왕국설투의 울림이 짙게 배어나오는 예술언어로 표현된 말라르메의 말을 연상시킨다. "현재라는 것은 없다. 그렇다, 현재는 실재하지 않는다. (…) 대중은 달리 믿으나 그것은 잘못이다. 전혀 틀린 생각이다. 자신이 자기와 동시대인이라고 외치는 사람은 미망에 사로잡힌 자다."[100] 실로 블로흐에게 현재란 일종의 맹점으로, 그것의 기괴한 상징은 에른스트 마흐(Ernst Mach)[101]가 자기인지의 분석에 삽입한 소박한 스케치로서, 장의자에 길게 누운 몸을 그 몸 임자의 눈을 통해 원경의 거칠게 축소된 다리부터 시작해 지각의 테두리 내지 틀의 바깥에서 가슴 위로 흘러내리는 수염까지를 보여주는 이 그림에서는, 관찰자 자신의 머리도 이 틀 바깥에 있으면서 거기서 이 틀을 통해 자기 몸을 응시하고 있다.[102]

---

100 "Il n'est pas de Présent, non—un présent n'existe pas……Faute que se déclare la Foule, faute—de tout. Mal informé celui qui se crierait son propre contemporain…" S. Mallarmé, *Oeuvres* (Paris: Gallimard 1945) 372면.

101 에른스트 마흐(Ernst Mach, 1838~1916)는 감각을 분석하는 일종의 현상학적 환원을 시도함으로써 20세기 사상에 영향을 미친 오스트리아의 물리학자·철학자이다—옮긴이.

102 *Verfremdungen* 제1권 14면.

현재의 어둠, 현재의 시간성의 구조란 바로 정체성(identity, 자기동일성)이라는 문제 전체, 즉 우리가 궁극적으로 자신의 자아와 얼마만큼 재결합하거나 그것을 소유할 수 있느냐 하는 문제와 결부되기 때문이다. "아직 시간 속에 개진되면서 과정으로서의 내용을 드러내지 않은 그 내포적 시간요소의 비자기소유(Sich-nicht-Haben)의 경우도 마찬가지다. 가장 먼 것이 아니라 가장 가까운 것이 가장 어두우니, 이는 바로 그것이 가장 가깝고 내재적이기 때문이다. 이런 근접성에 바로 존재(블로흐는 하이데거의 현존재(Da-sein), 즉 '거기 있음'(Being-there)이라는 용어를 사용한다)의 수수께끼의 풀리지 않는 매듭이 숨어 있다. 가장 진실로 내포적인 삶인 '지금'의 삶은 아직 스스로 자기 앞에 나타나지 않았으며, 이미 보이고 드러난 것으로 자기 앞에 놓이지도 않았다. 그 어떤 것보다도 더 그것은 '거기 있음'이나 '드러나 있음'이 아니다. 실존의 '지금', 다른 모든 것을 앞으로 몰아대며 또한 다른 모든 것이 이를 향해 몰려드는 실존의 '지금'은 경험의 자장에 가장 덜 편입된다. (…) 여기서 아무도 아직 진실로 거기 있어본 적이 없다는, 아무도 진실로 산 적이 없다는 기이한 사실이 비롯한다. 삶이란 또한 '지금 여기 있음'을 의미하는 것이지, 단지 '미리'나 '나중' 즉 예감이나 뒷맛만을 의미하지는 않기 때문이다. 삶이란 가장 소박하면서도 가장 철저한 의미에서 오늘을 누림을 뜻하며, '지금'에 구체적으로 매달림을 뜻한다. 그러나 그 가장 가깝고 가장 참된 계속되는 '세계에의 현존'이 진실로 그런 현존이 못되는 한, 어떤 인간도 진실로 산 적이 없다. 적어도 이런 의미에서 산 적은……"[103]

희망이나 소망 품기를 이렇게 강조함에도 불구하고, 사실 이같은 '지

---

103 *Das Prinzip Hoffnung* 341면.

168

금 여기'라는 구체적인 세계 속의 우리의 불완전한 경험들이 소망의 형상들이되 언제나 아직 모습을 완전히 드러내지 않은 소망의 형상들인 까닭도 여기에 있다. 역시 같은 이유로 가장 강한 소망을 충족해주는 순간들도 오랜 심리학적 통찰에 따르면 언제나 그 본질상 실망을 안겨준다. 따라서 블로흐의 튀빙겐대학 취임강연 제목인 '희망이 도대체 좌절될 수 있는가?'(Kann Hoffnung enttäuscht werden?)는 이런 문맥에서 볼 때 놀라운 문장이지만, 그 답은 더 놀랍다. 즉 희망은 언제나 좌절되고, 미래란 우리가 찾고자 했던 바와는 언제나 다르며, 존재론적으로 과잉되고 필히 예기치 못했던 어떤 것이라는 답이다. 그리하여 부정이 긍정 속으로 재흡수되는데, 이때 긍정이란 안이한 위안이 아니라 바로 희망의 십자가의 길 같은 것이며, 예기들 자체의 부정까지 포함하고, 또 그 부정에서 만족을 느낄 수 있도록 우리의 예기를 확장한다.

블로흐는 이런 과정의 본질적 우화로 이집트의 헬레네 전설을 드는데, 내용은 다음과 같다. 메넬라오스[104]는 트로이에서 고향으로 돌아가다가 파로스 섬에 상륙하는데, 배에 같이 타고 온 헬레네와 모든 면에서 똑같은 제2의 헬레네를 섬에서 만나게 된다. 이집트의 헬레네는 자기가 진짜로, 신들이 자기를 섬으로 데려와 순결하고 깨끗한 몸으로 트로이 전쟁 10년 동안 숨겨두었고, 파리스의 품 안에 있던 것은 자기 대신의 모조품이라고 주장한다. 메넬라오스는 믿으려 들지 않는다. 에우리피데스의 판본에서 그는 "나는 당신을 믿기보다 전쟁에서 겪은 그 고난을 믿소!"라고 외치는 것으로 되어 있는데, 이 말과 함께 배에 타고 있던 헬레네는 화염에 싸인 연기 속에 사라지고, 메넬라오스는 소원이 실

---

104 스파르타의 왕이자 헬레네의 남편. 트로이의 왕자 파리스가 헬레네를 납치하면서 트로이전쟁이 시작되었다고 한다—옮긴이.

현된 데에, 그러나 그렇게 오랫동안 간절히 갈구해온 바와 모든 면에서 동일하지만 **진짜**임에도 불구하고 뭔가 한가운데가 빈 실현에 만족해야만 한다. "설령 완벽한 실현이 가능하다고 해도 모든 충족에는 매우 특유한 형태의 희망이 남는데, 이 희망의 **존재태**는 현재의 현실, **적어도 주어진 그대로의 현재 현실**의 존재태가 아니므로, 이 희망은 그 내용을 온전히 지닌 채 계속 살아남는다."[105] 바로 이 희망의 핵심에 자리한 근본적 불만족이야말로 시간을 앞으로 내몰며, 각각의 우연적 소망을 바로 유토피아 소망의 형상으로, 또한 각각의 우연적 현재를 유토피아의 그 궁극적 현존의 형상으로 변형한다. "그러나 이집트의 헬레네가 트로이의 헬레네의 모든 위엄을 누리게 되는 날 평온이 깃들리라."[106]

이런 학설을 하이데거의 학설뿐만 아니라 리히트하임이 영민하게 제안했듯 싸르트르 혹은 적어도 『존재와 무』(*L'Être et le Néant*)의 싸르트르의 학설과 비교해보면 상당히 시사적이다. 문체와 문화에서 엄청난 괴리는 물론이고 이보다 더 뚜렷한 몇몇 차이에도 불구하고, 블로흐는 싸르트르와 몇가지 놀라운 유사성을 보인다. 싸르트르 역시 우리를 미래로 기투(企投, pro-ject)하는 현재의 텅 빈 성격을 강조하지만, 그에게 텅 빔은 소망보다는 **결핍**의 텅 빔이다. 그는 시간성이란 이런 근본적인 존재론적 결핍을 극복하고 궁극적 자기동일성을 획득하려는 의식의 열정으로 간주되어야 한다고 본다. 이 자기동일성은 즉 의식 내지 결핍이 자기한테 결여된 존재, 혹은 바꿔 말해 외부세계와 합치는 결합에서 찾아질 것이다. (실제로 싸르트르는 심지어 이 인간적 현실의 기투가 외부세계의 요소들에 침전시키는—블로흐가 '실재 암호'reality cypher라

---

105 *Das Prinzip Hoffnung* 213면.
106 같은 곳.

부르는—그리고 바슐라르Gaston Bachelard[107]풍의 물질분석이 탐구하리라 기대되는 비유형상들에 관한 이론의 개요를 개괄하기도 한다.)

그러나 싸르트르의 관점에서는 의식과 존재의 결합이란 용어모순으로, 영원히 실현 불가능할 수밖에 없다. 따라서 싸르트르에게는 블로흐 체계가 자신이『존재와 무』로 불식하고자 했던 그 착시의 포로로 보일 게 뻔하다. 그리하여 블로흐의 유토피아론 자체가 일종의 '마치'(as-if)의 철학,[108] 즉 살아갈 수 있게 도와주는 일종의 거짓말이 되어버린다.

이런 주장에 블로흐의 관점에서 응수가 불가능한 것은 아니다. 그러나 그러기 위해서는 기본 용어의 전환이 필요하다.『희망의 원리』의 시각에서 볼 때는 오히려 실존주의야말로 현재 그 자체를 절대적으로 중시한 데서 비롯한 일종의 착시임이 명백해지기 때문이다. 이는 이미 빠스깔(Blaise Pascal)[109]에게서도 나타났던 착시현상으로, 빠스깔은 실존을 현재 순간으로 철저히 환원함을 통해서만 실존의 참으로 황량한 진실이 드러난다고 보았다. 과거나 미래 양자의 신기루 내지 존재론적 전환(divertissements)에서 벗어날 때, 현재 속의 삶의 텅 빔을 제대로 파악할 때, 우리는 비로소 실재를 볼 수 있다는 것이다. 싸르트르의 경우도 마찬가지로 그가 시간상 앞으로 나아가는 기투를 강조하기는 했지만 그에게 미래는 여전히 가장 어두운 의미에서 상상적인 것이라 해야겠다. 사실 앞으로 달라졌으면 하는 단순한 소망이나, 결국 똑같은 것이

---

107 바슐라르(Gaston Bachelard, 1884~1962)는 프랑스의 철학자로 물·불·공기·흙의 물질성을 통해 인간의 상상력이 유형화된다는 4원소론을 제시했다—옮긴이.

108 신칸트학파의 한스 파이힝어(Hans Vaihinger)가 *Die Philosophie des Als Ob* (1911)에서 주창한 철학으로, 인간은 비합리적 세계에서 평화롭게 살아나가기 위해 기꺼이 거짓을 수용한다고 한다—옮긴이.

109 빠스깔(Blaise Pascal, 1623~62)은 프랑스의 철학자·수학자·문필가로 유작 *Pensées* (1670)를 남겼다—옮긴이.

지만 전에 달랐더라면 하는 소망인 부질없는 백일몽이나 후회만큼 확실하게 싸르트르의 혹독한 냉소의 대상이 되는 것도 없다. 현실에서 그런 소망들은 오직 현재에만 효력을 지닌다. 사람이 바뀌고 싶어하는 것은 오직 자기가 참을 수 없는 현재보다 우월하다고 느끼기 위해서이며, 보고 싶지 않은 현재의 현실로부터 심적으로 스스로를 분리하기 위해서다(자신의 피비린내 나는 백일몽이 마치 어떤 끔찍한 오해 때문인 양 정말로 실현되었을 때 엘렉트라가 느끼는 공포를 생각해보라).[110] 이처럼 싸르트르는 소망을 현재 속의 환상이라는 소망의 구조로 환원하는데, 이에 반해 블로흐는 소망의 추상성 자체, 존재론적 불충분성 자체를 다가올 구체적 미래의 상징과 원인으로 읽어낸다. 그렇지만 만일 싸르트르의 체계를 모든 의식의 필수적 구조에 대한 초시간적 기술로 보지 않고 역사적인 지금 여기, 즉 현대 산업자본주의의 텅 빈 현재의 생활감각을 특히 예리하게 반영한 것으로 본다면 철학적 논란에 역사가 다시 끼어들게 되며, 블로흐의 체계가 폄하적인 의미에서 궁극적으로 더 '유토피아적'이라고 확신하기는 이제 힘들어진다.

아직 남은 문제는 싸르트르는 불가능하다고 보았고 블로흐는 바로 유토피아 실현의 기호라 보았던, 그 궁극적인 유토피아적 정체성의 성격이 무엇인가 하는 문제다. 바로 이 지점에서 『파우스트』는 블로흐에게 적실성을 지니는데, 사실 어떻게 보면 블로흐의 저작 전체가 괴테의 시에 대한 방대한 주석이라고도 할 수 있다. (이런 점에서 볼 때 블로흐 변증법의 독특하고 비전통적인 특징들은 그의 맑스주의가 헤겔이 아니라 괴테에서, 즉 『정신현상학』이 아니라 『파우스트』에서 연원했다는

---

110 엘렉트라(Electra)는 아가멤논(Agamemnon)과 클리템네스트라(Clytemnestra)의 딸로, 아버지 아가멤논의 죽음에 복수하기 위해 남동생을 부추겨 어머니와 그 정부를 죽인다.——옮긴이.

가설로 설명할 수도 있겠다.) 기억하겠지만 괴테의 작품은 '순간'의 거부냐 수락이냐를 두고 악마와 한 내기라는 중심 삽화를 주축으로 구성된다. 파우스트를 끊임없는 불만의 화신으로 보거나 끝없이 더 많은 경험을 원하는 거의 양적인 욕망의 화신으로 보는 통상적인 이미지는 지나친 단순화로, 『파우스트 2부』에서 이루어지는 내기의 결말을 설명하지 못한다. 결말에서 파우스트가 처음에 한 장담, 즉 시간이 멎기를 바랄 정도로 즐거운 순간은 자기한테는 결코 찾아오지 않으리라는 장담은 수정된다. 그리고 바다를 메워 토지를 간척함으로써 변화된 새로운 **집단적** 삶의 전망이 보이면서("나도 그러한 사람들 무리를 보며/자유로운 땅에 자유로운 백성과 함께 서고 싶다!"), 바로 그 치명적인 열망의 말을 던질 수 있는 현재가 다가온다.[111] 이 진정 구체적이며 참으로 매우 정치적인 비전과 함께 '순간'은 처음으로 그 존재론적 미지성을 벗어버린다. "'지금 여기'는 모든 곳에서 물음의 존재와 형식을 취하는 그것이며[여기서 블로흐는 의도적으로 하이데거의 '존재물음'이라는 구호를 도치한다], 과정으로서의 세계-존재의 모든 부적합하거나 반만 적합한 이미지들을 완성해주는 그것이다. 그러나 보통 경이로움, 즉 자기동일성의 형상들의 형태로 전우주에 고지되고 예감되어온 것은 이 '지금 여기'의 참된 동일화 내지 자기 계시의 섬광 속에서 비로소 자태를 드러낼 것이다. (…) 경이로운 것이란 주체와 객체 모두가 발하는 섬광으로 이 빛 속에서는 어떤 소외된 것도 더이상 존재하지 않으며, 이 속에서 주체와 객체는 서로에게서 분리되기를 동시에 멈춘다. 주체의 가장 참된 속성인 요망사항, 즉 바라는 대상이 사라지면서 주체도 더이상 존재하지

---

111 이어서 파우스트는 "그때 순간을 향해 이렇게 말해도 좋으리라. 멈추어라! 너는 참으로 아름답다!" 하고 말한다——옮긴이.

않고, 또한 객체의 가장 거짓된 속성인 소외가 사라지면서 객체도 존재하지 않게 된다. 이런 실현은 곧 승리로, 승리의 여신은 그리스의 나이키 여신[112]처럼 단 하나의 점 위에 선다. 진정 인간적인 것에로 창출되고 거두어지는 저 존재의 집중으로서……"[113] 파우스트가 구원을 받는다는 사실은 이 궁극적이고 진정 구체적인 '순간'과 메피스토텔레스가 파우스트를 현혹해 영혼을 얻어내는 수단으로 삼은 그 열등한 현재 순간들 사이에 깊은 질적 차이가 있음을 뚜렷이 보여준다.

여러 형태의 순간들이 상승하는 사다리를 이룬다는 이런 발상에서 『파우스트』는 헤겔의 『정신현상학』과 매우 흡사하며, 이런 유사성은 블로흐뿐만 아니라 아도르노와 루카치도 지적한 바 있다. 그럼에도 궁극적으로 블로흐에서 괴테류의 전망이 승리하는 것은 헤겔에서는 성취의 최종계기인 절대정신이 본질적으로 관념적인 것이기 때문이다. 절대정신의 주된 특징은 외적 객체의 모든 잔여가, 객관성 그 자체의 마지막 끄트머리까지가 주체로부터 완전히 소거되는 데에 있다. 아도르노와 마르쿠제의 비판에서 보았듯이 헤겔 체계의 궁극적 목표는 세계와의 화해가 아니라 세계의 전면적 흡수, 즉 세계의 그 모든 우연성과 타자성을 완전히 소화함으로써 세계를 자아와 순수주관성으로 변형하는 데 있다. 그러나 현상학적 의미에서나 정서적 의미에서나 의식은 대상이 없으면 시들어버린다고 보는 블로흐로서는 객체축을 이렇게 철저히 억압하는 태도가 기질적으로 불쾌할 수밖에 없다. 그리고 블로흐 유물론의 체험적 원천은 의식이란 혼자 알아서 하도록 내버려두면 권태에 빠진다는 확신, 그리고 타락한 세계의 일이라는 의미에서의 노동이 아

---

112 월계수 가지를 들고 구(球) 위에 서 있다──옮긴이.
113 *Das Prinzip Hoffnung* 1549~50면.

니라, 이제 자아와 화해했지만 자아에 흡수되지는 않은 유토피아적 외부세계에서 이루어지는 소외되지 않고 차원 높은 괴테적 성격의 활동을 정당화해줄 객체가 필요하다는 확신에서 찾아볼 수 있다.

물론 파우스트적 순간은 궁극성의 여러 가능한 상징 중 하나일 뿐이다. 사실 괴테 시의 구조적 힘은 이 상징의 본질적으로 부유(浮遊)하는 성격이 작품 자체에 재연되는 방식에 있다. 파우스트는 문제의 순간을 결코 정말 삶으로 살아내지는 못한다. 오히려 그는 우리가 이 시를 상상하듯 그 순간을 상상한다. 그의 그 숙명적인 발언이 조건절로 이루어진 것은 이 우화 전체가 지니는 본질적으로 유비적인 성격을 나타내는 징표다. 사실 어찌 보면 유토피아적 순간이란 우리로서는 상상 불가능한 것으로, 상상하는 도리밖에 없는 것이기도 하다. 따라서 일종의 우의적 구조가 바로 유토피아 충동의 전진운동에 새겨져 들어간다. 유토피아 충동은 언제나 뭔가 다른 것을 가리키고, 결코 진정 자기를 드러내지 못하고 언제나 비유형상으로 말해야 하며, 그 구조상 언제나 완결되고 해석되기를 기다린다. 곧 몇가지 개별적인 비유형상들을 검토해보겠지만, 지금으로서는 예술과 종교 및 아울러 그것들의 상징적·우의적 표현들 모두가 존재 자체가 지닌 이 심층적인 우의적 구조에서 파생된다는 지적으로 충분하겠다.

그렇지만 그같은 궁극적인 유토피아적 순간의 충일성이 어떤 모습일지 예고해주는 전조라고 할 수 있는 실존적 경험들이 존재한다. 이것이 여러 종교의 신비적 합일이 갖는 의미다. 더 구체적인 것을 들자면 음악이 갖는 가장 본래적인 기능도 이것으로 곧 유토피아가 실존의 모든 차원에 확립시켜줄 안과 밖의 통일성에 대한 제한되었으되 순수한 느낌이다. 음악에서는 상정할 수 있는 가장 순화된 객관적 존재자로서 음조가 우리 귀에 들어와 우리의 존재와 친밀하게 섞여들면서도 그 자체 독자적인 객체로서 우리와의 근본적 분리를 잃지는 않는다. 게다가 쏘나타만 해도 음악적 경험에 내재하는 일종의 변증법을 증언하는데, 거기서 음조와의 이 존재론적 관계는 우리가 음악적 형식으로 알고 있는 그 시간 속 전개, 즉 미래의 충일성을 향한 그 시간적 과정과 운동 속에서 실현된다. 따라서 음악은 형식에서나 내용에서나 대단히 유토피아적이다.[114]

유토피아적 순간, 아니 실로 유토피아적 영원성이 죽음을 철폐하지는 못한다 해도 어떻게 그 아픔은 제거할 수 있는지 이제 더 분명해졌을 것이다. 보통은 죽음의 순간 개인은 자신이 완성될 수 있는 유일한 시간인 미래로부터 무자비하게 분리되지만, 이제 유토피아의 변형된 시간은 영속적 현재를 만들어내며, 그 현재 속에서는 매순간 특수하면서도 전면적인 존재론적 만족이 존재하기 때문이다. 이런 세계에서는 죽음이 앗아갈 것이 남아 있지 않다. 이미 완전히 실현된 삶은 죽음도 손상시키지 못한다.

그러나 이런 죽음의 정복에는 여러 단계가 있다. 우선 우리 자신의 세계에서도, 어떤 의미에서는 죽음과 (어둠 혹은 공허로서의) 현재 순간이 서로 연관된다. "대상화되지 않은 실존, 즉 아직 '현존재'(거기 있음) 내지 세계에의 진정한 현존이 되지 못한, 그저 존재한다는 순전한 사실은 바로 됨(becoming)의 미래 원천 중 하나이며, 그런 실존을 매개된 '현존재'로 외화하려는 시도의 미래 원천 중 하나임이 분명하다. 그러나 그것은 이처럼 실존이 과정으로 진입하는 원천이듯 또한 사물이 **스러져가는** 원천이기도 하다. 순간이 자신을 적절히 외화하지 못한 바로

---

114 특히 Ernst Bloch, *Geist der Utopie* (Frankfurt: Suhrkamp 1964)에 수록된 "Philosophie der Musik" 49~208면 참조.

그만큼, 그저 존재한다는 순전한 사실이 아직 실현되지 못한 바로 그만큼 말이다. 그러나 우리 실존의 중심적 순간이 아직 그 객관화 과정에, 따라서 실현의 과정에 들어서지 않았으므로, 바로 이런 이유로 그것은 쇠락의 먹이가 될 수 없다. (…) 실존의 핵심 자체가 아직 순수한 과정과 변화에 돌입하지 않았다는 바로 그 이유로, 그것은 변화에 내재하는 무상함의 영향을 받지 않는다. 죽음 앞에서 '아직 아닌 삶'의 원이 그것을 보호하며 에워싼다. 그렇지만 만일 존재의 그 중핵(中核)이 과정에 진입하게 되면, 그때에는 그 자기객관화가, 궁극적으로 그 자기심화와, 따라서 자기실현 자체가 더이상 과정이 아니게 될 것이다. 이같은 신생의 순간, 크로노스(Chronos)[115]의 집어삼키는 통치는 종말을 고할 것이다. (…) 그러므로 마침내 존재 속으로 들어와 그 속에서 실현된 존재의 핵은 그 실현으로 말미암아 처음으로 죽음의 영역 바깥에 놓이게 될 것이다. 죽음은 그것을 포함하는 그 과정지향적 불충분성과 함께 하찮아지고, 사실상 죽음 자체가 죽어버릴 것이기 때문이다."[116] 따라서 유토피아의 시민은 여전히 유한한 존재지만 영생을 알게 될 것이다. 그리고 이 불사의 언약, 즉 이 강렬하면서도 어렴풋하게만 감지할 수 있는 죽음에 대한 승리의 암시들은 희망의 궁극적 상징 중 하나로서, 그 내세적 종교 형태들로 왜곡되었으나 이제 현세적 혁명의 모든 고양감과 함께 우리에게 복원된다.

---

115 제우스의 아버지인 거인족으로 자식들을 잡아먹었다 —옮긴이.
116 *Das Prinzip Hoffnung* 1387, 1390~91면.

2)

이처럼 블로흐에게 세계는 비유형상들의 거대한 보고(寶庫)이며, 철학자 내지 비평가의 과제는 해석학적 과제가 된다. 즉 이 "모든 산(lived) 순간의 미지성"[117]을 꿰뚫어야 하며, 우리를 에워싸며 묘하게 사적인 방식으로 우리의 관심을 끌어당기는 듯한 우화와 작품 들 및 경험과 대상들 밑에서 희미한 울림을 전달하고 있는 의미를 해독해내야 한다.

이런 해석학적 분석의 탁월한 대상은 물론 신화와 예술이다. 그런데 양자는 대중문화 대 고급문화가 아니라 내용 대 형식으로 구별된다. 신화와 동화에서는 유토피아 충동의 가장 참된 극화인 소망하는 행위가 바로 우화 자체의 기본 줄거리를 이루기 때문이다. 그리고 동화나 신화의 정교화는 본질적으로 이 기본내용이 변형·위장 혹은 왜곡·전치(轉置)되는 과정이며, 분명 이는 프로이트가 『꿈의 해석』에서 일일이 기술한 바 있는, 검열로부터 숨는 여러 양식에 대응하는 조작들이다. 다만 앞서 본 대로 블로흐의 경우에는 신들의 상징들 뒤편에 혹은 초자연적 피안 내지 태초의 낙원으로 전치된 황금시대 속에 숨겨진 것은 선사적(先史的) 소망이 아니라 유토피아의 갈망이다.

그렇지만 여러 문학적 유토피아에서 그렇듯, 문학작품이 이 유토피아 소재를 세속적 형태로 직접 내용으로 사용하려 들 때에는 유토피아 관념의 다층적 차원들을 사회계획이라는 비교적 추상적인 하나의 영역으로 환원함에서 비롯되는 의미의 빈곤화가 생겨난다. 물론 어떻게 보

---

117 *Das Prinzip Hoffnung* 1548면.

178

면 기본적 긴장들의 궁극적인 해결로 나아간다는 점에서 모든 플롯이 유토피아를 향한 운동이라고 할 수도 있다. 『소설의 이론』(1914)에서 루카치의 입장도 바로 이런데, 이는 블로흐의 『유토피아 정신』(*Geist der Utopie*)과 사실상 동시대에 속하는 저서로, 블로흐가 끝까지 충실했던 관심사들이 한 지적 세대 전체가 공유하던 것임을 상기시켜주기도 한다. 그렇지만 유토피아 관념의 이같은 사용 자체가 이미 비유형상적 용법이다. 아니 지금 문맥에서는 **형식적** 용법이라는 말이 더 적합할 듯하니, 단지 주인공의 소망과 관계되기보다는 작품의 모든 다양한 요소가 형식의 시간을 통해 발전되는 양상과 더 깊은 관계를 갖는 용법인 한 말이다.

블로흐 자신은 자기 사상에 함축된 형식분석의 양식들을 체계화하지는 않았지만, 분명한 것은 앞장에서 실러와 관련해 기술한 바와 다르지 않은 일종의 이중약호화(double coding)가 블로흐 체계에서 비유형상 이론에 도움이 된다는 점이다. 블로흐는 유토피아 실현의 형식적 성격을 묘사할 때 본질적으로 다른 두가지 언어 내지 용어체계를 구사한다. 즉 미래의 궁극적 순간을 향한 세계의 시간적 운동과, 그 순간의 내용을 특징지을 주객화합이라는 좀더 공간적인 개념이 그것이다. 유토피아 실현의 이 두 측면은 각기 사물이 현재 속에 갖는 '경향성'과 '잠재성'으로 표현할 수 있다. 즉 한편으로는 역동적인 역사적 발전가능성이요, 다른 한편으로는 바로 이 동일한 객체들이 지닌 한층 인지적이거나 심미적인 잠재성들이다. 양자는 따라서 '아직 아닌 존재'(not-yet-being)를 표상하는 극적 양식과 서정적 양식에 대응된다.

동시에 비유형상적 관점에서 볼 때 이 대립은 블로흐 특유의 우의와 상징 구분에 상응하는데, 우의적인 것이 타자성이나 차이로 열림이라면 상징적인 것은 모든 것이 동일자의 통일성 속으로 다시 모여듦이다.

물론 우의 자체도 상징처럼 궁극적 통일성을 지향하며, 그만큼은 두 움직임이 동일하니, 즉 상징은 "뭔가 **목적의 규정** 같은 것을 지배하며, 타자성을 통해 표현된 타자성과의 동일성 관계인 우의와 구별된다. 따라서 〔후자는〕 근본적으로 **방법의 규정**이다. 예술은 그 방법을 규정짓는 (그리고 그 통일성과 총체성에도 불구하고 인간적인 것으로 남아 있는) 목적에 대해서는 엄연히 **상징**에 기대지만, 그 방법의 표상에서는 역시 철저히 우의적이다."[118] 그러나 상징의 실체가 아직 세계 자체 속에 주어지지 않았으며 상징이 표시하는 그 존재의 통일성을 세계가 아직 획득하지 못했으므로, 상징에는 뭔가 억지스럽고 때 이른 면이 있다. 마치 우의에 단편적이고 불충분한 면이 있듯이. 실로 이런 차원에서 양자는 종교와 예술의 차이에 대응된다. "예술은 고유의 내재적 의미를 지님에도 불구하고 그 표상양식에서는 우의의 간접적이고 다의적인 운동을 따르는 다원주의다. 반면 중앙집중적 종교는, 투명한 시적 양식들을 구사함에도 불구하고 하나의 단일한 방향을 취하기를, 그리고 상징들의 수렴에 성공하기를 지향한다."[119]

그러나 극적인 것과 구분되는 서정적 현실재현 양식의 맥락에서는 두 재현 유형 모두가 **완결**의 형식이라 할 수 있다. "물론 신들이 가까이 있던 저 복된 시대에는 달랐겠지만 현대인에게 종말론은 접근하기가 매우 힘들다. 그러나 바로 그렇기 때문에 사람들 중에서도 예술가가 오래 쓰지 않던 굼뜬 표현의 화살들을 다시 집어들어 이제 비교(秘敎)의 방향으로 날려보내는 것이다. 그리고 신성(神聖)이란 바로 예술작품 속에서 지상에 가장 가까이 다가오므로, 표현주의 예술의 어둡게 채색된

---

118 *Das Prinzip Hoffnung* 951면.
119 Ernst Bloch, *Tübinger Einleitung in die Philosophie* 2권 (Frankfurt: Suhrkamp 1963~64) 제2권 46~47면.

빛나는 투명성은 그 유토피아적 내용 및 대상을 향한 지향성에서 다가올 재림의 전당의 앞뜰로 기릴 만하다. (…) 우리 앞에 놓인 작은 섬들처럼 예술의 이미지들은 이제 막 빛을 발하며 관심을 사로잡고 사람들이 가리키고 설명하고 다시 던져버리는, 유리에 그린 그림과 같다. 그리고 사실 궁극적 범주들의 관점에서 봤을 때 이것이야말로 순전히 **심미적인 조명(照明)의 기준이다. 즉 존재하기를 그치는 묵시록적 사건이 없이도 현세의 사물들이 완결될 수 있는 방법은 무엇인가.**"[120] 그래서 예컨대 교회의 둥근 지붕은 쏘나타 형식이 시간 속에서 완성하는 것을 대지의 둥근 천정이라는 형상으로 공간 속에서 완성한다. 후자는 "콜럼버스에게 '지상천국의 징표'(indicio del paraýso terrenal)였으니, 그는 지상천국이 아랍 지리학자들의 생각과는 달리 씰론이 아니라 오리노꼬 강(그래도 그의 생각에는 씰론에 바로 인접한 곳),[121] 아니 실로 그 너머 인간의 발이 닿을 수 없는, 대지가 에덴동산으로 바뀌면서 창공의 둥근 하늘로 녹아들어가는 그 미답지대에 있다고 보았다."[122]

회화 및 서정적 표현 일반에서 우리는 앞으로 다가올 세계에서 대상들이 어떻게 변환·변용될지 일별할 수 있다. "그림은 우리 스스로가 다른 장소로 옮겨감을 표현한다고 프란츠 마르크(Franz Marc)[123]가 말한 것처럼, 내부와 원경이 상호침투하며 서로를 피안의 감각으로 물들이는 여기 **몰장소성**(placelessness)에서 **실존 전체가 다른 곳**(elsewhere)**으로 출현한다.** 여기서는 이 우주가 '내 집'이라는 느낌, 이 '모든 곳'

---

120 *Geist der Utopie* 151면.
121 오리노꼬(Orinoco)는 콜럼버스가 '발견'한 남미 북부의 큰 강으로, 그는 이곳이 남아시아이며 오리노꼬 강은 에덴동산의 입구라고 착각했다──옮긴이.
122 *Das Prinzip Hoffnung* 908면.
123 프란츠 마르크(Franz Marc, 1880~1916)는 표현주의운동을 이끈 독일의 화가이다──옮긴이.

(everywhere)의 소망적 풍경 외에는 아무것도 존재하지 않는다."[124] 현대문명이 부정하는 것은 바로 이같은 경이 내지 불가사의의 감각이다. 이 감각을 전하는 것이 초현실주의든, 플랑드르의 정물화든, 장엄하게 안치된 르네상스 성모상이든 말이다. 블로흐는 현대문명의 "가장 분명한 독창적 업적"은 "현대식 욕실과 수세식 화장실"이라고 본다. "로꼬꼬 시대에는 가구가, 고딕 예술에서는 성당이 당대의 모든 스타일 형성의 주축인 건축공학적 지배소를 제공한 것과 마찬가지다. 오늘날 지배소는 세탁가능성으로서, 벽이면 벽마다 어떤 식으로든 물이 흘러내리며, 이 시대 산업기술의 가장 소중한 업적들에도 현대 위생설비의 마술이 완벽한 기계생산의 선험조건으로 은연중 끼어든다."[125]

그렇다고 기능성이 필연적으로 비미학적이라는 말은 아니다. 거칠게 조각된 농부의 담뱃대와 술잔 등 한결 소박한 공예품들이야말로 인간이 주변 사물을 통해 자기자신에 복귀하는 가장 참된 방식, 자신이 살고 일하는 환경이자 자신을 외화하는 매체인 연장과 공예품을 열심히 빚어냄으로써 자신의 궁극적 정체성에 복귀하는 가장 참된 방식을 구현한다. 그러므로 공예품 만들기는 서정적 표현의 심장부에 자리한 기본적 원형(原型)이자 가장 근원적 몸짓이다.[126]

이제 시간적 형식들, 그중에서도 특히 우화의 시간적 전개를 살펴볼 때 명백한 것은 작품의 시간 자체가 곧 유토피아 전개의 한 형상이라는 점이다. "무릇 모든 위대한 예술작품은 그 현재(顯在)하는 내용을 초월하고 넘어서서, 나중에 나올 페이지에 들어 있는 잠재성에 따라, 다시 말해 아직 생겨나지 않은 미래이자 아직 알려지지 않은 궁극적 해결의 내

---

124 *Das Prinzip Hoffnung* 980~81면.
125 *Geist der Utopie* 21면.
126 *Geist der Utopie* 17~19면 참조.

용에 따라 앞으로 떠밀려간다."[127] 이런 발상에는 소설 시간형식의 현상학이 함축되어 있는데, 그러나 이는 단순한 유형론을 넘어서 다양한 서술양식에 구현된 다양한 구체적 시간경험의 유토피아적 의의를 다루는 현상학일 터이다.

예술에 그 진리내용을 부여하고 예술적 실천을 그 자체로 독자적인, 개념 이전의 철학적 세계탐구 행위로 만들어주는 것은 바로 이런 유토피아적 의의다. "예술적 현상(Schein)은 (…) 더 앞으로 나아감이라는 의미를 지니는데, 이 의미는 이미지들로 위장되지만 또한 이미지로만 전달할 수 있는 것으로, 여기서 우화의 양식화 및 구성 자체가 시간적으로 개진되는 그 한정된 작품대상을 넘어서면서 지향하는 실재의 존재론적 선취(Vorschein)를 표상한다. 또 이런 존재론적 예기는 바로 미학적으로 내재적인 방식으로 재현 가능하다. 개인적 사태에서나 사회적·자연적 사태에서나 둔한 혹은 타성화된 감각에는 거의 보이지 않는 것이 여기 환한 빛 속에 드러난다."[128]

이런 맥락에서 볼 때, 예술작품의 다양한 기법과 범주가 그 궁극적 의미를 얻는 것은, 오직 이들이 유토피아 실현의 양식으로서 투명해지는 존재론적 차원까지 이들에 대한 분석을 밀고 나갈 때뿐이다. "예술이란 성취된 가능성들의 실험실이자 축제다."[129]

물론 이런 방법이 작동하는 방식에 대한 구체적인 기술적 예증이 없다면, 이 모든 것 역시 실현되지 않은 추상적 상태를 면치 못하며 일련의 공허한 비평적 당위로 남을 뿐이다. 일차적으로 민속적이거나 적어도 전통적인 예술의 사례를 즐겨 택하는 블로흐의 특징을 감안하면 더

---

127 *Das Prinzip Hoffnung* 110면.
128 *Das Prinzip Hoffnung* 247면.
129 *Das Prinzip Hoffnung* 249면.

욱 그러하다. 이를테면 프루스뜨만 해도 벤야민이 번역을 했고, 마르쿠제는 프루스뜨의 '되찾은 시간'(temps retrouvé)이야말로 본능적 상기(想起, anamnesis)의 원형이라고 본 바 있으며, 실로 그의 대작[130]은 예술가소설의 본보기를 보여준다고 할 수 있는데, 내가 알기로 블로흐는 프루스뜨를 언급한 적이 없다. 그러나 내 생각에 프루스뜨의 작품은 하나의 실례이자 시험사례로서 유토피아적 해석학의 탁월한 자료가 된다.

희망의 여러 운명에 대한 블로흐의 설명을 읽으면서, 또한 성취의 경험에 대해서뿐만 아니라 실망의 경험과 만족의 아이러니에 대해서도 그가 남다른 감수성을 드러내는 것을 보면서, 자주 프루스뜨를 연상하지 않기란 힘든 일이다. 프루스뜨의 줄거리는 바로 소원들의 줄거리다. 그리고 사실상 이 작품의 힘 또한 가장 강력하고 유아적인 형태의 소망의 경험에 있으니, 즉 어떤 대상에 대한 갈망이라든가 만남의 약속, 만찬에의 초대, 극장가는 길 등 너무 총체적이어서 한순간 세상의 모든 것을 지워버리는, 너무 절대적이어서 아이의 욕망처럼 단호한 그런 소망의 경험에 있다. 그런데 유토피아 충동의 가장 순수한 원형을 제공하는 것은 바로 이런 소원들이다.

이같은 소원의 구조에 따라 프루스뜨 서사의 시간도 정해진다. 블로흐처럼 프루스뜨에서도 미래란 언제나 기대한 바와 다르거나 그 이상으로 드러난다. 설령 결국은 실망을 기대했었다 하더라도 마찬가지다. 『잃어버린 시간을 찾아서』의 화자(話者)가 오래전부터 받고 싶어했던 질베르뜨(Gilberte)의 편지를 생각해보자. 화자는 이 편지를 마음속으로 되풀이 써보다가 문득 경악하며 멈춘다. "나는 설령 질베르뜨의 편지를 받는다 해도 그 편지는 이것이 될 수 없다는 것을 깨달았다. 이것

---

130 『잃어버린 시간을 찾아서』를 말한다──옮긴이.

184

을 쓴 것은 바로 나 자신이니까. 그래서 그 순간부터 나는 그녀가 써보내주기를 바라는 말들은 떠올리지 않으려고 애를 썼다. 가장 소중하고 가장 바라마지 않는 그 말들을 내 입으로 발음해버림으로써 실현가능성의 영역에서 배제하게 될까 봐 겁이 났던 것이다."[131] 이처럼 프루스뜨에게도 미래란 그 내용이 무엇이든 전혀 새로운 것, 전혀 뜻밖의 것으로 다가올 수밖에 없으며, 따라서 화자는 소원을 불러내는 곤혹스럽고 자기모순적이며 지극히 미신적인 과정으로 몰리고 만다. 즉 더 많이 받기 위해 의식적으로 덜 상상한다든가, 소원이 더 강력한 형태로 이루어지기를 속으로는 바라지만 이를 위해서도 소원을 뭔가 다른 형태로 표현하는 식이다.

그러므로 프루스뜨의 플롯은 삽화들의 연속으로 구성되며, 각 삽화는 바로 앞의 것을 부정하는 동시에 더 높은 차원으로 고양시킨다. 그런데 정서적으로 이같은 부정의 부정은 엄청난 충격을 준다. 작품 앞머리에 나오는 일련의 장면들을 생각해보는 것으로 충분한데, 보통 때는 아주 너그럽던 어머니가 입맞춤을 거절하더니 그다음엔 보통은 매우 엄격한 아버지가 입맞춤을 허락해주는 역시 뜻밖의 일이 이어진다. 그 또한 소망이나 욕망을 주축으로 하는 소설을 쓴 스승 발자끄의 독특한 플롯 리듬을 프루스뜨는 이런 식으로 그대로 되풀이한다. 그러나 발자끄에서는 자본주의 태동기의 외부 재화와 대상에 대한 욕망이었던 것이 프루스뜨에 와서는 내면화되어 심리적 차원으로 옮겨진다.

이것이 말하자면 프루스뜨 작품의 내적 플롯으로, 그 내용은 화자의 사적 삶이다. 이제 외적 플롯, 즉 기타 등장인물들이라든가 그들의 예기치 못한 운명들에 눈을 돌려보면 분명한 것은 우리가 미래와 맺는 관계

---

131 M. Proust, *A la recherche du temps perdu* 3권 (Paris: Gallimard 1954) 제1권 409면.

를 나타내는 심원한 징표인 이 기대정동이 정서에서 관조로, 그리고 주인공에서 독자로 옮겨졌다는 점이다. 이 운명과 평판의 숱한 갖가지 역전에서 드러나는 의외성에 대한 프루스뜨의 매료는 『흔적』의 블로흐에 필적하며, 프루스뜨 작품을 구성하는 다양한 일화들은 『흔적』의 자료로도 유용했을 것이다. 예를 들면 천치 같은 꼬따르(Cottard) 박사가 또한 천재적인 전문의로 밝혀진다든가, 위대한 화가 엘스띠르(Elstir)가 알고 보니 베르뒤렝(Verdurin) 부인이 처음 연 쌀롱에 드나든 서툴고 천박한 인물이었다든가, 베르뒤렝 부인이 게르망뜨 대공부인으로 변신하고 오데뜨(Odette)가 공작부인으로 변신한다든가, 스완네로 향하는 길과 게르망뜨가로 향하는 길이 사실상 내내 하나의 길이었음이 드러나는 미지성 등을 들 수 있다. 바로 이런 소재 및 이에 대한 관심을 분석하는 가운데 우리는 환원의 해석학과 확장의 해석학을 가장 잘 대조할 수 있을 것이다. 심리학적 관점에서 보면 어렵지 않게 알 수 있듯, 그러한 운명의 반전들은 곧 프루스뜨가 겉모습에, 속물이라든가 경박하다는 자신에 대한 세평에 복수하는 방법이자 엄청나게 창의적인 자기기만을 동원하여 자기 역시 겉보기와는 다르다고 주장하는 방법이다. 『희망의 원리』의 해석학 체계는 가장 조야한 형태의 소원충족인 이 동기를 부정하기보다 지양해낸다. 그것 역시 '희망의 간지(奸智)' 중 하나라 할 수 있으니, 이는 두꺼비나 마녀의 흉칙한 외모 뒤에 마법에 걸린 공주나 왕자가 숨어 있는, 가장 오래된 동화와 신화 들의 내용이다. 그러므로 두 겹의 변증법적 역전을 이룩하며 오히려 환원적 심리학 자체의 동기(그리고 냉소적 현실에서 장식적 껍질을 벗겨내며 고소해하는 태도의 동기)를 캐물어볼 때에야 비로소 우리는 자기기만 배후에 있는 긍정적인 힘(즉 그 모든 표면적 자기중심성 배후에 자리한, 변형된 세계를 향한 충동의 한 부분인, 완성된 자아에 대한 강한 갈구)을 우리가 오해하고 있음을 이해하게 될 것이다.

이제 프루스뜨의 실제 사회적 내용에 눈을 돌려보면 속물근성이나 신분상승 등의 열정들의 숨은 의미가 즉각 드러난다. 즉 이들은 완전성에 대한 갈망 및 아직은 무의식적인 유토피아 충동의 미혹된 형상이다. 이와 동시에 응접실이 있고 환대가 영원히 이어지는, 계급적으로 뚜렷하게 제한된 이런 사회적 원료나, 하필이면 무로 사라지기 직전의 쇠락한 귀족계급을 그리겠다는 프루스뜨의 의도나, 이 모두가 반동적이라기보다 예기적인 것으로 비치게 된다. 소외된 노동이 사라지고 인간과 외부세계의 투쟁이나 인간 자신이 그려놓은 신비화되고 외면화된 사회상과의 투쟁이 인간의 자기대면으로 바뀔 그런 세계의 가능성을 대단히 왜곡되게나마 반영하는 것은 바로 인간관계·회화(會話)·예술·사회계획(쌀롱 구축에 들어가는 에너지를 이렇게 부를 수 있다면)·유행·사랑 등에 온 시간을 할애하는 이 계급의 여가다. 프루스뜨의 유한계급은 물론 이 무계급사회의 패러디다. 당연하지 않은가? 그러나 이들의 여가가 (적어도 프루스뜨의 사회에서는) 유일하게 존재하는 여가문화인 만큼, 예의 유토피아가 어떤 모습일지 보여주는 구체적 이미지들의 원천이 될 수 있는 것은 이것뿐이다. 물론 프루스뜨의 뒤에는 그의 또다른 위대한 전범인 쌩시몽 공작(duc de Saint-Simon)[132]이 자리한다. 그리고 루이 14세의 궁정은 그것이 보여주는 세계의 중심의 모습에서 유한계급과 비슷한 매력을 발휘하는데, 이는 그 자체로 완전하며 결핍을 모르되 동시에 가장 강렬한 인간관계가 넘치는 곳으로, 바로끄 절대왕정의 야만성 내부에 자리한, 진정한 인간적 실존이 깃드는 일종의 후궁

---

132 쌩시몽 공작(duc de Saint-Simon, 1675~1755)은 군인이자 외교관으로 루이 14세 궁정의 30년간 관찰기를 『회고록』으로 남긴 프랑스 문필가이다——옮긴이.

(harem)이다. 이런 의미에서 볼 때 회화(會話)와 예술의 만남의 장이자 쌩시몽과 프루스뜨의 (그리고 사회적 환경은 매우 다르지만 사실 발자 끄에게서도 보이는) 심히 다산적(多産的) 악덕인 **뒷공론**(gossip)이야말로 변형된 사회와 변형된 세계에서 우리가 품게 될, 가장 작은 세목까지 인간적이기를 추구하는 열정의 일종의 왜곡된 형상이라고 해도 과언은 아닐 것이다.

프루스뜨의 소설이 순환적이라는 생각은, 다시 말해 생활에서 물러나는 것으로 처리되고 벽에 코르크 마감처리를 한 방에 은거한다는 암시가 곁들인 결말이 사실상 작품 첫머리로 돌아감을 뜻한다는 생각은 잘못이다. 이런 면에서 보자면 이 작품은 오히려 억압된 예술충동 형식들의 방대한 현상학, 즉 표현시도들의 일종의 사다리라 할 수 있으니 (여기서 뒷공론은 부차적인 제 위치로 돌아가고 속물근성과 출세의 열정도 원경으로 밀려난다), 이 사다리는 어느 아름다운 날 젊은 화자가 처음으로 강하게 내뱉는 "이런, 이런!"이나, 봐줄 사람도 없지만 차려입을 의상을 세세히 점검하는 오데뜨의 정성이나, 다른 면에서는 평범하기 짝이 없는 꼬따르 박사의 뛰어난 진단능력으로부터 엘스띠르의 그림들과 다름 아닌 화자의 예술적 소명에까지 이른다. 그래서 이 소설 내부에는 미래로의 진행들로 구성된 제2의 구조가 존재하는데, 이 구조는 예술실천의 빛나는 명징성을 얻으려 고군분투하는 일련의 형식들이다. 그런데 예술에 대한 이같은 가치부여부터가 하나의 선취적 현상이다. 쏘렐은 "예술이란 미래 사회에서 모든 노동이 어떻게 느껴질지를 말해주는 선취"라고 했다.[133] 바꿔 표현하면 미래사회의 모든 활동은 우리 사회의 예술행위만큼 속박에서 자유롭고 만족스러운 행위가 된다는 말

---

133 Georges Sorel, *Réfléxions sur la violence* (Paris: PUF 1950) 53면.

이다.

그러나 프루스뜨에게 예술의 직접적 정당화는 시간의 존재론 속에서, 즉 블로흐가 묘사한 것과 매우 흡사한 현재 순간의 어둠 속에서 발견된다. 프루스뜨에서도 현재는 우리에게 참된 경험의 원료를 줄 뿐 경험 자체는 주지 못한다. 어떤 이유에서든(현대 생활의 지나친 지성편향 때문이든 너무 집요하고 완강한 자의식과잉 때문이든) 진정한 삶은 우리가 가장 기대하지 않을 때에만, 이를테면 우리가 다른 쪽을 볼 때에만 이루어질 수 있는 것 같다. 그러므로 우리 세계, 우리 사회에서 경험은 단편적인 상태로 주어질 수밖에 없으며, 블로흐가 주객의 궁극적 화합에서 나온다고 한 그 충만하고 참된 자의식 속에서 경험을 살아내기란 불가능하다. 그러므로 예술과 언어의 과제는 이 경험의 전체성을 회복하는, 아니 처음으로 가능케 하는 일이다. 그러므로 프루스뜨의 예술을 두고 기억지향적이라거나 과거와 그 복원에 사로잡혀 있다고 하는 것은 어떤 의미에서도 전혀 말이 되지 않는다. 오히려 과거부터가 구조적으로 불완전하며 존재론적으로 부실한 것으로서, 오직 언어를 통한 표현의 순간에야 비로소 마치 최초로인 양 과거를 살아낼 수 있게 된다. 따라서 프루스뜨의 창작과 프루스뜨의 독서는 그 자체가 영원의 경험, 즉 유토피아적 화합의 경험의 한 형상이다. 그럼으로써 또한 최초로 예술가소설의 그 빈 공간, 즉 예술가의 가상의 예술작품인 그 빈 화폭이 언어표현의 구체적 시간에 의해 (이 타락한 세계에서의 경험들의 프루스뜨식 중첩 속에서, 그리고 소설의 결말, 즉 그 세계의 종말을 넘어선 지점에서 시도된 이 경험들에 대한 화자의 표현 속에서) 채워지게 된다.

이처럼 프루스뜨 작품의 생생한 유토피아적 현실성은 이 작품의 공식철학인 플라톤적 상기설의 한계와 모순되는데, 이 상기설은 겉보기에만 과거로의 복귀였음이 드러난다. 마치 유토피아 충동 자체가 오직 위장을 한 채로만 제 일을 할 수 있으며, 향수의 신비라는 외투를 걸치고서야 미래의 기투들을 실현할 수 있는 것처럼 되어 있다.

"전치(轉置)된 예언적 소명"[134]으로서의 예술—이 말은 아마 블로흐 체계에서 예술과 종교의 관계나 이른바 예술종교의 진정한 가치, 또한 동시에 블로흐 언어의 한층 깊은 원천 등을 밝히는 데 있어 가장 적절한 표현일 것이다. 특히 초기 저작들에서 블로흐의 언어는 성서의 선지자들에게서 영감을 받은 게 분명한 의도적으로 예언적인 색채를 띠고 있으며, 빚고 무너뜨리는 수사학을 통해 뮌처에 따르면 "주께서 질그릇들 가운데서 쇠막대로 사방을 힘차게 후려치실" 그 묵시록적 순간을 흉내 내고 불러낸다.

구속력이 덜하며 더 관조적인 예술행위로부터 종교의 힘을 구분하는 특징은 지복천년 내지 천년왕국의 개념 속에서 합치되는 절대적 신앙과 집단적 참여의 결합이다. 그중 집단적 참여라는 개념을 통해 종교는 고독한 진리가 이론적으로 가능한 철학과 구별된다. 뮌처의 신학에서는 신학교리의 진리계수부터가 바로 집단의 필요에 의거해, 즉 다중(多衆) 자체의 믿음과 승인에 의거해 측정된다. 그러므로 철학적 관념과 달리 신학적 관념은 이미 바로 그 구조에서 교회 내지 교회 주변의 신도 집단을 함축하며, 따라서 신학적 관념은 순수이론적 차원이 아니라 원(原)정치적 차원에서 존재한다.

그러나 종교의 '진지성', 즉 신앙의 절대적 성격은 또한 종교가 실천 및 넓은 의미의 정치와 갖는 깊은 친연성을 가리킨다. 나는 블로흐의 서술이 갖는 이런 측면을 정서의 생리학적 부수물에 대한 싸르트르의 논의와 비교해보고 싶어지는데, 싸르트르는 이 부수물들이 주관적 느낌

---

134 *Geist der Utopie* 150면.

의 '진지함'(sérieux) 같은 것을 구성한다고 보았다. 육체적 상기라든가 떨림, 진땀, 빠른 심장박동 등이 진짜 수반되지 않는 경우, 정서란 순수 정신의 허구에 불과하며 의식을 스쳐가는 불완전의욕[135]에 불과해진다는 것이다. 제반 종교의 절대적 확신의 경우도 마찬가지니, 이 확신은 "좀이나 녹에도, 또한 현대의 '철학적 시선'의 소독제에도 부식되지 않는 보물"[136]인 인류의 가장 진정한 유토피아적 갈망에의 접근을 표시한다.

그러므로 종교가 혁명활동에 갖는 가치는 바로 절대적 확신의 실체화와 깊은 유토피아 소망들의 열정적이고 내적인 **주관적** 의식화라는 그 구조에 있는데, 이 소망들이 없다면 맑스주의도 일개 객관적 이론에 불과하며, 그 가장 생생한 울림들과 그 가장 본질적인 정신적 자양분 또한 상실하게 된다. "『조하르』(*Zohar*)[137]의 고사본(古寫本)에도 이런 의미의 말이 나온다. '무릇 모든 세상에는 두가지 형태의 비전이 있음을 알라. 하나는 세상의 외관을 보여주며, 세상의 외형에 따라 세상의 일반법칙을 보여준다. 다른 하나는 세상의 내적 본질, 즉 바로 인간 영혼 자체의 본질을 보여준다. 따라서 행동에도 두가지 방식이 있으니, 노동과 기도다. 노동은 세상의 외형에서 세상을 완성하기 위한 것이며, 기도는 하나의 세상이 다른 모든 세상을 담고 고양시키기 위한 것이다.' 최후의 왕국을 향한 하나의 의지 속에 합치되는 해방과 정신, 맑스주의와 종교의 이런 기능적 관계에서 두 물줄기의 궁극적 합류는 곁의 수많은 흐름을 끌어들인다. 총체성의 각성이 취하는 형식인 영혼·메시아·묵시록 등은 이론적이면서 실천적인 최후의 충동을 제공하며, 모든 정치와 문화의

---

135 행동에 나타나지 않는 가벼운 욕망을 가리킨다──옮긴이.
136 *Verfremdungen* 제1권 158면.
137 13세기경의 유대 신비교의 경전이다──옮긴이.

선험조건을 구성한다."[138] 이처럼 블로흐의 사상은 한쌍의 궁극적 원천을 지니며, 종교와 정치의 '연통관'(連通管)'의 일종의 폭발적 재개통(再開通)이라 할 수 있다.

3)

> 이 학문(해석학)은 특이한 운명을 걸어왔다. 역사적 실존의
> 일회성에 대한 이같은 파악이 시급한 이론적 문제가 되는 커다란 역사적
> 운동기에만 중시되다가 다음 순간 다시 어둠 속으로 사라져버린다.
> ──빌헬름 딜타이(Wilhelm Dilthey),「해석학의 탄생」
> (Die Entstehung der Hermeneutik)의 주석

블로흐의 저술은 그가 삶과 문필활동을 영위했던 동서 독일 모두에서, 영향력을 갖기보다 존경의 대상에 머무는 것처럼 보인다. 이 책에서 다룬 철학자·비평가 가운데 해외에 가장 덜 알려진 사람이 블로흐일 것이다. 이는 물론 부분적으로는 그의 체계의 방대하고 총체적인 성격 탓이다. 그의 체계는 그것이 표현하는 보편문화처럼, 우리한테 익숙해진 더 하위의 철학적 단어들과 관점들을 자체 속에 모두 포용할 것을 암암리에 요구한다. 일종의 절대처럼 여겨질 만한 결정적 용어체계나 탄탄한 언어도 있을 수 없는 형상론에 오면 일은 더더욱 어려워진다. 이 점에서도 그의 체계는 귀의(歸依)를 요구하며, 이 귀의의 성격은 아마도 철학적이기보다 종교적일 것이다.

그러나 블로흐가 등한시된 주된 이유는 희망과 존재론적 예기의 가르침인 그의 체계가 그 자체로도 하나의 예기이며, 아직 생겨나지 않은 보편적 문화와 보편적 해석학의 제반 문제에 대한 해답이라는 사실에

---

138 *Geist der Utopie* 345~46면.

있다. 그의 체계는 우주에서 떨어진 운석처럼 거대하고 수수께끼 같은 모습으로 우리 앞에 놓여 있다. 내부의 특이한 온기와 힘을 방사하는, 철자와 그 철자의 열쇠들부터가 결국 해독될 순간을 참을성있게 기다리고 있는, 신비로운 상형문자로 뒤덮인 채.

그 사이 그의 저작은 마르쿠제와 벤야민의 저작처럼 우리의 문화라는 책 속에 보존되어 있는 상충하는 텍스트들에 참된 정치적 차원을 복원하는 작업에서 맑스주의 해석학이 사용할 수 있는 몇가지 방법에 대해 하나의 실물교육을 제공할 수 있을 것이다. 이 복원작업은 어떤 안이한 상징적·우의적 해석을 통해서가 아니라 바로 텍스트 자체의 내용과 형식충동이 (심적 완전성의 형상이건, 자유의 형상이건, 유토피아적 변형을 향한 추동의 형상이건) 억누를 수 없는 혁명적 소망의 형상임을 읽어냄으로써 수행된다.

제3장

죄르지 루카치

죄르지 루카치

서구 독자에게는 죄르지 루카치의 상(像)이 그 실재보다 더 흥미롭게 보이는 경우가 많았다. 마치 플라톤의 이데아와 방법론적 원형으로 이루어진 어떤 세계에 맑스주의 문학비평가를 위해 비워놓은 자리라도 하나 있어서, (쁠레하노프 이후로는) 루카치만이 그 자리를 채우려고 진지하게 노력한 것처럼 말이다. 그러나 결국에 가서는 비교적 우호적인 서구 비평가들조차 각기 다양한 정도의 환멸을 느끼며 그에게 등을 돌리고 만다. 그들은 추상관념이라면 얼마든지 관조해볼 태세로 달려들었으나, 실천에서는 너무 많은 희생을 감수해야 한다는 사실을 깨닫게 된다. 그들도 입으로는 루카치를 거물로 인정하지만, 막상 텍스트는 그들의 기대와는 전혀 딴판이었다.[1]

---

1 쑤전 쏜태그(Susan Sontag): "지난 10여년 동안 맑스주의에 대한 진지한 논의를 불가능하게 만들었던 '냉전'의 빈곤들에 항의하는 뜻에서라도, 나 역시 루카치를 최대한 선의로 해석하고 싶다. 그러나 우리가 '후기' 루카치에 관대해지자면 댓가를 치를 수밖에 없으니, 곧 그를 진지하게 보지 않아야 그의 도덕적 열정을 미학적으

이런 불편은 별로 놀라운 일이 아니다. 그것은 서구의 상대주의가 자체의 개념적 한계에 접근했다는 표시다. 사실 우리 서구인은 우리의 문화가 가상의 거대한 박물관과 같으며 거기서는 모든 생활형태와 모든 지적 입장이 동등하게 환영받는다고 여긴다. 모두 관조의 대상으로만 머문다는 조건이라면 말이다. 따라서 여러 철학체계 중 하나에 불과한 그런 맑스주의라면, 기독교 신비주의자와 19세기 무정부주의자, 초현실주의자 및 문예부흥기의 인문주의자 들과 더불어 얼마든지 자리를 내어줄 수 있을 것이다. 맑스주의가 이렇게 포섭되지 못하는 것이 절대적인 믿음을 일정하게 요구하기 때문일 리도 없다. 종교들도 이미지로 변형된 채 우리가 익히 알고 있는 그 절충적 전통 속에 쉽게 공존하고 있는 형편이니까. 그렇다, 사적 유물론의 구조의 독특함은 그것이 사유의 자율성 자체를 부정하는 데, 즉 그 자체도 하나의 사상이면서 순수사유가 위장된 사회적 행동양식으로 기능하는 점을 강조하며 정신의 물질적·역사적 현실을 거추장스럽도록 자꾸 상기시키는 데 있다. 이처럼 하나의 문화적 대상으로서 맑스주의는 문화활동 일반에 적의를 품고 달려들어 그 가치를 깎아내리고 문화활동 향유에 전제되는 계급적 특권과 여가를 여지없이 폭로한다. 맑스주의는 이런 식으로 정신적 상품

로, 즉 사상보다는 스타일로 취급함으로써 그를 은근히 내려다보아야 하는 것이다." (*Against Interpretation*, New York: Farrar, Straus & Giroux 1966, 87면). 아도르노: "루카치의 사람됨은 의심의 여지가 없다. 그러나 그가 지성을 희생해 만들어낸 개념틀은 너무 좁아서 자유롭게 숨을 쉬어야만 살 수 있는 모든 것을 질식시켜버린다. 지성의 희생(sacrifizio del' intelletto)은 이것들을 온전히 남겨두지 않는다."(*Noten zu Literatur* 3권. Frankfurt: Suhrkamp 1958~65, 제2권 154면). 조지 스타이너(George Steiner): "독일어는 루카치의 중심언어이지만 그가 쓰는 독일어는 꽉꽉하고 범접하기 힘들다. 그의 문체는 망명객의 문체, 살아 있는 말의 습관을 잃어버린 문체다" (*Language and Silence*, London: Penguin, Harmondsworth 1969, 295면).

으로서 자신의 가치를 깎아내리고 서구의 맥락에서 자기도 연루되었던 문화소비 과정을 중단시킨다. 그러므로 순수이성이나 관조로 환원되지 않는 것은 바로 사적 유물론의 구조 자체, 즉 사유와 행동의 통일이나 사상의 사회적 결정 등의 원칙이며, 서구 중산계급의 철학적 전통은 이를 맑스주의 체계의 **결함**으로밖에 보지 못하지만, 우리가 그것을 거부한다고 여기는 바로 그 순간 오히려 그 편에서 우리를 거부한다.

그렇다면 루카치의 평생의 작업이 안에서부터 이해되지 못하는 것, 즉 그 내적 논리와 계기에 따라 상호 발전해나가는 일련의 해답과 문제로 이해되지 못하는 것도 놀라운 일은 아니다. 또한 그의 저서들이 자의적 입장들의 외적 징표들, 그 자체로는 무의미하며 당 노선의 변화에 비출 때 비로소 이해가 되는 징후로 간주되는 것도 놀라운 일이 아니다. 루카치의 지적 발전에 대한 고찰 대신 그의 경력에 대한 신화가 자리잡았고, 모든 서구 주석자들은 별 반성 없이 이런저런 형태로 이를 복창한다. 이를테면 신칸트학파 시기에 이어서, 즉 짐멜(Georg Simmel)[2]과 라스크(Emil Lask)[3]에게서 배우고 막스 베버와 만난 시기에 이어서 『소설의 이론』의 헤겔주의자 루카치가 출현하기 시작한다는 식이다. 그리고 칸트주의자가 헤겔주의자로 바뀌었듯, 다시 제1차 세계대전 중에 헤겔주의자가 맑스주의자로 바뀌어 헝가리 공산당에 가입하고 벨라 쿤(Béla Kun)의 혁명정부에 참여한다.[4] 강한 행동주의 성향과 완강한 헤겔주의 경향을 지닌 볼셰비끼인 제3기의 루카치는 『역사와 계급의식』(1923)

---

2 짐멜(Georg Simmel, 1858~1918)은 독일의 사회학자·철학자이다——옮긴이.

3 라스크(Emil Lask, 1875~1915)는 신칸트학파와 후썰의 현상학파 사이에 논리적 교량을 놓은 독일 철학자이다——옮긴이.

4 벨라 쿤은 공산당을 창당한 헝가리 정치가로 1913년 사회민주당과 연립정부를 수립하고 총리가 되었다. 루카치는 문교인민위원으로 일했다——옮긴이.

이라는 독창적인 저서를 쓰는데, 이 책은 당의 비난을 받는다. 그후 자기비판에 이어 가장 낯익은 성숙한 루카치의 면모가 확립되어간다. 이는 곧 1930,40년대의 스딸린주의자 루카치이자 리얼리즘 문학이론가 루카치인데, 그의 리얼리즘 이론은 당시의 공식적 사회주의 리얼리즘과 쉽게 조화될 수 있는 것으로서,『발자끄와 프랑스 리얼리즘』(*Georg Balzac und der französische Realismu*s, 1945),『괴테와 그의 시대』(*Goethe und seine Zeit*, 1947),『세계문학 속의 러시아 리얼리즘』(*Der russische Realismus in der Weltliteratur*, 1949),『역사소설』(*Der historische Roman*, 1955) 및 전후 동베를린에서 출판된 19, 20세기 독일의 문학과 사상을 다룬 수많은 연구에서 표명되었다. 해빙기와 더불어 한결 온건해진 루카치는『비판적 리얼리즘의 현재적 의미』(*Der Gegemwartsbedeutung des kritischen Realismus*, 1958)[5]에서 모더니즘에 대한 자신의 전반적인 입장을 재천명하며 헝가리봉기 이후로는 은퇴하여 두권짜리 저서『미학』(*Ästhetik*, 1963)을 준비하는데, 이 저서 및 집필을 계획했던『윤리학』(*Ethik*)과『존재론』(*Ontologie*)에서 그는, 맑스주의의 관점에서이지만, 젊을 때의 신칸트학파적인 이론적 과제로 되돌아간다.

주목할 것은 이런 전기적 신화를 만들어내려면 일생을 불연속적인 '시기'들로 나누어야 한다는 점인데, 이런 공정에는 이중의 이점이 있다. 첫째로, 한 시기에서 다른 시기로 넘어가는 경로는 신화 고유의 범위 밖이다. 따라서 한 입장에서 다른 입장으로의 이행은 가장 공감적인 역사의식을 통해 재체험하여 안에서부터 이해할 수 있는 수준을 훨씬 넘어서거나(가령 공산주의로 반半 종교적 전향을 한다는 견해) 혹은

---

5 영역판은 *Realism in Our Time* 및 *The Meaning of Contemporary Realism*이라는 제목으로 출판되었다——옮긴이.

그에 훨씬 못 미친다(가령 당 노선에 비굴하게 굴종하는 광경). 둘째로, 우리는 군이 어느 한쪽 편에 설 필요도 없이 이 시기들로 하여금 서로를 비판하도록 만들 수 있다. 청년 맑스가 후년의 맑스 비판에 이용되듯, 『소설의 이론』의 루카치건 『역사와 계급의식』의 루카치건 초기 루카치가 후기의 리얼리즘 이론가를 깎아내리는 데 일조한다. 실로 출발점으로 되돌아간 최후의 루카치는 그의 사업 전체의 실패와 헛됨을 시사하게 마련이다.

그러나 만일 초기 저작들이 후기 저작들에 비추어서만 완전히 파악될 수 있는 것이라면? 또한 루카치의 이어지는 입장들이 일련의 자기배반이기는커녕 오히려 하나의 문제복합체에 대한 진전된 탐구 및 확장으로 판명된다면? 다음에서 우리가 보여주고자 하는 것은 루카치의 작업이 서사에 대한, 즉 서사의 기본구조들 및 서사와 거기 표현된 현실의 관계, 그리고 더 추상적이고 철학적인 다른 이해양식들에 비해 서사가 지니는 인식론적 가치 등에 대한 평생의 지속적 성찰이라 할 수 있다는 점이다.

1

루카치의 모든 문학논의를 일관하는 주된 개념적 대립은 구체와 추상이라는 그 낯익은 헤겔적 대립이다. 물론 헤겔의 독창성은 이 순수논리적 구분을 존재론적 구분으로 변형시키고, 산 체험과 삶의 형식들 자체도 이 구분에 비추어 대조 평가될 수 있음을 입증하며, 또한 어떤 한 경험이나 작품의 파악이 동시에 거기 담겨 있지 않은 것에 대한 인식이 되는 그런 유의 비교적인, 아니 실로 변증법적인 사유양식을 발전시킨

데 있었다. 충만하고 농밀한 존재의 감각이나 구체성의 감각, 혹은 경험의 추상성과 빈곤성의 감각이 바로 이 한 경험과 다른 경험, 한 작품과 다른 작품, 한 역사단계와 다른 단계의 함축적 비교에서 나온다는 점은 분명하다.

아마도 이보다 덜 명백한 사실은 이런 헤겔적 대립이 현재 통용되는 더 낯익은 소외 개념과 상당히 겹친다는 점이니, 추상적인 것이나 소외된 것이나 분명 똑같은 대상을 가리키기 때문이다. 다만 왜 서구 사상가들이 대체로 소외 개념을 더 좋아하는지는 쉽게 알 수 있다. 소외 개념은 명백히 타락하고 퇴락한 현실의 진단을 허용하되, 인간이 더이상 소외되지 않는 상태를 상상하는, 상응하는 노력을 정신에 요구하지는 않기 때문이다. 소외는 따라서 소극적이고 비판적인 개념으로, 유토피아의 계기를 은연중 배제한다. 반면 추상이라는 술어는 반(反)명제의 구조를 갖기 때문에 사고를 완성하기 위해서는 구체성의 관념을 보존, 발전시킬 수밖에 없게 만든다.

이 대립의 가장 맑스주의적인 용법은 물론 개인적 실존의 구체성 내지 추상성의 궁극적 원천을 사회로 보는 것이다. 문학을 놓고 볼 때 이는 어느 시대의 사회든 사회를, 그 속에서 창조되는 예술작품의 추상성이나 구체성을 궁극적으로 결정짓는, 미리 주어지며 이미 형성된 원료로 간주함을 뜻한다. 엥겔스는 유명한 구절에서 이렇게 말했다. "인간의 역사는 인간 스스로 만든다. 다만, 이는 그 역사를 조건짓는 주어진 환경 속에서, 그리고 이미 존재하는 실제 관계들의 기반 위에서 행해지며, 다른 정치적·이데올로기적 관계들에서 많은 영향을 받기는 하지만 그중에서는 경제적 관계가 역시 궁극적으로 결정적인 관계로서, 관계 전체를 관류하며 이해에 필수적인 기조(基調)를 형성한다."[6] 비행기나 백화점, 레종 도뇌르 훈장[7] 수훈자, 여성해방문제 따위가 그것들이 존

202

재하지 않는 사회에서 나온 예술작품의 요소가 될 수 없다는 것은 당연한 말이고, 더 중요한 것은 주어진 사회적 원료가 작품의 내용뿐만 아니라 형식에도 영향을 미친다는 점이다.

산업화 이전 사회나 농경사회나 부족사회의 예술작품에서는 예술가가 활용하는 원료가 인간중심적인 것이며 즉각적 의미를 갖기 때문에 작가 편에서 예비적인 설명이나 정당화를 할 필요가 전혀 없다. 이야기에 시간적 배경이 필요하지도 않으니, 그 문화가 역사를 알지 못하기 때문이다. 각 세대는 똑같은 경험을 되풀이하며 똑같은 기본적인 인간상황을 마치 처음인 양 다시 창조해낸다. 사회제도도 외적 전통이나 근접하거나 이해하기 힘든 건축물처럼 느껴지지 않는다. 권위는 왕이나 성직자 속에 체현되며 그들에 내재한다. 인간행위자로서 그들은 권위를 온전히 3차원적으로 표현한다. 이런 세계에서는 물질적 대상 역시 마찬가지로 즉각적이다. 그것은 명백히 인간적 산물, 즉 예정된 의례의 소산이자 즉각 눈에 보이는 위계질서를 지니는 부락의 일들의 소산이다. 이런 생활양식의 초자연적 (마술적 혹은 종교적) 이데올로기조차도 인간적인 모습을 한 신들이나 의인화된 힘들의 형태로 인간에 귀착된다. 물론 이는 투사다. 그러나 신화의 스토리텔링 구조에서는 투사의 기제 자체가 아직 위장되지 않은 순진한 상태다. 이런 사회 특유의 예술작품들은 그 요소들이 애초부터 모두 유의미하다는 점에서 구체적이라 부를 수 있겠다. 작가는 이 요소들을 사용하되 그것들의 의미를 먼저 입증할

---

6 슈타르켄부르크(Starkenburg)에게 보낸 1894년 1월 5일자 편지(Marx와 Engels, L. Feuer 엮음, *Basic Writings on Politics and Philosophy*, New York: Doubleday 1959, 411면).

7 레종 도뇌르(Légion d'honneur)는 '영광의 군단'이라는 뜻이며 프랑스의 국가 최고 훈장이다——옮긴이.

필요가 없다. 헤겔 언어로 말하자면, 이 원료는 매개가 필요없다.[8]

이런 작품으로부터 산업시대의 문학으로 오면 모든 것이 달라진다. 작품의 요소들은 인간적 중심에서 벗어나기 시작하고, 인간적인 것의 일종의 해체가 이루어지며, 모든 국면에서 우연성, 순전한 사실, 비인간적인 것으로 귀착되는 일종의 원심적 분산이 이루어진다. 심지어 이야기의 가장 기본요소인 등장인물조차 문제성을 띠게 된다. 이제 등장인물은 개성(personality)을 지니며, 어떤 개성적 자질의 선택, 이를테면 주인공을 냉소적인 성마른 인물이 아니라 몽상적이고 이상주의적인 인물로 묘사하는 것이 작품 자체 안에서 유기적으로 정당화되어야 한다. 가령 주인공의 기질은 아버지와 가족상황을 통해 설명되거나 기성 사회와 그 지배적 가치들에 대한 모종의 관계를 표상하는 것으로 그려질 것

---

8 "인간이 외적 삶을 영위하는 데 필요한, 집과 가정, 천막, 의자, 침대, 칼과 창, 바다를 건널 배, 전쟁에 타고 갈 전차(戰車), 끓이고 굽기, 도살, 먹고 마시기 등등 이 모든 것 중 어느 것도 인간에게 하나의 목적을 위한 죽은 수단에 불과하지는 않았을 것이다. 그 자체로는 다만 외적인 것들도 인간 개인과 매우 밀접히 연관되면서 인간적 숨결이 어린 개체성을 띠게 되는 것을 보면 틀림없이 인간은 아직 이 모든 것 속에서 자신의 전 감각과 자아로 생생히 살아 있는 듯 느꼈을 것이다"(Hegel, *Ästhetik* 2권, Frankfurt: Europäische Verlagsanstalt 1955, 제2권 414면; Lukács, *Studies in European Realism*, New York: Grosset and Dunlap 1964, 155면에서 재인용). 또한 이 책 407~08면에 인용된 '산문의 세계'에 관한 대목 참조. 사실 헤겔의 『미학』에서 우리 현대독자에게 가장 흥미로운 부분은 아마 서사시의 구조 자체에 대한 서술보다 도대체 현대세계에서 그러한 전체성을 미리 배제해버리는 것이 무엇인지 직접적으로든 함축적으로든 보여주는 대목들일 것이다. 우리는 헤겔을 적극적이 아닌 소극적 견지에서 읽으며, 루카치의 『소설의 이론』도 이런 의미에서는 헤겔 미학이 '절대정신'의 죽음 이후에 보여주는 논리적 연장에 불과하다. 앞의 인용에 이어 헤겔은 이렇게 덧붙인다. "현재 우리의 기계니 공장이니 하는 것은 거기서 만들어내는 생산물 및 일반적으로 말해 우리의 외적 욕구를 충족하는 수단과 더불어 이런 점에서는—근대국가의 조직과 꼭 마찬가지로—본래의 서사시가 요구하는 삶의 배경과 어긋나게 될 것이다."

이다. 혹은 세계의 거부라는 형이상학적 가치를 띠는 것으로 그려지거나 아니면 결국 정당화되지 않은 채로 남을 텐데, 마지막 경우에는 작품이 우연적 사건의 수준으로 떨어져 일종의 개인적 병력(病歷)이 되기 십상이다.

즉각적 이해가능성의 이런 상실은 다른 차원들, 즉 작품의 시간이나 작품 배경이 되는 제도들이나 등장인물들을 둘러싼 사물들에서도 일어난다. 촌락생활의 의심할 여지없는 제의적 시간이란 더이상 존재하지 않기 때문이다. 그 결과 공과 사, 일과 여가가 분리되며, 이야기는 인간의 삶이 판에 박힌 고역과 잠으로 나뉘는 세계에서 자신의 활동공간을 찾아내야 한다. 그래서 소설가는 줄거리가 주말(까뮈의『이방인』), 휴가(토마스 만의『마의 산』), 일상성이 파괴되는 대위기(전쟁문학) 중에 전개되도록 배치한다. 주인공의 직업이 사적 삶을 누릴 만한 자유시간을 허용하는 경우(조이스의『율리시스』)에는 또한 그런 직업의 선택 자체를 (광고업은 언어작업이라든가 하는 식으로) 정당화해내야 한다. 물려받은 부와 여가가 있는 경우, 그것은 (19세기 영국과 러시아의 소설에 행위자를 공급한 지주향신층gentry의 경우처럼) 일종의 검토되지 않은 사회적 전제에 기초하거나 아니면 단순한 가족 차원의 우연으로 남아, 문제가 해결되지 않은 채 과거로, 앞세대로 떠넘겨질 뿐이다. (그리고 여기서 바로 이런 과정의 징표로『사절들』The Ambassadors의 뉴섬 Newsome 가문이 재산을 일군 원천이라고 헨리 제임스가 사담에서 인정했던 그 언급되지 않은 침실용 변기를 들 수 있겠다.)

이야기의 틀 자체도 마찬가지다. 등장인물들이 드라마를 펼쳐나가는 장인 현대세계의 제도들은 결국 그저 **주어진** 것일 뿐이며, 한 특정 국가의 상황, 역사발전의 한 특정 시기라는 작품의 우연적 기원의 소산일 뿐이다. 촌락이나 도시국가는 그 자체로 하나의 온전한 세계다. 그러나 예술작품에서 초고속도로·현대적 대학·미육군·거대산업도시는 모두 구현되지도 않았고 궁극적으로 구현 불가능한 이물질들을 이룬다. 그런데 전반적인 사회조직의 이런 면은 한 특정 사회의 개개 상품에서, 즉 등장인물들을 둘러싼 다양한 사물과 생산물에서 더욱 뚜렷이 드러난다. 의자·오토바이·식료품·집·연발권총 등은 더이상 즉각적인 인간활동의 소산으로 느껴지는 게 아니라 마치 죽은 가구처럼 작품에 들어오며, 마치 이질적인 무기물처럼 작품의 인간적 표면을 찢고 나온다.

현대문학은 이처럼 완강히 저항하는 사물에 의미를 부여하고 그것을 예술작품의 인간화된 내용에 통합하려는 명시적인 희망 속에 특수한 기법들과 정교한 상징의 방법을 개발해냈다는 지적도 가능할 것이다. 사실 상징법 자체가 현대문학의 주된 현상이기도 한데, 이는 나중에 더 상세히 논의하기로 한다. 지금으로서는 상징적인 혹은 상징화하는 사고양식들이 이런 딜레마의 해결책으로서 어떤 장점을 지니든, 그것들이 작품에 존재한다는 사실부터가 언제나 대상의 즉각적 의미의 상실을 나타낸다는 점, 그리고 대상이 본질적으로 문제적인 것이 되지 않았다면 애당초 이런 과정이 일어나지도 않았으리라는 점을 지적하는 것으로 충분하겠다.

현대생활의 이런 우연성이 현실이라는 데 대해 훨씬 더 강한 반론도 가능하다. 즉 겉보기에만 우연성이지, 비인간적인 듯 보이는 그런 모든 제도와 사상도 그 기원은 사실상 매우 인간적이다. 산업시대처럼 세계가 완전히 인간화된 적도 없으며, 개인 환경의 그렇게 많은 부분이 맹목적 자연력의 결과가 아니라 인간역사 그 자체의 결과인 적도 없었다. 따라서 현대 예술작품이 시야를 충분히 확대할 수만 있다면, 그러한 대단히 이질적인 현상들과 사실들 사이에 충분한 연결을 만들어낼 수만 있다면, 비인간성이라는 환상은 사라지고 작품의 내용도, 전보다 훨씬 방

206

대한 규모에서이긴 하지만, 다시금 인간적 견지에서 완전히 이해될 수 있으리라는 것이다. 그러나 바로 이런 확대야말로 문학의 형식 및 구조 자체와 상충한다. 예술작품의 틀은 개인적인 실지 체험이며, 바깥세계가 완강히 소외된 상태로 남는 것은 바로 이런 제한 때문이다. 우리가 개인의 경험으로부터 집단적 차원으로, 즉 인간적 제도들이 다시금 서서히 우리에게 투명해지는 그 사회학적 혹은 역사학적 초점으로 옮아갈 때, 우리는 예술작품을 떠나 구상화되지 않은 추상적 사고의 영역으로 접어든 셈이다. 그런데 양립 불가능한 두 차원에서 영위되는 이런 삶은 현대세계의 구조 자체가 지닌 기본 결함에 상응한다. 즉 우리가 추상적 정신으로서 이해할 수 있는 것들을 개인적 삶과 경험으로 직접 살아낼 수는 없다. 따라서 우리의 세계와 우리의 예술작품은 **추상적**이다.

그러므로 우리는 예술에서 구체성이 갖는 두가지 기본 특징을 강조하면서 이 예비적 고찰을 마무리해도 좋을 듯하다. 첫째로, 구체성이 획득된 상황이란 우리가 그 속에 있는 모든 것을 순수히 인간적 견지에서, 즉 개인적 인간경험과 개인적 인간행위의 견지에서 느낄 수 있게 해주는 상황이다. 둘째로, 그러한 작품은 삶과 경험을 하나의 총체성으로 느낄 수 있게 해준다. 작품의 모든 사건과 모든 부분적 사실·요소들은 한 총체적 과정의 일부로 (비록 이 본질적으로 사회적인 과정이 아직 형이상학적 견지에서 이해된다고 하더라도) 즉각적으로 파악된다. 이런 총체성의 감각에서 우리에게 지금 가장 중요한 측면은 거기 주어진 이데올로기적 설명이 아니라 작가가 활용할 원료를 얻어내는 그 특정한 사회적 삶에 그것이 즉각적으로 현존하느냐 부재하느냐 하는 점이다. 이미 밝힌 대로, 즉각적 전체성과 상호관련성의 이같은 느낌이 애당초 실제 삶에 존재하지 않는다면 예술가는 그것을 복원할 아무런 수단도 갖지 못하며, 기껏해야 흉내를 내볼 수 있을 뿐이다.

이 범주들을 문학에 적용하는 루카치 최초의 본격적 시도인『소설의 이론』에서 이 범주들은 본질(Wesen)과 삶의 대립, 혹은 한편으로 유의미성과 다른 한편으로 일상적 삶의 사건·원료의 대립으로 나타난다. 루카치에게 고대 그리스의 제반 형식의 발전은 이 기본 대립에 내재한 여러 가능성, 즉 여러 관계에 관한 일종의 축소모형 내지 변증법적 신화를 제공한다. (그리고 덧붙여두는데, 이같은 고대 그리스 상像의 역사적 정확성 여부는 우리에게 당장은 중요한 문제가 아니다. 우리는 이것을 다만 루카치의 근대소설 논의를 담아내는 편리한 개념틀로 간주할 수 있을 것이다.)

루카치가 그리스 문학에서 발견하는 세 기본단계 중 첫번째는 앞에서 개진한 의미에서 구체적인 서사시의 단계다. 서사시에서는 의미 혹은 본질이 아직 삶에 내재하는데, 진정한 서사, 즉 서사시적 서사란 일상적 삶이 아직 의미있게 느껴지며 그 최말단까지 즉각 이해 가능할 때에만 가능하다. 본질과 삶이 하나인 이 유토피아 이후에 두 항은 분리되기 시작하고, 서사시의 자리에 비극이 들어선다. 비극에서는 의미와 일상적 삶이 서로 대립한다. 비극에서 이 둘이 일치하는 경우는 오로지 비극적 위기의 순간뿐인데, 이때 주인공은 자신을 내치는 무의미한 바깥세계에 의해 파괴당하는 순간에도 삶에 대한 절대적 요구와 의미에 대한 궁극적 열정을 견지함으로써, 그의 고뇌 속에 한순간 이 둘을 연결시킨다. 따라서 이제 비극은 연속성을 제시하지 못한 채 오로지 돌발적이고 불안정한 구조를 지닌 고양된 위기의 순간들을 주축으로 구성되고 또 그 순간들에 의존한다. 이런 순간들조차 사라지고 의미와 삶이 돌이킬 수 없이 결별할 때 그리스 예술의 세번째 단계가 등장하니, 이것이 곧 플라톤 철학의 단계다. 일상적 삶의 원료가 전적으로 무가치한 것이 되어버린 여기 이 세계에서 본질이나 의미는 이데아들의 순전히 지적인 영역으로 피신하는데, 그것은 플라톤의 신화나 우화에서 표출되는 경우를 제외하고는 그 자체가 실현 불가능한 것이 되어버렸다.

공통된 방법론에도 불구하고 『소설의 이론』의 루카치와 헤겔, 특히 『미학』의 헤겔이 보이는 차이가 이미 분명해진다. 헤겔 역시 그리스인에게 큰 가치를 부여하기는 하지만, 그는 서양예술의 역사 및 역사 일반을 제반 형식의 상승으로 본다. 즉 아시리아와 이집트 신들의 기괴한 형상처럼 정신이 아직 질료 속에 결박당해 갇혀 있는 동양예술의 상징적 형식으로부터, 정신이 그 적합한 표현을 순전히 인간적인 형상에서 찾는 그리스의 고전적 형식을 거쳐, 질료가 점차 떨어져나가고 순수정신이 언어로 표현되는 근대세계의 낭만주의 예술에까지 상승해왔다는 것이다. 물론 이미 헤겔도 소설이 루카치적 의미에서 서사시의 근대적 대체물이 될 것을 감지했다. 그러나 잘 알려진 대로 헤겔에게 예술의 성취란 어떤 예술형식에 있는 게 아니라 예술의 자기초월, 즉 예술이 철학으로 변형됨에 있다. 사람들이 처음에는 순진하게 종교에 투사했고, 그다음에는 예술창조 속에서 사람들에게 가시적인 것으로 만들어낸 것을 궁극적으로 자기의식으로 이끌어내는 것은 오로지 철학에서라는 것이다.

그러나 앞으로 여러 맥락에서 보게 되겠지만, 루카치는 순수사유란 결코 실재에 접근하는 특권적 수단으로 절대적 가치를 갖지 못한다고 본다. 오히려 그에게 절대적인 것은 서사로서, 그리스 예술의 제 단계에 대한 예비적 조감에서도 서사의 우선성을 전제로 상정한다. 오직 서사시만이 순수하게 서사적인 형식으로 간주될 수 있다는 것이다. 비극은 극이다. 다시 말해 비극은 순간만을 제시할 뿐 서사적 연속성의 기법들을 취할 수 없다. 그리고 물론 철학에서 순수사유의 지배는 미덕이기는커녕 형식적 가능성으로서 서사를 배제했다는 바로 그 점에 따라 판단, 평가된다.

바로 이런 예비적 고찰을 배경으로『소설의 이론』의 기본사상이 모습을 드러내는데, 즉 하나의 형식으로서 소설이란 물질과 정신 및 삶과 본질의 화해인 서사시적 서사의 특질을 근대에 재연하려는 시도라는 발상이다. 소설은 이제 서사시가 불가능해진 삶의 조건에서 서사시의 대체물이 된다. "그것은 신에게 버림받은 세계의 서사시다."[9]

이런 것으로서 소설은 더이상 비극이나 서사시처럼 붙박이 관습을 지닌 확정되고 닫힌 형식이 아니다. 오히려 그것은 그 구조부터가 문제적이며 발전의 단계마다 재창조되어야 하는 잡종의 형식이다. 한권의 소설은 이미 획득된 추진력이 전무한 상태에서 바로 서사가능성부터가 허공 속에서 시작되어야 하는 하나의 과정이다. 따라서 소설의 특별한 제재는 목표도 길도 미리 확립되어 있지 않은 세계에서 이루어지는 이런 모색이 될 것이다. 소설은 하나의 과정으로 거기서 우리는 (그 해결이 소설의 이야기인) 문제들의 창출 자체를 목격한다. 서사시의 영웅이 집단을 대표했고 유의미한 유기적 세계의 일부였다면, 소설의 주인공은 언제나 하나의 고독한 주관성이다. 그는 문제적이다. 즉 당면문제가 바로 주인공의 배경을 이루는 자연과 사회에 대한 주인공의 관계, 이것들과 주인공의 통합인 만큼 주인공은 항상 그 배경과 대립하는 위치에 놓이게 마련이다.[10] 화해가 작품의 진행 중에 힘겹게 얻어지는 것이 아

---

9 Georg Lukács, *Theorie des Romans* (Neuwied: Luchterhand 1962) 87면. 이런 의미에서 루카치의 저서는 막스 베버의 사회분석 범주들을 여러 플롯 구조에 적용한 것이라 할 수 있는데, 이 구조들은 인간활동과 (이제 인간활동에 내재한다기보다는 초월적이고 피안적이거나 사실상 관료화·세속화entzauberte된 세계에서 그러하듯 완전히 결여된) 본질적 의미 사이의 베버 특유의 변증법 속에 자리한다. 베버에서도 그렇듯이런 플롯 분석은 궁극적으로 유형론에서 완성된다.
10 다른 좀더 형식적인 요소들을 희생하면서 소설의 내용의 이 측면을 강조하는 뤼시앵 골드망(Lucien Goldmann)의 문제적 주인공 이론은, 그것에 영향을 준 루카치의

니라 작품의 서두부터 이미 주어져 있다면 그런 화해란 일종의 부당한 전제이거나 소설형식에 대한 속임수일 것이며, 그럴 때 소설의 과정 전체는 무효가 될 것이다. 소설 주인공의 원형은 따라서 광인이나 범죄자다. 작품은 그의 전기(傳記)요, 그가 공허한 세계 속에서 "자신의 영혼을 입증"하려 나서는 이야기다. 그러나 물론 정말로 입증을 해내지는 결코 못하니, 만약 진정한 화해가 가능하다면 소설 그 자체가 다시금 서사시의 전체성에 자리를 내주고 사라져버릴 것이다.

바깥세계와 인간경험에 의미를 부여하려는 시도인 소설은 이처럼 항상 주관적 의지와 주관적 고집의 소산이다. 서사시처럼 통일성이 세계에서 자연스럽게 솟아나오는 게 아니라, 소설가의 정신이 강제로 통일성을 부과하려고 한다. 이런 까닭에 소설가의 행위는 언제나 독일 낭만주의자들이 말하는 '아이러니'의 깃발 아래 이루어진다. 낭만적 아이러니[11]는 작품이 자신의 주관적 기원을 참작하는 구조, 창작자가 스스로를 가리키면서 창작을 완성하는 독특한 구조를 지닌다. 즉 '가면 벗기'(larvatus prodeo)다. 따라서 루카치는 인간의 자유의 가장 기본적인 이미지를 소설의 주인공이 아니라(주인공은 궁극적 의미의 추구에 결코 성공하지 못한다) 소설가 자신에게서 본다고 할 수 있다. 소설가는 실패담을 이야기하는 가운데 성공하며, 실로 소설가의 창작이야말로 주인공이 헛되이 추구할 뿐인 물질과 정신의 그 순간적 화해를 가리킨다. 소설가의 창조활동은 "신이 사라진 시대의 소극적 신비주의"[12]다.

소설은 따라서 윤리적 의미를 갖는다. 인간 삶의 궁극적인 윤리적 목

발상보다 훨씬 협소한 것 같다.

11 작가가 아름다움이나 진실을 여실하게 그려내다가 돌연히 어조를 바꾸거나 비평을 가해 그것의 불완전성을 암시하는 태도를 말한다——옮긴이.

12 *Theorie des Romans* 90면.

표는 유토피아, 즉 의미와 삶이 다시금 불가분해지고 인간과 세계가 하나가 되는 세계이다. 그러나 이런 식의 언어는 추상적인데, 유토피아는 관념이 아니라 비전이다. 따라서 모든 유토피아적 활동의 실험장은 추상적 사고가 아니라 구체적인 서사 자체며, 위대한 소설가는 바로 자신의 문체와 줄거리의 형식적 구성 속에서 유토피아의 문제들의 구체적 실례를 제공한다. 반면 유토피아 철학자는 다만 창백하고 추상적인 꿈, 실체가 결여된 소원충족을 제공할 뿐이다.

루카치 이론의 기반인 물질과 정신의 대립을 전제할 때, 그중 어느 항목이 강조되느냐에 따라 소설이 크게 두 부류로 나뉠 것은 분명하다. 그러나 다른 의미에서는 이 유형론의 단순성이란 자못 기만적이다. 소설의 출발점은 언제나 주관적이며 언제나 인간경험일 수밖에 없기 때문이다. 또한 객관항인 바깥세계는 여간해서는 굳이 인간과 화해하려고 꿈꾸지 않는다. 따라서 (루카치가 **추상적 이상주의** 소설이라 부르는) 세계지향적 소설은 일종의 착시 위에 세워진 셈이다. 이런 소설의 주인공은 세계의 의미를 맹목적으로 굳게 확신하고, 지금 여기에서 자신의 탐색이 성공할 것이며, 화해 자체가 가능하다는 근거 없는 강박적 믿음을 품는 특징이 있다. 이런 강박관념에 매인 주인공(그 원형은 물론 돈 끼호떼다)에게는 현실세계의 명백한 저항도 마법과 사악한 주술사들의 적대행위로 쉽게 설명된다. 그리하여 그는 결코 외부현실과 실제로 접촉하지 못하고, 오직 그의 출발점이었던 외부현실에 대한 유토피아적 비전을 통해서만 접촉한다. 이런 태도가 형식에 역설적인 영향을 미치니, 추상적 이상주의 소설은 일련의 객관적 사건들과 모험들로 귀결되고 외견상 객관적인 표면을 내보인다. 그러나 이 표면적 객관성이란 광기와 주관적 강박관념의 소산일 뿐이다.

『돈 끼호떼』의 창작을 가능케 한 선결조건은 세속적 합리성이 미신적이며 제의적인 중세 세계관에서 아직 완전히 벗어나지 못한 사회적 세계였으며, 따라서 이 경우 돈 끼호떼의 광기는 변덕이 아니라 바깥세계 자체에 자리한 한 현실에 상응하는 것이었다. 이 현실은 물론 소설에서 기사도의 꿈과 로맨스의 형태로 내면화되고, 그 결과 소설 전체가 이 통속적인 모험담들을 무반성적이고 저급하게 이야기로 풀어내는 것이 아니라 바로 이야기행위 자체의 가능성에 대한 반성이 되며 서사행위의 자기의식화가 된다. 그러나 근대세계의 세속화가 더 진행되면서『돈 끼호떼』에 생동감을 불어넣었던 긴장은 와해되기 시작한다. 추상적 이상주의의 주인공들은 이제 역사적 단계에 의해 정당화되지도 못한 채, 점점 더 자의적이고 변덕스러운 **고정관념**을 지닌 괴짜에 불과해진다. 그리하여 우리는 디킨스 같은 소설가에게서 재미있는 괴짜들과 감상적으로 처리된 중산계급 세계의 정태적이고 무기력한 대립을 보게 된다. (감상적 처리의 주된 이유는 바로 소설가가 이 세계를 액면 그대로 받아들인 데, 즉 소설가의 임무는 아무 선입견 없이 탐구하는 데 있음에도 이 바깥세계의 성격에 대한 선입견을 작품에 끌어들인 데 있다.)

추상적 이상주의 소설의 결정판은 오로지 발자끄에서만 가능할 텐데, 이 경우조차 소설은 이제 세속화되어버린 세계에서 일종의 형식적 곡예에 기초한다. 한편에서는 발명가·시인·사업가·귀족 등 낯익은 강박적 주인공, 즉 **고정관념**에 매인 인간이 등장한다. 그러나 대립의 제2항이며 긴장에 필수불가결한 외부현실은 이제『인간희극』(*La Comédie humaine*)의, 다시 말해 사회 자체의 다른 모든 강박적 인물들의 총화 이상이 아니다. 그리하여 이 연작에서는 한 이야기의 개별적 갈등에 사용될 빽빽한 외적 현실, 저항하는 방대한 바깥세계가 다른 이야기들 속에서 주어지는 방식으로 진정한 총체성이 다시금 출현하게 된다. 그러나 분명 이 긴장은 큰 댓가를 치르고 얻어진 것이다.『인간희극』은 싸르트르라면 해체된 총체성이라 부를 법한 작품이다. 즉 이 총체성은 어떤 한 이야기 속에도 결코 완전하게 현존하지 않으며, 우리 앞에 온전하게 구현되는 것은 전체의 단편들뿐이다. 발자끄와 더불어 추상적 이상주의 소설은 하나의 형식으로서 소진된다. 근대세계의 현실이 그것을 구성하는 데 적합한 자료를 더이상 제공하지 않기 때문이다.

그리하여 서서히 이 첫번째 서사유형 대신에 크게 보아 두번째 유형인 낭만적 환멸의 소설이 나타난다. 이런 소설에서는 영혼 자체 및 주인공의 주관적 경험이 정면으로 강조되며, 주인공의 과제는 자기 의식의 내부로부터 세계를 해석하는 데 있다. 첫번째 형식이 일련의 실없는 모험, 즉 공허한 악한문학(picaresque literature)이나 여흥문학으로 해체될 위험을 지녔다면, 두번째 유형의 소설은 즉각 유아론(唯我論)의 위험에 봉착한다. 주인공은 관조적이며 수동적 수용성을 지닌 인물로, 그의 이야기는 늘 순전히 서정적·단편적인 것으로, 즉 진정한 서사가 사라지는 주관적 순간들과 기분들로 와해될 목전에 놓여 있다.

그러나 여기서 루카치는 매우 주목할 만한 지적을 한다. (그리고 자주 이야기된 대로 여기서 그는 현대소설이 이제 막 등장하기 시작할 무렵에 불과한 1914년에 이미 현대소설의 전체 방향을 예견해낸다.) 과거 소설형식의 외적 세계가 주로 공간적이며 그 세계 속 주인공의 경험은 지리적 공간을 통과하는 방랑과 일련의 모험이라는 형태를 띤 반면, 이제 낭만적 환멸의 소설에서 외부현실의 지배적 존재태는 바로 시간이 될 것이다. 바로 이 형이상학적 강조점의 전환이야말로 플로베르의 『감성교육』 같은 새로운 형식의 가장 빛나는 예들이 단순한 정태적 시로 떨어지는 것을 막고, 다시금 일종의 진정한 서사를 정당화하고 가능하게 만들어준다. 이제 다시금 수동적·관조적인 주인공은 행동할 수 있으며 그의 삶은 하나의 이야기로 말해질 수 있다. 그러나 이제 이 행동

214

들은 시간 속의 행동이요, 희망과 기억이다. 이제 다시금 소설은 의미와 삶의 일종의 통일성을 표현할 수 있으되, 그것은 과거에 투사된 통일성, 오로지 기억으로만 남은 통일성이다. 현재 속에서는 세계가 언제나 주인공을 패배시키며 화해를 향한 그의 갈구를 꺾기 때문이다. 그러나 그가 자신의 패배를 기억할 때, 역설적으로 그는 세계와 하나가 된다. 그러므로 기억의 과정은 저항하는 바깥세계를 주관성 속으로 끌어들이며, 거기 과거 속에서 바깥세계와 일종의 통일성을 회복시킨다. 이런 면에서 기억하는 주인공은 소설가 자신과 약간 비슷하다. 둘 모두에게 시간은 매우 모호한 성격을 띠니, 생명을 주는 동시에 파괴하는 힘이다. 주인공의 삶에서 시간은 모든 고통과 모든 상실의 근원이며, 시간이야말로 인간실존의 공허함을 깨닫게 만드는 요소다. 그러나 시간은 또한 삶의 피륙 자체이며, 주인공에게나 독자에게나 바로 경험의 실체다. 시간은 따라서 지속인 동시에 흐름이며, 서사가 만물의 비극적 변천과 덧없음을 이야기하는 바로 그 순간 서사의 밀도를 구축한다.

이 두가지 기본 서사유형에 이어, 루카치는 괴테의 『빌헬름 마이스터』와 똘스또이의 소설에서 이루어진 종합의 시도를 제시한다. 그리고 쉽게 짐작할 수 있듯 이 종합들은 각기 주관적 방향과 객관적 방향으로 양극화된다. 『빌헬름 마이스터』에서는 비교적 수동적·수용적인 낭만적 유형의 주인공이 결국 유의미한 외적 세계를 발견한다. 즉 이제 개인에게 맞서기보다 개인의 주관적 재능과 잠재능력을 성취해주며, 비인간화되고 소외된 제도들로 특징지어지기보다 과제의 위계질서 속에 목적을 반영하며, 따라서 다시금 인간적인 규모를 띠게 된 사회환경을 발견한다. 그러나 이런 화해도 일종의 곡예를 바탕으로 이루어진다. 작품 전체의 형식이 결말에 등장하는 엘리뜨 비밀결사의 존재에 의존하기 때문이다. 빌헬름 마이스터의 일견 우연한 것 같던 모든 모험과 만남이 사실은 이 전지(全知)한 성직자 특권계급이 마련한 의도적 시험 내지 실물교육이었던 것으로 판명되며, 그는 결국 이 특권계급의 일원이 되도록 허락받는다. 따라서 괴테 소설의 탄탄함은 소원충족의 노선에 따라 외부현실을 강제하고 왜곡한 결과다. 유토피아는 한줄 한줄 구체적으로 획득되지 못하고 작품의 결말에 강제적으로 수립되며, 그 결과 서두부 역시 소급적으로 변형된다.

반면 똘스또이는 서구 소설가들의 경험에 결여된 요소가 그의 역사적 상황에 존재한다는 사실에서 득을 본다. 이는 곧 자연 자체의 현전(現前)으로, 소설가의 대립의 제2항인 외부세계의 묘사를 새롭게 든든히 뒷받침해준다. 서구에서는 개인 및 그의 열정의 드라마와 사회의 공허한 인습성이 대립하는 반면, 똘스또이에서는 이 두 현상 모두가 근본적으로 왜곡되고 손상된 것으로 파악되며 양자 모두에 대해서 자연 자체가, 혹은 어떤 원초적이며 재통합된 참된 자연적 삶의 감각들이 대립한다. 그러나 이 긴장 역시 위태로운 긴장이다. 그것은 자연의 항, 자연적 삶의 온전히 성취되고 구현된 서사행위에 근거하는 게 아니라, 그런 삶이 어떤 것일지에 대한 서정적 일별에 근거할 뿐이기 때문이다. 이런 의미에서 똘스또이는 서사시의 재창조에 이르지 못한 채 다만 서사시적 통일성을 지향하는 단편(斷片)들을 창출하는 데 그친다.

루카치는 이 저서 말미에서 소설이 서사시로 변형되는 선결조건은 소설가의 의지가 아니라 그가 속한 사회와 세계의 변혁임을 명백히 한다. 갱신된 서사시는 세계 자체가 변혁되고 갱생되기 전에는 생겨날 수 없다. 그러므로 도스또옙스끼의 소설이 그같은 철저히 인간화된 궁극적 유토피아의 일별을 제공한다는 그의 마지막 지적은 공식적인 분석이라기보다 예언이라 보는 게 타당하겠다.

『소설의 이론』의 비상한 풍요성과 시사성은 그 사고틀로 인해 이 책에서 제기할 수 있었던 문제들에서 나오는 것이지, 여기에 제시된 해답들에서 나오는 것은 아니다. 그 첫째 이유로, 이 책에는 형식과 내용 사이에 모순이 있어 결국 그 결론들마저 의심스럽게 만든다. 형식의 차원에서『소설의 이론』은 소설가 자신의 작업, 즉 정신과 물질을 화해시키려는 소설가의 끊임없는 노력에 대한 분석으로서 흠잡을 데가 없다. 그러나 이 저서가 주인공의 이론, 소설의 내용에 대한 이론 또한 포함하는 한, 놀랍게도 우리는 온전한 한무더기의 숨은 전제조건들을, 즉 이 저서 나머지 부분의 중립적 혹은 순수형식적인 헤겔적 개념틀과 갈등하는, 미리 상정된 온전한 심리학을 감지하게 된다. 여기서 사실상 우리는 루카치가 주인공의 추구를 "자신의 영혼을 입증하려는" 시도(브라우닝R. Browning)로, 혹은 형이상학적 의미의 "귀향"(노발리스Novalis "언제나 집을 향해! Immer nach Hause!")을 통해, 즉 영혼의 원거주지였던 그 "선험적 자리"의 재건을 통해 존재의 원초적 향수를 극복하려는 시도로 묘사하는 것을 볼 수 있다. 물론 우리가 이의를 제기하는 것은 이런 입론 자체가 아니다(이 입론은 현대정신에 독특한 매력을 지니며, 또 하이데거와 키에르케고르의 사상을 시사하기도 한다). 그보다는 이 입론이 소설에 대한 루카치 자신의 공식적 기술과 양립하지 않는다는 점이다. 그는 소설이란 아무런 지침도 미리 주어진 바 없는 과정이라고 보며, 따라서 세계 내 인간의 형이상학적 추구라는 이런 규정조차 소설에서는 용인될 수 없다. 실존의 원초적 무정형성에 미리 상정된 가치를 부과하는 형국이 되기 때문이다.

이 모순을 또다른 방식으로 표현하자면 루카치의 모든 소설 분석이 일종의 문학적 향수에, 그리스 서사시를 서사의 황금시대 내지 잃어버린 유토피아로 보는 관념에 얼마나 기대고 있는지 상기하면 된다. 물론 앞에서 지적했듯 이런 문학사 이해는 이 책에서 시도되는 구체적 분석들을 위한 구성적 허구나 신화적 틀로 간단히 넘길 수도 있다. 그러나 종국적으로는 이 틀의 역사적 부당성이 문제되면서 개개의 분석마저 훼손당하게 된다. 마찬가지 논리로, 틀에 어떤 변화라도 생긴다면 그 결과 소설의 경험적 역사 자체에도 광범위한 재평가가 뒤따를 것이다. 화해된 세계의 궁극적 실현은 틀림없이 이제 미래로 투사될 것이며, 이처럼 시각이 바뀔 때 우리는 이미 맑스주의 역사이론으로 한걸음 내딛은 셈이다. 그러나 이뿐만 아니라 황금시대 관념의 소거는 결국 현대문학의 새로운 해석으로 귀결될 것이며, 또한 현대에 화해의 순간들이 최소한 부분적이나마 존재하고, 진정 구체적인 예술작품의 사례들이 최소한 산발적으로나마 창출될 가능성 역시 용인될 것이라는 기대도 해볼 수 있다.

그러나 이 책의 헤겔적 틀에도 루카치 스스로 이후 작업에서 바로잡고자 시도하게 될 약점이 존재한다. 즉, 이 책의 목표는 하나의 유형론, 바로 역사의 연대기적 전개 속에서 순전히 형식적 가능성들을 풀어내는 대단히 헤겔적인 유형론을 창출하는 데 있다. 이런 유형론적 관점의 명백한 약점은 루카치가 낭만적 환멸의 소설을 하나의 일반범주 내지 유개념으로 확립해놓고는 이어서 그 진정한 대표 내지 실례가 플로베르의 『감성교육』 단 한권밖에 없을지도 모른다는 점을 인정한다든가 하는 대목들에서 드러난다. 그런데 맑스가 헤겔 변증법을 바로 세우면서 헤겔의 일련의 관념형식을 해소해 역사의 경험적 현실로 바꾸었듯, 『소설의 이론』의 이런 논리적 결함에서 한걸음만 더 전진한다면 소설유형들 자체를 포기하고 플로베르의 작품을 구체적이고 경험적인 하나의 독특한 역사현상, 즉 소설사의 한 독특한 단계이자 일반화될 수 없는 제반 상황의 조합으로 파악하는 시각에 이를 수 있다. 그렇다면 우리는 『소설의 이론』의 노선을 계속 밀고 나갈 때, 결국 모든 것을 포괄하는 유형론이 일련의 구체적인 역사적 특수연구들로 대체되고 구체적 문학사로 해소되리라는 기대를 해볼 수도 있겠다.

마지막으로, 『소설의 이론』의 틀 속에도 중대한 시각변화의 조짐들이 들어 있음을 주목해야겠다. 유형론을 전개한 첫 두 장(추상적 이상주의 소설과 낭만적 환멸의 소설을 정의한 장들)에서 소설의 내용은 인간과 바깥세계의 대립으로 규정되었다. 주인공에 대한 저항이 다른 등장인물의 모습으로 나타나는 경우에도 루카치는 이런 저항이 근본적으로 인간과 환경, 인간과 세계, 인간과 사물의 투쟁이라고 본다. 갈등의 인간적 요소는 항상 세계 자체, 비아(非我) 및 자연의 존재라는 더 일반적인 범주에 통합된다. 인생의 드라마를 바라보는 이런 방식은 형이상학적일 수밖에 없으니, 인간과 그 외부의 어떤 절대적인 것의 관계가 언제나 기본모델이 되기 때문이다.

그러나 괴테와 똘스또이를 다룬 장들에서는 이 형이상학적 제2항인 세계가, 짐작건대 루카치 자신도 전혀 의식하지 못한 사이에 슬그머니 사회라는 새 항으로 바뀌었음을 볼 수 있다. 이때 모든 것이 변하며 대립의 성격 자체도 달라진다. 즉 새로운 긴장은 형이상학적이 아니라 역사적이며, 인간과 사회환경의 관계 또한 세계 내 인간의 형이상학적 상황처럼 정태적이거나 관조적이지 않다. 사회란 진화하고 변화하는 유기체이기 때문인데, 루카치가 소설의 주인공을 다만 자신과 외부현실의 거리를 고정된 태도로 관조할 뿐만 아니라 외부현실을 **변화시키기도** 하는 존재로 보게 되면서 처음으로 소설의 주인공에게 사회가 주어진다. 이제 외부현실은 그에게 낯선 것이 아니라 자신과 똑같은 내용을 가진 것으로 비치니, 외부 현실은 역사요 인간활동의 소산이다. 따라서 이때 맑스주의 및 사실상 역사서술 일반에 매우 중대한 의미를 갖는 비꼬(G. vico)의 위대한 통찰, 즉 인간은 자신이 만들어낸 것만을 이해하며 따라서 인간의 앎의 특권적 대상을 이루는 것은 자연이 아니라 역사라는 통찰이 개입된다.[13] 이처럼 『소설의 이론』에서 문제를 풀어가는 방식 속에 이미 형이상학적 세계관에서 역사적 세계관으로 옮아가는 결정적인 조짐들이 들어 있다. 그리고 이는 루카치가 맑스주의로 전향한다는 사실에서 확증될 것이다. 사실 나는 일반적으로 생각하는 인과관계를 뒤집어서, 루카치가 공산주의자가 된 것은 바로 『소설의 이론』에서 제기된 서사의 문제들에 대해 그 논리적 귀결까지 사고를 밀고 나가자면 맑스주의 틀이 필요했기 때문이라고 주장하고 싶은 심정이다.

2

루카치의 다음 저서 『역사와 계급의식』은 그러나 이런 순전히 문학적인 문제와는 관련이 별로 없는 것처럼 보일 것이다. 이 책의 제목은 오해를 불러일으키기 십상인데, 사실 이 새 책은 정치적이기보다 인식론적이며, 새로운 맑스주의 인식론의 기초를 전문적인 방식으로 확립하고자 씌어진 책이다. 루카치의 '계급의식'이란 그러므로 경험적·심

---

13 "시민사회의 세계는 분명 인간이 만들어낸 것이고 (…) 따라서 그 원칙들은 우리가 가진 인간정신의 다양한 변형들 속에서 발견될 수 있다. 이를 성찰해본 사람이라면 철학자들이 자연세계의 탐구에만 전력해왔다는 점에 놀라움을 금치 못하리라. 자연세계는 신이 만든 것이므로 신만이 알 수 있다. 또한 철학자들이 국가들의 세계나 시민세계의 연구를 소홀히 해온 점에 대해서도 역시 마찬가지이리라. 이 세계는 인간이 만들어낸 것이므로 인간이 알 수 있다." (Giambattista Vico, *The New Science*, T. G. Bergin과 M. H. Fisch 공역, Ithaca, N.Y.: Cornell University Press 1968, 96면; Erich Auerbach, "Vico and Aesthetic Historicism," in *Scenes from the Drama of European Literature*, New York: Meridian Books 1959 참조).

리적 현상이나 혹은 사회학에서 탐구하는 그 집단적 표현물이 아니라 부르주아지나 프롤레타리아트에 속하는 귀속성 자체가 정신의 외부현실 파악능력에 가하는 선험적 한계 내지 이점을 의미한다. 따라서 엄청난 영향력을 지닌 이 루카치 저서는 뤼시앵 골드망이나 싸르트르 같은 저자들이 실천하는 유의 한결 낮익은 서구의 이데올로기 비판과는 처음부터 구별된다. 이데올로기 개념은 이미 신비화(현혹)를 함축하며, 일종의 부유하는 심리학적 세계관, 정의상 이미 외부세계 자체와는 무관한 일종의 주관적 그림이라는 발상을 담기 때문이다. 그 결과 프롤레타리아트의 세계관조차 상대화되어 이데올로기적인 것으로 느껴지는 반면, 궁극적인 진리 기준은 우리가 아무런 주관적 왜곡 없이 사실들 앞에 마주서게 해줄 모종의 '이데올로기의 종언'이라는 실증주의적 기준이 되고 만다.

그러나 루카치가 적절한 프롤레타리아 인식론을 펼칠 수 있었던 것은 다름 아니라 이른바 부르주아 철학을 진지하게 취급한 덕분이었다. 루카치는 거짓된 것은 고전적인 중산계급 철학의 **내용**보다 그 **형식**이라고 보았다고 할 수 있다. 그리고 이런 점에서 루카치는 맑스 자신이 이미 중산계급 경제학 비판에서 실천한 바 있는 방법을 철학 영역에 적용한 셈이다. 앞선 경제학자들(스미스A. Smith, 쎄Jean-Baptiste Say, 리카도D. Ricardo)에서 맑스의 비판대상은 그들 저작의 세부논의, 즉 지대·시장유통·자본축적 등등에 관한 이론이 아니었다. 그는 이것들 대부분을 자기 체계 속에 끌어들인다. 그보다 맑스의 비판은 이 세부논의들을 해석하고 또 더 큰 총체성의 일부나 기능으로 제대로 자리매길 수 있는 전체 모델 내지 그러한 모델의 결여를 향한 것이었다. 맑스는 중산계급 경제학자들이 경험적으로 관찰된 여러 현상을 통합할 이런 통일장(統一場) 이론을 전개하지 못했을 뿐만 아니라 실상 그렇게 하기를 본능적으로 꺼렸다는 사실을 밝혀낼 수 있었다. 그들이 나중에 『자본』에서 구현될 유형의 경제현실에 관한 총체적이며 체계적인 모델이 야기할 위험한 사회적·정치적 결과를 감지하기라도 한 것처럼 말이다. 이런 결과를 피하기 위해서 그들은 단편적이고 경험적인 차원에서만 연구를 이끌어갈 수밖에 없었다.

개인심리학의 차원에서 본다면 자기이해(自己利害, self-interest)라는 관념은 맑스보다 훨씬 앞선 홉스(Thomas Hobbes)[14]와 라 로슈푸꼬(François de La Rochefoucauld)[15] 시대에 시작된 것임에도 불구하고, 맑스주의는 물질적 혹은 경제적 이해(利害)에 관한 이론으로 자주 오해된다. 그러나 맑스주의를 집단적 혹은 계급적 자기이해의 이론이라고 보는 주장은 덜 그릇되다 할 수 있다. 어떤 사람이 어떤 더 큰 이상이나 이념을 위해 즉각적인 사적 이익을 기꺼이 희생하는 것은 결코 역설적이거나 놀라운 일이 아니지만, 다른 한편 이런 이념의 열정적 고수나 이념의 구속력은 바로 이념의 집단적 기반에서, 그리고 이념의 구조(즉 개인에게 일체감을 제공하는 집단이나 계급의 방어기제)에서 비롯하는 것임이 거의 분명하기 때문이다. 그러므로 특정 계급의 구성원은 자신의 개인적 생존과 특권이 아니라 그런 특권 일반의 전제조건들 자체를 옹호하는 셈이다. 그리고 사고의 영역에서도 그가 기꺼이 모험을 감수할 수 있는 최대한계는 이런 전제조건들이 의문시되기 시작하는 그 지점까지 뿐이다. 따라서 더 추상적으로 말하자면 계급의식이 사고에 미치는 영향이 드러나는 것은 현실의 개개 세목의 지각(知覺)에서보다는 이 세목

---

14 홉스(Thomas Hobbes, 1588~1679)는 "만인의 만인에 대한 투쟁"이라는 말로 유명한 영국 철학자이다——옮긴이.

15 로슈푸꼬(François de La Rochefoucauld, 1613~80)는 자기애와 이기심이 행위의 근원이며, 모든 미덕은 결국 자기이해로 귀착된다고 본 프랑스의 문필가이다——옮긴이.

들을 구성하고 해석하는 틀인 전체 형식 내지 게슈탈트에서다.

맑스의 중산계급 경제이론 비판이 그렇듯, 『역사와 계급의식』의 루카치도 중산계급 철학의 한계를 바로 **총체성**의 범주를 감당할 능력이나 의지의 결여에서 찾는다. 이것은 외재적 판단기준만이 아니라 고전철학자들 자신도 관심을 기울인 딜레마였으니, 맑스 이전의 독일철학은 개별적 주체 내지 인식자의 보편성(칸트의 선험적 자아나 헤겔의 '절대정신'의 개념에서 비로소 추상적인 형태로 제기된 보편성)이라는 문제를 중심에 두었다. 루카치의 독창성은 이 추상적인 철학적 문제를 바로 사회현실에서 그것이 차지하는 구체적 위치에 되돌려놓은 점, 그리고 인식론 차원의 보편성과 개별 사유자의 계급귀속성이 갖는 관계라는 문제를 제기한 점에 있다.

중산계급의 합리주의가 갈구해온 보편성의 궁극적 한계는 칸트의 비판철학에서 이미 확정된 바 있다. (물론 칸트에게 이런 한계란 중산계급의 사고만이 아니라 인간정신 일반의 한계였다. 그러나 이런 비역사적인 문제제기방식은 칸트 자신이 그의 검토대상인 사고유형과 얼마나 일치하는가를 보여줄 뿐이다.) 칸트에 따르면, 정신은 외적 실재의 모든 것을 이해할 수 있지만, 실재의 존재라는 우연적이고 불가해한 사실은 여기서 제외된다. 정신은 실재에 대한 자신의 지각을 속속들이 파고들 수 있으나 본체(noumena) 내지 물자체에는 결코 접근하지 못한다. 그러나 루카치가 보기에는 칸트 체계가 그 기념비가 되는 고전철학의 이런 딜레마는 세계에 대한 어떤 태도에서 비롯한 것인데, 이 태도란 철학에 선행하는 훨씬 더 근본적인 것으로, 궁극적으로 사회경제적 성격을 띤다. 다시 말해 이 딜레마는 우리와 외부대상의 관계를 (그리고 결국 이 대상에 대한 우리의 **지식**을) 정태적이고 관조적인 방식으로 이해하려는 중산계급의 성향에서 비롯한다. 마치 우리가 바깥세계의 사물과 갖는 원초적 관계가 만들고 사용하는 관계가 아니라 시간이 정지된 한순간, 사고로는 결국 메울 수 없는 간극을 사이에 두고 꼼짝 않고 응시하는 관계인 것처럼 말이다. 그렇다면 물자체의 딜레마는 일종의 착시현상이나 거짓문제인 셈이며, 중산계급적 인식의 특권적 계기인 이 애초부터 고정된 상황의 일종의 왜곡된 반영인 셈이다.

그러나 인식대상에 대한 이런 정태적 관계부터가 경제·사회 영역의 중산계급적 생활경험을 반영한 것에 불과하다. 중산계급이 상품·공장·자본주의구조 자체 등 자신들이 생산하는 대상에 대해 갖는 관계는 관조적 관계이다. 자본주의 자체가 역사적 힘들의 소산이자 변화와 근본적 변혁의 가능성도 아울러 품고 있는 하나의 역사적 현상임을 인식하지 못한다는 점에서 그러하다. 이 계급은 자신들 환경의 모든 것(그 제반 요소, 기능, 함축된 법칙들)을 이해하면서도 그 사회환경의 역사적 존재 자체만은 이해하지 못한다. 그들의 합리주의는 목적과 기원이라는 궁극적인 문제를 제외하고는 뭐든지 소화해낼 수 있다. 이렇게 볼 때 자본주의 자체야말로 제1의 물자체이며, 차후의 더 추상적이고 특수화된 모든 딜레마의 기반이 되는 원초적 모순이라 할 수 있다.

이제 노동자의 계급의식 및 프롤레타리아 인식론의 구조에 들어 있는 새로운 사고의 가능성들에 눈을 돌려볼 때, 단지 철학적 문제가 달라졌다거나 옛날의 문제와 딜레마는 이제 해당하지 않는다고 주장하는 것만으로는 분명 충분치 않다. 루카치가 보여주어야 하는 것은 바로 중산계급의 사유의 성격상 처리할 수 없었던 이율배반을 해결할 능력이 프롤레타리아의 사고에는 있다는 점이다. 즉 프롤레타리아의 사고구조에서 과연 어떤 면이, 총체성이나 현실성 및 고전적 부르주아 철학의 걸림돌인 총체적 지식에 대한 접근을 가능케 해주며, 그 결과 중산계급의 고전적 딜레마의 근원인 정태적 인식모델을 대체하는가 하는 것을 규

224

명해야 한다. 헤겔이 순수사유 영역에서 물자체라는 칸트적 문제에 해답으로 제시한 바 있는 주관과 객관, 즉 아는 자와 알려진 것 사이의 일치에 상응하는 어떤 구체적 현실을 바로 프롤레타리아트의 실존적 상황에서 찾아내야 한다. 노동자의 상황이 갖는 이같은 특별한 성격은 역설적이지만 그 좁고 비인간적인 한계에 있다. 바깥세계를 정태적이고 관조적인 방식으로 아는 것이 노동자에게는 불가능한데, 어떤 의미에서는 노동자가 바깥세계를 전혀 알 수 없기 때문이며, 이를 직관할 여유 내지 여가가 없는 상황에 놓여 있기 때문이다. 또한 노동자가 바깥세계의 요소를 사고의 **대상**으로 설정하기도 전에 **자신**을 하나의 대상으로 느끼게 되기 때문이니, 노동자 자신 속의 이 원초적 소외가 다른 무엇보다도 선행한다. 그러나 노동자 위치의 강점은 바로 이 끔찍한 소외에 있다. 그의 최초의 운동은 작업에 대한 지식이 아니라 대상으로서의 자신에 대한 지식, 즉 자기의식을 지향한다. 그러나 이 자기의식은 애당초 대상(노동자 자신, 하나의 상품인 자신의 노동, 판매해야 하는 자신의 생명력)에 관한 지식이기 때문에, 바깥세계의 상품적 성격에 대해 중산계급의 '객관성'으로 얻을 수 있는 것보다 더 참된 지식을 가져다준다. "그의 의식은 상품 자체의 자기의식, 바꿔 말하면 상품의 생산과 교환에 입각한 자본주의 사회의 자기의식 내지 의식화다."[16]

이 새로운 유형의 자기의식에는 중산계급의 사고를 괴롭혔던 그 인식론적 딜레마들에 대한 성공적 해법의 모든 요소가 함축되어 있다. 우리와 세계의 대상들이 갖는 근원적 관계를 구성하며 우리가 모든 다른 대상들을 바라보는 범주를 형성하는 것은 바로 상품이다. 그런데 이 대상들은 양의적이다. 즉 그 객관적 성격이 강조되느냐 주관적 근원이 강

---

16 Georg Lukács, *Histoire et conscience de classe* (Paris: Editions de minuit 1960) 210면.

조되느냐에 따라 다른 모습을 띤다. 가령 부르주아지에게 상품이란 그 원인이 상대적으로 부차적이며 중요하지 않은 단단한 물질적 사물이다. 그런 대상과 그가 맺는 관계는 순수소비의 관계다. 반면, 노동자가 아는 완제품은 생산과정의 한 계기 이상이 아니며, 이런 연유로 바깥세계에 대한 태도도 의미심장하게 달라진다.

노동자는 주변 사물을 중산계급 세계의 무시간적이며 '자연적인' 현재 속에서(또 이에 상응하는 바 보편자로서의 인간에 대한 강조와 함께)가 아니라 변화의 견지에서 보게 될 것이다. 더욱이 그는 도구와 설비의 상호관련성을 아는 만큼 바깥세계 또한 분리되고 무관한 별개 사물들의 집합으로보다는 모든 것이 다른 모든 것에 의존하는 그런 총체로 보게 될 것이다. 따라서 이 두가지 점에서 그는 현실을 과정으로 파악하게 될 것이며, 중산계급에게 바깥세계가 물화(物化, reification)로 응결된다면 노동자의 경우에는 이 응결된 물화가 녹아 풀려나오게 될 것이다. 이제 현실에 대한 주도적 관계나 세계 인식의 주도적 양식은 정태적·관조적인 것이 아니라 맑스주의자들이 실천(praxis)이라 부르는 사유와 행동의 결합이 될 것이며, 자신을 의식하는 활동양식이 될 것이다. 이 지점에서 칸트의 물자체 문제, 존재의 술어 문제가 이중으로 해결된다. 첫째, 존재는 추상관념으로 판명되며, 따라서 그것을 독자적 현상으로 간주하는 발상은 세계의 근본현실이 생성과 과정의 현실인 만큼 이율배반으로 치달을 수밖에 없다. 둘째, 헤겔의 체계에서 이미 전조된 것과 같이 인간노동의 소산으로서 이제 자연이 아니라 역사로 간주되는 바깥세계는 노동자 자신의 주관성과 동일한 실체를 갖는다. 한편 인간의 주관성 또한 상품을 만들어내며 궁극적으로 인간이 살고 있는 세계의 전체 현실을 창출해내는 바로 그 사회적 힘들의 산물이라 할 수 있다.

이제부터 루카치는 레닌이 『유물론과 경험비판론』(*Materializm i*

empiriocritisizm)에서 사용한 용법에 따라 인식과정 자체를 현실반영 (Widerspiegelung)의 과정으로 규정할 것이다. 그러나 이른바 반영론적 인식이론이 불러일으키는 여러 논쟁은, 이 반영이라는 비유를 그 자체로 하나의 이론이라고 보기보다는 개진해야 할 한 이론의 조짐으로 볼 때 피할 수 있겠다. "반영의 발견은 (…) 항상 최소한 둘 이상의 관계체계 사이에 절합된 연결(articulated link)이 있음을 나타낸다. 이때 반영이라는 관념은 이 절합된 연결에 대한 지표('신호')의 기능을 한다. 그러나 연결 자체에 관해 생각해볼 때에는 (…) 진정 효과적이며 연결에 대한 인식을 산출하는 개념은 **과정**의 개념뿐이라는 것을 알 수 있다."[17] 따라서 사고에 현실이 반영된다는 비유형상은 우리가 다른 데서 **역사적 비유법**이라고 부른 유형의 정신적 작업, 즉 상부구조와 토대의 현실이나 문화적 현실과 사회경제적 현실 등 서로 구별되며 화합 불가능한 두 현실을 서로 접촉하게 만드는 정신적 작업이 개재됨을 나타내는 일종의 개념적 축약일 뿐이다.

이제 우리는 『역사와 계급의식』이 그전에 루카치가 관심을 기울였던 문학적 문제에 어떤 의미를 갖는가 하는 물음에 대해 몇가지 결론을 이끌어낼 수 있겠다. 인식론과 추상철학 일반은 그 내적 관성에 따라 반영의 현상을 바깥 현실에 어느정도 부합하는 정태적 유형의 심상으로 환원하는 경향을 띤다고 하겠다. 이와 반대로 루카치가 프롤레타리아적 진실이라 부르는 것은 현재 속에 작용 중인 힘들에 대한 감각이며, 현재의 물화된 표층을 다양한 상충되는 역사적 경향들의 공존으로 해체하고 고정된 사물들을 행위 및 잠재적 행위로, 그리고 행위의 결과로 번역

---

17 J. L. Houdebine, "Sur une lecture de Lénine," *Tel Quel: Théorie d'ensemble* (Paris: Seuil 1968) 295~96면.

함을 뜻한다. 사실 우리는 『역사와 계급의식』의 루카치는 칸트의 딜레마의 궁극적 해결이 19세기 철학체계 자체는 물론 심지어 헤겔의 체계도 아니고, 19세기 장편소설에서 나타난다고 보았다고 주장하고 싶어진다. 그가 다루는 과정은 학술적 인식의 이상들보다는 플롯의 개진과 더 유사성을 지니기 때문이다.

따라서 중산계급 철학을 깎아내리며 『역사와 계급의식』은 나중에 『미학』에서 철저히 수행하게 될 미학적 경험의 특징을 규명하는 작업의 기초를 닦아놓는다.[18] 『미학』에서 실제로 루카치가 서사를 높이 평가하는 것도, 서사가 (과학처럼) 객체의 초월성이나 (윤리학처럼) 주체의 초월성을 상정하는 대신 양자의 중화 내지 상호화해를 상정하며, 또한 그 구조상 유토피아 세계의 생활경험을 선취한다는 점 때문이다.

그러나 유토피아 건설은 이제 더이상 문학이 아니라 바로 실천과 정치적 행동의 몫이 된 만큼, 이제 『소설의 이론』의 전체 구성틀을 재고할 필요가 있다. 아직 서사시적 온전성이 가능했던 황금시대를 설정하는 그 향수어린 비전은 실제로 이제, 세계 자체가 필히 인간노동과 인간행동의 소산이라는 점에서 인간이 이미 잠재적으로는 주위 세계와 화해되었다고 보는 역사관으로 대치된다. 그러나 바깥세계의 물화된 표층을 꿰뚫어볼 수 없음 또한 역사적으로 규정된다. 환경의 철저한 산업화와 시장체계의 전세계적 구성이라는 형태로 현대 자본주의의 기반을 닦은 19세기 이전에는 삶을 진정 역사적으로 이해하기 위한 선결조건이 아직 완비되지 못한 상태였다. 따라서 전에는 인간과 운명 혹은 자연과의 갈등으로 이해되었던 (그리고 표현되었던) 것들이, 차후 루카치가

---

18 그러나 그 개요는 이미 초기의 "Subject-Object Relationship in Art," *Logos* 제7권 (1917~18) 1~39면에서 제시된 바 있다.

리얼리즘이라고 부르게 될 문학의 순전히 인간적이고 사회적인 범주로 서사화될 수 있었던 것은 19세기에 이르러서였다.

3

『역사와 계급의식』 이후에는, 따라서 소설의 가능한 구조들을 헤겔적이고 유형론적으로 연역해내는 『소설의 이론』에서 수행한 작업으로 돌아가는 일은 생각도 할 수 없다. 이와 반대로 이제 루카치는 사회 현실을 가장 구체적인 역사성 속에서 '반영'하는 작품의 가능조건들을 탐구하는 작업에, 즉 간단히 말해서 괴테, 스콧, 발자끄, 켈러(Gottfried Keller),[19] 똘스또이 등 그가 위대한 리얼리스트라 부른 작가들의 존재를 이론적으로 해명하는 작업에 착수한다. 나중에 그가 기술(記述)에서 처방으로 넘어가는 한결 수상쩍은 자세를 취하며 리얼리즘이라는 모종의 선험적 모델의 이름으로 현대작가들을 비난하게 된다고 해서 이 출발점마저 무효가 되는 것은 아니니, 여기서 리얼리즘이라는 단어는 탐구되어야 할 구체적인 일군의 작품의 경험적 존재를 지칭할 뿐이다.

리얼리즘을 구별짓는 특징을 규명하는 가장 분명하고 직접적인 방법은 물론 리얼리즘 작품들의 내용, 그중에서도 특히 작품의 인간적 모티프와 등장인물들 자체를 분석해보는 길이다. 루카치에게 리얼리즘의 등장인물은 그 **전형성**에서 다른 유형의 문학에 등장하는 인물들과 구별된다. 바꿔 말해 이 등장인물은 자기 자신이나 자신의 고립된 개인적

---

19 켈러(Gottfried Keller, 1819~90)는 리얼리즘 계열의 독일계 스위스의 위대한 설화 작가·서정시인이다—옮긴이.

운명보다 더 넓고 더 유의미한 어떤 것을 나타낸다. 그는 구체적 개인
이면서 동시에 더 일반적 혹은 집단적인 인간적 실체와 관계를 유지한
다. 서구 문학이론에서 아주 수상쩍지는 않더라도 한물간 것이 되어버
린 **전형성** 개념은, 맑스주의 문학비평의 최초의 본격적 사례임에 분명
한 라살레(Ferdinand Lassalle)[20]의 희곡『프란츠 폰 지킹겐』(*Franz von
Sickingen*)을 두고 맑스·엥겔스와 라살레 사이에 오간 여러 편의 편지
에서도 이미 나타난다. 그러므로 이 개념은 역사극이나 역사물 일반의
문제와 분명히 연관되는데, 루카치는 나름의 방식으로 이런 발상을『역
사소설』이라는 저서에서 매우 상세히 펼치고 있다.

　설령 다른 문학형식들에 대해서는 전형성 개념의 적실성에 의문을
품을 수 있다 해도, 최소한 분명한 것은 역사물이란 한 시대 전체의 그
림을 명시적인 목표로 하며, 따라서 작품 자체에 그 평가기준이 들어 있
어서, 한 역사물의 인물과 상황이 근본적인 역사상황을 반영하는 데 적
합한가 하는 물음이 역사물의 형식상 타당하다는 점이다. 문제는 예술
작품에서 우연과 필연이 하는 역할이다. 역사물을 쓰는 극작가나 소설
가가 갖는 구성의 자유는 (최초의 자유로운 선택을 통해서) 스스로에게
부과한 제재를 자유롭게 변형해도 무방하다는 데까지 이르는가? 라살
레에게 (그가 1848년 독일혁명의 전반적인 비극적 상황의 본보기로 삼
고자 한) 지킹겐의 비극은 도덕적·지적 결함에 있었다. 독일 종교개혁
의 격변기에 제후들에 맞서 최초의 반란을 이끈 지킹겐이 무너진 것은
그의 골수에 박힌 외교적·정치적 심성 때문이었으니, 정치가로서 그는
제후들 사이에서 벌어지는 복잡한 **현실정치**와 음모에 지나치게 골몰한
나머지 바로 혁명의 목표에서 생겨나는 생생한 혁명적 에너지를 보지

---

20 라살레(Ferdinand Lassalle, 1825~64)는 독일의 사회주의자이다——옮긴이.

못하게 된다. 이 희곡에 대한 라살레 자신의 옹호는 얼핏 보기에는 도무지 논박할 여지가 없는 것 같다. 맑스와 엥겔스에게 라살레는 물론 다른 가능한 선택도 많이 열려 있었지만 자신이 쓰고 싶었던 것은 바로 이런 비극이라고 말하며, 자기가 만일 토마스 뮌처의 이야기를 썼다면 근본적인 비극적 상황 전체가 물론 완전히 달라졌으리라는 점을 인정한다.

그러나 맑스와 엥겔스가 보기에 이 희곡에 문제가 생긴 것은 라살레가 강조하는 지적 결함이 지킹겐이 몰락한 진짜 원인이 아니기 때문이다. 진짜 원인은 정신적인 것이 아니라 사회적인 것이었다. 즉 지킹겐의 근본적인 사회적 목표는 혁명적 농민들의 목표와 전혀 달라서, 토지개혁이 아니라 대제후 및 교회의 지배에 역시 시달리고 있던 소귀족의 복권에 주안점을 두고 있었기 때문에 결코 농민들의 지지를 얻을 수 없었다는 것이다. 따라서 맑스와 엥겔스가 보는 지킹겐의 비극적 상황이란 객관적인 것이지, 마음속에서 벌어지는 괴로운 도덕적 선택이나 무대 위에서 전시될 과장된 도덕적 자세와는 아무 관계도 없는 것이었다. 라살레의 희곡 그대로로는 지킹겐이라는 인물이 진정한 역사적 딜레마의 전형이 되지도 못하고, 희곡에 그려진 상황 또한 그 시대에 작동하던 힘들의 진정한 모델을 담아내지 못한다. 그리고 맑스와 엥겔스는 이 희곡의 모든 형식적 약점들(끝없는 장광설, 셰익스피어보다 실러를 연상시키는 대목들)이 더 근본적인 이 약점, 즉 작품이 그 소재에 부응하지 못하는 데서 비롯한다는 것을 보여준다. 이런 분석이나 비슷한 방향의 입론을 보여주는 루카치의 『역사소설』의 분석들에서 흥미로운 것은 작품의 형식이 바로 소재의 더 심층적인 논리에 의존한다는 발상이다. **전형적**이라는 말은 예술작품의 실체 내지 내용인 이 근본적 현실이 개개 등장인물로 분절화된 것을 나타내는 이름일 뿐이다.

물론 이 범주가 속류 맑스주의적 실천에서 오용되어오기는 했다. 이를테면 등장인물을 사회적 힘들의 단순한 우의로 환원하고 '전형적' 인물을 소시민, 반혁명분자, 토지귀족, 공상적 사회주의 지식인 등등의 단순한 계급적 상징으로 환원하는 식이다. 싸르트르가 지적한 것처럼 이런 범주들은 다양한 사회계급의 불변하는 형식 내지 영원한 플라톤적 이데아를 상정한다는 점에서 그야말로 관념론적이다. 이 범주들에서 빠진 것은 바로 역사 자체요 유일무이한 역사적 상황이라는 개념인데, 루카치 자신의 비평은 언제나 이 개념에 충실했다.

역사소설의 전형에 대한 루카치의 논의가 갖는 더 직접적이고 흥미로운 면모들, 특히 세계사적 인물(즉 역사적 거물인 리슐리외Richelieu 추기경, 크롬웰O. Cromwell, 나뽈레옹 같은 인물들)[21]과, 이를테면 스콧이 소설의 중심에 배치하는 비교적 무명이고 평범한 가상의 인물의 구분을 이 자리에서 상세히 다룰 여유는 없다. 다만, 항상 그렇듯 여기서도 루카치의 방법은 역시 형식적 방법임을 지적해두기로 하자. 이번의 방법은 연극형식과 소설형식의 구분 및 각 형식에서 인물이 갖는 기능의 상대적 차이에 의거한 방법이다. 극적 충돌이란 훨씬 더 고양되고 집중적인 충돌이므로, 연극에서는 위대한 역사적 인물이나 역사의 진정한 주역들이 중심위치를 차지할 것이다(맥베스, 발렌슈타인, 갈릴레오 등).[22] 반면 역사적 배경을 총체적으로 그려내고자 하는 소설에서는 그런 인물들은 부차적이고 일회적인 등장만 용납된다. 우리의 일상생활이나 실지 체험에서도 이들은 오로지 그렇게 멀리서 부차적인 방식으로만 등장하기 때문이다.

---

21 프랑스와 영국의 정치 및 혁명을 주도한 인물들이다——옮긴이.
22 각 인물을 주인공으로 한 셰익스피어, 실러, 브레히트의 희곡에 대한 언급으로, 발렌슈타인은 보헤미아의 군인이자 정치가로 30년전쟁에서 신성로마제국 황제 편에서 싸우지만, 황제에 반대하게 되면서 암살당한 인물이다——옮긴이.

그러나 전형성의 근본성격은 다른 데서 찾아야 한다. 특히 지적해두어야 할 점은 루카치에게 전형성이란 결코 사실적(寫實的) 정확성의 문제가 아니라는 사실이다. 나중에 다시 살펴보겠지만, 발자끄와 졸라를 계속 대조하면서 그는 낭만적 과장과 비사실적 기괴함을 지닌 멜로드라마투의 인물이긴 하지만 발자끄의 인물이, 얼핏 보기에는 리얼리즘의 기본 목적에 훨씬 적절할 것 같은, 고도로 도식화되고 상투화된 졸라의 인물들(부농·광부·공장주·소매상인 등등)보다 오히려 근원적인 사회적 힘을 훨씬 더 잘 표현하며 훨씬 더 전형적이라고 지적한다. 흡사 졸라의 작품들에서는 예술작품과 표현된 현실 사이에 관념이나 미리 정해진 이론이 끼어드는 형국이다. 즉 졸라는 사회의 기본구조가 무엇인지 이미 알고 있으며, 이것이야말로 그의 약점이다. 졸라의 경우에는 기본소재, 직업들, 사회적으로 규정된 인물유형 등이 미리 정해져 있다. 이는 곧 그가 추상적 사고의 유혹 및 사회에 대한 모종의 정태적이고 객관적인 지식의 신기루에 굴복하고 말았다는 이야기다. 그는 실증주의와 과학이 단순한 상상력보다 우월함을 암묵적으로 인정한다. 그러나 서사가 기본범주이고 추상적 지식은 차선(次善)에 불과하다는 루카치의 관점에서 보면, 이는 곧 졸라의 손에서 소설이 현실분석의 탁월한 도구이기를 그만두고 단순히 어떤 명제의 예증으로 전락했음을 뜻한다.

반면 발자끄는 자신이 무엇을 보게 될지 정말로 미리 알지 못한다. 『인간희극』의 머리말을 보면 인간사회의 유형론 내지 방대한 동물학을 구축하는 것이 그의 목표지만, 작품의 엄청난 동력들은 기본요소 목록의 앞지른 발견이 아니라 방법적 착상에서 나온다는 것을 알 수 있다. 더욱이 발자끄는 역사성과 역사적 변화를 너무나 절감했기 때문에, 이를테면 소시민 같은 사회적 유형의 고정된 원형을 상정할 수는 없었을 것이다. 그의 작품에 나타나는 소시민은 언제나 특정 시대, 특정 연대의 특징을 드러내며, 복식(服飾)·가구·언어·심성 등에서 나뽈레옹 시절에서 루이 필리쁘(Louis-Philippe)[23] 말기에 이르기까지 끊임없이 변화한다. 따라서 발자끄의 인물은 계급 같은 고정된 사회요소의 전형이 아니라 바로 역사적 계기의 전형이다. 그리고 이와 더불어 전형성 개념의 순전히 도식적이고 우의적인 함의가 완전히 사라지게 된다. 이때 전형성이란 작품의 개개 인물(뉘싱겐Nucingen, 윌로Hulot 남작)과 외부세계의 안정적이고 고정적인 구성인자(금융귀족, 나뽈레옹 시기 귀족)[24] 사이의 일대일 대응이 아니라, 제반 힘의 갈등으로서의 전체 플롯과 역사과정으로 파악되는 전체적인 역사적 계기 사이의 유비다.

이쯤에서 예술작품의 내용에 대한 이런 모든 논의가 사실상 형식에 대한 논의임을 지적해두는 게 좋겠다. 우리의 출발이 일견 내용을 논하는 것처럼 보였다면 이는 그 구조에서부터 형식과 내용의 고정된 구분이 유지되는 역사소설이나 역사극의 성격 때문이었다. 일반소설은 완전히 자유로운 독서의 환상, 바깥세계의 어떠한 대상이나 모델도 필요하지 않은 자족적인 작품의 환상을 주는 반면, 역사소설은 그런 모델, 즉 그런 근본적 외부현실을 독자의 눈앞에 들이대는 특징이 있다. 우리가 스콧의 중세 묘사[25]나 플로베르의 카르타고 묘사의 역사적 정확성에 일말의 지적 관심을 갖느냐 여부는 중요하지 않다. 아무리 허망하고 막연하더라도 우리는 이 외부현실을 직관할 수밖에 없으며, 실제 대상을 후썰(E. Husserl)적 의미에서 지향(intend)할 수밖에 없기 때문이다. 역사소설의 독서구조 자체에 이미 비교, 즉 일종의 존재판단이 함축되어 있다.

---

23 1830년 7월혁명에서 1848년 2월혁명에 이르는 시기에 재위한 프랑스 왕―옮긴이.
24 각기 발자끄의 작품 『뉘싱겐 상사』(*La Maison Nucingen*)과 『사촌누이 베뜨』(*La Cousine Bette*)의 주인공들―옮긴이.
25 플로베르의 소설 『쌸랑보』(*Salammbô*)에 대한 언급이다―옮긴이.

그러므로 이 특수한 형식을 떠나 리얼리즘 소설 일반을 살펴볼 때 우리는 앞서의 논의를 순수형식적 견지에서 고쳐 말해야 할 것이다. 그러나 이런 견지에서 보면 작품의 인간적 요소인 등장인물은 이를테면 책의 물리적 무대 등 다른 모든 것과 마찬가지로 원료가 되며, 전형성 개념도 이런 더 일반론적인 형식적 관점에는 잘 부합하지 않으므로 다른 용어군으로 대치된다. 이때 문학적 리얼리즘의 주된 특징은 그 반(反)상징적 성격으로 이해된다. 리얼리즘 자체도 그것의 운동, 즉 내용을 서사화하고 극화하는 방식에 의거해 식별되니, 루카치의 가장 빼어난 평론 중 하나의 제목에 따르자면,[26] 리얼리즘이란 묘사보다 서사로 특징지어진다.

리얼리즘 정의의 소극적 부분, 즉 루카치에게 평생 불변상수가 될 그 상징주의에 대한 적대적 진단에서부터 이야기를 시작하는 것이 가장 쉬울 듯하다. 루카치에게 상징주의란 단지 다양한 문학기법 중 하나에 그치지 않고 리얼리즘적인 것과는 질적으로 다른 세계파악 양식을 나타낸다. 상징주의는 언제나 차선이요, 소설가 편에서 패배를 인정하는 것이나 마찬가지라고 할 수 있다. 작가가 상징에 의존한다는 것은 곧 이제 대상에 담긴 근원적·객관적 의미란 접근 불가능한 것임을, 이 근본적 부재, 사물의 이 근본적 침묵을 은폐하기 위해 허구적인 새 의미를 만들어내야 함을 뜻하기 때문이다. 물론 상징적 양식은 작가의 개인적인 미학의 결과라기보다 역사적 상황 자체의 결과이다. 그 기원에서 모든 사물은 인간적 의미를 지닌다. 심지어 자연까지도 인간화되니, 인간은 자연 속에 거주하면서 자연을 자기한테 쓸모있는 것으로 변화시

---

26 Arthur D. Kahn 편역, *Writer and Critic: Other Essays* (London: Merlin Press 1978)에 실린 "Narrative or Describe?"에 관한 언급이다—옮긴이.

켜나간다(이리하여 그리스의 황량한 바위투성이 경관도 항해·교역·장인생산 등을 통해 그 경관에 적응하는 경제에 의해서 장갑 뒤집듯 안팎이 뒤집히고 길들여진다). 사물의 이런 근원적 유의미성을 눈으로 볼 수 있는 것은 오로지 인간의 노동·생산과 사물의 연결이 은폐되지 않았을 때뿐이다. 그러나 근대산업문명에서는 이런 연결을 알아보기가 힘들다. 그리하여 사물은 나름의 독자적인 생을 영위하는 것처럼 보이는데, 이런 환상이야말로 상징의 원천이다. 졸라에서 탄광은 악몽처럼 풍경 속에 도사리고 있는, 인육을 먹어치우는 한마리 야수로 느껴지게 된다. 조이스에서 신문사 사무실은 바람의 동굴처럼 보이니, 사무실도 갖고 있는 모든 현실적인 역사적 의미가 예술작품에는 너무 산문적이고 단조롭게 여겨지게 되었다. 이제 헨리 제임스의 『포인턴 저택의 수집품』(*The Spoils of Poynton*)의 가구류나, 디킨스나 도스또옙스끼의 음울한 도시들, 지드나 D. H. 로런스(Lawrence) 같은 작가의 도덕적 의미를 표출하는 풍경들은 붙박이로 각인된 의미를 담은 자족적인 요소로 예술작품에 존재한다. 심지어 로브그리예(Alain Robbe-Grillet)[27]의 중립적 사물들도 이런 상징화 과정의 결과다. 그것들 또한 침묵으로지만 응답을 보내오며, 시선은 그것들에서 (영원히 의심스러운 것으로 남는) 모종의 강박적 패턴, 모종의 즉각적이고 시각적인 이해가능성을 찾기 때문이다.

이처럼 상징주의는 사물 자체의 속성이 아니라 창작자의 의지에서 비롯된 것으로, 창작자는 사물에 강제로 의미를 부여한다. 상징주의는 오로지 자체만으로 하나의 인간적 세계를 만들어내려는 주관성의 헛된

---

27 로브그리예(Alain Robbe-Grillet, 1922~2008)는 프랑스의 소설가·시나리오 작가·영화감독으로 누보로망 및 아방가르드 영화를 주도했다──옮긴이.

시도를 의미한다. 이런 점에서 그것은 루카치가 『소설의 이론』에서 비판하는 도덕적 명령·이상·당위(Sollen) 등 초기 중산계급 윤리와 매우 비슷하다. 상징적 예술작품에서 우리는 바깥세계 및 객관적 실재와 유의미한 관계를 추구하지만, 주위 세계에서 접촉한 것이라고는 우리 자신밖에 없이 그림자 속에서 삶을 지속하다가 결국 빈손으로 돌아올 뿐이다.

이제 루카치의 이런 생각에 함축된 현대예술 및 모더니즘 일반에 대한 거부를 언급할 때가 된 것 같다. 카프카의 『성』(Das Schloß)에 등장하는 한 인물이 주인공 K에게 그의 모든 행위가 훨씬 비우호적인 관점에서 전혀 달리 해석될 수도 있다고 설명하자 주인공은 이렇게 대답한다. "문제는 당신의 이야기가 옳으냐 그르냐가 아니라 적대적이라는 데 있습니다." 이것이 현대예술에 대한 루카치의 지적의 좌우명이 될 수도 있겠다. 그것은 진단인 동시에 심판이다. 그러나 이 심판 전체가 하나의 모호성에 기반하고 있다. 모더니즘 작가에게 어느정도 개인적 선택권이 있으며 그의 운명은 그가 처한 역사적 계기의 논리에 따라 봉인된 것이 아님을 전제로 하기 때문이다. 맑스주의 혁명이론에서도 똑같은 모호성이 눈에 띄는데, 여기서 혁명은 모든 객관적 조건이 성숙하기 전에는 일어날 수 없지만, 동시에 레닌이 순전한 의지력으로 이 조건에 강제력을 행사하고, 선행하는 중산계급 혁명이 미처 그 경로를 완주하기도 전에 프롤레타리아혁명을 창출할 수 있는 것처럼도 보인다.

그러므로 루카치의 작업에서 예술가에 대한 일련의 권고를 이루는 (그리고 여기서 루카치가 동시에 두 부류의 독자층, 즉 서구의 '비판적 리얼리즘' 작가와 사회주의 리얼리즘 작가를 염두에 두고 있다는 사실로 말미암아 더욱 복잡해지는) 부분을 제쳐놓는다면, 우리는 그의 모더니즘 분석이 현대예술의 한 근본적 사실에 기초한 것임을, 즉 현재 우리의 문학이자 보들레르와 플로베르의 시대 무렵에 시작되었던 그 문학과 그전의 고전적 문학 사이에 절대적인 차이가 있으니, 다시 말해 최근에 질적 비약이 이루어졌다는 관찰에 기초한 것임을 알 수 있다. 물론 우리가 적용하는 역사적 렌즈의 폭에 따라서는 이 절대적이고 급격한 단절이 더 일찍, 아마도 프랑스혁명과 독일 낭만주의가 일어났던 19세기 초반쯤에 일어났다고 볼 수도 있겠다. 이와 관련해 루카치의 태도가 바로 낭만주의에 대한 괴테와 헤겔의 태도를 거의 그대로 답습한다는 것은 의미심장하다. 괴테는 고전주의가 건강한 문학이고 낭만주의는 병든 문학이라고 말했다. 그리고 헤겔은 루카치가 모더니스트 비판에 사용한 것과 거의 같은 언어로 낭만주의자들의 주관성을 비판했다. 이는 구체성의 철학이라면 추상적인 것에 대해 당연히 내리게 마련인 판정인데, 덧붙여 지적해두어야 할 점은 비교적 구식이며 반당대적이고 반동적이기까지 한 관점에서 오히려 당대 현실에 대한 가장 예리한 분석이 나오는 경우가 대단히 많다는 점이다(이보 윈터스Yvor Winters[28]나 에드먼드 버크Edmund Burke[29] 같은 경우를 보라). 호의적인 현대성 이론가들에 비해 루카치가 우월한 점은 변별적이며 철저히 비교적인 사유양식에 있다. 그는 현대적 현상 내부에 위치하면서 그 근본적 가치들에 완전히 압도당하고 이 현상을 오직 그것의 눈으로만 볼 수 있는 사람과는 다르다. 그는 그것을 규정짓고, 하나의 역사적 계기로서 그것의 경계를 확정하여 그것이 아닌 것들과 구분지을 수 있다. 그러나 이런 비교는 바로 그 구조에서부터 언제나 과거의 항목 편에 선 판단을 함축하게 될 것이다.

---

28 이보 윈터스(Yvor Winters, 1900~68)는 미국의 비평가·시인이다——옮긴이.

29 에드먼드 버크(Edmund Burke, 1729~97)는 아일랜드 출신 정치가·문필가로 보수주의적 입장에서 쓴 『프랑스혁명에 관한 성찰』이 유명하다——옮긴이.

이쯤에서 루카치의 모더니즘 비판이 『소설의 이론』에도 이미 함축되어 있었다는 점을 지적해야겠다. 앞서 언급한 대로 『소설의 이론』에서 유형론을 다룬 네 장은 크게 두 부류로 나뉘는 경향이 있었다. 첫번째 부류(두 기본유형을 다룬다)는 인간과 세계의 관계를 형이상학적으로 파악하며, 두번째 부류(괴테와 똘스또이를 다룬다)는 그 관계를 사회적 혹은 역사적 견지에서 바라본다. 첫번째 장에 모더니즘을 시사하고 암시하는 대목이 그렇게 많은 것은 우연이 아니다. 현대예술 혹은 상징적 예술의 특징은 바로 세계 속의 인간의 삶을 비역사적이고 형이상학적으로 바라보는 데 있기 때문이다. 그러므로 리얼리즘과 상징적 모더니즘의 구별은 현실 및 인간의 환경을 인간역사의 견지에서 파악하는 소설로 옮아갈 때 이미 존재하고 있었다. 이처럼 일종의 우회를 통해서 우리는 영혼과 세계 및 의미와 삶의 분리라는 이 초기 저서의 기본 방법론이 후기 저술들에서도 여전히 그 생기를 유지하고 있음을 알 수 있다. 그것은 다만 지하로 숨어들었을 뿐이며, 익숙한 헤겔적 언어들을 떨쳐낸 이 방법론은 계속해서 상징주의와 리얼리즘의 구분, 즉 의미와 삶의 단순히 강제된 종합과 역사상황 자체 속에 아무튼 구체적으로 존재하는 종합의 구분을 만들어낼 것이다.

그러나 루카치에게는 상징적 표현양식 자체가 하나의 징후에 불과하니, 그가 묘사라 부를 더욱 깊고 근본적인 이해양식(철학적 사유에서의 부르주아적 객관성의 태도와 문학적 등가물이 되는, 삶과 경험을 순전히 정태적이고 관조적으로 바라보는 양식)의 징후다. 리얼리즘 표현양식, 나아가 서사의 가능성부터가 인간의 삶이 구체적인 개개의 대결과 드라마 들에서 포착될 수 있으며, 삶의 기본적인 일반 진실이 개개의 이야기와 플롯의 매개를 통해 이야기될 수 있는 그런 역사적 순간에만 존재하기 때문이다. 그러나 이런 순간은 현대에 오면서 상대적으로 드물어졌으며, 있는 것은 다른 순간들, 즉 진짜 중요한 일은 전혀 일어나지 않는 듯하고, 삶이 끝없는 기다림이자 이상의 끊임없는 좌절로 느껴지는 순간(플로베르), 그날이 그날처럼 영원히 똑같은, 맹목적인 일과와 따분한 나날의 노역이 인간실존의 유일한 진상인 듯 여겨지는 순간(졸라), 그리고 마지막으로, 사건의 가능성부터가 사라진 듯하고 단 하루의 진실이 삶 자체의 소우주가 될 수 있는 그런 사고틀을 작가도 비교적 수락하는 듯한 순간(조이스)이 있을 뿐이다. 이런 역사적 상황에서는 문학작품이 폭력적이고 격한 듯 보이는 경우에도 더 자세히 살펴보면 그런 폭발적 분출이란 무색무취하게 흘러가는 경험으로부터 진정한 사건을 이끌어내는 데 절망한 소설가가 위로부터 강제한 사건의 모방, 사이비 사건에 불과할 뿐이다. 사실 멜로드라마는 (졸라의 경우처럼) 현대문학이 그 모순을 은폐하기 위해 마련한 주된 장치 중 하나다. 실물 이상으로 과장된 집단 단위들(『제르미날』Germinal의 폭도, 『쌀랑보』의 야만인들) 사이나 절대적 선과 악 사이에서 벌어지는 격렬한 충돌은 개개인의 실제 체험에는 개인 차원의 진정한 인간관계가 부재한다는 사실을 은폐한다.[30] 반면 모더니즘이 자신이 처한 상황을 결연히 받아들이는 경우에는 플롯을 완전히 폐기하고 과거 의미의 서사를 거부하며 자신의 근본적 약점을 강점으로 삼고자 한다.

이처럼 지배적 표현양식으로서 묘사는 행동 및 행동가능성과의 어떤 생생한 관계가 파괴되었다는 징표다. 루카치는 졸라의 『나나』(Nana)에 나오는 경마 장면을 똘스또이의 『안나 까레니나』(Anna Karenina)에 나오는 비슷한 일화와 비교한다. 전자는 바깥에서 관찰된 탁월한 '독립적

---

30 『제르미날』은 갱부들의 파업을 그린 졸라의 소설이며, 플로베르의 작품 『쌀랑보』는 리비아 용병의 카르타고 공격을 배경으로 한 소설이다──옮긴이.

일화'(set piece)[31]일 뿐 등장인물의 운명과는 거의 무관하다. 반면 후자에서는 등장인물들이 열정적으로 참여한다. 따라서 시각적 관조가 아니라 바로 등장인물들의 희망과 기대를 통해 사건의 강도(強度)를 느낄 수 있는 만큼 굳이 긴 외적 묘사가 필요 없다. 이처럼 묘사는 외부 사물들을 인간활동으로부터 소외된 것으로 느끼고 정태적인 물자체로 보게 될 때 시작되는데, 그러나 묘사가 완성되는 것은 이 생명 없는 환경에 거주하는 인간마저 비인간화되어 생명 없는 징표나 바깥에서부터 그려내야 할 움직이는 물체에 불과해질 때다.

루카치는 문학에서 리얼리즘적이며 진정 서사적인 계기들을 두가지 각도에서, 즉 작가 자신의 개인적 상황 및 태도와 또 한편 작가의 객관적 상황을 통해서 설명하는 경향이 있다. 문학 차원에서 보면 설명이 비교적 단순화되었다고 보일 여지도 있지만, 리얼리즘의 주관적 전제조건의 분석은 『역사와 계급의식』의 총체성 인식의 전제조건 분석과 평행을 이룬다. 루카치의 말에 따르면 위대한 리얼리즘 작가란 어떤 식으로든 당대 삶에 온전히 동참하며, 단순한 관찰자에 머무는 게 아니라 널리 알려진 싸르트르의 용법보다 훨씬 덜 한정되고 덜 정치적인 의미에서 '참여'하는 행위자이기도 하다. 그러나 이런 참여를 보여주는 예에서 루카치는 유물론을 역설적이기도 한 그 이상의 결론까지 밀고 나간다. 즉 물적 하부구조나 사회상황이 단순한 견해나 이데올로기나 어떤 사람의 주관적 자화상보다 먼저라면, 특정 상황에서는 비교적 사회주의에 공감하는 작가보다 오히려 보수주의자, 왕당파, 신실한 구교도가 사회에서 작동하는 진정한 힘들을 더 잘 이해한다는 결론을 논리적

---

31 강렬한 극적 효과를 지니지만 보통 작품 전체와는 유기적 관련이 없는 대목이다—옮긴이.

으로 받아들일 수밖에 없는 경우도 생겨날 수 있다. 루카치의 발자끄와 졸라 비교가 갖는 궁극적 의미도 이것이다. 드레퓌스(A. Dreyfus)를 위해 투쟁한 졸라를 두고 당대의 기본적인 문제들에 초연했다고 주장한다면 억지스런 곡해로 들릴 것이다. 그러나 헨리 제임스처럼 비정치적인 작가조차 예리하게 지적한 대로 졸라의 정치참여는 창조적 문학활동의 시기가 끝난 다음 그 대용물로 시작되었을 뿐 아니라, 사적 삶에서 충족을 맛본 적 없다는 집요한 느낌, 자신이 진짜 경험과 맞닥뜨려본 적이 사실 한번도 없다는 느낌도 반영하는 것 같다. 그리고 졸라의 작업방법(일종의 합리적 노동분업, 등장인물보다 제재를 먼저 정하는 것, 배경사실에 대한 면밀한 고증과 기록, 현장조사 등등)이 상상적 참여자보다는 관찰하는 국외자의 방법임은 이론의 여지가 없다. 반면 발자끄는 7월왕정의 세속적 타락상과 중산계급 시대에 지적·도덕적 비판을 가하긴 했지만, 그 근본적인 야망과 충동을 뼛속 깊이, 평생의 열정 속에 체현한 인물이었으니, 가령 싸르디니아(Sardinia)[32] 은광의 노다지를 캐내거나 극장에서 일확천금을 버는 꿈을 꾼다든가, 모조품 보화를 열심히 수집하고, 계속 주택을 사들여 가구로 채우며, 지주층의 궁극적인 안정을 갈망했다. 이렇듯 발자끄는 자기 속에서 당대의 인자(因子)들의 무르익은 모습을 볼 수 있었던 만큼 그것을 밖에서부터, 타인한테서 관찰할 필요가 없었다. 물론, 가끔 루카치가 그러는 것처럼 보이듯 이런 삶을 리얼리즘 작가의 모범으로 천거한다면 어리석은 일이다. 그러나 주목해야 할 것은 싸르트르의 플로베르 분석과 같은 종류의 새로운 정신분석들도 사실상 이 기본모델을 정신분석학 기법으로 세련시킨 데 불과하다는 점이다. 가령 플로베르의 형식적 실천은 중산계급적 삶의 현실

---

32 이딸리아 서쪽에 있는 섬 — 옮긴이.

적 성취가 봉쇄된 듯한 차남(次男)의 입장에서 실제 행동의 가능성에 거리를 두게 된 정황을 반영하는 것으로 파악된다.

그러나 리얼리즘 작가의 이런 주관적 성향은 그가 살아가며 작품에 반영하는 역사적 상황이 지닌 객관적 가능성의 이면일 뿐이다. 발자끄는 역사적 행운을 누렸다고 할 수 있으니, 그는 플로베르와 졸라 시대의 온전히 발전되고 완성된 더 나중의 자본주의가 아니라 프랑스 자본주의의 출발 자체를 목격했으며, 사회변혁과 같은 시대를 살았던 만큼 완성된 물체로서 파악되는 사물이 아니라 인간노동에서 빚어져 나오는 사물을 볼 수 있었으며, 사회변화를 그물처럼 얽힌 개인적 이야기들로 이해할 수 있었다. 더 극적으로 표현하자면, 발자끄 시대에는 아직 공장이 그 자체로 존재하지 않는다. 즉 우리가 지켜보는 것은 완제품이 아니라 완제품을 만들어내려는 대자본가와 발명가의 노력이다. 사회적·경제적 현실은 아직 비교적 투명하며 인간활동의 결과 또한 아직 육안으로 볼 수 있는 것이었다. 그러나 플로베르의 작품에 등장하는 유일한 공장은 아르누(Arnoux)의 파란만장한 생애의 한 막간에 불과한 도자기공장으로, 공장을 둘러보는 프레데리끄(Frédéric)는 극도로 지루해하며, 제조기술을 꾸준히 설명하는 아르누 부인의 눈과 손에만 신경을 쓴다("그녀가 '이것이 세광기(洗鑛機)예요' 하고 말했다. 그는 그녀 입에는 전혀 어울리지 않는 괴상한 말이라는 생각이 들었다").[33] 프레데리끄처럼 플로베르도 그가 처한 역사적 상황으로 말미암아 그에게는 아무 의미도 없는 산업의 기념비들을 일주하는 단조로운 여행의 삶을 영위할 수밖에 없었다. 그리고 앞에서 밝힌 대로, 이런 생명이 결핍된 거대한

33 『감성교육』에서 주인공 프레데리끄 모로가 연모하는 아르누 부인을 다시 만난 장면이다—옮긴이.

광경에 염증을 내며 거기에 활력을 불어넣으려고 할 때, 졸라가 할 수 있는 일이라고는 오로지 신화와 멜로드라마 같은 폭력에 의존하는 것 뿐이었다.

이처럼 리얼리즘은 특정 역사적 계기의 변혁적 힘에 대한 접근가능성에 달려 있다. 발자끄 시대의 경우 이는 신생 자본주의 세력이지만 사실 이 힘의 성격 자체는 그다지 중요하지 않다. 똘스또이의 문학적 활력은 러시아 사회에 농민층이라는 상승계급이 존재했다는 점에 기인하니, 똘스또이는 유토피아적이고 종교적인 방식으로 자신을 이 계급과 동일시하지만, 사실 이 계급의 존재부터가 동시대 서구작가들로서는 누릴 수 없던 강점을 그에게 부여해준다. (이때 역시 『소설의 이론』의 분석이 그대로 견지된다는 점을 주목해야겠다. 다만 예외는 똘스또이의 환경에 존재한 원초적 자연이라는 형이상학적 공식 대신에 여기서 루카치가 자연의 이상과 자연적 삶 배후에 자리한 사회현실, 다시 말해 바로 농민층을 끌어들인다는 점이다.)

이처럼 서사시적 서사행위를 재확립하려는 의지로서 『소설의 이론』에 새겨진 구체성의 이상은 이후 리얼리즘 이론에서도 온전히 살아남는데, 이 이론에서 구체성의 이상은 『역사와 계급의식』의 정신에 따라, 그리고 실로 혁명적 실천 자체처럼 사회의 총체적 접근이 다시금 재창안된 그 뛰어난 역사적 순간들에 의존하는 것으로 나타난다. 동시에 여기 함축된 서사에 대한 가치부여는 현대사상의 매우 다양한 학파에서 점점 중심문제로 부상하고 있는 한 관심사를 강조하고 있다. 가령 분석적 관점에서 역사철학을 다룬 최근 작업 중 가장 뛰어난 연구에서 한 미국 철학자는 이른바 과학적인 역사서술도 근본적으로 서사적 구조를 갖는다고 할 수 있음을 보여주었다.[34] 한편 그레마스(A. J. Greimas)[35] 같은 언어학자들은 자기 분야에서 이런 관점을 보강해주었으니, 심지어

244

추상적인 철학적 논증까지 포함한 모든 종류의 언어자료를 스토리텔링 모델의 견지에서 분석해냈는데, 사실 스토리텔링 모델 또한 문장 그 자체의 중심기제일 뿐이다.[36] 그러나 루카치의 작업은 서사와 총체성의 관계를 강조함으로써 이런 근본적으로 경험적인 관찰들에 하나의 이론 틀을 제공해준다. 그럼으로써 그것은 다름 아닌 마르틴 하이데거 같은 전문가의 견해를 재확인해주는데, 하이데거는 맑스주의를 단지 정치적 혹은 경제적 이론에 그치는 것이 아니라 무엇보다 존재론으로, 그리고 우리와 존재 자체의 관계를 회복하는 근원적 양식으로 보았다. 그러나 이제 하나의 사회적·역사적 실체로 파악된 이런 존재로의 열림에 대해 형식적 기호이자 구체적 표현이 되는 것은 바로 서사다.

---

34 "내 생각에는 '과학적 설명'을 하나의 서사로 재구성할 수 있다는 주장은 그 반대 주장과 똑같이 정당화될 수 있으며, 서사형식의 기술에도 원본이 가진 설명력은 고스란히 남아 있을 것 같다." Arthur C. Danto, *Analytical Philosophy of History* (Cambridge, Eng.: Cambridge University Press 1965) 237면.

35 그레마스(A. J. Greimas, 1917~92)는 벨기에 태생의 구조주의 언어학자·설화학자이다―옮긴이.

36 A. J. Greimas, *Sémantique structurale* (Paris: Larousse 1966) 173~91면.

제4장

싸르트르와 역사

싸르트르와 역사

사적 유물론처럼 풍요한 작업가설에는 형이상학적 유물론 같은
부조리한 토대가 결코 필요하지 않다고 나는 항상 생각해왔다.
　　　　　　　　　　　—『자아의 초월』(La Transcendence de l'Ego, 1936)

나는 언젠가 역사라는 그 묘한 실체를 묘사해볼 생각이다.
역사는 완전히 객관적인 것도 완전히 주관적인 것도 아니며
역사의 변증법은 그 자신 역시 변증법적 성격을 지닌 일종의
반(反)변증법의 저항과 지배와 침식을 받는다.
　　　　　　—『문학이란 무엇인가?』(Qu'est-ce que la Littérature, 1947)[1]

　　싸르트르의『변증법적 이성 비판』(이하『비판』)을 보통 실존주의와 맑
스주의의 화해로 묘사하는 것은 내게는 언제나 사상 일반, 특히 정치사
상이 인간의 전(全)존재 및 그 표현인 총체적 인간현실과 갖는 관계에
관해 근본적 순진성을 드러내는 것으로 보였다. 지적 체계는 땜질하거
나 수정하고 조작하여 적당히 뜯어맞출 수 있는 견해가 아니다. 그런 조
작은 존재에 대한 사고의 우위를 분명히 부정하는 두가지 철학적 태도
(실존이 본질에 앞선다는 원칙에 기초하는 실존주의와, 관념은 사회현
실에 의해 결정된다고 가르치는 맑스주의)를 그 대상으로 할 때 더욱
아이러니하다. 실제로 내가 보기에 상황은 정말 앞에 제시된 것과는 정
반대다. 즉 그런 '화해'의 기획 자체란 이미 그것이 체험된 현실 속에서

---

1 삐에뜨로 끼오디(Pietro Chiodi)에 따르면(Sartre e il marxismo, Milano: Feltrinelli
　1965, 21~22면 주 9) 이 제언들은 후일『변증법적 이성 비판』(1960)의 내용에 대한
　최초의 전조다.〔삐에뜨로 끼오디(1915~70)는 하이데거 실존철학에 관심을 가진 이
　딸리아 철학자로『싸르트르와 맑스주의』(Sartre e il marxismo)를 썼다—옮긴이〕.

성취되었으며, 어떤 형태로든 두 체계의 체험된 종합이 선재하여 순수사상 영역에서 지적 종합을 선도하며 그 동기와 토대를 제공하고 있다는 표시다.

이것은 싸르트르 자신의 지적 발전에 대한 설명에서도 확인된다. 싸르트르에게 맑스주의는 실존주의 이후에 도달한 것이라기보다는 그의 전생애를 통해 다른 철학과 계속 공존한 동시적 관심사였다. 이런 점에서 미국 독자들을 위해 미국적 맥락과 유럽적 맥락의 깊은 차이를 강조할 필요가 있다. 유럽의 경우 맑스주의는 모든 지식인이 어떤 방식으로든 접촉하지 않을 수 없고 나름대로 반응해야 할, 편재하며 살아 있는 사유양식이다. 따라서 싸르트르도 『존재와 시간』(*Sein und Zeit*)이 출판[2] 되기 2년 전인 1925년에 『자본』을 연구했고, 그의 절친한 친구 뽈 니장(Paul Nizan)[3]과 레이몽 뽈리체(Raymond Politzer)는 후에 프랑스 공산당의 지도적 이론가가 되었다. 그러나 싸르트르의 말대로 가장 중요한 것은 "맑스주의의 현실, 즉 나의 지평 내에 존재하는 노동자대중의 육중한 현존, 바꾸어 말해서 맑스주의를 **살고 실천하며** 원거리에서 소시민 지식인들에게 거부할 수 없는 견인력을 행사하는 거대하고 어둠침침한 집단의 현존이었다."[4] 이 '원거리 견인력'은 『비판』이 우리에게 가르치는 가장 근본적 교훈의 하나이므로 뒤에 다시 살펴보도록 하겠다.

이처럼 맑스주의가 철학으로서 갖는 가장 두드러진 특징 중 하나가 싸르트르의 경험에서 뚜렷이 나타나는데, 그의 경험은 특별히 유다른

---

2 하이데거는 1927년에 『현상학연보』에 『존재와 시간』의 전반부를 게재했다——옮긴이.
3 뽈 니장(Paul Nizan, 1905~40)은 프랑스의 철학자·작가로 빠리 앙리4세 고등학교(Lyceé Henri IV)에서 공부할 때 싸르트르와 친구가 되었으며 2차대전 중 전사했다 ——옮긴이.
4 J. P. Sartre, *Search for a Method*, Hazel Barnes 옮김 (New York: Random House 1963) 18면.

것이 아니다. 이 특징이란 곧 맑스주의 자체가 어떤 연유에서든 다른 종류의 철학에 대해서도 충실함을 배제하지 않는 듯한바, 우리는 맑스주의자인 동시에 실존주의자·현상학자·헤겔주의자·실재론자·경험론자, 기타 무슨 주의자든 될 수 있다는 점이다. 이 역설은 분명히 '이다'(be)라는 동사의 애매성, 즉 어떤 사람이 맑스주의자나 실존주의자 혹은 무슨 주의자라고 말하는 것이 마치 어떤 의미라도 있는 것처럼 생각하는 데서 연유하는 결과다. 그러나 더 근본적인 설명은 맑스주의가 좀더 강단적인 철학체계와는 전혀 다른 무언가를 대상으로 하며, 이 두 사유양식에 의해 각기 지배되는 두가지 유형의 완전히 다른 실재는 말하자면 허공에서 서로 엇나가며 어느 지점에서도 마주치지 못하기 때문에 (양자의 엄밀한 관계는 더 해명되어야겠지만) 양자 사이에 어떤 모순도 있을 수 없다는 점이다. 싸르트르는 자기 세대에 대해 "우리는 사적 유물론만이 역사에 대해 유일하게 정당한 해석을 제공하는 **동시에** 실존주의만이 현실에 대한 유일한 구체적 접근임을 확신했다"[5]고 말했다. 맑스주의는 역사의 객관적 차원을 바깥에서부터 이해하는 방식이며, 실존주의는 주관적·개인적 경험을 이해하는 방식이다. 따라서 '방법 탐구'는 상반된 것들을 화해시키는 형태를 취하기보다는, 두가지 완전히 다른 존재론적 현상이 일련의 공통된 등식을 공유할 수 있고 단일한 언어적·술어적 체계로 표현될 수 있는 일종의 통일장 이론의 형태를 취한다.

'이데올로기'(실존주의)와 '철학'(맑스주의)의 관계를 논하면서 싸르트르가 염두에 둔 것도 바로 이 점이다. 이는 진정한 모순이란 동일유형의 다른 실체, 다시 말해 다른 두 '철학' 사이에서만 발생할 수 있음

---

5 *Search for a Method* 21면.

을 함축한다. 그러나 관습적 용례와 혼동됨으로써 내가 보기에 많은 무의미한 문제를 야기하는 이 용어들보다는 그의 사고모형이 우리에게 한층 유용한 것 같다.

그런데 앞의 기술이 정확하다면,『비판』에서 싸르트르가『존재와 무』의 입장과 근본적으로 결별하고 있다고 묘사하는 것은 분명 논리적으로 가능하지 않을 것이다. 사실상 그 새 책은 진정하게 싸르트르적 방식으로 옛날 책을 변화시켰다.『비판』이 나온 이후『존재와 무』는 더이상 같은 방식으로 읽힐 수 없다. 두 책의 입장 사이에 논리적 불일치가 있다고 보는 것은 정태적 사고다. 그보다『비판』은『존재와 무』가 추상적이거나 불충분한 상태로 남아 있던 어떤 기본적 영역에서 이를 보완함으로써 그것을 완성하며, 이런 완성행위는 모든 문제를 더 높은 변증법적 차원으로 고양시킴으로써 결국 이전 체계의 모습 자체를 변화시킨다고 보는 것이 더 만족스럽다.

『비판』은 어려운 책이며 응분의 관심과 영향력을 아직 모두 얻지는 못한 것 같다. 한편으로 이 책은 (정통 맑스주의자와 정통 실존주의자 및 미국 사회학자에 이르기까지) 다양한 독자층을 겨냥하며, 다른 한편으로 그 문체는 거기 표현된 생각들이 총체성을 향해 고투하는 모습을 반영한다(싸르트르 본인의 말에 의하면 "오로지 개개 문장은 변증법적 운동의 통일성을 나타내기 때문에 문장들은 그렇게 길고, 괄호와 인용부호 사이의 표현, 그리고 '······으로서'qua와 '······하는 한'inasmuch as 등이 그렇게 즐비하다").[6] 그러나 이 저서의 중요성은 사상 영역보다 역사적 행동 자체의 영역에서 가장 잘 평가될 수 있을 것이다.『비판』이 출판된 지 약 8년 후에 일어난 1968년 5월사태는 이 저서의 결론을 충분

6 대담, *Reuve d'esthétique* 19권 3-4호(1966년 겨울) 329면.

히 입증하며, 이 저서가 당시 역사적 시기의 어떤 심원한 경향의 표현으로서 갖는 중요성을 증언한다.

1

『비판』및 이전의 짤막한『방법 탐구』(*Questions de Méthode*)는 같은 문제를 서로 반대방향에서 추구한다. 전자는 우리 개인적 삶을 포함하고 그 통로가 되는 집합체에 관한 이론이며, 후자는 개인적 삶으로부터 역사적 객관성으로 나아감으로써 개인적 실존을 안에서부터 해석하는 방법이다. 따라서 이 소책자는 싸르트르가『존재와 무』끝부분에서 스스로 설정한 과제, 즉 실존주의적 정신분석 이론의 기초를 정립하는 과제를 완수한다.

  동시에 이 책자는 싸르트르의 저작에서 지금까지 명확하지 않았던 어떤 면모에 우리의 주의를 환기한다. 즉 **전기**(傳記)의 문제가 그에게 항상 제기한 결정적 중요성과, 전기적 모형에 대한 자각적 인식이 모든 형태의 그의 작업들에 행사한 형성적 역할이 그것이다. 싸르트르가 만들어낸 최초의 주인공 로깡땡(Antoine Roquentin)[7]이 하필이면 과거를 정리하고 재정리하는 자신의 변덕스런 힘에서 비롯한 이상한 불안감에 사로잡힌 전기작가라는 사실은 우연이 아니다. "롤르봉(Rollebon)이 빠벨 1세(Pavel I)[8]의 암살에 가담했는가 안했는가? 이것이 오늘의

---

7 『구토』(*La Nausée*, 1938)의 주인공으로 작중에서 18세기 한 프랑스 정치가에 대한 책을 저술 중이다──옮긴이.
8 빠벨 뻬뜨로비치(Pavel Petrovich, 1754~1801)는 어머니 예까쩨리나 2세(Yekaterina II)를 이어 1796~1801년에 러시아 황제로 재임했으며 재임 마지막 해 3월에 퇴역장

문제다. 나는 여기까지 나아갔는데, 이 문제를 결정짓지 않고서는 더이상 계속해갈 수가 없다."[9] 과거는 본질적으로 우리가 '결정지어야' 할 대상이요 순전한 사실 내지 타성으로서, 결단에 의해 외부에서 형성되어야 하는 것이기 때문이다. 그러므로 싸르트르의 초기 희곡들, 특히 『출구 없음』(Huis clos)과 『더러운 손』(Les Mains sales)에서 과거의 이런 근본적 불확정성, 모형 변형의 이 어지러운 가능성은 인간행동의 **동기**(motivation)에 대한 씻을 수 없는 불안의 형태로 나타난다.

> 가르쌩(Garcin) 에스뗄, 난 겁쟁이인가?
> 에스뗄(Estelle) 내가 어떻게 알아요, 여보, 난 당신이 아닌 걸요. 그건 당신 스스로 결정해야죠.
> 가르쌩 난 결정할 수 없어.[10]

그러나 이 희곡들에서 주어지는 '해결'은 로깡땡이 자신의 계획을 혐오하면서 포기한 것과 똑같이 역사서술과 그것이 주장하는 지식을 스스로 포기하는 것이다("내 잘못이다. 해서는 안 될 말을 했다. 내가 과거는 존재하지 않는다고 말하자마자 드 롤르봉 씨M. de Rollebon는 소리없이 무로 돌아가고 말았다").[11] 이 희곡들 중에서 가르쌩이나 위고(Hugo)가 어떤 이유로 해서 그런 행동을 했는지를 스스로 '진정으로' 결정할 수 있는 유일한 길은 그들이 선택한 동기를 그들의 앞으로의 삶과 미래행위가 확증하거나 반증하도록 계속 행동하는 것뿐이다. 그러

교들에 의해 암살당했다 ─ 옮긴이.

9 J. P. Sartre, *La Nausée* (Paris: Gallimard 1962) 28면.

10 J. P. Sartre, *Théâtre* (Paris: Gallimard 1947) 171~72면.

11 *La Nausée* 138면.

나 현재에 의해 과거를 이와 같이 수정하는 것이 뜻하는 바는, 과거 사건의 의미를 결정적 형태로 고정하는 것은 단순한 역사가의 가설이 아니라 시간 속에서 발생하는 또다른 사건이라는 점이다.[12] 전기작가의 모형은 3차원적 실존으로부터의 추상이다. 싸르트르는 이제 단편적인 과거의 사건을, 그것에 새로운 형태를 부여하기보다는 그 상관적 비례를 변화시키는 새로운 사건들을 추가함으로써 수정한다. 다시 말해 싸르트르는 동기 개념을 자기모순적인 것으로 암암리에 비판하고 있다.

나는 전에 한 책에서 싸르트르의 소설이 두가지 다른 힘의 교차로부터 생겨난다는 사실을 보여주었는데, 그 하나는 대상의 표현성, 즉 대상이 의식상태를 반영하는 방식에 대한 현상학적 감각이며, 다른 하나는 그와 같은 비교적 무시간적 순간들을 이야기의 줄거리로 형상화하는 멜로드라마적 충동이다.[13] 그러나 이제 명백해졌듯이 작품들이 구체적으로 어떻게 규정되는지를 충분히 설명하기 위해서는 제3의 힘이 가정되어야 한다. 이는 바로 전기적 충동 그 자체인데, 『자유로 가는 길』(Les Chemins de la Liberté)의 인물 구성은 (특히 이들을 『벽』Le Mur의 전기지향적인 예비적 소묘와 병치할 때) 초기 희곡들이 추상적 사고에 대해 제기했던 동기 및 전기 문제를 소설적 실천을 통해 행위로 해결하려는 시도라는 점이 분명히 드러나기 때문이다. 초기 희곡에서는 추상적 정신이 진정한 3차원적 행위를 분석하려 할 때 무력함이 입증되었다. 반면에, 『자유로 가는 길』에서 싸르트르는 어떤 한 개인의 특정 성격에 의한 행위의 실제적 산출이 분석적 사고로는 접근 불가능한 것으로 남아

---

12 특히 "Mon Passé," *L'Etre et le Néant* (Paris: Gallimard 1948) 577~85면; Danto, *Analytical Philosophy of History* 8장도 참조.

13 Fredric Jameson, *Sartre: The Origins of a Style* (New Haven: Yale University Press 1961) 189~92면.

있을지라도(이런 산출행위를 싸르트르의 용어로는 이른바 자유라고 부르는데), 그런 행위를 상상적으로 재창조하는 일이 가능함을 보여준다. 바로 이 점이 싸르트르 소설의 인물 구성에 독특한 특성을 부여하는데, 그의 인물들은 거의 모두 일정한 공식에 따라 구축되기 때문이다. 예를 들어 『벽』의 임상적 인물들, 노화(老化)와 노인에 대한 강박관념에 사로잡힌 보리스(Boris), 병적으로 내성적인 다니엘(Daniel), 비참여적이며 '정처없음'의 철학을 지닌 마띠외(Mathieu) 자신까지도[14] 모두 그런 인물들이다. 그럼에도 불구하고 이들은 생명 없는 형해(形骸)는 아닌데, 그들은 자신의 공식이나 성격에 대해 운명처럼 순종하고 인내하기보다는 매순간 이를 재창조하기 때문이다. '원선택'(the original choice) 이론은 우리가 매순간 우리 자유 속에서 끊임없이 갱신하고 풍요롭게 하는 이런 성격의 통일성에 대한 지적 정당화다. 이 인물들은 우리 눈을 기만할 정도로 (믿을 수 없을 만큼) 사실적이며, 우리는 그들에게서 인물 자신의 최종적·객관적 형태뿐만 아니라 그 형태가 구체화되는 과정까지도 관찰할 수 있다고 나는 생각한다. 그들은 흡사 도박의 결과와 같다. 여기서 싸르트르는 우리로 하여금 극도의 병적 상태의 재창조를 감히 내부로부터 목격하도록 하며, 따라서 싸르트르 자신의 창조행위를 통해 그의 인물들 자체가 진정 자유로운 선택과 자기창출의 결과임을 입증한다. 다른 곳에서 분석되었고, 보들레르, 주네(Jean Genet)[15] 및 플로베르 등에 관한 실존적 심리분석의 모형을 통해 이론적으로 예증된 전기 문제가 여기서는 일종의 전기적·서사적 실천으로 해결되고 있다.

이런 의미에서 연극 형식은 언제나 좀더 비판적이다. 소설에서는 모

---

14 세 사람 모두 소설 『자유로 가는 길』의 등장인물이다──옮긴이.
15 주네(Jean Genet, 1910~86)는 현대 프랑스의 작가·희곡가로, 싸르트르는 그에 관해 *Saint Genet, Comedien et Martyr* (1952)를 썼다──옮긴이.

든 것이, 즉 환경·인물·생각·행위·감정 등이 무에서 창조되어야 한다. 그러나 연극 형식에는 몇가지가 처음부터 주어져 있다. 등장인물의 존재는 배우의 육체적 현존이라는 형태로 우리 앞에 나타나기 때문에 처음부터 증명되어야 할 필요가 없고, 상황의 존재도 마찬가지다. 후자는 개막에 선행하거나, 무대 자체가 제시하는 행동에 관한 극중 대화에 대비해 진정한 행동의 장소인 무대 바깥에서 지속된다. 따라서 어떤 의미에서 연극의 등장인물은 관객과 더불어 자신의 과거와 행위를 지켜보는 목격자라 할 수 있다. 우리는 등장인물과 함께 그의 과거와 행위를 이해하고 명료화하는 데 열중한다.

따라서 후기 싸르트르 작품, 특히 『악마와 신』(Les Diable et le Bon Dieu) 및 『알또나의 포로들』(Les Séquestrés d'Altone)에서 연극은 우리 눈앞에서 상연되는 심리분석의 형태를 취한다. 괴츠(Goetz)와 프란츠(Frantz)[16]의 근원적 문제는 자신의 과거를 해석하고, 자신들의 원선택이 무엇이었는지를 정확히 찾아내는 것인데, 이런 해석을 위한 분석도구는 바로 후썰의 지향성(intentionality)이다. 어떤 행위의 의미를 내성(內省)을 통해 결정하려 해보았자 소용없다면, 이 싸르트르의 후기 희곡들에서 우리는 역방향으로 나아가고 있는 셈이다. 즉 문제의 행위가 어떤 객관적 결과를 가져오든, 모든 행위는 어떤 의미에서 행위자 자신이 의지하고 욕망했음에 틀림없다는 전제하에 진행된다. 따라서 괴츠의 친절함과 성인(聖人)놀이 및 이상향적 주장이 궁극적으로 재앙과 전면적 내란을 초래한다면, 우리는 괴츠가 어쨌든 어렴풋이 그렇게 되기를 원했다고 결론지을 수밖에 없다. 그가 토지를 증여한 것은 그를 자기네의 일원으로 받아들이려 하지 않는 그 주위의 토지귀족들을 파멸시키

---

16 각기 『악마와 신』과 『알또나의 포로들』의 등장인물들이다 ─ 옮긴이.

기 위한 한 방편이었으며, 자기 농노들에 대한 그의 관대함은 그들이 그에게 품은 본능적 의구심에 대한 보복의 방편이었다.

『알또나의 포로들』에서 이런 정신분석 구조는 확장되고 발전해『방법 탐구』의 주축이 될 모든 문제를 개진하는 데까지 이르는데, 여기서 두개의 가능한 대안적 동기들 간의 선택은 두가지 다른 설명체계 및 두가지 완전히 다른 행동모형 사이의 병존으로 드러나기 때문이다. 전쟁 중 프란츠가 범한 잔학행위는 다음 두가지 시각 중의 하나로 이해할 수 있다. 심리학적으로 볼 때 강력한 아버지로 인해 어엿한 인간이 될 모든 기회를 빼앗겨버린 한 아들로서 그의 잔학행위는 절대로 돌이킬 수 없는 행위, 즉 자기 아버지의 부와 영향력으로도 결코 은폐할 수 없는 행위를 통해서 자신을 주장해보려는 시도이다. 그러나 사회경제적 측면에서 볼 때 프란츠가 산업제국의 황태자로 성인 나이에 도달해보니 제국의 관리기구는 이미 지도자를 필요로 하지 않게 된 경우로 간주할 수 있다. 따라서 그의 폭력은 경제제국 자체에 내재하는 제국주의 경향의 표현일 뿐만 아니라 동시에 제국의 파괴를 지향한다.

따라서 이 시기 싸르트르 사상에서 '화해'가 문제된다면 그것은 맑스주의와 **프로이트주**의 사이의 화해 형태를 취한다. 인간행동의 기술에서 상호전환이 가능한 이 두가지 약호 또는 언어는『알또나의 포로들』에서 하나로 융합되어 나타난다. 실존적 순간 자체가 이들 다른 양자와 지니는 관계에 대해서도 이 희곡은 시사하는 바가 많은데, 그 순간은 결국 상황 자체의 불가능성, 즉 역사의 결정적 폐쇄성과 개인의 무력함이 작용한 것으로 드러나는바, 이런 마비상태에서는 코기토만이, 즉 자신의 실존에 대한 어쩔 수 없는 완전한 긍정만이 남기 때문이다. 그러한 긍정은 실제로 프란츠의 육체적 죽음 이후에도 살아남아 텅 빈 무대 위 녹음기에서 울려나오는 목소리로, 인간의 자유가 보편적으로 부정되는 가운데 유일한 가능성이며 유일한 확실성인 존재확인을 이렇게 반복한다. "아 밤의 심판이여, 과거에도 존재했고 현재에도 존재하며 미래에도 존재할 그대여, 나는 존재했었다! 나는 존재했었다!"

여기서 『알또나의 포로들』이 시사하는 맑스적 모형과 프로이트적 모형의 융합이 두가지 차원을 강제적으로 동일시하는, be(이다/있다) 동사의 단언에 의한 단순등식의 형태를 취하는 것은 특징적인 점이다.[17] 그러나 『방법 탐구』에서 싸르트르는 문제 전개의 논리상 이전 단계에 해당하는 계기로 되돌아가 이 문제에 착수하는데, 두개의 다른 체계나 모형 또는 일련의 현상 사이에 성립하는 관계는 양 체계가 진정으로 독자적으로 존재하지 않는 한, 하나의 출발점으로 삼을 수 없기 때문이다. 따라서 발레리를 소시민으로 분석하는 속류 맑스주의는 사실상 하나의 위장된 관념론에 불과하기 때문에 받아들일 수 없다. (속류 맑스주의 분석은 소시민의 심리분석을 제시하고는 발레리 역시 그런 유의 사고방식의 한 표현으로 간주될 수 있음을 보여주는 것으로 결론을 내린다.) 이런 분석은 발레리의 구체적 작품을 하나의 추상적 관념과 결부해서 그것으로 번역해내는데, 이는 곧 '소시민'의 개념인바, 실제 이런 사고양식과 동시대에 속하는 독일식 정신사(Geistesgeschichte)의 그 어떤 개념에 못지않게 플라톤적이고 초시간적인 개념이다. 발레리를 실제 소시민, 즉 일정한 역사시기에 나타난 특정 형태의 소시민과 결부시키는 일은 사실상 문제를 해결하기보다 더 많은 문제를 야기할 터인데, 발레리 자신과 같은 다수의 개인적·구체적 실존들을 의미있게 다루지 않고서는 그 사회계급을 파악할 수 없으며, 이것은 우선적으로 해결해야

---

17 *Sartre: The Origins of a Style* 141~42면.

할 과제이기 때문이다.

따라서 싸르트르의 '방법'은 여기서 이런 관념론적 사이비 맑스주의에 대한 수정의 형태를 취할 것이며, 이 수정은 다시 기본적으로 세가지 형태를 띠는 것으로 보인다. 첫째, 이 수정은 실존과 추상관념 사이에 단순한 지적 등식관계를 설정하는 데 반해 그러한 지적 결합을 진정한 체험적 결합으로 대체하려 한다. 즉 싸르트르에게 매개(mediation)의 문제는 성격형성과 사회적 영향의 문제이자 계급과 사회에 대한 진정한 실제 체험의 문제이다. 둘째, 이 수정은 이 문제에서 초시간적 요소는 없으며, 사회적·개인적 생활에서 우리가 끊임없이 시간의 중복이나 지체 및 상이한 시간도식(時間圖式)들의 동시적 공존과 접하고 있음을 보여줌으로써 이 문제를 다시 역사 속으로 던져넣으려 한다. 그리고 마지막으로, 이 수정은 관념과 인간실존의 관계를 (사이비 맑스주의에서 이 관계는 순수 논리적 관계로, 관념은 보편자이며 인간은 그 속의 특수자였다) 역동적 관계로 대체한다. 이는 즉 기투(projection)이며, 과거에 의해 결정되기보다 미래를 향해 투사되는 역할의 자유로운 창출로서, 계급관계 및 귀속의 문제다.

이 수정의 첫째 원리로 돌아가서, 싸르트르가 보기에 맑스주의자들이 프로이트를 외면한 것은 그들이 (이데올로기적·계급적으로 이런저런 데 귀속되기도 하는) 성인의 인격형성에서 유년기의 중요성을 줄곧 무시했기 때문이다. 이 유년기의 중요성이야말로 프로이트주의의 영역이다. 프로이트주의의 대상은 곧 유년기 자체와 가족 경험이다. (맑스주의자들이 이 연구분야를 경시한 것은 맑스 자신의 암시를 무시한 셈인데, 그는 17세에 쓴 한 문장에서 "우리의 사회적 관계는 우리가 그것을 결정할 입장에 놓이기 이전에 이미 어느정도 시작되어 있는 상태다"[18]라고 선언한 바 있다.)

어린아이가 자신의 사회적 귀속관계와 계급적 가치를 배우는 것은 분명히 가정 자체의 매개를 통해야만 한다. 그러나 여기서도 문제는 얼핏 보기보다는 복잡하다. 우리는 우리 내부에 (검열관의 형태로) 있는 아버지의 가치를 단순히 되풀이하는 것만은 아닌데, 실제로 그 가치가 본질적으로 무엇인지 모르기 때문이다. 즉 어린아이는 항상 아버지를 과대평가하며, 아버지는 그를 위협하는 일종의 거대한 그림자 같은 존재로 나타난다. 더구나 이런 종류의 분석은 일반적으로 어머니를 무시하며, 실제로 좀처럼 동일하지 않은 부성과 모성이라는 별개의 두 사회적·성격학적 환경에 기초한 구성으로 존재하는 가족의 실상을 주목하지 못한다. 바로 성격의 이 두가지 완전한 대안 사이에서 아이는 일정한 자유를 향유한다. 아이 자신의 성격형성은 바로 이 대안적 특성들 사이의 (혹은 결국 같은 이야기지만, 아이가 어느 한쪽에 반항함으로써 그것을 반대쪽으로 전환할 수 있다는 의미에서 반대적 요소들 내지는 일정한 '규정된 부정'들 사이의) 선택에서 비롯하기 때문이다. 따라서 이런 싸르트르 모형에 내재하는 필연성의 몫은(이것은 씨몬 드 보부아르 Simone de Beauvoir[19]가 자신의 유년기에 대해 쓴 글에서 예시한 바 있는데, 이 글에서 그녀는 문학적·철학적 야망을 포함해 자신의 성격이 경건하며 숙녀연하는 어머니와 딜레땅뜨적이며 예술적 경향을 지닌 아버지 사이의 갈등으로부터 생겨나는 과정을 보여주었다) 유전전달 모형에 유추해 이해할 수 있을 터인데, 여기에서 새로운 유기체는 자신의 특유한 형태를 생성할 두벌의 완전한 유전자와 염색체를 지닌다. 독특

---

18 H. P. Adams, *Karl Marx in His Early Writings* (New York: Russell & Russell 1965) 14면에서 재인용.

19 씨몬 드 보부아르(Simone de Beauvoir, 1908~86)는 『제2의 성』(*Le Deuxième Sexe*)을 쓴 프랑스 실존주의 철학자·작가로 싸르트르와 평생 동반자였다——옮긴이.

하게도 이 필연성은 결정론이 아니라 그 속에서 자유로운 선택이 이루어지는 체계 자체에 대한 고유한 외적 제한이다. 아이는 바로 가족 안에 있으며 가족이 그가 아는 전부이기 때문에, 그의 폐쇄된 세계와 가족적 상황 속에 어떤 특정한 인간적 요소나 특징 혹은 경험이 결여되어 있는지 알 수 없다.

플로베르에 관한 싸르트르의 최근 글들은 이런 과정을 가장 복합적으로 다룬다. 여기서 후기 플로베르의 '예술종교'(religion de l'Art)는 귀족 출신 어머니의 종교적 헌신과, 흙에서 단지 한세대밖에 떨어지지 않은 중산계급에 속하는 아버지의 분석적 회의주의의 종합이었음이 드러난다. 그의 경우에 이런 대립은 형의 존재로 인해 더욱 복잡해진다. 그의 형이 의사가 되어 아들이 아버지와 절대적으로 동일시할 어떤 가능성도 선점해버리자, 그 결과 둘째아들은 일종의 사회적 마비에 해당하는 더욱 개인적인 해결책으로 내몰리게 된다. 이리하여 플로베르의 익히 잘 알려진 모순된 성격특징들이 나타난다. 즉 아버지에게서, 그리고 그를 넘어 18세기 계몽주의에서 이어받은 분석적 회의주의, 아버지와 일종의 무계급적 괴물인 자신을 동시에 미워하는 감정인 자기 계급에 대한 증오감, 어머니의 종교적 헌신에서 이어받은 예술신비주의, 사회적 수동성과 행동불능인 ("보바리 부인은 나 자신이다"라는 말에서처럼 특히 보바리 부인의 창조에서 잘 나타나는) 여성적 특질, 외부에서 그의 계급(즉 자신)의 모습으로 보리라 여겨지는 것을 내면화한 조잡함과 야비함(「가르송」le Garçon) 등이다. 이런 모순들은 총체적 운동의 계기로, 이 계기는 플로베르가 그러한 가족상황 속의 아이로서 심리적 차원의 문제로 위장된 계급갈등 문제의 해결책을 만들어나가는 과정이다. (싸르트르의 『비판』에서 우리는 다시 심리학으로부터 이런 궁극적 계급현실로의 전환을 접하게 될 것이다. 그러나 그때는 반대방향

262

에서부터, 즉 어떻게 하여 본질적 계급갈등이 궁극적으로 개인적 실존의 심리적 차원으로 전환될 수 있는가 하는 각도에서 살펴볼 것이다.)

벌써 이런 묘사에서 우리는 싸르트르의 제2의 원리가 존재함을 감지할 수 있다. 그것은 즉, 이런 창출은 시간적 과정이라는, 다른 용어로 표현하자면 본질적으로 초시간적 내지 공시적인 사이비 맑스주의 모형을 다시 진정한 통시성 자체로 편입하는 것이라는 인식이다. 분명히 어린아이는 지난 세월의 사회적 갈등에 깊이 연루되어 있다. 현재 그의 자아선택은 이전 세대, 즉 부모 세대의 현실기반 위에서 이루어진다. 사실 어떤 경우에 제도적 지연은 훨씬 더 두드러지는데, 이 점에서는 (『말』 Les Mots에서 묘사된) 싸르트르 자신의 아동기 경험만큼 좋은 예도 없다. 그는 아버지를 여의었기 때문에, 권위적 인물이라기보다는 누님처럼 생각했던 젊고 유약한 어머니와 더불어 조부의 세계에서 성장했는데, 조부의 특징적 가치와 특성 및 이데올로기는 이미 1840년대에 형성된 것이었다. 이리하여 이른바 싸르트르 자신의 문학작품에 비교적 독특한 성격이 생겨났다고 하겠는데, 즉 싸르트르는 그의 작품에서 한 세대 전체의 그릇된 문제들을 뛰어넘어 아직 1890년대 및 1900년대의 현실과 투쟁하고 있던 당대인들과는 완전히 다른 방식으로 반응할 수 있었다.

문화적 차원에서 이런 현상은 이른바 싸르트르가 '실효(失效)된 기호'(perimated signs)라고 부르는 형태를 취한다. 그것은 즉 우리가 사용하는 언어와 관념 자체의 타성인데, 『비판』의 용어를 미리 빌리자면 우리의 언어와 관념은 그 내부에 스스로에 대한 일종의 반(反)목적성(counter-finality)을 지니며, 이들은 우리의 본래 의도가 물질 자체의 이런 저항 및 선행하는 역사에 의해 왜곡되는 만큼 우리 자신의 생각과 일을 소외시킨다.

이런 모든 것의 근저에는 역사상 다른 세대에 속하는 개인적 삶들 사이에는 절대적 단절이 존재한다는 실존적 사실에 관한 강한 강조가 깔려 있는 것으로 보인다. 이런 의미에서도 사이비 맑스주의는 실제로 그 성격이 관념론적인데, 사이비 맑스주의는 역사를 일종의 연속성으로 보기를 고집하는바, 실제로 (유한한 개인 삶들의 항상 새로운 파도에 의해 구성되는) 역사적 연속성은 여러 세기를 죽 이어 훑어보는 역사가의 머릿속에 있을 뿐이기 때문이다. (이에 따라 역사에서 유일한 진정한 연속성은 당연히 사멸하는 인간세대들보다는 그 세대 뒤에까지 생존하는 물질적 대상과 공장설비에서 유래함에 틀림없다. 그러나 이것은 다시 한번『비판』자체의 주제를 미리 언급하는 것이 된다.)

마지막으로 앞에서 다룬 두가지 원리 모두에 함축된 요청이 있는데, 즉 새로운 전기적 모형은 문제의 행위를 통해 "그 모습을 드러내는"(예컨대 계급존재 같은) 더 큰 실체의 **결과**가 아니라 미래를 지향하는 자유로운 창출로, 본질적으로 하나의 **기투**인 행위를 이해할 수 있어야 한다는 점이다. 싸르트르가 이런 분석원리의 한 예증으로 제시하는 것은 프랑스혁명 기간 중 지롱드파[20]의 전술 의미에 관한 것인데, 이는『제1공화국하의 계급투쟁』(*La Lutte des classes sous la première république*)에서 다니엘 게랭(Daniel Guérin)이 이 주제에 관해 펼친 논의에 대한 비판으로 전개된다.

게랭에 따르면 지롱드파는 보르도 상인층의 이익을 대표하며, 오스트리아와 프러시아에 대한 그들의 선전포고는 상업적 우위를 획득하기 위해 영국과 벌이는 새로운 경제적 투쟁의 첫 움직임이다. 그러나 싸르트르가 보기에 이런 분석은 순전히 정치적인 '수열체'(數列體, series)들, 즉 의회의 제반 현상, 연설, 정책, 전술, 연설자의 개성, 지롱드파 자체

---

20 프랑스혁명 기간 중 자꼬뱅파와 맞섰던 온건한 공화파——옮긴이.

내의 권력투쟁 등의 자율성을 너무 성급하게 해체한다. 물론 이런 제반 현상은 구식의 순전히 정치적인 연대기에서 생각한 것처럼 경제적인 것과 완전히 분리되어 있지는 않다. 그러나 이들은 일종의 독자적인 반(半) 자율성과 내재적 일관성을 지니고 있는데, 게랭은 정치적인 것을 직접적인 경제적 시도로 **환원**하고 일종의 역사적 부대현상(附帶現象)으로 넘겨버리려 시도하면서 이를 간과한다. (여기서 여전히 싸르트르는 한 유명한 편지에 제시된 엥겔스의 사고방식을 기본적으로 따르고 있는데, 이 편지에 대해서는 이 책의 결론 장에서 논할 것이다.)²¹

그러나 싸르트르의 이런 반론에는 또다른 측면이 있는데, 게랭의 분석에는 주관적인 것을 객관적인 것으로 대체하고 객관적 결과에 의해 의도를 해석하려는 도식적 맑스주의 경향이 여실히 나타나기 때문이다. (여기서 '객관적 반역자'라는 고전적인 스딸린주의적 개념이 나오는데, 그것은 인간이 최대의 선의를 가지고도 결국 반역적이거나 사회적으로 유해한 행위임이 드러나는 것을 자행할 수 있다는 말이다.) 지롱드파는 영국이 전쟁에 참전하리라는 것을 (물론 이 전쟁은 나중에 경제적 성격을 띠게 되었지만) 그 당시에는 알 수 없었으며, 그전에 그들에게 일찍이 이런 경제적 동기가 있었다고 주장하는 것은 그들의 추론과 특정한 구체적 행동의 궁극적 가치가 정확하게 무엇이었는가 하는 것을 우리가 발견해내는 데 방해가 될 뿐이다. 기묘하게도 이미 우리가 『악마와 신』의 분석에서 살펴본 대로, 싸르트르는 괴츠의 행동처럼 개인적이고 대체로 심리적인 행동을 해석하는 데 있어 이런 객관적 결과에 기초한 논의를 전혀 주저없이 사용한다. 즉 우리는 우리가 행하는 행

---

21 엥겔스가 슈미트(Conrad Schmit)에게 보낸 1890년 10월 27일자 편지(*Basic Writings* 400~07면).

동이며, 최종적으로 발생한 사건은 우리가 스스로 바랐던 것임에 틀림없다는 것이다. 이리하여 싸르트르는 개인적 경험의 영역에서는 심리학 및 주관주의와 주관적 의도설에 대항해 지향성의 교의를 내세운 데 비해, 여기서는 다시 역사에서 행위자의 사상과 말을 액면 그대로 받아들이는 좀더 구식 역사학파의 기술로 되돌아가는 것처럼 보인다. 우리는 이것이 꼭 그렇지 않음을 곧 살펴보겠지만, 이처럼 지롱드파의 죄를 (그들의 실존적 상황의 한계를 고려하는 견해에 기초해) 일견 사면해준 것은 우리가 『비판』의 마지막에 가서야 제대로 조망할 수 있을 것이다.

여기서 싸르트르가 우리에게 제시하는 해석적 방법과 정통 맑스주의에 의해 수행되는 방법을 가능한 한 뚜렷이 구별할 필요가 있다. 사실 싸르트르의 방법은 행위와 그것의 기능적·경계적 의미 사이에 일반 매개체와 반(半) 자율적 수열체를 삽입함으로써 의도와 합리적 분석을 중시하는 재래식 역사기술을 부활시키는 경향이 있는 것처럼 보이기도 할 것이다. 이는 결국 의식적인 것과 무의식적인 것의 구별에 해당하는데, 싸르트르가 주장하는 산 체험에 대한 충실성은 맑스주의 역사기술의 대상인 '무의식적인' 경제적 동기보다 의식적 사고와 경험이 우선한다는 브리소(Jacques-Piere Brissot)[22]·베르뇨(Pierre-Victrin Vergniaud)[23]·가데(Marguerite-Élie Guadet)[24] 등의 인식에 해당하기 때문이다.

---

22 브리소(Jacques-Piere Brissot, 1753~93)는 프랑스혁명기의 문필가·정치가로 1791년 지롱드파의 지도자가 되었으나 1793년 10월 처형당했다 ― 옮긴이.
23 베르뇨(Pierre-Victrin Vergniaud, 1753~93)는 프랑스혁명기의 정치가·웅변가로 1792년 지롱드파의 우두머리 구실을 했으나 1793년 10월 처형당했다 ― 옮긴이.
24 가데(Marguerite-Élie Guadet, 1758~94)는 프랑스혁명기의 법률가 출신 정치가. 한때 국민의회 지도자로 빠리꼬뮌에 반대했으며 1794년에 처형당했다 ― 옮긴이.

이 모든 것을 한층 간단히 말하자면, 싸르트르는 정통 맑스주의가 역사와 경험을 **환원**하는 것으로 보았다고 볼 수 있다. 이것은 비록 사실이긴 하나 논의에 약간의 편견을 개입시키는 경향이 있는데, 어떤 의미에서 모든 이해와 추상적 사고는 다 환원적이라고 주장할 수 있기 때문이다. 실제로 **추상화과정** 자체가 본질적으로 하나의 환원이고, 이를 통해 우리는 현실 자체의 4차원적 밀도를 단순화된 모형과 도식적·추상적 관념으로 대체하며, 따라서 필연적으로 현실과 경험을 곡해한다. 다른 한편으로 우리가 그런 환원에 의하지 않고서 어떻게 현실을 이해하고 그에 대처할 수 있을지는 알기 어렵다.

실존주의가 바로 그 기원에서 이런 추상화 과정에 대한 반작용인 한, 우리는 또한 실존주의가 그에 선행하는 계기인 추상화 과정에 의존하는 데 주목해야 한다. 우리가 먼저 추상화 과정에서 사물과 체험을 포기하지 않았다면 사물과 체험으로 회귀할 수도 없다.

이와 같은 환원에 대한 실존주의 비판의 기본 공격은 인과율의 개념을 겨냥한 것이 아니냐고 반박할 수 있겠지만, 나로서는 그런 것 같지 않다. 사실 인과율이란 환원 자체의 공허한 정식이다. 혹은 달리 말해서 인과율은 지롱드파의 심리적·일화적·의회적 현실을 단순화된 경제적·상업적 모형으로 대체하는 정신작업을 위한 구실이다. 이것은 싸르트르의 논박이 맑스주의와 구조주의를 가리지 않고 어느 쪽이나 겨냥한다는 사실에서 알 수 있는데, 구조주의도 지금 문제가 되는 맑스주의와 마찬가지로 하나의 환원적 사고방식이기 때문이다. 구조주의는 다만 경제적 동기나 결정 같은 맑스주의 용어를 **기호**(sign) 개념으로 대체할 뿐이다. 이때 일차적 표층현상은 어떤 심층에 깔린 기의(記意, signifié)를 상징하거나 대표하는 기표(記表, signifiant)이며, 여기서 이해의 과정은 바로 후자를 전자로 번역하거나 환원한다. (실제로 맑스주의와 구조주의 양자가 이런 환원과정에서 지니는 기본적 유사성이야말로 구조주의가 어떻게 맑스주의를 자신의 한 변형으로 동화할 수 있었는가를 설명해준다.)

게랭의 책으로 돌아가서, 독자들은 이런 환원적 사고가 역사로부터 만들어내는 의미와, 사회경제적 모형을 해석 지침으로 채택해 수많은 자료와 세부사항을 제자리로 귀속시키는 방식에 감명받지 않을 수 없을 것이다. 정말 우리가 역사를 이해한다는 뜻은 바로 이처럼 제반 사건이 제자리로 귀속되는 느낌이다. 또한 역사가 어떤 의미를 지닌다는 주장이 뜻하는 바도 바로 이처럼 극히 괴리된 여러 사실들이 하나의 모형을 중심으로 정돈되는 느낌에 있다. 따라서 이런 환원적 사고방식을 앞서 우리의 용법대로 일종의 시간 속의 수사적 비유 내지 형식이라는 의미에서 하나의 '역사적 비유'(historical trope)로 간주하자고 제안하고 싶다. 그렇게 함으로써 우리는 인식론적 논쟁을 피하고, 정신이 현실과 맞부딪쳐 다뤄나가는 수단인 시간적 과정 자체를 강조할 수 있을 것이다.

이제는 싸르트르가 환원적 비유에 대립시키는 전혀 다른 역사적 또는 수사적 비유의 구조를 규정하는 일이 남았다. 나는 이미 다른 기회에[25] 싸르트르 작품에서는 항상 추상화가 제기되었다가 곧이어 다시 본질적인 소설적 전망으로 용해됨을 기술한 바 있는데, 이것은 본질적으로 여기서도 작용하는 과정이라고 믿는다. 여기서 그의 목표는 (앞에 기술한 환원적 의미에서) 지롱드파를 '이해'할 뿐만 아니라 일단 이해를 이룬 후에는 이를 방편 삼아 지롱드당원들이 처했던 실제 상황 자체를 구체적으로 다시 경험하고, 역사소설가의 작업과 비슷한 형식으로 그들의 사상과 행위를 재연하는 작업으로 복귀하는 일이다. 싸르트르가 (마

---

25 *Sartre: The Origins of a Style* 147~56면.

르끄 블로흐를 좇아) '전진적·후진적 방법'이라고 부른 것은 바로 이런 의미에서다. 즉 현재에서 출발해 과거 행동이 당시에 지녔던 의미와 가치로 분석적으로 되돌아간 후, 그 행동들이 원래 지녔던 풍요성과 복잡성을 십분 인정하는 식으로 이들을 사고 속에서 종합적으로 재창조한다. 이것은 맑스의 방법이기도 한데, 그는 종교적 신념의 이해에 관해 (따라서 결국 이데올로기적 현상 일반에 관해) 언급하면서 이렇게 말한 바 있다. "사실상 종교적 신비의 세속적 핵심을 분석해서 발견해내는 것은 거꾸로 지배적 현실조건으로부터 종교의 고양된 형식을 도출해내는 것보다 훨씬 쉽다. 후자야말로 유일하게 유물론적이며 따라서 과학적인 방법이다."[26] 이처럼 싸르트르의 이론은 그의 창작과정 자체를 요약해주며, 상상적 행동은 그에 선행하는 추상적 분석과정을 채워주고 완성하며 어떻게든 확증할 의무를 진다.

이와 같은 추상화와 상상의 두가지 역사적 혹은 수사적 형식이 갖는 차이점은 주어진 역사적 사건을 구성하는 다양한 현상 계열 또는 (예를 들어 심리적·수사적·정치적·경제적·지리적 등의) 다양한 자료의 차원들을 각각의 형식들이 어떤 관계로 맺어주는가를 기술함으로써 강조할 수 있다.[27] 환원주의 모형은 **기호** 개념과 관련지어 기술하는 것이 편리한데, 이 경우에 서로 다른 계열들은 기의에 대해 기표의 관계에 있으며, 기호학의 다음과 같은 기본적 요건도 여전히 충족된다. 즉 기표와 기의의 관계는 (우리가 이미 살펴보았듯이 일종의 무의식의 가설에 상

---

26 Karl Korsch, *Karl Marx* (New York: Russell & Russell 1963) 176면에서 재인용.
27 이런 수열체 또는 '요인' 간의 관계에 대한 고전적 분석인 동시에 '매개' 개념 일반에 대한 설명의 예는 Antonio Labriola, *Essays on the Materialistic Conception of History* (New York: Monthly Review Press 1966) 6장 참조. 라브리올라의 책은 아직까지도 맑스주의 전반에 관한 최선의 입문서로 손꼽힌다.

당하는 것으로) 자의적 관계라는 것이다. 따라서 이런 모형이 당면하는 기본적 문제 내지 임무는 좀더 피상적인 다른 기표들에 대해 기의가 될 수 있는 어떤 궁극적 설명 계열을 선택하는 일이다. 물론 맑스주의에서 궁극적 계열은 사회경제적 계열, 즉 생산양식의 형식이며 구조주의자들에게는 언어 자체다.

이와 대조적으로 싸르트르의 해석방식에서 다양한 계열 간 관계는 **상징적인** 것으로 기술되어야 한다. 즉 그들의 관계는 정확히 자의적이 아니며, 각 계열은 어떤 방식으로든 그 내부에 다른 계열을 반영하고 포함한다는 말이다. 따라서 보들레르의 특이한 걸음걸이는 (제대로 분석되기만 한다면) 궁극적으로 그의 심리의 비밀과 사회경제적 이데올로기 그리고 시적 감수성 자체까지도 포함한다. 마찬가지로 주네의 문체는 그의 전인생경험을 요약하며, 예컨대 끈적끈적함(viscosité)에 대한 반응 같은 순수한 촉각적 반응이 본래적으로 그의 존재 자체의 원선택을 상징하기도 한다. 물론 이전에 싸르트르도 기본 계열, 즉 궁극적 기의는 존재에 대한 관계라는 입장을 취했다. 그러나 그의 현재 사상에서 경제적인 것이 우위를 차지한다고 인정하더라도 그 자신의 특정한 모형은 어느 특정한 계열이 다른 계열에 우선하도록 요구하지 않음이 이제 명백한데, 각각 따로 놓고 볼 때 모든 계열은 서로를 자신 내부에 포함하고 있기 때문이다.[28]

이런 모형에 내재하는 진정한 이론적 문제는 다른 곳에 있다. 기호 개

---

28 이는 완전한 새로운 유형의 논리를 함축하기도 한다. 즉 보편과 특수의 관계에 대한 정태적 모형 대신에 각각의 특수가 자체적으로, 또한 독자적 방식으로, 당면한 보편의 총체성을 상징적으로 실현하는 모형이 들어설 것이다. 『비판』에 나타난 이런 이론의 조짐으로는 언어를 논한 180~82면 참조. 전형적인 구체적 실례로는 집단과 계급의 관계를 다룬 644면 참조.

념이나 무의식 가설이 지니는 매력은 바로 이들이 의식 자체의 직접적 자료를 어떤 다른 것, 즉 훨씬 거창하고 차원이 다른 어떤 것으로 대체하도록 허용하는 데서 유래한다. 그러나 이제 싸르트르의 모형은 역사의 행위자들이 자신의 행동과 그 동기를 어떤 방식으로든 의식함을 암시한다. 그런데 이것은 역사의 비인격성과 역사과정에 연루되는 모든 소외 및 개별 행위자의 상대적 무의미성 등에 대한 우리의 느낌을 제대로 감안하지 않는 것 같다.

싸르트르는 이미 이전에 이런 딜레마에 봉착한 바 있다. 당시에 그는 (기호학적 용어로 손쉽게 해석될 수 있는 또다른 환원적 모형인) 프로이트적 무의식이라는 모형을 공격하면서, 그 대신 합리주의적 의식을 초월하는 정신 차원에 대한 실제 체험을 제대로 평가할 어떤 다른 것, 바꾸어 말해서 그로서는 받아들일 수 없는 무의식 가설은 배제하면서도 프로이트의 발견에 내재하는 진실은 보존할 어떤 다른 것을 내놓지 않을 수 없는 처지에 놓였다. 이런 딜레마에 대한 그의 답은 '자기기만' 이론의 형태로 나타났다. 이 자기기만 이론에서 싸르트르는 어떻게 해서 어떤 사람이 자기 행위의 의도를 비주체적·비자의식적 차원에서는 의식하면서 동시에 주체적 또는 일상적 의미에서 '의식적'으로는 알지 못할 수 있는가를 보여주었다. '자기기만'은 당면한 불쾌한 사실이 존재하지 않는다고 우리가 스스로를 설득하는 중임을 희미하게 의식하면서도, 그런 설득을 수행하도록 고안된 자기현혹의 작업이다. 이는 우리가 그것을 존속시키려 하면 할수록 더욱 복잡해지는 자기기만 구조이며, 어떤 것에 대한 생각을 안 해야겠다는 절망적이고 자가당착적인 노력이 그 적절한 상징이 될 수 있을 것이다. (그것을 생각하지 말아야 한다는 걸 알기 위해서는 그에 관해 생각을 해야 한다는 식이다.) 따라서 자기기만 개념은 어떤 주어진 행동을 그 자체 기본 의도나 의식적 목적에 대한 인식을 포함하기도 하고 동시에 포함하지 않기도 하는 것으로 간주하게 해준다.

『방법 탐구』에서 싸르트르가 환원적 해석모형을 상징적 해석모형으로 대체하고자 할 때 그가 의존하는 것도 (명시적으로 지칭하지는 않지만) 바로 이 자기기만 개념이다. 그러나 이 개념은 그 사이에〔『존재와 무』이래로〕상상적인 것과 비현실화에 대한 전반적 사색으로 풍요로워졌고,[29] 마침내 맑스 자신의 어떤 지적과도 모순되지 않는 형태를 취하게 되었다.

물론 어떤 사람은 브리소 일파가 스스로 공언한 목적은 하나의 가면이며, 이 부르주아 혁명가들이 스스로 탁월한 로마인으로 자처했고 또한 그렇게 처신했지만, 그들이 무엇을 했는가를 실제로 규정해주는 것은 객관적 결과뿐이라고 말할지도 모른다. 그러나 우리는 신중해야 한다. 『루이 보나빠르뜨의 브뤼메르 18일』(*Der 18te Brumaire des Louis Bonaparte*)[30]에서 발견할 수 있는 것과 같은 맑스의 원래 사상은 의도와 결과의 어려운 종합을 시도한다. 그런데 요즈음 사람들이 이 사상을 이용하는 방식은 피상적이고 부정직하다. 사실 맑스적 은유를 끝까지 밀고 나갈 때 우리는 인간행동의 새로운 개념에 도달한다. 햄릿 역을 하면서 자기 역할에 몰두한 한 배우를 상상해보자. 그는 어머니의 방을 가로질러가서 장막 뒤에 숨은 폴로니우스(Polonius)를 죽인다. 그러나 이것

---

29 Fredric Jameson, "Three Methods in the Literary Criticism of Jean-Paul Sartre," *Modern French Criticism*, John K. Simon 엮음 (Chicago: University of Chicago Press 1972) 참조.
30 프랑스혁명력 2월에 해당하는 브뤼메르 18일에 나뽈레옹 3세가 일으킨 쿠데타를 풍자적으로 서술한 맑스의 역사서──옮긴이.

은 그가 실제로 하고 있는 행동이 아니다. 그는 돈을 벌고 명성을 얻기 위해 관객이 보는 앞에서 무대를 가로질러 '무대 안쪽'에서 '무대 바깥쪽'으로 가고 있을 뿐이며, 이런 실제 행동이 사회 내에서 그의 위치를 규정한다. 그러나 우리는 이런 **현실적** 결과가 어떤 방식으로든 그의 상상적 행위 속에 현존함을 부인할 수 없다. 이 가상 왕자의 동작은 간접적이고 굴절된 방식으로나마 배우의 실제 동작을 표현하며, 배우는 **자신을 햄릿**으로 **파악하는** 방식 자체가 그가 배우로서 **자신을 인지하는** 그 나름의 방식임을 부정할 수 없다. 1789년 우리의 로마인들(프랑스혁명기의 지롱드파)로 되돌아가서, 그들이 스스로를 카토(Martus Cato)[31]라 부르는 것은 자신을 부르주아지로 **만드는** 방식이다. 이 계급 구성원들은 '역사'를 발견하고 벌써 정지시키고자 하며, 자신들의 보편성을 주장하고 경쟁적 경제 기반 위에 그들의 자랑스런 개인주의를 수립한다. 간단히 말해서 그들은 고전문화의 후계자들이다. 모든 것이 거기에 있다. 자신을 로마인으로 천명하는 것과 혁명을 **중지**시키려 하는 것은 동일한 일이다. 혹은 브루투스(Brutus)나 카토인 척하기를 잘할수록 혁명을 더욱 잘 저지할 수 있을 것이다. 스스로에게도 애매모호한 이런 생각은 신비스런 목적을 정립하여 자신의 객관적 목적에 대한 인식을 둘러싸 혼란시킨다. 따라서 우리는 (아무것도 숨기지 않으며 어떤 '무의식적' 요소도 포함하지 않는 단순한 현상의 연기演技인) 주관적 연극과, 실제적 목적을 달성하기 위한 실제적 수단의 **객관적·의도적** 조직을, 의식이나 미리 고려된 의지에 의해 이 모든 것을 조직함이 전혀 없이, 동시에 거론할 수 있을 것이다. 간단히 말해서 상상적 **실천**의 진실은 현실적 **실천** 속에 있으며, 현실적 실천은 자신을 단순히 상상적인 것으로 보는 한, 상상적 실천과의 묵시적 관련

---

31 카토(Martus Cato, B. C. 234~149)는 옛 로마의 장군·정치가이다——옮긴이.

을 그 해석 속에 포함한다. 1789년의 부르주아지는 '역사'를 부정하고 정치를 미덕으로 대치함으로써 혁명을 저지하기 위해 카토처럼 행세하지 않는다. 그는 또한 자신도 잘 모르고 행하는 어떤 행동을 신화적으로 이해하기 위해 스스로 브루투스를 닮았다고 말하지도 않는다. 그는 이 두 가지를 동시에 행한다. 바로 이런 종합을 통해 우리는 모든 상상적 행위에서 현실적·객관적 행위의 대응물과 그 모체를 동시에 발견할 수 있다.

그러나 **바로 이것이** 사실이라면 브리소 일파는 아무리 몰랐더라도 경제전쟁을 일으킨 책임을 져야 할 장본인임에 틀림없다. 이런 외적·중층적 책임은 틀림없이 정치적 드라마에 대해 그들이 갖는 어떤 막연한 인식으로 내면화되었다.[32]

이 중요한 구절은 후기 싸르트르의 전기작가적 실천에 대한, 그리고 역사를 개인의 행동을 통해 안에서부터 샅샅이 살펴보는 만큼 실로 그의 역사관 자체에 대한 본질적 이론이라 하겠다. 이런 분석은 결코 역사 해석을 수정주의적으로 약화하기보다는 실제로 자기네 행위에 대한 지롱드파의 개인 책임을 강조하는 데 이바지한다는 점에 주목해야겠다. 더구나 그들의 복잡한 의도와 가상적 자기변호를 강조함으로써, 그러한 개인적 의도가 역사 영역 자체에 들어섬에 따라 겪게 되는 소외와 왜곡을 적당히 설명해 치워버리기보다는 거듭 강조하는 효과를 지닌다. 싸르트르의 이런 최종판 모형에 어떤 문제점이 남아 있다면 그것은 지롱드파에 가해진 판단의 성격과 관련이 있다. 지롱드파를 부르주아 혁명가의 한 유형으로 기술하는 것은 그들을 바깥에서 보고 범주화하며, 그들 자신이 익히 알 수 없었던 좀더 넓은 문맥 속에서 그들을 평가하는

---

32 *Search for a Method* 45~47면.

셈이다. 심지어 그들이 싸르트르가 여기서 기술하는 모호한 종류의 자기의식에 의해 자신을 그런 비슷한 방식으로 어느정도 인식할 수 있었다 하더라도, 그런 자기인식은 오직 그에 앞서 그들의 적이 바깥에서 그들을 보고 내린 어떤 판단에서만 유래할 수 있었을 것이다. 그 적들은 지롱드파를 어떤 일정한 각도에서 바라보고 일정한 호칭과 비난으로 낙인찍었으며, 그러자 지롱드파 스스로가 이런 호칭과 비난을 수용하고 내면화해 자신을 정당화하려 했을 터이다. 따라서 여기서 우리는 실존적 분석의 전통적 영역인 산 체험 내지는 단자(單子)의 세계에서 벗어나, 외부에서 내려졌으며, 생각건대 실존적 견지에서는 정당화할 수 없는 판단 쪽으로 나아간다. 『비판』의 궁극적 목적은 바로 이런 판단의 기초를 마련하고, 그렇게 함으로써 (지롱드파 같은) 특정한 역사적 계기 자체의 내재적 분석에 본질적으로 자리하는 상대주의를 역사 자체의 궁극적 의미에 대한 더욱 절대적인 인식으로 대체하는 데 있다.

2

『비판』을 읽을 때 우리는 처음 몇장이 진정한 사회적 체험보다 주로 그런 체험의 바닥에 깔려 있는 추상적 구조를 다룬다는 사실에서 최초로 곤란에 부딪치게 된다. 제목이 암시하듯 이 저서는 기존 연구와 분석에 대한 철학적 기초를 정립하려는 시도이다. 이런 의미에서 싸르트르의 책은 마치 칸트가 당대 자연과학의 타당성을 당연시하듯 맑스적 역사분석의 타당성을 당연시한다. 이리하여 싸르트르의 책은 다음과 같은 질문을 제기한다. 역사가 이처럼 변증법적으로 움직인다는 것을 입증하기 위해서는 어떤 전제조건이 필요하며, 인간실존의 구조는 어떤 것이어야 하는가?

이런 기본문제는 세 부분으로 나누어 논의하는 것이 좋을 듯하다. 즉 실천 내지 총체화, 부정, 그리고 상호성의 세 부분으로, 이는 다시 말해서 변증법적 행동 자체와, 그것이 스스로 분해되어 생기는 두 극(極), 즉 한편으로 우리와 대상의 관계, 다른 한편으로 우리와 타인의 관계라는 양극으로 나눌 수 있겠다.

1. 변증법적이라는 말 자체가 이미 여러 다른 종류의 대상에 적용된다. 그것은 역사나 개별 행동을 지칭할 수 있고, 두 유형의 사건 중 어느쪽도 이해할 수 있는 사고유형을 지칭하기도 한다. 싸르트르에게 '총체화'(totalization)라는 단어는 이런 변증법적 현상의 세가지 유형에 공평하게 적용할 수 있다는 점에서 장점을 지닌다.

이 용어는 분명히 『존재와 무』에서 '기투'라고 부른 것에 해당하는데, '기투'는 대상의 집합을 통과하면서 이들을 통합하여 일정한 목적을 향해 나아가기 때문이다. 따라서 나의 '기투'는 나의 환경이 내 주위에 스스로 정돈되게 하고 나의 미래 목적에 저항함으로써 그 환경 자체의 타성과 '역경계수'(coefficient of adversity)를 드러나게 한다는 점에서 나의 환경을 **총체화**한다. 예컨대 사막은 내가 그 속에서 생존하려 할 때 비인간적 풍경으로 드러나며, 탁 트인 무료 고속도로는 나의 속도를 배가하고, 스키장의 경사는 나의 활강에 도움이 된다. 이리하여 '기투'는 이런 물질의 군집을 '총체성'의 형태로 혹은 죽은 '기투'의 껍질 내지 이미 옛날에 사라져버린 인간행위의 흔적으로 남긴다. 이런 의미에서 우리의 도시는 마치 주인이 죽어버린 응접실처럼 그러한 총체성의 침전물이다.

개별 인간행위나 '기투' 내지 나의 총체화는 그 구조 자체에서 변증법적이다. 그것은 내 주위 사물에 대한 나 자신의 부정을 뜻하며, 그 부정이 수행하는 사물의 종합과 그 종합의 성공에 의한 나 자신의 행위 자체의 변화, 그리고 애초의 '기투'의 구조 자체로부터 새로운 종류의 '기투'를 산출하는 것을 뜻한다. 바로 이런 구조 때문에 수백만 인간행위의 현장인 역사와, 나의 행동경험에서 생겨나 그후에야 비로소 순수한 지적 과정으로 구체화되는 이해가 모두 변증법적 성격을 띨 수 있다.

그러나 이렇게 적용된 총체화라는 단어는 '기투'라는 단어의 어감을 넘어서는 중요성을 갖기 시작하는데, 이제 이 단어는 어떤 '기투'가 분명히 다른 '기투'보다 '총체적'이고 '총체화적'이라는 식으로 기투들 사이에 일종의 위계질서를 암시하기 때문이다. 그렇다면 역사에서 이런 총체화는 점점 많은 수의 사람들을 포괄할 것이고, 그들 삶의 사회경제적 구조의 가장 미세한 세부에까지 더욱 깊이 관련될 것이다. 이런 의미에서 1789년 프랑스혁명은 분명히 과거 농민반란이나 중세 이딸리아 도시국가의 내란보다 훨씬 더 광범위하고 포괄적이었다.

지적 견지에서 봐도 헤겔의 체계는 분명히, 한꺼번에 분리되고 전문화된 현상 하나밖에 다룰 수 없는 분석적·경험적인 사고유형보다 더 많은 것을 포함하며 이해한다.

끝으로 총체화 개념은 싸르트르로 하여금 '기투' 개념에 내재하는 상대주의를 제거할 수 있도록 한다. (사실 상대주의는『존재와 무』의 체계 자체에 강하게 함축되어 있는데,『존재와 무』에서 모든 참은 예정된 실패이므로 결국 모든 '기투'는 동등한 가치를 지니는 꼴이다.) 바로 이런 조건하에서만, 전체 역사는 기투들이 모든 면에서 점차 확대된 영향력의 장을 획득해간다는 뜻에서 어떤 의미나 단일한 방향을 지닐 수 있다. 역사의 '의미'는 바로 그런 총체화에 있다고 한다면, 이는 제1권 곳곳에 이미 암시되어 있으며 구상중인『비판』제2권에서 다룰 논제를 미리 밝히는 셈이다. 역사의 의미는 '있는 것'이라기보다 '되는 것'이다. 또한 진정한 변증법적 방식에 입각해, 우리는 인류가 상호 무관계한 집단과 부족으로 생활했던 선사시대에는 실상 역사에 어떤 단일한 의미도 없었다고 추정할 수 있다. 세계가 하나로 되어가고 있으며 특정 지역의 사건이 전혀 다른 나라와 사회에 거주하는 사람들의 존재와도 관련되고 영향을 끼치는 현대에 이르러서야 비로소 인간의 삶이 단일한 '기투'로서 단일한 의미를 지니고 단일한 '총체화 과정'을 구성한다면, 우리의 삶이 어떠할지를 막연하게나마 실감하게 된다.

2. 그러나 기투나 총체화의 내용은 본질적으로 기투가 발생하고 그것에 대해 작용하고자 하는 그 세계에 의존한다. 이 새로운 견해를 『존재와 무』의 첫 견해와 비교해보는 것은 교훈적인 측면이 있다. 『존재와 무』에서는 (순수한 존재, 즉 대상들의 영역에서 무인) 행위의 근원 자체를 인간 존재구조에 내재하는 **결여**(lack)로, 다시 말해서 자신을 만족시키고 충족하려 하며 그리하여 어떤 일정한 존재상태에 도달하려 하는 존재론적 결핍으로 보았던 것이다.

이런 과정을 새롭게 지칭하는 용어가 바로 **욕구**(need)라는 말인데, 이는 존재론적 용어를 좀더 사회경제적인 용어로 옮긴 데 불과하다. 물론 양자는 모두 헤겔에게서 유래한다. 현존에 대한 부정으로서의 인간 행위·노동·경험 개념만이 헤겔적인 게 아니라 자의식의 역사 자체가 헤겔에서는 바로 욕망(Begierde)과 더불어 시작되는데, 이는 싸르트르의 욕구 개념과 대동소이한 기능을 한다.

이런 용어상 전환은 이어서 다른 전환을 동반한다. 인간 실존의 성격을 추상적으로 규정하는 방식인 '결핍'이 발생하는 세계의 추상적 특징 또한 **우연적**(contingent)이며, 인간에 대해 세계가 갖는 본질적 구조는 인위성(facticity), 즉 인간의 사고나 실존과의 비상관성, 혹은 좀더 문학적인 실존주의의 용어를 빌리자면, 부조리 내지 무의미성인 것과 마찬

278

가지로, 인간의 공허함이 **욕구**의 형태를 취하는 좀더 구체적인 이러한 새로운 입장에서 세계가 인간에게 저항하는 것은 이제 **희소성**(scarcity)의 측면에서 규정되는데, 희소성은 바로 우리가 존재하는 세계에서 분석 불가능한 출발점이며 우연적 소여(所與)이기 때문이다. 희소성은 그 자체로 이해 불가능하며 어떤 형이상학적 의미도 부여할 수 없는 단순한 사실에 불과하지만, 그래도 우리가 그 속에서 행동해야 할 틀로서 행동과 기투를 발상에서부터 조건화하고 소외시킨다.

싸르트르는 희소성 개념을 통해 인간 욕구를 하나의 결여로 명시할 수 있는데, 여기서 결여는 외계 대상에 대한 관계인 동시에 타인과 취하는 일정한 거리 유형이다. 희소성의 사실 때문에 각 개인은 욕구대상을 필사적으로 추구하고 그것을 어려운 조건 아래 불리한 재료에서 힘써 만들어내도록 강요받는 것과 마찬가지로, 내가 소비할 수 있는 대상 하나하나는 잠재적으로 나의 이웃으로부터 빼앗아온 것이다. 좀더 일반적으로 말해서 결핍된 세계에서 나의 실존 자체는 내 이웃 실존에 대한 위협이며, 그의 실존도 내게 대해 마찬가지다. 따라서 선악이원론이나 폭력이 물질세계 자체의 우연적 구조에서 근원하며 '인간은 인간에게 이리'(homo homini lupus)라는 훨씬 오래된 수사학 어조를 깔고서, 싸르트르는 희소성이 인간의 생활에 부과한 절대적 타자성을 다음과 같이 강조한다. "인간의 잔인한 숙적이 그를 습격하려고 잠복하고 있지 않았다면 금세기는 훌륭한 시대가 되었을 것이다. 인간을 파멸시키기로 맹세한 그 육식동물, 털도 안 난 악의의 짐승인 바로 인간 자신 말이다!"[33]

『비판』에 대한 최종 평가와 그 논의의 전체 전개에서 결정적 역할을

---

33 이 구절은 물론 『알또나의 포로들』에서 나온 것이지만, 예컨대 『비판』 208면 등에서도 유사한 구절을 많이 볼 수 있다.

할 희소성 개념이 지니는 또다른 중요성을 강조하는 것은 가치가 있는데, 그 개념은 싸르트르의 사고와 용어가 가진 근본적 이중성의 최초의 표현이자 어떤 의미에서 그 근원이기 때문이다. 그 이중성이란 특정 현상을 인간행위의 관점과 대상의 관점에서 표현할 수 있는 이중 가능성을 말한다. 희소성은 외계에 대한 작용의 측면이든 타인과의 투쟁의 측면이든 동등하게 표현할 수 있는 인간반응을 촉발하는데, 그것은 본질적으로 양자 모두이기 때문이다. 따라서 우리는 사건이나 경험을 정식화하는 두가지 언어 내지 약호를 수중에 갖고 있다. 정태적·물리적 대상으로 보이는 것도 그것이 위장하고 있는 인간관계로 번역될 수 있고, 얼굴을 맞댄 직접적 인간관계로 보이는 것 또한 생명이 없는 대상들과 물적 사물체계의 단순한 반영으로 간주될 수 있다. 이런 이중성의 결과는 후에 분명해질 것이나, 여기서는 현실에 대한 인식이나 철학적 개념으로서 이런 이중성은 싸르트르 저서에서 새로운 것이라기보다 이미 오래된 요소이며, 맑스보다는 하이데거에서 유래했음을 지적하는 것으로 충분하다. 하이데거는 『존재와 시간』에서 대상에 대한 두가지 본질적 인식방식을 구별했는데, 그중 하나는 무력하고 상호무관한 상태로 단순히 목전에 있는 상태(Vorhandenzeit, 目前存在)이며 다른 하나는 잠재행동으로, 즉 필요시에 사용할 수 있는 기구와 도구로 있는 상태(Zuhandenzeit, 可用存在)다.[34] 또한 후기 싸르트르처럼 하이데거에서도 존재론적으로 앞서는 것은 바로 이 두번째 차원이다. 우리는 사물을 일반 도구로 파악하며, 그런 후에야 비로소 관조적이거나 과학적인 지식의 정적 대상으로 파악한다. 따라서 사물은 인간행위의 속기부호로 존

---

34 Martin Heidegger, *Sein und Zeit* (Tübingen: M. Niemeyer 1957) 66~88면; *Holzwege* (Frankfurt: Klostermann 1950) 중 "Der Ursprung des Kunstwerkes" 참조.

재한다고 할 수 있으며, 이런 관점은 싸르트르가 외부세계를 경화된 명령들의 그물조직이나, 말하자면 '통로적'인 공간으로 환기하는 근거를 이룬다. 이런 외부세계란 묵시적 삶과 감정으로 가득 찬 대상들이며, 그 대상들은 존재가 계시되는 객관적 양태들로 우리 주위에 운집해 있다.[35]

그러나 많은 비평가들은 희소성 개념이 맑스적이라기보다 맬서스적이며 다원적이라고 생각했는데, 이는 앞서 타자성과 생존을 위한 투쟁이라는 개념이 갖는 마니교(선악이원론)적 성격이 독자들에게 『공산당선언』보다는 홉스를 연상시켰던 것과 마찬가지다. 물론 이런 식의 범주화는 진정한 철학적 논의가 못된다. 그러나 사회생활에서 최초의 순간, 즉 물질에 대한 노동의 문제에서 싸르트르의 입장이 단순치 않음은 적어도 지적해둘 만하다. 그것은 하나가 아닌 두개의 다른 부정(否定)을 포함한다. 노동은 물론 그 자체가 물질에 대한 부정이다. 그러나 그것은 물질을 특수하게 필요한 대상, 즉 어떤 특정한 생산품으로 변용하는 것을 목적으로 하는 '규정된 부정'이요, 물질성의 특정한 부분에 대한 부정이다. 따라서 싸르트르는 존재세계 자체보다 앞서며 좀더 근원적인 어떤 전지구적 부정이 선재한다고 주장한다. 그것은 애당초 전면적 부정이 없었다면 현상학적 의미에서의 '세계'는 인간에 대항해 출현할 수 없었을 것이며, 국지적이고 특수한 구역들이 인지되는 배경을 이루는 총체적 장도 존재치 않았을 것이기 때문이다. 따라서 외적 존재의 모든 무력한 영역을 '세계' 내지 자연이라는 통일된 장으로 조직화하는 것은 욕구다.[36] 또한 좀더 특정하고 특수한 부정인 다양한 형태의 노역과 노

---

35 *Sartre: The Origins of a Style* 73~88, 125면 이하.
36 『존재와 무』 이후로 우리는 싸르트르의 특정한 사고방식과 형태심리학의 사고방식 사이에 유사성이 증가함을 발견한다. 그러나 나는 후자도 그 나름대로 위장된 일종의 변증법적 사고로 간주하고 싶다.

동이 행해질 수 있는 것도 오로지 이런 기초 위에서다. 따라서 노동은 부정의 부정이며, 또한 이런 규정은 전통 맑스주의적 사고의 일정한 가치담지적 리듬을 표현한다는 의미에서 결과적으로 소비와 충족보다는 노동과 활동을 강조한다고 볼 수 있다.

그러나 이것은 다른 결과를 낳기도 하는데, 이는 결코 이 모든 문제가 일견 그렇게 보일 수 있듯이 추상적이지 않다. 무엇보다도 세계에 대한 원초적이고 전면적인 부정의 관념은 싸르트르가 『존재와 무』에서 제시한 전면적 책임의 관념을 계속 견지할 수 있게 한다. 『존재와 무』에서 세계에 대한 지각은 내 편에서는 곧 인위성을 가정(혹은 바꿔 말해서 존재의 원초적 우연성을 부정)하는 것이었는데, 나는 그 인위성을 정면으로 체험할 수 없으며 이미 인간의식이나 기투를 거치지 않은 순수한 우연성의 직접 경험이란 있을 수 없기 때문이다. 바로 이런 의미에서, 『존재와 무』의 문맥에서 볼 때 사람은 누구나 자기 자신의 시대와 주위 세계 전체에 대해 어떤 방식으로든 스스로 책임질 수밖에 없다. 내가 직면한 전쟁은 단지 내가 어떤 식으로든 그것을 내면화하고 그것에 반응해야 하며, 어떤 반응에 의해 그것을 내것으로 만들지 않을 자유가 없다는 의미에서만이라도 '나의' 전쟁이다. 그러나 일부 싸르트르 비판자들이 그를 얀센주의(Jansenism)적이라고[37] 규정짓는 가장 큰 이유인 이 전면적 책임의 개념은 애초에는 다분히 비역사적이었다. 그런데 희소성·욕구·노동·역사 등의 새로운 문맥에서 이것은 완전히 다른 형태를 취하는데, 여기에서 인간이 세계와 자연을 자신 앞에 존재하도록 유발하는 최초의 부정이란 물질에 인간적 힘을 부여하는 일종의 수권행위로,

---

37 얀센주의는 17세기 네덜란드의 신학자 얀센(C. Jansen)이 주장한 일종의 예정설로 인간의 원죄를 강조했다—옮긴이.

그렇지 않았더라면 순전한 타성태 및 외면성이었을 사물에 악의적이고 파괴적인 힘을 부여하여 물질이 인간에 대항해 이 힘을 사용하게 만들었을 것이기 때문이다. 싸르트르는 이런 힘을 반목적성 내지 실천적 타성태(實踐的 惰性態, practico-inert)라고 부르게 된다. 따라서 인간은 여전히 그를 파괴하는 것에 대해 '책임'이 있지만, 새로운 집단적 역사의 문맥에서 이 책임은 두개의 상이한 계기로 분리된다. 그중 하나에서 인간은 행위와 노동을 통해 물질에 일종의 잉여가치 내지 축적된 인간적 에너지를 부여하며, 다른 하나에서 그 에너지는 인간이 이해할 수 없는 형태로, 즉 인간에게는 물질 내지 자연의 자율적 활동으로 생각되는 형태로 깨어나 인간에 대항하여 되돌아온다.

이런 두가지 부정의 도식이 가져오는 두번째 결과는 이들 부정을 통해서 인간이 외부세계뿐만 아니라 자기 자신에게도 작용한다는 점이다. 우리가 도구를 사용하기 위해 손과 팔을 도구화하는 것과 마찬가지로, 인간은 대상에 작용하기 위해 자신을 대상화하며 타성을 극복하기 위해 자신을 타성화한다. 따라서 인간이 소외되고 비인간화될 궁극적 가능성은 애초에 인간이 물질에 대해 취하는 이러한 최초의 기본 관계구조 속에서 주어진다.

이쯤에서 여러 비판자들이 주장했듯이 싸르트르가 여기서 **관념론**을 재창조하고 있는지, 또한 나아가서 그의 소외 개념이 맑스의 것과 양립할 수 있는지 하는 문제 전체를 다루는 것이 적절하겠다. 우리가 애당초 인간을 (어쩌면 우리도 모르게) 물질이 아닌 어떤 다른 무엇으로 여기고 인간이 물질계에 들어가는 것을 일종의 원초적 타락으로 간주하지 않고서야, 인간이 물질에 작용하기 위해 **자신을 타성적으로 만든다**든가 **자신을 물질로 만든다**는 식의 표현을 사용하겠느냐는 느낌이 드는 것은 사실이다. 그리고 싸르트르에게 물질은 어쨌든 악의 근원임이 명백하다. 물질의 구조가 희소성이라는 점에서 이것이 사실임을 우리는 이미 살펴보았다. 그러나 이는 또다른 의미, 즉 물질은 외재성을 뜻할 뿐 아니라 그렇기 때문에 복수성 내지 수효를 뜻하는 것으로 이해되기도 한다는 의미에서도 사실이다. 따라서 싸르트르에게는 우리가 곧 검토하게 될 타인의 행위가 다수라는 사실 자체에서 비롯된 인간행위의 특이한 소외는 기본적으로 다만 외재성이 내면화한 결과, 곧 단 한사람이 아니라 많은 사람이 존재한다는 우연적 사실의 결과이다.[38]

다른 측면에서 볼 때 물질에 대한 이런 마니교적이며 실로 어떤 면에서는 전(前) 소크라테스적인 평가는 이미 『존재와 무』에서 기본요소로 나타나는 발육 정지된 변증법이라고 부를 만한 것, 즉 우연성과 인위성 및 여기서 물질이라고 불리는 것이 절대 더이상 환원될 수 없다는 것을 고집하는 데서 빚어질 뿐이다. 실제로 싸르트르에 대한 가장 예리한 철학적 비평가인 삐에뜨로 끼오디(Pietro Chiodi)의 진단에 따르면 『비판』의 궁극적 실패는 그의 기투 개념에서 유래하는데, 싸르트르는 이를 항상 하이데거식과는 반대로 데까르뜨식으로 주객 양극을 연결하는 고리로 생각해왔다는 것이다. 이런 용인될 수 없는 이분법에서 (객체 쪽극을 실체화하는) 물질의 과대평가가 나오고 소외와 대상화의 혼동이 생겨나는데, 후자야말로 끼오디가 보기에는 싸르트르의 사상을 궁극적으로 비맑스주의적인 것으로 낙인찍어버린다.

끼오디의 주장은 이 문제를 매우 날카롭게 정리해주는 장점이 있기 때문에 좀더 상세히 인용해볼 만하다. "따라서 서로 연관되어 있지만 화해할 수 없는 세가지 입장이 규정될 수 있다. 1) 헤겔적 입장에서 소

---

38 "수효는 인간의 절대적 추상 또는 추상화된 인간의 절대적 물질성으로 볼 수 있다" (*Critique* 366면). 『유예』(*Le Sursis*)는 물론 이런 개념을 극화한 것이다.

외는 제거될 수 있지만, 관계와 소외가 일치하는 만큼 소외를 없애기 위해서는 관계를 없애는 것이 필요하다. 2) 맑스주의 입장은 소외가 제거되어야 한다는 요구에서는 헤겔 입장과 공통되지만(이것이 바로 헤겔주의와 맑스주의의 혁명적 연속성을 말하는 근본이유인데), 관계와 소외가 일치함을 부정하므로 소외를 제거해야 한다는 요구와 더불어 관계 자체를 제거하는 것이 불가능하다는 인식을 수반한다. 3) 실존주의의 원형에 해당하는 입장은 관계를 제거하는 것이 불가능하다는 명제에서는 맑스주의와 같지만, 역시 헤겔식으로 소외와 관계를 동일시하기 때문에 결국 소외를 제거하는 일 자체가 불가능함을 암시하는 것으로 끝맺게 된다."[39]

바꾸어 말해서 헤겔은 대상화(objectification)와 소외(alienation)라는 용어를 상호 교환 가능한 것으로 사용하며, 그에게 이 과정은 역사 자체를 움직이는 힘이다. 그러나 이것은 그의 체계가 궁극적으로 철학자의 순수한 지적 활동을 찬양한다는 점에서 인간이 주위의 물질적 객체에 연루되는 것에 대한 부정적 판단을 암시하며, 궁극적으로 순수한 사고와 지적 활동 속에서 그러한 모든 연루가 제거됨을 예견한다.[40] 물론 맑스의 경우와 마찬가지로 싸르트르에게 그런 제거란 상상조차 할 수 없다. 그러나 싸르트르의 입장에서 수상쩍게 보이는 점은, 그가 『존재와 무』에서부터 줄곧 **모든** 행동과 **모든** 기투가 대상과 노동의 실현으로 인한 자아의 상실과 의식의 소외를 포함하는 방식, 다시 말해 의식이 존재의 형태로 자신을 노동 속에 대상화하고 예치하며 그 노동이 다시

---

39 *Sartre e il marxismo* 13면. 일종의 하이데거적 맑스주의의 관점에 입각해 있다고 할 끼오디가 볼 때 싸르트르의 기본적 오류는 타인과 나의 관계에서 '타자성'(alterité)을 객체화 자체와 혼동했다는 데 있다.

40 Herbert Marcuse, *Reason and Revolution* (Boston: Beacon Press 1960) 163면 참조.

의식에 인지 불가능한 심원한 타자로 되돌아오는 방식을 강조하는 데 있다. 그러나 만약 이것이 사실이라면(특히 싸르트르가 사용하는 사례의 종류로 판단하건대 그는 비교적 문학적인 모형, 즉 작가가 언어 속에 자신을 대상화하고 소외시키는 방식을 염두에 두고 있는 것으로 보이는데), 우리가 정상적 인간의 대상화로 부를 수 있는 것과 맑스가 사회 경제체제에 의해 야기된 소외로 간주하는 것을 뚜렷이 구분할 방도가 없다. 그러나 이런 반론은 우리가 앞서 기술한 기본적 이중성을 고려하지 않고 있는데, 그것은 싸르트르에게 대상에 대한 모든 관계는 다시 인간관계의 용어로 번역될 수 있기 때문이다. 이 점에서 대상화와 소외를 구별할 방법이 분명해진다. 전자는 인간적 용어로 타인에 대한 관대함이나 자유의 개념으로 번역되는 대상과의 관계인 반면, 후자는 타인을 위한 노동과 타인에 의한 억압관계로 번역된다.

부정성의 문제로 돌아가서, 우리는 결국 부정성의 근원이 역사에 대한 이해는 물론 계급사회의 시작이나 노동분업 문제를 이해하는 데도 시사하는 바가 있다고 볼 수 있다. 맑스와 엥겔스가 모건(Lewis H. Morgan)[41]의 인류학 연구를 비롯한 원시공산제 사회의 제도 연구에 관심을 가졌던 것은 양의적이다. 어떤 경우에 그들은 원시공산제가 존재한 사실을 단순히 사유재산이 법률 범주 및 사회제도로서 영구적이지 않으며 따라서 자연적이지 않다는 것을 입증하기 위해 사용했다.[42] 그러나 다른 경우들, 특히 엥겔스가 원시공산제에 매료된 것은 단지 에덴동산과 인류 타락신화의 위장된 형태에 불과하므로 수용할 수 없는 그런 역사해석을 낳기도 한다. 이런 신화는, 그것으로 역사의 기원을 설명

---

41 모건(Lewis H. Morgan, 1818~81)은 친족관계를 연구한 미국 인류학자로 그 연구가 다윈, 맑스, 프로이트 등에 의해 인용되었다——옮긴이.

42 Korsch, *Karl Marx* 68면 이하 참조.

해낼 도리가 없다는 이유에서만이라도 성립하지 않는다. 이 신화는 긍정에서 어떻게 부정이 생성될 수 있었는지를 보여줄 수 없다. 싸르트르가 말하는 최초의 부정과 희소성에 대한 강조는 원시사회에 (그 소유제도가 어떤 것이든 간에) 엄연히 있었다고 생각되는 비참함과 노역, 때이른 죽음과 무지, 땅 파먹고 사는 이들이 느꼈던 절망의 차원, 그리고 비인간적·악몽적 역사의 속성을 복원해준다는 이점을 지닌다. 신화 자체는 역사의 그런 속성으로부터 우리의 주의를 흩뜨리는 구실을 할 뿐이다.

3. 『비판』에 기술된 타인과 우리 사이의 기본관계 문제로 돌아갈 때 논리적·존재론적 우선순위와 최초의 구조에 관한 동일한 문제가 어느 정도 다시 나타난다. 싸르트르는 먼저 이후의 어떤 역사적 형태의 대립과 갈등보다 인간 사이의 근본적 상호성이 우선한다고 주장한다. 그러나 동시에 특히 『존재와 무』의 관점에서 볼 때 그 '근본적' 상호성의 구조는 규정짓기가 좀 어려우리라고 생각됨 직도 하다.

이 개념에 담긴 의도는 좀더 명확한데, 원초적 상호성이라는 개념을 통해 싸르트르는 역사적으로 규정된 특정한 인간관계의 양식을 특정 시기의 경제적 생산양식의 결과로만 보는 순수한 경제주의적 학설을 전복하려 하기 때문이다. 후자의 설에 의하면 인간관계는 단지 상이한 유형의 물질적 환경에 대한 본능적이거나 생물학적인 반응으로만 보일 터이며, 싸르트르가 적절하게 지적하듯이 이것은 물화(物化)를 액면 그대로 받아들이며, 인간관계를 사물과 닮았다고 생각하지 않고, 실제로 무엇보다도 준(準)물리적이고 외부적인 영향에 종속되는 타성적인 객체로 간주한다. 진정한 역사는 여기서 개인이든 집단이든 인간이 배제된 경제제도의 기계적 진화와 같은 것으로 바뀌며, 인간은 개인적 존재든 집단적 존재든 이런 진화에서 배제된다. 그러나 싸르트르는 우선 소외될 무엇, 즉 왜곡의 대상이 될 인간관계에 어떤 선행형태가 없다면 소외 자체도 있을 수 없다고 주장한다.

그러나 여기서 상호성의 진정한 의미는『존재와 무』에서 기술한 대로 타자의 의식이나 자유를 인지할 수밖에 없는 저 충격적이고 절대 불가피한 사실과 다름없지 않을까 하는 생각이 든다. 바꾸어 말해서 내가 돌을 지나치듯이 다른 사람을 지나칠 수는 없다. 그의 실존은 즉시 그를 나와 관계하게 하며, 그를 객체처럼 다루려는 기회도 그를 최초로 알아본 후에야 가능하다.

사실『비판』의 매우 도식적 기술(記述)로 판단한다면 여기서 인간관계는『존재와 무』에서와 동일한 발전을 겪는 것으로 보이는데, 초기작에서 인간관계는 다양한 유형의 주관·객관 지배의 악순환에 빠져 있었다. 이제『비판』에서는 두 주관이 모두 총체화의 중심이며, 따라서 필연적으로 한 사람은 다른 한 사람에 의해 총체화되고, 기투의 과정에서 다른 객체와 마찬가지로 확실히 통합됨으로써 타자의 지각영역의 일부를 형성하는 것으로 귀결될 것이기 때문이다.

그러나『비판』은 이전의 저서에서도 암시되기는 했으나 명료화되지는 않았던 결론을 이런 상황으로부터 끌어내는데, 앞의 상황이 암시하는 바에 의하면, 두개의 단자 내지 두개의 자유는 각자 상대를 대면해야 하며 각기 서로 다른 방향에서 세계를 바라보고 서로 상대의 지각영역 속에서 객체가 되므로, 공통된 세계를 공유할 수 없다는 의미에서 항상 갈등하기 때문이다. 싸르트르가 이런 상황으로부터 끌어내는 새로운 결론은『비판』의 가장 독창적 개념 중 하나다. 즉 한쌍 혹은 한패의 관계는 상식적으로 볼 때 분명 우선하지만 개인 상호 간 삶에서 가장 근본적인 형식은 아니라는 점이다. 한쌍은 진실로 하나의 통일체가 될 수 없기 때문에 통일은 제3자, 즉 외부의 관찰자나 목격자에 의해 수행될 수밖에 없다. 이처럼 '제3자'가 중요한 역할을 한다는 사실은 양자관계보다 3자관계가 우선함을 확인해주는데, 양자관계란 논리적·존재론적으로 연후에 발생하는 현상이다.

이런 생각은 분명 독자들에게 애초부터 역설적인 것으로 보일 것이다. 또한 싸르트르가 이후 논의를 전개하는 데 이런 특수 개념을 필요로 하게 되는 이유는 결국 분명해지겠지만, 그렇다고 이 자체만으로 충분한 변명이 되는 것은 아니다. 궁극적으로 현상학적 분석은 산 체험에 호소해야 하며, 우리는 '제3자' 개념이 **명명**하고자 하는 현상의 어떤 상을 형성하지 않고서는 이 개념에 대한 정당화를 진정 이해할 수 없다.

우선 이 개념은 얼굴을 마주하는 직접적인 2항적 인간관계라는 식의 상식적 견해가 은연중에 추상성을 띠고 있음을 보여줌으로써 이를 교정하고자 한다. 우리는 결코 단둘이 될 수 없다. 모든 만남은 항상 좀 성급하게 사회라 지칭되는 것을 배경으로 하거나, 적어도 다른 일군의 인간관계를 배경으로 해서 발생한다. 이런 점에서 한쌍이라는 개념, 그리고 '제3자' 개념에 대한 저항은 이 세계가 텅 빈 공간으로 가득 차 있으며 진정한 고독이나 사생활 같은 것이 존재한다고 스스로 믿으려 함으로써 우리 주위에 공간을 마련하려는 방편이다.

싸르트르 체계에서 타인의 역할은 일시적으로 사물에 의해서도 충족될 수 있음을 결코 잊지 말아야 하기 때문이다. 또한 표면상 고립된 두 사람에게 부재하거나 잠재적인 제3자로 기능하는 것은 바로 이런 사물들인 경우가 빈번하다. 따라서 신혼여행 중인 부부는 모텔에 단둘이 있지만, 다른 모든 미국 중산층사회와 함께 있는 셈이다.

그러나 모든 양자 접촉에서 제3자가 필연적으로 암시되는 더욱 교묘하고 근본적인 방식이 있으니, 그것은 이른바 교환매체 방식이다. 그 이유는 교환 자체가 제3자에 의해 고안된 하나의 체계로만 이해될 수 있

으며, 동일성을 판단하거나 서로 다른 사물을 상호등가로 놓는 행위는
외부에서만 이루어질 수 있기 때문이다. 이를테면 나는 일정한 양의 물
고기와 일정한 금액의 돈을 교환한다. 그러나 이 두 대상은 완전한 합치
가 불가능하며 교환의 각 당사자는 (스스로를 제3자의 입장에 놓지 않
는 한) 자신의 소유물의 관점에서만 보기 때문에, 필연적으로 제3자의
기능을 충족하는 어떤 외부 등가체계에 의존하지 않을 수 없다. 그러나
직접 접촉이란 모종의 공통된 세계를 전제로 하는 만큼 그런 모든 접촉
은 필연적으로 두개의 자유와 두개의 총체화를 등가로 놓는 동일시원
리에 의해 매개되어야 한다. 물론 통상 언어 자체가 이런 제3자다. (바
로 이런 의미에서 싸르트르의 3항 모형은 구조주의에 대한 암묵적 도전
인데, 구조주의식 2항 대립은 바로 제3의 요소 내지 매개로서의 교환의
움직임 자체를 고려하지 못한다.)

이와 같이 3자관계가 우선한다는 생각은 갖가지 풍부한 시사점과 가
능성을 지니는 것 같다(그중 일부에 대해서는 뒤에 간략하게 기술하겠
다). 우선 이 개념은 인간의 삶이 그 구조 자체에서 개인주의적이라기
보다 집합적이라는 사상에 존재론적 기초를 제공한다. 둘째로 이것은
3자관계의 기초 위에 구축된 완전히 새로운 심리학 체계의 가능성을
보장해주는 것으로 보인다.[43] 마지막으로 양자관계의 개념이 (『존재와
무』가 묘사한 바 타인과의 구체적 관계라는 악순환이 명백히 보여주듯
이) 정적·순환적임에 비해 3자관계 개념은 동적이다. 이것은 개인 간의
경험이 집단경험에 선행할 수 없음을 보여줌으로써, 『비판』의 논의가
『존재와 무』가 시도한 분석과 같은 개인주의적 차원을 즉시 넘어 고독

---

[43] 『비판』과는 무관하게 이루어진 이런 이론의 예로 *Desire, Deceit and the Novel*
(Baltimore: The Johns Hopkins University Press 1965)로 영역된 René Girard,
Mensonge romantique et vérité romantique (Paris: Bernard Grasset 1961) 참조.

한 개인이 집단행동과 집단단위를 창출해 그의 존재론적·사회경제적 약점을 극복하는 방식을 검토하는 쪽으로 나아가도록 힘을 실어준다.

3

제3자나 사물에 의해 매개되는, 우리가 방금 기술한 상호 연관관계가 지니는 기본적 이중성은 집합적 실존형태의 기본적 이중성과 대응된다. 즉 인간은 물질이나 다른 인간에 의해 통합될 수 있다. 그러나 싸르트르는 첫번째의 비교적 비자의식적이고 수동적인 집단화가 지배적이라고 보며, 논리적·역사적 의미에서 일반적으로 우선한다고 본다.

바꾸어 말해서 단편화·원자화된 현사회에서 우리는 대개 싸르트르가 말하는 이른바 '실천적 타성태'라는 것에 의해 통합되는데, 그것은 곧 인간의 에너지를 투여받아 인간행위를 대체하고 인간행위처럼 기능하는 물질을 말한다. 물론 이런 유형의 구조에 대한 가장 기초적인 상징은 기계다. 그러나 기계는 단지 하나의 물리적 상징일 뿐이며, 구체적 일상생활에서 실천적 타성태는 대체로 사회제도의 형태를 취한다. 그러나 제도라는 개념은, 이런 사물들이 어떤 진정한 초개별적 존재를 지닌다는 것을 암시하고 인간관계의 물화를 준물리적 다양성을 지닌 실제의 타성적 사물들로 오인하는 경향이 있는 한, 결국 모순적일 수밖에 없는 하나의 지적 속기부호에 불과하다. 실천적 타성태는 직접적 인간관계를 더 질서화된 간접적 인간관계로 대치하는, 제도처럼 기능하는 (지하철·경찰복·수표장·보도步道·달력 등의) 물리적 사물이다.

싸르트르는 인간으로부터 나와 다시 인간을 고갈시키는 이 이상야릇하고 기생적이며 흡혈귀 같은 사물들을 격앙된 농밀한 언어로 환기한다. "주거상태를 유지하기 위해서는 집 안에 누군가가 살아야 한다. 바꿔 말해서 유지하고 난방하고 청소하고 벽칠을 해주어야지, 그렇지 않으면 집이 결딴나고 만다. 이 흡혈귀 같은 사물은 끊임없이 인간행위를 흡수하며 인간의 피를 빨아먹고 마침내 인간과 공생한다. 온도를 포함해 주택의 모든 물리적 특징은 인간행위에서 나온다. 집에 사는 사람에게는 거주과정이라고 부를 수 있는 수동적 행위, 그리고 집을 '우주'로부터 보호하는, 다시 말해서 안팎의 매개역할을 하는 순수한 **재구성적 실천** 사이에는 아무런 차이가 없다. 바로 이런 의미에서 우리는 인간과 사물 사이의 실제적 공생체인 '지중해' 자체를 말할 수 있는데, 이런 식의 공생체는 물질을 **활력화**하기 위해 인간을 물체화하는 경향이 있다"[44]

실천적 타성태에 고유한 이런 반목적성은 긍정적 사실에서 부정적 사실이 산출된다고 보는 (즉 풍부한 석탄매장량이라는 극히 긍정적인 지리적 사실로부터 또는 추출공정의 과학적 발명으로부터 비참한 광산 노동자들이 만들어진다고 보는) 엥겔스의 역사 개념과 관련해 앞절에서 제기한 문제를 해결하는 싸르트르의 방편이다. 이런 심원한 변증법적 발전 속에서 모든 인간행위는 겉으로는 자연과 물질을 지배하는 방향으로 점점 나아가는 것처럼 보이지만, 실은 인간의 의존성을 가중시키고 인간을 점점 더 자연과 물질의 힘 아래 몰아넣는 결과를 초래할 뿐이기 때문이다.

이런 소외의 과정과 단순한 실패를 구별하는 것은 중요하다. 후자에서는 인간행위가 무화되는 데에 비해 전자에서는 계속 존재하면서 하나의 자유로 작용하지만, 외부로부터 몰래 도난당하거나 휘발되어버

---

44 *Critique* 238면. 편의상 앞으로 이 책, 즉 『비판』에서 인용한 부분은 본문 중에 면수로 표기한다.

림으로써 일종의 '죽은 자유' 내지 '죽은 가능성'의 발휘가 되어버린다. 이런 기술(記述)이 처음에는 (『존재와 무』에서는) 타자의 시선에 의한 소외에 적용되었던 것도 우연이 아닌데, 노동이 가해진 물질이 인간을 소외하는 방식을 명료화하기 위해 싸르트르가 의존하는 실례는 바로 이런 개인 간 갈등이기 때문이다. 싸르트르는 이러한 갈등이 두 군대 사이의 전투와 비슷하다고 말하는데, 즉 한쪽 군대는 힘든 매복을 하고 버티지만, 군사전술을 세울 때마다 상대편에서 그것을 예견하고 계산하여 좀더 고차원의 계획으로 나오는 그런 상황과 흡사하다. 이 예에서 내 자유는 온전히 남아 있지만 반전되어 내게 불리하게 사용된다.(292~93면) 따라서 물질은 마치 타자와 같아서 나를 더욱 확실히 자신의 힘 속으로 끌어들이고 종속시키기 위해, 내가 나의 실천을 자유롭게 수행하는 것을 환영한다.

이런 소외는 이미 언급한 바 있는 물질과 순전한 복수성 내지 수효를 동일시하는 데서 또다른 형태로 나타난다. 여기서 왜곡의 근원은 어떤 외부대상이라기보다 단지 함께 작용된 일군의 집단행동과 의지의 제어할 수 없는 결과일 뿐이다. 싸르트르는 이런 과정의 예로 중국의 삼림 벌목과, 르네상스 시대에 신세계로부터 스페인 황금이 유입된 결과 유럽에서 발생한 인플레이션을 든다. 두 경우에서 모두 (경작지를 만들기 위해 개별 농부가 자기 땅에서 나무를 베어내고 정부의 부추김을 받은 정복자들이 개인적 치부를 하는 등의) 개별적으로는 긍정적인 일군의 행동이 결국 부정적 총화를 증대한다. 나무가 없어진 중국 경관에서 처참한 홍수가 고전적으로 반복되기 시작하며, 스페인 통화는 당대인들이 경악할 정도로 평가절하된다. 싸르트르 자신은 완전한 무력함 속에서 수많은 자유들이 서로를 상쇄하는 것처럼 보였던 2차대전의 발발에서 이런 종류의 소외를 기본적으로 체험했던 것 같다.[45] 집단성의 사실 자체에서 비롯하는 이런 유형의 소외는 1890년대 초엽에 엥겔스가 쓴 편지에서 이미 이렇게 묘사된 바 있다. "역사는 항상 일군의 특수한 삶의 조건에 의해 각기 형성된 개개인의 의지 사이의 갈등으로부터 그 최종 결과가 형성되는 식으로 만들어진다. 따라서 역사적 사건이라는 하나의 결과를 낳기 위해서는 상호교차하는 수많은 세력과 무한한 힘의 평행사변형들이 존재한다. 역사적 사건들은 다시금 **무의식적**이고 아무 의지도 없이 하나의 전체로서 작용하는 힘의 산물로 간주할 수 있는데, 각 개인의 의지는 다른 모든 사람들로부터 방해를 받고, 따라서 아무도 의도하지 않았던 그런 것이 결과로 나타나기 때문이다."[46] 그러나 이 모형에서 변증법적 뒤틀림은 모든 사람이 **동일한** 것을 의도할지라도 양은 결국 질로, 또 나아가 부정으로 전환된다고 생각하는 데 있다.

실천적 타성태의 지배에 상응하는 인간 사이의 상호작용 방식은 『비판』에서 전개되는 또 하나의 새로운 관념인 **수열성**(數列性, seriality)의 방식이다.[47] 수열성에서(즉 개개인이 하나의 '집단'으로 통합되지 않고 '수열체'로 배열되어 있을 때) 타자에 대한 나의 기본관계는 고립과 함께 다른 모든 사람과의 깊은 획일성을 함축하는 통계적 익명성이라는 말로 표현될 수 있는 성질의 것이다. 따라서 버스를 기다리거나 신문을 읽거나 신호등을 보고 멈춰서는 등 산업문명에 특유한 대부분의 행동을 수행할 때, 나는 혼자인 것 같지만 실제로는 동일한 상황에서 다른 모든 사람들이 하는 것과 같은 행동을 하고 있을 따름이며, 이것은 외적

---

45 *Situations* 7권 (Paris 1947~) 제2권 252면 이하; 『자유로 가는 길』 연작 중 특히 『유예』(*Le Sursis*) 참조.
46 엥겔스가 요제프 블로흐에게 보낸 1890년 9월 21~22일자 편지(*Basic Writings* 399면).
47 나는 이런 개념의 관점에서 조이스와 로브그리예의 특징을 검토한 바 있다. "Seriality in Modern Literature," *Bucknell Review* 18권 1호(1970년 봄) 63~80면 참조.

이기보다 내적 동일성인데, 나는 자신을 타인 내지 '타자'로 만들며, 나의 행동양식을 타인의 행동양식이라 생각되는 것에 의도적으로 맞추기 때문이다. 물론 이런 존재양식이 지니는 존재론적 아이러니는 내가 나 자신과 나의 행동을 외부 타인의 존재에 맞추고 있는 동안 다른 모든 사람들도 나와 같은 행동을 하고 있다는 점이다. 사실 '타자'란 없으며 무한퇴영과 사방으로의 무한도주만 있을 따름이다. "각자는 스스로에게 '타자'인 그만큼 '타자'들과 동일하다"고 싸르트르는 말한다.(311면) 이런 의미에서 수열성은 거대한 착각이며, 개인의 고독으로부터 '여론'이나 그냥 '그들'이라 간주되는 가상의 존재로 투사된 일종의 집단환각이다. 그러나 여론이란 실재하지 않으며, 개인을 수열체 속에 '통합'하는 것은 여론에 대한 믿음과 그 효과일 뿐이다.

따라서 수열성은 하나의 기본적인 사회적 기제이며, 그럼으로써 그것은 (통계학이 실제로 하나의 과학일 경우) 통계학이란 과학의 존재론적 기초가 된다. 수열성은 공황이나 인플레이션 같은 현상의 구조이고, 고립된 각 개인은 존재가 다른 어떤 곳, 즉 자신의 바깥에 있다고 느끼며, 또한 수열적 행동을 자기가 수동적으로 복종해야 할 어떤 것으로 느끼기 때문에, 바로 집단적 무기력 내지 무력함 이상의 것이 될 수 없다. 사실상 수열적 상황에서 개개인의 행동은 단지 그들의 수열적 무력을 강화할 뿐이며, 그런 행동이 근원 자체에서 타자인 한 그들에 대항하는 외적인 힘으로 되돌아온다는 점을 강조해둘 필요가 있다. 인플레이션이 소용돌이치기 시작할 때 금을 비축하기 시작한 사람을 생각해보자. 그가 두려워하는 것은 바꾸어 말해서 동일한 상황에 처한 수많은 다른 사람들도 자기처럼 금을 내놓고 지폐를 가지기를 거부할 것이며, 따라서 지폐가 점차 무가치해질 것이라는 점이다. 따라서 자기가 두려워하는 미래를 스스로 초래하며 다른 사람들이 할까봐 두려워하는 것을 스스로 행하는 바로 그만큼, 그는 자신에게 하나의 타인이다.

일단 수열적 상황에 처한 개인들의 무력함을 받아들일 때 진정한 집단을 형성하려는 행동동기는 새로운 형태의 통합과 결속을 통해 자율성을 회복하고 분산에 대응하려는 데 있음을 쉽게 알 수 있다. 따라서 집단은 항상 수열성의 잔해 위에 출현하며, 역사란 진정한 집단이 존재하는 시기와 장기간의 수열적 분산 사이에 존재하는 영원한 진자운동으로 이해하거나, 또는 다양한 발전단계에 있는 집단과 그들을 둘러싼 다수의 수열적 개인들 사이의 복합적 공존으로 이해할 수 있다.

수열과 집단의 이런 기본적 대립을『존재와 무』에 서술된 그 초기 형태와 비교해보는 것도 교훈적이다.『존재와 무』에서는 똑같은 현상을 '주체로서의 우리'(we-subject)와 '객체로서의 우리'(we-object)의 구분으로 서술했다. 물론『존재와 무』에서 집단적 존재유형을 형성하는 데 결정적 역할을 하는 것은 제3자 내지 (앞절에서 기술한 '제3자' 개념의 근원인) 외부 관찰자의 시선이었다. 내가 나의 존재를 '객관으로서의 우리'로 경험하는 것은 오직 '제3자'의 시선 아래 내가 다른 사람들과 함께 하나의 대상이 됨을 느낄 때인데, 그때 상호의존성과 수치·분노 속에서 우리의 존재는 방관자의 시선 속에 어떤 식으로든 서로 섞여들기 때문이다. 그에게 우리는 한 계급이나 종(種)의 두 대표자, 어떤 사물의 익명적 두 유형, 두명의 노동자라든가 지식인이라든가 미국인 따위의 '똑같은' 존재로 보인다. 이럴 때 나의 존재는 나의 외부에 있으며, 공통적 상황에 처해서 공통의 적과 대치하고 상호소외와 물화에 굴종한다는 점에서 나의 동반자의 존재와 상호불가분하게 연루되어 있다.

그러나 '주체로서의 우리'는 이 초기 저작에 묘사된 것처럼 진정한 존재론적 경험은 아니다. 그것은 그저 주관적일 뿐이며 그에 대한 나의 의식 이상의 어떤 것에도 대응되지 않는다. 그것은 물론 실제적 감정이다. 극장이든 사건의 다른 목격자들 속이든 다른 사람과 함께 구경꾼 역할을 하는 모든 장소에서, 나는 정치적 시위나 행진에서처럼 자신을 어떤 무엇의 일부로 느낀다. 그러나 나의 이런 감정은 주위 다른 사람들에게는 아무런 영향도 미치지 않는다. 완전히 고독할 때나 다른 누구도 같은 감정을 느끼지 않을 때도 나는 동일한 흥분을 느낄 수 있다는 것이 그 증거다. 독자 여러분은 『구토』에 묘사된 포로수용소 '독학자'(Autodidacte)의 신비로운 체험을 떠올릴 텐데, 그 체험은 이런 종류의 형제애나 친교의 환상에 대해 바깥쪽 한계로 작용할 수 있을, 인간성 자체에 참여하고 있다는 일종의 종교적 감정이다.

이와 같은 싸르트르의 초기 기술은 수열성의 경험과 친밀하게 대응되지만 아직 완전히 적합한 용어로 보이지는 않는다. 특히 두개의 구조(존재론적 구조와 주관적 구조)와 의식 내지 인식의 관계는 결코 명확지 않았다. 객관성과 주관성의 잘못된 이원론을 제압하기 위해 싸르트르 철학이 취하는 공격적 측면을 일단 받아들인다면, 판단기준으로 주관성에 의존하는 것은 다른 무엇보다 나중에 『비판』에서 해소될 이론적 불확실성을 드러내는 것으로 보일 것이다. 그런 판단의 근원은 물론 하이데거가 최초로 발전시킨 비본래성(inauthenticity)의 개념이다. 즉 특정인이 아닌 '아무나'인 사람 (독일어로 'man', 불어로 'on'), 대중인간, 산업세계의 거리와 공장의 이름도 없고 얼굴도 없는 군중의 개념 등이 바로 그것이다. 그러나 하이데거를 위시해 현대문명을 우려한 1920년대의 여타 비판자들에게 이 개념은 본질적으로 반민주적인 것이었다. 싸르트르는 이 개념을 역전시켜 중산계급 자신에게 향하게 한다.

이 개념에 관한 싸르트르의 두가지 해석을 비교해볼 때 특히 놀라운 점은 싸르트르가 이미 초기 저서에서 '주체로서의 우리'의 경험을 제품화된 대상의 경험과 즉시 연관시킨다는 점이다. 깡통을 따고 근무시간 기록표에 타인(打印)을 찍고 수도꼭지를 트는 데 개성적 방법이란 있을 수 없을 것이다. 이런 각 대상에는 '누구라도' 그렇게 사용해라 하는 비개성적 지시와 일련의 지령이 새겨져 있기 때문에, 그렇게 사용하라는 개인의 개성을 상실하고 '주체로서의 우리'의 '미분화(未分化)된 초월성'의 단순한 대리인으로 전락한다. 따라서 후기 저서에서와 같이 대상은 나의 익명성 및 '주체로서의 우리'에 대한 나의 참여를 내게 되비춰준다. 실제로 후기 저서의 모든 주제는 초기 저서의 예에서 이미 암시되어 있는데, 노동자는 도구·기계·재료 등의 사물과 함께 고립되어 있지만, 그 사물들이 노동자에게 다른 누구를 위해 특정 사물을 생산하게끔 하는 명령으로 존재하는 한, 노동자는 그것들을 하나의 낯선 현존으로, 제3자의 시선으로 느끼며, 그 사물들 앞에서 동료 노동자들과 함께 일종의 객체가 되기 때문이다. 그러나 이렇게 제조된 사물을 최종적으로 사용하는 소비자는 문제의 상품을 사고 사용하는 다른 모든 사람들과 깊이 비개성화된 익명적 의미에서 '하나임'을 느낀다. 따라서 『존재와 무』에서도 상품은 개인 간 관계와 개인 간 투쟁의 위장된 담지자다. 그러나 『존재와 무』의 도식에서 '우리 관계'는 개인 관계의 악순환에 급속히 동화되어 순환적이며 궁극적으로 비역사적인 방식으로 고찰되는 경향이 있었다. 이것은 애당초 주체와 객체라는 용어를 사용한 데서 비롯하는데, 이 두 용어를 교대로 사용하는 것은 그 수학적 엄격성에 의해 제반 가능성을 제한했다. 『비판』에도 이런 순환적·무작위적 진자운동의 흔적이 남아 있지만, 이를 총체화의 심화라는 개념으로 새로운 각도에서 조명함으로써 처음으로 참다운 역사적 방향을 부여한다.

『비판』에 나타난 집단형성에 대한 새로운 해석에서 '제3자'는 객체로서의 우리를 창조할 때와 비슷한 역할을 수행한다(싸르트르가 이전에 상호성과 관련해 이 개념을 도입한 것은 분명히 바로 이런 기능에 대비하기 위해서였다). 다만『비판』에서는 이전에 비교적 단순하고 간단하게 보이던 것이 놀랄 만큼 확대되며, 프톨레마이오스의 주전원(epicycles)[48]의 회전 개념만큼 거추장스럽게 보일 정도로 이 개념은 복잡해진다. 집단역학에서 우리가 당면한 기본 문제는 집단이라는 하나의 단위에서 가능한 자율성의 문제다. '객관으로서의 우리'의 경험과 집단참여 및 타인과의 존재론적 유대의 경험이 제3자나 국외자의 시선에 구속된 상태로 남아 있다면, 하나의 집단은 항상 그 존재를 외부의 어떤 것에 의존해야 하므로 도대체 어떻게 자족적인 독립적 세력이 될 수 있을지 알 수 없다.

그리고 애초에 집단은 항상 제3자나 어떤 외부 위협에 **대항해** 출현하는 것이 분명하다. 포부르 생땅뚜안(Faubourg Saint-Antoine)[49] 주민들을 수열적 분산으로부터 소생시켜 결국 바스띠유(Bastille)[50]의 핵심 성채를 장악할 집단으로 통합한 것은 바로 뛸르리(Palais de Tuileries)[51]에 도착할 근위대가 저지를지도 모를 탄압행위(불과 3개월 전에 대학살을 초래한 것과 유사한 움직임)에 대한 공포심이었다.(391~93면) 이와 같이 이 처음 예에서도 벌써 제3자가 애초에 부여했던 외부적 자극(랑베스끄 공Prince of Lambesc[52]의 군대라는 적)은 집단의 조직과 배치의 주축이 된 바스띠유라는 새로운 중심 내지 공통된 목표로 대치된다.

---

48 중심이 다른 큰 원의 둘레 위를 회전하는 작은 원──옮긴이.

49 빠리 교외의 주로 장인과 노동자들이 사는 지역이다──옮긴이.

50 빠리의 요새이자 감옥으로, 1789년 7월 14일에 일어난 '바스띠유 쇄도'가 프랑스혁명의 도화선이 되었다──옮긴이.

51 1871년까지 빠리 쎈 강 동안에 서 있던 왕궁──옮긴이.

52 샤를 외젠 로렌(Charles Eugène Lorraine, 1751~1825)은 프랑스혁명 및 나뽈레옹전쟁 시기 프랑스와 합스부르크 군장교로, 1789년 7월혁명 당시 뛸르리 궁을 방어했다──옮긴이.

그러나 이 새로운 조직은 그 자체만으로는 충분치 못한데, 수열성도 역시 어떤 중심적 (실천타성적) 대상 주위에 배열된 사람들로 정의되기 때문이다. 집단은 좀더 근본적으로 통합성을 내면화할 필요가 있으며, 그것은 예전의 외부 제3자를 내면화함으로써 이루어진다. 이제 집단의 각 구성원은 다른 사람들에게 제3자가 되는데, 이는 통계적이 아니라 역동적으로 이해되어야 한다. 집단은 영구히 고정된 하나의 형식이 아니라 제3자가 계속 바뀌며 순환하는 과정이며, 여기서 모든 사람들은 교대로 다른 구성원들에 대해 통합자 역할을 한다. 이제 집단은 더이상 국외자나 적의 시선에 의존할 필요가 없다. 집단 내부에 독자적 존재근거를 지니는 그런 구조가 생겨났고, 더구나 그 구조는 지도자 없이 선동가들(바꾸어 말해서 집단의 묵시적 감정과 목표를 표현하려 하는 제3자)만 있는 매우 민주적인 조직이며, 이런 집단 발전단계에서 모든 사람은 동등하게 구성원이나 제3자다.

　이 모형은 복잡하긴 하지만 집단의 실존적 체험을 겪은 사람이면 누구나 집단의 실제 감정에 대한 현상학적 설명으로서 잘못된 기술이 아니라고 판단할 것이다. 실제 집단행동에서 우리는 각자 다른 정도로 관찰자인 동시에 참여자임이 분명하다. 우리는 집단을 자신보다 큰 무엇으로 느끼고, 다른 사람들 속에서도 외부로부터 집단을 관찰할 수 있는 (여기서 우리 자신이 타인에게 제3자의 역할을 한다) 동시에, 특히 우리 자신이 행동과 관련된 경우 우리 스스로가 문제의 집단을 구성하고 있는 것으로 관찰되는 것을 느낀다. 이 단계에서는 지도자와 단순한 선동가의 중요한 차이가, 암시된 행동이나 표어가 반드시 집단의 깊은 의도에 부응하고 이를 표현해야 한다는 점에서 명백히 드러날 것인데, 이런저런 제안된 행동노선을 채택하도록 유발하는 것은 지도자의 특권이 아니기 때문이다. 그보다 지도자는 집단 자체의 공식화되지 않은 사고에 참여하고 이를 표명할 수 있는 정도에 따라 존경을 누린다.

그러나 특히 집단의 생명이 오래 연장될 때 제3자를 내면화하는 것은 집단의 자율성을 충분히 보증해주지 못하는데, 집단이 그것과 투쟁하기 위해 생겨났던 위험이 사라지거나 적어도 일시적으로 잠잠해질 수 있기 때문이다. 바스띠유가 함락되고 적이 작전상 후퇴의 북을 울린다. 이제 비록 그 집단의 여러 구성원들은 위험이 결코 끝나지 않았으며 왕의 증원군이 언제라도 되돌아올 수 있다는 것을 지적(知的)으로는 인지할지 모르지만, 필요한 위기의식을 유지해주는 적의 현존은 더이상 존재하지 않으므로 집단 구성원들은 수열적으로 분산된 사생활로 돌아가려는 유혹을 받는다. 따라서 이때 집단은 제3자 순환체제를 강화하기 위해 서약 형식으로 위험을 내면화한다. 그 고전적 형태이자 전형이라 할 수 있는 것은 물론 테니스코트 서약(Serment du Jeu de Paume)[53]인데, 그 목적은 이전에는 외부 자극에 대한 반응에 불과했던 응집력을 순전한 내부 결단에 의해 유지하고자 함이다. 장래 국민의회 구성원들이 "헌법이 단단한 기초 위에 수립되고 정착될 때까지 결코 흩어지지 않고 재집결하기"로 맹세했던 이 원래의 서약은 융합 중인 집단의 '열렬한' 시기를 지나서 점차 냉각과 제도화를 겨냥하는 부차적 관심을 갖추게 된다. 그 표현에는 들어 있지 않지만 이 서약이 원래 성격상 필수적 결과로 함축하는 것은 '공포정치'다. 서약에는 그 나름의 강화원리가 포함되어야 하며, 따라서 개개 성원은 앞으로 그가 집단의 단합을 깨뜨리고 배신자가 될 경우 죽음을 감수할 것을 암묵적으로 맹세한다. 따라서 그는 어떤 의미에서 미리 공포정치에 동조하는 셈이다.

---

53 1789년 6월 20일 베르사유의 테니스코트에 제3신분이 모여서 헌법제정 때까지 국민의회를 해산하지 않겠다고 서약했으며, 이는 이후 프랑스 혁명세력을 결집하는 계기가 되었다 ─ 옮긴이.

서약의 이런 요소는 극단적 볼셰비즘에 대한 메를로-뽕띠(Merleau-Ponty)의 공격(뽕띠가 싸르트르로부터 강의 형태로만 들었던『비판』이 아니라 싸르트르의『공산주의자와 평화』*Les Communistes et la paix*를 기초로 해서 그에게 가한 공격)을 일견 정당화하는 것처럼 보일 것이다. 이런 서약의 요소를 통해 혁명아들은 1930년대의 숙청재판에서처럼 혁명으로 멸망당하길 은연중 바라며, 따라서 사전에 자신들의 파멸을 정당화하는 셈이 되기 때문이다. 그러나 싸르트르 이론이 표방하는 현상학적 서술은 융합 중인 집단이 스스로 느끼는 생사의 위기에 대한 실제적 감각이라는 경험적 사실을 설명하기 위한 것일 뿐이다. 더구나 싸르트르는 이런 공포정치가 궁극적으로 실패할 것임을 명백히 강조한다. "개인적 **실천**과 수열성이라는 집단에 대한 두가지 가능한 부정들 중에서 전자는 우리가 살펴본 것처럼 공통된 시도의 실현이라는 계기를 구성한다. 이는 존재론적 부정이며 실제적 실현이다. 결정적인 것은 후자로, 원래 집단이 형성된 것도 이에 대항하기 위함이다. 그러나 공포정치의 기제로 혐의가 가는 것은 전자다."(578면) 따라서 공포정치는 그 구조 자체가 목적을 이룰 수 없게 되어 있다. 수열성과 분산을 방지하기 위해 태어난 공포정치가 도리어 개인적 자유의 무화에 이바지한다. 공포정치는 애초에 융합 중인 집단을 재창조하거나 초기의 집단도취와 집단 응결의 순간으로 돌아가는 대신, 미슐레(Jules Michelet)[54]가 매우 생생하게 묘사한 국민의회의 점차적 황폐화를 초래할 뿐인데, 그는 거기서 빈 의자와 유명한 목소리들이 없어진 적막감, 이제 외따로 남겨진, 심리학적 시사도 풍부한 로베스삐에르(Maximilien de Robespierre)[55]와 그

---

54 미슐레(Jules Michelet, 1798~1847)는 『프랑스혁명사』와 『민중론』 등을 쓴 프랑스 역사가이다——옮긴이.
55 로베스삐에르(Maximilien de Robespierre, 1758~94)는 프랑스혁명의 지도적 정치

추종자들의 모습을 그려낸다.

그러나 공포정치는 단지 서약의 일부일 뿐으로, 서약은 싸르트르의 사고에서 사회계약과 같은 역할을 한다.[56] 싸르트르는 루쏘와 다른 부분에서도 루쏘 정신에 매우 근접해 있다. 물론 루쏘는 더욱 큰 공동체인 국가나 도시국가의 관점에서 생각했던 데 비해, 싸르트르의 집단 개념은 훨씬 작은 게릴라형 단위를 다루며, 곧 살펴보겠지만 국가·사회·국민국가 같은 추상적 단위는 고사하고 사회계급이란 역사 속 행위자 개념마저 배제하는 경향이 있다. 그러나 루쏘의 개념이 함축하는 것은 생존 가능한 사회를 도시국가 같은 비교적 감당할 만한 규모로 축소한다는 점이다. 그리고 싸르트르가 이를 계속 소집단 내지 비교적 실존적·체험적 규모로 축소한 것도 사실상 같은 취지의 작업이다. 다만 시기상으로 국가적·사회적 단위가 사라지고, 오직 여러 집단과 집단 잔해의 혼효, 수열적 집합체, 그리고 각종 집단이 동시에 출현하게 된 부르주아 사회의 전개과정상 더 진전된 시기에 이루어졌다는 점에서만 차이가 있다.

여기서 싸르트르는 역사적 시간의 모든 차원(실존주의 용어로 말하자면 시간 속에서의 세대 간 계승)을 그의 도식에 통합하기 위해 비교적 새로운 종류의 사유에 착수한다. 그래서 출생 자체가 일련의 서약과 집단결연의 암묵적 맹세가 된다. 신생아의 세례가 (본인의 동의에 의한 성인의 세례보다) 이런 과정의 상징이 될 수 있을 터인데, 그 과정은 신생아로 하여금 좀더 큰 집단체에 즉각 참여해 사회제도의 연속성을 유지하고 '자연상태'에 정지되어 있는 것을 피하도록 해준다. "세례는 공

가로 공포정치를 주도했으며 그 자신도 단두대에서 처형당했다 — 옮긴이.

56 Georges Lapassade, "Sartre et Rousseau," *Etudes Philosophiques* 17권 4호 (1962년 겨울) 511~17면 참조.

동적 개인〔서약에 의해 기성 집단에 가입한 구성원을 지칭하는 싸르트르의 용어〕에게 자유를 창조해주는 방식인 동시에, 개인은 집단 내에서 그의 역할과 다른 구성원과의 상호관계를 부여받는다."(491면 주) 사회의 함축적 연속성과 제도의 지속적 존속에 대한 이런 변호는 싸르트르의 실존주의 정신 자체에 대한 말도 되지 않는 모순이라고 생각될 수 있다. 사실 내가 보기에도 사회계약 개념은 급진적·보수적 목적에 두루 도움이 되도록 사용되어왔으며, 여기서 싸르트르 자신의 언어도 약간의 주저함을 보인다("나는 이런 추론이 어떤 소심한 순응주의나 두려움을 반영한다고 생각하곤 했다"). 그럼에도 불구하고 이 개념은 곧 살펴보겠지만 싸르트르의 논의에서 필수적 고리인데, 묵시적이든 명시적이든 서약의 연속성은 일종의 죄악이 세대 간에 전승되며 현재의 개인 책임이 과거의 모든 계급 책임의 무게로 강화되는 수단이기 때문이다.

서약 개념과 더불어 초기에 융합 중인 집단구조에 대한 기술은 완결된다. 집단과 수열체의 구분은 이제 분명해졌다. 수열체에서는 아무도 중심이 아니며, 중심은 항상 누구에게나 다른 곳에 존재한다. 반면에 집단에서는 모든 사람이 중심이며, 중심은 모든 곳에, 집단의 구성원이 현존하는 곳 어디에나 존재한다. 이런 의미에서 집단형성을 통해 구성원들은 자신의 상실된 존재와 세계 안에서의 수열적·개인적 분산을 만회한다. 신화적 차원에서 볼 때 집단형성과 서약은 싸르트르의 말대로 "인간성의 시작"(453면)이다. 이제 처음으로 인간은 어떤 식으로든 스스로 만들어낸 자기 존재의 기초가 되었고, 개인 실존이 추상적으로 고립되고 대상과 타자성 속에서 수열적 인간이 소외되는 것을 상호결속을 통해 극복하게 되었다.

집단의 신비성이 가장 강렬한 지금, 잠시 멈춰서 집단행동을 다루는

304

싸르트르의 정신과, 나아가 그가 집단행동의 한 범례로 프랑스혁명을 자주 언급하며 기술할 때 거기에 함축된 혁명 개념 자체를 평가해보는 일도 가치가 있겠다. 물론 여기서 싸르트르 자신도, 혁명 자체에 가치를 부여하는 신화에 지배되는 혁명적 향수라 할 수 있을 법한 프랑스의 당대 지적 삶의 커다란 흐름을 대변한다. 내가 신화라는 말을 사용한 것은 탈신비화가 필요하다는 부정적 의미가 아니라 미국 문학비평에서 쓰는 일종의 경험의 질서화라는 긍정적 의미에서인데, 이런 혁명 개념은 직접적인 정치적·이론적 측면에서보다 시간과 서사 내지는 궁극적으로 문학적인 범주에서 가장 잘 이해될 수 있기 때문이다.

바꾸어 말해서 만일 혁명을 내용보다는 **형식**의 측면에서 이해해야 한다면 어찌하겠는가? 만일 혁명적 이념의 힘이 인과적으로 파생될 실제 결과에서뿐만 아니라 그것이 허용하는 경험의 새로운 일시적 재조직에서도 마찬가지로 유래한다면 어쩔 것인가?

이것은 역사기술 자체의 영역에서 가장 명백하다. 강단역사학과 맑스주의 역사학의 근본적 차이는 영구성과 혁명, 사회적 관습과 사회변화, 연속성과 급작스런 단절 사이에 각각이 수립하는 리듬의 유형에 있는 것으로 보인다. 보수주의자 일반에 해당하는 이야기이기도 하지만, 강단역사가는 사회생활의 진실이란 그 최초의 이미지와 리듬이 지주의 땅 자체에서 도출되는 어떤 깊은 내재적 영구성과 점진적이고 유기적인 연속성에 있다고 본다. 역사의 공시적 파악은 이런 댓가를 치르고서야 가능하다. 그렇지 않다면 한 역사가가 예컨대 1740년대의 영국을 기술하는 것을 어떻게 정당화할 수 있겠는가? 그러나 연대로 매겨진 어떤 10년간의 역사시기에서 삶을 체험하는 것은 오히려 당시에는 누구도 실감하지 못하는 그런 일이다. 그것은 역사가의 착시이며 사후에 투사된 존재의 신기루다. 따라서 1930년대 말에 싸르트르와 그의 작중인물들은 그들이 내내 역사책에 '양차 대전 사이의' 기간으로 기록될 시기를 살아온 '한' 세대였다는 사실을 알고서 충격을 받는다. 그들 자신은 그냥 살아가고 있다고 생각했을 뿐이다.

연속성의 절대적 단절에 직면할 때 보수적 역사가는 이를 연속성으로 재흡수하려 한다. 이리하여 뗀(H. A. Taine)[57]은 (중앙집권과 합리주의라는) 본질적 구조에서 프랑스혁명은 새로운 것이 아니라 18세기 **구체제**의 과업을 완성했을 뿐이라는 것을 보여준다. 따라서 혁명은 18세기 제반 현상 중의 하나가 되어버린다.

반면에 맑스주의 역사가에게는 오히려 영구성과 연속성이 환상이며 변화와 투쟁이 현실이다. 과거를 이해하는 이런 두가지 방식은 실로 일종의 게슈탈트적 교체를 반영하는데, 여기에서는 역사를 간헐적 융기에 의해 가끔 단절될 뿐인 연속성으로 보느냐, 아니면 잠재된 모순의 지속적 표출, 즉 시시각각 표면화함으로써 기반현실의 본질을 상기시키는 영원한, 그러나 숨겨진 폭력으로 보느냐에 따라 모든 것이 달라진다. (연속성이라는 개념 자체가 **관념론적**임은 말할 나위도 없으며, 실존주의와 맑스주의는 각자의 입장에서 이를 비판한다.)

따라서 강단역사가에게 혁명적 사건은 역사서술에 근본적으로 새로운 사건유형을 부여한다는 점에서 물의를 빚는다. 관습과 전통에 따르는 일상적·연속적 삶에서는 진실로 변화하거나 발생하는 것은 아무것도 없으며, 서사라는 의미에서 이야기할 것은 근본적으로 전무하다. 한편으로 '제도'가 있고 다른 한편으로 개인 생활의 임의적 이야기가 있을 뿐이며, 따라서 개인의 삶은 그것이 지닌 실존적 밀도까지도 잃어버

---

57 뗀(H. A. Taine, 1828~93)은 프랑스의 철학자·비평가·역사가로, 프랑스혁명의 뿌리를 과거에서 찾는 미완성된 『현대 프랑스의 기원』(*Les Origines de la France contemporaine*)은 그의 보수적 역사관을 드러낸다——옮긴이.

리고 제도의 단순한 실례(중세 농노의 삶, 17세기 도시민 아낙네의 일과 등)가 될 뿐이다.

혁명기의 특성은 역사가 이때에 처음으로 서술될 수 있는 사건의 형태를 취하며, 시작과 중간과 끝이 있는 연속성으로 자신을 드러내고, 새롭고 질적으로 다른 일시적 조직으로 전환함을 보여준다는 점이다. 우리는 앞장에서 루카치에게 소설은 비록 상상적 방식과 양식에서나마 정처없이 부유하는 개인의 (실존적) 시간을 구조해내고 조직화하여 그것에 일종의 제의적 의미를 부여하는 수단임을 살펴본 바 있다. 이제 혁명의 순간은 개인과 집단 사이에 출현하는 새로운 관계와 결과적으로 나타나는 개인적 시간의 변용을 통해서, 현실 속에서 이를 수행한다. 바꾸어 말해서 일상적인 평화시에는 진정한 삶과 단순한 생존, 혹은 참된 실존과 죽은 시간의 연장이나 지속 사이에 여전히 차이가 있지만, 이 구분은 혁명적 연속성에 의해 억제되며, 그 속에서는 모든 몸짓과 사상, 관례, 공적·사적 생활 등이 이제 혁명과정과 관계되어 그것을 중심으로 재조직되고, 혁명이라는 중심사실과 병치됨으로써 자동으로 재평가된다.

말로(A. Malraux)[58]가 『희망』(L'Espoir)에서 묵시록적 상태라고 부른 이 총체적 과정은 집단 전체가 그들 소망과는 무관하게 관여하게 되는 최초의 과정이다. 전시(戰時)도 이와 유사한 총력동원 상태로 볼 수 있지만 전쟁은 물론 외부로부터 시작된다. 반면에 혁명적 순간은 폭력인 한에서 내란이며, 자체 존재 속에 자기원인을 포함하고 자신을 유지한다.

다른 한편으로 이런 서술은 사회경제적 변화의 실상 자체를 무시하고 변화과정을 부당하게 강조하는 것처럼 보일 텐데, 왜냐하면 혁명의

---

58 말로(A. Malraux, 1901~76)는 『인간조건』(La Condition humaine)을 쓴 프랑스의 작가·미술평론가·정치가로 행동문학에 영향을 주었다──옮긴이.

순간이 묵시록적 상태나 집단적 행복상태로, 혹은 생산체제나 법률적 관계를 변화시키는 수단이라기보다 삶의 변혁으로 목적 자체가 될 때, 특정 집단체험의 가치를 다른 것과 구별할 방도가 없을 것이며, 공산주의와 무정부주의의 해묵은 논쟁이 다시 고개를 쳐들 것이기 때문이다. 이 논쟁은 프랑스의 경우뿐만 아니라 학생운동과 기존 제도권 좌파 사이의 이론적 차이에서도 나타난다. 이런 비판은 삐에뜨로 끼오디처럼 시간적 견지에서 다시 표현할 수 있는데, 싸르트르의 집단 개념에 내재하는 순간성(instantaneity)과 근본적 무시간성에 대해서, 혹은 한 집단이 처음 만들어질 때 강렬한 순간부터 점차 쇠퇴하는 과정으로만 자신의 시간과 변화, 즉 지속(durée)을 경험하는 점 등에 대해 끼오디가 이의를 제기하는 방식이 바로 그렇다.

그러나 이 모든 것을 다른 식으로 이야기하자면 1789년 프랑스혁명이 그렇게 매혹적이며, 또한 그것을 하나의 유용한 범례로 만들고, 싸르트르의 저서가 이를 명백히 정당하게 사용할 수 있게 해주는 것은, 바로 프랑스혁명의 **부르주아적** 성격이라는 점을 지적할 수 있다. 이 특정한 혁명은 중산계급이 **정치권력**을 장악하는 형태를 취했으며, 의회 형식으로 발전해나갔다. 따라서 이 혁명에서는 소설적 의미의 '인물'이나 개성이 중요해지는데, 프랑스가 위계적인 봉건·절대주의 국가로부터 중앙집권적인 중산계급 국가로 바뀌게 된 '역사의 간지' 속에서 인물들이 구실을 할 수 있었던 것은 (당똥G. J. Danton[59]의 탐욕이나 로베스삐에르의 뻣뻣함 같은) 그들의 성격이 상징적 가치를 지니고 변설의 재주를 지녔기 때문이다. 따라서 암암리에 대혁명은 소설형식이나 쏘나타

---

59 당똥(G. J. Danton, 1759~94)은 프랑스혁명의 지도자·정치가이며 공포정치에 반대해 처형당했다──옮긴이.

308

혹은 관념철학의 거대한 체계처럼 중산계급적 개성(혹은 이런 표현이 좋다면 인본주의)의 범주에 의해 지배되며, 따라서 이야기의 형태로 기술될 수 있다. 미슐레의 경우만 봐도 그의 위대한 역사는 (발자끄·디킨스·플로베르 같은) 당대 소설가들에 비해 조금도 손색이 없다.

사실 혁명 개념에 시사적으로 적용될 수 있는 문학적 범주들은 이외에도 있는데, 예를 들면 시점(視點)이 그것이다. 이 범주는 우리가 과거에 대해 상황적 입장에 서게 된다는 함축을 지닐 뿐만 아니라 이미 역사과정이 주어와 술어로 논리적으로 구분되는 데 내재한다. 맑스는 (프롤레타리아 계급이 역사과정의 실제적 주체 내지 담지자라는) 이 구분을 매우 중시했는데, 이는 원래 포이어바흐(L. Feuerbach)[60]로부터 취한 것이다. 여기에는 과거를 연구할 때도 그것이 이야기로 기술되는 한, 그 형식 자체가 우리로 하여금 어느 한쪽 편에 서지 않을 수 없게 만든다는 기본적 의미가 담겨 있다. 따라서 아라공(L. Aragon)[61]의 글에서, 제리꼬(T. Géricault)[62]는 어둠 속에서 혁명의 음모자들이 벌이는 복잡한 논쟁에 귀를 기울이는 가운데 그들의 논쟁을 이해하기 위해서는 어느 한 관점을 취할 수밖에 없음을 깨닫는다. "여기서 줄거리(histoire는 이야기와 역사 둘 다 의미할 수 있는 애매한 용어다)를 이해하기 위해서 떼오도르[63]는 어느 한쪽으로 결정을 내려야 했으며, 다른 편에 대항하는 어느 한 행동 집단에 동조해야만 했다. 그래서 기묘하게도 이 왕의 근위기병, 즉 오늘

---

60 포이어바흐(L. Feuerbach, 1804~72)는 독일 철학자이며 이른바 헤겔좌파의 대표적 인물로 『기독교의 본질』과 『장래 철학의 근본문제』 등을 저술했다 ─ 옮긴이.

61 아라공(L. Aragon, 1897~1982)은 프랑스에서 초현실주의를 주도했으며 공산주의를 대변한 소설가·시인·비평가이다 ─ 옮긴이.

62 제리꼬(T. Géricault, 1791~1824). 「메뒤즈 호의 뗏목」(Le Radeau de la Méduse)을 발표한 프랑스 낭만파의 선구적 화가이다 ─ 옮긴이.

63 Théodore. 제리꼬의 이름 ─ 옮긴이.

날 황급히 지나가고 있는 어제의 세계에 속하는 이 돈 끼호떼는 격렬한 논쟁에 귀를 기울이는 사이에 이 하찮은 사람들, 이 불한당들, 이 신부, 이 중산계급 시민들, 이 날품팔이 노동자들이 나뽈레옹 황제가 택하려는 새로운 역할을 이해하지 못할까봐 걱정이라도 하듯 나뽈레옹 편을 드는 것 같았다. 그는 무대 위 주인공에게 배신자가 바로 뒤에 서 있다고 소리칠 정도로 연극에 몰두하고 있는 회랑 관객처럼 이 연극이 자기가 바라는 대로 끝나지 않을까 두려웠다"[64] 이 경우 목격자 제리꼬는 바로 역사소설을 읽는 독자의 동태를 그대로 재생할 뿐인데, 독자는 관객 입장에서 들여다보면서도 시점이라는 기제에 따라 목격하고 있는 행동에 가담, 모의할 수밖에 없게 된다.

역사와 상황 혹은 시점 사이의 이런 관계는 레비-스트로스가 싸르트르의 『비판』을 계기로 역사적 사고의 타당성에 철저한 비판을 가했을 때 초점이 되었던 문제인데, 레비-스트로스는 정확히 역사분석이란 '편들기'에 입각함을 강조한다. 그런데 이런 '편'이나 양자택일적 시점이 프랑스혁명에서 최초로 완전히 명료화된 극우에서 극좌에 이르는 제반 입장의 현대적 스펙트럼으로 이해되는 한, 우리가 시점을 택하고 동일시할 때의 제반 가능성은 하나의 사건이 점점 과거 속으로 멀어져 감에 따라 제어할 수 없게 된다. 예를 들어 프롱드(Fronde)의 난[65]을 이해하는 것은 누가 합법적 '항거권'을 가지고 있으며 누가 특권을 대변하고 누가 특권에 대한 공격을 대변하는지 등을 결정하기 위한 열광적 노력으로 변한다. "따라서 역사가 우리로부터 시간적으로 점차 멀어지거나 우리가 사고 속에서 역사로부터 거리를 두기만 하면 역사는 더이

---

64 Louis Aragon, *Holy Week*, Haakon Chevalier 옮김 (New York: G. P. Putnam's Sons 1961) 298~99면.
65 1648~53년 루이 14세의 궁정과 고등법원 사이에 벌어진 내란——옮긴이.

상 내면화될 수 없고 이해가능성을 상실하게 된다. 역사의 이해가능성이란 애당초 잠정적 내면성에 부속된 단순한 환상에 불과했다."[66] 이런 주장은 강단적 내지 '객관적' 역사서술 관점에서는 더없이 해괴하게 보일지 몰라도 현재 우리 틀에서는 역사적 사고 전체의 무가치함에 동의하지 않고도 그 타당성을 수락할 수 있는 것인데, 이는 곧 우리가 하나의 상황에 처해 있다고 말할 수 있는 것은 중산계급의 역사와 관련해서만이며, 이런 역사는 자본주의 자체가 출현한 후에야 통합되거나 '총체화된' 의미를 획득하고, 이전 과거와 그 예술적 기념비들은 다만 유비에 의해, 즉 그들을 우리 자신의 사회경제적 상황에 맞추어 근본적으로 번역하거나 개작하는 댓가를 치르고서야 가능하다는 이야기가 되기 때문이다. 어쨌든 역사가 일련의 무관한 집단운동과 불연속적 사건으로 해체되지 않으려면, 과거에서의 시점 문제는 싸르트르가 『비판』에서 해결해야 할 중요 과제 중 하나임이 확실하다. 그러나 레비-스트로스의 잘못은 자본주의 이전 머나먼 과거를 그런 역사적 사고로 접근할 수 없다고 본 데 있다기보다, 우리가 탈산업사회적 독점자본주의라는 역사적 현재로부터 진실로 '벗어날' 수 있으며 어떤 사건을 그것과 동시대적인 역사적 양식 속에서 이해하지 않아도 될 자유가 있다고 생각하는 데 있다. 『역사와 계급의식』에서 루카치가 취하는 입장과 이 주장을 병치해보면 이런 시각이 차지하는 자리를 제대로 매겨볼 수 있는데, 여기서 루카치는 프롤레타리아와 그 당이 기본 '시점'이라는 의미에서 실천적·이론적으로 역사의 담지자임을 보여준다.

그러나 이 문제가 광범위함을 처음으로 인지하고 역사서술을 실천함으로써 그 귀결을 개진한 사람은 바로 미슐레였다. 미슐레는 발자끄처

---

66 Claude Lévi-Strauss, *La Pensée sauvage* (Paris: Plon 1962) 338면.

럼 개인생활 이야기에서 집단 이야기로 시점을 끌어올릴 때 시점의 범주에 변화가 있어야 함을 예견했다. "지금까지 쓴 프랑스혁명사는 본질적으로 군주제적이었다. (어떤 것은 루이 16세를 지지하고 어떤 것은 로베스삐에르를 지지하는 등.) 지금 여러분이 보고 있는 역사는 최초의 공화제 역사이며 우상과 신을 최초로 파괴한다. 처음부터 끝까지 거기에는 오직 단 하나의 주인공, 즉 민중이 있을 뿐이다"라고 미슐레는 결론에서 말한다.[67] 따라서 미슐레는 (은연중 '개인숭배'를 함축하는) 개인주의로부터 새로운 유형의 집단서사로 이행하는 것을 보여주는데, 이 집단서사는 (1923년의 **프롤레타리아** 계급 대신 1853년의 **민중**이라는) 역사적 내용상의 차이는 있을지라도 형식상으로는 루카치가 제기한 서사유형과 동일하다. 그 결과 우리에게 사건을 목격하게 해주는 개개 인물의 초상은 문학적 성격상 철두철미 현대적 상대화를 겪는다. 우리는 여전히 어느 한쪽 편을 들지만 싸르트르의 순환적 제3자의 체계에서처럼 어느 한 인물에 대한 공감에만 매이지 않는다. 우리는 주인공을 편들었다가 사정없이 내팽개치는데, 이런 시점에서 역사 읽기를 통해 우리는 본능적으로 집착하는 개성을 부정하며 이미 새로운 집단적 삶의 형태를 훈련한다. 그러나 미슐레는 자신이 하는 일을 충분히 인식하고 있었으므로 실천에 대한 그 자신의 기술을 들어보도록 하자. "우리는 어떤 총체적이며 불분명한 판단을 거의 내리지 않았고 **초상** 그 자체는 거의 그린 적이 없다. 이런 것은 모두가 혹은 거의 모두가 부당하며 일정한 순간에 한 성격의 평균치를 이끌어낸 결과인데, 여기서 선과 악은 서로를 취소하며 거짓으로 만든다. (…) 한 사람 속에 얼마나 많은 인간이

---

67 Jules Michelet, *Histoire de la révolution française* 2권 (Paris: Gallimard 1952) 제1권 991면.

있는가! 이 변화무쌍한 존재를 결정적 이미지로 상투화하는 것은 얼마나 부당한가! 내가 보기에 렘브란트가 그린 30대의 자화상은 모두 비슷하면서도 다르다. 나도 이런 방법을 따랐으며, 예술과 정의 모두 내게 이 방법을 권했다. 여러분이 이 두권의 책에서 중요 배역을 맡은 인물들을 굳이 하나하나 추적해본다면, 각 배역이 수많은 소묘의 모임으로 이루어지며 각 개인이 겪은 도덕적·육체적 변화에 따라 특정한 날에 다시 붓질이 가해졌음을 알게 될 것이다. 마리-앙뚜아네뜨 왕비와 미라보(comte de Mirabeau)[68]는 대여섯번씩 거듭 나타나지만 매번 시간이 경과함에 따라 변화함을 보여준다. 마라(J. P. Marat)[69]도 동일하게 보이지만 역시 다르면서도 모두 진실한, 변모하는 특징을 보여준다. 둔감하고 쓸쓸한 로베스삐에르는 1789년에는 거의 주목받지 못했으나, 1790년 11월 저녁 집회시 자꼬뱅당 연단 위에 비스듬히 선 모습으로 그려진다. 그의 정면 초상은 (1791년 5월) 국민의회에서 권위적이며 독단적이고 이미 위협으로 가득 찬 모습으로 묘사된다. 이처럼 우리는 사람과 문제점 및 각 개인의 순간을 조심스럽고도 정확하게 그 시점에 맞게 추정했다. 우리에게 큰 충격을 주고 이 저서를 지배하는, 역사는 시간이라는 생각을 우리는 거듭 뼈저리게 인식했다."[70]

물론 시점은 혁명시대와 그 가능한 역사서술을 연구하는 데 의미를 지니는 유일한 문학적 범주는 아니다. 시간구조 자체가, 틀의 선택, 즉 이야기가 펼쳐지는 양 끝점인 시작과 끝을 설정하는 데 필연적으로 인

---

68 미라보(comte de Mirabeau, 1749~91)는 프랑스 혁명기 정치가로, 혁명 초기에 귀족 출신으로 제3신분에 가담해 활약했다——옮긴이.
69 마라(J. P. Marat, 1743~93)는 프랑스 혁명기 산악당 당수였으며, 그의 암살은 공포 정치의 도화선이 되었다——옮긴이.
70 *Histoire de la révolution française* 제1권 290~91면.

위적일 수밖에 없는 선택이 지니는 결정적 중요성에서 드러난다. 프랑스혁명사는 보통 삼부회(혹은 그 선출)에서 시작해 로베스삐에르의 죽음과 더불어 끝나는 것으로 여겨지는데, 이 점에서 미슐레는 전통적 시대구분을 따른다. 그러나 이런 종지부를 선택한 결과는 의미심장한데, 로베스삐에르의 죽음과 혁명 종결이 우연히 일치하는 것은 공포정치가 혁명 자체나 마찬가지임을 암시하기 때문이다. 이것은 형식 속에 아로새겨진 함축적 의미이며, 미슐레처럼 로베스삐에르와 자꼬뱅당에 적대적인 저자도 자신의 시대구분에 따라 스스로 로베스삐에르의 몰락을 깊이 동정하지 않을 수 없음을 알게 될 것이다. 앞서 언급한 다니엘 게랑의 경우처럼 완전히 다른 시간구조를 선택하는 역사가와 이를 비교해보면 이것이 단순한 문학적 문제 이상임을 알 수 있다.『제1공화국하의 계급투쟁』이라는 제목에서 혁명이라는 단어가 빠진 것 자체가 이미 본질적으로 의도적인 뜻이 있는데, 게랭의 서술은 지롱드파 내각에서 시작해서 로베스삐에르의 몰락이 아닌 바뵈프(F. N. Babeuf)[71]의 처형으로 끝난다. 본질적으로 게랭은 맑스가『브뤼메르 18일』에서 취한 노선에 따라 일종의 승리한 중산계급이 실권을 장악하는 것으로 대혁명의 고전적 윤곽을 다시 썼다. 혁명에 대한 이런 새로운 해석에서 로베스삐에르는 반혁명적이든 진정하게 대중적이든, 중산계급을 통제하는 데 위험한 모든 잔존요소를 척결하는 데서 기능적 목적을 수행한다. 그는 이 일을 완수하자 쓸모없어져 물러나고, 그 대신 집정내각(Directoire)[72]이 그 기획의 결실을 맺는다. 따라서 그의 죽음은 근본적으로 과정의 종말이 아니라 혁명의 한순간에 불과하며, 혁명 자체는 바뵈프의 음모가

---

71 바뵈프(F. N. Babeuf, 1760~97)는 프랑스혁명의 극좌파로 집정내각의 전복을 꾀하다 실패했다——옮긴이.
72 5명의 집정관으로 조직된 1795~99년의 프랑스 혁명정부 내각——옮긴이.

실패하여 최후 진보세력마저 무대에서 축출될 때까지 멈추지 않는다. 이런 분석은 혁명이라는 단어 자체가 매우 양가적이라는 것을 상기시켜주는 장점이 있다. 한편으로 모든 혁명은 새로운 **종류**의 시간조직을 제공하고 집단적 에너지가 돌연히 폭발하며 '좌파를 향해' 가차없이 발전한다는 점 등에서 서로 비슷하다. 그러나 이런 발생적 유사성으로 말미암아, 우리는 중산계급의 혁명이 현대적 의미에서의 혁명이 결코 되지 못한다는 사실을 종종 잊는다. 따라서 만일 우리가 국민의회 혁명가들의 편에 선다면 필히 모순에 봉착하거나 과거에 대한 우리의 해석 전체가 혼란스러워질 수밖에 없다. 자꼬뱅당이 1793년에 영웅적이었던 반면에 1848년에는 치졸했다 하더라도, 그들 **모두**는 중산계급이었으며 중산계급에 의한 권력장악을 목표로 했다는 사실을 간과해서는 안 된다.

내가 보기에 싸르트르가 (혼자 그런 건 아니지만) 프랑스혁명을 범례로 사용한 데 대해 가장 심각한 형식적 반론을 펼칠 수 있는 것은 바로 이 점인 것 같다. 과정의 전체적 시간구조가 전혀 다름을 인식하기 위해서는 현대 사회주의혁명을 떠올리면 된다. 실제 '혁명' 자체는 한순간, 즉 볼셰비끼가 권력을 장악하거나 피델 까스뜨로가 아바나에 입성한 순간에 불과한데, 본질적 문제는 **정치적** 통제가 아닌 전체적 경제변화의 견지에서 제기되기 때문이다. 이런 과정은 혁명의 주춧돌이 되는 개성적 인물보다는 생산통계와 집단적 계획으로 나타나기 때문에 그 시작과 끝을 결정하기 어려운 이야기다. 분명 프랑스혁명의 주역들도 '혁명을 지속'하거나 '혁명을 종식'할 필요성을 이야기하기는 했지만, 그들이 의미한 것은 통치의 특정한 정치형태에 관한 확정적 선택과 헌법의 제정이었다. 반면에 사회주의 국가에서 혁명의 지속은 어떤 예견할 수 있는 목적도 없는 사회적·기술적 변화와 관련되며, 뜨로쯔끼와 제퍼슨(T. Jefferson)[73]이 뜻한 '영구혁명'의 개념도 이에 상응한다. 그러나 이 새로운 양태의 혁명시간의 현실을 표현하기 위해 어떤 서사형식 내지 역사서술의 형식을 고안해낼 수 있을지 하는 문제는 아직 남아 있다. 이런 의미에서 집단에 관한 싸르트르의 기본 모형이 비록 그의 논의 결과에 심각한 영향을 주는 것 같지는 않지만, 독자로 하여금 집단형성의 순간을 과대평가하고 묵시록적 상태를 신비화하도록 오도할 위험이 있다.

일단 집단이 형성된 후, 차후 발전 문제는 그 존재양태에 관해 기본적 기술을 하지 않고서는 충분히 모색할 수 없다. 바로 여기서『존재와 무』의 싸르트르와『비판』의 싸르트르 사이의 연속성이 가장 두드러지는데, 내가 이 점을 강조하는 것은 그것이 중요하기도 하거니와 대부분의『비판』연구가 간과하는 측면이기 때문이다. 개인의 존재가 사실상 존재의 결핍이며, 어떤 궁극적·확정적 안정과 존재론적 풍요에 도달하지 못하는 존재의 무능력임과 마찬가지로, 집단 또한 실체나 초유기체라기보다 하나의 실체가 되고자 헛되이 애쓰며 결코 도달할 수 없는 어떤 궁극적 초유기체 상태로 나아가려 하는 일군의 개인들로 특징지어진다. 집단은 유기적 공동체나 집합체가 아니며, 공동의 기획이다. 공동기획의 형식적 의미는 바로 그런 유기적 공동체가 **되는** 것이다. 그러나 '객관으

---

73 토머스 제퍼슨(Thomas Jefferson, 1743~1826)은 세번째 미국 대통령(재임 1801~1809)이자 미국 독립선언문의 기초자이다. 영향력있는 건국의 아버지 중 한 사람으로, 미국 공화주의의 이상을 논파하기도 했다. 민주주의의 발전과 관련해 정치폭력에 관한 제퍼슨의 견해는 그 나름의 '영구혁명'의 이념을 암시한다. 일례로, 유혈사태인 셰이스의 난에 관한 소식을 접한 뒤 존 애덤스의 사위 윌리엄 W. 스미스에게 보낸 편지에서 그는 다음과 같이 언급하였다. "한두 세기에서 몇명이 목숨을 잃는 것이 그리 중요한 것인가? 예나 지금이나 '자유의 나무'는 독재자와 애국자의 피로써 다시 살아난다. 그 피가 바로 '자유의 나무'의 천연 비료인 것이다."

로서의 우리'의 경우에조차도 내가 동료들과 공유하는 집합적 '존재'는 나의 물질성과 객관적 자질의 존재이지 나의 주관성의 존재가 아니다. 세계영혼, 즉 정신과 주관성의 혼용은 분명히 불가능한 모순적 개념이다. 따라서 집단경험은 『존재와 무』의 개인의식과 마찬가지로 존재하지 않으며 존재할 수도 없는 무엇이 되고자 헛되이 자신을 희생한다는 점에서 일종의 존재론적 실패다.[74] 그러나 우리는 먼저 하나의 '실패'가 어떤 구체적 형태로 나타나는지 알아보기까지는 이 '실패'의 개념을 평가할 수 없다.

이미 서약과 공포정치는 집단이 안에서부터 자신의 존재를 보존하고 최종적으로 수열체로 붕괴되는 것을 모면하려는 암묵적 시도였다. 그러나 이런 위험이 증가함에 따라 집단은 훨씬 더 결정적 변화와 적응을 겪는다. 집단은 주로 조직을 발달시킴으로써 자신의 생명을 연장하는데, 책임분할의 경계를 설정하고 각 등급의 임무를 할당하며 노동을 분업화하는 것은 궁극적으로 완전한 민주주의와 순환적 제3자의 평등에 분명히 위배된다. 전에는 누가 어떤 역할이라도 할 수 있었음에 비해 이제 점차 역할이 세분화되면서 제3자 간 서로의 직접적 상호성은 집단구조에 의해 매개되는 상호성으로 대체된다.

집단구조라는 이 용어는 중요한 의미를 지니는데, 바로 여기서 싸르트르는 그의 체계에서 구조의 전체 문제, 특히 레비-스트로스가 원시부족의 혈연구조처럼 유형화된 초개인적 구조들에 관해 언어학적으로 정식화해놓은 그런 식의 구조에 문제를 제기하기 때문이다. 싸르트르는 여기서 레비-스트로스 추종자들이 연구대상으로 삼는 이런 구조들을

---

74 『존재와 무』는 전지구적 '객체로서의 우리'의 가능성을 인정하지 않는데, 그럴 경우 시선을 통해 객체화 과정을 수행할 외부의 제3자가 남지 않을 것이기 때문이다.

현상학적으로 분석함으로써, 그것이 일종의 착시에 불과함을 드러낸다. 그 구조들은 사실상 집단을, 진행 중인 행위나 실천이 아닌, 존재 내지는 구성된 대상의 일종으로 보는 국외자의 착시다. 이들은 사실상 통시적 과정을 공시적 노선에 따라 실체화한다.

반면에 우리가 도표로 작성할 수 있는 이 복잡한 체계들과 수학적 언어로 환원할 수 있는 이 혈연법칙들은 분명히 가공적인 것만은 아니며, 문제가 되는 사회현상의 특정한 존재양식에 상응한다. 구조의 이런 측면이 통계적·수학적 분석으로 접근 가능한 것은 집단이 스스로 타성화하고 저항적·물질적 내적 구조를 자신에게 부여했기 때문이다. 구조는 모든 집단의 영구한 특성이라기보다 집단의 역사적 발전상 어느 한 계기에 나타나는 독특한 현상일 뿐이다. 이런 의미에서 구조는 실천적 타성태의 역(逆)이다. 실천적 타성태에서 인간은 주위 대상에 작용하기 위해 자신을 타성적으로 만들고 대상의 요구를 충족하기 위해 자신의 자유를 버려야 했던 반면, 구조에서 집단은 자신에게 힘을 발휘하기 위해 안에서부터 자신에게 객관적 존재를 부여한다. 따라서 구조는 집단이 그 존재를 유지하고 변화하는 상황에 새로이 적응하는 데서 스스로를 만들어내고 복구할 수 있게 한다. 그러나 동시에 구조는 물론 그러한 발전과 적응의 최종적·함축적 한계를 나타내기도 한다.

이제 구조 내지 조직과 더불어 집단은 그 자체가 여러 하부집단의 결집이 된다. 심리학 용어로 말하자면 집단의 통일성을 유지하는 문제란 분화된 하부집단의 모든 구성원으로 하여금 전체 속에서 자신의 위치를 깨닫고, 어쩌면 제한된 자신의 기술적 책임이 오히려 집단활동에 필수적임을 인식하며, 융합 중인 집단에서와 같이 편재하는 중심으로 남아 있도록 만드는 일의 어려움이라고 할 수 있다. 이제 집단의 구성원이라는 의식은 점차 안에서보다는 바깥에서부터 감지된다. 그리고 나는 주위의 수열성을 통해 나의 집단적 귀속성을 배우는데, 수열성은 나를 집단의 성원 및 집단 전체의 상징과 동일시한다. 여기서 제3자들의 상호관계는 더욱 소원하고 간접적인 것으로 변한다. 이들에게 집단은 이제 더이상 투명하거나 순수한 실천이 아니며 자신의 행동에 즉각 동화되지 않음이 분명하다. 집단은 자신의 불투명성과 타성태를 획득했으며 그 구성원들은 자신이 집단의 일부인 동시에 국외자라고 느낀다. 싸르트르가 준주재성(準主宰性, quasisovereignty)이라고 부른 이런 새로운 거리감은 물론 제3자가 원래 요소, 즉 행위자 대 목격자로 분해되는 것과 다름없다. 그러나 싸르트르가 이 용어를 택한 것은 아직 수열체로 완전히 돌아가지는 않았다는 사실을 강조하기 위해서다. 비록 주재자와 집단의 관계는 그가 바깥의 수열체에 대해 취하는 순전한 조작과 억압의 관계와는 성질상 판이하지만, 주재자는 아직도 어떤 방식으로든 집단의 성원으로 남아 있다.(589면) 그러나 제3자의 순환이 둔화되고 제도와 조직이 출현하기 시작함에 따라 마침내 단일한 제3자가 화석화된 집단구조에서 지배적 위치에 서게 되는 것은 집단역사의 당연한 한 부분이다. 집단은 그에게서, 인간유기체로서의 그의 통일성에서 여전히 자신의 유기적 통일성의 이미지를 보려 한다.(595면)

　물론 여기 함축된 참조틀은 프랑스혁명으로부터 스딸린의 쏘비에뜨 기구 장악으로 바뀌었다. 그리고 이런 추이와 함께 집단의 생명력과 활기찬 진화 또한 그 모든 실제 목적에서 중지되었다. 이는 아직 수열성으로까지 해체된 것은 아니며, 그런 해체는 집단역사에서 상정할 수 있는 바로 다음 단계에 속한다고 할 수 있는데, 선서나 공포정치, 그리고 구조나 조직과 마찬가지로 주재권의 수임이라는 것도, 집단이 존속해나가고 사방에서 작용하여 갈수록 집요해지는 수열성의 힘을 물리치기 위해 집단 스스로 자신에게 행하는 일이라는 점을 상기할 필요가 있기 때문이다.

아마도 우리가 사회 전체를 궁극적 연구단위로 간주하는 경향이 문제를 혼동하는 요인일 것이다. 그런데 싸르트르에게 집단이란 사회나 국가 전체와 대응하지 않을 뿐더러 그럴 수도 없음을 명심해야 한다.(608~10면) 이리하여 사회나 국가의 개념은 인위적인 것이며, 집단과 수열체의 복잡한 상호관계로 이루어지는 사회생활의 현실을 은폐하기 쉬운데, 그 상호관계 속에서 집단은 외부 조작을 통해 자신에게 의존하는 다양한 수열체를 이용하고 조정한다.(614, 621면) 그럼에도 불구하고 싸르트르의 이론은 미시사회학이라든가 다양한 집단유형에 대한 일종의 유명론(唯名論)으로 되돌아가지는 않는데, 이와 같이 국가의 범주를 거부한 것은 오히려 시장체제와 이에 반대하는 해방운동이 국가적 현상이라기보다는 국제적 현상이 되어버린 오늘날 상황에 합당하도록 집단형성의 문제를 세계적 차원에서 개방하는 변증법적 결과를 낳기 때문이다.

유기체의 삶이 그렇듯 집단의 삶도 시간적으로 돌이킬 수 없다. 일단 집단이 구조적으로 굳어져서 자신에게 주재자를 부여한 다음에는 다시 시간의 강을 거슬러 형성 당시의 영웅적 순간으로 되돌아갈 수는 없다. 그러나 곧 살펴보게 될 싸르트르 사상의 일견 비관적으로 보이는 다른 측면의 경우와 마찬가지로, 이 이론에 대해서도 즉각적 판단을 내리기 전에 먼저 이런 상황으로부터 정당한 실제적 귀결들을 도출하는 것이 중요하다. 분명히 이것은 위로부터의 개혁에 대해, 그리고 집단적 실천을 재생하고 좀더 진정한 혁명적 감정을 회복하기 위해 위계구조의 상부에서부터 하부로 행해지는 모든 시도에 대해 우리에게 무엇인가 말해주는 바가 있다. 싸르트르는 우리에게 관료조직이 다시 게릴라집단으로 변신할 수는 없으며, 경화된 집단은 쇄신될 수 없고, 다만 새로운 집단형성의 충격에 의해 **대체될** 수 있을 뿐이라고 경고하는 것 같다.

이런 분석들의 적합성은 예를 들어 중국의 문화혁명을 생각해볼 때 확실해진다. 사회적 격변이 일던 당시에는 혼란스럽게 보이던 모든 것이 이제 교과서적 명징성을 띠기 시작한다. 문화혁명은 당기구를 소생시키기보다 낡고 경화된 집단을 대체하기 위해 집단형성과 혁명적 응집력의 새롭고 신선한 물결을 불러일으키려는 의식적 시도였으며, 영구혁명의 개념을 실천에 옮기려는 시도였다.

싸르트르 이론에 좀더 핵심적인 또다른 확증은 1968년 프랑스의 5월사태에서 찾아볼 수 있다. 이때 공식적 공산당기구는 새로운 유형의 혁명적 집단형성에 의해 안팎으로 추월당했다. 그러나 기존 집단제도들이 완전히 기능을 상실한 것은 아니라는 사실을 강조해둘 필요가 있는데, 이미 살펴본 것처럼 이것들은 물질적 타성태이며, 과거 진정한 집단행동의 구조적·준(準)수학적 잔재로, 어느정도 (과거를) 상기시켜주는 작용을 하기 때문이다. 따라서 예컨대 프랑스의 당기구는 단지 존재한다는 사실만으로도 세포조직과 각종 선언, 다양한 유형의 혁명교육과 훈련, 맑스주의 문화의 유포와 과거 노동운동사의 기념 등을 통해 분명히 혁명이념의 생명을 유지했던 것으로 보인다. 새로운 혁명적 순간이 구조적으로 새로운 집단을 형성함으로써 자신을 표현할 수밖에 없었다고 해서, 이른바 역사의 한 페이지에 한 자리를 차지하는 이런 제도화된 상기자나 기억장치가 없이도 새로운 혁명적 순간이 성공할 수 있었으리라는 이야기는 성립하지 않는다.

좀더 일반적으로 말해서 『비판』이 '비관주의'적이라는 비판은 분명 20여년 전에 『존재와 무』에 가한 비판을 다른 말로 요약한 데 지나지 않는데, 두 비판 모두 본질적으로 개인의식이나 집단이 결국 존재의 결핍이라는 중추적 학설을 전복하려 하기 때문이다. 따라서 싸르트르의 새

저서는 어떤 의미에서는 혁명이란 항상 실패하게 마련이라는, 집단의 불가피한 귀결은 관료조직이나 스딸린주의 독재 내지 자연발생적 측면이 결국 상실되고 경직된 형식으로 바뀔 수밖에 없으므로 그렇다는 것을 뜻하는 것 같다. 따라서 싸르트르의 정치체계는 패배주의적인 것으로 보일 수 있다.

그런데 이런 비판이 간과하는 것은 민중이든 민족이든 군대든 어떤 한 집단을 신비화하는 우익의 태도에 봉사할 수 없도록 만드는 싸르트르 집단이론의 반유기론적 경향인데, 대중 최면과 현혹 효과는 개인이 굴종하는 어떤 유기적 연대에 대한 굳은 환상 없이는 불가능할 것이기 때문이다.

집단이 불가피하게 화석화된다는 생각에서 공격대상은 그런 예견 자체가 아니라 사실상 시간 자체라고 나는 믿는데, 의식이나 인간의 삶은 곧 존재의 결핍이며 정지와 충만함 또는 존재 자체를 지향하는 무(無)라고 말하는 것은 결과적으로 시간을 정의하는 일이기 때문이다. 따라서 개인적 인간관계의 실패(echéc)와 마찬가지로 집단행동의 실패에 대한 싸르트르의 기술도 경험적 측면이 아니라 존재론적 측면에서 이해되어야 할 것이다. 싸르트르가『존재와 무』에서 사랑하고자 하는 기투는 존재론적 실패라고 말할 때, 이것은 사랑이라는 실제 체험이 '실제로' 존재하지 않는다거나 사랑은 지속될 수 없다는 뜻이 아니라, 다만 사랑 그 자체란 스스로 정한 존재론적 기능, 즉 어떤 궁극적 충만함을 가져오거나 다른 말로 해서 시간 자체의 궁극적 종말을 달성하는 기능을 실현하는 데서 결코 성공하지 못한다는 의미일 뿐이다. 따라서 집단 차원에서 존재론적 실패설은 시간 경과, 집단과 상황의 계속적 변화, 세대 계승 등을 강조한다.『존재와 무』에서처럼 이 설은 본질적으로 윤리적 기능을 지니는바, 곧 존재의 윤리라는 환상을 불식하고 우리를 시간 속의 삶과 화해시키려고 노력한다. 집합적 차원에서 말한다면 우리는 정치나 경제 측면에서 미래를 생각하는 모든 경우에 아직도 그런 환상의 자취를 찾아볼 수 있다. 맑스가 유토피아를 진정한 역사의 시작으로 간주하고 우리 자신의 '역사'를 경멸적으로 '선사'(先史)로 묘사한 데 반해, 우리는 대부분 본능적으로 유토피아를 역사가 정지하는 지점으로 간주하는 경향이 있다. 이런 것들은 관념론과 존재환상의 사고유형의 잔재인데, 『비판』의 실존적 요소는 이를 엄격히 불식하려 한다.

4

『비판』의 결론을 논하기 전에 잠시 초기 싸르트르의 윤리 입장을 재검토함으로써『비판』이 어느 정도 초기 발전을 완수하며, 또 어떤 의미에서 이 후기 저작이『존재와 무』의 마지막 장에서 약속했지만 끝내 출판하지 못한『윤리학』[75]에 상응하는 저서라고 말할 수 있는지 살펴보는 것도 유익할 듯하다.

사실 고립된 개인에 관한 한, 『존재와 무』가 취하는 윤리 입장에는 아무 문제가 없었다. 문제는 개인 생활방식이나 삶의 양태로서 본래성의 성격보다 본래성이 집합체에 대해 지니는 함축적 의미, 그리고 타인에 대해 그것이 함축하거나 함축하지 못하는 관계에 있다.

이미 지적했듯이『존재와 무』가 가하는 윤리적 일격은 모든 형태의 실체론적 환상과 가능적 존재의 환상을 불식하기 위한 것이다. 따라서 이런 윤리는 그것이 탈신비화의 도구인 한, 애당초 대중현혹처럼 다양

---

[75] 『윤리학 노트』(*Cahiers pour une morale*, 1983)로 사후 출간되었다——옮긴이.

한 형태를 취할 것이다. 그러므로 이 저서 끝부분에서 우리는 상당히 전통적 윤리의 모습을 발견하게 되는데, 여기서 존재의 불가피한 실패는 다양한 원선택과 생활방식을 판단하고 가치평가의 위계질서 속에 등급을 매길 수 있는 기준을 제시한다. 원선택 중에서 가장 낮고 저급한 것은 존재와 물질을 혼동하고, 물질을 존재의 대체물로 간주하며, 물질적 대상의 소유나 향유에서 열렬히 궁극적 안정을 구하는 일일 것이다. 따라서 대상을 점차 정신화하고 존재 또한 더 비실체적·비물질적 측면에서 파악하는 선택이 이런 열정보다 상위를 차지하는 것이 마땅하다. 예를 들어 언어이자 타인에 대한 호소로 더이상 어떤 물질적 요소도 지니지 않은 예술작품을 통해 자신을 대상화하고 자신의 존재를 실현하고자 하는 예술가의 상황이 이에 해당할 것이다. 그러나 이 경우에도 아직 존재환상이 현존하는데, 기투를 밀고 나가는 힘은 여전히 어떤 의미에서 '자아실현,' 즉 자기 자신을 의식대상의 형태로 객체화하는 것이 가능하며, 결과적으로 우리는 대상인 동시에 주체일 수 있고, 바꾸어 말해서 즉자·대자적 존재, 즉 신이 될 수 있다는, 명료화되지 않은 막연한 본능적 느낌에 바탕을 두기 때문이다. 따라서 이것과 또다른 삶의 열정이 존재할 여지가 남는다. 이는 자기객체화나 모종의 '궁극적 정지형태'보다는 자신의 자유를 목적으로 하며, 따라서 그것이 취할 수 있는 다양한 형태에서, 실러적 의미에서 놀이(play)라는 일반용어로 묘사할 수 있다. (그리고 이 용어는 분명히 싸르트르가 존재의 환상에 사로잡힌 의식을 가리키는 '엄숙주의'esprit de sérieux를 거스르기 때문에 선택되었을 것이다.) 하나의 절대적 유희상태와 더불어 이제 우리는 더이상 존재에 대한 신화와 환상에 얽매이지 않는 어떤 자유롭고 물화되지 않은 본래성의 가능성을 일별할 수 있는 곳에 도달한다.[76]

그러나 놀이윤리는 적극적인 동시에 추상적이다. 즉 이 윤리의 실현을 방해하는 것은 바로 구체성이다. 따라서 진정한 구체적 본래성은 일종의 이상보다는 그것이 맞서 투쟁해야 할 대상의 관점에서 규정되어야 한다. 사실상 하이데거나 싸르트르는 모두 본래성을, 그보다 우선하며 인간 삶의 일차적 존재방식을 구성하는 비본래성의 연후에야 나타나는 형태로 간주한다. 따라서 진정한 본래성은 하나의 상태가 아니라 (그렇게 생각하는 것은 정확히 말해 문제의 존재환상에 다시 빠져드는 셈이므로) 비본래성으로부터 아슬아슬하게 강제로 탈취해내고 재포착·재정복해낸 무엇이요, 항상 이전 형태(하이데거의 경우 익명성, 싸르트르의 경우 자기기만)로 다시 와해될 위험에 처해 있는 그 무엇이다. 이런 이유로 본래성 개념은 **비판적 개념**으로 받아들이는 편이 좋을 것 같은데, 본래성은 그 자체로는 정의될 수 없으며, 그것이 교정하거나 제거하도록 되어 있는 기존 상황 내지 비본래성의 상태에 맞서서만 정의될 수 있기 때문이다.

이리하여 우리는 본래성의 개념을 그 대립항을 통해 탐색하게 된다. 따라서 자기기만이 나에게 자기정당화의 느낌을 부여하고 전적인 자유 및 고독이 현실화된 불안(angoisse)을 회피하도록 부추기게 되어 있는 한 본래성의 체험은 항상 불안 속에서 발생할 것이며, 항상 나 자신의 실존을 정당화할 수 없다는 느낌, 즉 의식으로부터 모든 방어와 합리화를 제거하고 자존심을 끌어낼 과거와 맹목적 신념을 주입할 미래를 모두 의식에서 삭제해버리는 의식의 순화를 포함할 것이다.

그러나 이는 본래성에 대한 비교적 심리적이거나 형식적인 기술(즉

---

76 마르쿠제가 『존재와 무』를 소외된 사회에 대한 역사적 표현으로 설득력있게 분석하면서도 자신의 윤리와 매우 근접한 이런 유희윤리의 중요성을 강조하지 못한 점은 참으로 역설적이다. *Kultur und Gesellschaft* 2권 (Frankfurt: Suhrkamp 1965) 제2권 49~84면; 이 책 400~02면 참조.

본래성을 하나의 **경험**으로 파악함)에 불과하다. 이 문제를 극화하는 싸르트르의 독특한 힘은 중산계급에 존재환상이 취하는 형태에 대해 그가 본능적으로 갖는 느낌에서 유래하는데, 그 형태란 바로 **후회와 가책**, 또는 아마 후회보다 훨씬 더, 후회와 가책에 대한 **두려움**이다. 이는 두 갈래 길로 나아간다. 가책은 과거와 과거의 행동으로부터 나를 떼어놓는 반면, 가책에 대한 두려움은 내가 앞으로 후회하게 될지도 모를 어떤 결정적 발걸음을 떼지 못하게 가로막는다. 이런 두려움의 복합심리는 사용가능성(disponibilité) 개념에서 적극적 형태로 나타난다. 다가올 모든 것에 대해 자신을 자유롭게 열어두려 애쓰는 나머지, 나는 미래의 필요에 대비해 현재의 낭비를 두려워하며 수전노처럼 현재를 저장한다. 자아에 대한 이런 완강한 집착과, 이른바 **개성**으로 알려진, 중산계급적인 내면의 사생활권과 행동여지를 포기하는 데 대한 두려움은 싸르트르 작품의 모든 독자에게 낯익다. 즉 『파리떼』(*Les mouches*)에서 자신들의 죄를 부인하는 클리템네스트라(Clytemnestra)와 엘렉트라(Electra), 『철들 무렵』(*L'âge de raison*)에서 미래의 자유를 박탈할지도 모를 어떤 행동도 하기를 주저하는 마띠외(Mathieu) 등이 그 예이다. 그러나 『페르 귄트』(*Peer Gynt*)의 한 장면은 어쩌면 이런 상황을 훨씬 더 충격적으로 극화한다. 페르는 트롤(troll)[77]의 왕국에서 트롤왕의 딸과 결혼해 영원한 영화를 얻으려 하지만, 우선 한가지 조건, 즉 트롤처럼 흉한 모습이 되어서 앞으로 인간세계로 돌아갈 욕망이 생기지 않도록 얼굴을 난자당하는 일을 감수해야 한다. 페르는 이렇게 영원히 돌이킬 수 없는 표지를 받는다는 생각에 질려버리지만, 싸르트르의 진정한

---

77 북유럽 신화에 나오는 동굴이나 작은 산에 사는 거인 혹은 장난꾸러기 난쟁이—옮긴이.

326

영웅들은 오레스테스(Orestes)처럼 단번에 낙인찍힐 수 있는 행동, 즉 돌이킬 수 없는 것을 열망하는 인간들이다.

『파리떼』는 물론 이곳에서 끝나며, 그것은 어쨌든 일종의 우화다. 사실 내 생각에는 바로 여기서 루카치가 발전시킨 리얼리즘의 개념을 상기하여 이런 윤리 개념이 얼마나 진실성을 지니는지는, 그것이 얼마나 당대 현실이 제공하는 원료를 통해 구체적 예술작품 속에서 실현될 수 있는지에 따라 매겨져야 한다고 주장할 수 있겠다. 그러므로 본래성이 지니는 진정한 의미에 대해 최종 단서 구실을 할 수 있는 것은 바로 『자유로 가는 길』 연작이다.[78]

마띠외는 이미 자아에 대해 거리를 두고 있기 때문에 그로부터 해방될 수 있다. 그는 스스로 자신의 성격과 자유를 바깥에서 관찰하고 있음을 의식하는데, 이런 상태로부터 자신의 시간적 현재를 제외한 모든 것을 포기하고 매순간 곧 자신이 자유임을 실감하는 상태까지는 한발 차이에 불과하다. 그러나 이 과정에서 역사적 상황이 어떤 고무적 역할을 하는지는 분명치 않다. 여기서도 마띠외가 자신의 개인주의와 그에 따른 과거에서 쉽게 벗어날 수 있었던 것은 바로 전쟁과 징집 때문이었으며, 이미 하나의 수열적 숫자 내지 통계치가 되어버렸기 때문이다.

여기에 포함된 과정, 즉 우리가 『파리떼』 『악마와 신』 『말』 같은 다른 작품에서도 목격하는 일종의 순화와 각성작용은 심리학 용어로 표현하자면 자아(ego)의 파괴요, 종교 용어로는 '질질 끄는 잔혹한 무신론의 사업'[79]으로 묘사될 수 있다. 이는 공개적이든 위장된 것이든 브뤼네

---

78 앞으로 이 작품에 대한 모든 분석은 Simone de Beauvoir, La Force des Choses (Paris: Gallimard 1963) 212~14면을 참조해야 할 텐데, 미완성된 제4권의 결말 부분에 대한 구상이 여기서 최초로 이야기되기 때문이다.

79 Les Mots (Paris: Gallimard 1964) 210면.

(Brunet)와 프란츠[80]의 경우에 역사, 마띠외의 경우에 외적 가치, 싸르트르의 경우에 후세, 킨(Kean)[81]의 경우에 청중, 괴츠[82]의 경우에 신과 같은 모든 초월에 대한 믿음을 가차없이 절멸하기를 요구한다. 이후 완성되지 못한 제4권에서 마띠외가 레지스땅스에 참가해 고문을 받고 죽을 때, 그의 본래성은 분명히 현재와 현재의 직접적 상황에 대해 이렇게 절대적으로 충성하는 데, 즉 미래와 미래에 임박한 자신의 죽음을 이렇게 완전히 무시하는 데 있다. 이는 '참여'(engagement)라는 용어로 알려져 있으며, 이처럼 정치적 범주 훨씬 이전에 윤리적 범주이다.

그러나 다시금 역사적 애매성이 나타나는데, 우리는 예술작품 자체와 그 구성에 기초가 되는 극한상황의 미학으로 되돌아감으로써 이것을 가장 분명히 강조할 수 있을 것이다. 전쟁이 없었다면 마띠외가 본래적이 되지 못했으리라고 말하는 것과, **극한상황**(즉 죽음이 수반되는 상황)이 없이는 본래성의 개념을 **극화**할 수 없다고 말하는 것은 같은 이야기다. 아마 바로 이 점에서 싸르트르는, 비록 하이데거의 '죽음에의 존재'라는 개념이나 죽음에 대한 불안의 신비화를 같이하지는 않지만, 하이데거에 가장 근접하는 것 같다. 바꾸어 말해서 본래성이 위기에 의존하는 것이라면 궁극적으로 그것은 역사 자체와 우연적인 역사적 상황에 의존한다. 그리고 이와 아울러 윤리학은 이미 자신을 폐기하고『비판』의 명백히 정치적인 관점에 자리를 양보한다.

그러나 이 문제에는 싸르트르의 후기 사상이 취한 역사적 방향을 설명해주는 또 하나의 측면이 있는데, 그것은 본래성이 이『자유로 가는 길』연작에서 여전히 취하고 있는 것처럼 보이는 사적 성격이다. 이런

---

80 『알또나의 포로들』의 등장인물이다──옮긴이.
81 동명희곡(1954)의 등장인물이다──옮긴이.
82 『악마와 신』의 등장인물이다──옮긴이.

딜레마를 가장 날카로운 형태로 제시하기 위해서, 우리는 이 소설에서 그려진 시간과 즉음의 수락을 수반하는 마띠외의 구원이 나름대로 역시 죽음과 행동 및 강렬한 체험을 숭배하며 중산층의 개성에 대해 비슷한 혐오감을 지니는 영웅적 파시즘의 윤리와 어떤 점에서 구별되는가 하는 물음을 던져볼 수 있겠다. 여기서 문제가 되는 것은 물론 싸르트르 자신의 정치적 성향이 아니라 그의 윤리적 정식 자체가 합당한가 하는 점이다. 즉 그 정식 속에는 과연 타인과 함께하는 특정한 존재양식이라든가 억압집단보다 피억압자에 대한 동조 등을 필연적으로 함축하는 그 무엇이 아로새겨져 있는가?

이 시기에 싸르트르가 생각해낸 것으로 보이는 유일한 해결책은[83] 타인의 자유를 실현하지 않는 한 나 자신의 자유도 실현할 수 없으며, 타인의 자유를 그 자체 목적으로 받아들이지 않는 한 나 자신의 자유도 그 자체 목적으로 할 수 없다는 칸트의 고전적 해결책이다. 이런 입장은 잘못되었기 때문이 아니라 구체적 상황 자체의 내적 조건보다는 밖과 위로부터의 판단에 기초한 비역사적인 것이라는 점에서 실망을 안겨준다.

상상적인 것의 개념을 세련화[84]한 데 바짝 뒤따라 싸르트르 윤리학은 새로운 진전을 이루며, 이것은 이른바 그의 정치적 전향(즉 『공산주의자와 평화』Les Communiste et la paix의 글)이라고 불린 것과 때를 같이 한다. 이것은 앞에서 기술한 칸트적 입장을 근본적으로 뒤집어서 내면화한다. 이제 타인에 대한 태도가 자신에 대한 태도와 일치해야 한다는

---

83 이런 해결책에 대한 잠정적 표현으로 Simone de Beauvoir, *Pour une morale de l'ambiguité* (Paris: Gallimard 1947)와 Francis Jeanson, *Le Problème morale et la pensée de Sartre* (Paris: Éditions du Myrte 1947) 및 (후에 스스로 철회한 글이지만) 싸르트르의 *L'Existentialisme est un humanisme* (Paris: Editions Nagel 1946) 참조.

84 *Modern French Criticism*에 실린 Fredric Jameson, "Three Methods" 2절 참조.

추상적 권고 대신에, 심리학적 의미에서 타인에 대한 우리의 태도를 조건화하는 것은 바로 우리 자신에 대한 태도임을 밝힌다. 따라서 『악마와 신』에서 괴츠가 자기기만이라든가 절대악(그는 누구보다도 더한 범죄자나 괴물이 되려 한다)이나 절대선(그는 누구보다도 더 성스럽고 성자답고 겸허하고자 한다)을 통해 자신의 실존을 정당화하려 열심히 애쓰는 것은, 심리학이나 사회경제적 차원에서 모두 그의 **특권**을 방어하려는 것과 일치한다는 것이 드러난다. 따라서 괴츠가 최종적으로 인류애로 전향하고 '자아의 죽음'을 궁극적으로 받아들이는 것은 자아를 특별히 변호하기를 포기하는 일을 포함한다. 이렇게 하여 그는 새로운 심리적 익명성과 비개인성을 획득함으로써 처음으로 사랑을 할 수 있게 되며, 최초로 자신의 입장을 (『말』에서 싸르트르가 자신의 발전을 묘사하는 결어를 상기하자면) "모든 타인으로 구성되며, 어떤 타인과 마찬가지 가치를 지니되 누구보다 낫지 않은 한 전인(全人)"으로 받아들일 수 있게 된다. 이와 같이 자기정당화와 특수한 특권, 그리고 자기기만과 특권 일반을 내적·심리적으로 동일시하는 새로운 개념은 싸르트르가 초기 윤리체계를 정치학이나 역사이론으로 전환하기 위해 사용하는 지적 도구이다. 따라서 파시스트에게는 본래성이 있을 수 없는데, 파시스트의 관점은 항상 어떤 형식의 특권을 방어하는 것을 포함하며, 영혼의 어떤 습기찬 구석에 존재하는 자신의 지위와 선천적 우월성에 대한 정당화할 수 없는 느낌에 여전히 집착하는 표시이기 때문이다.

이 논의의 마지막 단계는 비교적 경험적이다. 무엇이 심리적 성향과 실제 정치적 선택 사이의 연속성을 보증하는가? 아마 우리는 특권을 거부한 후에도 이제 적대적으로 대하지 않을 수 없는 특권 옹호집단의 엄밀한 구성에 대해 확실히 알지 못할 수도 있다. 미학적 측면에서 『악마와 신』은 단순화된 역사 야외극이며, 그것이 농민과 귀족과 시민의 갈등을 표현하는 방식은 결코 현대 세계정치의 통계적 복잡성을 지니지 못함을(우선 이 작품은 전前 자본주의적 상황을 그린다) 상기해도 좋을 것이다. 『비판』은 바로 이런 문제를 해결하는 방안을 강구하는 데 한몫을 한다.

5

> 나는 목숨이 붙어 있는 한 부르주아지에 대한
> 증오를 거두지 않기로 맹세했다.
> ──「살아 있는 메를로-뽕띠」(Merleau-Ponty vivant)

『비판』의 마지막 절은 19세기와 20세기 초에 걸쳐 형성된 노동자 및 (피식민자와) 부르주아지의 생활양식과 심성에 관한 상세한 역사적·현상학적 분석에 할당된다.[85] 따라서 우리는 바로 여기서 이 책의 처음 500여 페이지에서 논의된 고립된 개인과 집단행동이라는 추상적 구조들로부터 다시 "구체의 차원 내지 역사 자체의 장"(632면)으로 복귀하게 된다. 이런 복귀는 이 책을 읽어나가는 가운데 자연히 드러나는 하나의 사실인 동시에 이 논의에 대한 중요한 결론이기도 한데, 이것은 추상적이라고 해서 앞장들에서 논의되었을지도 모를 모든 반론을 무효로 만들며, 우리가 역사 자체라 인식하는 빽빽한 실존적 현실의 내부에서 앞 구조들의 현존을 확증하기 때문이다. 많은 독자들이 지친 나머지 이 책

---

85 이 절에서 『공산주의자와 평화』에서 시작된 프랑스 '맬서스학파'에 관한 분석이 완성된다.

의 결론까지 도달하지 못하거나 또는 적어도 앞부분을 읽을 때처럼 정신을 집중해 반추하지 못할 수도 있겠지만, 사실 (이상적 세계의 이야기지만) 앉은 자리에서 단번에 읽어내야 할 소설의 결말만큼이나 이 결론은 싸르트르의 입장을 이해하는 데 필수불가결한데, 바로 여기서 양이 질로 전화하는 변증법적 기계장치의 거대한 회전에 의해 초기의 자기모순적 수정주의와 스딸린주의의 인상이 완전히 불식되는 대신 『비판』에서 최초로 진정하게 정치적인 글이 나타나기 때문이다. 이 대목은 그 열정과 비타협성 및 체험된 사실에 대한 집착 등에서 『공산주의자와 평화』라든가 『현대』(*Les Temps modernes*)에 실린 정치평론들을 통해 우리에게 친숙해진 싸르트르의 이미지와 부합한다.

우리가 이제까지 살펴본 이상적 집단도 우리의 출발점이었던 고립된 개인만큼이나 추상적이다("로빈슨 크루소Robinson Crusoe 찬가에 대한 집단적 대응물로, 집단에 대한 혁명적 목가牧歌가 존재한다"(643면)). 그러나 사회계급 자체의 구체적 현실에 도달할 때 우리는 그것이 수열구조와 집단구조의 복합체임을 알게 된다. 한편으로 계급은 결코 집단으로 완전히 변용될 수 없는 만큼, 그리고 동시에 그것이 원래 하나의 수열구조로 발생된다는 점에서 수열적이다. "계급은 실천적 타성태의 절박함에 의해 제한되고 결정된다. 기계에 대한 노동자의 최초의 부정적 관계(비소유), 봉급제도·자본주의 과정 등과 더불어 시작해서 **노동자 자신**에게 적대적 세력이 되는 자유계약과 노동의 신비화, 이 모든 것은 노동시장에서 수열적 분산과 적대적 상호성의 맥락 속에 실현된다."(644면) 바꾸어 말해서 계급적 귀속관계는 특정한 경제적 생산양식에 대한 특정한 관계로 정의되며, 이런 의미에서 싸르트르가 수열성이라 기술한 것은 맑스가 말하는 조건화에 해당한다(우리는 이 두 모형이 지닐 수 있는 차이점을 곧 검토할 것이다). 그러나 다른 관점에서 보면 "계급 전체는 그 내부에서 출현하는 조직집단 속에 현존하며, 하나의 제한인 집합적 수열성은 그 계급의 실제 공동체의 비유기적 존재다."(644면) 따라서 집단은 상징적으로나마 그 행동 속에서 계급 전체의 통일을 실현할 수 있다.

따라서 한 계급의 상태는 매순간마다 실천적 타성태의 구조(공장체제·기계·봉급·분배방식·공업발달 비율 등) 속에 이미 주어져 있다. 그러나 우리가 이미 살펴본 것처럼 이런 타성적이고 무력한 수열성은 외부 위험이 있고 공통의 적이 위협함에 따라 최초의 집단형성으로 활력화되는데(galvanized), 그 공통의 적이란 이 문맥에서는 물론 바로 중산계급 자체이다. 이 위협은 중산계급이 노동자대중을 두려워하며 노동계급이 위협으로 느껴지는 것에 대해 예방적으로 반응하기 때문에 현실적이다. 중산계급은 이윤을 확보하기 위해 봉급을 낮추거나 과잉생산 기간에는 공장 문을 닫고 유용한 형태의 실업을 조장하는 등 경제적으로뿐만 아니라 노골적이고 정치적인 방식으로 그런 반응을 보인다. 아직도 고전적인 이런 정치적 예방전쟁의 최초의 예는, 중산계급이 혁명에 성공했음이 확인되고 고용보장을 위한 노동계급의 동요가 기업발전의 장애가 된 후 1848년 6월에 노동자들에게 가해진 의도적 억압과 학살이었다.

본원적 폭력이라고 부를 수 있을 이 최초의 범죄는 중산계급의 성격 형성에도 심각한 영향을 미치며, 바로 이 지점에서 진정한 역사의 차원과 세대 간 계승 및 한 계기에서 다른 계기로의 변증법적 변화와 발전이 나타나기 시작하는데, 노동자와 마찬가지로 공장주도 이미 외부조건이 주어져 있는 세계나 (그 상황에 대한 반응은 자유로이 창출된다 하더라도) 사전에 고정되어버린 상황 속에 들어가게 되며, 전 세대의 행동과 삶의 양식은 분명히 그 계승자들이 처한 기본상황의 일부가 되어 있기 때문이다. 따라서 세대 간에 이어지는 중산계급 유산의 본질적 부분은 그들이 행한 과거의 폭력, 즉 그들의 아버지나 할아버지가 행한 폭력이라는 사실이며, 우리는 바로 이것을 앞의 한 절에서 혈통적 죄라고 불렀다. 이것은 신학적 개념이 아니라 변증법적 개념이다. 1848년세대는 노동자들을 학살했는데, 노동자들은 그 기억을 자기 자식들에게 전하며, 새로운 세대의 공장주는 그들을 어떻게 대할지 사전에 작정한, 퉁명스럽고 불신적이며 분노에 가득 찬 노동자계급을 대면해야 한다. 이처럼 한번 저지른 행위는 세계 자체의 구조에 편입되어 한편으로는 억압적 입법으로, 다른 한편으로는 깊은 의혹으로 그 자취를 남기며, 그들이 반응하지 않을 수 없는 객관적 상황으로 제2, 제3의 세대에게 돌아온다.

이들 후세대가 철저히 교양으로 무장했다 하더라도, 그들의 새로운 세련됨과 교양이야말로 한편으로는 과거의 폭력행위와 그 결과의 덕분이며, 다른 한편으로는 억압기구의 강화된 세련화 덕분이므로, 우리는 자신의 계급에 대한 암묵적 서약의 형태로 그들이 이전 폭력을 내면화해 선조의 행위에 대한 책임을 스스로 떠맡았다고 말할 수 있다. 이런 책임은 새 중산계급에게 주변적 사실이 아니라 그들 개인의 생활방식에서 다른 모든 것의 주축을 이루는 전체성이자 기본 선택으로, 핵심적 공포로 이해되어야 한다.

우리는 바로 여기서 싸르트르에게서 가장 특징적인 몇가지 분석을 찾을 수 있는데, 이를테면 중산계급적 '남다름'(남다른 사람, 매우 남다른 식사예절 등)에 관한 다음 구절을 예로 들 수 있다. "남다른 사람이란 (윗사람들에 의한) 선택의 소산이다. 그는 계급의 기존성원에 의해 선출되어 영입된 (혹은 영구적 승인에 의해 자기 계급 속에 존속하는) 우수한 개인이다. 그러나 (설사 그가 사실상 부르주아지이며 부르주아지의 아들이라 할지라도) 그는 태어날 때부터 뛰어난 사람은 아니다. 자연과

혈연의 특권은 귀족에게 부여되기 때문이다. 그러나 '민주적' 자본주의 세계에서는 자연이 곧 보편성을 대변하기 때문에 결과적으로 언뜻 보기에 노동자는 부르주아지와 똑같은 인간이다. 남다름은 자연에 반함인데, 부르주아지는 자신의 욕구를 억압했다는 점에서 남다르다. 또한 그는 사실 한편으로 욕망을 채우고 다른 한편으로 은폐함으로써(즉 가끔 일종의 금욕주의를 나타냄으로써), 욕망을 억압한다. 그는 욕망의 부재라는 이름으로 육체에 대한 독재, 혹은 다른 말로 자연에 대한 문화의 독재를 행사한다. 그의 옷은 속박(코르셋, 뻣뻣한 깃, 앞가발, 실크모자 등)이다. 그는 자신의 절제에 주의를 환기하며(여자들의 경우 저녁식사에 초대되면 사람들 앞에서 절식하기 위해 미리 음식을 먹고 가는 등), 그의 아내는 자신의 불감증을 숨기지 않는다. 육체에 가해지는 이러한 영구적 폭력은(이것은 경우에 따라 실제일 수 있고 가장일 수도 있는데, 중요한 것은 남들이 알아차려야 한다는 점이다) 그것〔육체〕이 보편성인 한, 바꾸어 말해서 육체의 발전을 관할하는 생물학적 법칙을 통해, 그리고 무엇보다도 그것을 특징짓는 욕구에 의해 억압자 속에 피억압자의 개인적 현존이 육체인 한, 육체를 분쇄하고 부정하려 한다."(717면)

『비판』이 인간을 욕구로 정의하는 데서 출발했던 만큼 이 구절은 주제상 일종의 절정을 이룬다. 이것은 또한『존재와 무』에서 플로베르 연구에 이르기까지 발전되어온 실존적 심리분석 방법의 최종적·결정적 형태이기도 하다. 이 방법은 생활의 모든 것(몸짓·취향·의견·기예)은 겉보기에 아무리 분화되고 서로 무관해 보일지라도 사실은 존재의 단일한 기본선택이 상징적으로 현현한 것이며, 단일한 총체성의 일부라는 점을 보여주고자 했다. 이제 싸르트르는 이런 선택을 유발했던 기본상황이 바로 계급투쟁 자체라는 것을 보여준다. 이와 같이 부르주아지 성격의 모든 것은, 그리고 심지어 그의 '사생활'이 나타내는 것으로 보이는 원선택마저도, 그가 노동계급에 대한 역사적 투쟁에 참여하는 것을 위장해 실천적으로 표출하는 데 불과하다. 이런 의미에서 이제 비정치적인 것은 있을 수 없으며, 공시적으로나 통시적으로나 역사로부터 벗어나는 것 또한 있을 수 없다. 게다가 과거 계급투쟁으로부터 벗어나는 것도 불가능하며, 오히려 바로 이런 투쟁 자체를 배경으로 할 때 벗어남과 대중현혹, 그리고 사적·개인적·비정치적·비역사적인 것에 대한 환상 등의 욕구는 곧 하나의 기투로 이해할 수 있다. 사실상『출구 없음』이 그토록 갈구한 것도 바로 이러한 망각의 찰나와 일순간의 눈감음에 상응한다.

이제『비판』이 스스로 제기한 두가지 기본적 역사 문제를 어떤 식으로 해결하려 했는지 분명해지는 듯한데, 그 하나는 개인으로는 분명히 통제가 불가능한 집단적 사건에 대한 개인 책임의 문제이며, 다른 하나는 역사의 물질적·우연적 사건들이 어떻게 일종의 의미(그런 의미가 없다면 역사 자체가 우연적·우발적이 되고 마는)를 획득하는가 하는 문제다.

첫번째 문제는 자유와 필연이라는 고전적 대립과 연결된다. 개념들은 반대 개념과 관련해서 가장 잘 드러나고 정의될 수 있기 때문에『존재와 무』에서 자유의 반대가 필연도 속박도 아닌 **결정론**임을 상기할 필요가 있겠다. 따라서 자유는 막강한 권력이나 장애물의 부재가 아니라 책임이라는 적극적 개념으로 정의된다. 싸르트르의 자유 개념이 지니는 역설적 요소는 바로 우리가 문제의 운명에 반응하지 **않을** 자유가 없다는 면에서 (필연이나 속박에 의해서일지라도) 우리에게 일어나는 모든 것에 대해 우리가 책임을 진다는 점에 있다.『비판』에서는 이 개념을 통시적 혹은 역사적 차원에 놓음으로써 전체적인 정치적 책임이나 연루 같은 좀더 친숙한 개념으로 변화시킨다. 내가 근본적 결정을 내리지 않는다는 사실이 결코 그런 결정에 대한 나의 책임을 면제해주는 것은 아니다. 결정을 회피하는 것은 일부가 해결되거나 일부가 문제가 된다는 의미에서 일종의 동의(同意)를 뜻한다. 그런데 모든 사람들이 단일한 상황과 '문제'에 반응하고 있다고 간주할 수 있는 것은 여러 세대에 걸친 계급투쟁의 연속성 때문이다.

이미 우리는 인간이 욕구와 노동의 단순한 사실에 의해 주위의 타성적 물질세계를 인간화하고, 그 물질세계에 반목적성의 파괴적 가능성뿐만 아니라 인간적 의미까지도 부여한다는 점을 살펴본 바 있다. 우리는 이제 이런 비교적 공학적인 역사가 계급대립의 용어로 번역될 때 취하는 모습을 파악하기 시작했으므로, 여기서 싸르트르 체계의 이런 최종 모습을 정통 맑스주의 견해와 대질해 보는 것이 적절하겠다. 관념론과 유물론의 관계에 대한 모든 문제는 마지막 장으로 돌리고, 여기서는 역사에서 경제적인 것이 갖는 결정적 역할에 관한 두 모형의 입장을 비교해보자.

분명 이들은 반드시 모순되지는 않는다 하더라도 적어도 서로 판이하게 다른 역사의 모습을 제시한다. 고전적 맑스주의 역사관은 역사를 비교적 자율적인 경제제도의 발달과 전개로 보여주는데, 이는 물론 직선적이거나 유기적이라기보다는 내부 모순의 진전과 체제 자체로부터 나오며, 그 발전은 체제가 대면·적응해야 하는 새로운 문제의 끊임없는 창출과 관련된다. 즉 중세의 산발적 상업행위로부터 자본주의가 발생한 것이 그 예이다. 인클로저(enclosure)[86]에 의해 도시로 내쫓긴 땅 없는 농노들은 상인과 기업가가 실현한 원시적 자본축적에 그들의 생명력과 노동력을 보탰으며, 역사는 마치 간지(奸智)에 의하듯 상인과 기업

---

86 18세기 영국에서 공유지에 울타리를 쳐서 사유화한 농업혁명운동 ── 옮긴이.

가의 개인적 정열과 탐욕과 절약을 자기발전의 도구로 삼으면서 진행되어간다.

반면에 『비판』에서는 비록 위의 직선적 기술을 사실의 기술로 문제삼지는 않지만, 거기에 나타나는 체험된 역사의 모습은 우리에게 훨씬 더 뚜렷이 순환적인 것으로 인식된다. 즉 그 순환성이란 집단이 형성되고 쇠퇴하는 계기들이 상호교체되며, 수열체와 융합 중인 집단, 제도화, 그리고 마지막으로 수열성으로 복귀하는 정해진 단계들이 거의 비꼬적으로[87] 반복됨을 말한다.

그러나 맑스주의 모형은 오랜 기간에 걸친 자본주의 발달곡선상의 위치에 따라 매 계기를 평가한다는 점에서 상대적으로 좀더 통시적인 반면, 싸르트르식 분석은 모든 특정 계기를 계급투쟁의 체험된 현실로 환원한다는 점에서 좀더 공시적임을 인식함으로써, 우리는 이들 모형이 각기 강조하는 차이가 어디에 있는지 이해할 수 있을 것이다.

아마 이런 문맥에서 그 성가신 이데올로기 반영론의 문제를 가장 잘 살펴볼 수 있을 것이다. 그것은 반영 개념 자체가 서로 반영하는 두 현상이 이미 분리되어 존재함을 전제하기 때문이다. 두 현상이 통시적 성격을 띠며 장기간에 걸쳐 전개될 때, 반영은 부지불식간에 단순한 평행관계로 변형된다. 이리하여 (초기 프로테스탄트적 원형에서부터 다양한 근대국가의 변종에 이르기까지) 부르주아지의 성격 발전은 경제발전과 전반적으로 평행하며, 경험적으로 현존했음이 증명되는 어떤 우연한 지체나 시기상조적 발전 및 체계들 간의 불균형과 파행성 등이 이런 평행에서 생겨날 수 있다. "우리가 검토하는 특정 영역이 경제 영역

---

87 인간사회가 3개 주기에 따라 성장하고 쇠퇴한다는 비꼬(G. Vico)의 순환론적 사관을 가리킨다──옮긴이.

과 멀어져 순수한 추상적 이데올로기의 영역에 접근할수록 우리는 그것이 더욱 그 발전에서 우연한 사건들을 드러냄을 알게 되며, 그 곡선은 더욱 갈지자로 흐를 것입니다. 그러나 이 곡선의 중심축을 그려본다면, 그 축은 고려하는 시기가 길고 다루는 분야가 넓을수록 더욱 경제발전의 축에 근사하게 평행합니다."[88]

그런데 역사발전의 특정 시기에 대해 성격이나 이데올로기가 지니는 관계를 다루는 모든 경우에, 싸르트르의 분석은 이 모형과 어긋나지 않는다. 이를테면 노동계급 조직의 진화를 기술하는 데서 그는 사용된 기계의 유형과(여기서는 선반 같은 '만능기계'를 특히 검토하는데) 이에 상응하는 경제조직이 숙련노동과 비숙련노동으로 구분된 프롤레타리아 계급을 어떻게 사전에 선별하는지를 보여준다. 따라서 이 시기의 특징인 무정부 노동조합주의(anarcho-syndicalism)는 사실상 숙련노동자의 이데올로기이자 기계 자체에 내재하는 하나의 사상 또는 '기계의 사고'로서, 19세기 말엽에 기계가 변화함에 따라 이것도 같이 변하게 된다.(292~97면)

그러나 역설적으로 통시적 맑스주의 모형이 특정 계기를 분석하는 데는 오히려 공시적이라는 것이 드러나며, 좀더 공시적인 싸르트르 모형은 이 계기들을 통시적 단계로 명료화한다. 따라서 고전적 맑스주의에서 이런 이데올로기 형성은 생산양식에 의해 조건화되고 또한 이를 반영하는 규정태인 데 비해(다시 말해 상부구조와 하부구조가 어느정도 동일 현상들이 상응하는 단위에 불과한 반면에), 싸르트르에게 상부구조는 하부구조가 구성하는 상황에 대한 반응으로 간주되어야 한다.

---

88 엥겔스가 슈타켄부르크(Heinz Starkenburg)에게 보낸 1894년 1월 25일자 편지(*Basic Writings* 412면).

따라서 경제적 토대는 인간행위에 의해 변용되는 타성적 물질이며, 물질은 변용행위 가운데 새로운 행위 속에 타성적 구조 내지 뼈대로 그 흔적을 남긴다. 바꾸어 말해서 경제적 토대란 역사적 행위자(작인)의 행위에 의해 초월된(dépassé) 과거(passé)로 간주될 수 있다. 따라서 싸르트르 모형은 자료가 부정되는 동시에 지양되거나(aufgehoben) 보존되는 헤겔의 원래 모형에 좀더 가깝다. 이처럼 반영모형을 연속된 두 계기 혹은 상황 및 그것에 대해 자유로이 창출된 반응으로 다시 표현할 때 소외 개념도 좀더 현실적 내용을 갖게 되는데, 소외란 상황이 우리로 하여금 우리도 잘 모르는 상태에서 **우리 자신에게 행하도록** 만드는 바로 그것이다. 이는 이후 고전적이 된 『비판』의 다음 구절이 표방하는 정신이다. "초기의 반(半) 자동기계 시대에 행해진 인터뷰를 보면, 이처럼 전문화된 작업에 종사하는 여성들은 작업 중에 특히 성적 백일몽에 빠져들어 자기 방과 자기 침대, 그리고 단둘이 된 남녀의 가장 은밀한 일을 세세히 떠올린다고 한다. 그러나 실제로 그들을 통해 성애적 경험을 꿈꾼 것은 기계였다. 그 이유는, 이런 특별한 종류의 작업이 요구하는 정신집중은 완전한 산만(완전히 다른 것을 생각함)이나 완전한 집중(사고가 육체적 동작에 관여함)을 허용하지 않기 때문이다. 따라서 기계는 자신을 완성하기 위해 인간 속에 전도된 반 자동성을 만들어내는데, 그것은 바로 무의식과 각성이 격하게 뒤섞인 상태다. 육체는 일종의 **감시** 아래 '기계적'으로 작동하는 한편, 정신은 사용되지 않은 채 흡수되고 일종의 **측면적 통제**를 당한다. 의식의 생명은 할당된 작업으로부터 흘러넘쳐서 이런 인위적 산만의 시간을 매순간 살아야 한다. 그것은 측면통제 기제를 방해하지 않고 작업속도를 늦추지 않기 위해, 어떤 진정한 체계적 사고는 물론 세부에 대해 주의하는 것도 거부하면서 낮은 차원의 집중 속에서 매순간을 살아야 한다. 따라서 수동성에 굴복하는 것은 적합한 반응이다. 비슷한 상황에서 남성들은 결코 성적 백일몽에 가까운 경향을 보이지 않는데, 이것은 그들이 '제1의 성' 또는 능동적 성이기 때문이다. 만일 남성들이 소유에 대해 생각한다면 그들의 작업은 곤란해질 것이며, 또 역으로 그들의 작업은 그들의 전활동을 흡수함으로써 성적인 것의 여지를 남기지 않는다. 그러나 여성노동자는 기계가 그녀에게 적극적 사고로까지는 나아가지 않으면서도 유연하고 예방적인 각성상태를 유지할 만큼 의지적 삶을 수동적으로 살도록 요구하기 때문에, **성적 굴복을 꿈꾼다.** (…) 사실 자신의 상황에서 **도피**하려는 시도를 통해 오히려 여성노동자는 간접적으로 자신을 현상태의 모습으로 만들어버린다. 그녀가 지니는 막연한 욕망의 감정은(그리고 이것은 기계와 그녀 자신 육체의 부단한 작동으로 제한되는데) 의식의 재편성을 방지하는 수단이며, 의식을 이용 가능한 상태로 유지하면서도 육체 속에 흡수함으로써 의식을 붙잡아두는 수단이다. 이리하여 자기도 모르는 사이에 여성노동자는 미리 규칙과 생산할당량을 정해놓은 관리자들의 공범이 되어버린다. 그녀는 이를 의식하는가? 그렇기도 하고 그렇지 않기도 하다. 분명히 그녀는 전문화된 기계에 의해 야기되는 공허한 권태를 채우려 하지만, **동시에** 작업과 객관적 과제에 의해 허용되는 한도 내에 자신의 정신을 제한하려 애쓴다. 그리하여 여성노동자는 자기도 모르는 사이에 규칙과 생산할당량을 미리 정해놓은 관리자들의 종범(從犯)이 되고 만다. 따라서 가장 깊은 내면성이 오히려 자기 자신을 완전한 외면성으로 현실화하는 수단이 된다."(290~91면)

또한 싸르트르 모형이 과거를 묘사하는 방식은 역사를 비교적 객관적인 사건의 연속으로 간주하는 고전적 맑스주의 묘사와는 다르다. 이미 살펴보았듯이 싸르트르에게 각 세대는 과거를 재내면화하고 그에 대한 책임을 떠맡으며, 그리하여 어떤 의미에서는 과거를 재창조해낸다. 따라서 싸르트르 모형은 비록 공시적이지만 과거 전체(부르주아지와 프롤레타리아 계급에 의해 내면화되어 현재도 적의 속에서 여전히 작용하는 폭력의 과거)를 그 내부에 포괄할 수 있음에 비해, 맑스주의 모형은 비교적 외적인 계승 모형이다.

모든 모형은 한계가 있으며 각기 특유한 형태의 왜곡을 낳는다. 그런데 우리가 여기서 묘사해온 (맑스 자신보다 엥겔스와 이후 저술가들에 의해 발전된) 경제적인 것의 우선성을 강조하는 고전적 또는 정통적 맑스주의는 계급투쟁 형태로 지속되는 계급 간 상호작용보다는 각 계급의 분리와 비교적 자율적인 발전에 주의를 기울이게 하는 단점이 있다. 이것은 단순히, 혹은 전혀, 결정론의 문제가 아닌데, 이런 각 이론을 하나의 모형으로 간주한다면 경제적 진화에 대한 평행이 시사하는 자율적이고 어느정도 자기발전적인 각 계급의 진화보다 경제요인이 결정적이라는 생각이 덜 중요해 보일 것이기 때문이다. 순수 인간적 작인(作因)보다 경제적 작인이 우월하다고 주장하는 것은 하나의 왜곡인데, 그 이유는 그것이 개인적 행위자나 개별 계급으로부터 자유와 유효성을 박탈하기 때문이 아니라 인간행위가 역사에서 취하는 기본적인 구체적 형식, 즉 계급간의 투쟁을 추상화하고 파괴하기 때문이다. 또한 역사 속에서 인간행위에 대한 대부분의 논의가 간과하는 것도 바로 이것, 즉 인간행위가 작용하는 대상인 타인과 타 계층이다. 싸르트르는 엥겔스의 경제주의를 논하는 가운데 이것을 예리하게 짚어낸다. "두 계급이 각각 본질적으로 경제발전의 타성적인 혹은 실천적 타성태의 산물이라면, 또한 둘 다 생산양식의 변화에 의해 주조된 것이어서 착취계급은 자신이 만든 법령을 마치 헌법인 양 수동적으로 지지할 뿐이며 또 부유층의 무력함을 반영하는 것이라면, 이 경우 투쟁은 사라지게 된다. 두 수열체는 순전히 타성적이며, 체제의 모순은 그들을 통해, 즉 각기 자신에 대해 타자성의 상태에 있음을 통해 표출된다. 자본가와 임금노동자 간의 이런 식의 대립은 벽에 부딪치는 덧문과 벽의 대립과 마찬가지로 투쟁이라는 이름을 붙일 가치가 없다."(669면)

따라서 싸르트르는 엥겔스에 반대하여, 경제적인 것의 '우위'를 분명히 실천과 계급투쟁의 우위로 대체하려 한다. 그는 여러 곳에서 "경제주의적·사회학적 해석, 혹은 좀더 일반적으로 말해서 모든 결정론을 역사로 대체하기를"(687면) 원하며, "사회학과 경제주의는 모두 **역사 자체**로 다시 용해되어야 한다"(673~74면)고 말했다. 우리는 초기 싸르트르가 동구(현재 용어로 경제주의)와 서구(현 미국 사회학과 프랑스 구조주의) 사이에 제3의 길을 만들어내려 한다는 비난을 받았던 그 옛날 논쟁을 상기하고 싶다. 그러나 사실 이런 작업은 철학을 경제학으로 해소했을 때 맑스 자신이 시도한 작업과 비교하는 것이 좀더 적합한데, 내 생각으로는 맑스가 천명한 '철학의 종말'이 종종 철학은 본질적으로 관념적이기 때문에 유물론으로 대체해야 한다거나, 혹은 하나의 전문화된 학문 내지 연구방식으로서의 철학을 좀더 일반적 의미에서 경제학이나 사회과학의 형태를 띤 다른 전문화된 학문으로 대체해야 한다는 생각으로 오해되어왔기 때문이다. 오히려 내가 보기에는, 철학을 해소하는 데서 맑스는 그런 전문화된 학문이라는 범주 자체를 공격하고 지식의 통일성을 회복하고자 했던 것 같다. 철학을 거부함으로써 그는 다양한 형태의 추상을 구체와 역사 자체로 대체하려 했는데, 19세기 사상의 이 단계에서 경제학의 발견은 구체적 역사 발견과 **마찬가지였다.** 경제학 자체가 하나의 추상 또는 전문화 양식이 되어버린 싸르트르의 시대에 역사적 구체로의 회귀는, 다른 추상적 학문은 물론이고 경제학의 부분적 해소까지 포함해야만 했다. 그리고 기묘하게도 경제주의의 시조인 엥겔스 자신도 만년에는 자신의 일부 추종자들이 경제적 요인을 조야하게 분리하는 데 대해 점점 불안을 느꼈다. (그러나 덧붙여 지적해두어야 할 중요한 사실은 싸르트르가 해소할 대상으로 경제적인 것과 경제적 연구의 존재를 전제한다는 것이다. 바꾸어 말해서 싸르트르의 방법은 우리가 앞에서 살펴보았듯 일차적이라기보다 이차적이며, 그가 말하는 특수한 의미에서 '이데올로기'다.)

사실 우리가 다루어온 이 두가지 경향 자체도 맑스주의나 맑스 자신의 사고에, 혹은 좀더 엄밀히 말해서 맑스가 연구·분석한 역사적 현실에 깃든 깊은 양면성의 표지 내지 징후에 불과하다. '물신화'의 개념은 사물이 사람처럼 행동하고 사람이 사물처럼 행동하는 이런 양면적 현실을 구체적 모습으로 눈에 선하게 포착해보려는 시도이다. 맑스는『자본』의 유명한 한 페이지에서 이를 다음과 같이 묘사한다. "상품이 신비한 존재인 것은 단지 사람들이 인간노동의 사회적 성격을 노동산물에 새겨진 객관적 성격으로 여기기 때문이며, 자신의 노동의 총화에 대한 생산자의 관계가 생산자들 사이가 아니라 그들의 노동산물들 사이에 존재하는 사회적 관계로 제시되기 때문이다. 바로 이런 이유로 해서 노동산물은 상품, 즉 그 자질이 감각에 의해 감지되거나 감지되지 않는 사회적 사물이 된다. 마찬가지로 우리는 한 물체에서 나오는 빛을 시신경의 주관적 흥분이 아니라 눈 밖에 있는 어떤 객관적 형태로 인식한다. 그러나 보는 행위에서는 어쨌든 빛은 실제로 한 물체에서 다른 데로, 즉 외부 대상에서 눈으로 옮아간다. 물리적 사물 사이에 물리적 관계가 존재한다. 그러나 상품의 경우는 다르다. 사물이 상품으로서 존재하는 것, 그리고 그 산물들을 상품으로 규정짓는 노동산물들 사이의 가치관계는 그들의 물리적 속성이나 거기서 파생되는 물질적 관계와는 전혀 무관하다. 여기서 사람들의 눈에 사물 간의 관계라는 환상적 형태로 비치는 것은 사실상 사람들 간의 특정한 사회적 관계이다. 따라서 하나의 유추

344

를 찾아내기 위해서 우리는 안개에 싸인 듯한 종교적 세계의 영역에 의존해야 한다. 이 세계에서는 인간두뇌의 소산이 생명을 가진 독립된 존재로 나타나며 서로, 그리고 인류와 관계를 맺기 시작한다. 이것은 상품세계에서 인간의 손으로 만들어진 산물들의 경우에도 동일하게 해당된다. 그리고 노동산물이 상품으로 생산되는 즉시 그것에 부착되며 따라서 상품생산과 불가분한 이것을 나는 물신화라 부른다."[89]

근대세계 구조에 대한 이런 기본적 통찰은 근대세계를 하나의 현상과 그 밑의 진실로 해소해버리는 결과를 낳는다. 그 현상이란 상품들의 현상이며, 상품들 상호 간에 이루어지는 관계들의 '객관적' 조직망의 현상인데, 그 관계들 속에는 결국 분배와 생산의 경제적 양식뿐만 아니라 모든 법률제도와 소유제도까지 포함된다. 그러나 역설적으로 이 객관성의 환상은 바로 우리 삶의 실존적 조직을 형성하는데, 그러한 삶은 이와 같은 물화된 현상에 대한 믿음(물신화는 믿음의 한 형태다)으로 특징지어지며, 상품 일반의 획득과 소비에 완전히 흡수된다. 반면에 사회생활의 현실은 노동과정 자체에 생산된 상품 및 상품이 주요 생산범주가 되는 바로 그 사회양식 모두의 최종적 책임소재인 인간 노동과 행위의 투명성에 있다. 그러나 현재 사회에서는 이런 사회생활의 진실이 은폐되며 비판적 분석을 통해 매개될 때만 명확해진다. 또한 분명한 것은 좀더 합리적으로 조직된 사회에서만 사물과 생산관계가 다시금 투명해지고 물화의 환상이 인간행위의 현실로 다시 해소된다는 점이다. "자신의 노동과 노동산물 양자에 대해 개별 생산자가 지니는 사회적 관계는, 이 경우 생산뿐만 아니라 분배의 측면에서도 완전히 단순하고 이해 가능한 것[이 될 것이다]."[90]

---

89 Karl Marx, *Capital*, S. Moore와 E. Aveling 공역 (New York: Kerr 1906) 83면.

이것은 연구대상의 독특한 현실 때문에 맑스주의는 어떤 주어진 현상도 두가지 언어(혹은 구조주의 용어로 말하자면 약호)를 교대로 구사하며 묘사할 수 있다는 말이다. 따라서 역사는 계급투쟁의 역사로 주관적으로 기술될 수 있고, 경제적 생산양식의 발전과 양식 자체의 내적 모순에 의한 진화로 객관적으로 기술될 수도 있다. 이 두개의 정식은 동일하며, 한쪽의 진술은 아무런 의미 손상 없이 다른 쪽 진술로 번역될 수 있다. 계급 개념이 문제적인 것은 바로 이 두가지 다른 표기체계의 매개자이기 때문이며, 계급은 경제적 기능에 따라 분절화된 인간집단을 말하지만, 또한 기계와 생산활동에 관한 자료를 인간적인 개인 간 용어로 재번역해주기 때문이다.

이제 『비판』이 비록 전통적 맑스주의 기술과는 다르지만 그래도 어떤 면에서는 역시 맑스가 『자본』에서 제시한 사회모형과 심원하게 일치하는 것이 분명해진다. 『비판』은 바로 맑스주의 모형의 역(逆)이다. 여러가지 이유로 맑스는 대체로 가능한 두 약호 중 후자, 즉 경제적 약호를 택한 데 반해, 싸르트르는 그의 저서에서 모든 물화된 관계의 복합체를 인간행위와 인간관계라는 최초의 기본적 현실의 측면에서 다시 진술하려고 결심했다. 이것은 우선 직선적 역사발전과 집단이론에 함축된 좀더 순환적인 역사발전 사이의 분명한 괴리를 설명해준다. 의식의 역사보다는 물질의 역사를 쓰는 편이 쉬우며, 생산된 상품의 유형과 그것을 생산하는 체제상의 변화는 노동생산력이라든가 매순간 드러나는 인간의 격렬한 적의에 대한 이야기에서는 볼 수 없는, 어떤 손에 잡히는 직선적 내용을 지닌다. 두가지 약호라는 개념은 또한 각 묘사에 포함된 기본적 혹은 일차적 현실문제를 명료화한다. 이제 나는 이것

---

90 *Capital* 91면.

을 수사적 형식과 효과의 문제라고 부르고자 하는데, 그것은 주어진 기술(記述)이 불식해야 할 환상이 어떤 유형의 것인가에 따라 결정할 문제다. 그러므로 분명히 경제적 기술은 아직도 개인의 의식과 성격이 우선하고 물질에 대해 정신생활이 자율성을 지닌다는 환상에 빠져 있는 관점을 다룰 때 좀더 기본적 '현실'로, 하나의 탈신비화로 작용한다. 이런 의미에서 『비판』의 기술은 또한 종전의 탈신비화를 다시 탈신비화하는데, 기본적인 경제적 관점이 이미 획득되었을 때, 그리고 물화를 이해하는 데서 의식 자체가 물화의 범주들에 뒤엉켜 더이상 나아가지 못하므로 현실 속에서 아직 해소할 수 없는 것을 사고 속에서 해소하지 못하며, 역사의 가장 깊은 실체를 꿰뚫어보아 그것이 아무리 소외되고 위장된 인간능력일지라도 결국 인간능력의 이야기임을 간파해내지도 못하게 된 바로 그 시기에, 『비판』이 등장했기 때문이다.

따라서 어떤 의미에서 이 두가지 맑스주의 언어는 어느 한쪽이 사용되는 상황이나 맥락의 미리 규정된 본질에 따라 비판적으로 기능하는바, 그들 각자가 발전된 역사적 계기와 관련해서 평가되어야 한다. 카를 코르슈(Karl Korsch)[91]는 맑스의 개인적 발전에서 이들이 교체되는 의미를 보여주었다.[92] 즉 『공산당선언』(1848)에서 가장 명백히 드러나는 주관적 요인과 계급투쟁으로서의 역사 등에 대한 강조는 진정한 혁명활동이 행해지던 시기를 반영하며, 따라서 혁명세력이 역사를 스스로의 실천의 결과로 느낄 수 있었던 시기를 반영한다. 반면, 경제적 요인과 경제의 내적 진화를 특히 강조하는 『자본』(1867)은 반동기(제2제정)에 대응하는데, 이때 혁명은 시간이 성숙되기 전에는 일어나지 않으며,

---

91 카를 코르슈(Karl Korsch, 1886~1961)는 독일 공산주의자로 정통 맑스주의를 비판했다──옮긴이.
92 *Karl Marx* 115~19면.

또한 내적인 경제적 모순이 초래하는 불가피한 결과임을 정확히 보여 줄 필요가 있었다.

1960년대 초 알제리혁명기에 집필되었고, 꾸바혁명, 미국 내 민권운 동의 급진화, 베트남전쟁 격화, 세계적 학생운동의 발전 등과 때를 같이 해서 나타난 싸르트르의 『비판』은 따라서 새로운 혁명적 열정기에 대 응하며, 맑스 자신의 정신에 입각해서 이 시기의 나날의 생활체험과 가 장 일치하는 것으로 보이는 명백한 계급투쟁과 실천(praxis)의 용어로 경제주의 모형을 재구축해낸다. 이런 재구축은 말하자면 녹음을 거꾸 로 트는 것과 같다.

싸르트르가 맑스로부터 어떤 초기 자극을 받아서가 아니라 하이데거 를 통해서 이런 재구축에 도달해야 했으며, 그리고 그에게 그러한 번역 을 수행하게 한 지적 도구를 제공한 것은 사물 및 사물에 대한 느낌의 양면에 대한 그의 시적 감수성이었다는 것 등의 우발적 사건은 결코 놀 라운 일이 아닌데, 이것은 특히 하이데거의 인식 자체가 현대사회의 상 품구조에 대응하며 그것을 직접적으로 반영하는 것임을 고려할 때 더 욱 자연스럽게 여겨진다.

결국 인상적인 것은 싸르트르와 맑스의 차이라기보다 그들의 유 사성이다. 앞서 살펴보았듯이 싸르트르가 『비판』에서 출발점으로 삼 는 **욕구로서의 인간**이라는 생각은 의식이 존재의 결핍, 즉 무라는 『존 재와 무』의 정식을 일종의 구체적 용어로 번역한 것에 해당한다. 그러 나 이 새로운 정식은 맑스가 「1844년 경제학·철학 제3수고」(헤겔의 절 대관념 학설에 대한 비판)에서 발전시킨 개념들을 응용하는 것이기도 한데, 여기서 맑스는 자신의 관점을 18세기 기계적 유물론의 **자연주의** (Naturalismus)와 구별하여 기술했다. 그렇게 함으로써 맑스는 인간이 살아가기 위해 다른 대상을 **필요**로 하므로 인간도 하나의 대상이며 따

348

라서 "자신의 존재를 자기 외부에 지닌다"[93]는 사실을 배우게 되는, 역동적이고 유기적인 과정을 강조하고자 했다. 이 기술은 『존재와 무』의 기술과 거의 정확하게 맞아떨어진다. 그렇지만 유기체적 욕구에 기초한 이런 새로운 유형의 유물론은 맑스가 1845년에서 1846년에 걸쳐 『포이어바흐에 관한 테제』(These über Feuerbach)에서 표명하고 『독일 이데올로기』(Die deutsche Ideologie)에서 개진한 역사적 차원을 아직 획득하지 못했다. 그러나 『존재와 무』도 비슷한 식으로 비역사적이지만, 좀더 전문화된 후기 저작에 대한 더욱 폭넓은 이론적 맥락과 완전한 역사적 차원을 생성하도록 자극을 주었다. (이 평행은 전기와 후기 저서의 관계까지 연장되며, 또한 후기 맑스가 인본주의자로 남았는지, 그리고 싸르트르가 『비판』에서 『존재와 무』의 실존적 입장을 완전히 떠났는지 하는 '문제'로까지 연장된다.)

그러나 『존재와 무』에서 우리가 아직 언급하지 않았거나 그냥 지나치면서밖에 언급하지 않은 핵심적 부분이 하나 있다. 이것은 '시선'(regard), 즉 타인의 존재라는 외상(外傷)을 다룬 부분이다. 이는 곧 나에게 '외면'과 객관성을 부여하는 동시에 세계 내에서 나의 모든 행동을 도저히 피할 수 없는 타인과의 투쟁으로 전환하는, 우연적이면서도 돌이킬 수 없는 체험이다. 왜냐하면 타인과 나의 관계는 그 구조 자체에서 투쟁이며, 모든 특정한 경험적 투쟁이 발생하고 사라지는 것은 바로 이런 영원한 존재론적 투쟁을 배경으로 하는 까닭이다. 바로 타인이 실존한다는 그 사실이 나의 실존을 존재 자체로부터 문제 삼고, 그 투쟁을 구성한다. 우리가 살펴본 것처럼 싸르트르가 『비판』에서 상호성이라고

---

93 Karl Marx, T. Bottomore 엮음, *Early Writings* (New York: McGrew-Hill 1964) 207~09면.

부른, 모든 구체적 적대나 협동보다 선행하는 공존상태에서 충전되어 있는 전기적(電氣的) 긴장이 뜻하는 바는 바로 이것이다.

『비판』의 최종 차원을 파악하기 위해서는 이런 개인 간 투쟁을 집단관계의 차원으로 번역하기만 하면 되는데, 역사에서 계급투쟁은 이전 개인 간 변증법의 기본 계기를 반복하기 때문이다. 즉 각 계급은 계속해서 대상에서 주체로 바뀌며, 자신의 시선을 통해 다른 계급을 대상화하고, 그것에 하나의 외면 내지 얼굴을 부여한다. 그러면 다른 계급도 적의 눈과 판단 속에, 즉 손닿지 않는 자신의 외부에 있는 이 존재를 회복하려는 시도로 대응한다. 타인의 판단이든 그것에 반박하려는 시도든, 타인을 통해 나 자신을 배우는 것과 마찬가지로 각 계급은 외부로부터 관찰되기 때문에 스스로를 보는 법을 배우게 된다. 특정 계급은 타 계급의 시선을 내면화하고 처음에는 수치로 체험된 것을 계급 차원에서 계급의식으로 알려진 긍지나 정체성으로 변화시킴으로써 타자에 대항해 자신을 규정하게 마련이다. 단, 개인의 경험과 계급 경험 사이에는 기본적 불균형이 있다. 타인과 나의 개인적 일상관계에서는 반드시 주체가 대상보다 선행하기보다는, 나는 번갈아가며 둘 다 되는 것 같다(물론 이런 인상은 개인사에 어린 시절이 포함될 경우 바뀌는데, 본래 아동은 주체로 느끼는 부모에게는 대상이기 때문이다). 그러나 역사에서 각 상승계급은 처음에는 지배계급에 하나의 대상으로 존재하며, 다시 주체가 될 단계에 도달하기 전에 수치감 속에서 자신을 알게 된다. 따라서 처음에 부르주아지는 귀족 앞에서 굴욕을 통해, 또 프롤레타리아 계급은 부르주아지의 손아귀에서 겪은 굴욕을 통해 자신을 규정했다. 그후에야 비로소 이번에는 프롤레타리아 계급 편에서 부르주아지를 나름대로 보게 되며, 부르주아지에게 죄와 공포 속에 살아갈 새로운 자화상을 부여하기 시작한다.

350

역사적으로 볼 때, 존재론적으로 더 근원적인 것은 이 억압받는 자의 시선이다. '주체로서의 우리'와 '객체로서의 우리'를 구별함으로써 싸르트르가 『존재와 무』에서 불완전하나마 우리에게 납득시키려 애썼던 것은 바로 이 점이다. 확실히 '객체로서의 우리'는 '주체로서의 우리'의 시선을 받기 전에는 존재할 수 없다. 그러나 역설적이게도 '주체로서의 우리'는 아무런 진정한 존재도 지니고 있지 않다. 따라서 '주체로서의 우리'는 '객체로서의 우리'가 출현하기 위한 원인이며 구실이다. 그러나 '주체로서의 우리'도 '객체로서의 우리'에 대한 반동, 즉 일종의 방어기제를 통해 비로소 자신의 정체성을 발견하고 자신을 규정하기 시작한다.

　그러나 물론 시선이 실제적인 물질적 현존을 수반하는 것으로 이해해서는 안 된다. 그것은 좀더 근본적이며 암묵적인 우리의 존재구조이며, 『비판』은 『존재와 무』에서 아직 추상적·역설적 아우라를 띠고 있던 일군의 분석들을 구체화한다고 볼 수 있다. 이리하여 나의 이웃의 실존이 나 자신의 자유에 가하는 실제적 제한을 논하는 가운데, 싸르트르는 사회 속에서 나의 삶을 구성하는 객관적이면서도 함축적인(그리고 실현 불가능한), 나에 대해 떠도는 일군의 판단들을 기술했다. 유대인은 자신뿐 아니라 다른 사람들이 그를 유대인으로 간주하기 때문에 유대인이다.[94] 나는 수많은 범주들에 속하는데, 이 범주들은 그 근원인 타인의 판단이라는 구체적 상황이 어떤 실존적 방식으로 내게 현실화되기까지는 내게 전혀 추상적인 것으로만 여겨진다. 따라서 내가 미국인인 것은 내가 그릇 속에 든 것처럼 미국 안에 있으며 미국 시민권을 지니

---

94 싸르트르의 『유대인 문제 고찰』(*Réflexions sur la question juive*)에 나오는 유명한 정식이다.

고 있다는 등의 실증주의적 의미에서뿐만 아니라, 좀더 구체적으로 외국인들이 미국에 대해 생각할 때 그들의 사고대상이 바로 (얼굴도 없고 다중적이며 상상할 수 없는 집합체의 한 익명 구성원인) 나이기 때문이다. 이런 꼬리표는 이와 같은 구체적 판단의 상황으로부터, 그리고 내가 연루되어 있음을 결코 의식 못할 수도 있는 구체적 대인관계의 상황으로부터 존재론적으로 정당화된다. 따라서 내가 미국을 떠나보지 않는 한, 내가 미국인이라는 생각은 다소 추상적이며 순전히 형식적인 것으로 여겨질 것이다. 미국인 일반 및 특히 미국이라는 나라가 타국민들에게서 받는 증오와 의심과 분노, 혹은 다른 한편으로 겸양과 아첨하는 공범의식을 나 스스로 몸소 실감할 때, 비로소 나는 일종의 추문에 대해 반응을 보이는 가운데 내가 항상 암암리에 연루되어 있는 투쟁과 판단의 구체적 상황을 이해하기 시작한다. 추문이라는 느낌은 물론 '나'는 미국이 하는 일에 대해 개인적으로 책임이 없으며, 죄인과 무고한 사람을 똑같이 질책하는 일은 부당하다는 사실에서 근원한다. 그러나 안에서 바라본 나와 바깥으로부터 나의 객관적 존재에 대해 내려진 판단 사이의 거리는 이런 (싸르트르적 의미로) '타인을 통한 소외', 즉 타자와의 기본 투쟁의 모든 형태를 특징짓는데, 우리는 그러한 투쟁에 항상 연루되어 있으며, 나는 항상 그것에 책임이 있고, 내가 그냥 존재한다는 그 이유만으로도 그것에 대해 죄가 있다.

『비판』의 문맥에서 이런 분석들은 그것들이 이전에 (미합중국과 독일의 '우의'나 중국과 미국의 '적의' 등과 같이 초유기적인 개인적 관계를 암시하는 것처럼 보였던 경우에) 지녔던 추상적 성격을 떨쳐버리고, 역사를 집합적 차원에서 타자 사이에 벌어지는 영원한 투쟁으로 보는 관점에 의해 새로이 정당화되는 것으로 보인다. 본 적도 없는 낯선 먼 이방인의 시선은 나의 삶이 영위되는 맥락인 수많은 계급적·집단적 투쟁 중의 하나를 형성하는 만큼, 그 판단으로 나를 엄밀히 에워싼다. 이제 우리는 싸르트르가 자신의 지적 발전에 영향을 미쳤다고 말했고, 이장의 서두에서 언급한 바 있는 노동자의 '원격작용'을 평가할 수 있는 좀더 나은 위치에 도달했다. 어떤 구체적인 역사적 접촉도 발생하기 전에 단순히 그들이 실존한다는 사실만으로 노동자들이 행사하는, 이 거의 중력과도 같은 영향력은 본질적으로 바로 '시선'이 아니고 무엇이겠는가? 싸르트르 자신도 그 일원이라고 본 소시민계급에 속하는 지식인들은 노동자계급의 실존에 반응하지 않을 수 없었다. 그 이유는 소시민계급 자신이 노동자계급에 의해 암암리에 관찰되고 판단되었기 때문이며, 또한 노동자계급의 시선이 그들에게 하나의 객관적·외면적 존재를 구성하고, 따라서 그들은 자신의 우월성을 근거로 그것을 부정하든 혹은 그것에 동화해 스스로 노동자의 관점을 취하려 시도하든 간에, 그 객관적·외면적 존재를 어떤 식으로든지 회복하려 시도해야 했기 때문이다. 소시민들은 이런 시선에 반응하지 않을 자유가 없었으며, 내 생각에는 바로 이런 정치화로 인해 프랑스 노동자든 미국 흑인이든 거대한 피억압집단들이 억압자에 대해 새로운 의식으로, 그 자체 하나의 시선으로 느껴지게 되는 모든 시대의 특징이 생겨나는 것 같다. 이런 피억압자의 시선은 매혹적이다가 두려운 것으로 바뀌기도 하지만 어쨌든 억압자들을 사로잡고, 그 어떤 경우에나 심원한 존재론적 자력을 행사한다. 그러한 자력의 작용은 나의 존재 자체를 문제시하며, 나는 어떤 방식으로든 그것에 대응하지 않으면 안 된다.

이제 『비판』의 기투 자체를 새로운 관점에서 볼 수 있는데, 그것은 싸르트르가 **자신** 및 자신의 계급을 외부에서부터 바라보고 양자의 외면적 객관성을 회복하려는 시도라는 것이다. 그 외면적 객관성이란 타인이 그들에게 부여하는 판단과 시선을 통해서만, 혹은 바꿔 말해서 역사의 구체적인 계급대립을 통해서만 주어진다. 따라서 싸르트르는 『비판』의 끝부분에서 겹겹이 쌓인 이데올로기적 현혹의 층을 뚫고, 또한 층층이 놓인 물신화된 문화제도를 뚫고 나감으로써, 결국 궁극적이며 규정적인 사회존재의 현실에까지 도달한다. 이렇게 완결된 싸르트르의 『비판』은 문화와 논리를 사회적 갈등의 반영으로 본 마오쩌둥(毛澤東)의 『모순론(矛盾論)』이나 사회집단의 궁극적 형성력에 대한 이해를 생생하게 표현한 그람시(A. Gramsci)[95]의 탁월한 대목들과 대등한 위치에 선다. 그러나 『비판』은 자신의 특수한 역사적·문화적 맥락 내에서 작동한다. 즉 현재 혹은 역사상 우리를 둘러싼 고독의 환상을 이와 같이 해체하는 작업이 요청되는 것은 서구 중산층세계의 범위 내에서이다. 이 작업이 지속된다면 죽은 것으로 보이던 과거가 가차없는 심판 속에 우리를 노려보는 기억된 일군의 시선으로 마침내 자신을 드러낼 것이며, 추상적 미래가 『알또나의 포로들』에서처럼 어떤 상상할 수 없이 낯선 후세의 통렬한 심판으로 가시화될 것이다. 또한 현재 서구 중산층사회의 사생활권과 행동여지(즉 우리가 일종의 안락한 공허와 사유재산으로 체험하는 사물과 여가의 분배몫)처럼 개인적 고립을 초래하는 물신화 자체가, 인간관계 및 매순간 사방에서 벌어지는 격렬한 대립적 투쟁에 대한 참을 수 없이 짓눌러오는 숨막히는 느낌 앞에서 결국 해소되고 굴복당할 것이다. 조이스의 『젊은 예술가의 초상』(*A Portrait of the Artist as a Young Man*)에 나오는 주인공 스티븐(Stephen)은 "역사란 내가 깨어나려 애쓰는 악몽이다"라고 말했다. 그러나 먼저 악몽의 넓이와 세기를 헤아려보지 않고서는 악몽에서 깨어날 수가 없다.

---

95 그람시(A. Gramsci, 1891~1937)는 이딸리아 공산당 지도자이자 뛰어난 맑스주의 이론가이다——옮긴이.

제5장

변증법적
비평을 위하여

변증법적 비평을 위하여

변증법적 비평의 현상학적 기술? 이는 극히 모순적인 말 같지만 꼭 그렇지만은 않다. 변증법적 글의 독특한 어려움은 과연 그 전체적이며 '총체화하는' 성격에 있다. 변증법적 글에서는 마치 먼저 모든 것을 다 말하지 않고서는 한가지도 말할 수 없으며 새로운 생각이 하나 나타날 때마다 전체계를 다시 개괄해야 하는 것처럼 보인다. 따라서 헤겔이 임의로 한 어떤 지적을 정당하게 다루어보려 해도 결국은 헤겔의 일련의 형식들이 복잡하게 뒤엉킨 거대한 덩어리 전체를 조명하는 작업이 아울러 따를 수밖에 없다. 또한 마찬가지로, 맑스에 대한 저술과 논문은 어떤 점에서는 결국 사적 유물론 전체를 모두 건드릴 수밖에 없다. 변증법적 사고에서는 전체 내용이 아닌 내용은 존재하지 않는다. 바로 그렇기 때문에 (현대의 다른 위대한 철학체계와 마찬가지로 새로운 내용의 발견이 아니라 **형식의 혁신**인) 현상학은 우리에게 구성상 딜레마가 될 수도 있는 문제에 대해 하나의 해결책을 제시해주는 것 같다. 현상학이란 엄밀히 말해서 하나의 사상이 무엇인가보다는 그것이 어떻게 느껴지는가를 말하려는 시도이기 때문이다. 현상학은 (내용은 잠시 괄호 속에 묶어두므로) 내용에 대해 진술하기보다는 내용에 대응하는 정신적 작용들을 각기 그 시간적 구체성 속에서 묘사하는 것을 목표로 한다. 현상학이 독자들에게 무엇을 입증하는 양식은 논리적 논증이 아니라 그것을 인지하는 순간 충격을 주느냐 못 주느냐에 달려 있다.

이제까지 우리는 현대의 변증법적 작업을 여러 각도에서 살펴보았는데, 이런 논의들은 이 체계들 또는 부분적 체계들이 궁극적으로 모두 서로를 보완해주며 그들 사이의 표면적 불일치는 더욱 폭넓은 변증법적 종합 속에 용해된다는 가정을 함축한다. 구체적으로 그 체계들이란 아도르노가 논한 시간 속에서의 변증법적 진화, 벤야민·마르쿠제·블로흐가 논한 본질적으로 해석학적이거나 탈신비적이며 동시에 복원적인 변증법적 사고의 성격, 루카치가 논한 예술적 구성물과 그 기반이 되는 사회생활 자체에 내재하는 현실들 사이의 징후적 관계, 싸르트르가 논한 위장되었으나 또한 숨길 수 없는 계급투쟁으로서의 그러한 현실들의 성격 따위를 말한다. 이런 종합에 대해 철학적이고 체계적이며 정리된 설명을 하는 것은 이 책의 과제가 아니다. 그러나 이 책의 나머지 부분이 보여줄 기술적(記述的)이고 현상학적이며 애초부터 주관적인 성향을 명심한다면, 이제까지의 국부적 연구와 함께 변증법적 문학비평 및 그것을 넘어선 시간형식과 과정, 그리고 특유한 일정 구조를 지닌 실제 체험으로서의 변증법적 사고 일반을 환기할 수도 있을 것 같다.

이것은 물론 '두제곱된 사고'이다. 즉 통상적 사고과정을 강화함으로써, 마치 당면한 혼란의 와중에서 정신이 의지와 명령으로 자력에 의해 힘차게 스스로를 분기하려는 듯 당혹의 대상에 새로운 빛의 물결이 퍼부어진다. 비(非)반성적으로 사유하는 정신의 작용과정과 대면하여 (그 정신이 철학적·예술적인 문제와 대상을 다루든 또는 정치적·과학적인 문제와 대상을 다루든) 변증법적 사고는 그런 과정의 적용을 완결하고 완성하기보다는, 그들을 자신의 의식 속에 포함하기 위해 자신의 주의를 확장하려 애쓴다. 바꾸어 말해서 변증법적 사고는 특정한 문제의 딜레마를 해결하기보다는 그런 문제가 더욱 높은 차원에서 스스로 해결되도록 전환하며, 문제의 존재와 사실 자체를 새로운 탐구의 출발점으로 삼는 것을 목표로 한다. 이것은 실로 변증법적 과정에서 가장 예민한 순간이다. 여기에서 사고의 복합적 전체는 일종의 내부 지레장치에 의해 한단계 높은 것으로 올려지고, 정신은 일종의 기어변환에 의해 이제까지는 질문이던 것을 하나의 해답으로 받아들일 태세가 된다. 즉 정신은 이제까지 해온 활동의 바깥에 섬으로써 자기 자신을 문제의 일부로 삼을 수 있게 되고, 종전의 딜레마를 대상의 저항으로만 보는 게 아니라 전략적 방식으로 그것에 대항하여 전개·배치된 주관축의 결과이기도 하다는 면에서, 간단히 말해 특정한 주객관계의 작용으로 이해하게 된다.

대상지향적인 보통의 정신활동으로부터 이런 변증법적 자의식으로 전환하는 데에는 어떤 숨막히는 느낌, 즉 승강기의 낙하나 비행기의 급강하에서 느끼는 어떤 메스꺼운 전율과 같은 것이 있다. 이런 경험이 우리로 하여금 육체를 새로이 자각하게 만들듯이, 변증법의 사고전환은 사유자 및 관찰자인 우리의 정신적 입장을 새로이 자각하게 만든다. 실로 그 충격은 근본적이며 변증법 그 자체를 구성한다. 이런 전환의 순간이 없다면, 즉 이전의 좀더 소박한 입장에 대한 이와 같은 최초의 의식적 초월이 없다면, 어떤 진정한 변증법적 의식화도 불가능하다.

그러나 변증법적 사고는 바로 그것이 초월해야 할 일상의 습관적 사고방식에 너무나 친밀하게 의존하기 때문에 여러가지 상이하고 일견 모순적으로 보이는 형식을 취할 수 있다. 따라서 우리의 통상적인 나날의 정신의 분위기가 상식에 의해 지배되고 규정될 때, 변증법적 사고는 심술궂도록 세세하게 따져들고 지나칠 정도로 정교하고 미묘한 사고방식으로 나타나며, 단순성이란 사실상 단순화일 뿐이고 자명한 것은 일군의 감춰진 전제로부터 그 힘을 얻는다는 점을 우리에게 상기시킨다. 그러면서 또 한편, 지식인의 습성대로 우리가 일련의 추상화를 쌓아올리며 그때마다 현실적인 것 자체로부터는 점점 더 멀어져가고, 동시에 이 위태로운 지적 구조물이 사실은 새로운 자연법칙이 아닌 어떤 개인적인 정신적 취향의 규칙에 대한 기념비에 불과한 게 아닌가 하는 불안한 의혹에 휩싸일 때, 바야흐로 변증법적 사고는 우리에게 가장 조야한 진실을, 상식 자체만큼이나 불쾌하도록 진부한 사실을 급작스럽게 복원해주는 돌연한 찢음으로, 매듭의 절단으로 나타난다. 사실 변증법적 의식의 이 일견 대립적인 듯한 두가지 효과는, 나중에 살펴보겠지만 대체로 헤겔 변증법과 맑스주의 변증법에 각기 해당한다.

다음 내용은 변증법적 사고가 특히 문학형식의 특정 문제를 다룰 때 보여주는 몇가지 가장 특징적인 양상에 대한 기술이다. 이 기술이 물론 완전할 수는 없겠지만, 완결성의 문제를 다뤄보고자 한다. 또한 이와 다른 의미에서, 계속 확장되는 설명의 그물은 각 대목이 이전의 대목을 다른 문맥에서 그리고 더 높은 차원에서 되풀이하는 것처럼 보이는 가운데, 우리를 모든 변증법적 사고의 궁극적 대상인 구체적인 것 그 자체에 점점 더 가까이 접근시켜줄 것이다.

1. 헤겔적 문학비평: 통시적 구성물

변증법이 들려주어야 할 기본적 이야기는 분명히 변증법적 반전(反

轉)에 관한 것이다. 이는 한 현상이 역설적으로 그 반대현상으로 전환됨을 말하며, 양이 질로 변하는 것은 그중 잘 알려진 구체적 예의 하나일 뿐이다. 이것은 시간 속에서 일어나는 일종의 '거꾸로 넘기' 같은 것으로 묘사될 수 있는데, 즉 특정한 역사적 상황의 결정이 실제로는 은밀한 장점이었음이 드러나고, 불변의 우월성으로 보이던 것이 갑자기 미래의 발전을 철벽처럼 가로막는 것이 된다. 변증법적 반전은 사실상 이전의 제한이 반전되는 문제요, 부정에서 긍정으로 긍정에서 부정으로 전환하는 문제며, 근본적으로 통시적 과정이다. 편의상 객관적이고 외적인 일례를 들자면 미국과 소련 모두가 독일의 미사일 개발 연구의 후계자였던 2차대전 종료시의 기술공학 상황을 상기할 수 있다. 물론 당시 원자력 분야에서 미소는 대등하지 않았으며, 미국측 실험이 목표로 한 것은 바로 폭탄 크기를 줄이고 파괴력을 높이는 것이었다. 몇해 뒤에 만들어진 최초의 소련측 원자폭탄은 아직도 비교적 다루기 힘든 골칫거리였다. 따라서 이 덩치 큰 원시적 장비를 운반하기 위해 소련의 공학은 거대한 탄두를 궤도에 진입시킬 수 있는 미사일을 개발하지 않을 수 없었는데, 이것은 최초의 인공위성 스푸트니크호를 발사하는 데 사용되었다. 그러나 병기에서 미국의 우위는 미국의 미사일이 비교적 작은 핵탄두 운반에 맞게 개발되었던 만큼 미사일 개발에서는 뒤처짐으로 전환된다. 물론 추후 개발과정에서 이 상황은 다시 한번 역전된다. 미국 미사일은 강력하지 못했기 때문에 미국은 고공발사를 위해서 좀더 작고 정교한 반도체기구 일체를 개발해야 했다. 반면에 그런 압력을 받지 않은 덜 정교한 소련측 기계장치는 상대적으로 소량의 정보만을 회송한다. 그리고 이러저러한 상황이 계속 전개된다. 우리는 물론 이 묘사에서 수많은 다른 요인들, 특히 공군력이라는 요인을 생략했는데, 그 이유는 이를 고려한다면 전략적 폭격의 역사로, 그다음에는 육군 및 해군력 사이의 대립으로, 그리고 마지막으로 두 초강국 전체의 지리적·역사적·경제적 차이점으로까지 소급해들어가야 할 것이기 때문이다. 다시 말해 이런 특정한 일련의 변증법적 전환에 대한 완전한 묘사는 결국 바로 구체적 역사 자체라는 요소 속으로 다시 침잠하는 것을 수반했을 것이다.

이런 모형은 앞서 한 장에서 든 음악의 예와 같이 아마 그 나름대로 추상적이고, 또 일상적인 사회현실로부터 분리되어 단순화된 것일 터이며, 우리로 하여금 변증법적 분석 일반에 관해 몇가지 핵심적인 점을 파악할 수 있게 한다. 첫째, 이런 분석은 애당초 일단의 제한된 요인들을 역사적 총체성이나 역사적 연속체로부터 고립시키는 것을 전제로 한다. 앞의 예에서 그런 요인은 미사일 개발과 원자력 연구 같은 것이다. 그러나 문학의 영역에서는 애당초 그러한 핵심적 요인, 혹은 이 경우 우리가 사용할 용어로 말하자면 문학작품의 지배적 **범주**들을 선택하는 것은 모든 변증법적 비평에 게재되는 하나의 전략적 순간임이 분명히 드러날 것이다.

둘째, 그런 범주들 사이에는 한쪽이 변화하면 다른 쪽에도 이에 상응하는 정도의 변환이 수반되는 그런 상호관계가 성립함을 알 수 있다. 물론 이런 가장 기본적 의미에서 우리는 현상의 변증법적 상호관계나, 혹은 거꾸로 말해서 그런 관계의 변증법적 이해를 거론한다. 그런데 그 관계들이 명료화되는 필수조건으로 이런 변증법적 관계를 의식하는 데는 통시적 틀이 수반되거나 함축된다는 점은 잘 인식되지 않는 것 같다.

앞에 든 예는 평행적 연쇄들이라는 구조적 특성을 지니고 있어서 그 연쇄들은 각 단계마다 일대일로 비교됨으로써 서로를 더욱 분명히 드러낸다. 즉 미국측 불균형은 소련측 균형의 성격을 강조해주며, 그 역도 마찬가지다. 대부분의 변증법적 분석에서 변증법적 작업의 이렇듯

심히 비교적인 성격은 이를테면 지하로 숨어들어 변별적 지각의 형태로 암암리에만 작용하는데, 이런 지각은 뒤에 살펴보겠지만 어떤 사항이 무엇이 아닌가를 동시적으로 인식함으로써 그 사항이 무엇인지를 볼 수 있게 해준다. 따라서 어떤 현상을 변증법적으로 일정한 비율의 힘이나 범주로 분절화하는 것은 동시에 그런 범주를 서로 논리적으로 가능한 다른 배열로 배치할 수도 있다는 인식을 내포한다. 연구대상의 특수성을 충분히 가늠할 수 있게 해주는 이런 다른 형식들은 일련의 연쇄관계에 따라 배열되는데, 그 연쇄는 실제로 시간적이거나 역사적인 연속체일 수 있고, 또는 헤겔에서처럼 비록 이념적 유형일지라도 역시 구조적으로 통시적인 연속에 의해 자신을 전개해나가는 일련의 가능성일 수 있다.

사실 이런 통시적 연쇄는 아무리 그 성격이 실제로 시간적이거나 역사적이라 할지라도, 그것이 실존적 밀도를 지닌 구체적 역사 자체의 한 관념적 단면에 불과한 한 하나의 추상으로 남아 있을 수밖에 없다고 할 수 있다. 즉 이것은 현실의 한 단면이나 차원을 고립시킨 것에 불과하며, 이 경우 현실은 그러한 모든 차원의 관념적 총화인 동시에 순수한 사고작용만을 통해서 결코 부가적으로 재구성할 수 없는 사유 불가능한 궁극적 총체성으로 이해된다. 여기서 변증법적 분석과정의 최종적 계기가 드러나는데, 이 최후의 계기에서 변증법적 모형은 자신의 시원(始原)이었던 구체적 요소로 복귀하고, 자신이 자율성을 지닌다는 환상을 폐기하며, 또한 역사 속에 자신을 다시 용해시키고자 애쓰는 가운데 하나의 구체적 전체인 현실을 순간적으로나마 일별할 수 있게 한다.

이리하여 변증법적 모형은 주어진 현상을 한 분절화된 과정 속의 계기나 얽힌 절단면으로 지각할 수 있게 한다. 그러나 그런 계기는 역사적 순간 자체와는 구별되어야 하는데, 후자는 그 모든 계기의 총화요, '연쇄들의 연쇄', 혹은 페르낭 브로델(Fernand Braudel)[1]이 말한 바 다양한 구조와 지속성을 지닌 일군의 시간도식들의 거대한 공존이다. 그러나 문학의 영역으로 돌아가보면 우리는 변증법적 사고에 가장 완강히 저항하는 것은 결코 역사적인 '지금 여기'의 개념이 아님을 알게 된다. 사실 한권의 책이 특정한 날 '생겨난다'는 생각에는 정신 쪽에서 보면 뭔가 이율배반적인 데가 있다. 비록 바로 그 정신이 그 속에서 문학작품이 준비되는 시간도식, 즉 문학작품이 이후로 영향력있거나 무시되는 하나의 현존으로, 다른 존재자 가운데 하나의 존재자로 존재하게 되는 그 시간도식을 의미있게 다룰 수 있다 하더라도 말이다.

그보다도 내가 보기에 변증법적 문학이론이 직면해야 할 최초의 문제는 문학작품 자체가 통일성을 지니는가, 그리고 문학작품이 완결된 사물 내지 자율적 전체로 존재하는가 하는 문제인 것 같다. 문학작품의 이런 자율적 존립은 그것이 어떤 초개인적 형식의 역사 속에 용해되기를 완강히 거부하는 것과 마찬가지로, 역사적 '지금 여기'의 총체성에 동화되는 데도 저항한다. (어떤 의미에서 『율리시스』가 1922년에 일어난 사건들의 일부라고 할 수 있겠는가?) 따라서 우리는 비평가로서 문학작품의 자율성 자체가 하나의 변증법적 현상임을 인식한다는 전제하에 작품 자체의 전체성에 우선적으로 충실해야 한다. 러시아 형식주의자들이 보여주었듯이 모든 예술작품은 장르적 배경(물론 이 배경 자체도 매순간 매세대에 따라 변화할 수 있다)을 바탕으로 지각되기 때문이다. 예술작품은 주어진 형식에 따라 혹은 그에 대항하여 씌어진 것으로 읽히며, 이때 다양한 장르들은 비교적 체계적인 복합체들 속에서 서로

---

1 페르낭 브로델(Fernand Braudel, 1902~85)은 프랑스 역사가로 지속적·거시적 사회 경제사를 중시한 아날학파를 주도했다 — 옮긴이.

일정한 거리를 두고 공존하는 것으로 지각되고, 또 이 복합체들 자체도 그들의 역사적 공존이나 계승이라는 측면에서 연구대상이 될 수 있다.[2] 따라서 예술작품의 자족성조차도 경우에 따라 변화하는 것이 분명한데, 즉 르네상스 쏘네트나 일본의 하이꾸처럼 하나의 문학작품이 같은 형식으로 된 기존 작품 전체와 비교되기를 의도적으로 요청하는가, 아니면『율리시스』나 단떼의『신곡』처럼 문화의 모든 것을 단 한권의 책으로 요약하려 드는가에 따라 그 자족성이 달라진다. 그러나 후자의 경우에도 하나의 문화적 사실로, 그리고 작품이 인식되는 장르적 배경의 한 요소로 '책'이라는 관념 자체는 남아 있다.

여기에는 물론 형태와 배경의 변증법을 상정하는 게슈탈트 심리학의 모형이 함축되어 있다. 그러나 하나의 문학작품과 병치되는 역사적·사회적 현실의 다른 차원들은 물론이거니와, 개별 문학작품 전체와 여타 문학작품들 전체의 관계를 생각하는 방도로도 이것이 유일한 모형은 아니다. T. S. 엘리엇은 한 유명한 구절에서 이렇게 말한다. "현존하는 기념비들 사이에는 이상적 질서가 형성되는데, 이것은 새로운 (진정 새로운) 예술작품이 도입되면 수정된다. 새로운 작품이 도래하기까지 현존 질서는 완전하다. 새로운 것이 첨가된 후에 질서가 지탱되려면 아무리 미미하더라도 현존 질서 전체가 변화해야 하며, 이에 따라 전체에 대한 각 예술작품의 관계·비율·가치도 재조정된다."[3] 이것은 물론 매우 변증법적인 개념이다. 정말 이 구절은 이런 개념이 지니는, 명기(明記)되지 않은 변증법적 성격이 사물을 한층 새롭고 역동적으로 보게 하는 방법으로 독자에게 수용된다는 점에서 수사학적 매력을 지닌다. 또

---

2 Claudio Guillén, *Literature as System* (Princeton: Princeton University Press 1971) 383~405면 참조.

3 T. S. Eliot, *Selected Essays* (New York: Harcourt 1950) 5면.

한 현재로서는 엘리엇의 개념이 수행하게 되어 있는 여러 기능들, 즉 문학적·이념적 기능들을 하나하나 검토해볼 필요는 없을 것이다. 그렇지만 이제 '질서'라는 단어가 더이상 물신(物神)으로 가치를 지니지 않게 된 우리에게, 모든 것을 포함하는 총체성이라는 개념은 방법론적으로 볼 때 한정된 연쇄라는 더 작은 관념만큼 유용하지 않다. 이 연쇄들은 새로운 항이 부가되면서 수정되고, 그 항 자체도 그것이 일부를 이루는 전체적 연속성을 배경으로 하여 지각된다. 이런 한정된 연쇄들은 적어도 그리스 비극작가들 이래로 문학적 이해를 위한 문맥이나 틀을 제공했다. 근대의 경우, 단지 영국소설에서 리처드슨(S. Richardson)과 필딩(H. Fielding)과 스턴(L. Sterne)을, 프랑스 소설에서 발자끄와 플로베르와 졸라를, 현대시 발달에서 보들레르와 랭보(Jean-Nicolas Arthur Rimbau)와 말라르메(Stéphane Mallarmé)를 생각해보기만 하면 이들 중 어느 한 작가에 대한 우리의 이해가 얼마만큼 변별적 지각의 함수인지 실감할 수 있는데, 변별적 지각은 곧 한 작가가 연쇄 속에서 차지하는 위치에 의해 그의 특수성을 가늠하는 방법을 결정한다. 플로베르가 **독창적**이라고 말하는 것은 아무 의미가 없다. 그러나 플로베르는 더이상 발자끄가 아니며, 아직 졸라는 되지 못했고, 그것도 여러 특정한 면에서 그렇다고 말하는 것은 플로베르의 소설에 내재하며 그것을 구성하는 구조들을 명료화한다. 플로베르의 소설은 물론 다른 많은 것이 아니기도 한데, 이런 '규정된 부정'들을 분명히 하고, 어떻게 플로베르가 당대 영국이나 러시아 소설가와 다르며, 혹은 어떻게 나름대로 『돈 끼호떼』나 『깡디드』(Candide)[4]를 다시 쓰고 부정하는지를 보여주는 것은 그를 전혀 다른 유형의 통시적 연쇄들 속의 한 항목으로 살펴봄으로써

---

4 프랑스 계몽주의 철학자 볼떼르(Voltaire)가 1759년에 쓴 풍자소설—옮긴이.

그에 관한 우리의 지식을 풍부하게 만든다. 그러나 이런 문학적 지각에서 비교적이거나 변별적인 양식은 하나의 상수(常數)로 남는다. 한 개별 작가만을 다루는 전문연구는 아무리 능숙하게 추구하더라도 바로 그 구조상 왜곡을, 즉 실제로는 인위적으로 고립시킨 것에 불과한 것을 전체로 투사하는 총체성의 환각을 낳을 수밖에 없다. 현대 작가들이 이런 종류의 고립화를 촉발한다는 것, 즉 마치 하나의 '세계'에 귀의하듯 비평가들이 자기네 작품에 철두철미 '귀의'하도록 촉발한다는 것은 그런 비평을 할 구실이 되기보다는 그 자체로 연구해볼 만한 흥미로운 현상이다.

이런 연쇄 및 비교는 대체로 한 작가가 다른 작가에게 끼친 개인적 영향이라는 전통적 문제를 넘어선다. 아마 개개 작가를 일정한 기법의 궤적이나 발현으로, 즉 사용 가능한 원료 자체에 내재하는 일정하게 제한된 가능성의 전개와 소진으로 간주하는 데는 대개 의견을 같이하리라 생각된다. 그러나 기법이라는 단어는 하나의 비유다. 그리고 나중에 이 단어에 함축, 전제되어 있는 본질적으로 장인적인 생산양식을 재고해볼 기회가 있을 것이다. 현재 우리의 관심사는 한 작품을 다른 작품들과의 연쇄적 관계 속에 놓기 위해 하나의 요소를, 즉 기법이나 구조 혹은 구성분자, 또 원한다면 범주라고 부를 수도 있을 것을 문제의 작품으로부터 고립시키는 행위다. 바꿔 말해서 바로 이 순간에, 우리는 통시적 연쇄를 구성하는 데 주축이 되고 우리가 그 역사를 기술해야 하며 그 내적 발전이나 변증법적 역사를 서술해야 할 그 대상을 선택한다. 따라서 예컨대 우리는 19세기 시에서 육체적 감각의 중요성을 강조하며, 이런 점에서 낭만적 감수성의 사회적 기원을 고찰하는 데서 시작할 수 있다. "공포정치 이후에 도덕에서 발생한 것과 유사한 위기가 문학과 예술에서도 일어났는데, 이는 곧 감각의 진정한 위기였다. 사람들은 영원히 두

려워하는 상태에서 살아왔다. 두려움이 사라지자 그들은 삶의 쾌락에
몸을 던졌다. 사람들은 완전히 겉모양과 외부 형태에만 주의를 기울이
게 되고 말았다. 푸른 하늘, 찬란한 햇빛, 여인의 미, 화려한 융단, 무지
개빛 비단, 황금 광채, 금강석의 반짝임, 이런 것들에서 기쁨을 만끽했
다. 사람들은 눈으로만 살았고, 생각을 포기했다."[5]

그러나 '생각을 포기하는' 것은 언뜻 보기와는 달리 상당히 복잡하
고 모순적인 시도인데, 조금만 더 자세히 살펴보면 드러나듯이 육체적
감각이란 아무리 마취되거나 압도되듯 경험한다 하더라도 그것만 따로
떼어 언어화할 수 없기 때문이다. 헤겔이 『정신현상학』 서두에서 제시
하는 설명에 의하면, 지금 여기에서 아무리 강렬한 체험도 언어적 추상
으로, 즉 모든 진정한 내용 중 가장 공허한 것으로 현현한다. 마찬가지
로, "나른한 마비가 아프게 하네/내 감각을"[6]이라는 시구가 보여주듯이 생
리학적 차원의 가장 강렬한 표현도 전감각체계가 불길한 망각으로 빠
져드는 순간에만 기록될 수 있다.

낭만주의자들이 수집해놓은 다양한 감각들은 개별적으로 볼 때 시들
고 이울며, (18세기 시의 인습적 수사와 대비되어 감지되었던) 가장 신
선하고 생생한 감각도 수세대를 지난 우리에겐 바로 **무미건조함**의 축도
로 나타나는데, 즉 순수한 감각이 그 반대로, 자신의 부재로 전환되는
변증법적 반전이 일어난다. 이런 상황에서 보들레르가 다양한 감각적
경험들을 서로 대비, 분절화해 표현하는 새로운 방식을 고안해낸 것은
실로 독창적인 성과였다.

---

5 Ernest Chesneau의 발언으로 G. V. Plekhanov, E. and C. Paul 공역 *Fundamental Problems of Marxism* (London: Lawrence & Wishart 1929) 74~75면의 주에서 재인용.
6 키츠(John Keats)의 「나이팅게일에 부치는 노래」(Ode to a Nightingale)의 1~2행이
다─옮긴이.

어린아이의 살갗처럼 신선한 향기,

오보에처럼 부드럽고, 초원처럼 푸르며,

—그밖에도 썩고, 풍성하고, 기승한 냄새들,

정신과 감각의 법열을 노래하는

용연향, 사향, 안식향, 훈향처럼

무한의 확산력을 지닌 향기도 있다.

공감각(共感覺, synesthesia)에서는 여러가지 감각들이 우선 서로 뚜렷이 분리되고 각각의 음색과 향취에 따라 식별되지 않는다면 그들을 혼합할 수는 없다는 데 요점이 있기 때문이다. 사실상 이 문맥에서 공감각은 감각의 혼합보다는 **구분방식**이다. 「만물 조응」(Correspondances)에서 인용된 앞의 구절에는 동시적이면서도 상이한 두가지 대립이 설정되어 있다. 그 하나는 신선하고 선명한 감각들 내의 대립으로, 여러 감각들(촉각·청각·시각)이 상호대립함으로써 서로를 대조적으로 돋보이게 하는 것이며, 또 하나는 좀더 포괄적 대립으로, 선명한 감각 자체가 풍성하고 혼합된 부패한 감각체험과 대립된다. 주제적·윤리적 차원에서 볼 때 보들레르의 모든 작품은 반대되는 요소들을 구분하기 위해 우선 역설적으로 혼합해놓는 이런 일을 점점 더 높은 차원에서 반복한다고 할 수 있다. 댄디즘과 가학-피학증 및 불경(不敬)이 그렇고, 심리적 차원에서 파스텔 색조와 조화로운 협화음, 감상적 토로 등의 무미건조함에서 벗어나기 위해 그 변증법적 반대물로 이들을 훼손하려는 많은 시도들이 그렇다. 전체 작품은 점차 확장되는 일련의 동일화작용으로부터 생성된다. 따라서 "정신적으로 사악하고 비천한 자만이 순결이 진

정 무언지 알 수 있다"는 명제의 설득력도, 순수한 감각은 그와 반대되
는 것들과 혼합됨으로써만 언어로 표현될 수 있다는 애초의 전제로부
터 나온다.

보들레르 이후 이런 지각적 긴장은 스윈번(A. C. Swinburne)[7] 같은
경우에서는 그 자체를 하나의 감각으로 받아들인 결과, 일종의 감각적
단조로움이 생겨난다. 랭보에 이르면 지각체계는 한편으로는 육체적
나른함과 무력한 열망으로, 다른 한편으로는 육체와 유리된 일종의 환
각적 환상으로 분열된다. 마지막으로 초현실주의에서는 거의 생리학적
충만함에 가까운 꿈의 충족은 순수 언어적인 것에 대한 변증법적 반대
물이자 종이장식이라 불릴 만한 것으로 전환된다. 물론 이런 통시적 연
쇄 내지 구성은 원한다면 어떤 차원으로도 확장될 수 있다.

그것은 또한 해석될 수도 있으니, 바로 여기서 우리는 출발점으로 삼
았던 비교적 소박한 관념을 수정하고 그것이 구체적 역사에 좀더 제대
로 자리잡도록 만들 수 있을 것이다. 이제 앞장에서 다룬 싸르트르가 시
사하는 바에 따라 중산계급이 자신의 육체와 그 육체에 현현한 자연에
대해 취하는, 역사적으로 새롭고 특징적인 태도에 관한 논의를 시작해
도 괜찮겠다. 그것은 이데올로기적으로 봉건적 특권(혈연과 가계의 우
위)에 대한 무기 구실을 했으며, 그후엔 19세기 공장세계의 '노동계급,
위험한 계급'의 새로운 위협에 대항하는 방어기제로 (싸르트르가 묘사
한 복합적 방식으로) 다시 응용되어야 했던 태도지만, 어쨌든 그것은
세계 내 존재의 새로운 감각방식을 투사한다. 여기서 우리는 또한 시에
한정된 이 현상을 현대문학 일반에 나타나는 '육체로의 환원'이라는 좀

---

7 스윈번(A. C. Swinburne, 1837~1909)은 이교적 탐미주의에 경도한 영국의 시인·비
  평가이다——옮긴이.

더 폭넓은 맥락 속에 재배치할 것이다. 이것은 중산계급 집단이 권력을 장악한 후로 (그러나 특히 1848년 6월봉기 이후로) 느끼게 된 점증하는 죄의식과, 공중(公衆)이라는 사회제도로부터 떨어져나오고 싶어하는 작가들에게 점증하는 초조감 등을 반영하는 하나의 문학현상으로, 작가들은 사회적 귀속관계의 '기호'를 생리적인 것 자체라는 한층 심층적인 전(前) 사회적 현실로 대체한다. (따라서 '육체로의 환원'은 문학형식 그 자체 차원에서 사회 내 존재의 죄의식과 공범의식으로부터 탈출해보려는 시도인, 바르뜨의 '색깔 없는 글'écriture blanche[8]과 동렬에 놓인다.) 이런 해석은 결국 대단한 영향력을 지닌 바슐라르의 감각적 '몽상'(夢想, rêverie)의 역할에 대한 연구들을 제대로 소화하여 한편으로는 원료와 문학언어 자체의 내적 변증법 간의 관계를 설명하고, 다른 한편으로는 중산계급 사회의 정신적 발전인 '몽상'을 좀더 진정하게 역사적으로 이해함으로써 바슐라르의 연구를 이론적으로 수정하게 될 것이다. 그러나 바로 이럴 때, 통시적 연쇄가 자체 여세로 방향을 전환하여 궁극적으로 스스로를 폐기하고 구체적인 것 자체로 돌아간다고 천명하는 순간이 목전에 다가와 있다.

이와 같이 확장된 실례는, 우리가 범주의 고립이라고 부른 것(즉 이미지건 문체건 시점이건 등장인물이건 또는 근대문학 자체의 실체를 이루는 좀더 일시적이며 명명되지 않은 문학적 현상이건 간에, 연구대상을 규정지음)과, 우리가 통시적 연쇄 내지 구성물이라 지칭한, 일련의 연속된 양자택일적인 구조적 실현태로의 분절화 사이에, 불가분한 관계가 있음을 강조하는 데 도움이 될 것이다. 사실 범주 자체의 직관

---

8 바르뜨의 초기작 *Le Degré zéro de l'écriture* (1953)에 나오는 용어로, 예컨대 전통적 비유에 오염된 사회주의 리얼리즘의 '잘 처신하는 글쓰기'와 대조되는 까뮈 『이방인』의 '투명한 말 형식'의 글쓰기를 말한다—옮긴이.

속에 함축되게 마련인 후자는 비평가가 범주를 구체적으로 개진해나가는 작업을 이룬다. 따라서 이 두가지 계기들은 진정으로 변증법적인 문학비평 중에서도 이후에 특정한 맑스주의 양식과 구별하여, 헤겔 양식이라고 지칭할 종류의 문학비평이 취할 개막의 몸짓을 보여준다.

그렇다고 우리가 이런 유의 역사적·변증법적 분절화가 이전에는 결코 실천된 적이 없었다든가 불충분하게만 실천되었다고 주장하는 것으로 이해되기를 바라지는 않는다. 그 반대로 다양한 '역사이론'으로 위장한 채 자신을 전시하는 통시적 모형들이 창궐하는 것이 바로 현대의 특성이다. 우리는 다만 토인비(A. Toynbee)나 슈펭글러(O. Spengler)의 체계, 에곤 프리델(Egon Friedell)[9]이나 루이스 멈포드(Lewis Mumford)[10]의 문화사, 지크프리트 기디온(Sigfried Giedion)[11]이나 앙드레 말로의 장대한 예술적 종합, 그리고 좀더 최근에는 매클루언이나 미셸 푸꼬(Michel Foucault)의 참신한 사상사적 작업들, 사회의 관료체제화에 대한 베버의 통찰이나 데이비드 리스먼(David Riesman)[12]의 유명한 '내향성/외향성'과 같은 일견 전문화된 사회학적 명제들, 이보 윈터스나 윈덤 루이스[13]가 보여주는 도덕적·예술적 붕괴에 대한 묵시록적 통찰 등을 생각해보기만 하면, 우리의 지적 생활 일반이 가능한 한

---

9 에곤 프리델(Egon Friedell, 1878~1938)은 『현대 문화사』를 집필한 오스트리아의 철학자·역사가·배우·비평가이다──옮긴이.

10 루이스 멈포드(Lewis Mumford, 1895~1990)는 미국의 철학자·역사가·문명비평가이다──옮긴이.

11 지크프리트 기디온(Sigfried Giedion, 1893~1968)은 현대건축운동의 이론적 지도자인 스위스의 건축사가이다──옮긴이.

12 데이비드 리스먼(David Riesman, 1909~2002)은 현대 대중사회 미국인을 외부지향형이라 비판한 미국의 사회과학자이다──옮긴이.

13 윈덤 루이스의 소설세계는 미래파적인 경향을 지닌다──옮긴이.

가장 매끈한 '역사이론'의 모형을 설계, 완성해 팔아먹으려는 끊임없는 시도로 얼마나 점철되어왔는지 가늠해볼 수 있다. 브르똥은 "모두들 쬐끄만 '통찰' 하나 가지고 해먹으려든다"고 비웃었다. 이는 소설을 염두에 두고, 또한 가끔 극소(極小)의 심리학적 '통찰'만으로 또다른 소설'세계'를 상술하는 것이 정당화되기도 한다는 점을 염두에 두고 한 말이었다. 그러나 '역사이론'의 번창은 그보다도 더 근원적인 문화적 질병의 징후인 것 같다. 이것은 무엇보다도 우선 현재보다 앞서가려는 시도이며, 또한 현재 자체까지도 완결된 역사적 순간으로 (어떤 새로운 감수성의 탄생으로, 처음에는 입문자들에게만 보이는 어떤 최종적이며 결정적인 문화적 변환의 표시로, 혹은 단순히 새로운 유행의 바람결에 날리는 첫 지푸라기나 새로운 불경기의 첫 지표가 아니라면 종말론적 재앙의 첫 표시로) 간주할 수 있을 정도로 역사 배후에까지 사고해들어가려는 시도이다. 또한 이것은 자기가 처한 순간이 역사책 자체 속에서 영원의 상(相) 아래서 궁극적으로 인준되기도 전에 그것을 명명하고 분류해보려는 시도이다. 이런 사고방식은 시간에 대한 뿌리 깊은 공포와 변화에 대한 두려움에서 유래하며, 삶의 역사성을 더욱 강렬하게 실존적으로 인식하는 것을 환영하고 향유하는, 역사로서의 현재에 대해 맑스주의가 갖는 감성과는 판이하게 다른 지적 작용이다.

진정 이런 역사이론들에 대한 반론으로(또한 T. S. 엘리엇 자신의 이론에 대한 반론으로), 윌리엄 블레이크(William Blake)[14]에 관한 엘리엇의 유명한 지적을 인용하고 싶다. "우리는 블레이크의 철학에 대해 (…) 정교한 자가제(自家製) 가구에 대한 것과 같은 경외심을 품는다. 우리

---

14 윌리엄 블레이크(William Blake, 1757~1827)는 독특한 신화체계에 입각해 비판적 전망을 제시한 영국 시인이다──옮긴이.

는 집 주위에서 잡동사니 나무를 모아 가구를 만들어낸 사람에게 감탄한다. 영국은 이런 재능 많은 로빈슨 크루소를 상당수 배출했다. 그러나 우리는 사실상 문화의 이득을 원하는데도 갖지 못할 정도로 유럽 대륙이나 우리 자신의 과거로부터 멀리 떨어져 있지는 않다. (…)〔블레이크의〕 천재에 필요했지만 애석하게도 결여되었던 것은, 자신의 철학에 탐닉하지 않고 시인으로서의 문제에 주의를 집중하게 해주었을 공인된 전통적 관념들의 틀이었다."[15] 그러나 우리의 관점에서 보면 엘리엇 자신의 신학적 역사관도 블레이크의 역사관과 별 차이 없는 '자가제'임을 독자들은 이미 분명히 알아차렸을 것이다. 나는 또한 앞에서 언급한 관점에서 볼 때 맑스주의야말로 우리가 시인이나 문학비평가로서 고유한 임무를 구현하기에 가장 적합하고 포괄적인 정통이론이라고 옹호하고 싶은 생각은 없다. 비록 그런 옹호는 충분히 성립할 수 있고 실제로 이 책의 해석학적 장들에 이미 내포되어 있다고 생각되지만 말이다. 그보다 중요한 것은 맑스주의란 단지 또 하나의 역사이론이 아니며 반대로 그런 역사이론의 '종언' 내지 폐기라는 점이다. 사실상 기술적(記述的) 관점에서 보면 뗀이나 배빗(Irving Babbitt),[16] 매클루언, 윈덤 루이스 등의 어떤 보수적 '역사이론'도 중산계급 세계 자체의 발흥과 이에 따르는 다양한 문화적·심적 변신 내지 '인식론적 단절'에 '마침표를 찍는' 여러 대안적 방식을 제공할 뿐이다. 인쇄술의 발명이나 자연숭배·시간숭배의 발생 및 '고전주의 정신' 숭배의 발생 등에 대해 숙고하는 것은 총체적 과정 중 하나의 계기를 물신화한다. 따라서 문제의 '역사이론'으로부터 구체적 역사 자체로 옮아갈 때 우리는 연구대상 자체와

---

15 Eliot, *Selected Essays* 279~80면.
16 배빗(Irving Babbitt, 1865~1933)은 미국의 교육가·비평가·작가이다——옮긴이.

변화의 형태 전체에 대한 전반적 합의를 발견하는데, 뒤에 살펴보겠지만 맑스주의가 경제적 '연쇄'를 궁극적·특권적 약호로 간주하고 다른 연쇄들은 모두 경제적 연쇄로 번역되어야 한다고 보는 하나의 단순한 해석유형에 불과하다고 생각하는 것은 오해이기 때문이다. 오히려 맑스주의에서 경제적 요소가 출현하고 하부구조 자체가 가시화되는 것은 단지 구체적인 것에 접근한다는 표시일 뿐이다. 따라서 중산계급의 세계는 초점이 넓고 좁다거나 그렇게 해서 기록되는 궁극적·구체적 세목(즉 현실의 하부경제 영역)이 지니는 보편성이나 엄밀성과는 상관없이 모든 역사적 고찰의 공통대상이 된다. 그러나 우리 모두가 공통대상을 공유한다는 것을 인식함으로써 우리는 오로지 계급적 판단과 이데올로기적 선택의 근원 자체에 대한 가장 고통스런 자각에 더욱 잔인하게 직면할 뿐이며, 따라서 그것을 우선 은폐하는 일이 '이데올로기'의 좀더 심층적 기능 중 하나인 바로 그 사회경제적 상황에 자신이 불가불 '참여'하고 있고, 이른바 존재론적으로 연루되어 있음을 알게 된다.

'역사이론' 그 자체가 갖는 특유의 장단점은 그것이 이야기를 의도적으로 상부구조의 단일한 문화 영역이나 차원에 국한해 끌어나가는 경우에 아마 가장 분명하게 드러날 것이다. 따라서 미술사, 특히 뵐플린(Heinrich Wölfflin)[17]의 '인명 없는 미술사'야말로 오랫동안 문학형식사와 같은 다른 문화 단면에 하나의 범례를 제공하는 것처럼 보였다.[18] 이런 모형의 매력은 물론 예술적 기교 및 시각예술의 소재 같은 비교적 객관적인 현상의 역사와 진화를 다룰 수 있다는 데 있다. 매체, 원근법 이론, 선과 색채의 관계, 도해법(圖解法) 등 이런 논제들은 언어적 의미

---

17 뵐플린(Heinrich Wölfflin, 1864~1945)은 스위스의 미술사가이다 ─ 옮긴이.
18 특히 Arnold Hauser, *Philosophy of Art History* (New York: Knopf 1958) 4장 참조.

작용과 시간적 형식 등의 좀더 애매한 현상에 부딪친 문학비평가가 헛되이 갈망하는 순수한 형식적 내용이라는 일종의 잃어버린 순진상태(innocence)를 나타낸다. 이런 모형의 방법론적 한계 또한 마찬가지로 증후적인데, 그 한계들은 대부분 앞에서 거론한 '마침표 찍기'의 문제에서 비롯하기 때문이다. (근대라는 무한한 신축성을 지닌 개념은 덮어두더라도) 바로끄(Baroque)[19]나 매너리즘(Mannerism)[20]의 개념에서 가장 문제가 되는 것은 결국 연속성으로밖에 파악될 수 없는 것에서 진정한 시작과 종말을 찾으려는 노력이 아니겠는가? 따라서 우리는 예술사에서 일종의 궁극적 자만심 같은 것을 거론할 수 있는데, 사료에 대해 (즉 내적으로 저항하지 않고 독자적 실체도 지니지 않은 상부구조 요소로, 역사가 자신의 본질과 쉽게 합치하는 원료에 대해) 자유롭게 형성력을 구사하는 것은 바로 미술사가 자신이라는 느낌이 강하게 들 때마다, 이런 자만심이 우리를 짓누른다.

그러나 동일한 과정이 바로 문학비평 영역에서도 어느정도 무의식적으로 진행되고 있음은 여러모로 분명하다. 이를테면 철저히 비역사적이라고 자타가 공인했던 신비평가들도 사실상 역사적 모형을 구축하는 데 상당한 힘을 쏟았다. 즉 존 던(John Donne)[21]에서 셸리(P. B. Shelley)[22]에 이르는 감수성의 분열이라든가 스윈번에서 예이츠(W. B. Yeats)[23]에 이르는 문체와 이미지의 재정복 등 신비평가들의 독특한 분

---

19 '일그러진 진주'라는 뜻으로, 17, 18세기 서유럽에서 유행한 동적이고 혼란하며 불규칙한 표현을 추구한 예술양식──옮긴이.
20 1520~1600년경 유럽 궁정에서 유행한 예술사조로 이딸리아 문예부흥기의 예술을 모방하고 양식화했다──옮긴이.
21 존 던(John Donne, 1573~1631)은 영국의 형이상학파 시인·성직자이다──옮긴이.
22 셸리(P. B. Shelley, 1792~1822)는 영국의 낭만주의 시인이다──옮긴이.
23 예이츠(W. B. Yeats, 1792~1822)는 영국의 낭만주의 시인이다──옮긴이.

석은 문학적 변화에 대한 헤겔적 모형, 즉 앞에서 기술한 유형의 통시적 연쇄에 해당한다고 할 수 있다. 그리고 우리가 이미 입증한 대로 체계의 분석은 필연적으로 그 자체 통시적 틀을 투사하는 것인 만큼, 이는 사실 당연하다고 하겠다. 다만 문제는 신비평의 모형이 스스로 독자적 역사이론으로 행세하려 든다는 점인데, 그러자마자 사이비 역사의 특징인 역사적 흥망에 대한 집착과 몰락의 날 및 그날을 불러온 사탄의 이름에 대한 끝없는 탐구가 다시 나타난다. 몰락의 책임은 루쏘에게 있는가 아니면 그의 적인 '철학자들'에게 있는가? 낭만주의자에게 있는가, 실증주의자에게 있는가? 프로테스탄티즘과 프랑스혁명 중 어느 쪽이 더 나빴던가? 이런 거짓 문제들은 통시적 연쇄가 할 수 있는 일을 잘못 생각한 데서 비롯된 것인데, 이 문제들 자체가 또한 다시 이데올로기로 봉사하도록 강요된다. 즉 신비평의 종말론적 틀은 일견 미학적 기도 속에서 정치학이 윤리학으로 위장할 수 있도록 도와준다.

이른바 역사이론의 통시적 유형이라 할 수 있는 것들의 구조는 이러하다. 그러나 역사이론은 공시적 형태로 나타나기도 하는데, 공시적 형태는 아마도 역사이론 유형에서 가장 인상적이고 영향력있는 산물일 것이다. 지금 내가 염두에 두고 있는 것은, 뗀에서 슈펭글러에 이르며 아마도 오늘날에는 그렇게 무한한 방법론적 확신을 지니고 있지 않겠지만, 어쨌든 한 문화의 총체적 스타일 및 계속 이어지는 문화사의 각 계기마다 심원한 통일성을 설명하고자 하는 저서들이다. 이 모형은 그것이 개인적 현실과 사회적 현실 모두에 적용될 수 있는 정도만큼, 그리고 수많은 상이한 자료들을 통합하고 존재의 불연속적인 차원들을 결합하는 수단이 될 수 있는 정도만큼 시사적이다. 따라서 뗀의 '주된 능력'(faculté maîtresse) 개념은 일정한 작가의 모든 다양한 자질을 통합하고 생동하게 하는데, 그 자질이란 "특수한 종류의 취향과 재능, 특수한 심적·정신적 기질, 호불호 및 재능과 약점의 특수한 복합, 간단히 말해서 작가 심리상태라 할 수 있는 지배적이며 지속적인 특정 심리상태"[24] 등을 말한다. 그러나 이와 같은 통일성은 문화에도 존재하며, 따라서 예컨대 고전주의 정신이란 "베르사유의 생울타리와 말브랑슈(N. de Malebranche)[25]의 철학적·신화적 논의, 부알로(N. Despréaux-Boileau)[26]가 규정한 운율규칙, 꼴베르(J. B. Colbert)[27]의 저당권(抵當權)에 관한 법률, 마를리(Marly)에 있는 국왕 대기실에서의 예의범절, 보쉬에(J. B. Bossuet)[28]의 신권(神權)에 대한 진술 등을 서로"[29] 매개하는 스타일 내지 양식이다. 이런 모형은 물론 사회나 문화의 유기체설을 지지하기 위해 사용되어왔지만, 현재의 문맥에서는 이런 이념적 내용 또한 유추 일반의 실천이나 현실의 다양한 차원 사이의 '상동'(相同, homology)으로 불리게 된 것에 대한 감수성의 행사 등을 위한 틀이나 구성상의 구실로 볼 수 있다. 또한 과거의 한 특정 순간에 대한 우리의 거리를 증감할 때 발현되는 그 동일성과 상이성의 변증법 속에서 '역사형식들의 언어'를 발견하고, 공학적 기술과 수학적 사고에서 종교적 도그마와 문화적 관습에 이르기까지 모든 것이 문화양식의 통일성에 의해 감싸이는 모습을 드러내고자 했던 슈펭글러의 '생태학적' 관심은 구체적 역사 연구의 입문으로 다분히 정당화될 수 있다. 결국 이런 총괄적

---

24 Hippolyte Taine, *Essais de critique et d'histoire* (Paris: Hachette 1887) ix면.

25 말브랑슈(N. de Malebranche, 1638~1715)는 프랑스의 형이상학 철학자이다——옮긴이.

26 부알로(N. Despréaux-Boileau, 1636~1711)는 프랑스의 비평가이다——옮긴이.

27 꼴베르(J. B. Colbert, 1619~83)는 프랑스의 정치가·재정가이다——옮긴이.

28 보쉬에(J. B. Bossuet, 1627~1704)는 프랑스의 주교·웅변가이다——옮긴이.

29 René Wellek, *History of Criticism* 5권 (New Haven: Yale University Press 1955~) 제4권 37면에서 재인용.

유추에 대한 가장 유력한 반론은 그것이 통시성을 투사할 수 없으며 시간의 단일한 순간이나 종단면 이외에서는 성공적으로 이루어질 수 없다는 점으로 귀착된다. 실제로, 뗀과 슈펭글러의 문화적 비관주의는 결국 재결합할 수 없도록 봉인된 다양한 계기들이 그저 연속적으로 병치됨으로써 투사된 연속성의 착시에서 유래한다. 이런 모형을 볼 때 우리는 시간은 아래로만 흐른다고 말하고 싶은 유혹을 느낀다. 이리하여 진정한 역사 변화의 경제적 기층(基層)을 발견하지 못한 뗀과 슈펭글러는 이것을 유기체의 노화나 '고전주의 정신' 같은 '그릇된 원리'에 의해 야기된 질병이나 감염 등의 고전적 이미지를 사용하여 비유적으로 환기하는 데 머물 뿐이다.

결국 이런 모든 모형에 의해 아무리 많은 작업이 가능해진다 하더라도 이 모형들은 자신의 대상이 본질적으로 진정 역사적이라고 오해하는 까닭에 왜곡되고 만다. 이들 대신 우리가 제안한 헤겔적 이론 모형은 그 통시적 연쇄들의 구조적 투명성을 특징으로 하며, 따라서 그 연쇄들은 경험적 현실이 아닌 오로지 이념적 구성물로 분명히 인지된다. 맑스가 『독일 이데올로기』의 유명한 구절에서 지적하듯이, 상부구조의 요소들은 진정한 독자적 자율성을 지니지 못하기 때문에 진정한 고유 역사도 지닐 수 없다. "살아 있는 인간에게 접근하기 위해서 우리는 그들이 말하고 상상하고 인식하는 것에서 출발하거나, 이야기되고 생각되고 상상되고 인식된 바의 그들로부터 출발하지 않는다. 우리는 실제 행동하는 인간으로부터 출발하며 그들의 실제적 생활과정에 입각해서 이런 생활과정의 이데올로기적 반영과 반향의 발전을 입증한다. 인간의 머릿속에서 형성된 유령들 역시 물질적 생활과정의 승화물(supplémenté)일 수밖에 없는바, 그 물질적 생활과정은 경험적으로 검증 가능하며 물질적 전제에 구속된다. 도덕·종교·형이상학 및 여타 모든 이데올로기와 이에 대응하는 의식형태들은 따라서 더이상 독립적 모습을 띠지 않는다. 그것들에는 역사도 발전도 없다. 물질적 생산과 교류를 발전시킴으로써 자신들의 현실 존재와 함께 사고와 그 사고의 산물까지도 변화시키는 것은 오히려 인간이다. 삶이 의식에 의해 결정되는 것이 아니라 의식이 삶에 의해 결정된다."[30] 따라서 우리가 서술한 바와 같이 헤겔적 연쇄는 시간상의 작용을 허용하면서도 스스로를 해소하기 위해 궁극적이고 불가피하며 구조적으로 내재적인 움직임을 갖는다는 점에서 다른 것과 구별되는데, 헤겔적 연쇄는 이렇게 해소되는 가운데 자신을 구체적으로 실현하고 성취하는 맑스주의 모형을 그 자체로부터 투사해낸다.

2. 문학적 범주: 내용의 논리

> 맑스가 심미적 가치에 대해 보이는 이런 태도는 분명
> 경제생활에서의 주관·객관문제에 대해 그가 제시한 해결책뿐만 아
> 니라 상품의 물신화에 대해 그가 발견해낸 것과도 연관된다. (…)
> 『자본』을 쓰는 동안 맑스는 심미적인 것에 가까운 범주와
> 형식들에 흥미를 가졌는데, 이들이 자본주의 경제범주들이 겪는
> 모순적 흥망성쇠와 유사성을 지녔기 때문이었다.
> ──미하일 리프시쯔(Mikhail Lifshitz)[31]
> 『카를 맑스의 예술철학』(*The Philosophy of Art of Karl Marx*)

우리가 앞에서 시간적 내지 통시적 연쇄의 측면에서 검토한 것을 형

---

30 Marx and Engels, *The German Ideology*, Roy Pascal 옮김 (New York: International 1947) 14~15면. 고딕체 강조는 제임슨.
31 미하일 리프시쯔(Mikhail Lifshitz, 1905~83)는 구소련의 맑스주의 문학비평가·예술철학자이다──옮긴이.

식과 내용 사이의 모순으로 표현할 수도 있을 텐데, 새것은 낡은 것에 대하여 이제 낡아버린 형식을 대체하기 위해 표면으로 헤쳐나오는 잠재적 내용과 같기 때문이다. 이런 구별에서 독자들은 무엇보다 맑스의 혁명적 변화의 모형을 볼 터인데,[32] 이런 구별은 분명 헤겔과 맑스의 변증법 모두에서 주축이 되는 기제이며, 궁극적으로 헤겔이 이룩한 개념적 혁신 중에서 가장 획기적인것으로, 이 새로운 대립은 아리스토텔레스에서 칸트에 이르기까지 철학적 사유를 지배하며, 내용보다는 **질료**, 무기력한 소재, 충전물, 수동적인 것 등과 대립하는 기존 형식 개념과는 분명히 구별되기 때문이다. 또한 헤겔적 이원성은 단순히 주객관계라는 더 근원적인 변증법적 현실의 또다른 변종에 불과한 것으로 간주되어서도 안 된다. 그보다 형식과 내용의 구별은 주객관계 개념에 은밀한 동력을 부여하고, 헤겔로 하여금 주객관계의 다양한 논리적 결합을 상대방으로부터 생성해 나오는 하나의 출현으로 볼 수 있게 하며, 또한 언제나 현재의 힘의 비율에 대한 단순한 경험적 측정에 머물고 말 것으로부터 형식들의 사다리를 구성할 수 있게 해준다. 마지막으로, 바로 이런 변증법적 사고의 역동적 기제는 변증법적 사고의 예견적 가치라고 할 만한 것을 설명해주기도 하는데, 물론 곧 살펴볼 것처럼 그런 예측은 사후에만 일어난다고 할 수 있다.

이런 문맥에서 볼 때 형식과 내용의 구별에서 가장 놀라운 것은 그것을 적용할 현상이 광범위함에도 불구하고 이 개념이 그 근원에서는 본

---

32 사회의 물질적 생산력은 일정한 발전단계에서 이전에 그 활동공간이었던 기존의 생산관계, 또는 같은 말을 법률적으로 표현하자면 소유관계와 갈등하게 된다. 생산관계는 생산력을 발전시키는 형태로부터 생산력을 속박하는 것으로 바뀐다. 이때 사회혁명의 시기가 도래한다(Marx, *A Contribution to the Critique of Political Economy* 서문, N. I. Stone 옮김, Chicago: Kerr 1904, 12면).

질적으로 심미적이라는 사실인데, 이 개념은 예술 자체의 역사에 대한 헤겔의 연구는 물론이요 신학과 철학사에 대한 연구로부터, 바꿔 말해서 본질적으로 상부구조에 속하는 재료들로부터 생겨났기 때문이다. 실제로 이 개념이 맑스의 손에서 엄청난 힘을 발휘하게 되는 비밀도 바로 여기에 있는데, 문화 영역에서 비교적 투명하고 입증 가능한 사실, 즉 변화란 본질적으로 적절한 형식으로 표현되고자 애쓰는 내용의 기능이라는 사실이야말로 바로 정치적·사회적·경제적 현실의 물화된 세계에서는 분명치 않으며, 이런 세계에서 가장 밑바닥의 사회적·경제적 '원료'가 자체 논리에 따라 발전한다는 생각은 폭발적이며 해방적인 효과를 갖게 된다. 역사는 예술작품 자체와 마찬가지로 인간노동의 산물이며 또 그와 유사한 역학에 따른다. 이런 은유적 전이의 힘은 굉장하며, 동시에 이는 우리가 루카치의 사상에서 강조한 문학비평과 변증법적 사고 일반 사이의 그 깊은 친연성을 설명하는 데 효력을 발휘하기도 한다.

변증법적 사고는 이런 측면에서 볼 때 아리스토텔레스에 의해 발전된 형식 중심의 장인적 모형의 반전으로 간주될 수 있기 때문이다. 이럴 때 형식은 우리의 출발점이 되는 시초의 패턴이나 주형(鑄型)으로서가 아니라, 우리의 종착점이자 내용의 심층논리 자체의 최종적 분절화로 간주된다. "철학적 인식 속에서 살아서 발전하는 것은 내용의 본질이며 또한 오직 그것뿐이다. 동시에, 그 규정태들을 설정하고 생겨나게 만드는 것도 내용의 내적 성찰이다."[33] 철학사에 대한 헤겔의 이 말은 예술 자체에도 역시 유효하며, 예술내용이 지니는 논리의 심원한 비인격성을 강조하는 데 도움이 될 수 있다. 예술내용의 논리와 관련해 예술가

---

33 Marcuse, *Reason and Revolution* 121면에서 재인용.

자신은 일개 도구에 불과하고, 이 논리는 한 예술가를 통해 자신을 펼쳐 나가면서 그의 개인적 삶의 사건들을 자신의 형식적 탐구의 요소로 사용하며, 선행자나 계승자의 경우와 마찬가지로 그 예술가를 통해서 논리 자체의 내재적 법칙에 따라 발전해나간다.

바로 이런 이유로, 개개 예술작품에 대한 우리의 판단은 궁극적으로 사회적·역사적 성격을 띤다. 내용과 형식의 부합이 거기서 실현되었든 실현되지 않았든 또는 어느정도만 실현되었든 간에 이런 부합의 정도는 결국 그 역사단계 자체에서 그것이 얼마만큼 실현되었는가에 대한 가장 귀중한 지침 중 하나이며, 실제로 형식 자체가 내용이 상부구조 영역에서 개진된 것에 불과하다. 헤겔은 『미학』에서 말한다. "한 예술 작품의 불완전함을 결코 개인적 서투름의 결과로 보아서는 안된다. 오히려 **형식의 불완전성**은 내용의 불완전성에서 유래한다. 그래서 중국인·힌두인·이집트인의 예술작품의 내용과 사상, 즉 신화체계는 본질적으로 무규정적이거나 빈곤하게 규정된 것에 불과할 뿐 본질적으로 절대적 내용이 되지 못했기 때문에, 그들의 형식과 신상(神像)과 성상(聖像)들은 형식이 결여된 상태에 머무르거나 열악하고 그릇된 형식적 규정에 예속되었으며, 따라서 진정한 미를 획득할 수 없었다. 예술작품이 완벽해질수록 그만큼 그 내용과 사상도 더욱 깊은 내적 진실을 지니게된다. 그러나 이것은 단순히 외부현실에 나타나는 자연의 이미지를 관찰하고 모방하는 기술적 숙련도의 문제가 아닌데, 예술적 의식과 실천이 특정 발전단계에 이르면 자연의 이미지를 폐기하거나 왜곡하는 것은 결코 우연한 기술적 무능이나 서투름의 결과가 아니라, 의식내용 자체로부터 생겨나고 그것에 의해 유발된 의도적 변용이기 때문이다. 따라서 이런 의미에서 불완전한 유형의 예술이 존재하는데, 그것은 기술 및 여타의 측면에서 볼 때 자기 고유의 영역에서는 완전할지 몰라도 예술과 이상의 개념에 비추어보면 결함이 있는 것으로 보인다. 최고 예술에서만 이념과 표현이 부합하여 이념의 형상이 표현하는 내용 자체가 진정한 내용이기 때문에, 이념의 형상이 즉자적·대자적으로 진실할 수 있다. 우리가 앞서 지적한 점도 이와 관련된다. 즉 이념은 구체적 총체 속에서 그것을 통해 규정되며, 따라서 자신이 어떻게 개별화되고 어떤 현상으로 규정되어 드러날 것인가에 대한 원칙과 기준을 자체 내에 지닌다는 것이다."[34] 이처럼 헤겔은 단일한 전체 포괄적 운동 속에 내재적·외재적 비평을 포섭하며, 따라서 우리는 자족적 예술작품("자기 고유의 영역에서는 완전한" 작품)의 측면을 충분히 대접해주면서 동시에 그것을 더욱 폭넓은 외부적 맥락 속에 재배치할 수 있는데, 그 맥락 속에서는 작품의 형식적 전제 자체가 문제시되어 '예술과 이상의 개념에 비추어 결함이 있음'이 발견된다. 후자의 개념은 더이상 좁은 의미에서 예술의 문제가 아니다. 여기서 헤겔의 '이념'(이데아)은 총체적 생활형식으로, 사회생활 자체의 구체적 양식으로 (혹은 우리가 앞에서 언급한 것처럼 내용의 논리로) 이해되어야 한다. 이와 같이 헤겔은 이 구절에서 모든 변증법적 비평의 본질적 운동을 요약해내는데, 이는 곧 내적·외적, 내재적·외재적, 실존적·역사적인 것들을 화해시키는 일이며, 우리가 역사의 한 특정한 형식 내지 계기의 내부에서 길을 모색해가는 동시에 그 바깥에서 그것을 비판할 수 있게 해준다. 이렇게 하여 우리는 번번이 양자택일을 요구받은, 문학의 사회학적·역사적 사용과 형식주의 사이의 정태적이고 쓸모없는 대립을 넘어설 수 있다.

이런 점에서, 헤겔과 맑스는 모두 그리스 예술을 존중했지만 둘 다 형식이 내용에 완전히 부합하는 완벽한 예술작품은 아직 이론적으로 출

---

34 *Ästhetik* 제1권 81~82면.

현할 수 없다고 본 것은 가히 주목할 만하다. 그러나 헤겔 도식에서 이것이 불가능한 이유는 예술이란 궁극적으로 신학과 철학으로 화함으로써 자신을 초월하는 경향이 있으며, 절대정신인 그 완전한 자기의식에 점차 가까워짐에 따라 감각적 유희로서의 자신을 폐기하기 때문이다. 반면, 맑스주의에서는 사고가 점점 구체화되면 오히려 철학이 폐기되는데, 루카치의 예는 예술 자체가 그전 학문을 대체할 만한 확고한 자격을 갖추었음을 보여주었다. 그러나 맑스주의에서는 객관이 주관에, 형식이 내용에 부합하는 것이 하나의 상상적 가능성으로 존재할 수 있는 것은 어떤 식으로든 사회생활 자체에서 구체적으로 실현된 경우에 한하며, 따라서 형식적 결함은 물론 형식적 실현도 이에 상응하는 어떤 좀더 깊은 사회적·역사적 형태의 표시로 간주되며, 이것을 탐구하는 것이 곧 비평가의 임무다.

우리가 앞서 말한 것처럼 내용의 논리는 **결국** 사회적·역사적 성격을 띤다. 예술적 사실 자체와 그것과 대응되는 좀더 폭넓은 사회적·역사적 현실 사이의 관계를 명료화하기 위해서는 비평의 초점을 점차 확장하고 비평가의 성찰범위를 확대할 필요가 분명히 있으나, 모든 비평가가 이를 수행할 준비가 되어 있지는 않고 모든 비평분석 작업이 이를 요구하는 것도 아니다. 그러나 이런 확장과 함께 내재에서 외재로의 이행운동을 생략하는 것은 그것이 예술과 문화활동 일반의 어떤 비역사적 본질을 믿도록 조장하는 만큼, 그 자체가 이데올로기적 행위다. 따라서 피어스(R. H. Pearce)가 한 고전적 평론에서 밝힌 것처럼 신비평은 문학의 역사적 차원을 '언어'나 매체의 개념으로 회귀시킴으로써("억압함으로써"라는 표현이 더 적절할 듯한데) 이를 이데올로기적으로 처리할 수 있었고, 그다음엔 그 '언어' 내지 매체를 외부와 차단함으로써 경계선에서 작업을 멈추면서도 예술작품에 대한 완결된 (그리고 비역사적인)

설명을 제시한 것처럼 보일 수 있었다.[35]

　분명 신비평의 판단은 크래쇼(Richard Crashaw)[36]나 셸리나 초기 예이츠의 경우처럼 문체상 실패의 예를 따로 떼어 이야기하든 혹은 단떼나 엘리자베스 시대 문인의 경우처럼 문체적 밀도의 순간을 따로 떼어 이야기하든 간에, 여기에 묘사된 종류의 형식과 내용 관계에 대한 고찰을 포함한다. 사실 이미 살펴보았듯이 신비평가들은 스윈번이나 하디(Thomas Hardy) 혹은 엘리엇을 읽는 동안에도 존 던을 결코 잊지 않았다는 점에서, 변증법적 의미에서 변별적이며 묵시적이든 명시적이든 앞에서 묘사한 종류의 통시적 연쇄들을 투사하였다. 그러나 신비평가들은 그들의 '시금석'인 단떼, 후기 셰익스피어, 존 던을 영구화하고 언어를 물신화하여 일종의 비역사적 충만성의 원천으로 삼음으로써, 윤리적 범주 자체를 사회적·역사적 용어로 번역할 필요도 없이 내용의 논리에 관한 논의를 순수 윤리적 한계에 국한할 수 있었다. 따라서 신비평가들은 변증법적 사고가 구체적인 것이라고 부를 만한 것(특히 서정시나 극시에서 언어적으로 구체화된 형태)에 대해 날카로운 감각을 지녔지만, 시 내용에서 그런 구체적 언어의 원천에 대해서는 순전히 관념론적 이해를 넘어서려는 마음이 없었다. 신비평가들 스스로 자청한 방법론상의 전략적 제약은 그들로 하여금 구체적 언어의 원천을 시인의 '도덕적' 혹은 종교적 태도의 함수로 간주할 수 있게 했다.

　그러나 이런 이데올로기적 제한에 대한 최종 댓가를 역사적 차원이 아니라 문학 내재적 차원 자체에서 치르게 된다는 사실이야말로 정말 변증법적 아이러니인데, 역사적 사고를 특징짓는 그 깊은 상대주의와

---

35 "Historicism Once More," *Historicism Once More* (Princeton: Princeton University Press 1970) 10~13면.
36 크래쇼(Richard Crashaw, 1612?~49)는 영국의 형이상학파 종교시인이다——옮긴이.

각 구체적 상황의 특수성에 대한 존중이 없을 때 신비평의 범주들은 쉽게 경직되어 모든 종류의 텍스트에 그 내적 정합성과는 무관하게 획일적으로 적용될 것이기 때문이다.

실제로 진정한 변증법적 비평에서 미리 설정된 분석범주는 있을 수 없으며, 각 작품은 자신의 내용 속에 들어 있는 일종의 내적 논리 내지 전개의 최종산물인 만큼, 스스로 자체 범주를 만들어내며 자신을 해석할 특정한 용어들을 지명한다. 따라서 변증법적 비평은 모든 예술작품에서 동일 구조를 찾고 단일한 유형의 해석기술이나 단일한 양식의 설명을 처방하는, 모든 일면적 내지 일가적(一價的) 미학이론과는 정반대다. 또한 변증법적 비평은 그런 식의 기반 위에 세워진 분화된 학문분야와 화해할 수도 없다. 예컨대 변증법적 관점에서 볼 때는 한 개별분야로서의 **문체론**이라는 개념 전체가 심히 모순적인데, 그것은 문체 혹은 문체로 지각된 언어야말로 항상 문학작품에서 본질적이고 구성적인 요소가 된다고 전제하기 때문이다. 사실 얼핏 생각할 때 모든 문학작품이 무엇보다도 언어적 구성물이라는 점은 새삼 말할 필요도 없는 것 같다. 그러나 실제로 우리가 문체라고 부르는 것은 비교적 근래의 현상이며 중산계급 세계 자체와 함께 출현했다. 이것은 라틴어와 그리스어 원전을 중심으로 이루어졌던 고전적 교육제도가 폐기된 결과라 할 수 있는데, 문체는 본질적으로 근대 중산계급 문화에서 고전시대의 수사학을 대신하기 때문이다. 문체와 수사학의 두 범주를 유용하게 구분하는 방법은 각각이 개성에 부여하는 가치와 역할을 살펴보는 것이다. 이런 면에서 수사학이란 작가나 웅변가가 표현력이나 고양된 스타일을 달성할 수 있게 해주는 제반 기교의 조합이며, 또 이는 비교적 고정된 계급적 기준이나 매우 다양한 작가들이 참여할 수 있는 제도로 상정된다. 반면에, 문체는 바로 개인성의 요소 자체이며 개인의식이 자신을 다른 것과 구별하고 비길 데 없는 독창성을 주장하는 양식이다. 따라서 우리가 이미 근대시에서 형식적 범주로 작용하는 것으로 살펴본 육체와 육체적 감각의 생리학적 특이성에 대한 강조는 바로 그 궁극적 표현이다. 여기서 롤랑 바르뜨의 규정은 "사고의 수직적이며 단일한 차원과 같은 것"을 구성하는 한, 문체의 핵심에 자리하는 언어적 요소와 언어 외적 요소 사이의 잠재적 모순을 드러내는 데까지 나아간다. "문체와 관계를 맺는 것은 역사보다는 생물학이나 과거의 차원이다. 문체는 작가의 '대상'이며 영광이자 감옥이며 고독이다. (…) 그 비밀은 작가의 육체에 파묻힌 기억이다. 문체의 암시적 힘은 말하지 않은 것이 일종의 언어적 간격으로 남아 있는 회화에서처럼 속도가 아닌 밀도의 현상이다. 문체의 비유 속에 거칠거나 부드럽게 조합되어 문체 밑에서 단단하고 깊게 지속되는 것은 언어와는 전혀 다른 현실의 단편들이기 때문이다."[37]

여기서 틀림없이 나올 수 있는 반론은 우리가 말장난을 하고 있다는 것과, 그리고 연구대상 및 문학적 범주로서의 문체와 앞서 현대적 의미에서 문체의 역사적 현상으로 묘사한 것을 혼동하지 말아야 한다는 것이다. 그러나 기존의 분석적 유형의 논리적 추론에서는 용납할 수 없는 것으로 보이겠지만, 이런 '말장난'이야말로 변증법적 방법의 본질 자체이다. 정태적 합리성의 눈에는 하나의 추문거리지만 변증법적 방법의 내적 운동은 형식적 개념과 그것이 나온 역사적 현실 사이의 필수적 연관을 극화한다. 따라서 문체 일반이라는 추상적 관념은 그것이 애당초 표현하는 대상이었던 현대 문체의 구체적인 역사적 현상의 흔적을 그대로 지니고 있으며, 바로 문체는 역사적 현상인 까닭에 그에 관한 절대 과학(absolute science)은 불가능하다.

---

37 Barthes, *Le Degré zéro de l'écriture* 58~59면.

이 모든 것을 다른 식으로 표현하자면, 작품들은 언어적 요소에 대해 다양한 거리를 유지하면서 출현하고, 한 작품이 말로 이루어진다고 해서 곧 현대적 의미의 '문체'가 그 지배적 범주의 하나가 되지는 않는다는 것을 지적할 수 있다. 예컨대 19세기에 나온 대부분의 소설작품에서 문체는 비교적 덜 중요한 요소인 한편(일례로 디킨스를 명문장가로 간주함으로써 우리가 그를 은연중 현대화해버리는 점을 생각해보라), 라신(J. B. Racine)[38] 같은 작가의 문체적 차원은 수사적 차원에 비해 중요치 않다. 그러나 의도적으로 자신에게 주의를 환기하고 작품의 핵심적 요소로 자신을 '전경화'(前景化, foreground)하는 언어로 문체를 정의하는 것은 문체론에 반하여 이런 현상이 지니는 깊은 역사적 성격을 다시 밝혀준다.

자신의 내적 논리를 통해 생성하는 범주들에 의거해 내용은 형식 구조 속에 스스로를 조직화할 뿐만 아니라 가장 잘 연구될 수 있는바, 이와 관련해 맑스의 경제 연구는 가장 인상적 모형을 제시한다. 여기서 맑스는 자신의 연구에 적합한 범주를 고안해내는 동시에 역사적 근거 위에서 그 범주들을 정당화해야 했다. 따라서 『자본』 제1장에서 상품이라는 지적 범주를 확립하고 상품 개념과 그것이 반영하며 이해하고자 하는 상품생산의 현실 사이의 관계를 묘사하는 방식은 지적 범주들이 끊임없이 생성되고 해체되는 변증법적 사유의 고전적 예다. 애초부터 맑스는 중산계급 경제학자들이 개발해낸 전통적인 경제적 범주를 소화·극복해야만 했는데, 그들은 경제현상을 생산·분배·교환·소비·임금·지대·재산·공업·농업 같은 요소들의 기계적·비역사적 상호작용으로 간주했다. 그러나 요점은 사회적·역사적 발전의 어느 특정 단계에서 이

---

38 라신(J. B. Racine, 1639~99)은 프랑스의 시인·극작가이다 ── 옮긴이.

다양한 '요소'들은 서로 다른 매우 특수한 비율로 존재하며, 따라서 그 비율이 변화할 때 전과정의 성격도 아울러 바뀐다는 것이다. 그러므로 농업을 플라톤적 본질이나 이념으로 생각할 수 없으며, 자본주의 이전 농업사회에서나 자본주의에서나 동일하게 남아 있는 토지소유권 따위의 고정된 범주는 있을 수 없다. 오히려 각 부분은 상관적이며 전체 자체가 발전하면서 함께 발전해나간다. "페니키아나 카르타고 같은 고대 상업국과 다른 나라들을 구분한 뚜렷한 경계선(추상적 명확성)은 농업의 우위에서 비롯하였다. 그런 추상성에서 자본은 상업자본이나 화폐자본으로 자신을 드러내며, 아직 사회적 지배요소로 구성되지는 못했다."[39] 따라서 변증법적 사유는 이중적으로 역사적이다. 즉 변증법적 사유가 취급하는 현상부터 역사적 성격을 지닐 뿐만 아니라, 또한 변증법적 사유는 그 현상을 이해하는 데 사용된 개념을 그대로 녹여서 바로 그 개념의 부동성(不動性)을 역사적 현상으로 해석해야 한다.

그렇기 때문에 진정한 변증법적 비평은 항상 작업구조의 일부인 자신의 지적 도구에 대한 논평을 포함해야 한다. 따라서 상징법에 대한 쁠레하노프의 고전적 분석은 입센(H. Ibsen)의 작품에 구조적으로 투영된 야생오리 같은 상징적 요소에 대한 단순한 해석을 넘어선다. 그에게 중요한 것은 개별 상징의 의미가 아니라 상징법이라는 현상 그 자체의 의의다. "문학사는 인간이 항상 특정한 현실을 초월하기 위해 이 수단들(상징법과 리얼리즘) 중 하나를 사용해왔음을 보여준다. 인간이 특정한 현실의 의미를 파악할 수 없을 때, 혹은 그 현실의 전개에서 귀결되는 결과를 수락할 수 없을 때 그는 상징법을 사용한다. 또 어렵고 간혹 해결 불가능한 문제를 해결하지 못할 때, (헤겔의 명문구를 빌리자면)

---

39 Marx, *Contribution to the Critique of Political Economy* 304면.

미래의 그림에 생명을 불어넣는 마법의 말을 할 수 없을 때, 인간은 상징에 의존한다. 그러므로 마법의 말을 할 수 있는 능력은 힘의 표시이며 그렇게 하지 못하는 것은 무력함의 표시다. 마찬가지로 예술에서도 한 예술가가 상징법으로 기울 때, 그것은 그의 사고 혹은 계급의 사회적 발전이라는 의미에서 그가 대표하는 계급의 사고가 감히 그의 눈앞에 놓여 있는 현실로 파고들지 못한다는 것을 너무도 명백히 보여주는 표시다."[40] 독자들은 이 구절에서 후에 루카치가 지나치게 강령적으로 개진한 것과 같은, 모더니즘 및 우리가 이제 양식화라고 부르게 된 것에 대한 독특한 적의와 리얼리즘 작품에 대한 본능적 편애를 감지할 것이다. 또한 현재 문맥에서 볼 때 상징적 양식으로의 복귀가 역사적 퇴행이라고 여기는 이런 가치판단은 헤겔적 사고에서 나온 것임을 독자들은 아마 알아차릴 것이다. 그러나 이제 문제가 되는 것은 쁠레하노프의 기본 통찰이 아니라, 애초에 한 특정 작품의 특이한 구조를 정당하게 다루기 위해 나온 새로운 개념을 단발(單發) 공식으로 변환한 일이다. 이런 분석은 상징법과 작품의 다른 요소 사이의 동적 상호작용과 상호의존을 강조하고, 한가지 요소(이 경우는 시각적 대상)를 과잉개발하는 것이 다른 요소를 저개발하는 데 밀접하게 관련되는 방식을 명료화한 만큼 변증법적이다. 이처럼 변증법적 비평은 진(眞)이나 미(美) 같은 낡은 절대자들을 하나의 판단으로 대체하는데, 그 판단에서는 역사적 상황이 우선함을 주장하여 예술작품 자체나 철학체계 내부의 장점과 단점이 서로 분리될 수 없음을 강조하고, 그러한 주장은 모든 특수성을 지닌 장점 자체가 존재하려면 우선 그에 상응하는 특정한 약점들이 존재해야 한다는 사실을 보여주는 하나의 구체적 사례 구실을 한다.

---

40 Angel Flores 엮음, *Ibsen* (New York: Haskell House 1966).

우리는 현재 작업을 이런 관점에서 재검토함으로써 이 문학적 범주들의 상대성 및 개별작품 자체가 우선적으로 지니는 고유한 내적 모순의 의미를 여실히 전달할 수 있을지 모르는데, 지금까지 우리 기술은 변증법적 사고를 단지 대상으로만 받아들이고, 두제곱된 사고인 그 자신의 자기의식을 강조하는 데 실패한 만큼 비변증법적이기 때문이다. 또 사실상 이 장의 지배적 범주인 실례(實例, example)의 범주를 봐도 이것이 문제임을 알 수 있다. 단지 사고가 불완전하게 실현된 경우에만 그러한 실례를 제시할 필요가 있기 때문이다. 실례란 항상 사고과정으로부터 추상화되거나 떨어져 있다는 표시다. 실례는 부가적이며 분석적인 반면, 진정한 변증법적 사유에서는 모든 개개의 대상 속에 전체 과정이 함축되어야 한다. 실례에서는 변증법적 사고와는 반대로 구체적 사유가 전혀 별개의 두가지 작업으로 분열되는데, 그 하나는 진정한 사유가 아니라 방법의 제시이며, 또 하나는 진정한 대상에 대한 애착이 아니라 대상에 대한 일련의 실례일 뿐이다. 그러나 변증법적 사유의 본질은 바로 사고가 내용 혹은 대상 자체와 분리될 수 없다는 점에 있다. 이것이 바로 『현상학』서문에서 헤겔에게 주어진 짐이었는데, 여기서 그는 철학을 외부로부터 규정지을 수 없으며, 철학의 실제적 실천 자체를 통해서가 아닌 다른 방식으로 진정 철학에 대해 논할 수는 없다고 주장한다. "이런 설명들(즉 철학적 과정에 대한 외적 진술이라든가 철학의 목적과 방법의 제시, 예증과 실례 등)에 대한 요구는 그런 요구를 충족하려는 시도와 마찬가지로 철학이 해야 할 본질적 작업으로 아주 쉽게 통용된다. 마치 한 철학서의 가장 내밀한 진실이란 그 목적과 결과에서 가장 잘 표현되는 것이 아니겠는가, 또한 이들을 파악하는 데서 동일한 철학 분야에 종사하는 다른 동시대인들이 산출한 작업들과 구별하는 것보다 더 확실한 방법이 있겠는가 하는 식이다. 그러나 만일 이런 절차가

지식의 출발 이상으로 실질적 앎으로 통용된다면, 사실상 우리는 이를 당면한 실제 임무를 회피하려는 수단으로, 또한 실제로는 주제를 완전히 경시하면서도 외면적으로는 주제에 진지하게 골몰하는 인상을 주려는 시도로 간주해야 하는데, 진짜 제재(題材)는 그 목적이 아니라 자료를 개진해나가는 가운데 소진되며, 또한 구체적 전체란 단지 달성된 결과가 아니라 거기에 도달하는 과정이 함께 수반된 결과이기 때문이다. 아직 구체적 실현이 결여된 전반적 흐름이 일정한 방향으로의 활동에 불과한 것과 마찬가지로, 목적 자체란 생명 없는 보편자일 뿐이다. 또한 과정으로부터 분리된 결과란 그것을 이끌어주는 추세를 잊어버리고 뒤에 두고 온 체계의 시체다."[41]

따라서 변증법적 비평을 진정 구체적으로 제시하는 길은 그런 비평 자체를 실천하는 길밖에 없으며, 그것은 특정한 대상으로 내려감에서 시작해 결국 문학 자체로까지 나아간다. 따라서 우리가 실례의 실례를 보여줄 때 비로소 우리의 제시는 한층 높은 변증법적 차원으로 고양되며, 자신의 논평에 논평을 가함으로써 진정 구체적인 비평의 모습을 일별하고자 탐구하는 자신의 활동에 대해 좀더 적합한 의식을 획득하게 된다.

3. 형식과 내용의 매개로서의 동어반복

따라서 변증법적 사고는 그 구조에서부터 이미 자의식적이며, 한편으로는 주어진 대상을 사유하는 동시에 그렇게 하는 우리 자신의 사고

---

41 Hegel, *Phenomenology of Mind*, J. B. Bailie 옮김 (London: Allen and Unwin 1949) 68~69면.

과정을 관찰하려는 시도, 혹은 좀더 과학적인 비유를 쓰자면 관찰자의 위치를 실험 자체에 감안해넣으려는 시도라 할 수 있다. 이런 관점에서 볼 때 헤겔 변증법과 맑스주의 변증법의 차이는 연루된 자의식이 어떤 유형인가에 따라 정의될 수 있다. 헤겔의 경우 그것은 비교적 논리적 유형으로, 주관과 객관, 질과 양, 한정과 무한 등 순수한 지적 범주들의 상호관계에 대한 의식을 포함한다. 여기서 사유자는 자신의 특정한 사고 과정이, 그리고 실제로 그 사고의 출발점인 문제들의 형식 자체가 사고 결과를 한정하는 방식을 이해하게 된다. 반면에 맑스주의 변증법이 목표로 하는 자의식은 사회와 역사 자체에서 사유자의 위치를 인식할 뿐만 아니라 그의 계급적 위치가 이런 인식에 부과하는 제약을 인식하는 것이며, 간단히 말해서 모든 사고 및 최초의 문제제기 자체가 지니는 이데올로기적·상황적 성격을 인식하는 것이다. 그러므로 이 두가지 형태 변증법의 정확한 상호관계는 앞으로 더 살펴봐야겠지만, 결코 분명히 서로 모순되지는 않는다.

그러나 자의식은 내성(內省)을 의미하지 않으며, 변증법적 사유도 결코 개인적 사고가 아니라, 특정 유형의 자료가 우리의 사고대상으로서 뿐 아니라 그 특정한 대상의 내재적 성격에 의해 야기된 일련의 정신작용으로 스스로를 의식하도록 만드는 방식이다. 따라서 변증법적 사유는 두제곱된 사고, 즉 선행하는 사고에 대한 사고일 뿐만 아니라 선행하는 사고의 성취이며, 또 그 의미는 후에 설명하겠지만 그것의 실현이자 폐기이기도 한데, 이전의 정신작용이나 문제해결을 새롭고 더욱 폭넓은 맥락 속에 위치시키는 만큼, 변증법적 사고는 더이상 곤경을 그 자체의 견지에서 정면으로 해결하지 않고, 곤경 자체를 문제제기 방식 자체에 잠재하는 깊은 모순의 표시로 이해함으로써 문제를 곧 답으로 전환하기 때문이다. 따라서 난해시를 대할 때 순진한 독자는 당면한 난해성을 해석하고 이성적 사고의 투명함으로 다시 용해하려 하는 반면, 변증법적으로 훈련된 독자의 경우, 그가 다른 형식의 언어적 투명함과 비교해 규정하려는 것은 그의 독서대상인 난해성 자체이며, 그 특정한 특질과 구조이다. 따라서 우리의 사고는 더이상 공식적 문제들을 액면 그대로 받아들이지 않고 그 이면으로 들어가 먼저 주객관계의 근원 자체를 평가한다. 그러나 현상학이 환원(epoché) 또는 괄호 안에 묶기로 규정한 이런 유형의 자의식 자체도 역사적 과정에서 그 위치를 통해 나름대로 변증법적 평가를 받는다.

따라서 그 극한에서 사고는 스스로를 해명하게 되며, 이것이야말로 변증법적 사고를 동어반복적인 것으로, 즉 모든 사고의 심원한 동어반복성이 점차 인식되는 과정의 일부라는 존재론적 의미에서 동어반복적인 것으로 묘사하는 일을 정당화해준다. 물론 그 기본적 시간 형식은 마찬가지이지만 여기서 말하는 것은 단순한 논리적 동어반복보다 훨씬 심층적이다. 후자에서는 하나의 명제가 별개의 독립적 두 실재를 연결하는 것처럼 보였는데, 갑자기 그것들이 여태껏 동일한 것이었음이 드러나며 사유행위 자체가 해소되어버린다. 그러나 여기서 동일성이란 두 단어나 두 개념이 아닌 주관과 객관 자체 사이의 동일성이며, 사고과정과 그것이 행사되는 기반이고, 또 그것이 이해하고자 하는 현실 자체 사이의 동일성이다. 비변증법적 사고는 순진하게도 자신과는 전혀 다른 별개의 객관성에 작용하는 주관성으로 스스로를 상상함으로써 시초의 분리 내지 시초의 이원론을 수립한다. 변증법적 사고는 이런 시초의 이원론을 확장하고 폐기하는 것으로 나타나는데, 이는 바로 자신이 이전에는 별개의 어떤 것이라고 상상했던 외적 객관성의 근원임을 인식하기 때문이다. 그리고 이제 이것은 이중의 측면에서 이해되어야 하는데, 그것은 모든 경험을 하나의 특정한 유형의 주객 구조의 함수로 보는 헤겔식 '객관적 관념론'의 의미와, 그리고 외부세계란 완전히 인간 노동과 인간 역사의 산물이기 때문에 인간 생산자 자신도 역사의 산물이 되는 맑스적 의미다.

앞절에서 잠깐 그 작용을 살펴본 바 있는 변증법적 사고 일반의 심원한 특징인 변증법적 '말장난'이 생겨난 것은 바로 사고가 이처럼 자신의 내용이나 대상에 의존하기 때문이다. 따라서 아도르노의 「사회」(Gesellschaft) 같은 글을 읽는 독자는 저자가 두가지 상이한 유형의 고려 내지 두가지 완전히 다른 연구대상을 부당하게 뒤섞었다고, 즉 그가 종종 그리고 사실상 고의로 사회이론이나 다양한 사회 개념의 역사를 사회학이나 여러 현존하는 사회 자체에 대한 경험적 연구와 혼동한다고 지나치게 빨리 단정지을지도 모른다. 물론 아도르노의 글에서 참조준거는 사실 두가지 차원을 부단히 왕복, 교체하고 있는데, 이는 우리가 이미 살펴본 것처럼 그가 입증하고자 하는 점이, 바로 사회라는 개념에 (그것이 초유기체나 세계 속에 경험적 대상으로 간주될 수 없는 한) 내재하는 난점이란 좀더 정교한 재능이나 정확한 자료만 주어진다면 정정 가능하다고 볼 수 있는 불완전한 이론화에 기인하는 것이 아니라, 현실적 대상인 사회 자체의 객관적 조건에서 사실상 유래한다는 것이기 때문이다. 그리고 후자의 사회 자체는 어떤 지점에서도 규정이 불가능하지만 편재하며, 또한 그것이 개인에 대해 행사하는 통제는 바로 그 개념이 지닌 모순 자체 속에 반영된다. "사회의 해법은 어떤 개별적 사실로부터 연역될 수도, 그렇다고 개별적 사실 자체로 이해될 수도 없지만, 그럼에도 불구하고 사회 전체에 의해서 결정되지 않는 사회적 사실이란 존재하지 않는다."[42]

---

42 Adorno, "Society," *Salmagundi* 10~11호 (1969년 가을~1970년 겨울) 145면.

이론뿐만 아니라 사고의 문제와 범주 자체도 (그 범주가 돈·폭력·사회·문체·시점 등의 실체 중 어떤 것이든 간에) 역사적으로 계속 변화하며, 어떤 고정된 객관적 실재도 지니고 있지 않다는 생각에는, 분명히 분석적 사고로서는 쾌씸하다고 여길 만한 측면이 있다. 그러나 자연과학 자체도 다음과 같은 심히 당혹스런 가능성을 고려하기 시작하고 있다. 즉 우주에 내재하는 법칙 자체가 진화상태에 있을지 모르기 때문에 물리법칙 및 고정불변하는 자연질서라는 개념 자체가 문제시된다는 것이다.[43]

역사적 사고와 역사적 명제에 대한 가장 최근의 논리적 분석도 이런 동어반복적 구조의 개념을 확증해주었다. 예컨대 마이클 스크리븐 (Michael Scriven)[44]은 역사서술의 모든 표면적 설명이란, 법칙을 정립한다고 주장하든 단순한 원인을 찾아낸다고 주장하든 실제로는 위장된 뻔한 이야기에 불과하다는 것을 보여주었다. 바꿔 말해서 그러한 설명은 애당초 설명되어야 할 시초현상 속에 이미 전제되어 있으며, 우리가 설명이라고 여긴 것은 기하학에서처럼 최초 '공리'의 분절화이거나 또는 그것을 거기 함축된 다양한 명제로 환원하는 분석 이외에 아무것도 아니다. 그러나 어떤 의미에서 이런 순환성은 자연과학의 설명에도 이미 존재했다. "최초의 인공위성을 쏘아올렸던 2단 궤도로켓의 밝기가 변해 보이는 현상을 설명해달라는 요청을 받았을 때, 과학자들은 로켓의 축 회전과 비대칭성 때문이라고 대답했다. 아마 연필을 빙빙 돌리며 앞으로 움직여가는 동작을 시범으로 곁들였을지도 모를 이 설명은 기

---

43 Stephen Toulmin and June Goodfield, *The Discovery of Time* (New York: Harper & Row 1965) 참조. 덧붙이자면 이것은 엥겔스의 제안과는 좀 다른 자연변증법이다.
44 마이클 스크리븐(Michael Scriven, 1928~)은 영국 태생이며 평가와 비판적 사고를 전공한 미국의 철학자·심리학자이다 ── 옮긴이.

자들에게 완전하게 먹혀들었을 것이다. 그러나 여기에는 아무 법칙도 포함되어 있지 않다. 보는 사람의 망막으로 들어오는 광자(光子) 수가 변하기 때문에 로켓 밝기가 바뀌어 보인다는 것은 지극히 옳은 말이다. 그러나 로켓이 대칭이고 대신에 그것을 비추는 광원의 밝기가 변한다 해도 마찬가지였을 터이고, 또 그밖의 가능성도 생각해볼 수 있다. 우리의 관심은 **특정한 탐구대상**이 처한 이와 같은 상태 중 어느 것을 설명으로 선택하느냐에 있으니, 즉 우리 눈에 보이는 현상의 원인이 로켓의 모양과 운동 때문인지 아니면 변화하는 광도 때문인지를 가르쳐달라는 것이다."[45] 바꾸어 말해서 기하학의 정리가 최초 정의에 내재하는 것처럼 설명은 최초의 사태묘사에 내재한다. 따라서 역사 이해는 법률과 그 표현이나 삼단논법의 전제들 같은 전혀 다른 두 항목의 조합에서 도출되는 것이 아니라, 기초적 사태 자체의 묘사를 확장하고 그 부분들을 원인과 결과 또는 문제와 설명으로 다시 분절화하는 데서 도출된다. 따라서 이런 이해는 시간 속에서 움직이는 한 형식의 차원에 속하지만, 하나의 분리된 사고과정으로서는 우리가 행해지는 정신작용의 진정한 성격을 인식하게 되면 동어반복으로 와해되어버린다.

앞장에서 든 예로 되돌아가보면, 지롱드파는 분명히 보르도의 특정 상인계급의 이익을 대변했으며, 그들의 활동을 그렇게 이해할 때 우리의 정신은 그것을 투명하게 파악할 수 있다. 그러나 문제의 사태(지롱드파 자체)와 그 설명(그들이 속한 계급)이 결과와 원인의 관계를 갖는다는 생각은 결국 별로 일관성있는 것이 못된다. 우리 자신의 정신작용을 주의해서 살펴보면, 우리는 우리 자신이 지롱드파의 상당히 한정된 모습(다양한 의회 인물들, 일화적 자료, 그들의 공적인 정치철학·연

---

45 Patrick Gardiner 엮음, *Theories of History* (Glencoe: Free Press 1959) 445, 447면.

398

설·강령 등)에서 출발했음을 알게 되는데, 이것이 갑자기 확대되어 그들의 출생지·과거·가족관계 등의 사회적 경험을 포함하게 된다. 후자가 **설명**의 기능을 획득할 수 있는 유일한 길은, 그것이 지롱드파가 농민이었다느니 19세기의 자유주의자였다느니 오스트리아 귀족이었다느니 하는 따위의 무의미한 명제를 암암리에 부정하는 것으로 이해될 경우이다. 그런데 지롱드파가 어떤 사람들이었다는 것이야 뻔한 이치에 속하며 결국 우리의 역사이해는 다시 모순율의 작용으로, 즉 모든 사태 속에는 그 자체의 논리와 '해석'(이를 다시 우리는 논리적 연속체로 표현하는데)이 담겨 있다는 궁극적 인식으로 다시 용해된다.

　이런 인과성의 환상은 사상사 영역에서 더욱 강한데, 그것은 시간이 경과하면서 구체적 상황이 사라지는 반면에 사상만 홀로 남게 되기 때문이다. 사고와 대상의 본래 관계는 외적인 것이 아니라 내적인 것이었으며, 가장 훌륭한 변증법적 분석은 외부 사회현실이 특정한 유형의 사고의 **원인**이 된다기보다는 거의 선험적 방식으로 그것에 기본적인 내적 제한을 가한다는 것을 보여주는 분석이다. 물론 매우 추상적 차원에서이긴 하지만 루카치의 『역사와 계급의식』의 주제도 바로 이것이었다. 즉 부르주아지의 사회적 상황이 그 사변적 사상에 선험적 제한을 가했으니, 우리식으로 말하자면 중산계급 사상의 형식들은 중산계급적 삶의 내용의 심층적인 내적 논리에 의존한다는 것이다. 이를테면 마르쿠제는 헤겔 체계의 이데올로기적 왜곡들(절대정신, 정치적 보수주의, 체계 일반의 관념론적 기반)이 그가 처했던 사회적·역사적 상황의 내용과 일치한다는 것을 보여준다. 이것들은 외적 결함이 아니라 오히려 그 특정 발전단계에서 사회적 현실의 성격에 관한 헤겔의 인식의 요체를 이룬다. "그는 현대사회 내 대립이 가져올 불가피한 결과를 알기 때문에 국가에 초월적 지위를 부여한다. 서로 경쟁하는 개개인의 이익은 전체의 존속을 보장할 체제를 생성해낼 수 없으며, 따라서 불가역적 권위가 그 위에 가해져야 한다. (…) 여기서 헤겔이 논하는 합리적 질서는 이제 그에게 이 사회가 원칙적으로 부정되지 않고도 합리적일 수 있는 최종적 한계를 나타낸다. 그는 모든 가능한 수단에 의해 기존 질서가 보호되어야 한다는 가차없는 경고로 1793년의 혁명적 공포정치를 내세운다."[46] 따라서 헤겔의 '보수주의'도 자본주의에 내재하는 도덕적 무정부 상태에 대한 인식이다. 그가 프러시아제국을 옹호한 것은 그가 처한 역사의 특정 단계에는 단순한 공포정치의 폭발이 아닌 어떤 형태의 진정한 사회적 변화와 재조직도 분명히 보이지 않았던 데서 비롯한 일이다. 따라서 헤겔 체계의 유일한 구체적 수정은 시간의 경과이며, 그런 한계들을 넘어서는 사회경제적 상황의 발전이다. 다시 말해서 헤겔에 대한 적절한 비판은 오로지 맑스의 철학뿐이라는 이야기다. 따라서 철학적 사고는 충분하게만 추구한다면 역사적 사고로 전환되며, 추상적 사고의 이해는 궁극적으로 그 사고의 내용, 즉 그 사고가 생겨난 기본적인 역사적 상황에 대한 인식으로 다시 용해된다.

그러나 우리 자신의 시대로 돌아오는 즉시 사고의 내적 한계라는 이런 개념이 함축하는 의미는 더욱 강렬해진다. 그것은 불연속적인 두 존재 영역, 즉 내적인 것과 외적인 것, 심리적인 것과 사회적인 것, 개인적 경험의 질적으로 체험된 현실과 존재의 양적·외적·집합적 조건사이의 도약이라는 형태를 취한다. 그런 도약의 충격은 외적 판단의 충격, 즉 자신의 정신으로부터 뿌리뽑혀 나와 타자나 역사의 눈으로 단자의 내부를 다시 들여다보는 충격이다. 앞서 우리는 싸르트르의 『비판』을 이런 과정의 의도적 구현으로 기술한 바 있다. 그러나 싸르트르의 초기 철

---

46 Marcuse, *Reason and Revolution* 175, 177면.

학을 살펴볼 때 (그리고 그것을 실존을 내부에서부터 가장 철저하게 묘사하며, 그런 묘사를 가장 철저하게 방법론적으로 변호한 일례로 간주한다면), 우리는 그런 묘사에서 우리 자신의 경험을 인식함과 동시에, 세계 내 의식의 존재 및 그것이 타인과 갖는 구체적 관계 등의 존재론적 구조로 제시된 것들도 결국 소유와 물화라는 독특한 언어를 지닌 역사적 소외의 형태들에 불과하다는 마르쿠제의 주장을 인정할 수 있음을 알게 된다.[47] 그러나 존재론적인 것이 결국 역사적인 것의 위장임을 밝혀내는 이런 분석에서, 단순히 싸르트르의 체계뿐만 아니라 바로 우리 자신이 어떤 의미에서는 장갑처럼 안팎이 뒤집어져 스스로를 더욱 폭넓게 바깥에서 바라보고, 우리 경험의 친숙한 내적 조건을 소외 자체의 구조로 인식하지 않을 수 없게 된다. 이런 작업은 철학적 입장을 그 자체 견지에 따라 이해하여 비판하는 전통적 작업보다 훨씬 더 복잡하다. 이런 전통적 작업의 예로 들 수 있는 것은 메를로-뽕띠가 『지각의 현상학』에서 『존재와 무』를 다루는 방식인데, 그는 『존재와 무』에서 처음에 주객의 지나친 극단적 분리를 전제하면서 『존재와 무』의 체계를 새롭고 더욱 적절하게 보이는 경험적 기초 위에 재구성하려 한다. 반면에 마르쿠제의 글은 더이상 싸르트르의 사고의 진위를 구분하려 하지 않고, 개념적 전체로서의 싸르트르의 체계에 상응하는 구체적인 역사적 경험 내지 상황을 추출·식별하고자 한다. 따라서 이런 유형의 변증법적 비판은 순수한 개념적 차원으로부터 역사적 차원으로, 관념으로부터 그것에 대응하는 산 체험으로 옮아가는 도약을 포함하며, 그 산 체험 역시 역사적 시각 속에 놓여 제시되는 만큼 이번엔 그것이 또한 '판단'된다. 실로 이것이야말로 변증법적 사고의 해석학적 차원인데, 이것

---

47 Marcuse, "Existentialismus," *Kultur und Gesellschaft* 제2권 49~84면 참조.

은 상부구조의 수준에서 고립된 추상적인 문화적 사실에 관한 구체적 맥락이나 상황을 회복하기 위해 꼭 필요한 차원이다. 물론 그 구체적 맥락 내지 상황은 우리가 과거의 문화적 대상과 관계를 맺을 때엔 이미 사라져버린다. 그러나 우리는 오늘날의 문화산물을 다룰 때 우리 자신이 실제로 연루되어 있는 사회경제적 상황을 무시하려는 만큼, 이런 구체적 상황은 억압의 대상이 된다. 따라서 이런 변증법적 판단은 내부와 외부, 내재와 외재, 실존과 역사를 순간적으로 종합할 수 있게 한다. 그러나 이런 종합은 우리 자신에 대해 객관적인 역사적 심판을 내리는 댓가를 치르고서야 얻어진다.

순수문학 영역에서 이것이 놀라울 만큼 가장 분명하게 드러나는 경우는 바로 역사를 대상으로 하는 문학형식인 역사소설이다. 역사소설에서는 원료가 형식에 대해 절대적으로 논리적 우위를 차지하며, 역사적 대상의 모순이 형식의 모순으로 변화되는 과정은 마치 실험실의 실험처럼 공공연히 관찰될 수 있다. 아도르노가 토마스 만의 중편소설 『기만당한 여인』(*Die Betrogene*, 1954)[48]의 소재에 대해 그에게 보낸 주목할 만한 편지의 요지는 이를 잘 보여준다. "켄(Ken)[49]이라는 인물은, 내가 틀리지 않았다면, 1차대전 후 10년보다는 1940년대나 50년대 미국인의 모든 특징을 지니고 있습니다. 이는 나보다도 당신 자신이 훨씬 더 절실하게 느낄 것입니다. 이제 어떤 사람은 (이런 치환을) 예술 창조의 정당한 자유라 주장하며 인물설정의 정확성 문제에서도 창조적 자유가 연대기적 정확성보다 우선해야 한다고 주장할지 모릅니다. 그러나 나는 이런 자명한 논의가 과연 그렇게 설득력이 있는지 의심스럽군요. 만

---

48 1920년대 말 독일 뒤셀도르프를 배경으로 폐경을 맞이한 50세 과부 로잘리(Rosalie)의 사랑과 죽음을 다뤘다―옮긴이.
49 로잘리의 아들의 미국 출신 가정교사―옮긴이.

일 당신이 어떤 작품의 무대를 1920년대로 설정하고 사건이 2차대전이 아닌 1차대전 이후에 전개되도록 한다면, 그야 당신 나름대로 그럴 만한 충분한 이유가 있겠지요. 튐러 부인(Frau von Tümmler)[50] 같은 존재는 지금에 와선 상상도 할 수 없다는 것이 그중 가장 명백한 이유일 것입니다. 또한 더 깊은 차원에서 이것은 우리를 그 직접적 현실로부터 떼어놓고, 그 현실을 지나간 역사의 한순간으로, 즉『사기꾼 펠릭스 크룰의 고백』(*Bekenntnisse des Hochstaplers Felix Krull*, 1954)[51]에서도 그 고색창연한 분위기를 묘사한 바 있는 바로 그 시대로 마술처럼 변화시키려는 시도와 결합되어 있습니다. 그러나 연대를 이런 식으로 치환할 때 우리는 음악작품의 첫 몇마디가 부과하는 것과 흡사한 임무에 연루됩니다. 음악작품에서는 균형을 재정립하는 최종음에 이르기까지 그 첫 마디들의 요구에 매이게 되지요. 내가 지금 말하는 것은 시간이라는 빨래뜨에서 조합할 때 외적 충실을 기해야 한다는 것이 아니라 예술에 의해 환기된 이미지에 역사적 조명도 비춰야 한다는 것입니다. 그런데 역사적 조명을 비추기 위해서는, 명백한 내적·심미적 이유에서일 텐데, 역시 그러한 최초의 다소 외면적 속성들을 사용하지 않을 수 없을 것으로, 내가 틀리지 않았다면 우리는 여기서 다음과 같은 역설적 상황에 처해 있기 때문입니다. 즉 그러한 이미지의 환기, 혹은 바꿔 말해서 예술작품 자체의 진정한 마술은 신빙성있는 자료에서 구성된 것일수록 더 충분히 달성된다는 것이지요. 주관성이 충만한 작품이 우리의 전통적 생각과는 달리 당신 작품을 관류하는 리얼리즘의 기율과 절대 단순히 대립하지는 않으며, 정신화라든가 이상화된 영상(imago) 세계는 역사적인

---

50 주인공 로잘리를 말한다──옮긴이.
51 1911년의 단편을 확장하여 죽기 전에 1부만 출판한 만의 미완성 소설──옮긴이.

것에 충실한 만큼 달성되며, 이는 인물유형에서도 마찬가지라는 등의 이야기도 가능할 것 같군요. (…) 지금 내 생각에는 이 정확성이란 모든 예술적 허구가 환상 속의 정확성에 의해 자신을 치료하려 애쓰는 가운데 짙어지고 있는 그 죄에 대해 참회하는 방식이 아닐까 싶습니다."[52]

그러나 한 시대의 모든 것이 서로 긴밀히 연관된다면 결국 하나의 형식으로서 역사소설 자체는 해체되고 말 것이다. 즉 구체적 총체성을 향해 점진적으로 노력해가는 가운데 역사소설은 예술 자체의 존재적 한계를 뚫고 나갈 것이다. 역사소설의 출현 그 자체는 소설 일반에서 점증하는 역사주의의 한 징후에 불과했다. 그리고 현재를 충실히 그려낸다는 면에서 현재 소설의 대상은 먼 과거의 어떤 순간 못지않게 깊이 역사적이라는 점에서, 모든 소설은 역사적이라는 것이 오늘날엔 일반적으로 인정된다. 이 말에는 현재를 다루는 소설도 역사소설만큼 모순적이고 실현 불가능해졌다는 의미가 담겨 있다. 또한 실제로 오늘날 소설 형식상의 위기는 저널리즘과 사회학이 소설을 대체하는 것을 넘어서서 서사양식으로 제시하기에는 너무 복잡해 보이는 역사적 상황에 뿌리를 둔다. 씨몬 드 보부아르는 『레 망다랭』(Les Mandarins, 1954)[53]에서 작중 인물인 앙리 뻬롱(Henri Perron)[54]이 전후 시기의 역사적 내용을 제대로 다루려 하면서 부딪치는 곤경을 이렇게 묘사한다. "그는 앞에 자신의 원고를 펼쳐놓았다. 그것은 거의 100매나 되었다. 원고를 한달간 제쳐둔 것은 잘한 일이었다. 이제 새로운 눈으로 다시 읽어볼 수 있을 것

---

52 Adorno, "Aus einem Brief über Die Betrogene an Thomas Mann," *Akzente* 2권 3호 (1955), 286~87면.
53 2차대전 종전에서 1950년대 중반까지를 배경으로 프랑스 지식인집단의 개인생활을 다룬 실화소설—옮긴이.
54 좌파 신문 편집자로, 까뮈(Albert Camus)를 모델로 한 것으로 여겨진다—옮긴이.

이다. 그는 기쁜 마음으로 읽기 시작했으며, 조심스럽고 유려한 문장으로 표현된 기억과 인상 들을 다시 발견하는 것이 반가웠다. 그러나 잠시후 걱정스러워지기 시작했다. 이걸로 도대체 무얼 할 것인가? 이 글줄들은 어떤 공통적인 것, 즉 어떤 감정, 분위기, 전쟁 전의 분위기 등은 지니고 있었지만 두서가 없었다. 그리고 그것이 갑자기 그를 초조하게 했다. 전에는 그저 막연히 '내 인생의 풍미를 그려봐야지'라고 생각했다. 마치 그것이 상표등록을 하고 상표를 붙여 해마다 꼭같은 상태로 쏟아져나오는 향수나 되는 것처럼. 그러나 예를 들어 그가 할 여행이야기는 모두 25세의 한 청년, 즉 1935년 당시 청년이었던 자신에 관한 것이었다. 그것은 그가 (빠리 해방 후) 포르투갈에서 체험한 것과는 전혀 관계가 없었다. (앙리의 부인) 뽈라(Paula Perron)와의 사건도 마찬가지로 지난 일이었다. 랑베르(Lambert)든 뱅상(Vincent)이든 그가 알던 어떤 청년도 이제는 전과 같은 반응을 일으키지 않을 것이다. 게다가 5년간 독일점령하의 생활을 겪고 난 27세의 젊은 여인은 뽈라와는 매우 다를 것이다. 한가지 해결책이 있었다. 그것은 이 책의 배경을 1935년경으로 잡는 것이다. 그러나 그는 사라져버린 세계를 재창조하는 '시대소설'을 쓰고 싶지는 않았다. 반대로 그는 이 원고를 쓰면서 자신의 전부를 생생하게 종이 위에 옮기기를 바랐다. 그렇다면 인물과 사건을 치환해서 현재시제로 써야 할 것이다. '치환이라니, 말도 안 돼! 엉터리 같은 이야기야!' 그는 중얼거렸다. '소설에서 인물을 멋대로 다루는 꼴이란 정말 터무니없을 지경이야. 인물을 한 나라에서 다른 나라로 옮겨놓고, 한 나라에서 끌고 나와 다른 나라로 밀어넣는다든가, 또 한 사람의 현재를 다른 사람의 과거에 합쳐버린다니 말이지. 그리고 이 모든 것을 개인적 환상으로 분칠해버리는 거야. 소설에 나오는 인물을 자세히 살펴보면 모두 괴물이며, 예술이라는 것은 독자들이 너무 꼼꼼하게 들여다보지 못하도록 막는 기술일 뿐이거든.'"[55] 이런 예술의 폐기, 즉 자신의 허구성에 죄의식을 느끼며 이야기를 포기하는 이런 현상을 미국적으로 설명하자면, 일종의 편재하는 허위의식을 통해 사태를 왜곡하는 데 있어 광고체계가 차지하는 역할에 더 큰 비중을 두게 될 것이다. 또한 그것은, 곧 살펴보겠지만 서술상의 난점을 특정한 정치구조 형태 및 현 역사단계 자체의 독특한 구조와 연결할 것이다. 그러나 여기서 보부아르는 점점 더 강렬한 역사성을 띠며 갈수록 급박해지는 정치의식에 의해 지배되는 시간적 경험이 예술과정 자체에 가하는 위협을 강조한다. 그녀가 이런 강조를 하는 것도 바로 소설형식을 통해서이며, 따라서 어떤 의미에서 소설은 변증법적으로 자신의 불가능성을 새로운 서사내용으로 삼음으로써 그 불가능성을 오히려 소생의 계기로 삼는다는 사실을 인정한다고 해도, 그녀가 제기하는 문제의 심각성이 줄어드는 것은 결코 아니다.

따라서 결국 우리가 예술작품 내부에서 지적해낸 바 본래 형식적 고찰들이 고양됨으로써 돌연 내용의 문제로 용해되는 그 동어반복적 운동은 작품 외부에서 내용과 그 역사적 맥락의 관계라는 모습으로 재생된다. 서사시·시대비극(costume tragedy)·서간체소설 따위의 형식들의 존속은 본질적으로 내용의 가능성에, 혹은 바꾸어 말해서 그 형식들이 원료로 사용하며 또한 그들의 연원이 되기도 하는 그 사회경험의 구조에 의존한다는 지적은, 잊히긴 했지만 자명한 이치다. 구체적 사회생활의 변화와 함께 예술의 전체계가 갑자기 대치되고 모든 형식들의 사용이 잊혀져버리는 경위를 가장 철저하게 기술해놓은 경우는 아마 여전히 헤겔일 것이다. 예컨대 경험의 총체성이 가능하도록 삶이 조직되어

---

55 Simone de Beauvoir, *The Mandarins*, L. M. Friedman 옮김 (New York: The World Publishing Company 1956) 131~32면.

있던 서사시적 세계가 사라지고 그가 '산문세계'라 부르는 중산계급 개인주의의 세계가 출현한 것을 헤겔은 바로 이런 경우로 간주한다. 후자의 세계에서 "개개인은 자신의 개인성을 유지하기 위해 계속 자신을 타인들의 수단으로 만들고, 그들의 제한된 목적에 봉사해야 하며, 또한 자신의 협소한 이익을 충족하기 위해 그들을 수단으로 전환해야 한다. 따라서 이런 일상적 삶과 산문의 세계에서 나타나는 개인은 그의 활동원리를 하나의 총체성인 자신으로부터 이끌어내는 것이 아니므로, 그 자신만으로는 파악할 수 없고 단지 타인과의 관계를 통해서만 파악할 수 있는 존재다. 그것들을 내면화해냈든 못했든 간에 그는 법률·정치·구조·가족관계 등 자기에 선행하며 자기가 복종해야 하는 외적 영향들에 의존해야 하기 때문이다. 더구나 한 개별 주체는 타인에게 총체성이 아니며, 단지 그의 행동과 소망과 의견에 대해 타인들이 어떤 직접적이고 개별적인 관심을 갖는가 하는 견지에서만 그는 드러난다. 사람들의 직접적 관심사는 자기네의 목적과 의도에 어떤 관계를 갖는가 하는 것뿐이다. 집단이 보여줄 수 있는 아무리 위대한 행위나 과업도 이 상대적 현상의 영역에서 보면 결국 수많은 개인들의 노력에 불과함을 알 수 있다. (…) 〔따라서〕 이 영역에서 개인은 바로 미(美) 개념의 기초가 되는 자율적이고 완전한 활력과 자유를 지닌 모습을 더이상 견지할 수 없다. 〔산문세계의〕 직접적 인간현실이나 그 과업과 제도에 체계나 활동의 총체성이 결여되어 있지 않은 것은 사실이다. 그러나 그 전체는 개별성의 집적에 불과하며 그 업무와 활동은 무수한 부분으로 쪼개지고 나뉘므로 결국 각 개인에게 할당되는 것은 전체의 작은 부분들뿐이다. (…) 이것이 곧 우리 자신의 의식이나 타인의 의식에 비친 산문적 세계로, 이는 유한한 세계이며 무상한 변화와 상대화의 세계이고 개인으로서는 벗어날 수 없는 필연성의 법칙이 지배하는 세계이다. 개인은 언제나 타인에게 전적으로 의존함에도 불구하고 자신을 하나의 밀봉된 통일체로 보는 모순에 사로잡혀 있으며, 이 모순을 해결하려는 노력은 시도와 싸움이 계속되는 한 지속되기 때문이다."[56] 헤겔은 이처럼 자본주의의 구조적 특징을 그것이 예술작품의 잠재적 내용으로 제기하는 딜레마의 견지에서 규정짓는다. 즉 개인적 경험에 아무런 실존적 등가물도 갖고 있지 못한 집단적 총체성, 개인적 현실의 이해력이나 이미지 형성력의 범주로써는 구조적으로 접근 불가능하면서도 개인적 현실을 규정하는 그 총체성을 구성해내야 한다는 딜레마가 생겨난다.

그러나 현재 우리의 방법론적 관점에서 본다면 이런 기술은 문학비평과 사회학을 매개하는 계기, 즉 전자가 자체 타성으로 부지불식간에 후자로 넘어가는 계기를 보여주는 사례 구실을 할 수도 있다. 이런 기술의 핵심용어인 총체성과 개별성은 구체적 사회생활 분석과 예술작품 분석에 공통되는 것이므로, 역사를 보는 시각을 약간만 확대한다면 예술작품에 대한 진술로 보이던 것이 사회적·역사적 차원에서도 타당하다는 것이 드러나기 때문이다. 바꿔 말하자면 구체성의 일정한 차원에서 **사물 자체** 혹은 우리가 후에 그 실존적 현실이라고 부를 것은 많은 다양한 약호 중 어느 것으로나 표현될 수 있으며, 상이한 많은 차원들 중 어느 것으로나 재분절화될 수 있다고 봐도 무방하겠다. 즉 문학적 구조로도, 한 특정 사회조직의 체험된 진실로도, 주객관계의 한 특정한 유형으로도, 대상과 언어의 특정한 거리로도, 전문화나 노동분업의 특정 양식으로도, 계급간에 함축된 관계로도 표현될 수 있다. 이것은 진정 구체적인 것의 장(場)이며, 여기서 비로소 우리는 현실의 한 차원과 다른 차원을 매개하고 관념의 전문적 분석을 사회적 역사의 체험된 현실의 진

---

56 Hegel, *Ästheik* 제1권 150~52면.

실로 번역할 수 있다. 어떤 예술작품이 주어졌을 때 그에 상응하는 이런 궁극적 현실을 회복하는 것이야말로 진정 변증법적 비판의 가장 시급한 과제이다. 우리는 이런 견해가 문학적 방법에 대해 갖는 함의들을 이 책의 끝에서 다시 좀더 충분하게 검토할 것이다.

그러나 형식에서 내용으로의 전이라는 문제에서 떠나기 전에 예술작품 자체의 형식에 해당하는 이야기는 문학비평의 범주에도 해당한다는 사실은 지적하고 넘어가야겠다. 문학비평의 범주 또한 가변적·역사적 상황에 깊이 의존한다. 이를 설명하기 위해서는 미국 비평의 특징을 잘 나타내는 웨인 부스(Wayne Booth)의[57] 영향력있는 저서『소설의 수사학』(The Rhetoric of Fiction)에 제시된 시점의 개념에 대해 이야기하는 것이 가장 적절하겠다. 신(新)아리스토텔레스적 비평정신[58]에 입각한 부스의 입장은, 소설은 결코 현실에 대한 진술이 아니라 (문장 자체가 전통적 '수사학'의 좀더 좁은 영역 내에서 일정한 효과를 갖도록 고안된 것과 마찬가지로) 일정한 효과를 산출하도록 고안된 환상의 구조로 이해되어야 한다는 것이다. 따라서 비록 부스는 헨리 제임스가 정식화한 시점 개념에 깊은 영향을 받은 제임스 후파(後派)이긴 하지만, 그의 정설(定說)의 궁극적 의미에 대해서는 상당히 양면적 태도를 취하는데, 제임스가 구성과 방법에 상당한 주의를 기울였음에도 불구하고 그의 가르침은 궁극적으로 일종의 소설적 진실을 목표로 삼기 때문이다. 제임스가 시점을 소설 창작의 근본범주로 보는 것은 시점이 소설가로

---

57 웨인 부스(Wayne Booth, 1921~2005)는 '신(新)아리스토텔레스주의'라고도 불린 시카고학파를 따라 문학작품에 대한 수사학적 접근과 서술이론에 주력한 미국 비평가이다──옮긴이.

58 1920~50년대에 신비평에 반발해 시카고대학을 중심으로 아리스토텔레스식의 수사학적 비평을 전개한 일군의 비평가들의 경향을 말한다──옮긴이.

하여금 이룩할 수 있게 하는 환상과 효과 때문이라기보다, 항상 상황 속에 자리하며 각자 단자(單子)의 비교적 제한된 시각으로부터 인생을 바라보는 방식으로 우리 체험과 일치하기 때문이다. 부스의 견해에 따르면 이런 생각은 두가지 측면에서 해로운데, 이들은 결국 한가지나 마찬가지이다. 첫째, 시점의 기계적 적용은 19세기의 전지적 화자가 훨씬 효과적으로 다룰 수 있었을 소재를 망치는 경향이 있다(『밤은 부드러워라』Tender is the Night)의 2개 판본을 놓고 망설인 피츠제럴드F. Scott Fitzgerald[59]의 경우를 그 '고전적 예'로 들 수 있을 것이다). 둘째, 순수한 시점은 일종의 전면적 상대주의를 불러들이는데, 이때 어떤 화자도 그 나름의 견지에서 받아들이지 않을 수 없으며, 이는 결국 모든 절대적 가치와 판단기준, 그리고 결과적으로 문학적 효과의 근원마저도 파괴하는 것으로 귀결된다.

부스의 책은 진지한 화자 및 함축된 저자 또는 믿을 수 있는 논평자에 대한 옹호다. 이들은 독자와 인물 사이에 주제넘지 않게, 그러나 전술적으로 끼어듦으로써, 독자들로 하여금 인물을 적절하게 판단할 수 있는 기준을 제공받고 있다고 느끼게 한다. 물론 함축된 저자는 실제 저자가 아니라 긍정적인 문화적 가치의 절대적 권화이다. "(『에마』Emma[60]를) 읽을 때 우리는 (극화된 저자인 제인 오스틴Jane Austen[61]을) 우리가 가장 존경하는 모든 것을 대변하는 존재로 받아들인다. 저자 오스틴은 나이틀리(Knightley)[62]처럼 관대하고 현명하며, 사실 판단에서는 좀더 날

---

59 피츠제럴드(F. Scott Fitzgerald, 1896~1940)는 『위대한 개츠비』(The Great Gatsby, 1925) 등을 쓴 미국 소설가이다 — 옮긴이.
60 1815년작 제인 오스틴의 소설 — 옮긴이.
61 제인 오스틴(Jane Austen, 1775~1817)은 『오만과 편견』(Pride and Prejudice, 1813) 등을 쓴 영국 소설가이다 — 옮긴이.
62 『에마』의 등장인물 — 옮긴이.

410

카롭다. 그녀는 에마가 선망할 만큼 교묘하고 재치가 있다. 그녀는 감상적이지 않으면서도 부드러움을 좋아한다. 그녀는 재산과 지위에 지나치지 않은 적당한 가치를 부여할 수 있다. 그녀는 어리석은 사람을 식별할 줄 알지만, 에마와는 달리 어리석은 사람에게 무례하게 구는 것은 비도덕적이고도 어리석은 짓임을 또한 안다. 한마디로 저자는 자기 소설에서 설정된 완벽성의 개념 안에서 볼 때 완전한 인간이다. 그녀는 심지어 **스스로** 예시하는 인간적 완벽성이 현실의 삶에서는 결코 달성될 수 없다는 것까지도 인식한다. 그녀는 물론 순환적 과정을 통해 지배한다. 저자의 인격은 우리에게 가치를 설정해주며, 또 우리는 그 가치에 따라 그녀의 인격이 완벽함을 발견하는 식으로…… 이것은 이야기 서술에서 단순한 기술적 시각이 아니라 도덕적 시각을 선택하는 일이다."[63]

이런 인간상과 절대적 도덕 판단기준이 결여된 현대소설은 부스가 보기에 상대주의적 주관주의로 귀결되는데, 그는 그 궁극적 상징을 쎌린의 허무주의에서 발견한다. 현대의 아이러니 개념은 물론 그처럼 키가 없는 가치부재 상태였으며, 그 자체 하나의 가치로 실체화된, 스스로에게 화살을 겨누는 이유 없는 애매성이었다. 아이러니와 시점이라는 이런 현대비평의 석고 우상들을 망치로 때려부순 것은 부스 저서의 커다란 공적 중 하나이다.

그러나 중산계급의 윤리규범과 가치에 대한 거의 노골적 옹호가 지금 독자들에게 별로 매력적으로 보이지 않듯이, 오늘날 소설가에게 전지적(全知的) 화자로의 복귀도 결국 하나의 '해결'로서 별 매력이 없다. 이 두가지를 내세웠다는 사실은 비평가 부스의 근본적으로 비역사

---

63 Wayne Booth, *The Rhetoric of Fiction* (Chicago: Chicago University Press 1961) 264~65면.

적인 접근방식을 드러내는데, 그는 현대에 정치적인 것이 옛날 의미에서 윤리적인 것에 우선하게 된 경위를 이해하지 못했을 뿐만 아니라 문학사를 거슬러올라갈 수 없다는 점 또한 파악하지 못한 것 같다. 사실 부스가 묘사한 함축된 화자 혹은 믿을 수 있는 화자란 비교적 계급적 동질성이 있었던 상황에서만 가능하며, 또 실제로 꽤 한정된 독자층이 공유하는 가치들의 기본적 공통성을 반영한다. 그런 상황이 명령한다고 해서 다시 세상에 나타나지는 않는다. 반면에 쎌린의 허무주의 및 현대의 주관주의적 상대주의 일반은 중산계급 사회의 점진적인 원자화, 그리고 큰 사회단위들과 제도들의 단편화와 쇠퇴를 반영한다. 실제로 헨리 제임스 이후로 계속된 소설형식의 전개에 이런 과정이 작용하고 있음을 입증하는 일은 어렵지 않을 것이다. 이런 입증은 문학적 기교로서의 시점과 사회적 사실로서의 단자적 고립 간의 관계를 드러낼 것이며, 또한 인위적 총체성의 창조(예컨대 개인적 실존의 다양한 이야기récit가 누적된 총화인 앙드레 지드의 소설roman 개념)에서, 그리고 인식론적 주제를 더 평가해준다든가 상대주의적 세계에서 실재와 현상 간의 아이러니를 중시한다는 점 등에서 확증될 것이다. 삐란델로(Luigi Pirandello)[64]가 이런 아이러니의 극작가이며, 콘래드(Joseph Conrad)[65]와 포드(Ford Madox Ford)[66]가 그 소설가이고, 페르난도 뻬소아(Fernando Pessoa)[67]가 아마 그 계관시인일 것이다.

---

64 삐란델로(Luigi Pirandello, 1867~1936)는 염세적·전위적 작품을 주로 쓴 이딸리아 극작가·소설가이다——옮긴이.

65 콘래드(Joseph Conrad, 1857~1924)는 『어둠의 핵심』(*The Heart of Darkness*, 1899) 등을 쓴 폴란드 태생의 영국 소설가이다——옮긴이.

66 포드(Ford Madox Ford, 1873~1939)는 『훌륭한 군인』(*The Good Soldier*, 1915) 등을 쓴 영국의 인상주의 소설가·비평가·편집자이다——옮긴이.

67 뻬소아(Fernando Pessoa, 1888~1935)는 포르투갈의 모더니즘 시인이다——옮긴이.

이 지점에서 동어반복적 역설이 개입되는데, 애초부터 **모든** 이야기와 일화에 모종의 서술시점의 선택이 필연적으로 포함되어왔다면, 시점을 역사적 현상으로 이야기하는 것은 분명 역설적이지 않은가? 그러나 이 야기의 핵심은 바로 이것이다. 시점이라는 하나의 범주는 현대 중산계급의 역사적 상황을 반영하는 만큼 역사적으로 다른 형식을 다루기에는 부적합한 개념이며, 용어의 모순 없이는 중세설화나 구비서사시에 적용될 수 없다. 더 나아가, 이와 마찬가지로 부스가 묘사한 딜레마에 대한 해결책은 그 자체가 사회적·역사적 변화의 결과로서만 상정될 수 있으며, 더욱 진정으로 집단적인 형식에 의해, 또는 탈개인주의적 세계의 현실들에 상응하는 형식을 지닌 새로운 서사양식에 의해 개인주의적 시점 일반이 초월되어야 한다는 것을 함축한다고 나는 말하겠다. 또한 실제로 그런 새로운 형식의 출발은 현대문학 어디서라도 볼 수 있다.

따라서 부스 저서의 궁극적 가치는 보수적 입장 일반의 가치이다. 그것은 진단으로, 그리고 사물의 현상태 속의 모든 문제점을 꼬집어내는 수단으로는 유용하지만, 그 실제적 충고는 결국 퇴행이며 과거에 대한 쓸모없는 향수에 불과한 것으로 드러난다. 사실상 시점 개념의 모순 없고 보편타당한 (따라서 비역사적·비변증법적) 재정식화를 생각해내려는 시도 자체가 역사적으로 볼 때 증후적이다. 부스는 따라서 어떤 점에서는 자신이 비판한 대상과 공통된다. 제임스도 소설 일반의 올바른 구성을 지배하는 보편적 법칙에 도달하고자 했으며, 형식이 역사적으로 조건화된다는 점에 대해서는 부스와 마찬가지로 거의 아무런 인식도 보여주지 못했다. 그들의 차이점은 제임스의 이런 태도가 자신의 시대를 반영하는 것인 반면, 부스의 경우는 그렇지 않다는 것이다.

4. 관념론·실재론·유물론

> 모든 훌륭한 맑스주의자는 직권상
> '헤겔 변증법과 유물론자 우호협회'를 구성해야 한다.
> ──레닌

이렇게 해서 순전히 문학적인 맥락이라 여겨지던 곳에서도 역사적 결정론이라는 성가신 문제가 서서히 눈앞에 나타나기 시작한다. 물론 이 문제는 은연중 역사에 자연과학의 모형을 적용하려는 것인 만큼 거짓문제이다. 역사의 유일무이한 사건과 **반복** 가능한 실험실의 실험 사이에는 아무런 공통분모도 없기 때문이다. 달리 말해서, 연속적 실험과 관련되는 요소들을 **동일한** 것으로 볼 수 없다면 법칙의 개념이나 과학적 예측은 있을 수 없다. 그런데 역사에서 서로 다른 사건들에 대해 동일한 혹은 반복적인 요인을 가정하는 것은 점차 일반화가 심화되는 댓가를 치르고서야 가능한데, 즉 먼 거리에서 봐야 유사성이 잘 보이므로 그 특유의 역사적 사실로부터는 점점 거리를 두게 된다.

쁠레하노프가 유명한 논문 「역사에서 개인의 역할」(k voprosu o roli lichosti v istorii)에서 다음과 같은 진술을 할 수 있게 했던 일반화도 바로 이런 것이다. "유력한 개개인이 그들의 정신과 성격의 특수한 자질로 인해 **사태의 개별적 양상**과 일부 특정한 결과를 변화시킬 수는 있지만 사태의 전반적 **추세**를 바꿀 수는 없고, 이 추세는 다른 힘들에 의해 결정된다."[68] 전문 역사가들의 경험주의적 관점이든 싸르트르식의 실존적

---

68 *Theories of History* 159~60면.

414

입장이든 간에 이런 주장을 철학적으로 논박하는 일은 어렵지 않다. 그러나 이것은 확실히 과거에 대한 상식적 느낌에 부합하므로 좀더 자세히 검토해볼 가치가 있다.

한 예로 역사 자체를 다른 연구방식이나 연구대상과 구별하는 무엇이 있다면 그것은 바로 이 거리의 불확정성일 것이다. 즉 이것은 우리가 초점을 자유자재로 바꾸어 동일한 사건을 새롭게 볼 수 있도록 해주는데, 즉 가까운 거리에서 확대해 비교적 사건실록 같은 관점에서 보게도 하며, 혹은 좀더 먼 거리를 가로질러 그 사건이 좀더 큰 운동이나 형태의 세부에 불과한 것으로 나타나게도 한다. 미슐레는 역사적 이해란 하나의 **특수화** 과정이라고 말했다. 그러나 앞의 두 움직임 모두를 기술 속에 포함해 역사적 이해를 다음과 같은 지속적 과정으로 파악하는 것이 좀더 정확할 것 같다. 즉 그 과정에서 우리는 역사적 사건에 대해 이미 지니고 있는 용인된 이미지들을 **수정**하며, 물론 그 이미지들을 특수화하기도 하고, 모호한 이미지를 다량의 세부적 사실을 통해 교정하면서도 다른 한편으로는 멀찌감치 물러나와 우리가 사건의 경험적 복잡성에 너무 매몰되어 그 사건이 하나의 의미를 지닐 수 있다는 사실조차 망각하고 있을 때, 그 이미지들을 좀더 넓은 문맥 속에 재배치한다. 만일 역사적 정확성에 대립되는 역사적 진실이 철학적 개념으로서 조금의 타당성이라도 지닌다고 말할 수 있다면, 그것은 바로 이런 규정된 부정의 과정으로 정식화하는 것 외에 다른 방도를 찾기 어려울 것이다.

바로 이런 맥락에서 쁠레하노프의 주장을 역사에 대한 진술로 정당화할 수 있다. 그러나 그 이면의 의도를 따져보면 쁠레하노프는 결정론보다는 사건의 역사적 **필연성**을 환기하고 있음이 명백해진다. 이것은 아마 개념보다 느낌의 문제일 것이다. 그런데 나는 필연성이나 역사적 불가피성의 느낌이 역사적 이해 그 자체의 특징적 정서일 뿐이며, 우리가 묘사한 특수화나 수정운동을 통해 갑자기 역사적 사건을 처음으로 이해하게 되는, 즉 처음으로 사건이 어떻게 **그런 식으로밖에** 일어날 수 없었는가를 이해하게 되는 정신적 과정에 수반되는 느낌에 불과하다고 이야기하고 싶다. 따라서 역사적 필연성 개념은 역사적 이해과정의 시간적 형상인 역사적 비유 같은 것이며, 구체적인 것에 계속 가까이 다가가며 역사적 성찰의 문맥을 좀더 폭넓게 확장할 것을 전제하므로, 이에 반대되는 우연이라는 느낌은 논박된다기보다는 상정할 수 없으며 무의미한 것으로 처리된다.

  따라서 역사적 필연성이나 불가피성의 개념은 오로지 사후에만 작용하는데, 맑스주의가 개념작업으로 갖는 이런 특성은 지금까지 충분히 이해되지 못했으나 중요한 함의를 지닌다. 이들은 물론 주로 철학적 내지 역사적 성격의 함의이며, 사회주의 리얼리즘식의 문학적 처방을 배제한다는 점에서만 문학과 직접 관련된다. 그러나 이 책에서 제시하는 방법이 헤겔과 맑스의 개념작업의 조합을 나타내는 만큼, 왕왕 정통 맑스주의라는 이름 아래 행해진 헤겔 '관념론' 공격에 대해 짧게나마 정당화의 대략을 그려볼 필요가 있겠다. 그런데 그런 정당화는 하나의 비판철학인 맑스주의 개념에 이미 내포되어 있다.

  그 까닭은, 예견하려는 시도는 상황적으로 사고하지 못함을 드러내는 하나의 증후에 불과하며, 맑스주의라는 하나의 철학적 사고방식 자체도 다른 철학적 입장에 관해 주로 사후적으로 작용한다고 말할 수 있기 때문이다. 또한 이런 의미에서 맑스주의는 바로 그 구조상 체계나 혹은 그와 마찬가지 결과에 이르는 형이상학적 내용을 거부한다는 점에서 철학의 '종언'이라 할 수 있다. 형이상학적 내용은 심적 과정의 실체화에서 초래되는데, 이것은 특정 대상에 대한 정신의 구체적 작업으로부터 어떤 무엇, 즉 보편타당한 절대적 방식으로 취급될 수 있는 무엇을

416

따로 떼어내려는 시도다. 그리고 물론 상황 속에 자리잡고 체계나 독단을 피하는 것이 고통스러운 일인 만큼, 형이상학적 충동 뒤에 정서적 동기가 개재한다는 것은 자명하다.

변증법적 사고의 정식화를 굉장히 복잡하게 만드는 것도 바로 변증법적 사고의 이런 비판적 구조이자 반체계적 성향인데, 정신적 작업이라는 측면에서 맑스주의가 일종의 내적 '영구혁명'으로 특징지어진다면, 분명히 맑스주의를 체계화하는 것은 맑스주의가 하나의 체계로 동결되는 순간 자신을 왜곡하기 때문이다. 이것은 다른 면에서는 높이 살 만한 부하린(Nikolai Bukharin)[69]의 맑스주의 요약에 대한 깊이있고 정연한 반론이다. '과학적 사회주의'라는 개념은 맑스주의가 시간 속에서 움직이는 형식이라기보다 객관적이고 체계적인 일단의 사상이라는 오해를 조장하며, 따라서 바로 그 구조상 모든 이데올로기를 거부하는 맑스주의를 또 하나의 이데올로기로 전환하는 데 공헌한다.

그러나 우선 맑스주의를 하나의 비판철학으로 이해한 사람들은 분명 맑스주의가 헤겔의 체계와 형이상학으로부터 생겨나 결국 이를 거부했다는 사실을 염두에 두었다. 헤겔에 대한 반작용으로 그들은 방법론이라는 측면에서 사적 유물론을 강조했는데, 베네데또 끄로체(Benedetto Croce)[70]와 카를 코르슈처럼 서로 어울리지 않는 철학자들이 이런 문맥에서 동일한 결론에 도달한다는 것은 시사적이다. 끄로체는 그의 맑스주의 시기에 내린 다음 결론을 계속 견지했다. 즉 역사적 유물론은 "역사철학의 새로운 선험적 관념이 아니며 역사적 사고의 새로운 방법도 아니다. 그것은 단순히 역사적 해석의 **규준**이어야 한다. 이 규준은 사회

---

69 부하린(Nikolai Bukharin, 1888~38)은 소련의 혁명가·이론가·정치가이다──옮긴이.
70 베네데또 끄로체(Benedetto Croce, 1866~1952)는 이딸리아 철학자·역사가로 관념철학의 전통에 서서 역사주의를 강조했다──옮긴이.

형태와 변화를 더 잘 이해하기 위해 이른바 사회의 경제적 토대에 주의를 기울일 것을 권한다. 특히 규준 개념이 함축하는 것은 **결론을 예기한다기보다** 단지 결론을 추구하는 데 도움이 될 뿐이며, 전적으로 경험적 기원을 갖는 개념이라는 점을 명심할 때 이 개념은 아무런 문제도 일으키지 않을 것이다."[71]

끄로체는 물론 비맑스주의자로서 이야기하고 있는데, 독자에게는 코르슈의 용어가 좀더 익숙할 것이다. "맑스가 순수한 비판적 위치에서 떠나는 경우에도, 그는 모든 사회의 본질에 대해 일반적 명제를 정립하지는 않으며, 다만 근대 부르주아사회라는 역사적 형태에 내재하는 특수한 조건과 발전적 경향만을 묘사한다. 맑스 사회과학의 비판적 원리는 맑스주의가 계속 발전하면서 일반적 **사회철학**으로 바뀌었다. 이런 최초의 그릇된 파악으로부터 한발짝만 더 나가면 맑스의 역사·경제과학이 사회철학뿐만 아니라 자연과 사회를 모두 포괄하는 총괄적 '유물론 철학'이나 혹은 세계에 대한 일반적인 철학적 해석에까지 더욱 폭넓은 바탕 위에 기초해야 한다는 생각에 이르게 된다. 따라서 18세기 철학적 유물론의 진정한 핵이 맑스의 사적 유물론에서 단호히 과학적 형태들을 얻게 되었지만, 이것들은 맑스 자신이 '물질에 대한 유물론자의 철학적 표현'이라 분명히 반박했던 것으로 결국 되돌아가고 말았다."[72]

실제로 이 경우 관념론자인 끄로체와 유물론자인 코르슈 모두가 맑스와 헤겔의 관계를 기본적으로 부정하는 데서 출발했음을 상기할 때, 그들 입장의 유사성은 별로 놀랄 만한 게 못된다. 즉 끄로체의 경우는 자신이 맑스주의자가 아닌 헤겔주의자라 했으며, 코르슈는 헤겔 변증

---

71 Benedetto Croce, *Historical Materialism and the Economics of Karl Marx*, C. M. Meredith 옮김 (New York: Russell & Russell 1966) 77~78면.
72 Korsch, *Karl Marx* 168면.

18

법이 여전히 사변적이기 때문에 진정한 맑스주의는 헤겔 변증법의 요소를 철저히 배제해야 한다고 보았다.

그러나 역설적이게도 변증법을 사변적 도구가 아니라 비판적 도구로 간주하는 것에 대한 궁극적 정당화는 헤겔 자신에게서 나오는데, 그는 이 문제에 대해『법철학』서문의 한 유명한 구절에서 이렇게 기술하고 있다. "세계가 어떻게 되어야 한다고 설교하는 데 대해 한마디 하자. 이 문제에 대해 철학은 항상 지각생이다. 세계에 대한 사고로서 철학은 현실이 그 전개과정을 다 마친 후에야 나타난다. 개념이 가르치는 것은 역사가 이미 필연적인 것으로 보여주었다. 현실이 성숙했을 때에야 이상은 현실적인 것과 대치되는 것으로 등장한다. 이때 이상은 이 세계의 본질을 포괄하는 지적 영역의 형태에서 이 세계를 스스로 재구성한다. 철학이 그 백발을 잿빛으로 칠할 때 삶의 형식은 이미 노쇠했고, 이 잿빛으로 칠한 백발은 삶을 회춘시킬 수 없으며, 단지 이해할 수 있을 뿐이다. 미네르바의 부엉이는 황혼이 깃들 무렵에야 날기 시작한다."[73] 역사가 정지하는 '삶의 안식일'이니 '절대관념'이니 하는 헤겔의 개념은 분명 이 구절에 내재하는 모순이 발전한 궁극적 모습이며, 맑스의 작업은 이에 대한 명백한 수정이다. 이는 정신분석 과정에 대한 초기 프로이트의 이해를 연상시키는 면이 있는데, 환자는 그의 문제를 비교적 제한된 실험실적 상황에서 해결하기 위해 가장 본질적인 결정과 생활을 유예할 것이며, 치료가 끝난 후 생활로 되돌아갈 것이라고 프로이트는 생각했다. 그러나 우리가 자신의 사고를 연구대상과 동일한 측면에서 하나의 역사적 행동으로 느낄 수 있게 되는 순간, 또한 관찰자인 자신의 입

---

73 Frank Manuel, *The Prophets of Paris* (Cambridge, Mass.: Harvard University Press 1962) 298~99면에서 재인용.

장을 진행 중인 변증법적 사유과정에 포함할 수 있게 되는 순간, 헤겔의 모순은 극복되고 우리는 이제 역사적 사고를 행하기 위해 역사에 종지부를 찍을 필요가 없게 된다. 정신적이든 그렇지 않든 본질적으로 깊이 역사적이며 상황적인 모든 사건을 이해하기 위해 맑스의 사상은 역사 철학자의 자리를 역사의 바깥에 마련해두었으며, 또 그만큼 가장 역설적인 차원에서 상황 내 존재의 개념을 포착할 수 없었던 헤겔의 사상보다 한걸음 더 나아갔음을 보여준다.

따라서 맑스가 거부한 것은 헤겔 철학의 이 특수한 측면이지 그 철학 전체의 내용이 아니다. 그러나 헤겔의 '관념론'이 맑스의 '유물론'과 화해할 수 없다고 느끼는 사상가는 끄로체와 코르슈뿐만이 아니므로, 우리는 이 두 입장의 관계를 검토해보는 것이 좋겠다.

그러나 맑스주의가 체계적 철학이라기보다 비판적 철학인만큼 우리는 맑스 유물론이 그 자체로서 일관된 입장이기보다는 다른 입장들의 정정임을, 즉 그 자체로 존재하는 실증주의적 종류의 학설이기보다는 기존의 어떤 현상을 변증법적으로 교정한 것임을 미루어 짐작할 수 있다. 이 말은 맑스의 유물론이 무엇에 **맞서** 방향을 잡고 있는지, 그것이 무엇을 **교정**하려는 의도를 띠고 있는지를 우리가 이해하기 전에는 그의 유물론을 온전히 이해할 수 없다는 뜻이다.[74] 또한 유물론적 변증법

---

74 Sidney Hook, *Towards the Understanding of Karl Marx* (New York: John Day 1933)
와도 비교해보라. "맑스는 당대의 여러 지적 전통 및 태도와 셈을 끝냄으로써 비판적 자의식에 도달했다. (⋯) 따라서 그의 어떤 저서도 그가 명시적·묵시적으로 언급하는 반대 입장을 이해하지 않고는 이해할 수가 없다. 브루노 바우어(Bruno Bauer)를 비롯한 '청년 헤겔'파의 관념론에 대항하여 맑스는 유물론을 옹호하는 논의를 전개한다. 포이어바흐의 수동적 유물론에 대항하여 맑스는 헤겔 변증법의 주축이었던 능동성과 상호성의 원리를 옹호한다. 절대적 관념론과 '속류'(환원적) 기계론의 숙명론에 대항하여 맑스는 인간이 자신의 역사를 만든다고 선언한다. 그러나

이 기본적으로 하나가 아닌 두 철학적 적(敵)을 두고 있다는 점은 지적할 만한 가치가 있는데, 즉 **관념론** 외에도 (아리스토텔레스나 토마스 아퀴나스Thomas Aquinas[75]의 고전적 의미에서의) 철학적 **실재론**은 개념을 외부 실재와 동일시하는 상식적 인식론을 내세우며 주관과 대상을 기계적·'객관적'으로 구분함으로써 또다른 비변증법적 사고의 원형을 제시한다. 바꾸어 말해서 우리는 실제로 세가지 기본적 입장이 연루되어 있다는 것을 모르고서는 맑스와 헤겔의 관계를 충분히 이해할 수 없다. 따라서 비록 맑스는 헤겔 변증법의 관념론적 정신을 거부하지만, 철학적 실재론 그 자체의 본질적으로 분석적이고 비변증법적인 사고를 거부하는 점에서는 헤겔과 동일하다. 그러므로 모든 문제는 맑스 변증법에 대한 이 두가지 대안의 상대적 구조와 관련되며, 궁극적으로 실재론과 관념론 각각의 사회적이고 역사적이며 바꿔 말해 이데올로기적인 기능들로 바뀐다. 문제는 두 철학적 태도 중 어느 것이 중산계급의 주된 이데올로기적 도구라 할 수 있으며, 또 어느 쪽이 특히 맑스주의적 비판의 대상이 되는 대중현혹의 근원인지를 결정하는 일이다.

이런 식으로 정식화해놓고 보면 질문 속에 이미 해답이 담겨 있는 것 같다. 또한 관념론이라는 단어가 어떤 철학적 내용을 지닌다면, 헤겔 관

그는 말뿐인 혁명주의자들에 대해서는 역사란 그야말로 철저히 만들어지기만 하는 게 아니라 일정하게 제한된 조건에 구속되기도 한다고 덧붙인다. (…) 맑스 입장의 모순점을 철저히 강조했던 비평가들은 소위 이른바 모순들이 동일한 원리와 목적들을 상이한 역사적 상황들에 적용한 것임을 밝힐 수 있는 관점을 발견하려고 시도한 적이 한 번도 없었다."(66~67면) 씨드니 훅의 후기작 *From Hegel to Marx* (Ann Arbor 1962)는 바로 그런 역사적·철학적 상황들을 제시한 소중한 책이다. [씨드니 훅(Sidney Hook, 1902~89)은 한때 맑스주의자였으나 전향하고 듀이(John Dewey)를 계승한 미국 철학자이다—옮긴이].

75 토마스 아퀴나스(Thomas Aquinas, 1225~74)는 아리스토텔레스 철학에 신플라톤파의 색채를 가미한 스콜라 철학자이다—옮긴이.

넘론이 어떤 식으로든 서양 중산계급의 지배이데올로기를 구성한다고 주장하는 것은 앞뒤가 맞지 않는 이야기인 것 같다. 『초현실주의 제1차 선언』(1924)에서 브르똥은 초현실주의에 대한 두가지 적의 상대적 경향을 실로 생생하게 그린다. "유물론적 태도의 조서(調書) 다음에 실재론적 태도의 조서를 펼쳐볼 필요가 있다. 유물론적 태도는 좀더 시적이기도 하거니와, 또한 그것은 분명 인간이 갖는 기괴한 형태의 자만을 보여주지만 어떤 새롭고 더욱 완전한 타락을 뜻하지는 않는다. 이것은 더 우스꽝스런 정신주의 경향들에 대한 다행스런 반동으로 보면 가장 잘 이해될 것이다. 끝으로 유물론적 태도는 사상의 어떤 고매함과 융화될 수 없는 것이 아니다. 이와는 대조적으로 토마스 아퀴나스로부터 실증주의에 고무된 아나똘 프랑스(Anatole France)[76]에 이르는 실재론적 태도는 모든 상향적(上向的)인 지적·도덕적 충동에 대해 철저히 적대적인 것 같다. 나는 평범성과 분노 그리고 저급한 기만의 결합으로 이루어진 것이라는 점에서 실재론적 태도를 혐오한다."[77] 바꾸어 말해서 유물론은 종교에 대한 반작용인 반면, 실재론은 주로 영감, 또는 좀더 일반적으로 말해서 사변 자체에 대한, 그리고 경험적 현재를 넘어서는 모든 지적 초월에 대한 반작용이다.

따라서 맑스주의의 유물론적 전략은 지배계급의 이데올로기가 종교적·정신적 형태를 취할 때마다, 즉 종교가 변화와 사회혁명에 대항하는 투쟁의 주된 무기가 될 때마다 더욱 뚜렷해진다고 결론지을 수 있을 것이다. 그런데 제3세계는 말할 것도 없고 서구국가 중에서도 이런 현상이 벌어지는 곳들이 있다.

---

76 아나똘 프랑스(Anatole France, 1844~1924)는 지적 회의주의를 담은 작품을 쓴 프랑스의 소설가·문필가이다 — 옮긴이.

77 *Manifestes du surréalism*, 9면.

그러나 전체적으로 볼 때 지적해두어야 할 것은, 위계질서의 원칙과 고통에 대한 굴종과 정신적인 것의 우위를 내세우는 본질적으로 봉건적이고 반동적인 종교적 세계관 대신 현상유지 능력에서는 마찬가지임이 입증된 좀더 토착적인 중산계급의 사고방식이 들어섰다는 사실이다. 서구국가의 지배적 이데올로기는 분명히 영미의 경험적 실재론이다. 이는 모든 변증법적 사고를 위협으로 간주하며, 또 본질적으로 경제적인 문제에 법률적·윤리적 해답을 부여할 수 있게 하고, 경제적 불평등을 정치적 평등의 언어로, 자본주의 자체에 대한 의심을 자유에 대한 고려로 바꾸어놓음으로써, 사회의식의 저지를 돕는 것을 그 과제로 한다. 다양한 형태로 위장되어 나타나는 이런 사고방식은 현실을 밀폐된 칸막이로 분할하고 경제적인 것과 정치적인 것, 정치적인 것과 법률적인 것, 역사적인 것과 사회학적인 것을 면밀히 구분함으로써 특정 문제에 함축된 모든 의미를 결코 알 수 없도록 하며, 또한 사회생활 전체에 대한 통찰로 나아갈지도 모를 어떤 사변적·총체적 사고도 배제하기 위해 모든 진술을 불연속적이며 직접 검증 가능한 것에만 국한한다. 또 하나 덧붙이자면, 『반뒤링론』(Anti-Dühring, 1878) 서장에서 엥겔스가 '형이상학적' 사고를 공격할 때 염두에 두었던 것은 독일의 관념론보다는 바로 베이컨과 로크의 전통적인 경험론적 사고였다는 점이다.[78]

따라서 만약 사적 유물론이 관념론을 논박해야 할 때 관념론이 뜻하는 바가 바로 이것이라면, 우리는 전혀 다른 유형의 이데올로기적 왜곡을 수반하는 헤겔을 비롯한 독일류의 관념론에 대해서는 다른 이름을 찾아내야 할 것인데, 분명히 맑스주의가 보기에 영미 경험론은 계급이

---

78 Friedrich Engels, *Herr Eugen Duehring's Revolution in Scien*ce (New York: International 1966) 27~29면.

데올로기인 반면, 헤겔류의 관념론은 좀더 심리적인 유형의 왜곡을 뜻하기 때문이다. 헤겔 관념론의 환상은 사회적·정치적 대중현혹의 결과라기보다는 항상 인간의 정신 위를 맴도는 무의식적 자기중심주의라는 영원한 위험의 결과이다. 우리 자신이 중심이라는 이런 착각은 우리의 의식생활에 불가피하게 반복적으로 개입되는 사실이며, 보편화 과정인 사고와 개별적 존재자인 정신본질 사이의 모순에 의해 투사되는 구조적 미망이다. 그러나 우리를 영원히 유혹하는 이 '관념론'은 우리 자신 존재의 일부분이며 '관념론자' '유물론자' 할 것 없이 모두를 엄습하는데, 이것은 관찰자인 우리 자신의 위치를 망각하는 것일 뿐이기 때문이다. 이런 상황에서 철학 이전의 소박함과 독단주의가 만나는데, 양자 모두 마치 그들의 개념을 사물처럼 바라보게 되기 때문이다. 그러나 이들과 철학적 입장에서 정반대되는 헤겔의 이 딜레마에 대한 교묘하고 세련된 해결책 역시 그릇되기는 마찬가지인데, 그 까닭은 앞에서 살펴본 것처럼 '절대정신' 속에 보편성과 개인의식이 화해되는 항을 설정해놓은 데 있다. 정신 그 자체니 개인정신이 보편성을 갖느니 하는 주장을 건강하게 평가절하하고, 우리의 존재와 육체를 물리적이며 사회-역사적인 세계에 다시 위치시킴으로써 그런 환상을 내모는 것이 곧 유물론적 입장의 심리학적 기능이다.

맑스와 엥겔스의 저서에서 이 주제가 발전될 때 하나의 독특한 이미지 복합체가 등장하는데, 그것은 지적·문화적 영역에서 외관상 자율성과 자족성에 대한 비유인 시각적 전도(顚倒)의 이미지이다. 그들은 『독일 이데올로기』의 유명한 구절에서 이렇게 말한다. "만일 모든 이데올로기에서 인간과 그들의 환경이 어둠상자(camera obscura)[79]에서처럼 뒤

집힌 모습으로 나타난다면, 망막에 물체의 상이 거꾸로 맺히는 것이 그 물체의 물리적 삶의 과정에서 발생하는 것처럼 이 현상도 인간의 역사적 삶의 과정으로부터 발생한다."[80] 이 비유는 사회적으로 조건화되고 역사적으로 결정된 현혹작용을 영원한 자연과정에 비유해서 묘사하는 만큼 역설적이다. 즉 아직 이 단계에서도 일종의 무의식적 관념론을 지향하는 의식의 본질적이며 더 자연적인 경향과 계급 이데올로기가 동일시되고 있다.

『자본』제2판 서문의 유명한 구절에서 맑스는 헤겔의 관념화 경향에 대한 모든 복잡한 관계를 바로 이 이미지를 통해서 환기한다. "변증법이 헤겔의 손에서 신비화되었다고 하더라도 그가 변증법의 일반적 작용형태를 포괄적·의식적으로 제시한 최초의 사람임에는 변함이 없다. 그에게는 변증법이 거꾸로 서 있다. 현혹의 껍질 내부에서 합리적 핵을 찾아내려면 이를 다시 바로 세워야 한다."[81] 그러나 이 이미지는 물구나무선 사람의 이미지가 아니라 그보다는 망막 위에서처럼 뒤집히고 역전된 세계 전체의 이미지다.

더 알려져 있지 않은 사실은 이 이미지가 헤겔 자신의『정신현상학』중「힘과 오성」(Kraft und Verstand), 즉 감각적 세계의 과학적 해석을 다룬 장에서 나온 것이라는 점이다. 사실 헤겔에 있어 외부세계의 감각적 인식으로부터 그 내부법칙의 과학적 탐구에 이르는 진화는 바로 물리법칙 자체의 영역인 '전도된 세계'의 창조를 특징으로 한다. 달리 말해서 과학적 사고는 '현실적' 혹은 감각적 우주로부터 추상적 자연법칙 일반의 장인 현상 '속의' 또는 현상을 '넘어선' 초감각적 영역으로 투사

역상이 나타나게 한 장치―옮긴이.
80 *The German Ideology* 14면.
81 *Capital* 25면.

하는 작용을 수반한다. 그러나 헤겔이 보기에 그런 의식은 비록 과학적일지는 몰라도, 과학자가 그런 전도된 세계를 독자적인 하나의 현실로 간주하며 법칙이 어쨌든 세계의 대상들 '내부'에 존재한다고 생각하고 자신의 정신이 그런 가설적 모형이나 구성물의 근원임을 의식하지 못하는 한, 지나치게 소박한 것이었다.

맑스와 엥겔스의 공적은 이론의 자기영속화에 대한 이런 분석, 즉 추상화 과정이 현실의 대상을 대체하는 내적 운동에 관한 분석을 우리가 연루된 사회·문화적 세계에 대한 일상적 이해의 영역으로 옮겨놓은 데 있다. 상품 물신화라는 개념은 물론 우리 시대의 사회구조에 의해 결정된 이런 지각적 불투명성을 결정적으로 정식화한다. 그러나 말년에 이 전도의 이미지로 돌아가 그것이 문화이론에 대해 함축하는 모든 의미를 구체화한 것은 바로 엥겔스다. "경제적·정치적 및 기타 반영태들은 인간의 눈에 맺히는 상과 똑같습니다. 이들은 집광렌즈를 통과하므로 거꾸로 뒤집힌 모습으로 나타나지요. 단, 우리에게는 이들을 다시 똑바로 세워서 보여줄 신경기관이 결여되어 있다는 점이 다릅니다. 금융시장인은 산업과 세계시장의 움직임을 단지 화폐와 증권시장의 전도된 반영태 속에서만 보며, 따라서 결과가 그에게는 원인으로 비칩니다. (⋯) 사회적 규모의 노동분업이 있는 곳에서 분리된 노동과정은 상호독립적이 됩니다. 마지막 예에서 결정적 요인은 생산이지요. 그러나 생산품의 매매가 생산 자체로부터 독립되자마자 매매는 독자적 운동을 따르게 되며, 이 운동은 여전히 구체성과 일반적 종속성 안에서 전체적으로 생산운동에 의해 지배되면서도 이 새로운 요인의 본질에 내재하는 독자적 법칙을 추종합니다. 이 운동은 나름대로 단계를 지니며 다시 생산운동에 반작용을 가하게 되지요. (⋯) 경제적 관계가 법률적 원칙으로 반영되어 나타나는 것은 필히 상하가 전도된 반영입니다. 행위하

426

는 인간도 그것을 의식하지 못한 채로, 전도된 반영은 계속 진행됩니다. 법률가는 선험적 명제를 가지고 일하고 있다고 생각하지만 실제로 그것은 경제의 반영태에 불과하며, 따라서 모든 것은 거꾸로 뒤집혀 있습니다. 또한 인식되지 않은 채 남아 있는 경우 이른바 **이데올로기적 시각**을 형성하게 되는 이런 전도는 다시 경제적 토대에 반작용하여 제한된 범위에서 이를 변화시킬 수도 있는 것 같습니다."[82] 따라서 결국 우리가 추상적 사고에 내재하는 관념화 경향이라고 지칭한 것은 다양한 전문화된 분야의 수립, 바꾸어 말해서 노동분업 자체를 반영한다. 그것은 사고가 하나의 전문분야가 되고 전문가들의 전유물이 됨으로써 스스로를 실체화하는 경향이 있기 때문이다. 이런 의미에서 맑스주의의 반관념론적 편향은 바로 개념적 사유의 '전도된 세계'의 마법을 깨뜨리는 것을 목표로 한다. 변증법은 우리가 이런 환상적 질서에서 탈출하여, 자신도 모르는 사이에 자신이 가진 제반 개념에서 벗어나 그 개념들의 적용대상으로 간주되는 진정한 현실세계로 들어가도록 만든다. 물론 우리는 결코 우리의 주관성에서 진실로 벗어날 수 없으며, 그럴 수 있다고 생각하는 것은 실증주의적 환상이다. 그러나 개념들이 온통 경직되기 시작할 때마다 경화된 관념으로부터 현실 자체에 대한 새롭고 더욱 생생한 이해로 우리를 탈출시키는 것이 진정한 변증법적 사고의 임무이다.

따라서 이런 사고는 본질적으로 과정이며, 결코 연후에는 쉬어도 될 체계적 진리의 종착역 같은 것에는 도달하지 못한다. 변증법적 사고는 비(非)진리 및 현혹과 변증법적으로 결합되어 있기 때문인데, 그것은

---

82 Conrad Schmidt에게 보낸 1890년 10월 27일자 편지(*Basic Writings* 400~01, 404면). 편지 전체가 매우 흥미롭다.

그 현혹에 대한 규정된 부정이며, 스스로 나름대로 현실과의 접촉을 상실할 위험에 처한 가운데 그런 현혹에 대항해 영원히 단속적이나마 현실에 대한 이해를 재주장하지 않을 수 없게 된다.[83] 변증법을 정신작업으로 설명하는 데 국한한 현재 문맥에서 볼 때 변증법적 사고는 따라서 사고가 자신을 교정하고 정신이 갑자기 뒤로 물러나 자신을 새롭게 확장된 파악에 포함시킴으로써, 현실을 새로이 일별하는 가운데 이전 개념들을 이중으로 소생시키고 **재정초**(再定礎)하는 계기라는 것을 알 수 있다. 즉 첫째, 우리 개념도구 자체가 도달한 결론의 형태와 한계를 결정한다는 점을 의식함으로써 그렇게 하며(헤겔 변증법), 그다음엔 엄밀히 맑스주의적 형태인 두번째의 더욱 주체적인 성찰운동에서 우리 자신이 역사의 산물인 동시에 산출자임을 자각하고, 또한 해결책과 그 해결책을 야기한 문제점의 소재를 모두 밝혀주는 우리의 사회경제적 상황이 심히 역사적 성격을 지님을 의식함으로써 그렇게 한다.

이제 우리가 (블로흐를 다룬 장에서 구분했던 대로) **철학적** 시점보다 **해석학적** 시점을 취한다면, 현대사상에서도 이런 궁극적인 변증법적 입장을 지향하는 일종의 무의식적 운동과 노력을 상당히 볼 수 있다. 따라서 나는 (실용주의든 현상학이든, 논리실증주의든 실존주의든 구조주의든 간에) 모든 현대철학의 대학파들의 심원한 형식주의까지도 체계의 꾸러미나 형이상학적 내용을 배제하려는 시도로 간주하고 싶다. 이런 시도는 그 최종적 귀결까지 추구될 때 일종의 변증법적 반전에 의해 우리가 현 문맥에서 맑스주의 자체의 '절대적 형식주의'라 부를 수

---

83 Georges Gurvitch는 이와 비슷한 자신의 변증법 개념을 '변증법적 초경험주의'라고 불렀다(*Dialectique et sociologie*, Paris: Flammarion 1962 참조). 그러나 그는 맑스주의 자체도 진정한 변증법적 사고로 '수정'해야 할 또 하나의 '독단적 역사철학'이라고 생각한다.

있는 것으로 전환되며, 또 맑스주의의 변증법적·역사적 자의식이라는 독특한 개념은 절대적인 것을 개인의식이나 개인 관찰자의 완전한 상대성 속에 몽땅 포함시키는 일견 원적법처럼 불가능한 일을 이뤄낸다. 변증법적 사고의 다른 측면을 들자면, 자꾸 재형성되는 자기기만을 계속 수정하는 싸르트르의 본래성이나 비트겐슈타인(L. Wittgenstein)[84]의 '치료요법적 실증주의'(페라터 모라Jose Ferrater Mora[85]의 표현)나 니체의 계보학이나 또 프로이트의 분석적 상황 자체 등과 같은 역설적이며 자기연루적인 개념들도, 우리가 여기서 변증법적 자의식이라 기술한 것의 비교적 전문화되고 왜곡된 변종으로 간주하고 싶다. 나아가, 러시아 형식주의의 'ostranenie', 즉 '낯설게 하기'(그리고 그 미국판인 '새롭게 만들기') 같은 미학적 개념들이라든가 실제로 현대예술 도처에서 보이는 우리의 세계에 대한 지각의 갱신을 지향하는 심원한 경향 등도 변증법적 의식의 운동이 미학적 형식과 미학적 차원으로 나타난 것일 뿐이라고 생각되는데, 그 운동이란 우리의 인습화된 생활형태를 공격하며 우리의 판에 박힌 사물관에 온갖 충격을 퍼붓고 우리의 습관적 의식을 암묵적으로 비판하고 재구성한다. 철학적 측면에서 이런 개념들이 진정한 변증법적 사고와 다른 점은 물론, 무엇보다도 그것들이 우리의 지각이 애당초 왜 마비되었던가를 설명하지 못하고 존재론적 결여도 충분히 역사적으로 설명하지 못한 채, 다만 윤리적·심미적 용어로 설명할 뿐이라는 사실에 있다. 그러나 이런 지적 왜곡, 즉 상황의 본질적 요소의 구조적 억압은 맑스의 이데올로기 이론으로 충분히 설명

---

84 비트겐슈타인(L. Wittgenstein, 1889~1951)은 오스트리아 태생의 분석철학자로 케임브리지대학에 재직했으며 『논리철학논고』와 『철학탐구』를 썼다——옮긴이.

85 페라터 모라(Jose Ferrater Mor, 1912~91)는 미국 펜실베이니아주 브린모어칼리지(Bryn Mawr College) 철학교수이다——옮긴이.

된다. 즉 우리가 사회경제적 진리에 점점 가까이 접근함에 따라 더욱 강력해지는 일종의 저항이나 자기기만이 있다고 하는데, 그 이유는 사회경제적 진리가 철저히 투명하게 자각된다면 당장 우리를 실천으로 몰고 가게 되기 때문이라는 것이다.

헤겔의 『논리학』은 고정된 개념들의 체계를 그것들의 궁극적 기원인 과정의 유동성으로 변화시키며, 절대적 법칙으로서의 이 개념들의 엄격성 때문에 우리가 보지 못했던 정신의 형성력과 해체력으로 그것들을 복귀·재몰입시키는 작업에 대한 지고의 기념비이다. 같은 식으로 우리는 변증법적 『수사학』을 상상해볼 수 있겠는데, 여기서 다양한 정신작용은 절대적으로 이해되지 않고, 현실 자체에 대한 우리의 관계의 계기·형상·비유·구문론적 범례 등으로 이해되며, 이 관계는 시간 속에서 돌이킬 수 없이 변화하면서도 언어의 논리처럼 대상과 완전히 구분될 수 없는 어떤 논리에 복종한다. 이런 공상도 시간과 역사 자체에 대한 접근을 재개하고 끝없이 형성되는 이데올로기의 잔해 위에 진행중인 진리를 재건하는 변증법적 사고의 심원한 소명을 시사할 수 있다면 그만큼 유용할 것이다.

5. 맑스주의 대 사회학: 작품의 재정초

이런 관점에서 볼 때 헤겔적 문학비평이라 지칭한 것도 우리로 하여금 자신의 비평적 도구와 문학적 범주에 관해 갑작스런 자의식을 가질 것을 강요하는, 본질적으로 비판적·부정적·수정적 계기를 포함한다는 사실이 분명해진다. 이제 맑스주의 고유의 문학비평을 살펴보면 우리는 역시 유사한 인식론적 충격을 통해 그 현존을 확인할 수 있을 것인데, 그

430

런 충격은 더 고차원의 의식이나 더 폭넓은 존재의 맥락으로 갑작스레 변환한다는 표시로서 변증법적 사고의 불가분한 구성물이기 때문이다.

이런 충격의 부재야말로 보통 맑스주의 비평으로 통하는 많은 비평들의 비변증법적 성격을 폭로하는 징후이다. 문학사를 맑스주의 경제이론에서 기술된 고전적 시대구분, 즉 원시적 축적, 부르주아 혁명의 성공, 제국주의 시대로 분류하는 것은 크리스토퍼 코드웰에 의해 실행되든 또는 뤼시앵 골드망의 좀더 세련된 '상동'(相同)의 허울 아래 행해지든 역시 정태적 기도일 뿐이다. 코드웰을 읽는 것은 정말 '시(詩)'라는 이름의 한 인물에 대한 인상을 서서히 얻게 되는 것과 같은데, 이 인물은 버지니아 울프(Virginia Woolf)[86]의 동명 작품[87]의 주인공 올랜도(Orlando)처럼 현대사의 각 시대를 지나는 연속적 모험의 과정에서 모습을 바꿔나간다. 이런 평행론의 은밀한 결함과 속류 맑스주의 그 자체의 치명적 약점은 이른바 경제적 차원 자체에 대한 오해에서 그 근원을 찾아볼 수 있는데, 경제적 도식이 통시적이며 장기간의 경제발전에 대한 연속적 모형을 제공하려는 만큼, 이 도식은 그 자체가 하나의 이상이며, 사실 모르는 사이에 관념적 구성물이 되는 경우가 많기 때문이다. 달리는 이해할 수 없는 통시성 자체의 실체를 지적으로 파악하기 위해, 인위적 연속성의 모형을 창조하는 헤겔 특유의 작업에 대해 우리가 언급한 모든 것이 경제적 연쇄에도 적용된다. 따라서 봉건주의·자본주의·사회주의의 연쇄에서 맑스 경제이론이 본질적으로 헤겔 모형을 투사한다고 주장하는 것은 역설처럼 보이겠지만, 실상 그렇지만은 않다.

---

86 버지니아 울프(Virginia Woolf, 1882~1941)는 『등대로』(To the Lighthouse, 1927) 등을 쓴 영국의 모더니즘 소설가·비평가이다——옮긴이.

87 『올랜도』(Orlando, 1928)에서 울프는 16~20세기까지 성전환한 인물들을 통해 친구 비타 쌕빌웨스트(Vita Sackville-West)의 반(半) 전기를 썼다——옮긴이.

또한 이것이 사실이라면 현실의 다양한 차원들, 즉 문화적·이데올로기적 역사와 정치제도의 진화와 최종적으로 경제 자체의 발전 사이에 상동관계를 설정하는 것은 앞절에서 뗀과 슈펭글러와 관련해서 논의한 바 있으며, 구체적인 것의 진정한 실현이기보다는 입문 구실을 하는 정태적 문화모형의 좀더 복잡한 변종 이외에 아무것도 아니다.

구체적인 것을 파악하는 진정한 맑스주의 문학비평의 특징적 행위는 **공시적** 영역에서 발생하며, 바로 여기서 맑스주의의 개념작업과 사회학적 비평 일반의 개념작업을 구분하는 문제가 가장 날카롭게 제기되는데, 사회학적 접근도 특정한 문학적 혹은 문화적 사실을 특정한 사회나 문화의 어떤 좀더 근본적인 '배경'과 병치하는 것을 함축하며, 맑스주의적 사유처럼 사회학도 집단이나 사회계급의 관점에서 자신을 표현하기 때문이다. 이리하여 사회학적 문학비평의 문제는 앞장에서 우리가 맑스주의의 **주관적** 차원이라 부른 것의 맥락에서 가장 집요하게 제기되는데, 이 주관적 차원이란 곧 맑스주의가 경제제도의 애매한 현실을 계급의 시각에서 표현하고 다시 정식화하는 데 사용할 수 있는 대안적 약호 내지 언어다.

이 문제의 핵심들은 최근 얀센주의에 관해 프랑스에서 저술된 매우 풍부한 비평서들의 문맥에서 제기될 수도 있겠는데, 그중 가장 중요한 업적은 뽈 베니슈(Paul Bénichou)[88]의 『루이 14세 시대의 도덕』(*Les Morales de grand siècle*), 앙리 르페브르(Henri Lefebvre)[89]의 『빠스깔』(*Pascal*), 뤼시앵 골드망의 『숨은 신』(*Le Dieu caché*) 등이다. 특히 비평

---

88 뽈 베니슈(Paul Bénichou, 1908~2001)는 『작가의 봉헌』 등을 쓴 프랑스 작가·비평가·문학사가이다──옮긴이.
89 앙리 르페브르(Henri Lefebvr, 1901~91)는 『일상생활 비판』 등을 쓴 프랑스 신(新)맑스주의 철학자·사회학자이다──옮긴이.

영역에서 프랑스 맑스주의의 효시이며 아직까지도 가장 놀라운 실천 중 하나인 르페브르의 연구(1949)는, 온갖 모순적 경향과 구시대의 잔존물을 수반한 당대를 소상하고 암시적으로 환기하는 가운데 얀센주의의 계급제휴 문제를 그 시대 속에 정확히 다시금 자리매김한다. 빠스깔 저서의 구체적 문맥을 이렇게 재구성하는 것은 이미 하부구조에 재정초하는 작업에 필적한다. 이것은 아마 자주 문학에 담기면서도 가장 순수하며 형식적인 문학 분석에 대해 이질적 또는 외재적으로 느껴지는 역사 배경의 문제 이상이자 이하다. 사실 진정한 형식적 문학비평에서 작품과 그 문맥의 관계는 가구와 그 배경의 관계와 같다. 그리고 기껏해야 대상과 배경의 두 항목 사이에 스타일상 친연성의 교환, 즉 앞에서 언급한 스타일적 내지 문화적 유추의 실천만 이루어질 뿐이다.

그러나 맑스주의 비평에서 작품이란 엄밀히 말해 그 자체로 완결된 것이 아니라, 그것이 처음 행해진 상황과 그것이 누구에 대한 응답이었던가를 이해하지 않고서는 파악할 수 없는, 일종의 몸짓이나 언어적 일격으로 우리에게 전해진다. 다시 말해서 맑스주의에 있어 문학에서 사회경제학 혹은 역사로의 이행은 한 전문분야에서 다른 분야로의 이행이 아니라 전문화로부터 구체적인 것 자체로의 이행이다. 이미 앞에서 밝힌 대로 맑스에게 정치경제학은 여러가지 연구 중 하나가 아니라 다른 연구의 기초가 되며, 현대에서 정치경제학이 인위적으로 사회과학의 여러 분야로 분할되어 사회학·경제학·역사학·정치학·인류학 등으로 단편화되었다는 사실 자체가 이미 사회생활을 이해하는 통일된 방식인 정치경제학이 지닌 전복성을 함축적으로 언급한다. 따라서 맑스주의 문학연구가 문학에서 사회경제학으로 옮아가듯 입센에 대한 엥겔스의 논평이 독일과 노르웨이 소시민의 차이에 대한 연구로 바뀔 때 ("노르웨이의 농민은 한번도 농노제도를 겪지 않았는데, 이 사실은 까스띠야Castilla[90]에서처럼 이 나라의 전체적 발전에 완전히 다른 배경을 부여했다. 노르웨이 소시민은 자유농의 후예이며, 바로 그렇기 때문에 독일의 비참한 속물들에 비하면 하나의 인간이다"),[91] 또한 앙리 르페브르가 라블레(François Rabelais)[92]를 검토하는 서문에서 16세기 농노의 상태, 왕권의 진보적 성격, 결혼의 법률적 구조와 여성의 재산소유권의 발전 등에 관해 길게 논할 때, 그리고 저급한 맑스주의 비평이 경제적 내지 계급적 배경을 도식적으로 약출하는 일을 마치 꼭 해야 하는 의례적 몸짓처럼 여길 때, 이것은 역사가들이 제대로 가르쳤다면 (나는 사실상 역사가들이 일반적으로 이런 자료를 제대로 제공하지 못한다고 믿지만) 군이 집어넣지 않아도 좋았을 자료의 도입이 아니라, 그런 비평에 구조적으로 내재하는 확장으로, 즉 하나의 이해 **형식**으로 본 맑스주의 문학비평의 내재적이며 필수불가결한 계기로 이해되어야 한다.

따라서 '법복귀족'(noblesse de robe)[93]의 대항적 이데올로기로 파악된 얀센주의라는 좀더 폭넓은 사회적 맥락 속에 빠스깔의 저서를 다시 자리매김할 때, 우리는 빠스깔에 대한 논의를 다른 무엇에 대한 논의로 대체하고 있는 것은 아니다. 얀센주의 세계관의 비관주의는 이렇게 해서 단순한 형이상학적 선택보다 더욱 역사적 내용을 지닌 어떤 것이 된다. 이제 이것은 반항적 귀족과 신흥 중산계급 관료제를 수반한 국왕 사이에 끼여 유력하고 비교적 독립적인 사회집단으로 역사의 '종말'이라는 막다른 운명의 벽에 부딪친, 역사적 기회를 상실한 계급의 사람들이

---

90 스페인 중부에 있던 옛 왕국 ——옮긴이.

91 *Ibsen* 23~24면.

92 라블레(François Rabelais, 1494?~1553?)는 『빵따그뤼엘』과 『가르강뛰아』를 쓴 프랑스의 풍자문학가·인문주의자이다 ——옮긴이.

93 '검(劍)의 귀족'이라 불린 전통적 영주귀족과 구별해 17, 18세기 프랑스의 고급관료로 구성된 신귀족을 말한다 ——옮긴이.

보여주는 삶의 포기임이 드러난다. 혹은 이런 분석을 통해 형이상학적 견해 자체도 역사적 상황에 대한 인간의 총체적 반응으로서의 구체적 성격을 회복한다고 말하는 것이 좀더 정확할 것이다. 물론 빠스깔과 라신의 비극적 감정이 다른 역사적 상황들과 갖는 관계, 즉 뽀르-루아얄(Port-Royal)[94]의 '과격파'들이 종교적 입장에서 세상을 거부한 것, 그리하여 결국 법복귀족이라는 계급이 갖는 패배감 등의 관계를 가장 철저히 명료화한 것은 바로 뤼시앵 골드망이었다.

그러나 역설적이게도 계급과 이데올로기의 상관관계에 대한 가장 강력하고 시사적인 맑스주의 모형은 뽈 베니슈가 제시하는데, 그는 당대 경제사회사에 대한 반(半) 의무적 조감을 제쳐두고 사상사 차원에 논의를 국한한다. 실제로 그가 선구자로 삼은 사람은 다름 아닌 쌩뜨-뵈브(C. A. Sainte-Beuve)[95]인데, 그는 이미 얀센주의의 계급적 기원이라는 논제를 "뽀르-루아얄은 프랑스 중산계급 귀족층의 종교사업이었다"[96]라고 갈파한 바 있다. 그러나 이런 본질적으로 **사회학적인** 지적과 베니슈 자신의 실천이 보여주는 대조는 상당히 시사적인데, 베니슈는 뽀르-루아얄의 철학적·예술적·종교적 실천이 항상 이중적 의미, 즉 독자적인 일관된 체제나 세계관으로서뿐만 아니라 그들의 계급적 적들, 특히 예컨대 꼬르네유(P. Corneille)[97]에서 구체화된 영웅적·봉건적 윤리에

---

94 1609년 이래 아르노(Arnauld) 가문이 개혁하고 중심 역할을 한 빠리 남서쪽 뽀르-루아얄-데-샹(Port-Royal-des-Champs) 수도원은 제수이트(Jesuit)파에 대항하는 얀센주의 운동의 중심지였으며, 그곳의 학교 교육과 논리학 교재는 빠스깔과 라신을 포함한 많은 이들에게 중요한 영향을 끼쳤다——옮긴이.

95 쌩뜨-뵈브(C. A. Sainte-Beuv, 1804~69)는 프랑스의 중요 문학비평가·문학사가로 대표작 『뽀르-루아얄』(1837~59)에서 그곳 얀센주의 수도원의 역사를 철저히 서술했다——옮긴이.

96 Paul Bénichou, *Les Morales du grand siècle* (Paris: Gallimard 1948) 114면.

대항하는 공격무기로서 이해되어야만 한다는 것을 꽤 상세히 보여주기 때문이다. 정말로 이 두번째의 공격적인 목적은 체계 그 자체의 구축을 가능케 한 원동력인데, 그것은 일종의 형이상학적 통찰로 전해지기 때문에 우리는 이 체계가 무엇보다 하나의 행위였던 구체적 맥락을 더이상 인식하지 못한다. 따라서 얀센주의가 새로이 죄의식과 자기혐오감("나라는 존재는 역겨운 것이다")으로 복귀하는 것은 베니슈가 '영웅 타파'라고 부르는 전략적·공격적 작업과 일치한다. '타자', 즉 신분과 부를 강하게 의식하며 또 거창하게 과시하는 봉건귀족도 '자아' 소멸로 이끌려들어가 그 파멸과 함께 절멸한다.

이런 분석은 한 학설과 계급간 귀속관계뿐만 아니라 **계급투쟁**에서 그 학설의 기능적 역할까지 묘사한다는 점에서 순수 사회학적 분석과는 다르다. 이데올로기가 적을 비방하면서 동시에 특정 계급의 인간적 위엄과 깨끗한 양심을 선양하도록 고안된다는 점은 우리가 자주 듣지만 또 자주 잊어버리는 교훈이다. 실제로 이 두가지 작용은 하나이며, 문화적 내지 지적 대상인 이데올로기는 바로 이런 양면구조, 즉 접근방향에 따라 체계나 기능으로 나타나는 사상들의 복합체로 정의될 수 있을 것이다. 따라서 명예라는 봉건계율은 자신을 방어할 수 없는 (혹은 마르끄 블로흐의 표현으로 너무 가난해서 말 한 마리도 없는) 계급들을 비방하며, 프로테스탄트의 노동윤리는 귀족들의 태만과 과시적 낭비를 매도하고, 19세기 중산계급의 '남다름'이란 개념은 앞장에서 살펴본 것처럼 육체적 삶을 영위하는 방식에서 중산계급을 노동자와 분리한다. 따라서 맑스주의에서 계급은 엄밀한 **변별적** 개념으로, 각 계급이 다른

---

97 꼬르네유(P. Corneille, 1606~84)는 중세 스페인 영웅 '엘 시드'의 전설에 기초한 『르 씨드』 등을 써서 프랑스 고전비극을 개척한 대표적 극작가이다—옮긴이.

계급과 관계하는 동시에 그들을 배격하는 방식이라는 점에서 사회학적 계급 개념과 구분된다. 그 철학적 전제가 무엇이든 간에, 사회학적 견해는 각 계급이 서로 일종의 고립상태에서 거의 물리적으로 도시나 시골로 분리된 사회집단을 이루거나 혹은 독자적으로 발전하며 상호 독립적 문화들로 간주될 수 있는 것으로 보는 만큼, 그 형식에서부터 잘못된 것이다. 고립된 계급 내지 사회집단이라는 개념은 18세기 철학에서 고독한 개인의 개념과 마찬가지로 하나의 실체화인 까닭이다. 역사에서도 조용히 자신의 본질을 유지하는 실체란 있을 수 없고, 매순간 관계성과 투쟁이 있을 뿐이며, 개인과 마찬가지로 계급도 여기에 참여하지 않을 수 없다. 따라서 각 계급은 그 존재 자체에 모든 계급의 존재를 함축하는데, 각 계급은 다른 계급에 대항하여 자신을 규정하고 적들을 굴복시키는 데 성공하는 한에서만 존속할 수 있기 때문이다. 따라서, 물론 매우 추상적이지만 편리한 3항정식을 사용하자면, 부르주아지는 자신을 비귀족인 동시에 비노동자 또는 반귀족이자 반노동자로 규정한다. 또한 이런 상관적 계급 개념과 더불어 진정한 맑스주의 분석이 주어진다. 그것은 구조적으로 반드시 탈신비화를 포함할 것이며, 항상 어떤 식으로든 일견 체계적이며 지적 일관성이 있어 보이는 자족적 표면으로부터 그 배후의 역사적 상황으로 이행해감을 전제하는데, 이때 검토대상인 이데올로기적 산물은 갑자기 구체적·공간적 투쟁에서 특정한 유형의 무기로 기능적·전략적 가치를 지녀왔음이 드러난다. 그렇다면 이런 분석의 진실성은 이런 번역이 얼마만큼 실현되었느냐에 따라, 즉 문화적 사실이 집단들의 생사를 건 투쟁이라는 약호로 얼마만큼 완전히 다시 표현되었는가에 따라 가늠할 수 있다.

따라서 잘 알려진 용어를 쓰자면, 예술작품이나 문화적 사실은 분명 무언가를 반영하지만 그 반영되는 무엇은 어떤 계급 자체의 자율적 문화형태라기보다는 그 계급의 상황이며, 간단히 말해 계급투쟁이다. 그러나 이런 식으로 표현해놓고 보면 우리는 제시된 모형이 반영의 방식 자체에 상당히 넓은 가능성을 허용함을 인식하게 된다. 예컨대 앞에서 서술한 얀센주의 분석에서도 골드망에게 철학으로서의 얀센주의가 비극적 사회상황을 '반영'하는 방식과, 베니슈의 얀센주의가 절망적이지만 의도적인 이데올로기적 전략으로서 지니는 개념은 본질적으로 다르게 보일 것이다. 내 생각에는 이런 불일치란 해석상의 경험적 차이보다 모형 자체 내부의 변환이나 재정리로 이해하는 것이 더 유용할 것 같다. 즉 '반영'이 일어나는 방식에 대한 비교적 소극적(부정적)인 개념을, 작가나 이데올로기의 절묘함과 창조력을 더욱 강조하는 비교적 적극적(긍정적)인 개념으로 대체하여 이해해야겠다. 이런 변환은 본질적으로 역사적 거리 자체 및 역사적 사건에 대한 초점의 함수다. 멀리서 볼 때 문화적 대상은 비교적 수동적으로 자신의 상황이나 하부구조를 반영하는 것으로 보이는데, 이것은 참이나 거짓이 아니고 다만 매개체 자체에 형식적으로 함축된 바에 불과하다. 반면에, 우리가 어떤 현상에 가까이 다가갈수록 개별적 행위자들이 나타나기 시작하며, 각각의 행동이 생겨난 독특한 실존적 상황을 무겁게 인식하게 된다. 이처럼 초점을 짧게 맞출 때 계급은 더이상 보이지 않게 되며, 여기서 우리가 내릴 수밖에 없다고 느끼는 결론은, 반영 개념이 어떤 의미를 가지려면 적어도 개별 작가가 스스로 자신을 이런 반영의 도구로 만든다는 식으로 바꿔 표현해야 한다는 점이다. 그러나 물론 이런 재표현도 우리가 역사에 너무 가까이 다가간 데서 빚어진 결과일 뿐이다.

따라서 싸르트르에게 플로베르의 작품은 당대의 사회적 모순을 반영한다고 말할 수 있으나, 단 사회적으로 화해 불가능한 것을 상상 속에서 해결하고자 시도하는 방식으로 반영한다는 것으로 이해해야 한다는

438

전제가 뒤따라야겠다. 우리는 싸르트르에게 계급적 귀속관계는 주어진 것이라기보다 유년기에 가족의 매개를 통해 습득되며, 마치 최초인 듯이 재창출되는 것임을 살펴본 바 있다. 그러나 플로베르의 경우엔 그런 귀속관계가 불확실하다. 그에게 부르주아지는 자기혐오와 같은 차원의 반감의 대상이다. 싸르트르가 볼떼르적 아이러니와 종교적 경건의 상상적 종합임을 보여준 바 있는 플로베르의 작품도 여기서 나온다. 이 두가지 항목은 플로베르의 유년기 체험의 차원에서는 그의 부모 각자의 성향에 대응하며, 또한 그들을 넘어서 사회계급이라는 더 큰 세계에서는 아직 한두 세대밖에 흙에서 떨어지지 않은 상승하는 부르주아지의 이데올로기와 모계의 소귀족적 이데올로기에 각각 대응한다. 따라서 플로베르 작품의 형식적 차원도 이 화해할 수 없는 두가지를 결합하려는 불가능한 시도를 반영한다. 그의 작품은 구체적 사회현상을 독특한 문학적 존재태로 상징적으로 전이한 것과 같다. 여기서 구체적 사회현상은 예술신봉과 소모적 사회 비판, 그리고 형식면에서의 열정과 내용면에서의 일종의 혐오 등이 플로베르 특유의 방식으로 결합됨으로써 구체화되는데, 권태란 말하자면 믿지 않고 기도할 수도 없는 어떤 사람이 기도하는 태도 속에 헛되이 보내는 시간의 경과다.

이와 비슷하게 예술을 상상적 해결로 보는 또다른 견해는 분명히 원시 내지 계급 이전 사회의 문맥에서도, 즉 레비-스트로스가 카두비오(Caduveo) 인디언의 장식예술에 바친 괄목할 만한 글에서도 나타난다. 형식적 또는 순수 양식적 차원에서 그는 이 예술의 특수성이 대칭과 비대칭 사이에 일어나는 일종의 변증법적 상호작용에 있다고 간주하는데, 그것은 즉 "이원성의 두 모순적 형태들에 상응하는 복합적 상황이며, 대상의 이상적 축과 그것이 표현하는 형상의 축 사이의 이차적 대립이 구현하는 화해로 귀결된다"고 본다. 레비-스트로스는 이 순수 형식적 구조를 이제 카두비오인의 사회조직에 들어 있는 모순의 반영으로 읽어내는데, 이 사회조직은 이원적 제도와 삼원적 제도 사이에서 불안한 주저를 드러낸다. 따라서 추상적인 형식적 형태는 실제의 사회적 모순을 상상적 방식으로 '해결'하려는 시도였음이 밝혀진다. "그들은 〔이 모순을〕 의식할 수도 살아낼 수도 없었기 때문에 그것을 꿈꾸기 시작했다."[98]

물론 여기서 이런 상상적 해결들의 더 일반적인 대표적 성격의 문제, 혹은 달리 말해서 특히 세련된 개인주의적 예술에서 나름의 개인적 심리와 상황을 지니는 예술가의 사회학과 독자대중의 사회학 사이의 괴리라는 문제가 발생한다. 그러나 우리가 씨드니 훅(Sidney Hook)을 따라 이를 "어떤 문화적 사실의 기원과 그 수용 사이의 구분"이라는 표현으로 재정식화한다면 이런 외견상의 난관은 피할 수 있다. "예를 들어 예술에서 모든 종류의 양식적 변화나 발전은 어떤 시기에도 나타날 수 있다. 사회적·정치적 환경이 이들에 선택적 작인으로 작용한다."[99] 사실 현재 문맥에서 우리는 이처럼 작가에 대한 고려에서 대중에 대한 고려로 옮아가는 것을, 우리 모형이 사회 배경을 반영하는 예술의 방식에 대한 능동적 개념으로부터 수동적 개념으로 힘겹게 재조정되는 그 변증법적 반전의 핵심적 순간으로 간주하고 싶어진다. 여기서 예술적 과정 자체의 행위에 주의를 기울이다 놓친 것은 싸르트르가 『문학이란 무엇인가』(Qu'est-ce que la littérature?, 1947)와 같은 저서에서 예술형식의 계급적 사용을 묘사할 때의 그러한 정확성을 통해 회복할 수 있다. 또한 작품 자체에 관해서 말하자면, 이런 능동적·수동적 축은 형식 고찰에서 내용

---

98 Claude Lévi-Strauss, *Tristes tropiques* (Paris: Plon 1955) 199, 203면.
99 *Towards an Understanding of Karl Marx* 160면.

고찰로 옮아가는 일반적 전환과 대개 일치한다고 나는 보고 싶다. 혹은 그보다는, 가능성들의 범위는 여기서 하나의 연속체로 간주되어야 하며, 그 연속체 속에서 현상을 점점 상세히 혹은 점점 일반적으로 고찰해 나갈 때 그 현상이 기술되는 방식에도 서서히 변증법적 반전이 유발되기 때문에, 이전에는 형식상의 현상으로 표현되었던 것을 이제는 명백히 내용상 술어로 번역하는 행위라고 보고 싶다. 따라서 플로베르는 형식적 혁신을 통해 모순을 해결하며, 법복귀족의 대의명분이 무력함을 표현하는 것은 얀센주의의 비관주의다. 그러나 이 현상들에 대해 초점을 달리할 때, 우리는 플로베르 소설의 정서적 내용을 1848년 혁명의 실패 후 프랑스의 사회적·정치적 분위기와 관련지을 수 있듯이, 빠스깔 작품의 형식적 특수성을 그 나름의 상징적 행위로 분명히 기술할 수 있을 것이다.

동시에, '상상적' 해결의 가설은 우리가 아직 다루지는 않았지만 과거에 맑스주의 문학비평에서 커다란 위치를 차지했던 일련의 새롭고 좀 다른 문제들을 제기한다. 법복귀족이 자신들의 혁명에 실패했고 또 구조적으로 해결 불가능한 사회적 모순이 존재한다고 하더라도, 그와 동시에 우리는 성공한 혁명들을 기억해야 하며, 환상을 지향하기보다 예언적인 예술, 즉 불가능한 해결책 대신에 형식적 대체물을 투사하는 것이 아니라 진행 중인 진정한 해결책을 예고하는 예술을 위한 자리도 남겨두어야 하기 때문이다. 바꾸어 말해서 맑스의 계급 개념은 우리가 지금까지 강조한 변별적·공시적 차원뿐만 아니라 통시적 차원도 포함한다. 계급은 당대 다른 계급과의 적대적 관계 못지않게 역사적 과정상의 위치에 의해, 역사적 전개의 주어진 특정 단계에 대한 참여로 규정된다. 그러나 계급의 이런 시간적 운명은 밖으로부터, 즉 경제사회의 전과정을 개괄하는 외면적 도표나 차트 위에서 측정되기보다 안으로부터,

즉 일종의 내부온도의 상승과 하강 같은 것에서, 다시 말해서 열린 가능성과 역사적 기회의 만조를 타는 자신감이나 아니면 자신에게 빠져드는 일종의 침울 또는 침체와 허망함, 그리고 문이 닫히고 재능이 쇠퇴하고 활력이 낭비되는 듯한 느낌으로 측정된다. 상승기에서 하강기로 옮아가는 한 계급의 기분이 이렇게 바뀌는 현상을 맑스주의는 **진보적** 혹은 **반동적**이라는 잘 알려진 정치용어로 묘사한다.

물론 역사적 한계의 이런 팽창이나 수축은 내용과 형식 모두에서 예술적 생산에 매우 중대한 영향을 미친다. 그리고 『예술과 사회생활』(*Art and Social Life*)에서 쁠레하노프의 고전적 진술은 당시뿐만 아니라 오늘날에도 해당하는 것 같다. "예술가와 예술에 왕성한 관심을 가진 사람들의 예술지상주의적 경향은 그들이 살고 있는 사회환경과 절망적인 불화관계에 있을 때 발생한다. 그렇다고 여기서 그치는 것은 아니다. 이성의 다가오는 승리를 굳게 믿었던 러시아의 '1860년대인'[100]의 예라든가, 이들 못지않게 같은 확신을 지녔던 〔자꼬뱅파 화가 자끄 루이〕 다비드(Jacaues Louis David)[101]와 그 친구들의 예는, 예술창조에 다소간 적극적인 관심을 가진 개인들과 사회의 상당 부분 사이에 상호 공감이 존재하는 경우에는 언제나, 이른바 공리주의적 예술관이 (즉 예술작품에 삶의 현상에 대한 판단의 중요성을 부여하려는 경향과, 또 이에 항시 수반되는 기꺼이 사회투쟁에 참여하려는 자세가) 나타나며 더욱 강화됨을 보여준다."[102] 대부분의 경우에 물론 맑스주의 비평가들은 집단생활

---

100 체르니솁스끼(N. G. Chernyshevsky) 등 이성을 숭배하고 행동주의적 성향을 띠었던 1860년대 세대의 러시아 지식인들을 가리킨다──옮긴이.

101 다비드(Jacaues Louis David, 1748~1825)는 프랑스의 혁명적 고전주의 화가이다 ──옮긴이.

102 Plekhanov, *Art and Social Life*, A. Rothstein 옮김 (London: Lawrence & Wishart 1953) 147면.

에서 예술생산의 원천이 갱신되는 것을 리얼리즘의 이런저런 형태로 논했으며, 과거 다양한 상승계급들의 예술들을 (물론 18, 19세기의 위대한 중산계급 리얼리즘을 주로 강조했지만, 이크나톤Ikhenaton[103] 치하 이 집트 예술의 자연주의적 '부흥'과 고대 아테네의 원형적 양식의 진화, 고딕예술의 발흥 그리고 또한 르네상스 등에 대해서도 언급하면서) 사회주의 리얼리즘의 가장 최근 현상인, 일종의 순환적 부활 속에서 상호 연관시키는 경향이 있다. 그러나 리얼리즘의 개념은 대부분 본질적으로 형식적인 현상보다 예술의 내용에 초점을 두어왔음을 이해한다면, 이 개념의 내재적 난점에 대해 그렇게 많은 시간을 할애할 생각이 덜할 것이다. 루카치를 논할 때 살펴본 것처럼, 리얼리즘 문제가 형식적 방식으로 제기되는 경우 표상성과 진실성의 규준은 완전히 다른 종류의 규준으로, 즉 총체성과 구체성 및 서술 대 묘사 등의 개념들에 함축된 바와 같은 형식적 판단으로 대체되는 경향이 있다.

그러나 18세기 '부르주아 연극'(drame bourgeois)에 대한 쁠레하노프의 논의는 예술과 상승계급의 관계를 사실적 내용이라는 단순화된 견지에서 분석할 필요가 없음을 이미 보여준 바 있다. 여기서 분석대상이 되는 역사적·예술적 현상이란, 실제로 프랑스 중산계급이 그들의 진실의 순간에 접근함에 따라 상층계급 관객의 취향에 맞춘 영웅적 시대비극이 다시금 인기를 끌게 되고, 1750년대에는 그들의 가장 특징적 산물로 보였으며, 디드로(Denis Diderot)[104]가 이론화했던 사실주의적이며 감상적인 산문극이 냉대받게 되었다는 역설적 사실이다. 물론 장기적으

---

103 이크나톤(Ikhenaton, BC 1344~1328)은 BC 14세기 중엽에 재위한 이집트 제18왕조 10대 왕으로 아마르나 예술의 탄생에 기여했다——옮긴이.
104 디드로(Denis Diderot, 1713~84)는 프랑스의 대표적인 계몽주의 사상가·문학가이다——옮긴이.

로 이 외견상의 부활은 결국 본질적으로 중산계급적인 예술운동이 탄생할 전조였음이 밝혀지는데, 다비드의 역사화는 바로 그 신고전주의 예술운동의 기념비다. 그러나 쁠레하노프의 분석은 예리한 것으로, 본질적으로 양식상의 현상인 것을, 베니슈가 얀센주의에 사용한 것과 비슷한 모형을 사용해 계급대립의 구체적 상황에 재정초한다. 그는 이렇게 말한다. "부르주아 연극은 프랑스 부르주아지의 **저항기질**로부터 태어난 것으로, 그들의 **혁명적** 열망을 표현하는 데는 이제 아무 쓸모가 없었다."[105] 바꿔 말해서 부르주아 연극은 중산계급이 자신을 다른 계급과 구별되는 하나의 계급, 즉 독자적 생활양식과 이데올로기와 자존심을 지닌 계급으로서 자각하도록 도와주었다. 그러나 자기네가 귀족계급에 대해 직접적이고 공격적인 대결을 개시할 만큼 강해졌다고 느꼈을 때, 그들은 로마공화정, 브루투스, 위대한 호민관들과 고대 그리스·로마의 영웅적 행위 등 좀더 분투적인 이미지를 끌어들일 필요가 생겼다.

물론 이런 분석을 앞장에서 살펴본 지롱드파의 로마식 가장행렬에 대한 싸르트르의 논의로 끝마칠 수도 있을 것인데, 시대비극에 대한 호소는 분명 실천의 요소뿐만 아니라 자기현혹의 요소 또한 포함하기 때문이다. 그러나 지금 우리 논의의 문맥에서 보면, 이런 역사적 판단의 조정에는 좀 다른 이론적 의의가 있다. 즉 그것은 우리가 적용해온 계급 묘사나 한 계급의 상승적 혹은 하강적인 운명, 즉 그 진보성이나 반동성에 대한 평가 등의 본질적 **상대성**을 강조한다. 우리 관점에서 볼 때 18세기 중산계급은 결국 역사적 몰락의 운명을 진 한 계급의 번성을 대변한다는 점에서 진보적인 **동시에** 반동적이다. 또한 그들은 동시에 이 두가지 모두이니, 영웅적이며 보편화를 지향하는 그들의 이데올로기는 오

---

105 *Art and Social Life* 151면.

늘날 제3세계에서 여전히 힘을 발휘하는 정치적 해방의 논리를 지녔다는 점에서는 인류 전체의 세습재산의 일부이지만, 또한 동시에 한 특정 계급을 옹호하는 예로도 간주될 수 있다. 따라서 역사적 사실에 대한 우리의 관계가 정태적이고 고정된 것이 아니며, 우리가 스스로 상황에 대해 취하는 거리와 관점을 변증법적으로 재조정함에 따라 끊임없이 확장되고 수축되는 것이라는 인상은 재확인된다. 그러므로 우리는 이런 판단들을 얀센주의가 (대적한 대상의 측면에서) 진보적이었다든가 또는 (지지한 것의 측면에서) 반동적이었다고 단번에 결정지어버리는 일련의 상호배제적 입장들로 보지 말고, 완전한 거부와 동일시를 양끝으로 하는 일종의 계산자 위의 여러 위치로 이해해도 좋을 것이며, 이때 어떤 작품이나 운동은 연속체 위에서 상대적으로 더욱 부정적이거나 상대적으로 더욱 긍정적인 위치에 재정립될 수 있을 것이다.

따라서 맑스주의 계급분석은 문화적 대상과 그것이 '반영'하는 계급 사이의 관계가 갖는 성격을 강조하는가, 또는 계급 자체의 역사적 운명에 초점을 맞추는가에 따라 두가지 다른 판단축을 포함함을 알 수 있다. 그렇다면 우리는 이런 모형에 내재하는 가능성들을 다음과 같이 나누어볼 수 있겠다.

	소극적(반동적)	적극적(진보적)
수동적 반영(내용)	얀센주의(이데올로기)	리얼리즘(정치적 의식)
능동적 해결(형식)	플로베르, 카두비오 예술 (예술적 형식주의)	다비드의 회화(개방적 혹은 예언적 형식?)

그러나 적당한 상황에서는 하나의 문화적 사실이 이 중 어느 위치에나 놓일 수 있고 모든 가능한 위치에서 연속적으로 순환할 수도 있음을 우리가 분명히 이해하지 못한다면, 이런 표는 단순한 오해 이상의 나쁜

결과를 가져올 수 있다. 따라서 발자끄의 소설은 보통 위에 표시된 의미에서의 '리얼리즘'으로 이해되지만, 또한 쇠퇴하는 계급의 반동적 이데올로기를 반영하는 것으로도, 자신의 개인적 상황으로부터 본질적으로 개인적이며 형식적인 소망 충족을 이끌어내는 것으로도, 『인간희극』의 복잡한 대인(對人)구조를 통해 어떤 새로운 탈개인주의적이며 집단적인 조직형식을 예견하는 것으로도 간주될 수 있다. 마찬가지로 똘스또이에 대한 레닌의 다양한 평가, 즉 그가 반동적인 동시에 진보적이며 종교적 이념가이면서 혁명적 예언자라는 평가를 이런 조합도식에 따라 나눠보는 것도 어렵지 않을 것이다. 이상의 것이 함축하는 의미는 이처럼 일견 모순되어 보이는 판단들을 사실은 우리가 받아들이거나 거부해야 할 '견해'들보다는 공통된 모형의 변형으로 간주해야 한다는 점이다. 사실상 역사란 바로 이처럼 대상을 바라보는 지평들을 확장하고 대상을 관찰하는 시각들을 확장할 의무를 말한다. 그런데 상이한 판단이나 평가들에 대한 이런 식의 조망은 어떤 이론적 객관성이나 중립성을 내세우기보다 우리 자신을 바로 가치 자체와 그런 구조적 순열의 근원에 다시 갖다놓으며, 외견상 문학적 불일치를 역사적 세계 속에서 갈등하는 집단들의 궁극적 현실로 뒤바꾸어놓는다는 점을 나는 믿는다.

맑스주의 문학비평이나 문화비평이 자신의 대상을 계급현실 그 자체에 재통합하려 하며 대상에서 비교적 투명한 형태의 계급실천을 보아내는 한, 그것은 앞서 기술한 것과 같은 형식을 취한다. 그러나 물신화의 환상이 아닌 물신화의 현실인 경우는 어찌 되는가? 우리가 작품을 비교적 위장된 관계보다는 그 자체로 성립하는 밀도있는 한 형식으로, 생산된 무엇으로, 완전히 의도적으로 물화된 의식으로 간주한다면 어떻게 되는가? 간단히 말해서 맑스주의 분석의 두가지 가능한 약호 내지 언어를 상기할 때, 우리가 지금까지 계급 측면에서 묘사한 모든 것이 완전히

446

다른 식으로 개진될 수도 있지 않을까, 그리고 이때 그전만큼 계시적이면서도 전혀 다른 결과를 낳게 되지 않을까 하는 의문을 품을 수 있다.

여기서 우리가 다뤄야 할 것은 분명히 사회현실보다는 경제현실과 관련된 작품배경의 문제다. 따라서 이런 분석의 좌표는 이제 이데올로기 형성의 좌표가 아니라 상품생산 형식의 좌표일 것이다. 그러나 대상을 대상으로 철저히 기술하려면 대상을 바라보는 다양한 시점의 목록으로 아리스토텔레스의 네가지 원인, 즉 형상인·질료인·동력인·목적인을 어떤 방식으로든 소화해내야만 한다. "이 중 하나는 실체 즉 본질을 의미하며('왜'라는 것은 결국 정의定義로 환원할 수 있으며 궁극적 '왜'란 원인이요 원칙이기 때문에), 다른 하나는 질료 내지 토대를, 세번째는 변화의 원천을, 네번째는 여기에 대립되는 원인인 목적과 선을 의미한다(이것이 모든 생성과 변화의 목적이기 때문이다)."[106] 그러나 아리스토텔레스 모형은 장인생산과 수공예세계로부터 나왔다. 그것은 제작자가 냄비·의복·보석·창 같은 특정 용도를 지닌 대상을 창조하기 위해 주어진 패턴을 모방하며 재료를 형상화하는 과정을 투사한다. 예술작품 자체가 이런 수공품인 만큼 아리스토텔레스 모형과 그것이 조명하려는 (다른 것들도 있지만) 심미적 대상 사이에는 이미 조화가 이루어져 있다.

이런 미리 이뤄진 조화는 대상의 제조과정뿐만 아니라 지각과정에도 해당할 것 같다. 우리는 이미 가용존재(可用存在)가 목전존재(目前存在)에 선행한다는 하이데거의 근본원리를 다룬 바 있다. 이와 마찬가지로 우리가 외부세계를 바라보는 통로인 실체라는 지배범주 자체도 우리를

---

106 Aristotle, *Metaphysics* 제1권 3장(*Basic Works*, Richard McKeon 엮음, New York: Random House 1941) 693면. 또한 *Physics* 제2권 3장, 240~41면도 참조.

둘러싼 실제 사물이나 도구의 유형과 구조에 의해 조건화되고 지배된다. 그러나 하이데거 모형은 농민세계로부터 도출되며, 잔·쟁기·도끼·지팡이가 그뒤에서 드러나는 자연세계의 형태를 주조한다.

따라서 맑스주의 비평은 이 두가지 모형의 통찰을, 즉 제작과정에 대한 강조와 각 환경에 특징적인 도구나 대상의 우선성을 현대세계의 공업적 소비재 생산에 다시 적용해야 한다. 하이데거 정식에 따라 변증법적 비평은 상품형식이 미학적 지각양식은 물론이거니와 사물에 대한 더욱 정관적이며 이론적인 모든 지각까지도 조건화하는 방식을 강조할 것이다. 또한 교환가치가 사용가치에 선행하는 (본질적으로 상품은 이렇게 정의된다) 세계에서는 예술작품의 제작 역시 이런 지배구조에 의해 지배된다는 사실은 놀라운 일이 아니며, 이 구조는 우리 일상세계 모든 것에, 즉 우리와 대상의 관계는 물론 타인과의 관계에까지 영향을 미친다. 따라서 사용가치가 지배적이었던 좀더 단순한 세계에 기초한 아리스토텔레스 모형이 상업광고 세계의 구조적 대중현혹을 제대로 다루려면 철저히 분해·검사되고 재조정될 필요가 있다. 그러므로 우리는 아리스토텔레스의 형상인과 목적인이 철저히 수정되고 확장될 것을 기대할 것이다. 더구나 현대적 창조의 모범이 개별 장인의 기술보다는 제도화된 공장노동이 된 만큼 우리는 이제 **개인적** 측면보다 **집단적** 측면에서 생각하기를 기대할 것이며, 따라서 동력인은 이미 확립된 과정에 직면한 노동자계급으로 굴절되며, 그들을 고용하는 계급도 포함한다. 따라서 아리스토텔레스 모형에 따라 자본주의 현실을 제대로 적절히 통찰하려면 예술작품을 수제품보다는 **생산품**으로 간주해야 하며, 생산양식뿐만 아니라 분배와 소비 양식도 다뤄야 한다. 그것은 생산자뿐만 아니라 소비자에 대한 연구도 포함할 것이며, 실로 공급 및 원료의 근원에 대한 문제까지 다루게 될지도 모른다.

이와 같이 예술작품을 상품세계에 재정초하는 것은 우선 가능한 한 문자 그대로의 의미로 이해되어야겠다. 전문지식인들이 연구하고 취급하는 대상도 역시 전반적인 물질적 하부구조를 지니며, 그 하부구조란 전통적으로 문학사회학의 영역이었음을 상기해보는 것도 우리를 일깨워주는 유익한 경험이다. 따라서 여기에 함축된 다양한 연구들, 즉 출판업과 점진적 경제집중, 문학시장, 새로운 매체 및 구식 분배형식의 역할 등에 관한 연구는 단지 공적 세계가 사생활에 외재적이라는 의미에서만 문학에 대해서 외재적이다. 그러나 미국의 경우 탈산업자본주의 문화에서 중세 수도원처럼 결정적 역할을 할 것으로 보이는 대학체제가 중산계급의 사적 소비를 점차 대체하고 있기 때문에, 이런 분석의 한 예로 대학의 지적 삶의 상품구조에 대한 고(故) 라이트 밀스(C. Wright Mills)[107]의 가장 특징적 대목 하나를 인용해보는 것도 매우 적절할 듯하다. "**생산자**란 지식을 창조하여 최초로 발표하고, 또 이를 검사하기도 하며, 최소한 이를 이해할 수 있는 시장 부문이 이를 글로 구매하게 해주는 사람이다. 생산자 속에는 아직 지배적 유형인 개인기업가와 사실상 생산단위 관리자인 다양한 연구기관의 법인 간부들이 있다. 그다음에는 **도매업자**가 있는데, 이들은 스스로 사상을 생산하지는 않고 다른 학자에게 이를 교과서로 배급하며, 그 학자들은 다시 이를 직접 학생 소비자에게 판매한다. 가르치는, 그리고 단지 가르치기만 하는 사람은 지식과 자료의 **소매업자**인데, 그중 좀 나은 자는 원생산자로부터, 좀 못한 자는 도매업자로부터 공급을 받는다. 모든 대학인은 누구나 다 다른 사람의 생산물의 **소비자**, 즉 책을 통해서 생산자와 도매상에 대해, 그리고

---

107 라이트 밀스(C. Wright Mills, 1916~62)는 『파워 엘리트』『사회학적 상상력』 등을 쓴 미국의 사회학자이다 — 옮긴이.

어느 만큼은 지역시장에서 개인적 담화를 통해 소매상에 대해 소비자가 된다. 그러나 소비만 전업으로 하는 것도 가능한데, 이들은 책의 사용자라기보다 훌륭한 이해자가 되며 서지목록에 밝다."[108]

이런 구절은 문학적 하부구조의 비교적 외재적인 고찰, 이를테면 문학비평 차원에서 일종의 기계적 유물론이라 할 수 있는 고찰로부터 비교적 좀더 내재적인 문학적 소비 문제로 전환하는 구실을 할 수 있을 터인데, 우리가 소비하는 것은 항상 어느정도는 물질적 사물이라기보다 관념이기 때문이다. 사용가치와 교환가치를 구분하는 핵심은, 이제 대상이 주로 육체적 욕구와의 유추를 통해 이해되는 하나의 욕구를 충족하기 위해 존재한다기보다는, 욕구충족과 인위적 자극이 더이상 분명히 구별되지 않는 일종의 추상적·상징적 가치로 존재한다는 점이다. 심미적 쾌감의 개념 전체를 주의해 볼 때 우리는 이 두가지 상태, 즉 대상에 대한 비교적 자연적인 전자본주의적 관계와 현재 우리 자신의 관계가 얼마나 다른지를 가늠할 수 있을 것이다. 아리스토텔레스에게서 비극의 정서적 만족은 연민과 공포라는 기능적 요소로 쉽게 나뉘며, 이 요

---

108 C. Wright Mills, *White Collar* (New York: Oxford University Press 1956) 132면. 좀더 전통적인 비맑스주의 문학사회학을 개관하려면 Q. D. Leavis, *Fiction and the Reading Public* (New York: Russell & Russell 1965); Ian Watt와 Pierre Bourdieu의 연구; Robert Escarpit, *Sociologie de la Littérature* (Paris: PUF 1964); *The Book Revolution* (London: Harrap 1966), 그리고 Hans Norbert Fügen의 유용한 *Hauptrichtungen der Literatursoziologie und ihre Methoden* (Bonn: H. Bouvier 1964)이 참고가 될 것이다. 그러나 매클루언 학설이나 데리다의 『그라마똘로지』(*De la grammatologie,* Paris: Édtions de Minuit 1967)의 문맥에서 독자층과 물리적 서적생산 등 그때까지 외재적으로 여겨졌던 모든 문제가 어떻게 하여, 이를테면 Eric A. Havelock의 주목할 만한 *Preface to Plato* (Oxford: Blackwell 1963)에서처럼 작품 자체의 내부로 이끌려들어가 내재화됨으로써 이제 작품의 주제나 내적 구조의 특징으로 간주되는지도 살펴볼 만하다.

소들은 목격된 운명에 부착됨으로써 개인과 공동체의 사회적·실존적 불안을 순화한다. 따라서 이런 비극의 목적인은 본질적으로 사회적 기능에 봉사할 수 있다. 이와 대조적으로 자본주의하에서 쾌감은 단순히 대상의 소비를 나타내는 표시에 불과하다. 따라서 쾌감은 어떤 종류의 대상에서도 야기될 수 있으며, 또한 계속적 소비를 조장하고 체제를 최대로 작동시키는 것 이상의 집단적 기능에 봉사하지 않는 만큼 쓸모없기 때문에, 대상의 구조나 용도에 대해 비교적 외재적이다.

이제 우리는 상품사회에서 예술작품이 지니는 심원한 소명이 무엇인지 깨닫기 시작한다. 그것은 상품이 되지 **않는** 것이고, 소비되지 **않는** 것이며, 상품적 의미에서 **불쾌**한 것이다. 이제 우리는 이런 원리를 최고로 발전시켜 적용한 아도르노의 음악분석으로 되돌아가도 무방할 터인데, 이 분석은 실제로 그의 다른 비교적 헤겔적인 실천과는 대조적으로 그의 저서 가운데 가장 진정하게 맑스주의적 부분을 이룬다. 아도르노가 제시한 바 쇤베르크와 스뜨라빈스끼의 한쌍의 드라마에 대해 결정적 상황과 틀의 구실을 하는 그 음악의 발달사란 이런 문맥에서 볼 때 음악과 상품형식 그 자체의 투쟁과 다르지 않음이 명백해지기 때문이다. 프랑스혁명기 무렵에 음악사에 등장하는 저 새롭고 가속화된 발전논리는 자본주의 자체의 발산일 뿐이다. 그러나 이때 자본주의란 경제제도의 차원에서 그것과 평행하는 어떤 진화나 상동으로가 아니라 음악적 질료 내에서 상품형태로 음악적 질료를 내재적으로 왜곡하는 작용을 하며, 그 상품형태는 다양한 음악적 요소들, 즉 주제·관현악법·화성, 전개의 길이 및 전체 형식 자체까지 모두 자기 궤도 속으로 끌어들인다. 이것은 단순화되고 미리 포장되어 쉽게 소비되는 바그너의 시도동기와 쇤베르크의 풍부한 활력을 설명해주는데, 후자는 이런 활력을 통해 작품이 안이한 선율로 해체되는 것을 막고 이전의 총체적 작품구성을 회복하려 한 나머지, 소비자에게 견딜 수 없을 정도의 주의력과 집중력을 요구하게 되었다. 또한 이것은 상품세계 속에 남은 채 새로운 생산품을 점점 급속히 소모하며 쉽게 물리는 공중(公衆)에 정서적 충격을 약간 소생시켜줄 새로운 생산기법을 개발해내는 스뜨라빈스끼식 혁신의 의미를 설명해준다.

만일 아도르노가 음악분석에 행한 것을 문학작품에도 적용할 수 있다면 우리는 일종의 '내재적' 맑스주의 비평, 즉 일종의 맑스주의 언어학 내지 예술 일반의 내적·사회적 형식에 대한 체계적 연구를 보게 될 것이다. 이런 학문은 다양한 종류의 국부적인 비평적 연구(앞에서 기술한 헤겔적 모형의 좀더 적합한 차원으로까지 이미 확장된)들을 그것들이 계급이나 상품생산의 현실과 교차하면서 다시금 구체적 사회사에 재정초될 때까지 연장해나갈 것을 요구한다. 물론 우리는 구식 미학이 (그리고 웰렉René Wellek[109]과 워런Austin Warren[110]의 『문학의 이론』*A Theory of Literature*(1949)[111] 같은 새로운 '체계'가) 완성했다고 주장하는 것처럼 국부적 연구의 체계적 목록을 작성할 수는 없다. 역사를 우선시하는 것은 그런 체계화 자체를 배제하는데, 역사가 계속 갱신됨에 따라 항상 새로이 태어나는 작품들의 지배적 범주와 형태를 지정하는 것은 바로 역사다.

그러나 이런 재정초 작업은 상징법에 대한 쁠레하노프와 루카치의 지적에서도 볼 수 있는데, 이것들은 근본적으로 맑스주의적 이미지 이

---

109 웰렉(René Wellek, 1903~95)은 체코 출신의 미국 비교문학자·비평가로 *A History of Modern Criticism, 1750~1950*을 저술했다 ─ 옮긴이.
110 워런(Austin Warren, 1899~1986)은 미국 문학비평가·작가·영문학교수이다 ─ 옮긴이.
111 여러 나라 언어로 번역 소개된 영향력있는 문학이론서로, 문학의 내외재적 특성을 논의했다 ─ 옮긴이.

452

론의 기초작업이라 할 수 있다. 똑같은 현상에 대한 조금 다른 정식화는 '상상적'인 것에 대한 싸르트르의 이론에서 찾아볼 수 있는데, 그에 의하면 이것은 곧 행위를 **몸짓**으로 전환함이며, 대상을 실천의 시간으로부터 물러나게끔 재조직한다.[112] 이런 분석들의 공통점은 상황과 역사화의 논리다. 이들은 모든 시간과 상황에 유효한 이미지 구조를 암시하지 않는다. 그보다 차라리 그들이 보는 특정한 문학현상은 자신의 고유한 구조적 특징에 주의를 집중하며, 자신을 **상징화** 과정으로 인식하고, 스스로 세계를 '비현실화'함을 의식한다.

이와 마찬가지로, 우리가 앞에서 문체론의 일반학이란 용어상의 모순임을 밝히긴 했지만, 적어도 현대의 문체에 관해서는 맑스주의 문체론 같은 것을 기획해볼 수 있을 것이다. 이때 플로베르에서 헤밍웨이에 이르기까지 다양하게 개발되고 실천된 현대 예술문장 자체는 하나의 노동형태나 생산양식으로, 혹은 하나의 상품형태로 볼 수 있을 것인데, 상품구조의 영향력이 가장 큰 곳은 바로 언어라는 애매한 현실이며, 그 현실은 바르뜨가 '색깔 없는 글'이라고 부른 사회적으로 동기부여된 투명성 속에서 자신을 손쉽게 지워버리려 할 수 있는 것만큼 또 손쉽게 풍요한 대상으로 소비될 수도 있는 현실이기 때문이다. 사실상 현대문학에서 문장 생산은 그 자체가 작품 속에서 일어나는 새로운 종류의 사건이 되며 하나의 새로운 종류의 형식을 생성한다.

이와 동일한 정신에서 맑스주의 플롯 이론도 정교화될 수 있을 것이다. 실제로 루카치는 이미 상당히 이런 방향으로 나아간다. 그러나 이런 이론에 대해서는 앞에 지적한 제한들이 훨씬 강하게 작용할 것인데, 서사적 작품에서는 플롯이 구체성의 토대인 만큼 따로 독립시켜 분석할

---

112 *Modern French Criticism*에 수록된 Fredric Jameson, "Three Methods" 참조.

수 없기 때문이다. 보통 '이미지'로 분석되는 것들의 대부분을 이루는 기능적 '묘사'가 그렇듯이 플롯도 작품 자체와 일치한다. 플롯이 분석의 대상이 되는 경우는 독자적으로 소화되어야 할 어떤 것으로, 즉 작품 전체로부터 불쑥 튀어나와 '전경화된' 어떤 것으로 주목을 끌 경우에 한한다. 따라서 이른바 잘 짜인 플롯은 분명 하나의 뚜렷한 문학적·역사적 현상으로, 당대인들이 자신들의 사회적 삶을 어떻게 보았으며 어떻게 보고 싶어했는지에 관해서 중요한 것들을 보여준다. 그러나 플롯 일반이란 단지 하나의 실체화에 불과하므로 이런 것을 전혀 보여주지 못한다.

이상은 작품의 다른 요소들, 특히 등장인물론에서도 마찬가지인데, 등장인물론은 분명 한 시대의 구체적 사회생활 속에서 타자성이 하나의 범주 및 판단으로 우위를 차지하는 현상에 대한 분석과 긴밀히 연관된 가운데 전개될 것이다. 등장인물론은 또한 언급해야 할 것이, 타자의 제시 자체가 곧 소설가가 사회와 현실에 대해 지식을 습득했다는 표시가 된다는 점이다. 동시에 앞에서 약술한 다른 종류의 연구와 마찬가지로 이런 이론도 간헐적으로만 적용될 수 있는 연구일 터인데, 이는 모든 문학작품에 '등장인물'이 나타남이 문학적 등장인물이라는 한 범주의 지배와 같은 것이 아님을 인식하는 데서 비롯한다. 그런데 이쯤에서 맑스주의 비평의 실천 가운데 가장 친숙한 하나의 유형에 대해 언급하는 것이 좋겠는데, 이것은 바로 등장인물 자체에 관한 것이다.

사실상 많은 독자들은 등장인물을 사회계급의 전형이나 특정한 계급적 위치의 대변자로 해석하는 이런 방식을 문학에 대한 맑스주의적 접근의 고전적 형태로 알고 있을 것이다. 맑스와 엥겔스가 발자끄에 매료된 것도 발자끄 인물들의 전형성 때문이 아니었던가? 또한 전형성 개념은 이 시대에 이르기까지 계속 맑스주의 비평의 물신(物神)이 아니었던가? 물론 이런 비평의 해악은 자주 지적되었으며, 그중에서도 가장 중요한 것은 그런 도식적 계급 개념은 원래 그들이 작품에 주입한 것 이상의 어떤 것도 작품으로부터 끄집어내지 못하고 마는 선험적 개념에 불과하다는 지적이었다. 이런 방법은 우의적 방법이라고 부르는 것이 가장 적절하다. 그런데 이런 표현은 바로 진정한 변증법적 비평이란 결국 돌아서서 자신의 도구의 근원에도 물음을 던져야 한다는 점을 보여준다. 분명히 계급의식 자체도 (그것이 실존적 사실로 존재하는 사회에서) 개인을 그가 속한 사회집단의 전형 및 표현으로 간주하는 만큼 우의적 사고방식인 까닭이다. 따라서 아파트 각 층이 부유한 일층 거주자들로부터 다락방의 가정부와 노동자에 이르기까지 다양한 사회계급과 대응하는 졸라의 『잡탕』(Pot-Bouille)의 경우도 계급의식이 사회 그 자체 내에서 아직 구조적으로 작용하기 때문에 우의적이다. 계급의식은 사회 전체의 지도나 도표 같은 것으로, 즉 다른 계급과 관련해 나 자신의 위치를 설정하는 변별적 감정으로 내부에 간직된다.

이런 사회적 '전형성'이 문학생산 자체에 대해 갖는 심원한 가치는 이제 그것이 존재하지 않는 미국의 상황을 고찰해봄으로써 소극적으로 가늠해볼 수 있다. 미국의 계급적 상황에 특이한 점이 있다면 그것은 개인의 진실과 사회경제적 구조가 일치하는 소우주인 예전의 국가적 경험을 더이상 찾아볼 수 없을 정도로 국가적 한계가 무너지고 있다는 사실과 관계가 있다. 사실상 자주 지적된 바와 같이 미제국주의 시대에 미국 하층계급은 국경선 밖에 존재한다. 즉 미국 노동계급도 소외된 제3세계 농민이나 프롤레타리아 계급에 대해서는 부르주아지이다.[113] 따라

---

113 "전지구를 놓고 볼 때 북미와 서구가 '세계의 도시'라 할 수 있다면 아시아·아프리카·라틴아메리카는 '세계의 농촌지역'입니다. 2차대전 이래로 여러가지 이유 때문에 프롤레타리아혁명이 북미와 서구의 자본주의 국가에서 일시적으로 주춤한 반

서 미국문학이 만일 전래 국민문학의 언어와 형식 속에 자신을 한정한다면 자신에 관한 기본적 진실을 놓치고 말 것이며, 반면에 그 진실들을 말하고자 하면 스스로 문학임을 폐기하게 되기 때문에, 미국문학은 불가능하다고까지는 말할 수 없더라도 문제적이 된 건 사실이다.

만일 등장인물의 우의적 해석이 체호프(Anton Chekhov)의 희곡에서처럼 등장인물 전원보다는 한명의 **극중인물**에만 적용될 때 좀더 설득력이 있다면, 그 이유는 등장인물 전원은 단순히 일련의 등장인물과 일련의 계급 사이의 상동관계로 제시되는 반면, 한명의 극중인물은 최선의 경우 진정한 확장이나 재정초와 같은 어떤 것, 즉 모종의 내적인 '실존의 진실'로부터 역사의 외부세계로의 이행(우리가 맑스주의 정신작업의 가장 본질적 특징으로 간주했던)을 포함하는 데 있는 것 같다. 따라서 가장 유명한 맑스주의 분석의 한 예로, 루카치가 토마스 만의 『베네찌아에서의 죽음』(*Der Tod in Venedig*, 1912)을 정치적 측면에서 해석할 때 그는 바로 작품의 내적 논리 자체를 뒤집은 듯 보이는데, 실상 이 작품의 주제는 무의식성의 분출이며, 특히 여기서는 억압된 것과 상징적 의미가 부여된 것들이 아센바흐(Gustav von Aschenbach)[114]의 의식적 정신 속으로 솟구쳐오른다. 이 프레데릭 대왕의 전기작가의 운명이 탄압적 권위주의자와 퇴폐주의자가 뒤섞인 프러시아 자체의 와해를 상징적으로 나타낸다는 생각(토마스 만도 동의한 해석)에 포함된 충격은 맑스주의 분석의 본질적인 구조적 요소로, 작품뿐만 아니라 독자의 내

면, 아시아·아프리카·라틴아메리카의 인민혁명운동은 급격히 성장했습니다. 어떤 의미에서 현대의 세계혁명 또한 농촌지역이 도시들을 포위하는 양상을 제시합니다"(Lin Piao, "Long Live the Victory of the People's War!," 1965년 9월 3일자 연설, *Monthly Review* 17권 6호, 1965년 11월, 5~6면에서 재인용).

114 『베네찌아에서의 죽음』의 주인공이자 작가로, 베네찌아에서 폴란드 귀족가정의 한 소년에게 매료된다——옮긴이.

면까지도 밖으로 드러내게 되어 있다. 그런데 토마스 만은 본질적으로 우의적 작가이므로, 따라서 이런 해석도 궁극적으로는 작품 자체의 역사적 구조 내에서 정당화된다.

6. 맑스주의와 내적 형식

> 나는 미란 한 형식의 형식일 뿐이며 보통 그 내용이라 부르는 것은
> 이미 형식화된 내용임에 틀림없다고 확신한다.
> ── 실러, 『칼리아스 서한』(*Kallias-Briefe*)

앞에서 변증법적 비평을 체계적이라기보다 비판적인 것으로, 하나의 수정작업으로, 거의 존재론적 재정립으로 묘사했는데, 이것이 어떤 더욱 통일된 비판적 접근을 배제하는 것으로 이해되어서는 안 되겠다. 그러나 그런 접근을 제시하는 다음의 글들이 기술적(記述的)이기보다는 사변적인 편이 되었으며, 또한 맑스주의 비평의 정수를 조합하는 방법에는 다른 것들도 분명 있다는 것 등을 명심해야겠다. 특히 계급에 대한 강조가 충분치 않다면 그것은 인종적·종족적으로 집단이 구분되어 있는 미국의 사회현실에 합당할 만큼 계급모형이 만족스럽게 전개된 적이 없었기 때문이다. 이는 앞에서 언급한 바와 같은 새롭고 유례없는 전 세계적 계급상황의 출현이라는 맥락에서 볼 때 더욱 시급한 과제이다.

괴테와 빌헬름 폰 훔볼트(Wilhelm von Humboldt)[115]가 플로티노스

---

115 빌헬름 폰 훔볼트(Wilhelm von Humboldt, 1767~1835)는 내적 언어의 형성을 존중한 독일의 언어철학자·정치가이다──옮긴이.

(Plotinos)[116]로부터 발전시킨 '내적 형식' 개념은 여러가지로 우리의 주목을 끈다. 무엇보다도 우선 이것은 해석학적 개념이다. 즉 자연과학의 법칙처럼 대상과 영구히 연관된 실증주의적 유형의 진실을 함축하기보다 변증법적 과정 중 한 계기에서 다른 계기로 이동해가듯이 시간 속에서 외적 형식으로부터 내적 형식으로 이동해가는 해석의 작용 자체를 강조한다. 이렇게 해서 비평가는 시간 속에서 전개될 뿐만 아니라 자신의 구체적인 사회적·역사적 상황을 반영하는 하나의 형식으로 자신의 작업절차에 주의를 기울이게 된다.

더구나 작품의 제반 차원의 질서화된 연관(혹은 결국 같은 것이 되겠지만, 해석과정 중 일련의 계기의 연쇄)의 이 모형은 우리가 앞에서 기술한 일련의 핵심적 접합 내지 전환과 잘 맞아떨어진다. 물론 맑스주의 비평의 전운동은 바로 표면으로부터 내재하는 현실로, 외견상 자율적 대상으로부터 그 대상을 일부 내지 분절로 삼는 좀더 광범위한 배경으로 이행한다. 그러나 우리는 이런 운동이 여러 다양한 형태로 나타날 수 있음을 보았다. 이를테면 일종의 수수께끼그림(Vexierbild)처럼 체계적 이데올로기 같던 것이 돌연 초점이 바뀌면서 계급 논쟁으로 나타난다. 혹은 또 언어의 외적 형식과 내적 의미능력에 대한 훔볼트의 본질적으로 언어학적인 구별을 좀더 정밀하게 추구할 때, 예술작품은 어떤 의미에서는 항상 독자층을 위해 생산되는 외적 대상이지만, 또 안에서 보면 직접적으로 혹은 그것이 지닌 부정의 힘을 통해 그 시대의 상품생산 상태를 반영하는 일종의 상품으로도 볼 수 있다.

이런 해석은 불완전할지 모르지만 자의적이라 할 수는 없다. 사실 나

---

116 플로티노스(Plotinos, 205~70)는 그리스 철학자로 신플라톤학파의 기초를 굳혔다—옮긴이.

는 사회적 실체에 입각한 이런 해석에 대해 철학적 일관성을 지닌 유일한 대안은 종교적·신학적 토대 위에 구성된 것뿐이라고 믿는데, 노스롭 프라이의 체계는 그 가장 최근의 예일 뿐이다. 따라서 우리는 종교를, 맑스주의의 이론적 귀결을 회피할 수 있으려면 진(眞)이라 믿어야 할 일련의 가상적 명제의 집합으로 정의할 수 있다.

그러나 결국, 맑스주의가 문학적·문화적 현상을 설명하는 궁극적 약호로 간주하는 사회경제적 '번역'을 굳이 정당화할 필요는 없다. 그런 정당화는 이미 형식과 내용의 관계에 대한 변증법적 개념 속에 함축되어 있는데, 이것은 앞에서 살펴보았듯이 아리스토텔레스의 형상과 질료라는 옛 개념과 판이하게 다르다. 문학의 원료 내지 잠재적 내용의 본질적 특징은 그것이 애당초 결코 무형식이거나 (다른 예술의 형태 없는 질료와는 달리) 우연적이 아니라, 바로 우리의 구체적 사회생활의 요소인 말·생각·대상·욕망·사람·장소·활동이라는 점에서 애초부터 이미 의미를 지니고 있다는 것이기 때문이다. 예술작품은 이런 요소들에 의미를 부여하기보다는 애초의 의미를 어떤 새롭고 고양된 의미구성으로 변화시킨다. 바로 이런 이유 때문에 예술작품의 창조나 해석이란 결코 자의적 과정일 수가 없다. (그렇다고 작품이 반드시 사실적이어야 한다는 의미는 아니고, 형식상의 모든 양식화나 추상화란 궁극적으로 내용상의 어떤 깊은 내적 논리를 표현하며, 그 존재도 궁극적으로 사회적 원료의 구조에 의존한다는 뜻이다.)

나는 이것이 이 절의 제사(題詞)로 삼은 실러 발언의 '유물론적 핵심'이라고 믿는다. "나는 미란 한 형식의 형식일 뿐이며 보통 그 내용이라 부르는 것은 이미 형식화된 내용임에 틀림없다고 확신한다." 실제로 형식과 내용에 대한 변증법적 개념의 첫번째 방법론적 귀결은 해석작업의 진척과 그것이 도달한 단계에 따라 그 두 항이 서로 상대편으로 번역될 수 있다는 것이다. 따라서 실러가 암시하듯 모든 내용층은 위장된 형식임이 판명된다. 그러나 앞에서 우리는 형식이란 실제로 내용과 내용의 내적 논리의 투사에 불과하다는 말도 마찬가지로 옳다는 것을 살펴본 바 있다. 사실 이 본질적 구분은 그것이 궁극적으로 예술적 실체 자체의 양의성 속에서 스스로를 폐기한다는 조건하에서만 유용한데, 그 예술적 실체란 전적으로 내용이라고 볼 수도 있고 형식이라고 볼 수도 있다.

따라서 우리가 해석이라고 했지만 이는 적절한 명칭이 못된다. 내용은 그 자체가 본질적으로나 직접적으로 유의미하기 때문에, 즉 어떤 상황에서의 몸짓이나 대화 속의 문장과 마찬가지로 유의미하기 때문에 굳이 취급되거나 해석될 필요가 없다. 내용은 본질적으로 사회적·역사적 경험이라는 점에서 이미 구체적이며, 우리는 우리 자신의 해석적 또는 해석학적 작업에 대해 조각가가 돌에 대해 한 말, 즉 이미 대리석 덩어리에 잠재한 조각상이 나타나도록 모든 외재적 부분을 제거하는 것으로 족하다는 말을 그대로 할 수 있을 것이다. 따라서 비평과정은 내용의 해석이라기보다 내용의 계시이자 드러냄이며, 다양한 종류의 검열에 의해 왜곡된 내용 배후에 있는 원초적 전언과 원초적 경험을 회복하는 것이다. 또한 이런 계시는 왜 내용이 그렇게 왜곡되었는가에 대한 설명의 형태로 나타나며, 따라서 바로 이런 검열의 기제를 묘사하는 것과 분리될 수 없다.

앞으로 곧 쑤전 쏜태그(Susan Sontag)[117]에 대해 언급할 테니, 이 과정의 한 예로 공상과학소설에 대한 그녀의 주목할 만한 논문인 「재앙

---

117 쑤전 쏜태그(Susan Sontag, 1933~2004)는 『해석에 반대한다』 『사진론』 『은유로서의 질병』 등을 저술한 미국 비평가·소설가이다——옮긴이.

의 상상력」(The Imagination of Disaster)을 살펴보자. 이 글에서 그녀는
공상과학영화의 기본모형을 재구성하는데, 이런 영화에서 그녀는 "현
대의 실존에 대한 (…) 물리적 재앙, 즉 전세계적 파괴와 심지어는 멸망
에 대한 (…) (그러나 좀더 구체적으로는) 개인의 심리상태에 대한 매
우 깊은 불안"[118]의 표현을 읽어낸다. 이 모든 것은 사실이며, 그녀의 글
은 공상과학소설을 그 자체의 견지에 따라 보아주는 가운데 그 소재를 철
저히 검토한다. 그러나 이런 견지 자체가 하나의 위장에 불과하다면, 즉
형식 속에서 작동하는 좀더 기본적인 만족으로부터 우리의 주의를 돌
리는 구실을 하는 '겉으로 드러난 내용'에 불과하다면 어찌 되겠는가?

그 이유는 이런 오락물의 표면적 기분전환의 배후로, 이들을 보는 동
안 우리의 마음이 표면적으로 몰두하는 그 배후로 들어가 내적 성찰을
해보면, 앞에 기술한 것과는 전혀 다른 제2의 동기가 드러나기 때문이
다. 우선 이 작품들, 특히 전후 및 1950년대 전성기 동안의 작품들은 과
학자의 신비성을 공공연히 표현한다. 여기서 신비성이란 외적인 권위
나 사회적 기능보다 과학자 자신의 생활방식에 대한 일종의 집단적인
'통속적 꿈'을 가리킨다. 과학자는 실제적인 작업을 하지 않고(그럼에
도 권력과 사회적 지위는 그의 것이고), 그의 보수도 돈이 아니거나 혹
은 적어도 돈이 목적은 아닌 것 같으며, 그의 실험실(공장과 진료소를
결합한 듯하며 기관 규모로까지 확대된 가내작업장)과 밤에 일한다는
점(그는 하루 일과나 8시간 근무제에 얽매이지 않는다)에는 뭔가 매력
적인 면이 있고, 바로 그의 지적 작업 자체는 비지식인들이 지적 작업과
공부에 대해 상상하는 모습의 희화(戲畵)다. 더욱이 여기에는 옛날 작업
조직 방식인 좀더 개인적이고 심리적 만족을 주는 길드 세계로의 복귀

---

118 *Against Interpretation* 220면.

가 암시되어 있다. 여기서 나이든 과학자는 장인(匠人)이고 젊은 과학자는 도제며 연장자의 딸은 자연히 기능전수의 상징이 된다. 이밖에도 기타 여러가지 특징을 끝없이 열거, 세론할 수 있을 것이다. 내가 말하고 싶은 것은 이 중 어느 것도 궁극적으로 과학 자체와는 무관하며, 이들은 다만 소외되거나 소외되지 않은 **노동**에 대해 우리 자신이 갖는 느낌과 꿈의 왜곡된 반영태에 불과하다는 점이다. 이것은 이상형, 혹은 마르쿠제라면 '성애적인 만족을 주는' 작업이라고 지칭할 만한 것을 목적으로 하는 하나의 소원충족이다. 그러나 이것은 물론 특수한 유형의 소원충족으로서, 꼭 분석해야 할 것도 바로 이 구조이다.

여기서 문제가 되는 것은 예컨대 (과학자의 제재에 관한 한) C. P. 스노우(Snow)[119]의 저작으로 설명할 수 있는 종류의 직접적이고 노골적인 심적 동일시나 소원충족이 아니기 때문이다. 그보다도 이것은 자기 존재를 숨기기를 바라는 상징적 충족이다. 따라서 과학자와의 동일시는 여기서 플롯의 원천이 아니라 그 전제조건일 뿐이다. 마치 다소 칸트적 방식으로 상징적 충족이 이야기의 사건들이 아니라 우선 이야기가 생겨나려면 꼭 있어야 할 그 커다란 틀(과학의 세계, 원자 분열, 천문학자의 외계 관찰)에 부착되는 것 같다. 이런 시각에서 볼 때 공상과학소설 이야기의 모든 대참극들, 즉 고층건물의 붕괴, 포위공격 상태, 토오꾜오 만에서 솟아나온 괴물 같은 것들은 정신의 주의를 그 가장 깊은 작용과 환상으로부터 다른 데로 돌리는 동시에 또한 이런 환상에 동기를 부여하는 구실을 하는 하나의 핑계일 뿐 다른 아무것도 아니다.

물론 우리는 여기서 더 나아가서 작품에는 이런 환상뿐만 아니라 집단적 삶을 다루며, 또한 공상과학소설의 우주적 위기를 일종의 전시하

---

119 스노우(C. P. Snow, 1905~80)는 영국의 소설가·물리학자·정치가이다──옮긴이.

(戰時下) 결속과 사기 같은 것을 부활시키는 방편으로 사용하는 다른 종류의 환상도 들어 있음을 밝힐 수도 있겠다. 따라서 전지구적 재앙의 생존자들이 함께 모이는 것 자체는 좀더 인간적 집단성과 사회조직에 대한 왜곡된 꿈일 뿐이다. 이런 의미에서 작품 표면의 폭력에는 이중 동기가 주어지는데, 그것은 이제 중산계급 생활의 틀에 박힌 일상의 권태를 깨트리고 나오는 것으로도 간주될 수 있기 때문이다. 그리고 그 어느 경우에든 위장된 폭력은 이렇게 환기된 무의식적 환상이 실현되지 않는 데 대한 분노의 표현으로 이해될 수 있을 것이다.

이와 같이 외견상 소극적이며 불안에 지배되는 작품유형의 내적 형식은 따라서 우리가 노동충족이라는 언어로 표현했던 적극적 환상이다. 그러나 이런 내적 형식 내지 체험(Erlebnis)을 묘사하는 용어보다는 앞절에서 공과 사, 개인과 사회경제적 현실, 실존과 역사 자체 사이의 매개라고 묘사했던 **구체성의 장**으로 다시 나오게 되는 그 운동 자체가 더 중요하다. 변증법적 비평의 과제는 사실상 이 두 차원을 **연결**하는 데 있지는 않다. 우리 자신의 생활체험이나 모든 진정한 예술작품 속에서 이 두 차원은 이미 연결되어 있다. 그보다도 변증법적 비평은 이런 관계가 계시되고 다시 한번 드러날 수 있는 방식으로 작품과 그 내용을 분절화해야 할 것이다.

우리가 다루는 동일성의 관계는 그래도 한 용어체계에서 다른 용어체계로의 완전한 번역을 요구하기 때문에 그렇다. 두 차원은 하나이며, 실제로 다른 경우에는 개인적 경험의 문제로 여겼을 것들이 본질적으로 역사적·사회적 가치를 갖고 있음을 파악하게 해주는 방식에 예술의 기초적 가치가 있다. 그런데 이것은 관점의 차원을 전환함으로써, 즉 형식에서 내용으로 또는 내용에서 형식으로 이동하는 것처럼 경험에서 그 배경이나 구체적 상황으로 이동함으로써 이루어진다. 그러나 경험의 사회경제적 차원을 묘사하는 용어는 결코 가치의 산출과 사회의 변형 등 노동용어들에만 국한되지는 않는다. 실제로 그런 경험의 본질적 내용은 미리 결정될 수 없는바, 세계와의 씨름이라는 가장 본질적 종류로부터 가장 작고 세밀하게 전문화된 지각(知覺)에 이르기까지 다양하다. 이런 본래성을 좀더 쉽게 묘사할 수 있는 방법은 부정적 방식, 즉 일상적 생존이나 어떤 지겨운 정체상태의 공허로부터 벗어나는 방식이다. 따라서 본래성은 우리에게 진정한 경험과의 간헐적 접촉을 복원해주며, 그런 접촉이 취하는 형태는 사회경제조직 자체의 역사적 가능성들과 일치한다.

그러나 노동충족의 용어체계는 내적 형식에 대한 모든 기술이 어떤 방식으로든 고려해야 할 하나의 기능을 완수하기 때문에 유용하다. 즉 그것은 작품 자체의 검열을 설명해주며, 왜 그런 충동이 애당초 예술적 만족에 도달하기 위해 위장되어야 했는지를 이해하게 해준다. 특히 중산계급 사회에서 (진정한 역사적 사고의 열쇠인) 노동과 생산이라는 것은 우리 문화에서 그 무엇 못지않게 용의주도하게 은폐된 비밀이기 때문이다. 실제로 상품형식의 의미는 바로 생산물의 조직틀인 계급구조를 우리가 더욱 쉽게 잊어버리게 하기 위해 생산물로부터 노동의 표적을 이처럼 지워버리는 데 있다. 만일 아도르노가 보여주듯, 이와 같은 노동의 은폐가 형식상으로든 내용상으로든 예술생산물에도 역시 그 자취를 남기지 않는다면 그것이 오히려 놀라운 일일 것이다. "예술작품이 존재하는 것은 노동의 사회적 분업 및 육체노동과 정신노동의 분리 덕택이다. 그러나 이런 상황에서 예술작품은 독립적 존재로 위장한 채 나타난다. 그것의 매체는 순수한 자율적 정신의 매체가 아니라 대상화된 주체에 이제 양자 사이의 대립을 극복했다고 주장하는 정신의 매체이기 때문이다. 이런 모순은 예술작품으로 하여금 자신이 인간적 구성물이라는 사실을 숨길 수밖에 없게 한다. 예술작품과 아울러 인간실존 일반이 의미를 지닌다는 자부심은, 그것이 하나의 생산물이라는 사실이나 그 존재가 자기 외부의 어떤 것 덕분인 동시에 정신의 덕분이기도 하다는 사실을 예술작품의 이런저런 면모가 덜 상기시킬수록, 더욱 설득력있게 유지되기 때문이다. 더이상 양심상 자신의 가장 내밀한 원리인 이런 기만을 견딜 수 없는 예술은 이미 자신을 실현할 수 있는 유일한 요소를 해체해버린 셈이다. (⋯) 또한 만일 예술 일반의 자율성이 이런 노동의 은폐 없이는 생각할 수 없다고 하더라도, 교환가치가 지배하고 그런 지배모순이 점증하는 후기자본주의 사회에서, 그 자체가 이미 하나의 강령이 된 이런 은폐는 역시 문제적인 것이 된다."[120] 따라서 노동분업의 일반적 형태든 혹은 자본주의의 특징인 더욱 전문화된 생산유형이든 간에, 바로 노동 개념 속에 이미 노동과정 자체를 검열하고 생산물에 노동의 흔적이 남지 않도록 억압하는 원리가 주어져 있다.

이제 대중문화로부터 더욱 세련되고 공인된 문학예술작품에 눈을 돌려볼 때, 우리는 예술적 세련화의 사실이 작품구조에 새로운 복잡성을 부여하긴 하지만, 우리가 제시한 모형이 본질적으로 달라지지 않는다는 사실을 알게 된다. 특히 순문학은 자신의 창조 자체의 모든 가치를 과정 속에 이끌어들인다고 할 수 있기 때문에, 적어도 현대에서 문학작품의 내적 형식은 생산물 그 자체나 **문학적** 생산물 중 어느 하나를 그 주제로 삼는다고 할 수 있으며, 양자 모두 어쨌든 작품의 겉보기나 혹은 명백한 내용과는 구별된다.

따라서 예컨대 헤밍웨이 작품이 본질적으로 용기·사랑·죽음 같은 것을 다룬다고 생각한다면 이는 잘못이다. 실제로 헤밍웨이의 가장 깊은

---

120 T. W. Adorno, *Versuch über Wagner* 88면.

주제는 오로지 특정한 유형의 문장을 쓰며 일정한 문체를 실천하는 것일 뿐이다. 사실상 이것이 헤밍웨이 작품의 가장 '구체적' 경험이다. 그러나 이런 문체의 경험이 좀더 극적인 다른 경험들과 맺는 관계를 이해하기 위해서는 우리의 내적 형식의 개념을 **동기의 계층구조**라는 좀더 복잡한 모형에 따라 다시 정식화해야 한다. 여기서 작품의 다양한 요소는 표면의 다양한 차원에 따라 정리되고, 이를테면 각각 더욱 심원한 요소가 존재할 구실이 되며, 결국 작품의 모든 것은 작품의 가장 심원한 차원인 구체적인 것 자체를 표현하기 위해, 혹은 프라하학파(the Prague School)[121]식으로 모형을 역전시키자면 작품의 가장 본질적 내용을 **전경화**하기 위해 존재한다.[122]

따라서 일종의 삶의 모형으로서 헤밍웨이가 갖는 지대한 영향력은 우선 일종의 윤리적 내용에서 나온 것처럼 보일 텐데, 그 윤리적 내용이란 '인생철학'이라기보다는 갑자기 진정한 삶이 아니었음이 드러나는 모든 것에 대한 본능적·비타협적 거부다. "이젠 시들해", 이것이 행복감과 언짢음 사이, 즉 진정 사는 것과 주인공 및 그 주위의 모든 사람의 삶에 좌절과 실망을 안겨주는 일종의 제대로 살지 못함 사이의 돌이킬 수 없는 경계선이다. 이것들은 헤밍웨이 창작의 양극인데, 한편으로는 자연의 비길 데 없는 풍요의 순간이 있고, 다른 한편으로는 불평과 갑작스런 변덕, 발작적 질투나 격정 등이 있다. 실제로 음침한 사공이 죽음의 전령사처럼 캔트웰 대령(Colonel Cantwell) 앞에 나타나는 『강 건너 숲

---

121 러시아 형식주의의 영향을 많이 받은 체코 구조주의학파로 1930, 40년대에 주로 활동했다——옮긴이.

122 여기서 나는 체코 형식주의든 러시아 형식주의든 간에 형식주의가 맑스주의와 전혀 화해 불가능하다고 생각하지 않는다는 사실을 밝혀두는 게 좋겠다. 사실 나는 이하 헤밍웨이 분석이 근본적으로 형식주의적 분석이라 생각한다. 그러나 구조주의와 형식주의 문학모형에 관한 좀더 충분한 논의는 다른 기회로 미뤄야겠다.

속으로』(*Across the River and Into the Trees*)[123]의 인상적 서두에는 이들 모두가 거의 상징적으로 들어 있다. 이런 대립은 사물 속에서의 삶과 다른 인간과의 삶, 즉 자연과 사회 사이의 좀더 일반적 대립에 해당한다고 해도 과언이 아니다. 실제로 헤밍웨이 자신이 자주 이렇게 말한 바 있다. "사람이란 봄처럼 온화한 극소수를 제외하고는 항상 행복을 방해하는 자들이었다."[124]

그러나 무엇보다 생활체험처럼 보이는 이 발언도 실제로는 문체 자체의 단순한 투사에 불과하다. 헤밍웨이의 위대한 발견은, 우리가 말에 대해서는 완전히 잊어버리고 단지 말이 묘사한다고 생각되는 대상을 미리 정리하는 데만 집중한다면, 일종의 언어적 생산성의 근원 자체로 복귀할 수 있다는 점이었다. 내게는 항상 헤밍웨이 문장의 원형이라고 생각되는 다음 구절도 이런 데서 나온다. "스미스네 뒷문으로 리즈(Liz)는 호수 저 멀리에서 채광선들이 보인(Boyne) 시(市)를 향해 가는 것을 볼 수 있었다. 보고 있으면 도무지 움직이는 것 같지 않다가도, 들어가 접시를 몇개 더 닦고 나오면 그들은 곶 너머로 이미 사라져버린 후이곤 했다."[125] 이 구절에는 무언가가, 즉 실제의 움직임 자체와 어떻게든 그것을 '재현해냈을' 온전한 문체 내지 '충만한 말'(parole pleine)이 둘 다 생략되어 있다. 헤밍웨이는 다른 글에서 생략이라는 문학적 수법의 중요성에 대해 이야기한 바 있다.[126] 그러나 언짢음을 묘사할 때도 무언가

---

123 뜨리에스떼(Trieste)에서 죽음에 임박한 캔트웰 대령이 최근에 베네찌아에서 한 젊은 여성과 보낸 일주일과 과거 전시(戰時)의 삶을 회상하는 이야기다——옮긴이.

124 *A Movable Feast* (New York: Scribner's Sons 1964) 49면.

125 "Up in Michigan," *The First Forty-Nine Stories* (London: J. Cape 1962) 80면.

126 예컨대 *Death in the Afternoon* (New York: Scribner's sons 1932) 192면을 참조할 것. "만일 산문작가가 자기가 쓰고 있는 것에 대해 충분히 안다면 자기가 아는 것들은 생략해도 무방하며, 그래도 독자들은 작가가 충분히 진실되게 쓰고만 있다면 마치

가 생략된다. 그것은 즉 이른바 말과 말 사이의 공간이며, 바로 이번엔 인간적 재료에 가해진 이런 예비정리가 헤밍웨이식 대화에 강렬한 효과를 부여한다. 따라서 헤밍웨이가 어떤 기본체험을 표현하거나 전달하려는 데서 출발했다고 말하는 것은 잘못이다. 그보다 그는 처음부터 특정한 유형의 문장, 즉 일종의 외부 전치(轉置)들에 대한 중립적 '보고서'(compte rendu)를 쓰고자 했다. 그는 곧 이런 문장이 외부세계의 움직임을 기록하는 일과, 사람들 사이에 개재하며 이따금씩 사람들이 내뱉는 말 속에 표현되는 긴장과 발작적 혐오를 암시하는 일 등 두가지 일을 잘 해낼 수 있음을 발견했다.

이렇게 해서 우리는 헤밍웨이 소설에서 실제로 일어나는 가장 본질적 사건이자 작가와 독자 모두에게 지배적 범주가 되는 것은 쓰는 과정 자체라고 한 우리의 처음 주장으로 돌아가게 된다. 이것은 『아프리카의 푸른 언덕』(Green Hills of Africa)[127] 같은 더욱 단순한 작품에서 가장 분명히 드러나는데, 이 작품의 동물사냥이라는 내용은 사냥 묘사라는 형식을 위한 구실에 불과하다. 독자는 사냥을 구경하는 것보다 헤밍웨이의 언어가 이것을 제대로 다룰 수 있을 것인가에 더욱 관심이 간다. "저편으로 뿔닭 한떼가 속보말처럼 머리를 꼿꼿이 세운 채 길을 가로질러 달음질쳤다. 내가 차에서 뛰어내려 뒤쫓아가자 그들은 공중으로 솟아올라 다리를 아래로 가지런히 모은 채 무거운 몸으로 짧은 날개를 퍼덕이고 시끄럽게 울어대며 앞쪽 수풀 너머로 날아간다. 나는 두놈을 쏘아 맞혔는데, 그것들은 떨어지며 땅에 세게 부딪혔고, 잡아먹어도 법에 걸

작가가 직접 진술한 때와 똑같이 그것들에 대해 강렬한 느낌을 얻게 될 것이다." 또한 A Movable Feast 75면도 참조할 것.

127 헤밍웨이가 1933년 12월에 아내 폴린(Pauline Marie Pfeiffer)과 함께한 서아프리카 싸파리 여행기록——옮긴이.

리지 않도록 압둘라(Abdullah)가 날개를 퍼덕이며 누워 있는 그놈들의 머리를 잘랐다."[128] 여기 개재된 진정한 '추적'이란 따라서 문장 자체의 추적이다.

헤밍웨이 창작의 이런 핵심적 면모에서 다른 모든 것을 이끌어낼 수 있다. 문장 산출의 경험은 헤밍웨이 세계에서 소외되지 않은 노동이 취하는 형식이다. 글쓰기는 이제 하나의 기술로 인식되며 그다음엔 사냥·투우·낚시·전투 등 다른 기술로 동화되는데, 이들은 바깥 세계에 대한 인간의 적극적이며 포괄적인 기술적 참여의 총체적 이미지를 투영한다. 분명 이런 기술의 이데올로기는 좀더 일반적인 미국 노동상황을 반영하는데, 변경이 열리고 계급구조가 흐려진 상황에서 전통적으로 미국 남성은 통상적으로 그가 지녔던 다양한 직업의 수와 소유하는 기술에 따라 평가된다. 헤밍웨이의 마치스모(machismo)[129] 숭배는 1차대전 후 미국의 거대한 산업적 변화에 대처하려는 시도로, 그것은 프로테스탄트의 노동윤리를 충족하는 동시에 여가를 찬양하며, 또한 전체성을 향한 가장 활력있고 깊은 충동과 오로지 스포츠 속에서만 우리가 온전히 살아 있다고 느끼는 현황을 화해시킨다.

헤밍웨이 작품에 나타나는 인간적 환경을 살펴보자면 작중인물들의 국외 이주 자체도 그 작품을 쓰기 위한 일종의 장치 내지 구실인데, 미국의 사회현실 자체의 거대하고 복잡한 짜임새는 분명히 그가 사용하는 조심스럽고 선택적인 문장 유형으로서는 접근할 수 없는 것이기 때문이다. 따라서 희석된 현실, 즉 외국문화와 외국언어의 현실을 다루는 편이 유리한데, 이런 외국문화 속에서 개인들은 우리 자신이 연루되어

---

128 *The Green Hills of Africa* (New York: Simon and Schuster 1935) 35~36면.
129 정력·담력·공격성 등으로 대표되는 '사나이다움', 또는 이런 사나이다움을 과시하는 태도를 가리킨다──옮긴이.

있는 구체적 사회상황의 밀도 속에서 나타나는 것이 아니라, 언어로 그려낼 수 있는 대상들의 명료함을 지니고 나타난다. 따라서 그의 말년에 세계가 바뀌기 시작하고 꾸바혁명이 미합중국 변경 내에서 적절한 은둔처를 제공했을 때, 그를 문체적 무기력과 결국 자살로까지 몰고 간 것은 그가 작가로서 결코 취급한 적이 없었던 이런 미국적 현실이 가해오는 저항이었다고 해도 지나친 역설은 아닐 것이다.

만약 이런 예가 문학작품이 구체성의 위장이자 계시로서 지니는 내적 형식을 맑스주의 비평이 재구성하는 방식에 대해 무언가 시사하는 바가 있다면, 현재 행해지고 있는 판단이나 문학적 평가에 있어 이런 이론이 함축하는 의미에 대해서 좀더 이야기할 필요가 있겠다. 작품의 이런 검열된 차원을 드러내는 것이 비평가의 임무라는 주장은 곧, 적어도 오늘날 행해지는 예술 및 그 예술이 실행되는 사회에서 작품 및 작업의 표면은 그 구조상 일종의 신비화라는 것을 밑에 깔고 하는 말이기 때문이다. 바꾸어 말해서 바로 이런 점에서 맑스주의 비평은 다시금 예술의 모더니즘을 다루어야 하는데, 앞에서도 나는 이미 루카치 같은 비평가(그리고 좀더 전통적인 소련 비평가들)의 반모더니즘은 적어도 부분적으로는 취향과 문화적 조건의 문제임을 시사한 바 있다.

그렇더라도 쑤전 쏜태그의 '새로운 감수성'이나 이합 하산(Ihab Hassan)[130]의 『침묵의 문학』(*The Literature of Silence*) 같은 모더니즘에 대한 명백한 변호에 당면하여, 좀더 할 이야기가 있을 것 같다. 이런 이론들은 우리 모두에게 친숙한 하나의 일관된 문화를 반영한다. 존 케이지(John Casey)[131]의 음악, 앤디 워홀(Andy Warhol)[132]의 영화, 버로스

---

130 이합 하산(Ihab Hassan, 1925~)은 *Radical Innocence* 등을 발표하고 모더니즘과 포스트모더니즘을 구분한 미국 비평가이다——옮긴이.

(William Burroughs)[133]의 소설, 베케트(Samuel Beckett)[134]의 희곡, 고다르(Jean-Luc Godard),[135] '캠프'(Camp),[136] 노먼 브라운(Norman O. Brown),[137] 싸이키델릭한 체험 등이 모두 이에 속하는데, 어떤 비평가도 이 모든 것이 현실의 양식화로서 지니는 매력에 이끌려드는 데서부터 출발하지 않고는 아무런 구속력을 지닐 수 없다.

그러나 이런 새로운 모더니즘은 예전의 세기 전환기의 고전적 모더니즘과는 적어도 매우 본질적인 한가지 점에서 다르다는 것을 지적해야겠다. 예전의 모더니즘은 본질적으로 매우 반사회적이었으며, 그것이 부정하고 거부한 중산계급 대중의 본능적 적개심을 항시 염두에 두고 있었다. 그러나 새로운 모더니즘의 특징은 바로 그것이 **대중적**이라는 점이다. 조그마한 중서부 도시에서는 그렇지 않을지 몰라도 유행과 대중매체가 지배하는 세계에서는 그렇다. 내 생각에 이것은 현존하는 사회경제적 관점에서 볼 때 이런 예술이 어떤 사회적 유용성을 지니게 되었음을, 혹은 반대로 혁명적 관점에서 본다면 뭔가 심히 수상한 면을

---

131 존 케이지(John Casey, 1912~92)는 우연성의 음악 등을 제창한 미국의 전위음악가이다——옮긴이.

132 앤디 워홀(Andy Warhol, 1928~87)은 미국의 팝아트 예술가이다——옮긴이.

133 버로스(William Burroughs, 1914~97)는 미국 비트파 문학을 이끈 소설가이다——옮긴이.

134 베케트(Samuel Beckett, 1906~89)는 『고도를 기다리며』(*Waiting for Godot*) 등을 쓴 아일랜드 출신 아방가르드 작가·극작가이다——옮긴이.

135 고다르(Jean-Luc Godard, 1930~)는 누벨바그(Nouvelle Vague)를 주도한 프랑스의 실험주의 영화감독이다——옮긴이.

136 원래는 '너무나 평범해서 오히려 재미있는 것'을 뜻하는 동성연애자들의 은어인데, 포스트모더니즘에서 종전의 멋스러움과는 달리 전혀 멋스러워 보이지 않으면서 아는 사람들에게만 멋으로 통하는 것들 일체를 캠프라 일컫는다——옮긴이.

137 노먼 브라운(Norman O. Brown, 1913~2002)은 미국 문명비평가로, 일체의 심리적 억압이 제거된 극단적 개인해방을 주장했다——옮긴이.

지니게 되었음을 의미할 뿐이다.

그러나 이런 예술이 미국적 현실을 **표현**한다고 말할 수 있을 것이고, 실로 여기에 애매성이 있다. 우리가 미국인인 한, 우리는 구체적이고 물질적인 현실, 즉 미국 생활의 특수성을 훌륭히 표현하는 팝아트 같은 예술들에 반응을 보이지 않을 수 없다. 따라서 새로운 모더니즘에 대한 비판도 분명 외적이 아닌 내적인 일이고, (우리가 그 용어에 부여한 고양된 변증법적 의미에서) 자의식의 심화의 일부분이며, 우리의 반응대상인 예술작품에 대한 판단 못지않게 우리 자신에 대한 판단도 포함한다. 바꾸어 말해서 애매성은 예술대상뿐만 아니라 혁명가 자신이 처한 위치에도 개재한다. 혁명가도 그가 자신이 경멸하는 사회의 산물인 한, 그의 혁명적 태도는 자기부정, 즉 객관적·정치적 분리에 선행하는 최초의 주관적 분리를 전제로 할 수밖에 없다. 이런 이유로 해서 신예술의 연극은 이전의 속물과 모더니스트 사이의 갈등보다 더욱 복잡하게 작중인물을 설정한다. 이 두 인물유형은 소비자와 예술외판원과 해프닝 예술가 속에서 서로 섞여들기 시작했으며, 여기에다 또 앞에서 묘사한 혁명적 불행의식의 형태를 띤 제3의 인물을 추가할 수 있는데, 그러한 의식은 미국문화에서 실제적 부정과 상상적 부정, 심지어는 상상적 부정과 긍정성의 고무를 구별하는 것조차 점점 어려워진다는 것을 알게 된다.

새로운 감수성 내지 새로운 신비주의 이데올로기에 대한 가장 설득력있는 비판은 아직도 맑스가 『1844년 경제학·철학 수고』에서 행한 헤겔의 종교 개념에 대한 논평이다. 새로운 모더니즘의 옹호자들이 새로운 모더니즘이 우리 사회를 **표현**한다고 주장하는 것처럼, 헤겔도 종교가 인간정신의 표현이며 (구현과 소외 사이에서 애매한 망설임을 함축하는 단어인) 객관화라고 보았기 때문이다. 따라서 헤겔 체계는 "자의식적 인간이 정신세계(혹은 그의 세계의 보편적인 정신적 존재태)를 인

472

식하고 지양하는 한, 그것을 다시 이런 소외된 형식에서 승인하고 자신의 진정한 실존으로 제시한다는 것을, 즉 그가 그것을 재수립하고 자기의 타자적 존재 속에 안주하려 든다는 것을 함축한다. 따라서 예컨대 종교를 지양하고 종교를 자기소외의 산물로 인식하고 난 다음, 그는 다시 **종교로서의 종교** 속에서 자신의 확증을 발견한다. (…) 따라서 이성은 비이성 그 자체 속에 안주한다. 법률과 정치 등에서 소외된 삶을 살고 있음을 자각한 인간은 이 소외된 삶 자체에서 진정한 인간적 삶을 영위한다."[138] 따라서 예술작품을 현실의 위장된 표현 및 소외로 인식하는 데서부터 그런 위장과 소외의 필연성 자체와 화해하는 데까지 거리는 단 한걸음밖에 되지 않는다.

이런 상황에서 문학비평의 기능은 분명해진다. 현대가 비록 비평의 시대라고 하더라도, 오늘날 프랑스에서 엉성하게 행해지듯 비평가들이 자신들의 활동을 문학창조의 차원으로 치켜세우는 것은 그다지 어울리는 일이 못되는 것 같다. 그보다는 비평이 관련되는 범위와 영역이 역사적·이데올로기적 계기 자체에 따라 바뀐다고 지적하는 것이 좀더 정직하고 변증법적이다. 그리하여, 문학비평이 검열을 피해 사상과 은밀한 정치적 논평을 밀수입할 수 있는 유일한 방편이었기 때문에 (특히 제정 러시아에서) 19세기 전제정치에 대항해 투쟁하는 특권적 무기가 되었다고 말한다. 이것은 이제 외재적 의미가 아니라 내재적·우의적 의미에서 이해되어야 한다. 우리에게 문화작품들은 거의 잊혀져버린 약호의 한 기호로, 더이상 질병으로 인식되지도 않는 질병의 증후로, 그것을 볼 수 있는 기관을 우리가 이미 오래전에 상실해버린 총체성의 파편으로 나타난다. 예전 문화에서 루카치 같은 비평가가 리얼리즘적이라 불

---

138 Marx, *Early Writings* 210면.

렀던 종류의 작품들은 본질적으로 자신의 해석이 그 자체 속에 아로새겨져 있었으며, 또 그것들은 사실인 동시에 사실에 대한 언급이기도 했다. 이제 이 두가지는 다시 서로 분열되어 문학적 사실은 우리 사회현실을 구성하는 다른 대상과 마찬가지로 언급·해석·풀이·진단을 갈구한다. 이때 다른 학문분야에도 호소해보지만 허사일 뿐이다. 영미철학은 위험한 사변능력을 거세당한 지 오래며, 정치학을 보더라도 현재 영미 정치학이 과거의 위대한 정치적·유토피아적 이론들과 얼마나 거리가 먼가를 생각해보는 것만으로도, 사실밖에는 아무것도 상상하지 못하는 절대적 무능력으로 인해 우리 문화에서 사유가 얼마나 질식당하고 있는지를 충분히 깨달을 수 있을 것이다. 따라서 계속해서 내부와 외부 및 실존과 역사를 비교하고, 계속해서 현재 삶의 추상성을 심판하며, 구체적 미래라는 이념을 살려나가는 일은 문학비평이 맡아야 할 작업이다. 문학비평이 이런 과제를 제대로 해낼 수 있기를!

　프레드릭 제임슨은 현금의 영미 비평계의 가장 탁월한 비평가 중 한사람으로서, 예일대학에서 불문학을 공부하고 싸르트르 연구로 박사학위를 받았다. 하바드대학, 예일대학, 캘리포니아대학을 거쳐 현재 듀크대학 교수로 재직 중이며,『사회적 텍스트』(*Social Text*)의 편집위원을 역임하기도 하였다. 그의 대표적인 저서로는 1971년에 출간된 본서 외에도『싸르트르』(*Sartre: The Origins of a Style*, 1961)『언어의 감옥』(*The Prison-House of Language*, 1972)『침략의 우화들』(*Fables of Aggression: Wyndham Lewis, the Monernist as Facist*, 1979)『정치적 무의식』(*The Political Unconscious: Narrative as a Socially Symbolic Act*, 1981)『포스트모더니즘, 또는 후기자본주의의 문화논리』(*Postmodernism, or the Cultural Logic of Late Capitalism*, 1991) 등이 있다. 제임슨은 비교적 초기에 출간된 본서『맑스주의와 형식』에서 유럽의 변증법적 비평의 줄기를 검토하는 한편, 그 자매격이라고 할 수 있을『언어의 감옥』에서는 러시아 형식주의와 구조주의의 공과를 짚어보았는데, 이를 통해 경험론적·실증주의적 사고를 근간으로 한 신비평적 틀에 매여 있던 영미 비평계에 자기반성과 새로운 방향모색의 계기를 마련하는 한편, 전통적인 맑스주의 문학이론을 현대의 지적 흐름 속에서 새롭게 갱신하는 단서를 보여주었다.

영미비평에서 맑스주의 문학이론의 본격적인 전개는 대체로 1930년 대로 거슬러올라간다. 당시에 세계적인 경제공황과 함께 첨예화되었던 계급문제는 크리스토퍼 코드웰처럼 경제적 생산양식의 변화를 반영하는 문예양식의 진화를 탐구하는 쪽의 연구를 낳게 된다. 그러나 이는 방법론상으로 소박한 환원론에서 크게 벗어나지 못하였을 뿐만 아니라, 이후 서구사회가 독점자본주의의 탈산업사회로 거의 (제임슨이 보기에) '단절'이라 할 만한 변모를 겪게 되고, 이에 따라 '전체적 체제'에 의한 물화 및 계급구조의 은폐가 더욱 심화되면서 1930년대식의 접근은 그 유효성의 상당 부분을 상실하고 만다. 따라서 전통적 맑스주의 문학이론을 현 서구의 상품사회·소비사회적인 현실에 재정초하는 작업이 요청된다. 그의 또 하나의 실천적 관심은 영미 비평계 내지 사상계 전반을 풍미하고 있는 실증주의적 사고틀과 관련된 것이다. 그에 따르면 이런 사유는 결국 현대세계의 단편화된 모습에 매몰된 채 대상 및 범주를 고립시키고 나아가 그것을 '실체화'함으로써, 총체적 파악에서 가능한 진정 역사적인 시각과 극복 전망을 애당초 불가능하게 한다. 여기서 그는 총체적이고 관계적이면서 구체적인 것에 뿌리박은 새로운 사유형식의 필요성을 내세운다. 이 두 요청은 물론 **변증법적**인 사고와 문학비평으로까지 수렴된다고 하겠다.

이런 관점에서 집필된 본서는 모두 5개의 장으로 이루어지는데, 이는 다시 크게 세 부분으로 나눌 수 있는 듯하다. 이른바 프랑크푸르트학파를 위시한 일군의 문예비평가들을 다루고 있는 제1~3장은 직접적으로는 음악미학·문예학·사회학·심리학·신학·철학 등 '상부구조'와 관련된 것인 반면에, 제4장 「싸르트르와 역사」는 이 모든 문제를 구체적인 사회경제적 역사라는 '하부구조'의 관점으로 귀착시켜 그 속에서 개인 및 사유의 위치를 검토한다. 그리고 마지막 장은 저자가 주장하는 변증법적 비평의 모습을 '현상학적'으로 기술한다.

그런데 제임슨은 과거의 비평가들을 논하는 부분에서도 이른바 객관적 시선으로 그들을 개관하고 분석하기보다는 자신이 염두에 두는 변증법적 비평의 견지에서 재평가 내지 재해석해내는 입장을 취한다. 여기서 그는 이를테면 블로흐와 관련해서 언급한 바 있는 '복원적 해석학'의 방법을 적용하는 셈이다. 헤겔 변증법, 기존의 맑스주의, 해석학, 구조주의, 형식주의, 프로이트이론, 게슈탈트 심리학 등 다양한 시각들의 한계는 한계대로 짚어내면서도 이들을 지양·종합하는 가운데 변증법적 비평의 윤곽을 기술하는 것도 그의 이런 자세를 보여준다. 그러나 막상 제5장에서 어떤 일관된 이론체계나 방법론의 정연한 구축물을 제시하지는 않는다. 이는 변증법적 사고의 한 특성을 반(反)체계적인 것에서 찾는다든지, '구체적임' 자체에 대한 반성적 성찰을 끊임없이 계속해나간다든지 하는 면과 무관하지 않은 현상이다. 일례로, 그는 이른바 '내재적'이라는 신비평에서처럼 비평의 범주를 미리 설정하는 방식이야말로 오히려 구체적인 개별 작품에 대한 외재적 접근이며, 각 작품은 그야말로 각기 그 자체의 견지에서 각각의 적절한 범주에 따라 이해되어야 한다고 주장한다. 따라서 그는 변증법적 비평의 고정된 '내용' 보다는 하나의 '형식'으로서 그것이 보여주는 사유의 특징을 기술하는 데 초점을 맞춘다.

그가 말하는 변증법적 사고란 대상이 되는 자료에 대해 사유하는 동시에 자신의 사유과정, 즉 방법론 및 분석의 도구·범주 등에 대한 자의식을 수반하는 '두제곱된 사고'다. 이런 자의식은 사고 일반이 빠지기 쉬운 관념성의 위험에서 벗어나 그 궁극적 대상인 구체적인 것으로 사고를 끊임없이 되돌리는 절차다. 달리 말하자면 변증법적 인식은 상식적 관점의 초극과 평범한 사실로의 복귀라는 일견 대립적인 두가지 효과를 낳는다. 이런 생각들의 기반이 되는 것은 물론 주관과 객관, 정신과 물질, 자아와 세계, 형식과 내용 등의 이분법을 철폐하고 양자의 화해가능성을 견지하는 원칙으로, 이런 면에서 그는 변증법적 사고란 '동어반복'이라고까지 주장하는 것이다. 그가 'figure'(문맥에 따라 비유, 형상, 비유형상 등으로 옮겼다)라는 용어를 자주 사용하는 것도 이런 문맥에서 이해할 수 있다. 이 용어는 근본적으로 비교적인 변증법적 사고의 성격과 맞아떨어질 뿐 아니라, 서로 다른 두 실재나 항목들을 하나로 통합하는 '변증법적 종합'의 과정을 담고 있기 때문이다.

이와 더불어 이 책의 원제 'Marxism and Form'에서 '형식'을 강조하고 있는 것에도 주의를 돌려볼 필요가 있겠다. 우선 이것은 한편으로는 속류 맑스주의 비평이 주로 내용 위주의 결정론적 이해에 주력하는 데 대한 비판을 드러내면서, 다른 한편으로는 현대 사회 내지 예술에서 '내용'이 점점 은폐되고 '형식'이 전경화하는 데 대한 통찰을 전제로 한다. 따라서 각 비평가를 다룰 때에도 작품의 '형식적' 요소의 궁극적 사회성이나 그것에 투사된 '내용의 논리'를 읽어내는 작업에 초점이 두어진다. 그런데 '형식'은 이처럼 작품의 형식 외에도 작품이나 장르 자체를 가리키기도 하는데, 이때 여타 문학체계나 사회경제적 현실은 그것에 대해 게슈탈트적 장(場)이나 싸르트르가 말하는 '상황'과 같은 위치에 선다. 그러나 우리가 보기에 제임슨의 가장 독특한 용법은 '형식'이라는 개념으로 맑스주의와 변증법적 비평의 한 특성을 표현하는 경우이다. 즉 그는 이들이 어떤 구체적 내용이나 해답을 제시하는 체계이기보다는 문제제기의 한 틀을 제공하는 '형식'임을 강조하는 것이다. 따라서 이 책은 문학작품의 형식 및 개개 작품 내지 작품군 그리고 사유행위를 변증법적으로 파악하는 동시에, 그런 파악의 형식적 틀을 제시하려는 작업이라 할 수 있다. 물론 이 작업의 근저에는 서구사상의 주된

478

딜레마 중 하나인 형식과 내용의 이분법, 즉 이원론적 사고를 극복하고 자 하는 야심적이고도 끈질긴 노력이 깔려 있다.

그런데 대부분의 독자의 경우 이 책을 처음 대할 때 본문의 지독한 난 해에 당혹감을 느낄 것이다. 사실 역자들도 번역작업을 해나가면서 상 당한 어려움에 부딪히게 되었다. 독특한 비평용어들의 적절한 역어 선 정도 문제였거니와, 제임슨의 착잡하게 뒤얽힌 문체의 느낌을 그대로 담으면서 동시에 의미를 명확하게 전달하기 또한 지난한 일이었다. 제 임슨 자신뿐 아니라 그가 다룬 저자들 역시 난해함에서는 수위를 다투 는 경우들인데, 그들을 제대로 소화해내기에는 역자들이 여러모로 역 부족이었던 것도 밝혀두어야겠다. 따라서 번역상의 많은 부족함에 대 해서는 꼼꼼한 독자들의 검토와 질정을 기다리는 수밖에 없을 것이다.

물론 문체와 내용의 난삽함은 제임슨 자신이 변호하다시피 변증법적 사고의 고유한 특성에서 유래하는 미덕일 수도 있다. 즉 그가 즐겨 사용 하는 복잡한 문장구문이라든가 다양한 표기법의 활용, 그리고 거의 지 적 유희에 가깝게 보일 수도 있는 복잡다기한 내용 전체 등은 모두 단편 화되고 고립되어 상호무관하게 여겨지는 다양한 개별적 사실들을 총체 적인 틀 속에 통합·계시하려는 과정에 필연적으로 따라오게 마련인 변 증법적 사고의 특이한 '형식'일지도 모른다. 또한 자폐적 의식에 집착 하는 모더니즘적인 난삽함과도 다른 이런 난해성은 읽는 이의 수고에 충분히 값하는 바가 있을 것이다. 그러나 그의 문체의 어려움이 꼭 이런 연유에서만 나오는가 하는 것에도 의문의 여지가 있거니와, 또한 제3세 계 독자의 입장에서 볼 때 이런 난삽함은 더이상 삶의 진실이 소박하고 평이한 언표로써 기술될 수 없을 만큼 왜곡되고 물화된 현 서구세계의 독특한 토대에서 유래한 것으로 해석할 수도 있다. 사실 제임슨 자신도 이 책의 서문에서 현금의 맑스주의의 세 흐름을 언급하면서, 자신의 작

업은 사회주의 블록이나 제3세계의 유형과는 구분되는, 서구 독점자본
주의사회의 문제를 다루는 '탈산업사회적' 유형에 속함을 분명히 못박
고 있다. 따라서 이 책에서 주장하는 바가 구체적으로 얼마만큼 그리고
적절하게 실현되고 있는가에 대한 검토와는 또달리, 그의 방법론적 틀
및 그 전제에 대해서도 우리 나름의 비판적 점검이 필요함은 새삼 언급
할 필요가 없을 것이다(물론 언급이 곧 실천은 아닌 데 어려움이 있겠
으나).

그러나 독점자본주의의 진행으로 말미암아 전세계가 점차 하나의 체
계로 화해가는 경향이 있는 한편, 물화와 근본적인 계급적 구조의 은폐
는 제3세계 내지 우리의 사회에도 (그 근본원인이나 드러난 양상이 탈
산업사회의 경우와는 좀 다르고, 또 더 착잡한 것이기도 하겠지만) 어
쨌든 상당히 널리 퍼져 있음이 사실이다. 이런 점들을 고려할 때 오늘날
의 사회에 대한 그의 통찰이나 끊임없이 진정 구체적인 것에 접근하고
그것을 드러내려는 남달리 성실한 노력은 우리로서도 충분히 반추해볼
만하다고 보인다. 또한 문학작품을 하나의 구체적 맥락 속의 행위로 파
악함으로써 종래의 소박한 환원론과 '형식주의적' 관점의 한계를 모두
넘어서서 작품의 '내재성'은 내재성대로 인정하면서 그 본질적인 사회
성과 역사성을 두루 드러낼 수 있는 접근방식을 진지하게 모색하는 면
이나, 나아가 작품 자체의 물적 기반, 즉 그것의 생산과 소비에 관한 연
구의 필요성을 환기하는 점 등도 현재 우리의 문학논의에 대해 시사해
주는 바가 상당히 있으리라 생각한다.

끝으로, 번역 대본으로는 1971년도 프린스턴대학 출판사판 Fredric
Jameson, *Marxism and Form: Twentieth-Century Dialectical Theories of
Literature* (Princeton, N. J.: Princeton University Press 1971)을 사용하였으며, 필
요한 경우에는 일역판 『辨證法的批評の冒險: マルクス主義と形式』(東京:

晶文社 1980)도 참조하였다. 일차적인 번역작업은 제1~3장을 김영희가, 제4~5장을 여홍상이 나누어 맡았으나 차후의 검토와 조정작업은 양인이 함께하였다. 특히 이 과정에서 여러가지 도움을 주신 백낙청 선생님께 고마움과 죄송함을 표하고 싶다. 또한 블로흐 부분에서 원전 대조작업을 도와준 서울대 독어과 김경연 양과, 꽤 오래 진척된 번역작업을 기다려주고 지저분한 원고를 교정·출판하는 일을 기꺼이 맡아주신 창비사 여러분께도 감사드린다.

1984년 10월
역자 일동

　현존하는 영미권의 대표적 맑스주의 문학·문화이론가 중 한 사람인 프레드릭 제임슨의『맑스주의와 형식』이 1984년에 '변증법적 문학이론의 전개'라는 제목으로 창작과비평사에서 처음 번역·출판되었을 때, 맑스주의 문학·문화이론에 대한 저작을 직접 접하기 힘들었던 1980년대 국내 사정에 비추어 아도르노, 벤야민, 마르쿠제, 루카치, 블로흐, 싸르트르 등 서구의 굵직한 맑스주의 이론가들을 망라하는 제임슨의 저서는 실천적 관점에서든 이론적 관점에서든 이 방면에 관심을 가진 국내 독자들의 지적 갈증을 해소해주는 데 상당한 기여를 했던 것 같다.

　이 책에서 거론하는 다양한 맑스주의 사상가들에 대한 그의 자상한 검토가 함축하듯이, 제임슨의 이 저서는 그 특유의 복잡하고 난해한 문체에도 불구하고(혹은 바로 그러한 '변증법적' 사유 '형식' 자체 때문에) 기본적으로 정통적 맑스주의 입장을 견지한다고 말할 수 있다. 반면에, 오늘날 문학·문화이론에서 일어나고 있는 다양한 논의들은 신역사주의, 탈식민주의, 페미니즘과 젠더 연구, 탈맑스주의, (초)민족주의, 생태론 등의 예에서 볼 수 있듯이 겉보기에 다양한 비(非)맑스주의적 입장의 창궐을 특징으로 한다. 이러한 현상은 현재의 복잡다기한 역사적 상황이 정통적 맑스주의에서처럼 단순히 계급간의 정치경제적 관계로만 설명하기 힘든 복잡하고 다양한 측면이 있음을 기본적으로 암시한다.

그러나 오늘날 전세계적으로 표면화되고 있는 금융자본주의의 위기와 생태계 문제는 이른바 현실사회주의의 몰락 이후 균질적 자본주의체제가 전세계적으로 확장되고 심화되는 과정에서 필연적으로 나타나는 역사적 현상이 아닌가 짐작해볼 수 있다. 맑스가 19세기에 이미 지적한 자본주의체제의 구조적 모순이 전지구적 차원에서 현실화되고 있는 역사적 전환기에 제임슨이 견지하는 '맑스주의적' 입장은 오늘날 21세기 독자들에게 새로운 역사적 의미로 다가올 수 있다. 그동안 제임슨은 몇번 직접 한국을 방문하여 한국 학자와 독자 들을 대상으로 강연과 대화를 나눌 기회를 가졌으며, 그의 비평이론은 제3세계문학론과 연관되어 논의되기도 하였다.

초역본이 나온 지 이제 30년 가까이 지났지만 이와 같은 여러가지 연유로 이 저작에 대한 국내 독자들의 관심이 꾸준히 강하게 남아 있는 것으로 보이므로, 금번에 창비의 재발간 요청에 따라 수정된 개정판을 내게 되었다. 개정판 작업은 공역자 각자가 원래 맡았던 부분을 1차 작업한 후 교차검토를 거치는 식으로 진행했다. 초판 번역을 원문과 대조해 면밀히 재검토하면서 일부 오류도 시정하고 우리말을 가다듬었으며 역주를 보충하는 등, 꽤 대대적인 수정작업을 진행하였다. 수정과정에서 나름대로 최선을 다했다고 믿지만 미진한 부분은 여전히 남아 있을 것이다. 독자 여러분의 많은 질정을 기대하며, 제임슨의 귀중한 저서의 번역본을 새로 고쳐 내도록 소중한 기회를 마련해준 창비사와 작업을 맡아준 편집팀에 깊이 감사드린다.

2013년 12월
역자 일동

맑스주의와 형식
20세기의 변증법적 문학이론

초판 1쇄 발행/1984년 12월 25일
개정판 1쇄 발행/2014년 1월 10일
개정판 2쇄 발행/2019년 11월 27일

지은이/프레드릭 제임슨
옮긴이/여홍상 김영희
펴낸이/강일우
책임편집/정편집실
펴낸곳/(주)창비
등록/1986년 8월 5일 제85호
주소/10881 경기도 파주시 회동길 184
전화/031-955-3333
팩시밀리/영업 031-955-3399 편집 031-955-3400
홈페이지/www.changbi.com
전자우편/human@changbi.com

한국어판 ⓒ (주)창비 2014
ISBN 978-89-364-8339-5 93800